40 NOVELAS DE LUIGI PIRANDELLO

LUIGI PIRANDELLO

40 novelas de Luigi Pirandello

Seleção, tradução e prefácio
Maurício Santana Dias

1ª reimpressão

COMPANHIA DAS LETRAS

Copyright da introdução, organização e tradução © 2008 by Maurício Santana Dias

Grafia atualizada segundo o Acordo Ortográfico da Língua Portuguesa de 1990,
que entrou em vigor no Brasil em 2009.

Capa
Jeff Fisher

Preparação
Maysa Monção
Valéria Franco Jacintho

Revisão
Valquíria Della Pozza
Marise S. Leal

Atualização ortográfica
Verba Editorial

Dados Internacionais de Catalogação na Publicação (CIP)
(Câmara Brasileira do Livro, SP, Brasil)

Pirandello, Luigi, 1867-1936.
    40 novelas de Luigi Pirandello / seleção, tradução e prefácio
Maurício Santana Dias. — São Paulo : Companhia das Letras, 2008.

    ISBN 978-85-359-1186-2

    1. Contos italianos I. Dias, Maurício Santana. II. Título.

08-00993   CDD-853.1

Índice para catálogo sistemático:
1. Contos : Literatura italiana 853.1

[2021]
Todos os direitos desta edição reservados à
EDITORA SCHWARCZ LTDA.
Rua Bandeira Paulista, 702, cj. 32
04532-002 — São Paulo — SP
Telefone (11) 3707-3500
www.companhiadasletras.com.br
www.blogdacompanhia.com.br
facebook.com/companhiadasletras
instagram.com/companhiadasletras
twitter.com/cialetras

Sumário

7 *Baú de máscaras: o laboratório teatral de Luigi Pirandello* – Maurício Santana Dias

21 Limões da Sicília

32 O medo

41 O dever do médico

65 O ninho

87 Pense nisso, Giacomino!

96 A mosca

105 A senhora Frola e o senhor Ponza, seu genro

113 A verdade

121 Certas obrigações

129 A talha

138 Tirocínio

145 A patente

153 A senhora Speranza

196 Não é uma coisa séria

203 Quando se entende o jogo

211 Xale negro

237 O outro filho

255 Apelo à obrigação

266 Tudo certo

283 A vigília

299 "Vexilla Regis..."

329 A morta e a viva

338 Stefano Giogli, um e dois

346 Personagens

353 A tragédia de um personagem

360 Conversas com personagens

372 O imbecil

380 Com a morte em cima

387 Os aposentados da memória

392 O quarto à espera

401 O Senhor da Nave

409 A amiga das esposas

426 A sombra do remorso

438 Ou de um ou de nenhum

457 "Leonora, adeus!"

465 O filho trocado

470 No abismo

480 A realidade do sonho

488 Cinci

494 O estorninho e o Anjo Cento e Um

503 Sobre o autor

503 Sobre o tradutor

Baú de máscaras:
O laboratório teatral de Luigi Pirandello

> *A vida, ou se vive ou se escreve.*
> Luigi Pirandello

I

"Toda vez que revejo minha vida fixada e objetivada sou tomado de angústia, sobretudo quando se trata de informações que eu mesmo forneci [...] tornando a dizer as mesmas coisas com outras palavras, espero sempre poder contornar minha relação neurótica com a autobiografia."

Esta declaração poderia perfeitamente ter sido feita por Luigi Pirandello, que durante toda a vida tratou de reescrever obsessivamente as mesmas histórias — a *sua* história — a fim de desfazer-se de sua máscara e desviar o olhar da Medusa. Mas quem a escreveu foi Italo Calvino, com quem, à primeira vista, Pirandello não teria muitas afinidades.[1] O depoimento está numa carta que Calvino enviou ao crítico Claudio Milanini em 27 de julho de 1985, pouco antes de morrer.

A relação problemática do escritor com sua autobiografia, confessada nessa passagem de Calvino e encenada por Pirandello nas novelas deste volume, diz respeito menos a uma peculiaridade específica a ambos do que a um sintoma de um mal-estar percebido agudamente por todo artista moderno digno desse nome.

---

1. Os primeiro contos juvenis de Calvino, *Pazzo io o pazzi gli altri* [Louco eu ou loucos os outros], cuja publicação a editora Einaudi recusou em 1942, foram escritos sob o influxo direto das *Novelas para um ano* de Pirandello.

A questão central, tanto para Pirandello quanto, mais tarde, para Calvino, é: como representar uma experiência subjetiva — do autor, do leitor, de qualquer um — em um mundo que parece esvaziar-se aceleradamente de sua concretude objetiva? Ou, em outros termos, como fazer a literatura expressar a relação entre esse sujeito, cada vez mais isolado e transformado em mônada, e aquilo que supostamente seria exterior a ele, mas que já não lhe garante nenhuma certeza?

Diante desse impasse de ordem histórica e ontológica, Pirandello e Calvino seguiram rumos diferentes. Luigi Pirandello fez a transição do grande realismo do século XIX para a literatura psicológica e labiríntica da contemporaneidade passando por todas as formas tradicionais (o romance de fôlego, a narrativa curta, o teatro, a poesia), num processo contínuo de erosão de seus fundamentos que culminou no antirromance *Um, nenhum e cem mil*, nos contos inclassificáveis de *Uma jornada* e nas "peças míticas" *A nova colônia*, *Lázaro* e *Os gigantes da montanha*. Italo Calvino, por sua vez, trabalhou quase sempre com formas breves, experimentando configurações literárias insólitas, as quais se situam na fronteira entre a ficção, o ensaio e o apólogo moral. Ambos, porém, não abdicaram de um postulado básico: tomar a literatura como campo privilegiado de cognição do tempo presente.

2

Pirandello foi, de fato, um dos primeiros escritores italianos a perceber e elaborar sistematicamente em sua obra aquela "mutação antropológica" que estava se processando no início do século XX e que Pier Paolo Pasolini iria acusar de modo vigoroso e obstinado algumas décadas mais tarde.

As figuras criadas por Pirandello são indivíduos partidos ao meio, como Mattia Pascal, ou pulverizados, como Vitangelo Moscarda. "Heróis da vida intersticial", diz o crítico Giancarlo Mazzacurati, são todos eles "sobreviventes de uma catástrofe da ideologia oitocentista cujo estrondo só se ouvirá plenamente durante a Grande Guerra. Eles já pedem para viver não acima nem dentro, mas debaixo da história; e, enquanto os Andrea Sperelli ou os Giorgio Aurispa [personagens de Gabriele D'Annunzio] reclamavam uma identidade mais forte do que o tempo que estavam atravessando [...], estes, ao contrário, buscarão uma ética mais fraca ou flexível, em matrizes intemporais ou nas dobras secretas de uma sociedade já massificada."[2]

Os exemplos de anti-heróis pirandellianos, a galeria de tipos e de situações que o leitor encontrará nesta antologia é tão copiosa que nem vale a pena enumerá-la aqui. Mas, observadas de todos os ângulos possíveis, as personagens são como esses sobreviventes de que fala Mazzacurati.

3

Nas novelas aqui recolhidas, todas elas matrizes de peças que Pirandello escreveria mais tarde, já está instalado o célebre dispositivo que por muito tempo funcionou como uma espécie de emblema de toda a obra do escritor: a contraposição entre vida e forma.

Quem primeiro descreveu de forma cabal esse dissídio entre "vida e forma" na obra de Pirandello, mais especificamente no teatro, foi o crítico Adriano Tilgher no início dos anos 1920. O estudo de Tilgher[3] foi a tal ponto revelador que o próprio Pirandello, durante alguns anos, costumava dizer: "Quem quiser saber qual é o cerne da minha obra, consulte o estudo de Adriano Tilgher". Mas, passados alguns anos, o próprio escritor foi se enfadando das constrições tilgherianas e, num movimento paradoxal e tipicamente seu, passou a tergiversar ou mesmo a desdizer a famosa fórmula que opunha "vida *versus* forma". Como se ele mesmo, o autor, precisasse se desfazer da camisa de força que a crítica lhe impôs e dissociar a teoria de um "pirandellismo" de sua própria ficção.

Na base dos mal-entendidos estava o polêmico ensaio que o escritor siciliano publicou em 1908, *O humorismo*. Nele Pirandello argumentava em favor de uma linhagem ou tradição literária que trabalhava não com o cômico, mas com o cômico interiorizado e filtrado pela autorreflexão. O humor seria, então, produto do "sentimento do contrário"; e o humorista, o artífice da farsa trágica da vida. Mas isso não queria dizer que as teorias expostas no ensaio sobre o humorismo fizessem de seus romances, novelas e teatro mera demonstração

2. MAZZACURATI, Giancarlo. *Le stagioni dell'apocalisse: Verga, Pirandello, Svevo*. Torino: Einaudi, 1998, pp. 117-8.
3. TILGHER, Adriano. *Studi sul teatro contemporaneo*. Roma: Libraria di Scienze e Lettere, 1923.

daqueles conceitos; ficcionalização de uma má filosofia, como sentenciava Benedetto Croce.

4

Numa das melhores páginas das *Seis propostas para o próximo milênio*, ao discorrer sobre a "leveza", Italo Calvino diz que o humor é o cômico esvaziado de peso, assim como a melancolia é uma tristeza leve.

Calvino não cita Pirandello nas *Seis propostas*, mas Mazzacurati insiste sobre o dissídio, ou melhor, sobre a autonomia entre o ensaio *O humorismo* e a obra ficcional do autor siciliano. Isso porque, ao escrever suas novelas, romances ou peças teatrais, "Pirandello não irá sugerir teorias específicas e muito menos ingredientes, soluções técnicas ou instruções de montagem e de desmontagem para a fabricação de textos humorísticos; tentará, mais que isso, estabelecer um campo de tensões e de transformações em que o motor primeiro seja a reflexividade moral e sentimental, a autoanálise de um sujeito que faz sua rotação e sua revolução ao longo de eixos e órbitas imprevisíveis, entre planetas distantes. Sua imagem do humorismo (para a qual ele certamente tenta encontrar, mas também negar, precursores, conferindo-lhe uma genealogia, se não uma tradição) é, pois, como um sistema copernicano traduzido em narrativa, uma teoria da relatividade entre 'energias' diversas, que se infiltra na fixidez ptolomaica dos 'gêneros' e na retórica oficial das paixões fixadas e legitimadas pela literatura".[4]

5

Como defende o crítico Renato Barilli, Pirandello foi responsável por uma verdadeira "revolução cultural" em seu tempo. No capítulo em que trata precisamente da passagem "das novelas ao teatro", Barilli diz: "A novela e a comédia [*Ou de um ou de nenhum*] são bastante próximas, quase configurando o caso muito difuso em toda a produção pirandelliana do segundo decênio, de uma mesma 'história' oferecida em dois estados distintos: um pouco como um remédio que

4. Idem, p. 132.

é comercializado sob forma de comprimidos ou de ampolas para injeção; a composição não muda, mudam no máximo os efeitos, a possibilidade de absorção. No caso, a única diferença sensível entre a administração por via narrativa ou dramática está na diversa temporalidade referente à destinação do filho: esse fato, na novela, é distribuído em um lapso de tempo dilatado, ao passo que em cena ele ocorre *ipso facto*, recorrendo ao expediente técnico chamado justamente de golpe de cena".[5]

A repetição, a replicação e as altas doses de fantasia realista ministradas ao seu público são o que faz de Pirandello o "revolucionário" de Barilli.

6

Comparando a personagem pirandelliana aos anti-heróis de Joyce e Proust, que expressam "um modo de ser da condição humana não mais concorde com a ideia tradicional que tínhamos do homem, tornada enigmática porque não conhece mais suas razões de ser em um mundo em processo de transformação em suas estruturas e em sua ideologia", o crítico Giacomo Debenedetti afirma que a personagem pirandelliana, "para deixar-se ver, deveria abrir sua couraça, deveria 'explodir' rumo ao seu narrador. Esta seria a tarefa mais específica da narrativa de Pirandello, que do mesmo modo seria chamada à busca de uma realidade humana no reverso da visível realidade do homem, a qual dolorosamente denuncia esse segredo e convida a buscá-lo, ao mesmo tempo em que reluta a deixá-lo descobrir".[6]

Sem dúvida, lendo as novelas reunidas neste volume, vê-se que Pirandello, assim como Joyce, Proust e outros escritores analisados por Debenedetti, manifesta aquela "necessidade de um conhecimento por epifanias". "A narrativa de Pirandello", prossegue o crítico em sua sondagem por camadas, "se revolta muito precocemente contra o naturalismo, justamente na medida em que nela também se sente a urgência de epifanizar, se não as coisas, os fatos ou pelo menos a personagem. Os estranhos desequilíbrios e dissonâncias de sua narrativa dependem de que a imagem, nela, não é total, mas sentida apenas pela metade, somen-

5. BARILLI, Renato. *Pirandello, una rivoluzione culturale*. Milano: Mondadori, 2005, p. 179.
6. DEBENEDETTI, Giacomo. *Il romanzo del Novecento*. Milano: Garzanti, 1998, p. 305.

te naquilo que concerne às personagens." Por isso o "realismo" de Pirandello é um "realismo de ritmos acelerados, de figuras contraídas, resultando em um realismo que faz caretas a si mesmo".[7]

7

As caretas a que se refere Debenedetti derivam sobretudo do fato de que os indivíduos pirandellianos, em vez de viver, se veem vivendo. Tal é o caso do protagonista da novela "Quando se entende o jogo" e de tantos outros.

A peça mais autobiográfica de Luigi Pirandello, *Quando si è qualcuno* [*Quando se é alguém*], que aliás não deriva de nenhuma novela e cuja estreia nos palcos se deu em Buenos Aires, em 1933 (com o título *Cuando se es alguien*), trata exatamente do desespero do escritor que se vê a si mesmo como um monumento, reconhecido por todos e, por isso mesmo, engessado para sempre numa forma estatuária: "o drama de um homem já muito célebre, embalsamado pela própria fama", como notam Italo Borzi e Maria Argenziano numa das edições da peça.

8

O desconforto do ambiente ficcional criado por Pirandello, que o crítico Giovanni Macchia comparou a uma "sala de tortura", não está longe de certas situações imaginadas por Camus, Beckett ou, mais recentemente, Thomas Bernhard.

O universo de problemas arquitetado nestas novelas e, depois, no teatro, extrapola a situação regional-siciliana ou nacional-italiana do tempo do autor — virada do século XIX para o XX — projetando-se para o nosso presente e futuro. Por isso a experiência por que passa cada uma de suas personagens não é nunca, nem tão somente, a aventura de um indivíduo no mundo, mas algo que transcende a uma "condição absoluta", como bem observou o crítico inglês Raymond Williams.

"Pirandello reconhece e transmite de maneira premente", diz Williams numa passagem do livro *Tragédia moderna*, "o sofrimento que leva ao autoengano e à fantasia. A ilusão, desse modo, em seu mundo, não deve ser alvo de zombaria;

7. Idem, pp. 434-5.

ele começa com a experiência comum, mas estende esse processo a uma aporia geral. A tragédia não reside, essencialmente, naquilo que essa ou aquela pessoa faz, mas numa condição absoluta. Podemos construir, para nós mesmos, uma ilusão e podemos temporariamente entrelaçá-la à ilusão de outra pessoa. Mas, enquanto a vida continua, o entrelaçamento é ameaçado, e tanto a pressão do outro, representando a sua própria ilusão, quanto ainda a sua distância, a impossibilidade de alcançá-lo verdadeiramente, são vivenciadas de modo trágico."

E Williams conclui: "A tragédia, desse modo, reside na existência do 'mundo pessoal e impenetrável'. Esse mundo deve ser defendido, e no entanto a sua defesa destrói outras pessoas, ao destruir a realidade delas. Isso é o que se entende por aporia, numa situação em que nenhum movimento válido é possível. Essa é, talvez, a crise final do individualismo, para além do impasse da tragédia liberal, em que o indivíduo podia lutar ferrenhamente contra uma condição absoluta exterior a ele, mesmo arriscando a sua vida. Aqui a própria instância a ser defendida, 'o mundo pessoal e impenetrável', é, pelo fato da sua existência em outros, aquilo mesmo que se volta sobre si, destruindo a pessoa".[8]

9

Ao contrário de mestres da prosa naturalista como Zola, Verga ou mesmo o D'Annunzio das primeiras novelas, Pirandello sabe que "a vida como ela é" é irrepresentável. No entanto — e aí está a aporia apontada por Williams —, é preciso representá-la de algum modo, mesmo que a arte já não dê conta de nenhuma totalidade.

10

Assim, o caráter universal das personagens de Pirandello resulta, paradoxalmente, de sua radical atomização, e não de uma particularidade que expressaria o todo da experiência humana.

8. WILLIAMS, Raymond. *Tragédia moderna*. Tradução de Betina Bischof. São Paulo: Cosacnaify, 2002, pp. 197-8.

É o que também enfatiza outro grande escritor siciliano, Leonardo Sciascia, na seguinte passagem dedicada a Pirandello: "Aqui importa assinalar que Pirandello teve uma vivíssima exigência de concretizar e de analisar os caracteres excêntricos e as bizarras modalidades das paixões, que sua fantasia foi tentada irresistivelmente a representar os aspectos primitivos e os fatos excepcionais; e que uma coincidência histórica — profundamente sentida pelo escritor — fez com que esses caracteres e essas modalidades, esses aspectos primitivos e esses fatos excepcionais, essas formas de vida próprias aos estratos ínfimos de uma sociedade regional se assemelhassem e se fundissem à vida não só 'das outras classes da península', mas também de todo o mundo".[9]

Em outras palavras: não é o particular que atinge o universal, mas o "excêntrico" e o "excepcional" que remetem a um mundo agora vazio.

II

Comentando as *Seis personagens em busca de autor*, no famoso capítulo sobre "O jogo da impossibilidade do drama", Peter Szondi observa: "Executar o plano dessa peça segundo as regras da dramaturgia clássica requereria não apenas a mestria de Ibsen, mas também a sua cega brutalidade. Mas Pirandello viu claramente a resistência da matéria e de seus pressupostos intelectuais à forma dramática. Por isso ele renunciou a ela e manteve na temática a resistência, em vez de quebrá-la. Assim surgiu uma obra que substitui a planejada, tratando-a como uma peça impossível. Os diálogos entre as seis personagens e o diretor da trupe não se limitam a oferecer o esquema da peça originária; neles se expressam também as forças que já a partir de Ibsen e Strindberg colocam em questão a forma dramática".[10]

Aporia, impossibilidade do drama, impasse na representação.

9. SCIASCIA, Leonardo. *Pirandello e la Sicilia*. Milano: Adelphi, 1996, p. 56.

10. SZONDI, Peter. *Teoria do drama moderno [1880-1950]*. Tradução de Luiz Sérgio Repa. São Paulo: Cosacnaify, 2001, pp. 147-8.

12

A influência do Pirandello novelista sobre a narrativa curta que lhe sucedeu é imensa, bem mais ampla do que se costuma admitir. Somente no âmbito dos escritores italianos, basta ler alguns contos de Alberto Moravia, Dino Buzzati, Cesare Pavese ou Primo Levi para que se perceba isso: escritores os mais díspares entre si.

Com efeito, as novelas de Pirandello estabeleceram uma espécie de padrão incontornável para a narrativa curta do século xx. Os motivos para isso — alguns deles anotados telegraficamente aqui — são muitos, e vão desde aspectos temáticos, como a implosão subjetiva do *personagem-homem*, para usar a expressão de Debenedetti, até a mistura peculiaríssima de estruturas híbridas que conciliam impossivelmente formas herdadas do realismo oitocentista com experiências do expressionismo e do surrealismo, antecipando de modo enviesado recursos e procedimentos da chamada "metaficção pós-moderna".

NOTA SOBRE ESTA EDIÇÃO

Toda antologia padece, necessariamente, de uma grande dose de arbitrariedade por parte de quem a organiza. Os critérios que norteiam qualquer seleção de textos, seja de um único autor, de um conjunto de autores ou de um determinado gênero — contos, poemas, crônicas, peças, entrevistas, ensaios, cartas —, podem ser os mais variáveis possíveis, e depende exclusivamente do organizador da recolha argumentar com maior ou menor poder de convencimento em favor do recorte adotado. Por isso, fazer uma antologia é tarefa das mais complicadas, já que as escolhas podem ser contestadas desde pontos de vista os mais diversos, imprevistos e imprevisíveis.

No caso desta antologia, esse tipo de problema talvez tenha sido, se não sanado de todo, pelo menos bastante dirimido. Isso porque o próprio excesso de narrativas deixado por Pirandello traz, implicitamente, um possível critério de seleção que em grande medida exclui o arbítrio inerente às antologias.

Que critério é esse? Ora, desde muito a crítica pirandelliana sabe que há uma circularidade entre todas as obras do autor siciliano, particularmente no que diz respeito às novelas e às peças teatrais. Como se pode constatar na tabela a seguir, mais de dois terços dos textos dramáticos de Pirandello tiveram uma primeira redação em forma de conto ou relato curto: aquilo que o autor preferiu designar mais genericamente como *novela*, numa referência explícita ao repertório da vasta literatura novelística italiana que remonta a Boccaccio, Sacchetti e aos novelistas da Renascença, nos quais Shakespeare e outros escritores também beberam.

Portanto, a tarefa do organizador, neste caso, foi modesta: limitou-se a identificar todas aquelas novelas que se desdobraram em textos teatrais e compilá-las em um único volume; coisa que, apesar de óbvia, curiosamente não tinha sido realizada ainda, nem nas várias antologias de Pirandello em português, nem mesmo nas muitas edições italianas de suas novelas.

Feita a identificação dos textos, que, por um capricho matemático do autor ou mera coincidência, totalizaram o número redondo de quarenta novelas,[11] restava estabelecer a ordem em que elas deveriam ser editadas. E aí, mais uma vez, apresentou-se o problema: que critério adotar?

Primeiramente pensei em seguir a ordem que o próprio Pirandello impôs à edição definitiva de suas 43 peças no ciclo das *Máscaras nuas*. Assim, a edição brasileira começaria pelas três novelas que deram origem às *Seis personagens em busca de autor*, que abre as *Máscaras nuas*, e prosseguiria com os textos-matrizes de *Esta noite se improvisa*; *A vida que lhe dei*; *O homem da flor na boca* e assim sucessivamente, até chegar às novelas que foram absorvidas pela peça inacabada *Os gigantes da montanha*.

Mas depois acabei optando por outro critério, que respeita não a sequência que o dramaturgo desejou para a edição do seu teatro completo, e sim a ordem cronológica em que as peças foram encenadas pela primeira vez.

Assim, esta edição brasileira se inicia com as novelas "Limões da Sicília" e "O medo", que serviram de base, respectivamente, para a peça homônima e *O torniquete*, ambas estreadas em 1910, e continua com "O dever do médico" e "O ninho" até chegar à novela "O estorninho e o anjo Cento e Um", incorporada aos *Gigantes da montanha*.

---

11. A edição das *Novelle per un anno* organizada em 1973 por Giovanni Macchia para a coleção I Mediriani da Mondadori não traz, nos apêndices, a novela "Personaggi" [Personagens], publicada por Pirandello no periódico genovês *Il Ventesimo*, v. 5, n. 30, 1906. Em 1979, o pesquisador Antonio Illiano recuperou esse texto que andava perdido e o reeditou na íntegra como complemento ao seu artigo "Una novella da recuperare: Luigi Pirandello, Personaggi", publicado no v. 56, n. 2 da American Association of Teachers of Italian.

Note-se, pois, que a seleção e a sequência das narrativas reunidas neste volume obedecem a três critérios distintos e cruzados: a) todas as novelas estiveram na base de peças teatrais ulteriores; b) as quarenta novelas estão agrupadas em torno de cada uma das trinta peças que elas originaram; c) a ordem sequencial das novelas segue a ordem cronológica da estreia no palco, e não da redação, de cada peça.

Resta ainda esclarecer que não foram incluídas nesta antologia novelas que derivaram exclusivamente em roteiros cinematográficos ou outras formas que não a peça teatral redigida por Pirandello,[12] embora haja casos em que uma novela resultou em texto teatral posteriormente adaptado para o cinema.

Quanto à minha tarefa de tradutor de Pirandello, que não se restringe a estas novelas, as anotações acumuladas se avolumaram tanto que se transformaram em um texto autônomo, o qual obviamente não caberia no âmbito deste prefácio. Porém antecipo aqui o seu título provisório: *Luigi Pirandello em português, ou o tradutor no torniquete.*

Maurício Santana Dias

TABELA COM A RELAÇÃO DE NOVELAS E PEÇAS TEATRAIS

NOVELA (data da primeira edição)	PEÇA (local e data da primeira encenação)
Limões da Sicília (1900)	*Limões da Sicília* Teatro Metastasio, Roma, 9/12/1910
O medo (1897)	*O torniquete* Teatro Metastasio, Roma, 9/12/1910
O dever do médico (1902)	*O dever do médico* Sala Umberto I, Roma, 20/6/1913
O ninho (1895)	*A razão dos outros* Teatro Manzoni, Milão, 19/4/1915
Pense nisso, Giacomino! (1910)	*Pense nisso, Giacomino!* Teatro Nazionale, Roma, 10/7/1916

12. A restrição se justifica porque muitas novelas de Pirandello foram adaptadas para o palco por outros dramaturgos. Apenas para citar um caso brasileiro, há alguns anos o ator e diretor Cacá Carvalho, que já havia encenado a peça *O homem da flor na boca*, montou um monólogo intitulado *A poltrona escura* baseado em três narrativas pirandellianas: *Os pés na grama*, *O carrinho de mão* e *O sopro*.

A mosca (1904)	*Liolà* Teatro Argentina, Roma, 4/11/1916
A senhora Frola e o senhor Ponza, seu genro (1917)	*Assim é (se lhe parece)* Teatro Olimpia, Milão, 18/6/1917
A verdade (1912) *Certas obrigações* (1912)	*O barrete de guizos* Teatro Nazionale, Roma, 27/6/1917
A talha (1909)	*A talha* Teatro Nazionale, Roma, 9/7/1917
Tirocínio (1905)	*O prazer da honestidade* Teatro Carignano, Turim, 27/11/1917
A patente (1911)	*A patente* Teatro Alfieri, Turim, 23/3/1918
A senhora Speranza (1902) *Não é uma coisa séria* (1910)	*Mas não é uma coisa séria* Teatro Rossini, Livorno, 22/11/1918
Quando se entende o jogo (1913)	*O jogo dos papéis* Teatro Quirino, Roma, 16/12/1918
Xale negro (1904) *O outro filho* (1905)	*O transplante* Teatro Manzoni, Milão, 29/1/1919
Apelo à obrigação (1906)	*O homem, a besta e a virtude* Teatro Olimpia, Milão, 2/5/1919
Tudo certo (1906)	*Tudo certo* Teatro Quirino, Roma, 2/3/1920
A vigília (1904) *"Vexilla Regis..."* (1897)	*Como antes, melhor que antes* Teatro Goldoni, Veneza, 24/3/1920
A morta e a viva (1910) *Stefano Giogli, um e dois* (1909)	*A senhora Morli, uma e duas* Teatro Argentina, Roma, 12/11/1920
Personagens (1906) *Tragédia de um personagem* (1911) *Conversas com personagens* (1915)	*Seis personagens em busca de autor* Teatro Valle, Roma, 10/5/1921
O imbecil (1912)	*O imbecil* Teatro Quirino, Roma, 10/10/1922
Com a morte em cima (1908)	*O homem da flor na boca* Teatro degli Indipendenti, Roma, 21/2/1923
Os aposentados da memória (1914) *O quarto à espera* (1916)	*A vida que lhe dei* Teatro Quirino, Roma, 12/10/1923
O outro filho (1905)	*O outro filho* Teatro Nazionale, Roma, 23/11/1923
O Senhor da Nave (1916)	*Consagração do Senhor da Nave* Sala Odescalchi, Roma, 2/4/1925
A amiga das esposas (1894)	*A amiga das esposas* Teatro Argentina, Roma, 28/4/1927

A sombra do remorso (1914)	*Bellavita* Teatro Eden, Milão, 27/5/1927
Ou de um ou de nenhum (1915)	*Ou de um ou de nenhum* Teatro di Torino, Turim, 4/11/1929
"Leonora, adeus!" (1910)	*Esta noite se improvisa* Neues Schauspielhaus, Königsberg, 25/1/1930
O filho trocado (1902)	*A fábula do filho trocado* Landtheater, Braunschweig, 13/1/1934
No abismo (1913) *A realidade do sonho* (1914) *Cinci* (1932)	*Não se sabe como* Teatro Nacional de Praga, Praga, 19/12/1934
O filho trocado (1902) *O estorninho e o anjo Cento e Um* (1910)	*Os gigantes da montanha* Giardino di Bòboli, Florença, 5/6/1937
TOTAL: 40 NOVELAS	30 PEÇAS

Limões da Sicília

— Teresina está?

O criado, ainda em mangas de camisa, mas já enforcado num colarinho altíssimo, esquadrinhou da cabeça aos pés o rapaz à sua frente, no patamar da escada: camponês no aspecto, com a gola do casaco grosseiro erguida até as orelhas e as mãos arroxeadas, enrugadas de frio, carregando uma sacola suja de um lado, uma velha maleta do outro, em contrapeso.

— Teresina? Quem é? — indagou por sua vez o criado, arqueando os sobrolhos densos e colados, como dois bigodes raspados acima dos lábios e colados ali, para não perdê-los.

Antes de responder, o rapaz sacudiu a cabeça e fez saltar da ponta do nariz uma gotinha de frio:

— Teresina, a cantora.

— Ah — exclamou o criado, com um sorriso irônico e surpreso. — Chama-se simplesmente Teresina, sem mais? E o senhor quem é?

— Está ou não está? — perguntou o rapaz, fechando o cenho e fungando. — Diga a ela que é o Micuccio e me deixe entrar.

— Mas não tem ninguém a esta hora — respondeu o criado, com o sorriso coagulado nos lábios. — A senhora Sina Marnis ainda está no teatro e...

— Tia Marta também? — interrompeu Micuccio.

— Ah, vossa senhoria é o sobrinho?

O criado fez-se imediatamente cerimonioso.

— Por favor, pode entrar, entre. Não há ninguém. Ela também está no teatro, a tia. Não voltarão antes da uma hora. É a noite de gala de sua... o que ela é mesmo sua? É prima?

Micuccio ficou um instante sem ação.

— Não... não sou propriamente primo dela. Sou... Micuccio Bonavino; ela sabe. Vim do interior só para isso.

Diante dessa resposta, o criado achou mais conveniente retirar o vossa senhoria e retomar o senhor; conduziu Micuccio a uma saleta escura, próxima à cozinha, onde alguém roncava estrepitosamente, e disse:

— Sente-se aqui. Já trago uma lamparina.

Micuccio olhou primeiramente para o lado de onde vinha o ronco, mas não conseguiu discernir nada; depois olhou para a cozinha, onde o cozinheiro, auxiliado por um ajudante, preparava o jantar. O cheiro misturado das iguarias em preparo o venceu: viu-se quase arrebatado por uma embriaguez vertiginosa, pois estava praticamente em jejum desde a manhã; chegava da província de Messina; uma noite e um dia inteiro de trem.

O criado trouxe a lamparina, e a pessoa que roncava na sala, atrás de uma cortina suspensa por um cordão de uma parede a outra, murmurou no meio do sono:

— Quem é?

— Ei, Dorina, levante-se! — chamou o criado. — Não vê que está aqui o senhor Bonvicino?

— Bonavino — corrigiu Micuccio, que estava soprando os dedos.

— Bonavino, Bonavino, um conhecido da senhora. Mas que sono de pedra: batem na porta, e você não escuta. Tenho de pôr a mesa, não posso fazer tudo sozinho, entende?, me ocupar do cozinheiro inexperiente, das pessoas que chegam.

Um amplo e sonoro bocejo, prolongado no espreguiçar dos membros e arrematado por um relincho vindo de um calafrio repentino, acolheu os protestos do criado, que se afastou exclamando:

— Tudo bem!

Micuccio sorriu e o acompanhou com os olhos através de uma outra sala em penumbra, até um vasto salão ao fundo, todo iluminado, onde surgia a mesa esplêndida, e ficou maravilhado, contemplando, até que um outro ronco o fez se virar mais uma vez para a cortina.

Com o guardanapo sob o braço, o criado passava para lá e para cá, queixando-se ora de Dorina, que continuava a dormir, ora do cozinheiro, que devia ser novo ali, chamado especialmente para aquela noite, e o incomodava a todo momento com perguntas. Micuccio, evitando importuná-lo ainda mais, achou prudente guardar para si todas as questões que gostaria de fazer. Ele deveria ter dito ou dado a entender que era o noivo de Teresina, mas não o fez, mesmo sem saber o porquê da sua discrição; o fato é que, a partir de então, o criado deveria passar a tratá-lo, a ele, Micuccio, de patrão; e ele, vendo-o tão desenvolto e elegante, conquanto ainda não envergasse a libré, não conseguia superar o constrangimento que já experimentava só de pensar. No entanto, a certa altura, vendo-o passar de novo, não se conteve e perguntou:

— Desculpe... esta casa é de quem?

— Nossa, que eu saiba — respondeu-lhe apressado o criado.

E Micuccio ficou balançando a cabeça.

Minha nossa, então era verdade! A sorte caíra do céu. Grandes negócios. Aquele criado que mais parecia um nobre, o cozinheiro, o ajudante e aquela Dorina que roncava do outro lado: toda uma criadagem às ordens de Teresina. Quem diria!

Ria ao pensar no sótão esquálido, lá longe, em Messina, onde ela morava com a mãe. Cinco anos atrás, se não fosse por ele, mãe e filha teriam morrido de fome. E foi ele quem a descobriu, ele, aquela fortuna na garganta de Teresina! Na época ela sempre cantava, como um pássaro dos telhados, sem saber de seu tesouro; cantava por desfastio, cantava para não pensar na miséria que ele tentava atenuar como podia, apesar da guerra que os pais moviam contra ela, especialmente a mãe. Mas como abandonar Teresina naquele estado, depois da morte do pai? Abandoná-la só porque não tinha nada, ao passo que ele, bem ou mal, tinha um empreguinho de flautista na orquestra municipal? Bela razão! E o coração?

Ah, foi uma verdadeira inspiração do céu, um bafejo da sorte ter reparado na voz dela quando ninguém prestava atenção, naquele belíssimo dia de abril, junto à janela da água-furtada que emoldurava o vivo azul do céu. Teresina cantarolava uma apaixonada arieta siciliana, cujas ternas palavras Micuccio ainda lembrava. Teresina estava triste naquele dia, pela morte recente do pai e pela obstinada oposição da família dele; e também ele — recordava — estava triste, tanto que lhe brotaram lágrimas ao ouvi-la cantar. E quantas outras vezes ele a ouvira cantando aquela ária; mas, cantada daquele modo, nunca. Ficara tão impressionado que, no dia seguinte, sem comunicar nada a ela nem à mãe, levara ao sótão o diretor da orquestra, amigo seu. E assim começaram as primeiras lições de canto; e, durante dois anos seguidos, gastara com ela quase todo o seu salário: alugara-lhe um piano, comprara partituras e até ajudara o maestro em sinal de amizade. Foram belos dias! Teresina ardia toda no desejo de alçar voo, de lançar-se no futuro luminoso que o maestro lhe prometia; e, enquanto isso, acumulava-o de carícias para lhe demonstrar toda a sua gratidão, sonhando uma felicidade a dois!

Já tia Marta balançava a cabeça com amargura: a pobre velha tinha visto tantas na vida que agora não acreditava mais no futuro; temia pela filha e não queria que ela pensasse nem mesmo na possibilidade de sair daquela resignada miséria; além disso, sabia, sabia quanto custava a ele a loucura daquele sonho perigoso.

Mas nem ele nem Teresina lhe davam ouvidos, e em vão ela se rebelou quando um jovem maestro compositor, tendo escutado Teresina em um concerto, declarou que seria um verdadeiro crime se não lhe dessem melhores professores e uma completa educação artística: Nápoles, era preciso mandá-la para o conservatório de Nápoles a qualquer custo.

Então ele, Micuccio, sem pensar duas vezes, rompeu com os parentes, vendeu uma pequena propriedade deixada em herança pelo tio padre e mandou Teresina a Nápoles, a fim de completar os estudos.

Nunca mais a viu desde então. Cartas, sim... recebia suas cartas do conservatório e depois as de tia Marta, quando Teresina já se lançara na vida artística, sendo disputada pelos principais teatros depois da estreia triunfal no San Carlo. Ao pé das letras trêmulas e incertas, garatujadas no papel pela pobre velhinha, havia sempre duas linhas dela, Teresina, que nunca tinha tempo para escrever: "Querido Micuccio, confirmo tudo que mamãe lhe diz. Fique bem e continue me amando". Haviam combinado que ele lhe daria cinco, seis anos de tempo, para que ela trilhasse livremente seu caminho: ambos eram jovens e podiam esperar. E, durante os cinco anos transcorridos, ele sempre mostrou aquelas cartas a quem quisesse ver, a fim de rechaçar as calúnias que seus parentes despejavam sobre Teresina e a mãe. Depois adoeceu, esteve a ponto de morrer; e, naquela ocasião, sem que ele soubesse, tia Marta e Teresina enviaram ao seu endereço uma boa soma em dinheiro; parte foi gasta com a doença, mas o resto ele conseguiu arrancar à força das mãos rapaces dos parentes e agora, finalmente, vinha devolvê-lo a Teresina. Porque dinheiro — nada! —, ele não queria. Não porque lhe parecesse esmola, uma vez que ele já gastara tanto com ela; mas... nada! Ele mesmo não sabia dizer por quê, ainda mais agora, ali, naquela casa... — dinheiro, nada! Como já esperara tantos anos, podia continuar esperando. De resto, se Teresina tinha dinheiro sobrando, era sinal de que o futuro se abrira para ela, e sendo assim já era tempo de que a antiga promessa se concretizasse, para despeito de quem não queria acreditar.

Micuccio pôs-se de pé, franzindo o cenho como para se certificar daquela conclusão; soprou de novo as mãos geladas e calcou os pés no chão.

— Frio? — perguntou-lhe o criado, passando. — Agora falta pouco. Venha aqui, na cozinha. Ficará melhor.

Micuccio não quis seguir o conselho do criado que, com um ar de grande senhor, o deixava desconcertado e despeitado. Voltou a se sentar e a cismar, consternado. Pouco depois, uma forte campainha o sacudiu.

— Dorina, a senhora! — gritou o criado, enfiando às pressas a libré enquanto corria para abrir a porta; mas, ao ver que Micuccio pretendia segui-lo, parou de repente e o interpelou:

— O senhor espere aqui; antes preciso anunciá-lo a ela.

— Ai, ai, ai... — lamentou-se uma voz sonolenta atrás da cortina; e, logo em seguida, apareceu uma mulherona atarracada, embrulhada em panos, que arrastava uma perna e ainda não conseguia abrir os olhos, cujo xale de lã chegava até acima do nariz, os cabelos tingidos de dourado.

Micuccio a observou admirado. Também ela, surpresa, arregalou os olhos para o estranho.

— A senhora — repetiu Micuccio.

Então Dorina recobrou subitamente a consciência:

— Já vou, já vou... — disse, tirando e jogando o xale atrás da cortina e tentando mover seu corpo pesado em direção à entrada.

A aparição daquela bruxa pintada e a intimação do criado inspiraram de repente em Micuccio, aviltado, um mau pressentimento. Ouviu a voz estrídula de tia Marta:

— Para lá, para a sala! Vamos, Dorina!

O criado e Dorina passaram na frente dele carregando magníficos buquês

LIMÕES DA SICÍLIA   25

de flores. Espichou a cabeça para observar, ao fundo, a sala iluminada e viu muitos senhores de fraque, falando confusamente. A vista se anuviou: o espanto era tanto, tão grande a comoção, que nem ele mesmo percebeu que seus olhos se encheram de lágrimas; fechou-os e, naquele canto escuro, encolheu-se todo, quase para resistir à dor que lhe provocava uma longa e estridente risada. Era de Teresina? Oh, meu Deus, mas por que ria assim?

Um grito contido o fez reabrir os olhos, e viu diante de si, irreconhecível, tia Marta, com chapéu na cabeça — coitada! — e afundada numa rica, esplêndida mantilha de veludo.

— Como! Micuccio... você aqui!

— Tia Marta... — exclamou Micuccio quase amedrontado, os olhos fixos nela.

— Mas como! — continuou a velha, perturbada. — Sem avisar? O que houve? Quando você chegou? Justamente esta noite... Oh, meu Deus, meu Deus...

— Vim para... — balbuciou Micuccio, sem saber o que falar.

— Espere! — interrompeu-o tia Marta. — Como vamos fazer? Como vamos fazer? Está vendo quanta gente, meu filho? Hoje é a festa de Teresina, sua grande noite... Espere, espere um pouco aqui...

— Se a senhora — tentou dizer Micuccio, sufocado pela angústia —, se a senhora acha que é melhor eu ir embora...

— Não, espere um pouco, por favor — apressou-se em responder a boa velhinha, toda embaraçada.

— Mas eu — completou Micuccio — não saberia aonde ir nesta cidade... a esta hora...

Tia Marta o deixou, fazendo um gesto com a mão enluvada para que ele esperasse, e entrou no salão, onde pouco depois Micuccio teve a impressão de se abrir uma voragem; fizera-se ali um silêncio repentino. Depois ouviu, claras e distintas, estas palavras de Teresina:

— Um momento, senhores.

E de novo a vista se anuviou à espera de que ela aparecesse. Mas Teresina não apareceu, e a conversa foi retomada no salão. No entanto, quem voltou poucos minutos depois, instantes que lhe pareceram eternos, foi tia Marta, agora sem chapéu, sem mantilha, sem luvas, mais à vontade.

— Vamos esperar um pouco aqui; está bem? — disse-lhe. — Ficarei com você... Agora o jantar será servido... Nós ficaremos aqui. Dorina vai pôr esta mesinha para nós, e jantaremos juntos, lembrando os velhos tempos, hein?... Nem me parece verdade que estou aqui com você, meu filho; aqui, afastados... Lá, como vê, há muitos cavalheiros... Ela, coitadinha, não pode evitar... É a carreira, entende? Ah, o que se há de fazer? Você viu os jornais? Coisas importantes, meu filho! Mas eu, eu sempre feito um peixe fora d'água... Nem me parece verdade que estou aqui, nesta noite, na sua companhia.

E a boa velha, que falou e falou instintivamente, para não dar tempo a Micuccio de pensar, por fim sorriu e esfregou as mãos, olhando-o com ternura.

Dorina se aproximou para arrumar a mesa depressa, porque lá, no salão, o jantar começava a ser servido.

— Ela virá? — perguntou Micuccio com voz triste, angustiada. — Queria pelo menos poder vê-la.

— Claro que virá — respondeu a velha de pronto, esforçando-se para superar o constrangimento. — Assim que tiver um momentinho de folga, ela mesma me disse.

Os dois se olharam e sorriram, como se finalmente se reconhecessem. Superando o constrangimento e a comoção, suas almas haviam encontrado o caminho para se saudar com aquele sorriso. "A senhora é tia Marta", diziam os olhos de Micuccio; "E você, Micuccio, é meu bom filho querido, o mesmo de sempre, coitadinho!", diziam os de tia Marta. Mas logo em seguida a boa velha baixou os seus, para que Micuccio não lesse neles mais nada. Esfregou de novo as mãos e disse:

— Vamos comer, né?

— Estou com uma fome! — exclamou Micuccio, agora alegre e confiante.

— Antes, o sinal da cruz: aqui, na sua frente, posso fazer isso — acrescentou a velha com ar esperto, piscando um olho, e se persignou.

O criado trouxe o primeiro prato. Micuccio ficou bem atento, observando como tia Marta manipulava os talheres ao se servir. Mas, quando chegou a sua vez, ao erguer as mãos, pensou que elas estavam sujas da longa viagem; enrubesceu, confundiu-se e levantou os olhos para o criado que, agora compenetradíssimo, fez uma mesura e deu um leve sorriso, como que o convidando a se servir. Felizmente tia Marta o tirou do embaraço.

— Dê-me aqui, Micuccio, eu mesma lhe sirvo.

Teve ímpeto de beijá-la, de tanta gratidão! Depois de servido, assim que o criado se retirou, persignou-se também, rapidamente.

— Muito bem, meu filho! — disse tia Marta.

E ele se sentiu feliz, pleno, e começou a comer como nunca havia comido na vida, sem mais pensar nas mãos nem no criado.

Porém, toda vez que o criado, entrando na sala ou saindo de lá, abria a porta de vidro e deixava passar uma onda de palavras confusas ou alguma risada mais alta, ele se virava perturbado e depois fixava os olhos sofridos e afetuosos da velha, quase para ler neles uma explicação. No entanto, o que ele lia ali era um pedido para que não perguntasse nada por enquanto, um adiamento das explicações. E ambos se sorriam de novo e voltavam a comer e a falar da cidade distante, dos amigos e conhecidos, dos quais tia Marta lhe pedia notícias sem fim.

— Não bebe nada?

Micuccio estendeu a mão para pegar a garrafa; mas, nesse instante, a porta que dava para a sala se abriu; um farfalhar de seda entre passos apressados, um revérbero, quase como se a saleta fosse violentamente iluminada, de chofre, para cegá-lo.

— Teresina...

E a voz morreu-lhe nos lábios, de espanto. Ah, que rainha!

Com o rosto em brasa e os olhos arregalados, a boca aberta, ele a contemplava assombrado. Como é que ela... assim? Os seios nus, os ombros nus, os braços nus... toda fulgurante de joias e de panos... Não a via, não a via mais como uma pessoa viva e real diante de si. O que ela lhe dizia? Nem a voz, nem os olhos, nem o riso: nada, não reconhecia mais nada nela, naquela aparição de sonho.

— Como vai? Você está bem agora, Micuccio? Ótimo, ótimo... Você esteve doente, se não me engano... Vamos nos ver daqui a pouco. Enquanto isso, mamãe lhe faz companhia... Combinado, hein?

E Teresina voou de novo para a sala, toda farfalhante.

— Não come mais? — perguntou temerosa tia Marta, logo em seguida, para romper o estupor de Micuccio.

Ele mal se virou para olhá-la.

— Coma — insistiu a velha, apontando-lhe o prato.

Micuccio levou dois dedos ao colarinho encardido e amarfanhado e o folgou, tentando respirar profundamente.

— Comer?

E agitou várias vezes os dedos perto do queixo, como se dissesse em despedida: não me desce mais, não posso. Ficou mais um tempo silencioso, abatido, absorto na recente visão, e murmurou:

— Como está mudada...

E viu que tia Marta balançava amargamente a cabeça, parando também de comer, como se esperasse.

— Quem imaginaria... — acrescentou para si, fechando os olhos.

Agora via, naquele escuro, o abismo que se abrira entre os dois. Não, aquela lá não era mais ela, a sua Teresina. Estava tudo acabado... fazia tempo, fazia tempo, e ele, tolo, ele, estúpido, só se dava conta agora. O povo da cidade havia avisado, e ele se obstinara em não acreditar... E agora, que papel fazia ali, naquela casa? Se todos aqueles senhores e se o próprio criado soubessem que ele, Micuccio Bonavino, moera os ossos para vir de tão longe, trinta e seis horas de trem, ainda seriamente se acreditando o noivo daquela rainha, quanta risada dariam os senhores e o criado e o cozinheiro e o ajudante e Dorina! Quanta risada, se Teresina o arrastasse diante deles, ali na sala, dizendo: "Olhem, este pobre coitado, tocador de flauta, diz que quer ser meu marido!". Ela mesma lhe prometera, é verdade; mas como podia supor que um dia chegaria a tal ponto? E era também verdade, sim, que ele mesmo lhe abrira aquele caminho e a incentivara a trilhá-lo; mas, aí está, ela fora tão longe, tão longe, que ele, parado ali, sempre o mesmo, tocando flauta aos domingos na praça da cidade, como ele poderia alcançá-la? Nem em sonho... E o que eram aqueles trocadinhos que gastara com ela, agora transformada numa grande senhora? Envergonhava-se só de pensar que alguém pudesse suspeitar que ele, com a sua chegada, quisesse reivindicar algum direito por causa daqueles trocados miseráveis. Naquele momento lembrou que trazia no bolso o dinheiro enviado por Teresina durante a doença dele. Enrubesceu: sentiu o opróbrio e meteu a mão no bolso do casaco onde estava a carteira.

— Vim aqui, tia Marta — disse depressa —, também para devolver o dinheiro que vocês me mandaram. O que seria? Um pagamento? Uma restituição? Vejo que Teresina se tornou uma... sim, me parece uma rainha! Vejo que... nada! Melhor não pensar mais nisso! Mas este dinheiro, não: não merecia isso dela... Acabou, e não se fala mais nisso... mas nada de dinheiro! Só lamento que não esteja todo...

— O que você está dizendo, meu filho? — tentou interrompê-lo tia Marta, aflita e com lágrimas nos olhos.

Micuccio fez um gesto para que ela se calasse.

— Não fui eu que o gastei: foram meus parentes, durante a doença, sem que eu soubesse de nada. Mas ficam por aquela miséria que gastei faz uns anos... lembra? Vamos esquecer isso. Aqui está o resto. Vou embora.

LIMÕES DA SICÍLIA   29

— Mas como! Assim, de repente? — exclamou tia Marta, tentando detê-lo.
— Espere ao menos Teresina voltar. Não viu que ela quer falar com você? Vou dizer a ela...

— Não, não adianta — respondeu Micuccio, decidido. — Deixe-a lá, com aqueles senhores; ela está bem ali, é o lugar dela. Eu, coitado... Já a vi; e me bastou... Ou melhor, vá também... vá também para lá... Está ouvindo como riem? Não quero que riam de mim... Vou embora.

Tia Marta interpretou no pior sentido aquela decisão repentina de Micuccio: como um ato de desprezo, um impulso de ciúme. Parecia-lhe agora, pobrezinha, que todos, ao verem sua filha, deviam imediatamente conceber a mais abominável das suspeitas, aquela pela qual chorava inconsolável, arrastando sem descanso a sua dor secreta entre os tumultos daquela vida de luxo odioso, que desonrava grotescamente a sua cansada velhice.

— Mas eu — ela deixou escapar —, eu não posso mais vigiá-la a esta altura, meu filho...

— Por quê? — indagou Micuccio, lendo de repente em seus olhos a suspeita que ainda não lhe ocorrera; e seu rosto se tornou sombrio.

A velha perdeu-se em seus sofrimentos e escondeu o rosto nas mãos trêmulas, sem conseguir frear o ímpeto das lágrimas que jorravam.

— Sim, sim, vá embora, meu filho, vá — disse, sufocada pelos soluços. — Ela não é mais para você, tem razão... Se tivesse ouvido meus conselhos!

— Então — prorrompeu Micuccio, inclinando-se sobre ela e tirando-lhe à força uma das mãos do rosto. Mas o olhar com que ela lhe suplicou piedade, levando um dedo aos lábios, foi tão pungente e miserável que ele se deteve e acrescentou em outro tom, esforçando-se para falar baixo: — Ah, então ela, ela... não é mais digna de mim. Chega, chega, vou embora assim mesmo... aliás, principalmente agora... Que imbecil, tia Marta: eu não tinha entendido! Não chore... Afinal, que importa? É o destino, dizem... o destino...

Pegou a maleta e a sacola debaixo da mesa e já se encaminhava para a saída quando lhe ocorreu que ali, dentro da sacola, estavam os belos limões que ele trouxera de sua terra para Teresina.

— Oh, veja, tia Marta — retomou.

Afrouxou a boca da sacola e, fazendo uma barreira com o braço, despejou aqueles frutos frescos e fragrantes sobre a mesa.

— E se eu começasse a atirar todos estes limões — acrescentou — na cabeça daqueles cavalheiros ali?

— Tenha piedade — gemeu a velha entre lágrimas, fazendo novo gesto suplicante para que ele se calasse.

— Não, nada — emendou Micuccio, rindo com acidez e metendo no bolso a sacola vazia. — Eu os tinha trazido para ela; mas agora os deixo só para você, tia Marta.

Pegou um e o aproximou do nariz de tia Marta.

— Cheire, tia Marta, sinta o cheiro da nossa terra... E dizer que até paguei imposto por eles... Chega. Só para você, veja bem... E a ela, diga isto em meu nome: "Boa sorte!".

Apanhou a maleta e foi embora. Mas, descendo a escada, um imenso abatimento o venceu: só, abandonado, de noite, numa grande cidade desconhecida, longe de sua terra; desiludido, aviltado, humilhado. Chegou ao portão, viu que chovia a cântaros. Não teve coragem de se aventurar por aquelas ruas estranhas, debaixo daquela chuva. Retornou devagar, subiu um lance de escada, sentou-se no primeiro degrau e então, apoiando os cotovelos nos joelhos e a cabeça entre as mãos, começou a chorar silenciosamente.

Quase no final do jantar, Sina Marnis fez outra visita à saleta. Encontrou a mãe, que também chorava, sozinha, enquanto do outro lado os cavalheiros se exaltavam e riam.

— Foi embora? — perguntou, surpresa.

Tia Marta fez que sim com a cabeça, sem olhar para ela. Sina fixou os olhos no vazio, absorta, e enfim suspirou:

— Coitadinho...

Mas logo em seguida esboçou um sorriso.

— Olhe — disse-lhe a mãe, sem conter mais as lágrimas com o guardanapo. — Ele lhe trouxe estes limões...

— Oh, que lindos! — exclamou Sina, com um salto. Apoiou um braço na cintura e, com a outra mão, pegou tantos quantos conseguia carregar.

— Não, para lá, não! — protestou vivamente a mãe.

Mas Sina deu de ombros e correu para a sala, gritando:

— Limões da Sicília! Limões da Sicília!

"Lumie di Sicilia", 1900

O medo

Retirou-se da janela com um gesto e uma exclamação de surpresa; pousou sobre a mesinha o trabalho de crochê que tinha nas mãos e foi fechar depressa, mas com cuidado, a porta que comunicava aquele quarto com os outros; depois esperou meio escondida pela cortina da outra porta de entrada.

— Já está aqui? — disse em voz baixa, contente, erguendo os braços ao peito hercúleo de Antonio Serra, ela, frágil e miúda, com o rosto inclinado para receber logo o habitual beijo furtivo.

Mas o homem se esquivou, perturbado.

— Você não está sozinho? — perguntou Lillina Fabris, recompondo-se rapidamente. — Onde deixou o Andrea?

— Voltei antes, esta noite... — respondeu Serra com tom áspero, acrescentando como para abrandar a primeira expressão: — Inventei uma desculpa... Mas era verdade, precisava estar aqui de manhã cedo, a trabalho...

— Não me disse nada... — ela o reprovou docemente. — Podia ter avisado... O que há?

Serra a fixou quase com ódio nos olhos; depois, em voz baixa mas vibrante, prorrompeu:

— O que há? Temo que seu marido suspeite de nós...

Ela se imobilizou como se um raio tivesse caído perto dela; e, com um espanto cheio de terror, disse:

— Andrea? Como você sabe? Você se traiu?

— Não, nós dois, se tanto! — apressou-se em responder. — Na noite da partida...

— Aqui?

— Sim, enquanto ele descia... Andrea desceu na minha frente, lembra? Com a valise... Você estava com a lamparina na porta, não é? E eu, ao passar...

Lillina Fabris levou ambas as mãos ao rosto; depois as agitou no ar:

— Ele nos viu?

— Tive a impressão de que ele se virou, quando descia... — acrescentou ele com voz seca e abafada. — Você não notou nada?

— Eu? Não, nada! Mas onde ele está? Onde está Andrea?

Como se não tivesse ouvido a pergunta angustiada da pequena amante, de quem nunca intuíra a grandeza da alma e do amor, Serra continuou em tom sombrio:

— Me diga: eu já estava descendo quando ele a chamou?

— E se despediu! — exclamou ela. — Inclusive com a mão... Então foi quando ele se virou lá embaixo?

— Não, antes... antes...

— Mas se nos houvesse visto...

— Entrevisto, se tanto... Um relance!

— E ele deixou você vir antes? — emendou ela com crescente angústia. — Mas você tem certeza de que ele não veio também?

— Absoluta! Não tenho dúvida... E antes das onze não há outra condução saindo da cidade...

Olhou o relógio e empalideceu.

— Deve estar para chegar... E nós, nesta incerteza... suspensos assim, à beira do abismo...

— Não diga nada, por favor! — implorou ela. — Calma... diga-me tudo... O que você fez? Quero saber tudo...

— O que você quer que eu diga? Nesta situação, as coisas mais insignificantes parecem alusões; cada olhar, uma insinuação...

— Calma... calma... — repetiu ela.

— Sim, calma; quero ver!

E Serra começou a passear pelo quarto, retorcendo as mãos. Pouco depois retomou, parando:

— Aqui, se lembra? Antes de partir, eu e ele discutíamos o maldito caso que precisávamos resolver na cidade... Ele estava exaltado...

— Sim, e daí?

— Assim que chegamos à rua, Andrea não falou mais; andava de cabeça baixa; eu vi, ele estava perturbado, a expressão carregada... "Ele percebeu!", pensei. Eu não disse nada, temia que a voz fraquejasse; eu tremia todo... Mas de repente, com o ar simples e natural, na fresca tranquilidade da noite, ele falou enquanto caminhava: "Triste, não é? Viajar de noite, deixar a casa a esta hora...".

— Assim?

— Pois é. Ele achava triste também para quem fica... Depois, mais uma frase... (suei frio!): "Deixar-se à luz de vela, numa escada...".

— Oh... e como ele disse isso? — exclamou ela, tocada.

— Com a mesma voz... — respondeu Serra. — Com naturalidade... Não sei; acho que fez de propósito! Falou das crianças que ele tinha deixado na cama, dormindo; mas não com aquele amor simples e confortante... e de você.

— De mim?

— Sim, mas olhando para mim.

— O que ele disse? — perguntou ela em suspense.

— Que você ama muito seus filhos...

— Mais nada?

— No trem, voltou a falar do caso que precisamos resolver... Perguntou sobre o advogado Gorri, se eu o conhecia.

— Quieto! — ela o interrompeu subitamente.

A criada entrou para perguntar se estava na hora de buscar as crianças, que naquela manhã estavam com os avós paternos. O patrão não voltaria naquele dia? Os carros já tinham partido para a estação.

Indecisa, Lillina respondeu à criada que esperasse mais um pouco e terminasse de arrumar a casa. Quando voltaram a ficar sós, olharam-se atordoados; e ele repetiu:

— Chegará daqui a pouco...

Ela apertou-lhe o braço com raiva:

— Mas me diga alguma coisa! Não conseguiu confirmar mais nada? Será possível que ele, violento como é e com essa forte suspeita, tenha conseguido fingir tão bem para você?

— No entanto... — fez ele, batendo as mãos. — Será que minha desconfiança me traiu a esse ponto? Várias vezes tive a impressão de ler algo nas palavras dele... Mas no instante seguinte me dizia, para me acalmar: "Não, é só o medo!".

— Medo, você?

— Eu, sim! Porque ele tem razão... — declarou Serra grosseiramente, com a espontaneidade da mais natural convicção. — Examinei e observei todos os movimentos dele: como me olhava, como falava comigo... Você sabe que ele não costuma falar muito... no entanto, nesses três dias, se você visse! Porém ele se fechava frequentemente num silêncio longo e inquieto; mas toda vez saía do mutismo e tornava a falar de seus negócios. E eu me perguntava: "Está preocupado com isso ou com outra coisa? Talvez agora só esteja falando para dissimular a suspeita...". Uma vez até me pareceu que não queria apertar minha mão... E ele percebeu que eu a estendi: fingiu-se distraído, era realmente um tanto estranho — foi no dia seguinte à nossa partida. Depois de dar dois passos, voltou atrás. "Arrependeu-se!", notei logo. E de fato ele disse: "Oh, desculpe... me esqueci de cumprimentá-lo! Não tem importância...". Falou mais uma vez de você, da casa, mas sem nenhuma intenção aparente... Mas tive a impressão de que ele evitava me olhar de frente... Repetia três, quatro vezes a mesma frase, sem motivo aparente... como se pensasse noutra coisa. E, enquanto falava de assuntos aleatórios, de repente achava um jeito de voltar a falar de você ou das crianças, bruscamente, fixando-me nos olhos e emendando algumas perguntas... Um artifício? Quem vai saber? Será que queria me pegar de surpresa? E ria, mas com uma felicidade feia no olhar...

— E você? — indagou ela, agarrada às palavras dele.

— Eu? Sempre de pé atrás...

Lillina Fabris balançou a cabeça numa reprovação furiosa:

— Deve ter percebido sua desconfiança...

— Mas se ele já suspeitava! — rebateu ele, sacudindo os ombros largos.

— Deve ter confirmado a suspeita! — reiterou ela. — E depois? Nada mais?

— Sim... na primeira noite, no hotel... — recomeçou Serra, humilhado. — Quis pegar um quarto só, com duas camas. Já estávamos deitados fazia um tempo... ele percebeu que eu não estava dormindo, isto é... percebeu, não: estávamos no escuro! Mas supôs. E veja... imagine! Eu nem me mexia. Ali, de noite... no mesmo quarto com ele, e com a suspeita de que ele sabia... imagine! Eu estava com os olhos arregalados no escuro, à espreita... quem sabe! Para me defender, se fosse o caso... A qualquer movimento, eu pularia da cama... E então... Você entende: vida por vida, melhor a minha do que a dele... De repente, no silêncio, eu o ouço dizer estas exatas palavras: "Você não está dormindo".

— E você?

— Nada. Não respondi. Fingi que dormia. Logo em seguida ele repetiu: "Você não está dormindo". Então lhe falei. "Você disse alguma coisa?", perguntei. E ele: "Sim, queria saber se você estava dormindo". Mas não era verdade, sabe? Não interrogava ao dizer "Você não está dormindo", ele proferia a frase com a certeza de que eu estava acordado, de que não podia dormir... entende? Ou pelo menos foi o que me pareceu...

— Só isso? — ela tornou a perguntar.

— Só isso... Não preguei o olho por duas noites.

— E com você? Ele continuou o mesmo depois?

— Sim, o mesmo...

Ela ficou um pouco pensativa, com os olhos apontados no vazio; depois disse lentamente, como a si mesma:

— Tudo fantasia... ele! Se tivesse nos visto...

— No entanto ele se virou ao descer... — objetou Serra.

Ela o mirou nos olhos de relance, como se não tivesse entendido.

— Sim, mas não deve ter notado nada! Seria possível?

— Na dúvida... — fez ele.

— Mesmo na dúvida! Você não o conhece... Dominar-se a esse ponto, sem deixar vazar nada... O que é que você sabe? Nada! Mas vamos admitir que ele tenha nos visto, enquanto você passava e se inclinava sobre mim... Se ele tivesse tido a mínima suspeita... de que você tinha me beijado... teria voltado... ah, sim! Pense, pense como ficaríamos!... Não, ouça, não: não é possível! Você teve medo, só isso! Medo, você, Antonio!... Não, ele não imaginou nada ruim... Não tem razão para suspeitar de nós: você sempre me tratou com familiaridade na frente dele...

Apaziguado internamente pela inesperada confiança demonstrada pela mulher, Serra quis ainda insistir na dúvida angustiosa só pelo prazer de ser ainda mais tranquilizado por ela:

— Sim, mas a suspeita pode nascer de um momento a outro. E aí — percebe? — mil pequenos fatos mal percebidos, nem sequer levados em conta, ganham nova cor de repente; cada aceno indeterminado se torna uma prova; depois a dúvida e a certeza: este é o meu temor...

— É preciso ter cuidado... — respondeu ela.

Decepcionado, Serra experimentou um sentimento de irritação contra a amante:

— Agora? Eu sempre lhe disse!

Ela o olhou com desdém:

— E agora você me acusa?

— Não acuso nada! — respondeu ele, cada vez mais irritado. — Mas você não pode negar que muitas vezes eu lhe disse: Atenção! E você...

— Sim... sim... — confirmou ela, como nauseada.

— Não sei que graça há — continuou ele — em se deixar descobrir assim... por nada... por uma imprudência de nada... como três noites atrás... Foi você...

— Sim, sempre eu...

— Se não fosse por você!

— Sim — fez ela, erguendo-se com um gritinho sarcástico —, o medo!

Atiçado, Serra explodiu:

— Mas você acha que temos motivo para estarmos alegres, você e eu? Especialmente você!

Começou a passear pelo aposento, parando a cada tanto e falando quase para si:

— O medo... Acha que não penso também em você? O medo... tínhamos muita confiança, aí está! Sim, e agora todas as nossas imprudências, todas as nossas loucuras me saltam aos olhos, e me pergunto como ele não suspeitou de nada até hoje...

Atingida pela acusação do amante, ela levou as mãos ao rosto e recomeçou:

— E agora você me reprova? É natural! Sim, enganei um homem que confiava em mim mais do que em si mesmo. Sim, de fato a culpa é minha.

— Não quis dizer isso — disse ele surdamente, continuando a dar voltas.

— Mas claro, claro... — retrucou ela febril, indo ao seu encontro. — Eu sei, e, veja, você pode até acrescentar que fugi com ele da minha casa, é verdade, e que quase o forcei a fugir — eu, porque o amava, sim —, depois o traí com você! É justo que agora você me condene, mais que justo! Mas ouça: fugi com ele porque o amava, e não para conseguir todo este sossego aqui, o conforto de uma nova casa; eu tinha a minha; não teria ido embora com ele. Mas ele, como se sabe, devia se desculpar perante os outros da leviandade a que se deixara levar, ele, homem sério, equilibrado... Ah, mas a loucura já tinha sido cometida: agora era preciso remediar, reparar logo! E como? Entregando-se inteiro ao trabalho, construindo para mim uma casa rica, cheia de ócio... Assim, trabalhou feito um estivador; não pensou senão em trabalhar, sempre; sem desejar mais nada de mim senão os elogios por sua operosidade, por sua honestidade... e também a minha gratidão! Sim, porque eu poderia ficar numa situação pior!... Ele era um homem honesto; ele me tornaria rica mais uma vez, mais do que antes. Tudo isso era para mim, para mim, que o esperava toda noite impaciente, feliz quando voltava... Chegava em casa cansado, quebrado, contente com seu dia de trabalho, já preocupado com os afazeres do dia seguinte... Pois bem, no final também me cansei de ter que arrastar esse homem para que me amasse, para que forçosamente correspondesse ao meu amor. O apreço, a confiança, a amizade do marido certas vezes parecem um insulto à natureza... E você se aproveitou disso, você, que agora me acusa do amor e da traição, agora que o perigo bate à porta, e está com medo, bem vejo: tem medo! Mas o que você perde? Já eu...

— E você me aconselha calma — disse Serra friamente. — Mas se estou com medo... é também por você... por seus filhos...

— Meus filhos... não fale nos meus filhos! — gritou ela, ferida, com os olhos lampejantes de ódio. — São inocentes! — acrescentou, rompendo em lágrimas.

Serra a olhou por um momento; depois, mais chocado do que comovido, disse:

— Agora vai chorar... Vou embora...

— Agora? Agora? — soluçou ela. — É claro, você não tem mais nada a fazer aqui...

— Isso é injusto! — retomou ele, calcando as palavras. — Amei você, assim como você me amou; nós sabemos! Aconselhei que fôssemos prudentes: fiz mal? Mais por você do que por mim; sim, porque eu, no caso, não perderia nada — você mesma disse... Vamos, vamos, Lillina... anime-se... Qualquer recriminação agora é inútil... Ele não deve saber de nada, como você acha, e será assim... Agora até eu já acho difícil que ele tenha conseguido se dominar a esse ponto... Não deve ter notado nada... e assim... vamos, vamos... nada acabou... Nós seremos...

— Ah, não! — ela o interrompeu acaloradamente. — Não! Como é possível, a esta altura? Não, é melhor terminar...

— Como quiser... — fez Serra simplesmente.

— Aí está o seu amor! — exclamou ela, indignada.

Serra aproximou-se quase ameaçador:

— Você quer me enlouquecer?

— Não, é melhor terminar mesmo — retomou ela —, e a partir de agora não importa o que possa acontecer. Entre nós tudo acabou. E escute: seria melhor que ele soubesse de tudo. Melhor, sim, melhor! Que espécie de vida é a minha? Você imagina? Não tenho mais o direito de amar ninguém! Nem sequer os meus filhos... Quando me abaixo para dar um beijo neles, tenho a impressão de que a sombra da minha culpa se projeta sobre suas frontes imaculadas! Não... não... Acabar com a minha vida? Faço isso, se ele não o fizer!

— Você perdeu a razão... — disse ele, plácido e duro.

— É verdade! — continuou Lillina. — Eu sempre disse! É demais... é demais... Já não me resta mais nada...

Depois, fazendo força para se recompor, acrescentou:

— Vá, agora vá... que ele não o encontre aqui...

— Como... devo ir embora? — fez Serra, perplexo. — Deixar você? Mas vim para isso... Não é melhor que eu...

— Não — ela o interrompeu —, ele não deve encontrá-lo aqui. Mas volte depois que ele chegar, daqui a pouco. Devemos continuar usando a máscara juntos. Volte logo e tranquilo, indiferente... não assim! Fale comigo na frente dele, dirija-se muitas vezes a mim... entendeu? Eu o acompanharei...

— Sim... sim...

— Rápido. Mas... se por acaso...

— Se por acaso?

Ela refletiu por um momento; depois, dando de ombros:

— Nada, de qualquer modo...

— O quê? — perguntou Serra, confuso.

— Nada... nada... Adeus!

— Mas então, realmente... — ele tentou dizer.

— Vá embora! — ela o atalhou súbito, com aspereza.

E Serra saiu prometendo:

— Até daqui a pouco.

Ela ficou no meio do quarto, com os olhos enviesados, como num pensamento atroz, que assumisse uma forma real diante dela. Depois balançou a cabeça e exalou a agonia interna num suspiro de desolado cansaço. Esfregou a testa com força, mas não conseguiu expulsar o pensamento dominante. Andou um pouco, inquieta, pelo aposento; parou diante de um espelho pendurado no fundo, perto da saída; a própria imagem refletida no espelho a distraiu, e ela se afastou. Foi sentar em frente à mesinha de trabalho, inclinando-se sobre ela, com o rosto oculto entre os braços; pouco depois reergueu a cabeça e murmurou:

— Será que ele não voltaria a subir a escada? Com uma desculpa... me encontraria ali... atrás da janela, olhando...

Balançou de novo, com desprezo e náusea no rosto, e acrescentou:

— Se não fosse o medo... Tem tanto medo! Ah, mas agora acabou... Acabou... Meu Deus, obrigada! Meus meninos... meus meninos... Pobre Andrea!

"La paura", 1897

O dever do médico

I

E são meus — pensava Adriana, escutando a algazarra dos dois meninos no outro quarto; e sorria para si, enquanto continuava tricotando rapidamente uma malha de lã rosa. Sorria, quase sem acreditar em si mesma, pensando que aqueles dois meninos eram seus, que ela mesma os fizera, e que já se passaram tantos anos, uns dez, desde o dia em que ela se casara. Seria possível? Sentia-se ainda quase uma menina, e o filho maior já tinha oito anos, e ela, trinta, dali a pouco: trinta! Seria possível? Velha num instante! Mas que nada! Que nada! — e sorria.

— O doutor? — perguntou de repente, quase a si mesma, com a impressão de ter ouvido na saleta de entrada a voz do médico da casa; e se levantou, ainda com um doce sorriso nos lábios.

Mas o sorriso se apagou logo em seguida, siderado pelo aspecto tumultuoso e sem jeito do doutor Vocalòpulo, que entrava ofegante, como se tivesse vindo correndo; e batia nervosamente as pálpebras atrás das lentes muito grossas de míope, que deixavam seus olhos miúdos.

— Oh, meu Deus, doutor?!

— Nada... não se agite...

— Mamãe?

— Não, não! — negou imediatamente o doutor, com veemência. — Nada com sua mãe!

— Então Tommaso? — gritou Adriana. E, como o doutor não respondia, dava a entender que se tratava justamente do marido: — O que houve com ele? Diga a verdade... Oh, meu Deus, onde está, onde está?

O doutor Vocalòpulo ergueu as mãos, quase como se quisesse opor uma barreira às perguntas.

— Não foi nada... Uma feridinha...

— Ferido? E o senhor... Mataram ele?

E Adriana agarrou o braço do doutor, arregalando os olhos como uma louca.

— Não, não, senhora... se acalme... uma ferida... provavelmente leve...

— Um duelo?

— Sim — o doutor deixou cair dos lábios, hesitante e cada vez mais perturbado.

— Oh, meu Deus, meu Deus, não... me diga a verdade! — insistiu Adriana. — Um duelo? Com quem? Sem me dizer nada?

— A senhora vai saber. Enquanto isso... enquanto isso, fique calma: vamos pensar nele... A cama?

— Ali... — respondeu ela, aturdida, a princípio sem entender. Depois recomeçou, ainda mais ansiosa: — Onde o feriram? Assim o senhor me assusta... Tommaso não estava com o senhor? Onde está? Por que duelou? Com quem? Quando foi?... Fale...

— Calma, calma — interrompeu-a o doutor Vocalòpulo, não aguentando mais. — A senhora vai saber de tudo. Agora, a criada está em casa? Por favor, chame-a. Um pouco de tranquilidade e ordem: confie em mim.

E enquanto ela, quase demente, chamava a criada, o doutor, tirando o chapéu, passou a mão trêmula sobre a fronte, como se se esforçasse para lembrar alguma coisa; depois, voltando a si, desabotoou depressa o paletó, tirou do bolso interno a carteira e sacudiu várias vezes a caneta-tinteiro, pensando nas prescrições que deveria escrever.

Adriana retornou com a criada.

— Pronto — disse Vocalòpulo, continuando a escrever. E assim que terminou: — Rápido, para a farmácia mais próxima... Os frascos... não, não... pode ir, o próprio farmacêutico lhe dará. Depressa, por favor.

— É muito grave, doutor? — perguntou Adriana, com expressão tímida e apaixonada, como se se desculpasse pela insistência.

— Não, repito. Esperemos que tudo corra bem — respondeu Vocalòpulo e, para impedir outras perguntas, acrescentou: — Pode me levar até o quarto?

— Sim, claro, por aqui...

Mas, ao chegar ao quarto, ela perguntou mais uma vez, toda trêmula:

— Mas como, doutor? O senhor não estava com Tommaso? Dois médicos acompanham os duelos...

— É preciso deslocar a cama um pouco para cá... — observou o doutor, como se não tivesse entendido.

Naquele instante, entrou correndo um belo menino, de rosto audacioso, com cabelos pretos, encaracolados e longos, esvoaçantes.

— Mamãe, uma maca! Quanta gen...

Viu o médico e parou de supetão, confuso, mortificado, no meio do quarto.

A mãe deu um grito e afastou o menino, correndo atrás do doutor. Na soleira, ele se virou e a deteve:

— Fique aqui, senhora: fique tranquila! Estou indo, não tenha medo... Seu choro pode fazer mal a ele...

Então Adriana se curvou para apertar forte no peito o filhinho que se agarrara a seu vestido e rompeu em soluços.

— Por que, mamãe, por quê? — perguntava o menino espantado, sem compreender, pondo-se também a chorar.

II

Ao pé da escada, o doutor acolheu a maca levada por quatro voluntários, enquanto dois policiais, ajudados pelo porteiro, impediam que uma multidão de curiosos entrasse.

— Doutor Vocalòpulo! — gritava um jovem do meio da aglomeração.

O doutor se virou e por sua vez gritou aos policiais:

— Deixem-no passar: é o meu assistente. Entre, doutor Sià.

Os quatro voluntários repousavam um instante, preparando a maca para a subida. O portão foi fechado. As pessoas, do lado de fora, batiam com as mãos e com os pés, assoviando, falando alto.

— E então? — perguntou o doutor Vocalòpulo a Sià. — E a mulher? No hospital... Estou todo suado! Fratura na perna e no braço...

— Congestão?

— Acho que sim. Não sei... Vim correndo. Que calor de rachar! Se eu pudesse beber um copo d'água...

O doutor Vocalòpulo afastou um pouco a coberta impermeável da maca para ver o ferido; baixou-a logo e dirigiu-se aos voluntários:

— Vamos, para cima! Devagar e atenção, rapazes, por favor.

Enquanto se procedia com a máxima cautela à difícil subida, o barulho dos passos e o rumor das vozes baixas, exaustas, atraíam a atenção dos outros moradores do edifício, que abriam suas portas.

— Devagar, devagar... — advertia o doutor Vocalòpulo, quase a cada degrau.

O doutor Sià vinha atrás, enxugando ainda o suor da nuca e da fronte, e respondia às perguntas dos moradores:

— É o senhor... como se chama? Corsi... Do quarto andar, não é?

Uma senhora e uma senhorita, mãe e filha, saíram correndo escada acima com um grito de horror e, logo depois, ouviram-se os gritos desesperados de Adriana.

Vocalòpulo balançou a cabeça, contrariado, e disse a Sià:

— Por favor, continue aqui — disse ele, e subiu aos saltos os dois lances de escada até a porta dos Corsi.

— Vamos, seja forte, senhora: não grite assim! Não vê que fará mal a ele? Senhoras, por gentileza, levem-na para lá!

— Quero ver meu marido, me deixem! Quero vê-lo! — gritava Adriana, chorando e se debatendo.

E o médico:

— Vai vê-lo, não duvide, mas não agora... Levem-na para lá!

A maca já havia chegado.

— A porta! — gritou um dos voluntários, ofegante.

O doutor Vocalòpulo foi correndo abrir o outro lado da porta, enquanto Adriana, desvencilhando-se, arrastava consigo as duas vítimas, atônitas, em direção à maca.

— Em que quarto? Por gentileza... onde fica a cama? — perguntou o doutor Sià.

— Por aqui... pronto! — disse Vocalòpulo, gritando às duas vizinhas que se aproximavam: — Pelo amor de Deus, segurem a mulher! Não conseguem nem sequer segurá-la?

— Oh, meu Deus! — exclamou a senhora do segundo andar, atarracada, peituda, parando diante de Adriana enfurecida.

Os dois policiais estavam atrás da maca, parados diante da porta de entrada. De repente, da escada, um vozerio e um atropelo apressado de gente. Com certeza o porteiro havia reaberto o portão, e a multidão curiosa invadira a escada.

Os dois policiais fizeram testa à invasão.

— Deixem-me passar! — gritava em meio à turba dos últimos degraus, abrindo espaço com os cotovelos, uma senhora alta, ossuda, vestida de preto, com o rosto pálido, desfeito, e os cabelos secos, ainda negros, não obstante a idade e os sofrimentos evidentes. Virava-se ora de cá, ora de lá, como se não enxergasse; de fato, tinha o olhar quase fosco entre as pálpebras túrgidas e semicerradas. Chegando enfim diante da porta, auxiliada por um jovenzinho bem-vestido que a seguia, foi detida na soleira pelos guardas:

— Não se pode entrar!

— Sou a mãe! — respondeu imperiosamente e, com um gesto que não admitia réplica, afastou os guardas e entrou na casa.

O rapazinho bem-vestido escapuliu para dentro, atrás dela, dando a entender que era mais um da família.

A recém-chegada dirigiu-se para um quarto quase escuro, apenas com uma janelinha gradeada próxima ao teto. Sem ver nada, ela chamou alto:

— Adriana!

Entre as duas vizinhas que tentavam confortá-la em vão, ela deu um pulo e gritou:

— Mamãe!

— Venha, venha aqui, minha filha! Pobre filhinha! Vamos logo! — disse depressa a velha senhora, com a voz vibrante de desdém e de dor. — Não me abrace! Você não deve ficar aqui nem mais um minuto!

— Oh, mamãe! Mamãe! — chorava Adriana, com os braços ao redor da mãe. Ela evitou o abraço, gemendo:

— Filha infeliz, mais do que sua mãe!

Depois, dominando a comoção, recomeçou com o tom de antes:

— Um chapéu, rápido! Um xale! Fique com o meu... Vamos logo, com as crianças... Onde estão? Meus pés já estão queimando, aqui... Maldita casa, maldita casa!

— Mamãe... o que você está dizendo, mamãe? — perguntou Adriana, perdida numa dor atroz.

— Ah, você não sabe? Ainda não sabe de nada? Não lhe disseram nada? Não suspeitou de nada? Seu marido é um assassino! — gritou a velha senhora.

— Mas ele está ferido, mamãe!

— Feriu-se sozinho, com as próprias mãos! Ele matou Nori, não entende? Traía você com a mulher de Nori... E ela se jogou da janela...

Adriana deu um grito e desabou sobre a mãe, sem sentidos. Mas a mãe, sustentando-a sem perceber o desmaio, continuava falando, toda trêmula:

— Por aquela lá... por aquela lá... você, você, minha filha, meu anjo, que ele não merecia nem olhar... Assassino!... Por aquela lá... entende? Entende?

E com a mão lhe batia suavemente no ombro, acariciando-a e quase a aninhando com aquelas palavras.

— Que desgraça! Que tragédia! Mas como é que aconteceu? — perguntou em voz baixa a senhora atarracada do segundo andar ao jovenzinho bem-vestido que se mantinha num canto, com um caderno na mão.

— Aquela é a mulher? — perguntou por sua vez o jovenzinho, em vez de responder. — Desculpe, a senhora saberia me dizer o nome de família?

— Dela?... Sim, ela é Montesani.

— E o primeiro nome, por favor?

— Adriana. O senhor é jornalista?

— Não diga a ninguém, por gentileza! Às suas ordens. E, me diga, aquela é a mãe, não é?

— A mãe dela, senhora Amalia, sim, senhor.

— Amalia, obrigado, obrigado. Uma tragédia, sim, senhora, uma verdadeira tragédia...

— A outra, a Nori, morreu?

— Morreu nada! Vaso ruim, a senhora me entende... Mas ele morreu, o marido.

— O juiz?

— Juiz? Não, procurador adjunto do rei.

— Sim, aquele jovem... feio, mirradinho, calabrês recém-chegado... Eram tão amigos do senhor Tommaso!

— Ah, mas claro! — escarneceu o jovenzinho. — É sempre assim, a senhora me entende... Mas, desculpe, onde está o senhor Corsi? Gostaria de vê-lo... Se a senhora me indicasse...

— Sim, vá por ali... Depois daquela sala, a porta à direita.

— Obrigado, senhora. Desculpe, mais uma pergunta: quantos filhos são?

— Dois. Dois anjinhos! Um menino de oito anos, uma menina de cinco...

— Obrigado de novo; com licença...

Seguindo a indicação, o jovenzinho dirigiu-se para o quarto do ferido. Ao passar pela saleta da entrada, surpreendeu o belo filho de Corsi que, com os olhos faiscantes, um sorriso nervoso nos lábios e as mãos atrás das costas, perguntava a um dos policiais:

— Mas me diga uma coisa: como foi o duelo? Com uma espingarda?

III

Com o torso nu e poderoso apoiado nos travesseiros, Tommaso Corsi mantinha os olhos pretos e brilhantes fixados no doutor Vocalòpulo, que, de camisa aberta e mangas arregaçadas sobre os magros braços peludos, apertava e estudava de perto a ferida. De tanto em tanto os olhos de Corsi também miravam o outro médico, como se, à espera de que algo pudesse subitamente falhar dentro dele, quisesse colher o sinal ou o momento de crise nos olhos dos dois. A extrema palidez aumentava a beleza de seu rosto másculo, habitualmente aceso.

Agora ele lançou sobre o jornalista, que entrava tímido, perplexo, um olhar firme e arrogante, como se lhe perguntasse quem era e o que queria. O jovenzinho empalideceu, aproximando-se da cama sem conseguir abaixar os olhos, quase fascinado por aquele olhar.

— Oh, Vivoli! — disse o doutor Vocalòpulo, virando-se rapidamente.

Corsi fechou os olhos, puxando pelas narinas um largo suspiro.

Lello Vivoli esperou que Vocalòpulo lhe dirigisse de novo o olhar; mas depois, impaciente:

— Psiu — chamou-o baixo e, acenando para o paciente, perguntou como ele estava.

O doutor encolheu os ombros e fechou os olhos; em seguida, apontou com o dedo a ferida no peito esquerdo.

— Então... — disse Vivoli, erguendo uma das mãos e fazendo o sinal da cruz.

Uma gota de sangue desprendeu-se da ferida e riscou longamente o peito. O doutor a secou com um chumaço de algodão, dizendo quase para si:

— Onde será que foi parar a bala?

— Ainda não sabe? — indagou timidamente Vivoli, sem tirar os olhos da ferida, não obstante a repulsa que sentia. — Mas me diga: sabe de que calibre era?

— Nove... calibre nove — retrucou com evidente satisfação o jovem doutor Sià. — Pela ferida é possível deduzir...

— Suponho — respondeu Vocalòpulo sério e absorto — que ela tenha se alojado aqui, abaixo da escápula... Ah, sim, infelizmente... o pulmão...

E torceu a boca.

Adivinhar, determinar o curso caprichoso da bala: no momento, só isso lhe interessava. Diante dele estava um paciente qualquer, sobre o qual ele devia exercitar sua perícia, valendo-se de todos os expedientes de sua ciência: além dessa tarefa material e limitada, não via mais nada, não pensava em nada. No entanto a presença de Vivoli o fez considerar que, sendo Corsi conhecidíssimo na cidade e tendo aquela tragédia mobilizado toda a comunidade, seria proveitoso que o público soubesse que o doutor Vocalòpulo era o médico responsável.

— Oh, Vivoli, você vai dizer que ele está sob os meus cuidados.

O doutor Cosimo Sià, do outro lado da cama, tossiu ligeiramente.

— E pode acrescentar — retomou Vocalòpulo — que meu assistente é o doutor Cosimo Sià, que aqui está.

Vivoli fez um aceno de cabeça, com um leve sorriso. Sià, que se precipitara com a mão estendida para apertar a de Vivoli, diante do aceno contido do jornalista ficou embaraçado, vermelho, e trinchou o ar com a mão já estendida para o cumprimento, como se dissesse: "Tanto faz: cumprimento-o assim mesmo!".

O moribundo entreabriu os olhos e franziu o cenho. Os dois médicos e Vivoli o olharam quase com temor.

— Agora precisamos enfaixá-lo — disse Vocalòpulo com voz atenciosa, inclinando-se sobre ele.

Tommaso Corsi agitou a cabeça sobre o travesseiro, depois baixou lentamente as pálpebras sobre os olhos embaçados, como se não tivesse entendido: pelo menos foi o que pareceu ao doutor Vocalòpulo, que, torcendo mais uma vez a boca, murmurou:

— A febre...

— Vou embora — disse Vivoli em voz baixa, cumprimentando Vocalòpulo com a mão e, novamente, apenas inclinando a cabeça para o doutor Sià, que desta vez respondeu com uma rápida mesura.

— Sià, venha aqui. Temos de levantá-lo. Precisaríamos de dois dos nossos enfermeiros... — exclamou Vocalòpulo. — Chega, vamos tentar. Mas estou pensando em fazer apenas uma atadura, bem firme, neste ponto.

— Vamos lavá-lo agora?

— Sim! O álcool, onde está? E a bacia, por favor. Assim, espere... Enquanto isso, prepare as ataduras. Estão prontas? Agora a bolsa de gelo.

Quando o doutor Vocalòpulo se preparou para enfaixá-lo, Tommaso Corsi abriu os olhos, fechou o rosto e tentou afastar do próprio peito as mãos do doutor, dizendo com voz cavernosa:

— Não... não...

— Como não? — perguntou surpreso o doutor Vocalòpulo.

Mas uma golfada de sangue impediu Corsi de responder, e suas palavras se afogaram na goela, sufocadas pela tosse. Depois se abandonou, prostrado e sem sentidos.

E então foi limpo e devidamente enfaixado pelos dois médicos responsáveis.

IV

— Não, mamãe, não... Como posso fazer isso? — respondeu Adriana ao voltar a si, diante da insistência da mãe em abandonar a casa do marido junto com os filhos.

Sentia-se quase amarrada ali, na cadeira, aturdida e trêmula, como se um raio tivesse caído por perto. E inutilmente a mãe a exortava e incentivava a sair:

— Vamos, vamos, Adriana! Não está me ouvindo?

Deixara que a mãe lhe pusesse um pequeno xale nos ombros e um chapéu, mas olhava fixo para a frente como uma pedinte. Ainda não conseguia fazer uma ideia do que havia ocorrido. O que a mãe estava dizendo? Abandonar aquela casa? Mas como? Naquele momento? Mais cedo ou mais tarde deveria abandoná-la para sempre? Por quê? O marido não lhe pertencia mais? Apagara-se nela a ânsia de revê-lo. E o que queriam aqueles dois guardas, para os quais a mãe acenava, lá, na saleta de entrada?

— Melhor que morra! Se sobreviver, vai para a cadeia!

— Mamãe! — suplicou, olhando para ela. Mas logo baixou os olhos para conter as lágrimas. No rosto da mãe releu a condenação do marido: "Ele matou

Nori; traía você com a mulher de Nori". Mas ainda não compreendia nem podia sequer pensar ou imaginar isso: via ainda a maca sob os olhos, e não podia imaginar nada além dele, Tommaso, ferido, talvez agonizante, ali... Então Tommaso havia assassinado Nori? Tinha um caso com Angelica Nori, e ambos foram descobertos pelo marido? Lembrou que Tommaso levava sempre o revólver consigo. Por causa de Nori? Não: ele sempre o carregara, ao passo que Nori e a mulher só estavam na cidade fazia um ano.

No desarranjo da consciência, uma multidão de imagens em tumulto despertava nela: uma chamava a outra e, juntas, se agrupavam em cenas luminosas, precisas, e logo se desagregavam para se recompor em outras cenas, com vertiginosa rapidez. Os dois tinham vindo de uma cidade da Calábria trazendo uma carta de apresentação para Tommaso, que os acolhera com a generosidade festiva de sua índole alegre, com ar de intimidade, com o sorriso franco de seu rosto másculo, em que os olhos reluziam exprimindo uma vitalidade plena, uma energia operosa e constante, que o faziam querido a todos.

Por essa índole vivaz, pela natureza exuberante, continuamente necessitada de se expandir quase com violência, ela fora cativada desde os primeiros dias do casamento: sentia-se arrastada pela pressa que ele tinha de viver, ou melhor, fúria mais do que pressa — viver sem trégua, sem tantos escrúpulos, sem tanta reflexão, viver e deixar viver, passando por cima de qualquer impedimento, de qualquer obstáculo. Várias vezes ela se detivera nessa corrida, para julgar intimamente alguma ação dele que não lhe parecesse muito correta. Mas ele não dava tempo ao julgamento, assim como não dava peso aos seus atos. E ela sabia que era inútil fazê-lo recuar e avaliar o mal feito: sacudia os ombros, sorria e vamos lá! Precisava seguir em frente de qualquer jeito, por qualquer caminho, sem se demorar refletindo entre o bem e o mal; e se mantinha sempre álacre e franco, purificado pela atividade incessante, sempre alegre e pródigo em favores para todos, com todos à mão: aos trinta e oito anos era um menino crescido, capaz de brincar seriamente com os dois filhos e ainda, depois de dez anos de casamento, tão apaixonado pela mulher que ela, muitas vezes, até recentemente, chegara a enrubescer por algum ato imprudente dele diante dos meninos ou da criada.

E agora, assim, de chofre, esse corte fulminante, essa explosão! Como era possível? Como? A prova crua dos fatos ainda não conseguia fazê-la dissociar os sentimentos, mais que de sólido afeto, de um amor fortíssimo e devotado pelo marido, por quem seu coração se sentia correspondido.

Talvez houvesse algum deslize, sim, sob aquela tumultuosa vitalidade; mas mentira, não, a mentira não podia se alojar sob sua alegria constante. Que ele tivesse um caso com Angelica Nori não significava, absolutamente, que ele tivesse traído a ela, a mulher; e isso a mãe não podia compreender, porque não sabia, não sabia de tantas coisas... Ele não podia ter mentido com aqueles lábios, com aqueles olhos, com aquele sorriso que alegrava a casa todos os dias. Angelica Nori? Oh, sabia muito bem o que ela era para o marido: nem sequer um capricho, nada, nada! Apenas a prova de uma fraqueza, à qual talvez nenhum homem saiba ou possa evitar sucumbir... Mas em que abismo ele caíra agora? E com ele a casa e ela e os meninos, caindo, caindo com ele?

— Meus filhos! Meus filhos! — desabafou enfim, soluçando com as mãos no rosto, quase para não ver o abismo que se escancarava horrivelmente diante dela. — Leve-os com você — acrescentou, dirigindo-se à mãe —, eles precisam ir, sim, para que não vejam... Eu, não, mamãe: eu fico. Por favor...

Levantou-se e, tentando conter as lágrimas como podia, foi, acompanhada pela mãe, buscar os meninos que brincavam num quartinho, onde a criada os fechara. Começou a vesti-los, sufocando os soluços que irrompiam da garganta a cada pergunta alegre e pueril.

— Com a vovó, sim... passear com a vovó... E o cavalinho, sim... e a espada também... Vovó vai comprar para vocês...

A velha senhora contemplava, arrasada, a querida filha, sua criatura adorada, tão boa, tão bonita, para quem tudo já estava acabado; e, no ódio feroz contra aquele que a fazia sofrer assim, quis até lhe arrancar das mãos aquele menino que se parecia tanto com o pai, até na voz e nos gestos.

— Tem certeza de que não quer vir? — perguntou à filha, quando os meninos já estavam prontos. — Olhe que, aqui, eu não ponho mais os pés. Você vai ficar sozinha. A casa de sua mãe está aberta. Você virá; se não hoje, amanhã. Sim, ainda que ele não morra...

— Mamãe! — suplicou Adriana, apontando os meninos.

A avó se calou e foi embora com os netos, vendo sair do quarto do ferido o doutor Vocalòpulo.

O médico foi até Adriana para lhe recomendar que, por enquanto, não visse o marido.

— Uma emoção repentina, mesmo que leve, poderia ser fatal para ele. Por favor, não faça nada que possa contrariá-lo ou impressioná-lo de algum modo. Meu colega passará a noite cuidando dele. Se precisar de mim...

Não concluiu a frase, notando que ela não prestava atenção nem pedia notícias sobre a gravidade da ferida; notou também que trazia um chapéu na cabeça, como se fosse abandonar a casa. Fechou os olhos, meneou a cabeça e, suspirando, foi embora.

v

Durante a noite, Tommaso Corsi recuperou-se, inconsciente, da letargia. Atordoado pela febre, mantinha os olhos abertos na penumbra do quarto. Uma lamparina ardia sobre a cômoda, refletida por um espelho de três faces: dali a luz se projetava vivamente, detalhando os desenhos e as cores do papel de parede.

Tinha apenas a sensação de que a cama fosse mais alta, e que somente por isso notasse naquele quarto algo que nunca notara antes. Via melhor o conjunto da mobília, que, em sua extrema quietude, parecia emanar naquela imobilidade quase resignada um conforto familiar, ao qual as ricas cortinas que desciam do alto até o tapete davam um ar de solenidade insólita. "Estamos aqui, como você quis, para sua comodidade", pareciam lhe dizer os vários objetos da casa, na consciência que pouco a pouco despertava; "somos a sua casa: tudo está como antes."

De repente fechou os olhos de novo, bruscamente ofuscado na penumbra por um áspero lampejo de luz: a luz que se fizera naquele outro quarto, quando ela, gritando, abriu a janela de onde se jogara.

Recuperou então, de um só golpe, a memória horrenda; e reviu tudo, como se acontecesse precisamente naquele momento.

Detido por um instintivo pudor, não conseguia, despido como estava, descer da cama, enquanto Nori disparava contra ele o primeiro tiro, que estraçalhava o vidro de uma imagem sacra na cabeceira; ele estendia a mão para o revólver sobre o criado-mudo, e uma segunda bala sibilava diante de seu vulto... Mas não se lembrava de ter atirado em Nori: só de quando ele caíra sentado no pavimento, dobrando-se depois de bruços, ele percebera que estava com a arma ainda quente e fumegante na mão. Então pulara da cama e, num átimo, dentro de si, tinha se desencadeado a tremenda luta de todas as energias vitais contra a ideia da morte; primeiro, o horror por ela; depois, a necessidade e a irrupção de um sentimento atroz, obscuro, superior a qualquer repugnância e a qualquer sentimento. Olhara o cadáver, a janela de onde a outra se jogara; tinha ouvido os clamores da rua lá embaixo e sentira como se abrisse um abismo em sua consciência: então a determinação violenta impusera-se a ele lucidamente, como um ato havia tempos meditado e discutido. Sim. Acontecera assim.

"Não", dizia a si mesmo um instante depois, reabrindo os olhos brilhantes de febre. "Não; se esta é a minha casa, se estou aqui em minha cama..."

Tinha a impressão de ouvir vozes alegres e confusas fora dali, nos outros quartos.

Tinha mandado colocar aquelas cortinas novas e os tapetes nos quartos para o batizado do último filho, morto vinte dias depois de nascido. Agora os convidados retornavam um a um da igreja. Angelica Nori, a quem ele oferecia o braço, o apertava furtivamente com a mão; ele se virava para olhá-la, espantado, e ela acolhia o seu olhar com um sorriso impudente, de tola, e cerrava voluptuosamente as pálpebras sobre os grandes olhos negros, globulosos, na presença de todos.

"Aquela criança morreu", pensava ele agora, "porque foi levada ao batismo por aquele sujeito, que ainda por cima tinha mau-olhado."

Imagens imprevisíveis, visões estranhas e confusas, sensações fantásticas, repentinas, pensamentos lúcidos e precisos se sucediam nele, num delírio intermitente.

É verdade, é verdade, ele o matara. Mas por duas vezes aquele celerado tentara matá-lo, e ele, ao se virar para pegar a arma sobre o criado-mudo, gritara-lhe, sorrindo: "O que você está fazendo?" — pois lhe parecia impossível que o outro, antes que ele se visse forçado a reagir, não compreendesse a infâmia, a loucura de assassiná-lo daquele modo, matar a ele, que estava ali por acaso e que tinha tanta vida fora dali: seus negócios, os afetos vivos e verdadeiros, sua família, os filhos para cuidar. Ah, desgraçado!

Como é que, de uma hora para a outra, aquele homenzinho raquítico, feio, sem graça, de espírito apático, entediado, que se arrastava pela vida sem nenhuma vontade, sem nenhum afeto, e que havia anos sabia ser traído despudoradamente pela mulher sem se importar com isso, mulher que ele mal aguentava olhar ou ouvir aquela sua voz mole de gata; como é que, de uma hora para a outra, sentira o sangue ferver e justamente com ele? Não sabia que espécie de mulher era a dele? Não sentia que era algo ridículo, insensato e ao mesmo tempo infame defender daquele modo, e àquela altura, sua honra confiada a ela, que a emporcalhara por tantos anos, sem que ele jamais demonstrasse perceber? Tinha até assistido — sim, sim — a várias cenas familiares em que ela, bem debaixo de seus olhos e até na frente de Adriana, tentara seduzi-lo com aqueles trejeitos de macaca no cio. Adriana com certeza percebera; e ele, não? Ele e Adriana riram tanto desse fato! Então, por causa de uma mulher como aquela, fazer uma tragédia a sério? O escândalo, a morte dele, a sua própria morte? Oh, para aquele desgraçado a morte talvez fosse um bem, uma dádiva! Mas para ele... tinha que morrer por tão pouco? Naquele momento, com o cadáver diante dos olhos, pressionado pelos clamores da rua, acreditara que não escaparia. Pois bem, mas por que não estava tudo acabado? Ele ainda estava vivo, ali, em seu mesmo quarto sossegado, deitado na própria cama, como se nada tivesse acontecido. Ah, se realmente tudo fosse um sonho horrível!... Não: e aquela dor queimando-lhe o peito, sufocante? Além disso, a cama...

Estendeu bem devagar o braço para o lugar ao lado; vazio...! Adriana... Sentiu de novo o abismo abrindo-se por dentro. Onde ela estava? E os filhos? Será que o abandonaram? Estava só, então, na casa? Como era possível?

Reabriu os olhos para confirmar se aquele era mesmo seu quarto de dormir. Sim: tudo como antes. Então, naquela alternância entre delírio e lucidez mental, uma dúvida cruel o venceu: não sabia mais se, ao abrir os olhos, via em alucinação seu quarto na paz costumeira ou se sonhava ao fechar os olhos, revendo, com uma lucidez de percepção que era quase realidade, a horrível tragédia da manhã. Emitiu um gemido e em seguida, diante de seus olhos, viu um vulto desconhecido; sentiu uma mão pousar em sua testa, cuja pressão o confortava, e tornou a fechar os olhos, suspirando e sentindo que deveria se resignar a não compreender mais nada, a não saber o que realmente acontecera. Talvez também fosse sonho aquele vulto apenas entrevisto, a mão que lhe pressionava a testa... E recaiu na letargia.

O doutor Sià afastou-se na ponta dos pés para um canto do quarto quase totalmente escuro, onde Adriana velava escondida.

— Talvez seja melhor — disse-lhe à meia-voz — mandar buscar o doutor Vocalòpulo. A febre está aumentando e o aspecto dele não me...

Interrompeu-se e lhe fez uma pergunta:

— Quer vê-lo?

Adriana fez que não com a cabeça, angustiada. Depois, sentindo que não conseguiria conter um ímpeto repentino de choro, ficou de pé e saiu do quarto.

O doutor Sià fechou a porta com cuidado, tentando impedir que o choro convulsivo da mulher chegasse aos ouvidos do moribundo; depois tirou a bolsa do peito dele, esvaziou a água, encheu-a novamente com pedacinhos de gelo e a recolocou sobre as ataduras, bem no lugar da ferida.

— Pronto.

Então observou mais uma vez, longamente, o rosto do paciente, ouvindo sua respiração ofegante; depois, não tendo mais o que fazer, e como se lhe bastasse ter providenciado o gelo e feito aquelas observações, retornou a seu lugar e sentou-se na poltrona, do outro lado da cama.

Ali, com os olhos fechados, abandonava-se ao prazer de sentir o sono chegar aos poucos, apagando nele, gradativamente, a vontade de resistir, até o ponto extremo em que a cabeça derreava; então abria os olhos e voltava a se abandonar àquela voluptuosidade proibida, que quase o inebriava.

VI

As complicações temidas pelo doutor Vocalòpulo infelizmente se confirmaram: o mais grave era a infecção pulmonar, responsável pela febre altíssima.

Sem nenhuma preocupação alheia à ciência, da qual era um fervoroso praticante, o doutor Vocalòpulo redobrou o zelo, como se estivesse determinado a salvar o moribundo a qualquer custo.

Nos pacientes sob seus cuidados, ele não via homens, mas casos a serem estudados: um belo caso, um caso estranho, um caso medíocre ou comum, quase como se as enfermidades humanas devessem servir aos experimentos da ciência, e não a ciência servir às enfermidades. Uma situação grave e complicada sempre o interessava do mesmo modo, e nesses casos ele não conseguia deixar de pensar no paciente: punha em prática as mais recentes experiências das melhores clínicas do mundo, cujos boletins e resenhas ele consultava escrupulosamente, levando em conta as exposições detalhadas das tentativas e os expedientes dos grandes luminares da ciência médica, adotando frequentemente os tratamentos mais arriscados com firme coragem e uma confiança inabalável. Assim construíra uma grande reputação. Todo ano fazia uma viagem e voltava entusiasmado com os experimentos a que assistira, satisfeito de algum novo conhecimento assimilado, guarnecido de novos e mais aperfeiçoados instrumentos cirúrgicos, que dispunha — depois de poli-los com o maior cuidado e estudar meticulosamente seu funcionamento — dentro de um móvel de cristal em forma de urna, posto no meio de seu amplo gabinete; fechados, os contemplava ainda, esfregando as mãos sólidas e sempre frias ou afilando com dois dedos o nariz sobrepujado por um par de lentes fortíssimas, que acresciam a rigidez austera de seu rosto pálido, longo, equino.

Conduziu à beira do leito de Corsi alguns colegas seus, para estudar e discutir o problema; explicou a todos suas tentativas, cada uma mais nova e engenhosa que a outra, mas que ainda não haviam dado resultado. Sob fortíssima febre, o ferido continuava num estado quase letárgico, interrompido no entanto por certas crises de agitação delirante, nas quais, mais de uma vez, burlando a vigilância, tinha até tentado desfazer as ataduras.

Vocalòpulo não se preocupara muito com esse "fenômeno"; limitara-se a recomendar ao doutor Sià mais atenção. Por meio da radiografia, pudera extrair o projétil alojado sob a axila; e também, arriscadamente, aplicou lençóis frios para abaixar a temperatura. Mas finalmente conseguira! A febre baixara, a infecção pulmonar fora debelada, o perigo, quase superado. Nenhuma compensação material poderia igualar a satisfação moral do doutor Vocalòpulo. Estava radiante; e também o doutor Sià, de modo indireto.

— Colega, colega, dê cá a mão! Isto se chama vencer!

Sià lhe respondia com uma só palavra:

— Milagroso!

Agora a primavera iminente apressaria sem dúvida a convalescença.

O enfermo começava a se recuperar aos poucos, a sair do estado de inconsciência em que estivera por tantos dias. Mas ainda não sabia, nem sequer suspeitava, a que estado fora reduzido.

Certa manhã tentou erguer as mãos da cama, só para olhá-las, e, ao ver os dedos trêmulos e exangues, sorriu. Ainda se sentia como num vazio, mas um vazio tranquilo, suave, de sonho. Apenas algum detalhe, ali, no quarto, lhe chamava a atenção de vez em quando: um friso pintado no teto, a pelugem verde do cobertor de lã sobre a cama, que lhe chamava à memória os fios de grama de um prado ou de um jardim; e ali concentrava toda a atenção, feliz; depois, antes de se cansar da visão, tornava a fechar os olhos e experimentava a leve tontura da embriaguez, vagando numa delícia inefável.

Tudo, tudo terminara; a vida recomeçava agora... Mas será que não estava suspensa também para os outros? Não, não, aí está: um rumor de viatura... Lá fora, nas ruas, a vida tinha seguido seu curso durante todo aquele tempo...

Diante desse pensamento que obscuramente o contrariava, sentiu como um roçar irritante no ventre; e se pôs a olhar a penugem verde do cobertor, onde parecia ver uma campina: sim, ali a vida recomeçava realmente, com todos aqueles fios de grama... E o mesmo valia para ele... Novo, todo novo, ele se reapresentaria à vida... Um pouco de ar fresco! Ah, se o médico quisesse abrir um tantinho a janela para ele...

— Doutor — chamou; e a sua própria voz lhe causou uma estranha impressão.

Mas ninguém respondeu. Experimentou olhar pelo quarto. Ninguém... Como era possível? Onde estava? Adriana! Adriana! Uma angustiosa ternura pela mulher o invadiu; e começou a chorar como um menino, no desejo ardente de envolvê-la com os braços e apertá-la forte, forte, contra o peito... Chamou de novo, em meio ao choro suave:

— Adriana! Adriana!... Doutor!

Ninguém ouvia? Então, vendo-se perdido, sufocado, estendeu o braço para a sineta sobre o criado-mudo; mas sentiu imediatamente uma aguda pontada interna, que o deixou por um instante quase sem respiração, com o rosto lívido, contraído pelo espasmo; depois tocou, tocou furiosamente. O doutor Sià apareceu com seu ar espiritado:

— Aqui estou! O que temos, senhor Tommaso?

— Sozinho, me deixaram sozinho!...

— E então? Por que esta agitação? Estou aqui.

— Não! Adriana, chame Adriana! Onde ela está? Quero vê-la.

Agora ele mandava, hein? O doutor Sià fez uma careta e virou a cabeça de lado:

— Assim, não! Se não se acalmar, não chamo.

— Quero ver minha mulher! — replicou irritado, imperioso. — O senhor pretende proibir?

Sià sorriu, perplexo:

— Veja... gostaria que... Não, não, fique calmo: vou chamá-la.

Não foi necessário. Adriana estava atrás da porta; enxugou rapidamente as lágrimas, correu e se lançou, aos soluços, entre os braços do marido como num abismo de amor e de desespero. A princípio ele só sentiu a alegria de ter assim, nos braços, sua mulher adorada, cujo calor o inebriava, junto com o perfume dos cabelos. Ele a amava tanto, tanto, tanto. Mas de repente a sentiu soluçar. Tentou erguer com ambas as mãos a cabeça que afundava sobre ele; mas não teve forças e se voltou, aturdido, para o doutor Sià, que acorreu e forçou a senhora a se afastar da cama; conduziu-a, amparando-a naquela crise violenta de choro, para fora do quarto; depois voltou para perto do convalescente.

— Por quê? — indagou Corsi, transtornado.

Um pensamento atravessou-lhe a cabeça como um raio. Sem esperar a resposta do médico, Corsi tornou a fechar os olhos, mortificado. "Não me perdoa", pensou.

VII

Com as notícias da melhora e da cura iminente, crescera a vigilância na casa do ferido. Doutor Vocalòpulo, temendo que a autoridade judiciária desse, intempestivamente, voz de prisão a seu paciente, pensou em ir a um advogado amigo seu e de Corsi, a quem Corsi com certeza teria confiado sua defesa, para lhe pedir que fossem juntos à delegacia a fim de asseverar ao delegado que o enfermo não pretendia de nenhum modo escapar da Justiça.

O advogado Camillo Cimetta aceitou o convite. Era um homem de seus sessenta anos, magro, muito alto, todo pernas. Destacavam-se estranhamente de seu rosto esquálido, amarelado, doentio, dois olhinhos pretos, agudos, de uma vivacidade extraordinária. Mais versado em filosofia do que em leis, cético, oprimido pelo tédio da vida, cansado das amarguras que ela havia lhe imposto, nunca se empenhara em conquistar a enorme fama de que gozava e que lhe trouxera uma riqueza da qual nem sabia mais o que fazer. A mulher, senhora belíssima, insensível, despótica, que o torturara por muitos anos, se matara numa crise de neurastenia; a única filha fugira de casa com um mísero escrivão de seu escritório e morrera após o parto, depois de ter sofrido um ano de maus-tratos do marido indigno. Ficara só, sem mais objetivo na vida, e recusara todos os cargos honoríficos, bem como a satisfação de fazer valer seus dotes incomuns numa cidade grande. E, enquanto seus colegas se apresentavam no banco de acusação ou de defesa armados de cavilações, abarrotados de proceduras, ou enchiam a boca de palavrões altissonantes, ele, que mal podia suportar a toga que o funcionário lhe punha sobre as costas, erguia-se com as mãos nos bolsos e começava a falar aos jurados e aos juízes com a maior naturalidade, de modo fácil, tentando expor com a máxima evidência possível algum pensamento que pudesse impressioná-los pela lógica; e destruía com irresistível argúcia as magníficas arquiteturas oratórias de seus adversários, conseguindo por vezes abolir os limites formalistas do sombrio ambiente judiciário, quando uma aura de vida se desprendia e passava por ali um sopro doloroso de humanidade, de piedade fraterna, além e acima da lei, para o homem nascido para sofrer e errar.

Obtida do delegado a promessa de que a transferência para a prisão não ocorreria senão após a anuência do médico, ele e o doutor Vocalòpulo foram juntos à casa de Corsi.

Em poucos dias Adriana mudara tanto que não parecia mais a mesma.

— Minha senhora, aqui está o nosso caro advogado — disse Vocalòpulo.

— Agora é melhor preparar aos poucos o convalescente para a dura necessidade...

— Mas como, doutor? — exclamou Adriana. — Parece que ele ainda não tem a mínima suspeita do que fez. É como uma criança... se comove com qualquer coisinha... Justamente nesta manhã me dizia que, assim que puder se mexer, quer ir para o campo, em férias, por um mês...

Vocalòpulo suspirou, afilando como sempre o nariz. Pensou por um tempo e depois disse:

— Vamos esperar mais uns dias. Enquanto isso, vamos deixar que ele converse com o advogado. Não é possível que a ideia da punição não lhe ocorra.

— E o senhor advogado acredita — perguntou Adriana —, acredita que seja grave?

Cimetta fechou os olhos, abriu os braços. Os olhos de Adriana se encheram de lágrimas.

Naquele momento, veio do outro quarto a voz do enfermo. Adriana logo foi para lá.

— Com licença!

Da cama, Tommaso estendia-lhe os braços. Mas, assim que viu os olhos vermelhos de choro, pegou seu braço e, escondendo ali o rosto, disse:

— Ainda? Então você ainda não me perdoou?

Adriana contraiu os lábios trêmulos, enquanto novas lágrimas rolavam dos olhos; e não achou voz para responder àquela pergunta.

— Não? — insistiu ele, sem descobrir o rosto.

— Eu, sim — respondeu Adriana, angustiada, timidamente.

— E então? — replicou Corsi, olhando-a nos olhos lacrimosos.

Pegou-lhe o rosto entre as mãos e acrescentou:

— Você compreende, você sente, não é verdade?, que em meu coração, em meu pensamento, você nunca, nunca perdeu o lugar, minha santa, meu amor, meu amor...

Adriana acariciou levemente os cabelos dele.

— Foi uma infâmia! — recomeçou ele. — Sim, é bom, é bom que eu lhe diga, para tirar qualquer sombra entre nós. Foi uma infâmia me surpreender naquele momento vergonhoso, de passatempo estúpido... Se me perdoou, você entende! Um erro estúpido, que aquele desgraçado quis tornar enorme tentando me matar, entende? Duas vezes... Matar a mim, a mim, que precisava de qualquer jeito me defender... porque... você entende! Eu não podia deixar que me matassem por aquela lá, não é mesmo?

— Sim, sim — Adriana, chorando, repetiu para acalmá-lo, mais com o gesto do que com a voz.

— Não é mesmo? — continuou ele com força. — Não podia... por vocês! Eu disse isso a ele; mas de repente ele estava feito um louco; veio para cima de mim, com a arma em punho... Então não tive escolha...

— Sim, sim — repetiu Adriana, engolindo as lágrimas —, se acalme, sim... Essas coisas...

Interrompeu-se, vendo o marido se abandonar exausto sobre os travesseiros, e chamou alto:

— Doutor! Essas coisas — prosseguiu, levantando-se e inclinando-se sobre a cama, solícita — você vai dizer... vai dizer aos juízes, mas tudo vai...

De repente, Tommaso Corsi ergueu-se num cotovelo e olhou fixo para o doutor e para Cimetta, que vinham ao seu encontro.

— Mas eu — disse —, ah, sim... o processo...

Empalideceu. Tombou de novo na cama, aniquilado.

— Formalidades... — Vocalòpulo deixou escapar dos lábios, aproximando-se mais da cama.

— E que outra punição — disse Corsi quase para si, olhando o teto com olhos arregalados —, que outra punição é maior do que a que eu mesmo me infligi, com minhas próprias mãos?

Cimetta tirou uma das mãos do bolso e moveu o indicador em sinal negativo.

— Isso não conta? — perguntou Corsi. — E então?... — tentou replicar; mas não foi adiante. — Ah, claro! Sim, sim... Acredita nisso? Eu achava que tudo tivesse acabado... Adriana! — chamou, envolvendo-a de novo com os braços. — Adriana! Estou perdido!

Comovido, Cimetta balançou demoradamente a cabeça, depois desabafou:

— Mas por quê? Por uma ingenuidade tola. Vai ser difícil, muito difícil, meu caro doutor, convencer essa respeitável instituição que se chama jurado. Não tanto, veja, pelo fato em si, mas sobretudo porque se trata de um procurador adjunto do rei. Se pelo menos fosse possível demonstrar que o pobre coitado já tinha conhecimento dos chifres precedentes! Mas com que meios? Não se pode convocar um morto para jurar sua palavra de honra... A honra dos mortos é devorada pelos vermes. Que valor pode ter a indução diante da prova dos fatos? De resto, sejamos justos: sobre a própria cabeça, cada um é soberano para escolher os cornos que a enfeitem. Os seus, meu caro Tommaso, ele não quis aceitar. Você diz: "Mas eu podia deixar que ele me matasse?". Não. Mas, se queria ver respeitado o direito de não se deixar matar, não deveria ter tomado a mulher dele, aquela besta de saias! Ao fazer isso (note, agora estou analisando os argumentos da acusação) você mesmo abdicou de seu direito, expôs-se ao risco, e por isso não devia reagir. Entende? Dois erros. Quanto ao primeiro, o do adultério, você deveria se deixar punir por ele, o marido ultrajado; no entanto, matou-o...

— Mas claro! — gritou Corsi, erguendo o rosto contraído pela raiva. — Instintivamente! Para não ser morto!

— No entanto, logo em seguida — retomou Cimetta —, você tentou se matar com as próprias mãos.

— E isso não é suficiente?

Cimetta sorriu.

— Pode não bastar. Ao contrário, só o prejudica, meu caro! Porque, ao tentar se matar, você implicitamente reconheceu seu crime.

— Sim! E me puni!

— Não, meu caro — disse Cimetta, com calma. — Você tentou escapar da pena.

— Mas tirando minha vida! — exclamou Corsi, exaltado. — O que eu podia fazer além disso?

Cimetta deu de ombros e disse:

— Deveria ter morrido. Não estando morto...

O DEVER DO MÉDICO   61

— Mas eu ia morrer — retrucou Corsi, afastando a mulher e apontando duramente o doutor Vocalòpulo —, teria morrido se ele não tivesse feito de tudo para me salvar!

— Como... eu? — balbuciou Vocalòpulo, posto na berlinda quando menos esperava.

— O senhor! Sim! Com certeza! Eu não queria seus cuidados. Mas o senhor os impingiu à força, salvando-me a vida. Mas para quê, se agora...

— Vamos com calma, vamos com calma... — disse Vocalòpulo, sorrindo nervosamente com os lábios, consternado. — Agitando-se assim, você vai passar mal...

— Obrigado, doutor! Quanta dedicação... — escarneceu Corsi. — Orgulha--se tanto de ter me salvado? Mas ouça, Cimetta, ouça! Só quero raciocinar. Eu tinha me matado. Aí vem um doutor, este nosso doutor. Ele me salva. Com que direito me salva? Com que direito me devolve a vida que eu tinha tirado, já que não podia reviver para meus meninos, se sabia o que me esperava?

Vocalòpulo tornou a sorrir com nervosismo, turvando o rosto.

— Depois de tudo — disse —, essa é uma bela maneira de me agradecer. O que eu deveria ter feito?

— Ter me deixado morrer! — prorrompeu Corsi. — Porque você não tinha o direito de impedir a pena que eu me impusera, muito mais do que a minha culpa! Não há mais pena de morte; e eu teria morrido se não fosse você. Agora vou fazer o quê? Devo lhe agradecer o quê?

— Mas, me desculpe, nós, médicos — respondeu Vocalòpulo desconcertado —, nós, médicos, não temos esse direito: nós, médicos, temos o dever de nossa profissão. E apelo ao advogado aqui presente.

— Então qual é a diferença — perguntou Corsi com amargo sarcasmo — entre esse seu dever e o de um carrasco?

— Oh, vamos! — exclamou Vocalòpulo, agitando-se todo —, você queria que um médico passasse por cima da lei?

— Ah, muito bem! Então o senhor serviu à lei — redarguiu Corsi, com ímpeto raivoso. — À lei: não a mim, pobre coitado... Eu tinha tirado a própria vida; o senhor a restituiu a mim à força. Três, quatro vezes tentei arrancar as ataduras. O senhor fez de tudo para me salvar, para me restituir a vida. E para quê? Ora, para que a lei de novo a tirasse de mim, de um modo ainda mais cruel. Aí está: foi a isso, doutor, que o dever profissional o conduziu. E isso não é uma injustiça?

— Desculpe-me — tentou intervir Cimetta —, mas do mal que o senhor fez...

— Eu me lavei, com meu sangue! — Corsi completou prontamente a frase, exasperado, vibrante. — Agora sou um outro! Renasci! Como posso continuar suspenso, por causa de um só instante, naquela outra vida que não existe mais para mim? Suspenso, pendurado naquele instante, como se ele representasse toda a minha existência, como se eu só tivesse vivido para aquilo? E minha família? Minha mulher? Meus filhos, a quem devo alimentar, dar um futuro? Mas como! Como! O que querem mais de mim? Não queriam que eu morresse... Então por quê? Por vingança? Contra alguém que se matara...

— Mas que também matou! — rebateu Cimetta com dureza.

— À força! — respondeu de novo Corsi. — E me redimi daquele momento; num instante resgatei minha culpa, num instante que poderia ser longo como a eternidade. Agora não tenho mais nada a pagar! Esta é uma outra vida para mim, que me foi dada. Preciso voltar a viver para minha família, devo voltar a trabalhar para meus filhos. Recebi a vida de volta para acabar na cadeia? E isso não é um crime terrível? E que Justiça é essa que pune a frio um homem já livre de remorsos? Como posso ficar numa detenção descontando um delito que não planejei cometer, que não teria cometido se não tivesse sido forçado a isso? Ao passo que agora, calculadamente e a frio, aqueles que aproveitarão de sua ciência, doutor, ciência que me fez sobreviver à força só para me condenar, cometerão o delito mais atroz ao me embrutecer num ócio infame, embrutecendo nos vícios da miséria e da ignomínia os meus filhos inocentes? Com que direito?

Ergueu o tronco, suspenso por uma raiva que o sentimento da própria impotência tornava feroz; deu um urro, agarrou o rosto com os dedos tensos e o arranhou; depois se jogou de bruços sobre a cama, convulso; tentou romper em soluços, mas não pôde. Na inutilidade daquele esforço tremendo, ficou um instante atordoado, como num vazio estranho, numa perplexidade espantosa. Tornou-se cadavérico no rosto marcado pelo recente arranhão.

Adriana acorreu, assustada; primeiro ergueu-lhe a cabeça, depois, ajudada por Cimetta, tentou reerguê-lo, mas logo retirou as mãos com um grito de repulsa e horror: a camisa, sobre o peito, estava ensopada de sangue.

— Doutor, doutor!

— A ferida voltou a abrir! — exclamou Cimetta.

Doutor Vocalòpulo arregalou os olhos e empalideceu assombrado.

— A ferida?

E, instintivamente, aproximou-se da cama. Mas Corsi o impediu resoluto, com os olhos vidrados.

— Tem razão — disse então o doutor, deixando cair os braços. — Ouviram? Não posso, não devo...

"Il dovere del medico"*, *1902*

---

* Título original: *"Il gancio"*. (N.T.)

O ninho

Ao redor da cabecinha loura da doce e graciosa menina que se sentava a seu lado, atenta a olhar para fora através da janelinha do carro, Ercole Orgera, absorto, envolvia como um nimbo ideal de pensamentos e, acariciando-lhe com mão leve os cabelos de ouro, muito macios e um pouco encaracolados sobre a nuca descoberta, pensava na sua vida mais do que infeliz e no futuro dela, florzinha inocente, escondida, que mal desabrochara para a vida.

Um pouco incomodada com aquele leve e contínuo tatear em sua nuca, Lietta virou-se para o pai e lhe disse com um sorrisinho:

— Fique quieto!

Ercole sorriu ao sorriso da menina, sem entender o incômodo que lhe provocava.

— Já disse, fique quieto...

O veículo andava devagar pela larga e serpeante alameda que leva ao Gianicolo. Eram os primeiros dias de abril, e o ar estava tépido e suavíssimo.

A menina parecia resignada a olhar para fora apenas pela janelinha do carro, como se já compreendesse que não podia sair em companhia do pai senão assim: dentro de um carro fechado. Isso era o que Ercole pensava, e tal pensamento, como se houvesse nascido da cabecinha da filha, o enterneceu quase até as lágrimas. Ah, sim, somente assim, furtivamente, ele podia passear com sua menina! E quem dera ela sempre continuasse pequena, assim!

Colocou-a sobre os joelhos, apertou-a forte contra o peito e a beijou muitas vezes, dizendo-lhe:

— Minha filhinha linda! Você sempre vai estar com o papai, não é? Sempre com o papai.

— É... é... — respondeu Lietta confusa entre os beijos, mesmo estando acostumada àquelas repentinas efusões de ternura do pai. — E com a mamãe... — acrescentou logo em seguida, com toda simplicidade.

— E com a mamãe, sim!

O casamento de Ercole Orgera com a prima Elena Ferlisi fora por água abaixo havia muitos anos, por motivos os mais fúteis, por um tolo capricho da noiva que, pouco tempo depois, como numa repentina resolução de sua cabeça um tanto bizarra, se casara com um tal de Mari, florentino já quase velho e, como se não bastasse, de condição inferior à dela.

Ercole sofrera enormemente; tanto que não lhe bastara o consolo da acolhida realmente extraordinária que, naqueles dias, o seu segundo romance, *A incrédula*, recebeu.

Arrasado e bem diferente daquele que já fora, por fim conseguiu se recuperar da grande dor. Três anos depois, casou com Livia Arciani.

Depois da publicação da *Incrédula*, dele não aparecera nem mais uma linha. Com desculpas bizarras e engenhosas, tentara coonestar* aos próprios olhos e aos alheios a inação e a letargia em que caíra. Em seguida, pouco a pouco, afastara-se também da sociedade que antes costumava frequentar, refugiando-se no esquecimento mais profundo de si mesmo e dos outros.

Os amigos haviam atribuído o motivo dessa mudança à esposa, que por isso foi apelidada de Ursa. Ninguém jamais se aproximou dela, ninguém nunca falou com ela. Mas será que ela falava? Parecia, principalmente quando se observavam os seus olhos, que ela nunca abriria os lábios, a não ser para proferir algum sim ou não incerto e suspeitoso. Parecia estar sempre incubando pensamentos lúgubres; mas quais e por quê?

---

* "Coonestare", em italiano, é também vocábulo raro, típico do jovem Pirandello. (N.T.)

Livia acolhera sem sombra de entusiasmo a fatal proposta paterna de casar com Ercole Orgera, que ela não conhecia nem de nome nem por retrato. O pai lhe dissera que ele era um literato, um romancista, enfim, um homem culto e notório.

"E por que ele casaria comigo?", indagou-se Livia, que reconhecia não ser bonita e quase de todo inculta. Pelo dote? Certamente não pela ingenuidade ou pelo natural engenho: talvez ele nem o suspeitasse... E tanto melhor assim! Isso queria dizer que ela o demonstraria a ele a seu tempo e lugar. E disse que sim.

As núpcias foram celebradas sem nenhuma pompa, e, após uma breve viagem de lua de mel, o novo casal fixou-se em Roma.

Pouco a pouco a intimidade recíproca se atiçou no fogo amoroso. Livia teve de admitir a si mesma que, sim, no trato doméstico, o marido não era como ela o imaginara a princípio: não lhe incutia nenhum sentimento de submissão, nunca se vangloriava de seus talentos e tinha inegavelmente modos delicadíssimos de pensar e sentir, porém talvez mais refletidos do que espontâneos. Por sua vez, do que de fato pensava ou sentia por ele, Livia nunca deixara entrever nada. Ela era assim, mais do que fechada, sombria por natureza, e, tendo logo reconhecido em si uma força de vontade sobejamente superior à do marido, a exercitara desde o início, especialmente na maneira de se comportar diante dele. Observava tudo e calava, sem jamais se mostrar suspeitosa ou desconfiada; não lhe escapava nenhuma palavra dele; em suma, o cercava, sem no entanto demonstrar ou lhe causar o menor incômodo, com um assédio constante, silencioso, vigilante.

Desde os primeiros meses de casamento, Ercole deixara escapar a confidência de seu antigo amor. Livia não pedira outras explicações nem notícias sobre o fato ou sobre a mulher, que sabia distante, em Florença. O modo como Ercole lhe narrara aquela história não lhe despertara nenhuma curiosidade; nem ela, de resto, a teria manifestado. Nem demonstrara o desejo de apreender e conhecer o artista que havia no marido. Ercole não retornara mais à arte. Então por que se ocupar disso? No fundo, ela não chegava a compreender como era possível levar a sério a profissão de escrever livros.

Com o passar do tempo, também Ercole parecia começar a pensar assim. Estreitara laços com o sogro interiorano e passara a se dedicar à caça e aos cuidados da vila recebida em dote pelo casamento, tratando dos cavalos e até da criação do gado.

— Gostaria mais ainda de criar um bebê — ele disse várias vezes à mulher, jocosamente. — Mas você não quer me dar um...

Agora Livia também desejava muito um bebê que sacudisse um pouco a aquosidade estagnada de suas vidas, agitada apenas de vez em quando, e raramente, por algum propósito excêntrico do marido; uma longa viagem ao exterior! Estabelecer-se numa outra cidade!... Propósitos vãos, rãs que se atiravam num charco e conseguiam produzir apenas zeros a se perder placidamente nas orlas.

Assim, em perfeitíssima calma e numa espera contínua e vã, transcorreram oito anos de casamento até que, de Florença, chegou a Ercole uma carta lacrimosa da prima Elena Mari. Ela lhe escrevia dizendo que o marido morrera e a deixara quase na miséria: pedia ajuda para seus dois filhos, que pretendia pôr num orfanato em Roma, e ao final da longa carta, cheia de detalhes sobre sua vida conjugal infeliz e sobre o marido morto, expressava um profundo e amargo remorso pela insensatez passada e, ao mesmo tempo, a confiança de já ter obtido o perdão de Ercole, acrescentando no fim: "O prejuízo, como vê, foi todo meu!".

Ercole lera ao lado de Livia aquela carta inesperada: não tinha segredos com a mulher. Ao abrir o mísero papelzinho, que nem sequer estava tarjado de preto e em cujo cabeçalho se lia simplesmente o seu nome seguido de um ponto de exclamação, perturbou-se e olhou para a mulher, que estava de pé.

— Quem pode ter escrito isto?

— É muito simples: confira a assinatura! — respondeu-lhe Livia com aparente serenidade, inclinando-se para ler também.

— Elena...

— Não lembra mais quem é? Sua prima...

— Será possível?...

No dia seguinte, por expressa vontade da mulher, Ercole enviou quatrocentas liras à viúva Mari, sem uma linha de acompanhamento.

Cerca de três meses depois, recomeçou de súbito a escrever, febrilmente, a escrever e a pensar na arte, como se o estro se lhe reacendesse de repente, após um longo sono. Comprometeu-se com uma importante revista de literatura e de ciência a escrever um novo romance, que ia redigindo rapidamente, à medida que era publicado: dois ou três capítulos, uma folha impressa da grande revista, a cada quinze dias — enorme empreitada, sobretudo para ele, que tinha perdido havia tanto tempo o hábito de escrever. E empenhava-se simultaneamente em outros trabalhos para outros jornais. Ocorreu, enfim, quase uma explosão de todas as suas energias, como num novo fluxo vital.

A princípio a mulher ficou maravilhada, sem saber como explicar essa mudança repentina. Via-o trabalhar até tarde da noite no escritório; e depois, de dia, sempre azafamado, absorto, inclusive à mesa... Certas noites, apenas uma hora depois de se deitar, tornava a se levantar.

— O que você está fazendo? — perguntava ela. — Você vai ficar louco.

— Ah, é verdade — respondia ele, tentando sorrir. — Mas não consigo pegar no sono!...

— Amanhã você escreve...

— Não, não adianta ficar aqui tentando me apaziguar... Você não pode compreender o que é... Fiquei tanto tempo sem fazer nada... Agora a inspiração voltou...

A arte! A arte!... o que Livia entendia disso? As preocupações, os pensamentos que ela suscitava eram tão fortes a ponto de superar e fazer esquecer completamente qualquer outro interesse, outra ideia, outro afeto? Então ela era capaz de radicalmente transformar assim, num segundo, um homem? Para ela, ele quase deixara de existir! E ela ficara só, excluída, como abandonada atrás de uma porta misteriosa, cuja soleira ela, leiga e ignorante como se sabia, nunca poderia ultrapassar...

"Será por pouco tempo! Logo se cansará!", pensava, para se consolar.

Mas Ercole não se cansava nem dava indícios de se cansar. Tornara-se, é verdade, muito pálido de rosto e meio fosco; mas resistia.

Por fim, o prolongado abandono e o ar sempre consternado do marido começaram a oprimir e a exasperar Livia.

— Me diga uma coisa: por acaso se ganha alguma coisa se matando de escrever como você faz?

Ercole se perturbou com a pergunta e respondeu quase gaguejando.

Livia ficou tocada; esperava uma resposta dura, já que estava consciente de ter dito uma vulgaridade; aliás, dissera aquilo de propósito, para feri-lo.

— Escrevo por escrever, querida. Você não pode entender — disse ele.

— Não, realmente não entendo!

— Então não fale sobre isso!

Ah, agora era impossível continuar se iludindo! Não: ele não tinha mais a mínima consideração por ela; quanto a amá-la, talvez nunca tivesse sentido amor por ela; mas até aquele pouco de afeto, que ele às vezes costumava demonstrar, agora estava acabado!

Aos poucos a suspeita começou a abrir caminho no coração e nos pensamentos de Livia; e finalmente ela entreviu a razão que deveria atribuir àquela renascida e quase vertiginosa atividade do marido, às brigas, às preocupações, à palidez dele, enfim, a toda mudança repentina em suas vidas. Traída!

Tarde demais: Lietta já havia nascido.

Na primeira investida de Livia ele reagira negando. Mas em toda a sua figura estava impressa a mentira evidente: nos ombros curvos sob a acusação, nos olhos foscos e odiosos, no rosto palidíssimo, até nos dedos irrequietos e nos lábios trêmulos.

Ela o surpreendeu no escritório e começou pedindo notícia dos dois órfãos que estavam no colégio interno.

— E eu sei lá?... Por favor, me deixe trabalhar.

— E... da mãe, também não sabe nada?

— O que quer que eu saiba?

— Ah, não? No entanto, eu sei algumas coisas... Não finja, não finja agora que está escrevendo!

— Devo entregar este texto ainda hoje... não tenho tempo para suas perguntas...

— Ah, claro! De outra forma, como vai alimentá-la, pobrezinha...

— Livia! O que você está dizendo?

— Está espantado? Mas diga que não é verdade!

— Você está doida! Não estou entendendo!

— Doida? Então negue, negue se puder. E por que está tremendo? Ela veio para cá de propósito, voltou para você, agora que não tem mais impedimentos... Negue!

— Eu proíbo...

— O quê? Não tenho medo de você! Sou uma idiota? Oh, mas não tão idiota assim! Diga, era ela, é ela a grande inspiração que lhe voltou? E eu ainda ofereci o meio, eu! Mas não sei qual de vocês dois é mais vil!

— Ouça, tenho piedade da sua loucura: vá embora! Tenho que trabalhar...

— Mas quais são os pudores da sua consciência? Você me rouba o coração e depois ousa levar o dinheiro de casa para a outra?

— Ah, pelo amor de Deus, Livia!

— Teria até a coragem de pôr as mãos em mim?

— Saia! Saia logo! Vamos!

E a empurrou para fora do quarto, fechando-se à chave, todo trêmulo.

Livia partiu no mesmo dia para sua cidade, com a intenção de confessar tudo ao pai e terminar para sempre com o marido. Porém, durante a breve viagem, voltou a meditar sobre a resolução intempestiva; refletiu que, assim, ela daria liberdade absoluta ao marido, sem se vingar dele; talvez até comprometesse o pai, sem diminuir em nada a própria infelicidade. Não, não! Era preciso agir de outro modo!

Voltou a Roma na mesma noite, sem visitar o pai.

Esperou em vão o marido, durante toda a noite.

No dia seguinte, nova cena, mais violenta. Ercole negou tudo outra vez. Depois não houve mais nada entre os dois. Passaram a dormir em camas separadas.

Por uma velha tia de Ercole, surda e epiléptica, que havia trinta anos oferecia o espetáculo de sua miséria de esmoler e andava espalhando pelas casas dos conhecidos que havia sido defraudada pelo irmão, não obstante os benefícios que frequentemente recebia do sobrinho (o "literato", como ela o chamava, escarnecendo-o com a boca desdentada), Livia soube que da relação do marido com a senhora Mari havia nascido uma menina.

Na ocasião ela chorou em segredo as lágrimas mais amargas, sentindo mais do que nunca a dor atroz do ciúme.

E de fato, agora, aqueles três cômodos modestos nos fundos da rua Cola di Rienzo em Prati eram a verdadeira casa de Ercole, e não mais a habitação senhoril da avenida Venti Settembri; nesta, Livia chorava escondida e se destruía por dentro; lá, Lietta sorria e brincava; lá a culpa, ferindo, tornava mais apaixonado o antigo amor; lá, enfim, ele reencontrava a imagem da sua vida, como ela teria sido honesta sem as duas causas do doloroso lamento, o casamento de Elena com Mari, e o dele, com Livia Arciani. E, além dessa imagem reconfortante e do sorriso de sua menina, outro pensamento amansava um pouco os escrúpulos de Ercole: ele, afinal, trabalhava e se extenuava a fim de alimentar seu ninho secreto; ele, enfim, nutria de si apenas o seu ninho e a sua menina.

E quantas noites, na hora em que costumava voltar para casa com a mente absorta em seus trabalhos em curso, ele não se dirigia instintivamente para a solitária rua no Prati! Depois, despertado de repente pelo aspecto daquela rua e voltando a si, voltava sobre os próprios passos e entrava na outra casa como quem vai para uma prisão.

Embora já com seus trinta e cinco anos, Elena Mari ainda conservava no rosto e na figura a beleza altiva que, na juventude, tanto havia seduzido o primo. Mas seu espírito, em catorze anos de baixas e tristes lutas travadas intimamente, na penosa e asfixiante angústia dos meios, perdera aquela chama ardente que fazia seus olhos brilharem e vibrar seu sorriso. Para calar a voz que outrora era como o guia seguro de sua juventude caprichosa e em flor, e que agora a expunha continuamente à vergonhosa vileza de sua condição, ela fazia das misérias prolongadas uma espécie de arma de defesa contra a própria consciência, disso extraindo e quase conquistando o direito a um pouco de repouso, ainda que em prejuízo de outros. Contudo, ao contrário de Ercole, ela não podia ver e saborear a ilusão de honestidade naquela vida que levavam juntos, às escuras. Já Lietta, que para Ercole era a filha cujo sorriso podia aplacar qualquer tempestade, era para ela uma existência a mais, por fora e para além da família, que a seus olhos consistia nos dois órfãos internados no colégio. E, sempre que fixava o olhar na cabecinha loura de Lietta, o pensamento de Elena voava para os outros dois filhos, morenos e pálidos; e sempre a imagem deles evocava a do pai, que ela fizera sofrer muito em vida e cuja lembrança, contida pelos remorsos, ainda não conseguira sepultar.

Elena experimentou um estranho alívio da angústia quando soube dos lábios vacilantes de Ercole que a sua mulher havia descoberto a relação deles. Teve a impressão de sair de um esconderijo. Agora a atitude e o humor do amante estavam mais adequados aos seus sentimentos: Ercole não ria mais como antes, despreocupado de tudo, acariciando a menina.

Todo domingo ela ia visitar, modestamente vestida, os dois órfãos no colégio interno, levando para eles algum presentinho comprado não com o dinheiro do amante, e sim com o da exígua pensão deixada pelo marido e escrupulosamente poupada por ela.

Em casa, fazia tudo sozinha: suas belas mãos infelizmente já se haviam habituado aos serviços mais ásperos e rudes. De quando em quando ia visitá-la a velha tia surda e epiléptica, a fim de lhe arrancar alguns trocados: a espiã ia às escondidas de Ercole, tentando tirar proveito um pouco da esposa, um pouco da amante, que de resto era sua sobrinha. Sempre extraía alguma coisa daqui ou dali e, quando não conseguia mais nada, tirava alguns docinhos da pequena Lietta, sem que a mãe percebesse.

— Venha, sente aqui... — dizia a Elena — me deixe penteá-la. Onde está o pente?

Saía, metia o nariz em todas as gavetas do quarto, vasculhando com as mãos secas e trêmulas de instinto voraz, olhava-se rapidamente no espelho e voltava com o pente.

— Sente aqui... Muito bem!... Oh, cabelos de rainha!...

— Sem brincadeiras, tia!

— Como assim? Que brincadeiras? Você não está vendo? São os cabelos de sua mãe, santa alma! Ah, se você não tivesse ficado sozinha tão cedo, quem sabe que casamento conseguiria!... Olhe que cascata de ouro... olhe! Já a outra, três fios na cabeça, um, dois e três...

— Calada, tia, calada!

— Uma grosseirona, deixe-me dizer! Tem dinheiro... dizem! Deve ser verdade, do contrário, claro, por que Ercole a pegaria? Mas o que ela faz com o dinheiro? Veste-se como uma pobretona... Meu Deus, meu Deus! Umas roupinhas... Eu, na minha miséria, me envergonharia de usá-las...

Ercole visitava Elena todos os dias, ao entardecer; mais do que por ela, agora ia por causa da menina: ela sentia, percebia e não experimentava nenhuma tristeza; compreendia que ele estava em posição pior do que a dela, sem casa, sem poder conviver com a filha e com ela.

Às vezes falavam da mulher, veladamente. Mas a reserva firme e desdenhosa de Livia não se prestava a longas discussões. Ercole não a vira chorar nem sequer uma vez.

— O que ela faz? — perguntava Elena.

— Nada... não sei!... — respondia ele, anuviado.

Livia ia de vez em quando visitar o pai por alguns dias. A primeira vez que ele a viu partir, uns seis meses depois da violenta explicação, achou que ela tivesse ido buscar ajuda do pai; e, durante três dias, esperou numa horrível suspensão de ânimo alguma cena desagradável com o sogro. Na noite do terceiro dia, porém, recebeu dele um amável e cordialíssimo convite para ir buscar a mulher e passarem algumas semanas no campo. Ao pé da carta do sogro, toscamente dobrada, Ercole encontrou uma linha de texto finíssima, sem assinatura: "Papai não desconfia de nada. Responda que não pode vir".

Tanta soberba e tanta prudência, depois da espera angustiosa de um escândalo, perturbaram e comoveram Ercole profundamente. Desde então, o remorso começou a roer mais assiduamente sua paixão por Elena, desde então não achou mais aquele fogo de palavras e beijos com que quase queria fazer reviver, na amante, a imagem morta da antiga noiva vivaz e caprichosa. Elena lhe pareceu quase desguarnecida dos véus do passado, aquela em que de fato se transformara, e que ela mesma nem fazia mais questão de disfarçar. Sim, o amor já se apagara, a ilusão ruíra; mas da larva morta havia nascido uma borboleta: Lietta. Para Ercole, naqueles três pequenos cômodos agora só cresciam espinhos; sim, mas sobre esses espinhos pairava a borboleta, e somente por ela Ercole gostaria que ainda surgisse, de vez em quando, alguma flor.

— O que você tem, minha filha? Quem fez você chorar? — perguntou Ercole num domingo a Lietta, depois de vê-la com lágrimas nos olhos.

— Mamãe está chorando... — respondeu Lietta sentada em seus joelhos, soluçando e deixando que o pai enxugasse suas lágrimas.

— Está chorando? Por quê?

— Tenho que falar com você — disse Elena, com olhos vermelhos.

Ercole recolocou a menina no chão e seguiu a amante até o quarto contíguo.

— Ah, o que tive de suportar esta manhã! — começou Elena, passando a mão nos olhos e na testa. — Sem dúvida no colégio descobriram a nossa relação...

— Mas como?

— Hoje de manhã, no corredor onde nós, mães, somos recebidas, nenhuma das conhecidas quis responder ao meu cumprimento, aliás... aliás, a senhora Britti se afastou com seu menino de mim e dos meus filhos assim que nos sentamos no lugar de sempre... Entende?... Meus filhos notaram... notaram meu abatimento... o tremor da raiva... Mas o que estava acontecendo? Depois, na saída, o padre diretor fez de conta que não me viu...

— Não é impressão sua? — perguntou Ercole, só para confortá-la com a dúvida.

— Não, não... até meus meninos notaram... Agora temo por eles, está entendendo? Não me preocupo comigo. Sofro e digo: tinha de ser assim!... Mas e se aqueles dois pobres inocentes tiverem que sofrer as consequências? Meu Deus, eu ficaria louca! Hoje mesmo pensei: o que acontecerá quando saírem do colégio? É preciso que saibam de algum modo, que se deem conta mais cedo ou mais tarde... E eu, o que vou fazer? Lietta também já estará crescida e então... pensará... Você ainda não se deu conta disso? Não, e eu entendo: para você só existe Lietta... Que lhe importam os outros dois? Mas meu coração está dividido... E aqueles dois me parecem mais desgraçados do que a menina...

Ambos ainda ignoravam o pior: ignoravam que, na manhã daquele mesmo dia, um jornaleco difamador instilara seu veneno no colégio dos órfãos, descrevendo-o como uma comodidade inestimável para as jovens viúvas em busca de consolo, e trazia como exemplo uma viúva cujas características e detalhes correspondiam perfeitamente à figura e à vida íntima de Elena, acrescentando que seria muito útil construir (sempre para a comodidade das supracitadas mães viúvas) um anexo ao colégio a fim de tratar dos bastardinhos.

No domingo seguinte, encerrada a visita, Elena foi convidada a subir ao gabinete do velho padre diretor. Saiu de lá depois de meia hora, com o rosto afogueado de vergonha e de ódio, exasperada, humilhada, vacilante.

— Sou um velho e um sacerdote — dissera-lhe o diretor —, portanto me considere como seu confessor e me permita que lhe dê alguns conselhos, como a uma penitente.

Mostrou-lhe o jornaleco infame, falou-lhe sobre o escândalo suscitado e por fim mencionou os filhos... Quanto durou aquele suplício? Ela não soube responder uma sílaba, apenas disse sim ao pedido insistente do velho: "A senhora me promete, me promete?". "Sim" — mas o que havia prometido?

À noite, contou tudo a Ercole.

— Vai esbofetear quem? Não entende que me comprometeria ainda mais? E que sujaria suas mãos? Não, não, é preciso acabar com tudo...

— Acabar com quê? E minha filha? Pretende que eu não a veja mais? Vão expulsar seus filhos do colégio? Pois bem, cuidarei disso! Como? Você vai ver! Há remédio para tudo... Só sei de uma coisa: nossa menina não pode sofrer por isso! Você já é minha! Esta é a minha casa! Aqui está a minha família! Todo o resto não me importa...

— Importa a mim: os outros também são meus filhos! — exclamou Elena. — Você precisa entender isso...

— Ah, claro! — respondeu Ercole. — De fato, já lhe disse: se for o caso, deixe que eu cuide deles! Aceito e assumo inteiramente a responsabilidade.

Elena esperou em vão quatro, cinco dias a costumeira visita noturna do amante. "Não vem", pensava, "por prudência: é melhor assim!" Mas no sexto dia soube pela velha tia que ele estava de cama, doente.

— Sozinho feito um cão; se você visse, é de dar dó!

De fato, nos primeiros dias, não acreditando na gravidade da doença, Livia não quis ver o marido. Que piedade poderia lhe inspirar? Ele não se destruíra por causa da outra?

Não se enganava sobre a causa da enfermidade: Ercole efetivamente adoecera por excesso de trabalho, por absoluta falta de repouso e de alimentação correta; pela preocupação profunda e constante a que o submetia sua vida falsa e desmembrada. A proposta de Elena e a ira contida contra o autor do artigo escandaloso determinaram de repente a sua queda.

No sétimo dia, chamada às pressas pela camareira assustada com alguns sinais de delírio do enfermo, Livia finalmente foi vê-lo, vencendo toda a resistência do amor-próprio. Assim que entrou no quarto, onde não punha os pés havia tanto tempo, recuou quase horrorizada ao ver o marido. Meu Deus, a que se reduzira! O rosto de Ercole parecia uma máscara de cera; mantinha os olhos semicerrados e abria de quando em quando os lábios exangues, entre o bigode e a barba revoltos, num horrível sorriso, exibindo os dentes cerrados, rentes, meio amarelos: acompanhava o sorriso com um gesto da mão descarnada, quase transparente, cujos cinco dedos tateavam o vazio.

Superado o primeiro terror, invadiu o coração de Livia um impulso de ódio pela mulher que lhe reduzira o marido àquele estado; e já no ódio penetrava a compaixão por ele.

Ercole entreabriu os olhos e fixou a mulher sem a reconhecer. Ela prendeu a respiração, sustou o movimento das pálpebras, em penosíssima espera. Pouco depois, o doente voltou a fechar lentamente os olhos, emitindo um gemido mais de cansaço do que de dor. Sim, em todos os lineamentos daquele rosto desfeito, nos braços, nas mãos abandonadas na cama, mais do que a dor estava de fato impresso o cansaço, um extremo cansaço! Ela sentou-se em silêncio ao lado da cama, perto da cabeceira, para não se fazer notar por ele, temendo que ele se perturbasse com a sua presença. Via a mão descarnada erguer-se de tanto em tanto com os cinco dedos tateantes; adivinhava o sorriso nos lábios exangues e sentia um arrepio de pavor na espinha. O que significava aquele gesto? Por que sorria e levantava a mão? Por fim, Livia supôs ter encontrado a razão: seu pensamento voou, sem especificação de lugar, para outra casa que ela nunca vira, mas bem conhecida do marido. Aí ela procurou uma menina, mas não conseguiu figurá-la: uma sombra odiosa e indecisa de mulher sempre se interpunha em sua frente — a outra, a mãe da menina! Ah, sim, sem dúvida, naquele mudo delírio ele acreditava acariciar a cabeça da filhinha e sorria. Livia então sentiu como uma dilaceração nunca experimentada, livre de qualquer ódio pelo marido, aliás, cheia de um angustiante sentimento de generosidade. Ela era a traída, a inimiga dele; no entanto, eis que ela estava ali, naquele quarto, ao lado da cama em que ele jazia, pronta a lhe prestar os mais solícitos cuidados, pronta a fazer o bem por todo o mal recebido! Seus olhos se encheram de lágrimas.

Desde aquele dia não abandonou mais o quarto do enfermo. Lotava de pensamentos e reflexões as longas noites em penosa vigília. Em certas horas da noite, vencida pela exaustão, apoiava de leve a face nos mesmos travesseiros onde a cabeça dele afundava, e o frescor do linho e a insólita proximidade lhe provocavam, em silêncio, quase no mistério do sono, um prazer e uma inquietação inefáveis.

Não, ela não podia mais viver sem ele; não podia mais continuar naquele estado; não era admissível que ele, tão logo estivesse curado, voltasse para aquela outra, e ela seguisse a mesma vida de antes. Não, não! No entanto, como impedi-lo? A família dele não estava em outro lugar? Certas noites, na inconsciência do sono, ele não tinha murmurado o nome de Elena? "Ah, Elena!" — três vezes o ouvira suspirar assim, de leve, como na passagem de um sono a outro, com a mesma expressão de cansaço infinito. Como arrancá-lo dela? Ah, não era mais possível! Com aquela mulher estava a filha! Como afastar do pai a sua filhinha?

Havia tempos Livia cogitara um plano de vingança, que depois, no abatimento e no desconforto, reconhecera como desesperado e inviável. Convencida de que o marido nunca mais voltaria para ela enquanto a filha continuasse com a amante, imaginara forçá-lo a tirar a menina da outra e a trazê-la consigo para sua casa. Sim, esse seria o único meio de reconquistá-lo. Mas era possível que a mãe cedesse a filha e aceitasse não vê-la nunca mais? Além de improvável, a hipótese era um disparate. É verdade, naquela casa, ao lado do pai, a menina teria outro futuro: Ercole poderia lhe dar o seu nome; ela, Livia, lhe daria o seu dote; sim, sim, e também se afeiçoaria a ela, mais do que se fosse sua filha — lhe daria tanto amor que a faria esquecer a mãe verdadeira... Sim, mas a mãe se deixaria convencer por aquele futuro? Ceder sua filha a outra mulher, à esposa do amante?

Ruminava essas amargas reflexões ao lado da cama do enfermo quando um dia foi visitá-la misteriosamente a velha tia de Ercole. Fora Elena que a enviara, ansiosa por notícias.

— Como vai, como vai o coitado do Ercole?

— Sempre do mesmo jeito... Talvez um tantinho melhor.

— Ah, é? Muito bem! Já é um grande consolo... Mas que doença demorada, hein? Mas não há nenhum perigo, Deus nos livre, não é verdade?

— Não, não; pelo menos os médicos garantiram. Precisa de repouso absoluto.

A velha torceu a boca desdentada e meneou a cabeça.

— Repouso... ah, sim! Bela palavra! Os médicos sempre prescrevem exatamente o que não se pode ter: aos mendigos, ricas sopas; ao seu marido, repouso! E aposto que você não sabe por que seu marido adoeceu... Teve uma cena com a outra... Sim! O escândalo... Não soube de nada?

— De nada — disse Livia. — Que escândalo?

— Do jornal... Não sabe mesmo? Publicaram um artigo sobre os podres do colégio dos órfãos, uma matéria daquelas, em que todas as mães foram vilipendiadas, Elena então...

— E Ercole? — perguntou Livia, entre abatida e ansiosa.

— E o que queria que fizesse? A outra, humilhada, desafogou-se com ele, naturalmente. Soube tudo pela criada... Fez uma cena daquelas! Ercole teve que engolir tudo a seco, calado! Sabe como é, há também a pequena... Mas fique tranquila e escute o que lhe diz sua velha tia: essa história não dura. Imagine que ela pretendia, para evitar mais fofocas, que ele não aparecesse mais naquela casa, ou seja, que não visse mais a filha. Porque ela — está entendendo? — tem também os dois pobres inocentes no colégio... e, é claro, tem medo de que os expulsem de lá caso o falatório continue. De tanto desgosto, de tanta raiva, Ercole adoeceu. A outra, por um lado, está obviamente com remorso; por outro, acha que sua situação não é mais sustentável, enfim, que precisa providenciar... quem sabe!... terminar tudo, provavelmente. Ele por enquanto se opõe; mas a outra precisa pensar nos dois órfãos, entende? E são eles que vão salvar você.

A velha mexeriqueira continuou por muito tempo no mesmo tom; mas Livia não a ouvia mais. Ah, então seu projeto não era assim tão impossível quanto ela acreditara? E, se aquela mulher não queria abandonar a filha, podia pretender que Ercole a abandonasse? Ambos não tinham os mesmos direitos em relação à menina? Ah, quem sabe! Talvez Ercole esperasse apenas um gesto de sua parte para ir correndo buscar a menina, por quem tanto sofria! E lá estaria ele, liberto para sempre daquela mulher!

Entretanto, pouco a pouco, graças aos rigorosos cuidados e ao absoluto repouso, Ercole começou a melhorar. A primeira vez em que ele notou a presença de Livia no quarto, fechou os olhos como para fugir da realidade. Durante a doença se sentira circundado de cuidados amorosíssimos: então tinha sido ela? Tinha sido ela que o velara com tanta abnegação, que o assistira com tanta ternura?

Um dia, finalmente, ao alvorecer, enquanto ela estava sentada à cabeceira, sentiu inesperadamente a mão do marido tentando apertar a sua. Ergueu espantada a cabeça que estava apoiada no travesseiro dele e o olhou: ele chorava de olhos fechados.

— Ercole, está tudo bem?... — murmurou comovida, sem conseguir conter as próprias lágrimas.

Ele apertou-lhe a mão com mais força, sem abrir os olhos. Depois disse:

— Obrigado... me perdoe.

— Sim... sim... Não se agite... Entendi tudo.

— Me perdoe — repetiu Ercole.

— Sim, sim, já o perdoei... Agora fique calmo... Sei o que você quer.

Ercole abriu os olhos, como para se certificar pelo rosto de Livia se havia entendido bem.

— Você quer vê-la, não é? — acrescentou ela com um fio de voz, debruçando-se sobre ele.

— Oh, Livia, você... — exclamou ele, fixando-a quase com temor.

— Queria que ela estivesse aqui, não é? Pois bem, ouça: já pensei nisso... Não sofra mais... estou contente. Você a terá aqui para sempre, se quiser. Entende? Aqui, aqui, na nossa casa... Sim, compreendo: não pode ser de outro jeito. Mas estou contente. De agora em diante, sua filha será também minha filha; está bem assim?... Fique tranquilo, tranquilo; vamos falar sobre isso mais tarde... Pensei nisso por muito tempo, aqui, ao lado da sua cama. Depois lhe direi... Agora fique quieto, descanse! Vou sair...

Na primeira vez em que ele conseguiu ficar de pé, foi conduzido por Livia ao quarto ao lado, o antigo quarto do casal.

— Vamos colocar a caminha aqui, o que você acha? Assim ela ficará perto de nós. Eu mesma vou comprá-la; uma bela caminha, você vai ver!

— Ela já tem... — Ercole deixou escapar.

— Não, uma nova, uma nova! — fingindo não se dar conta da inquietação do marido. Depois emendou: — Ah, então ela dorme sozinha?

— Sim, sozinha.

— Quero tanto conhecê-la... e você deve estar louco para vê-la. Quando vai buscá-la?

— Assim que puder. É preciso pensar bem, ver melhor... Não é fácil. Mas vou conseguir; tem que ser assim.

No coração de Ercole se digladiavam a vontade de ver a filha depois de quase dois meses de distância e o sofrimento da cena que deveria ter com Elena.

Já saíra de coche duas vezes com Livia, mas ainda não sentia nem força nem coragem de enfrentar a amante.

— Vai hoje? — indagava Livia.

— Não, hoje não, vou amanhã. Imagine como estou ansioso! Mas ainda me sinto fraco...

Livia não estava menos ansiosa do que Ercole. Não tinha paz só de pensar que ele veria mais uma vez aquela mulher. Finalmente, após uma semana de hesitações, Orgera se decidiu.

Ao entrar no coche, fechou os olhos e forçou o cérebro a não pensar. "Direi o que me vier à mente no momento; inútil preparar as palavras!"

Chegou aos fundos da rua Cola di Rienzo em tal estado de prostração que mal pôde descer do veículo.

— Espere — disse ao condutor.

Subiu com dificuldade a longa escada, quase no escuro, parando várias vezes por causa da forte agitação.

Já nos últimos degraus não tinha mais fôlego.

— Ercole! — gritou Elena assim que o viu, pondo-lhe as mãos nos ombros. — Meu Deus! Como está pálido! — acrescentou, abismada.

— Espere, espere — balbuciou ele, arfando e deixando-se tombar quase inconsciente numa poltrona.

— Mas como você veio? Meu Deus, o que houve? Ah, como esperei por você! Passou muito mal?... Estou vendo, estou vendo... O coração me dizia. Ah, que semanas, se você soubesse! Dois meses! Diga, ninguém cuidou de você?

— Lietta! Onde está Lietta? Chame-a para mim.

— Claro; mas você está melhor? Lietta! Não vem ver seu pai? Venha. Sim, ele está aqui, ele voltou!

Lietta correu com as mãozinhas erguidas e se atirou nos braços do pai, que a apertou no peito demoradamente, beijando-a sem parar.

— Ela o esperou todos os dias, meu anjo! Todo dia me perguntava: "E papai?". "Amanhã, ele virá amanhã." "Não vem?" "Virá, sim, não duvide."

— Minha filhinha querida, está me vendo? Estou aqui, eu vim!

Lietta olhava o pai assustada, como se não o reconhecesse mais, tanto ele havia mudado, pálido, consumido.

— Está vendo como seu pai esteve doente? — disse-lhe Elena. — Doente, pobre papai! Não vai dizer nada a ele? Faça um carinho nele.

Lietta ergueu uma mãozinha ao pescoço do pai e o beijou na bochecha. Ercole a apertou de novo no peito.

— Quer vir com papai agora? Vou levá-la de carro; quer vir? Sempre comigo, sempre!

— Fale comigo, me conte — disse Elena. — O que você teve? Não vai dizer nada?

— Agora vou dizer... — respondeu Ercole, voltando a empalidecer e tornando-se mais sombrio do que quando entrou.

— O que você tem a me dizer? — perguntou ela, espantada com o tom e o aspecto dele. — Posso levar Lietta para o quarto?

— Sim, é melhor.

Depois que a menina saiu, Elena fechou a porta e, virando-se para Orgera com o cenho carregado, lhe disse:

— Já entendi! Você fez as pazes com sua mulher?...

— Sim — respondeu Ercole, olhando-a nos olhos.

— Ah, e você veio para me dizer isto? Muito bem! Ela o perdoou? Eu suspeitava... Mas com que condição? E por que você veio afinal? Não devemos mais nos ver? Responda.

— Não — disse Ercole melancólico, mas com um sorriso imperceptível, nervoso. — Como você quer que...

— E você veio para me dizer isto? Depois de tanta espera? Como!... Ficou abobalhado? Abandonar-me assim? E Lietta? O que vai ser de Lietta?

— Lietta virá comigo.

— O quê? Ficou maluco? Irá com você? Para onde?

— Comigo, para minha casa...

— Qual casa? A casa da sua mulher? Ah, vocês chegaram a esse acordo? Sobre a minha filha? E você, você ainda teve... Teve a coragem de vir tirar minha filha de mim? E acreditou em algum momento que eu a daria a você? Vá embora, vá embora! Não posso mais vê-lo aqui: vá embora ou o expulso!

— Expulsa quem? — gritou Ercole furiosamente. — Como você pode...? Mas claro, é inútil argumentar com você... Quer raciocinar? Não quer. Apenas me insulta... Dê-me Lietta e vou embora.

— Ficou louco? Ah, não vai tirá-la de mim; terei mais força do que você! É minha filha, e é filha sua, compreende?

— Não com a força, com a razão — insistiu Ercole. — Quer raciocinar? Deixe-me falar, me ouça...

— Não quero saber de razões! Razões de um louco! Você chega e me diz: "Vou lhe tirar a filha" e ainda quer que eu raciocine com você. Meu Deus, isto é justo, é honesto?

— Não, escute... Tudo bem... Calma! Posso parecer louco... mas me deixe falar... me responda... Vou lhe dizer o que é justo e o que é honesto. Deixe Deus em paz. O que pretende fazer com Lietta? Fala por quem? Pelo bem dela? Não! Fala por ódio contra uma mulher que enganamos juntos, traímos... E isto lhe parece justo e honesto?

— Mas o que você está dizendo? Não quer me entender! Falo por minha filha, que vocês querem tirar de mim... É justo, é honesto?

— E qual é a sua intenção? Pretende que eu não a veja mais?

— Claro que não, quem o proíbe? Ela está aqui: venha e a verá. É a sua mulher que o impede, não eu.

— Você, você está me impedindo agora; porque não é mais possível que eu continue vindo aqui.

— E é culpa minha? Quer ficar com sua mulher? Pois bem, não lhe peço outra coisa: você com ela, eu com a minha filha!

— Certo! E o que será dela?

— O que Deus quiser.

— Deixe Deus em paz, já lhe disse! — gritou Ercole. — Aqui se trata do futuro da minha filha! Não se deixe vencer pelo egoísmo, pelo ódio... Vamos falar da menina; é dela que devemos falar.

— Mas como pode achar que Lietta viveria sem mim? Eu a pus no mundo, dei-lhe meu leite, minha vida, a criei, sempre estive ao lado dela! Ah, espera que eu me esqueça? Será possível? Ela pode esquecer a mãe? Vocês acreditam mesmo nisso? A outra vai dar carinho à minha filha, ensiná-la a se esquecer da mãe?...

Elena rompeu em soluços terríveis, cobrindo o rosto com as mãos.

— Não, isso não — disse Ercole com pesar. — Compreendo sua dor; o sacrifício é enorme; mas, se você ama Lietta mais do que a si mesma, deve concordar. Não pense em mim nem na outra; pense apenas em Lietta, no seu futuro. Vim aqui para falar ao seu coração.

— Para arrancá-lo, isto sim! — exclamou Elena, soluçando desesperadamente.

— ... ao seu coração de mãe sem egoísmo... Não quero impor nenhuma razão, nenhum direito. Apenas digo: pense somente nela. Você mesma, na última vez, forçou-me a considerar a nossa situação... a sua, por causa dos dois órfãos... Não é verdade? Então reflita, reconsidere o caso: o que pretende fazer?

Elena respondeu com lamentos entrecortados, palavras interrompidas pelos soluços. Ercole, em crescente comoção, esforçou-se para entender o que ela dizia chorando; e então repetiu:

— O que pretende fazer? A solução é necessariamente cruel. Você mesma previu isso antes de mim. Não há saída! E só à custa de sacrifício, meu ou seu... Quer que eu me sacrifique? Oh, eu a pouparia de coração; mas de que serviria a Lietta o meu sacrifício? De nada. Raciocine e veja. Seria prejudicial sobretudo para ela — isso você não pode negar. Pense que sua filha terá um nome, sairá da sombra da nossa culpa, terá um futuro que você jamais poderia dar a ela. Você precisa pensar nos outros dois. Faça por eles. Eles ficarão com você; quanto a mim, o que vou fazer sem Lietta?

— E o que eu vou fazer? — perguntou Elena destroçada de angústia, mostrando o rosto inundado de lágrimas. — O que vou fazer? Não vou vê-la mais? É impossível! Agora, depois de três anos! Como poderei viver sem ela? Que crueldade infame, meu Deus! Melhor me matar! Falar do bem da minha filha à custa do meu sacrifício! Esta é a maior crueldade! Assim você desculpa o ato monstruoso que veio cumprir! O que posso dizer? Quer tomar a minha filha, arrancá-la dos meus braços para que não a veja nunca mais? É possível?

Ercole permaneceu de cabeça baixa, em silêncio, abalado, quase vencido, já sem esperar nada, enquanto Elena chorava, chorava. Por fim, ela acrescentou:

— Devia terminar, sim, eu sei; mas terminar assim? Como eu poderia imaginar?

— E então de que modo, Elena? — indagou ele com inflexão suave, terna, cheia de compaixão.

Elena não respondeu; contorceu as mãos, balançou longamente a cabeça, quase com raiva pela dor, desnorteada, e jorrou num choro mais abundante.

Ercole se ergueu perturbado, arrasado, aproximando-se dela. Queria dizer alguma coisa, mas não pôde; levou uma mão aos olhos para conter as lágrimas que irrompiam.

Naquele instante ouviram bater à porta, e a voz de Lietta:

— "Able", papai! Não vai me levar de carro?

Elena pôs-se de pé com um grito: abriu a porta e tomou a menina nos braços.

— Filha! Minha filha!...

Lietta se deixou abraçar, assustada, aflita, olhando o pai que lhe sorria e também chorava.

— Quer ir com o papai? — perguntou Elena sem soltá-la dos braços.

— "Chim" — fez Lietta.

— Para sempre com papai?

— Elena! — interrompeu Orgera, para impedir a resposta da menina.

A mãe se sentou, observou Lietta sobre seus joelhos, depois se dirigiu a Ercole e desabafou.

— Não vou dá-la a você, não posso fazer isso!

Ercole fechou os olhos, enrijeceu-se por dentro e contraiu o rosto num espasmo. Agora o suplício, com a menina ali, presente, tornara-se insuportável.

Elena notou o sofrimento atroz no seu rosto e suplicou:

— Deixe-a comigo pelo menos até amanhã...

Ele apertou as faces com ambas as mãos.

— Até esta noite — insistiu Elena.

Lietta levou uma mãozinha à nuca, dobrando a cabecinha, sinal de que estava prestes a chorar.

— Não, não, Lietta — disse-lhe a mãe. — Agora mamãe vai vestir você... vai vestir você com as próprias mãos, e você vai com o papai, na charrete... Lietta vai embora com papai. Está contente?... Oh, meu Deus!... Não, não... Vamos pegar o vestidinho novo que mamãe costurou para você, sabe? E os sapatinhos novos... Mas é preciso que você tome banho direitinho, viu?... Até aqui, está vendo, os joelhinhos que estão sujos... Depois vamos pôr aquelas lindas meias...

— Vermelhas — fez Lietta com um trejeito de cabeça e acariciando o pescoço da mãe, que chorava.

— Sim, aquelas vermelhas. Levante um pouco o queixo, assim. Pronto... Oh, é preciso também trocar a blusinha, é preciso trocar tudo; você deve se apresentar bem limpinha. Agora, para o banho, vamos.

Ercole se postara atrás da cortina da janela, com a testa apoiada nos vidros, para não assistir a tanto sofrimento.

Enquanto lavava a menina com o máximo cuidado, Elena tremia toda, mordia os lábios para não romper em gritos e chorava, chorava silenciosamente. Depois começou a vesti-la.

— O cocheiro quer saber se ainda deve esperar — disse a criada da soleira.

Ercole se virou, olhou Elena de relance e então disse bruscamente:

— Sim, sim.

— Você pediu que o esperassem — observou Elena com um joelho no chão, terminando de vestir a pequena. — Estava tão certo de que eu concordaria?

— Pensava que...

— Sim, sim, você pensou em tudo, em tudo: em Lietta, em você, na sua mulher, até nos meus pobres meninos; só em mim você não pensou, em mim, que ficarei aqui, sozinha, sem minha filha, aqui...

Lietta começou a chorar.

— Elena! — interrompeu-a Ercole, aproximando-se agitadíssimo, quase fora de si. — Levante-se. É impossível? Você tem razão; não, não está vendo como a menina chora? Não, Elena, você tem razão... é monstruoso... não podemos mais nos separar. Eu estava louco... Levante-se... Escute: deixo tudo, não penso em mais nada. Vamos embora juntos, para onde quer que seja, bem longe... nós três... agora, logo... Levante-se.

Atingida por esse impulso repentino de desespero, Elena olhou Orgera transtornada, sem conseguir se erguer do chão.

— E os outros dois? Abandoná-los e partir? Não, é melhor que vocês partam daqui, de Roma, para que ela não me veja mais. Se ficarem, terei de vê-la de qualquer jeito, e como ela poderá se esquecer de mim?... Oh, meu Deus! Lietta... Lietta!...

— Então... — gritou Ercole, não resistindo mais. Inclinou-se, tirou rapidamente a menina dos braços da mãe que continuava a beijá-la, ajoelhada, agarrou-a, tomou-a pelo braço e foi embora às pressas com a filha.

Elena deu um grito e continuou no chão, com os braços estendidos, desmaiada.

"Il nido", 1895

Pense nisso, Giacomino!

Há três dias o professor Agostino Toti não tem mais em casa aquela paz e aquele contentamento que já lhe pareciam um direito seu.

Tem uns setenta anos, e não se pode dizer que seja um velho bonito: pequenino, com a cabeça grande, calva, sem pescoço, o torço desproporcional às duas perninhas de pássaro... Sim, sim, o professor Toti bem sabe disso e não tem a mínima ilusão de que Maddalena, sua bela mulherzinha, que ainda não fez vinte e seis anos, possa amá-lo pelo que ele é.

É verdade que a encontrou pobre e lhe deu melhor posição. Filha do bedel do liceu, tornou-se mulher de um professor titular de ciências naturais, com direito a aposentadoria completa dali a poucos meses; não só, mas também rico, herdeiro de uma fortuna inesperada, verdadeiro maná do céu: uma herança de quase duzentas mil liras, deixada por um irmão expatriado há muitos anos na Romênia e que morreu solteiro.

Mas não é por tudo isso que o professor Toti acredita ter direito à paz e ao contentamento. Ele é filósofo: sabe que todas essas coisas não podem bastar a uma mulher jovem e bonita.

Se a herança tivesse chegado antes do casamento, talvez ele pudesse ter esperado um pouco mais de paciência da sua Maddalenina, ou seja, que ela aguardasse a morte dele, decerto não distante, a fim de se refazer do sacrifício de ter esposado um velho. Mas, coitado dele, as duzentas mil liras chegaram muito tarde, dois anos após o casamento, quando já... quando o professor Toti já havia reconhecido filosoficamente que apenas a pensãozinha que um dia ele deixaria não seria suficiente para compensar o sacrifício da mulher.

Tendo já concedido tudo de antemão, o professor Toti acredita que agora, mais do que nunca, tem o direito de pretender a paz e o contentamento, principalmente depois da herança vistosa. Tanto mais que ele — homem realmente sábio e de bem — não se satisfez com beneficiar a mulher, mas também quis beneficiar... sim, ele, o seu bom Giacomino, um dos seus mais valorosos alunos no liceu, jovem tímido, honesto, gentilíssimo, louro, bonito e com caracóis de anjo.

Sim, sim: o velho professor Toti fez tudo e pensou em tudo. Giacomino Delisi estava desocupado, e o ócio o atormentava e deprimia; pois bem, ele, o professor Toti, cavou-lhe um lugar no Banco Agrícola, onde depositou as duzentas mil liras da herança.

Agora há até uma criança pela casa, um anjinho de dois anos e meio, a quem se dedica por inteiro, como um escravo apaixonado. Todos os dias, não vê a hora de terminar as lições no liceu e correr para casa a fim de contentar todos os caprichos do seu pequeno tirano. Realmente, depois daquela herança, ele até poderia descansar, renunciando à aposentadoria integral para consagrar todo o seu tempo ao menino. Mas não! Seria um sacrilégio! Já que a cruz existe, e que tanto lhe pesou por toda a vida, ele quer carregá-la até o fim. Pois se resolveu se casar justo por isso, para transformar em um benefício a alguém aquilo que, para ele, foi sempre um tormento!

Esposando-se com a única intenção de beneficiar uma pobre jovem, ele amou sua mulher quase apenas paternalmente. E amou-a mais paternalmente do que nunca desde que nasceu aquele menino; e quase quase seria preferível ser chamado de vovô em vez de papai. Essa mentira inconsciente nos lábios pequeninos da criança que nada sabe o comove; parece-lhe até que o seu amor por ele se ofende. Mas o que fazer? É preciso retribuir com um beijo aquele vocativo da boquinha de Ninì, aquele "papai" que provoca risos nas pessoas maldosas, que não sabem entender a sua ternura por aquele inocente, a sua felicidade pelo bem que fez e continua a fazer a uma mulher, a um bom rapaz, ao pequeno e também a si — claro! —, a felicidade de viver aqueles últimos anos em companhia terna e alegre, caminhando para a cova assim, com um anjinho nas mãos.

Que riam, podem rir à vontade todos os maledicentes! Que risadas fáceis!

Que risadas tolas! Porque não compreendem... Porque não se colocam no lugar dele... Percebem apenas o cômico, aliás, o grotesco de sua situação, sem saber penetrar no seu sentimento!... E daí? Que lhe importa? Ele é feliz.

Ocorre que há três dias...

O que houve? A mulher traz os olhos inchados e vermelhos de pranto; queixa-se de forte dor de cabeça; não quer sair do quarto.

— Oh, a juventude! A juventude... — suspira o professor Toti, meneando a cabeça com um risinho sofrido e arguto nos olhos e nos lábios. Uma nuvem... uma tempestade passageira...

E passeia pela casa com Ninì, aflito, irrequieto, até um pouco irritado, porque... vamos, ele não merece isso da esposa e de Giacomino. Para os jovens, os dias não contam: têm toda a vida pela frente... Mas, para um pobre velho, perder um dia é coisa grave! E já faz três que a mulher o deixa assim, perambulando pela casa como uma mosca sem cabeça, sem o deliciar com arietas e canções entoadas com a vozinha límpida e cálida, sem prodigalizar os cuidados a que ele já está acostumado.

Também Ninì anda muito sério, como se entendesse que a mãe não tem cabeça para ele no momento. O professor o leva de uma sala para outra e quase não precisa inclinar-se para lhe dar a mão, de tão baixinho que é; leva-o até o piano, toca aqui e ali alguma tecla, suspira, boceja, depois se senta, faz Ninì galopar em seus joelhos, então volta a se levantar: sente-se pisando em espinhos. Cinco ou seis vezes tentou fazer a esposinha falar.

— Você está mesmo se sentindo muito mal, hein?

Maddalenina continua sem dizer nada: chora, pede-lhe que feche as persianas da sacada e que leve Ninì dali. Quer ficar sozinha e no escuro.

— A cabeça, né?

Coitadinha, ela tem tanta dor de cabeça... Ah, a briga deve ter sido das grandes!

O professor Toti vai à cozinha e tenta abordar a criada, para ver se ela sabe de algo; mas faz longos giros, porque sabe que a criada é sua inimiga; fala mal dele na rua, como todos os outros, e o põe na berlinda, a cretina! Sai sem conseguir dela nenhuma informação.

Então o professor toma uma decisão heroica: leva Ninì até a mãe e pede que ela o vista direitinho.

— Por quê?

— Vou levá-lo para passear — responde ele. — Hoje é feriado... Aqui o pobrezinho se aborrece.

A mãe não quer. Sabe que as pessoas mesquinhas dão risadas ao ver o velho professor com a criança pela mão; sabe que um insolente chegou a lhe dizer: "Mas como seu filho se parece com o senhor, professor!".

Mas o professor Toti insiste.

— Não, vamos passear, vamos passear...

E segue com a criança para a casa de Giacomino Delisi. Ele mora com uma irmã solteira, que é uma espécie de mãe. Ignorando a razão do benefício, a princípio a senhorita Agata ficara muito agradecida ao professor Toti; agora, porém — religiosíssima que é —, o considera um verdadeiro demônio, nem mais nem menos, porque induziu o seu Giacomino a um pecado mortal.

O professor Toti teve que esperar um bom tempo com o pequeno, atrás da porta, depois de ter tocado. A senhorita Agata chegou a olhar pela fresta e foi embora. Certamente foi avisar o irmão sobre a visita e agora voltará para dizer que Giacomino não está em casa.

Aí está ela. Vestida de preto, cerúlea, com olheiras pálidas, seca, severa, mal abre a porta, investe impetuosamente contra o professor:

— Mas o que é isso?... Por favor... agora vem procurá-lo até em casa? Não é possível! E ainda traz o menino? Trouxe até o menino?

O professor Toti não esperava semelhante acolhida. Fica atônito, olha a senhorita Agata, olha o pequeno, sorri, balbucia:

— Por... por quê?... O que é?... Não posso... não... posso vir...

— Ele não está! — apressa-se em responder a senhorita, seca e dura. — Giacomino não está.

— Tudo bem — diz, inclinando a cabeça, o professor Toti. — Mas a senhorita... me perdoe... A senhorita me trata de um modo que... não sei! Não creio ter feito nem ao seu irmão nem à senhorita...

— Aí está, professor — o interrompe a senhorita Agata, um tanto apaziguada. — Acredite, nós somos... somos gratíssimos ao senhor; mas o senhor também deveria entender...

O professor Toti cerra os olhos, torna a sorrir, ergue a mão e toca várias vezes o próprio peito com a ponta dos dedos, como se dissesse que ele entende melhor do que ninguém.

— Já sou velho, senhorita — diz —, e compreendo... compreendo tantas coisas! E, veja, antes de tudo, isto: é preciso deixar certos rancores evaporar, e, quando surgem mal-entendidos, a melhor coisa é esclarecê-los... esclarecê-los, senhorita, com franqueza, sem subterfúgios, sem agressões... Não concorda?

— Sim, claro... — reconhece a senhorita Agata, ao menos em termos abstratos.

— Então — insiste o professor Toti — me deixe entrar e chame o Giacomino.

— Mas se ele não está!

— Está vendo? Não. Não é justo dizer que ele não está. Giacomino está em casa, e a senhorita deve chamá-lo. Esclareceremos tudo com calma... diga a ele: com calma! Sou velho e compreendo tudo, porque também já fui jovem, senhorita. Diga a ele, com calma. Deixe-me entrar.

Introduzido na modesta saleta, o professor Toti sentou-se com Ninì no colo, resignado a esperar um bom tempo, enquanto a irmã tentava persuadir Giacomino.

— Não, aqui, Ninì... quietinho! — diz de vez em quando ao menino, que quer ir até uma mesinha onde brilham bibelôs de porcelana. Entrementes se pergunta o que pode ter acontecido de tão grave na sua casa, sem que ele tivesse percebido nada. Maddalenina é tão boa! Que mal ela cometeu a ponto de provocar um ressentimento tão áspero, aqui, inclusive à irmã de Giacomino?

O professor Toti, que até então julgava ser uma briguinha passageira, começa a se preocupar e ficar realmente aflito.

Oh, até que enfim Giacomino apareceu! Meu Deus, que rosto alterado! Que ar sombrio! Mas como! Ah, isso não! Repele friamente a criança que corre para ele, gritando, mãozinhas estendidas:

— Giamì! Giamì!

— Giacomino! — exclama ferido, com severidade, o professor Toti.

— O que o senhor tem a me dizer, professor? — pergunta-lhe depressa, evitando olhá-lo no olho. — Estou mal... Estava na cama... Não estou em condições de falar nem de ver ninguém...

— Mas e o menino?!

— Sim — diz Giacomino; e se abaixa para beijá-lo.

— Você está mal? — retoma o professor Toti, um pouco reconfortado por aquele beijo. — Eu imaginava. E vim aqui por isso. A cabeça, hein? Sente-se, sente-se... Vamos conversar. Aqui, Ninì... Vê como Giamì está dodói? Sim, querido, dodói... aqui, pobre Giamì... Fique bonzinho; agora vamos embora. Só queria perguntar — acrescentou, virando-se para Giacomino — se o gerente do Banco Agrícola lhe disse algo.

— Não, por quê? — fez Giacomino, perturbando-se ainda mais.

— Porque ontem falei de você a ele — responde com um risinho misterioso o professor Toti. — Seu salário é meio magro, meu filho. E você sabe que uma palavrinha minha...

Giacomino se contorce na cadeira, cerra o punho até afundar as unhas na palma da mão.

— Professor, eu agradeço — diz —, mas me faça o favor, a caridade, de não se incomodar mais comigo, sim?

— Ah é? — retruca o professor Toti com o risinho ainda nos lábios. — Muito bem! Não precisamos mais de ninguém, não é? Mas se eu quisesse fazê-lo para o meu prazer? Meu caro, se não devo mais me preocupar com você, com quem mais eu me preocuparia? Estou velho, Giacomino! E os velhos (os que não são egoístas!), os velhos que, assim como eu, penaram para conquistar uma posição, gostam de poder ajudar os jovens como você, dignos, a seguir em frente na vida por seu intermédio; e gozam com a sua alegria, com as suas esperanças, com o lugar que pouco a pouco vão ocupando na sociedade. Além disso, para mim... vamos, você sabe... considero-o como um filho... O que foi? Está chorando?

Giacomino esconde o rosto entre as mãos e soluça, como se quisesse abafar o pranto.

Ninì o observa assustado; depois, dirigindo-se ao professor, diz:

— Giamì, dodói...

O professor se levanta e tenta pôr a mão no ombro de Giacomino. Mas ele dá um pulo, quase enojado; mostra o rosto contraído como por uma resolução dura e repentina; e grita exasperado:

— Não chegue perto de mim! Professor, vá embora, eu imploro, vá embora! O senhor me faz passar por um sofrimento dos infernos! Não mereço o seu afeto e não o quero, não quero... Por favor, vá embora, leve o menino e esqueça que eu existo!

O professor fica espantado e pergunta:

— Mas por quê?

— Já lhe digo! — responde Giacomino. — Estou noivo, professor! Entendeu? Estou noivo!

O professor Toti vacila, como se tivesse levado uma marretada na cabeça; ergue as mãos; tartamudeia:

— Você? No... noivo?

— Sim, senhor — diz Giacomino. — Então acabou... acabou para sempre! Entenda que não posso mais... vê-lo aqui...

— Está me expulsando? — pergunta quase sem voz o professor Toti.

— Não! — apressa-se em responder Giacomino, sofrendo. — Mas é melhor que o senhor... que o senhor vá embora, professor...

Ir embora? O professor desaba na cadeira. Parece que as pernas foram subitamente quebradas. Põe a cabeça entre as mãos e geme:

— Oh, Deus! Ah, que desgraça! Então é por isso? Oh, pobre de mim! Mas quando? Como? Sem dizer nada? Está noivo de quem?

— Há um bom tempo, professor... — diz Giacomino — de uma pobre órfã como eu... amiga da minha irmã...

O professor Toti o fixa, aparvalhado, com os olhos baços, a boca aberta, e não encontra palavras para dizer.

— E... e... e se abandona tudo... assim... e... e não se pensa mais em nada... nada mais... nada mais importa...

Giacomino sente que essas palavras expõem a sua ingratidão e se rebela, furioso:

— Mas, por favor! O senhor me queria como um escravo?

— Eu, escravo? — prorrompe agora o professor Toti, com voz dolente. — Eu? Como pode dizer isto? Eu, que o fiz dono da minha casa! Ah, isso sim é uma verdadeira ingratidão! E acaso o beneficiei por mim? O que ganhei com isso, senão o desprezo de todos os tolos que não sabem entender os meus sentimentos? Então você não entende, nem você entende o sentimento deste pobre velho à beira da morte, que estava tranquilo e contente por deixar tudo arrumadinho, uma família bem encaminhada, em boas condições... feliz? Tenho setenta anos; amanhã não estarei mais aqui, Giacomino! O que deu na sua cabeça, meu filho! Eu lhe deixo tudo, aqui... O que quer mais? Ainda não sei, não quero saber quem é a sua noiva; se você a escolheu, deve até ser uma jovem honesta, porque você é bom... mas pense que... pense que... não é possível ter encontrado algo melhor, Giacomino, sob todos os aspectos... Não falo só do conforto garantido... Mas você já tem a sua família, onde o único a mais sou eu, mas por pouco tempo... eu, que não conto para nada... Que incômodo lhe dou? Sou como um pai... Posso até, se você quiser... pela paz de todos... Mas como foi isso? O que houve? Como você virou a cabeça desse jeito, de repente? Diga! Diga...

E o professor Toti se aproxima de Giacomino e tenta pegá-lo pelo braço, sacudi-lo; mas Giacomino se retrai, quase estremecendo, e evita o contato.

— Professor! — grita. — Como não entende, como não percebe que essa sua bondade...

— E então?

— Deixe-me em paz! Não me force a dizer! Como não entende que só se pode fazer certas coisas às escondidas, que não é possível fazê-las à luz do dia, com o senhor sabendo, com todos rindo?

— Ah, é pelas pessoas? — exclama o professor. — E você...

— Deixe-me em paz! — repete Giacomino no cúmulo da agitação, balançandos os braços no ar. — Veja! Há tantos outros jovens que precisam de ajuda, professor!

Toti se sente ferido até a alma por essas palavras, que são uma ofensa atroz e injusta à sua mulher; empalidece e, todo trêmulo, diz:

— Maddalenina é jovem, mas é honesta, meu Deus! E você sabe! Maddalenina pode morrer por causa disso... porque o mal está aqui, aqui, no coração dela... onde acha que está? Está aqui, aqui, ingrato! Ah, e você ainda a insulta? Não tem vergonha? E não sente remorso diante de mim? É capaz de me dizer isso na cara? Acha que ela pode passar de um para outro, assim, como se não fosse nada? A mãe desta criança? Mas o que você está dizendo? Como pode falar assim?

Giacomino olha para ele desconcertado, aturdido.

— Eu? — diz. — Mas e o senhor, professor, o senhor, como pode dizer uma coisa dessas? Está falando sério?

O professor Toti leva as mãos à boca, aperta os olhos, sacode a cabeça e rompe num choro desesperado. O pequeno Ninì também começa a chorar. O professor o ouve, corre para ele e o abraça.

— Ah, meu pobre Ninì... que desgraça, Ninì, que ruína! E o que será da sua mãe agora? O que será de você, Ninì, com uma mamãe como a sua, inexperiente, sem um guia... Oh, que desastre!

Ergue a cabeça e, olhando Giacomino entre as lágrimas:

— Choro — diz — porque o remorso é meu; eu o protegi, eu o acolhi na minha casa, sempre falei tão bem de você para ela... afastei qualquer escrúpulo para que ela o amasse... e agora que ela o amava em segurança... mãe deste pequeno... você...

Interrompe-se e, orgulhoso, decidido, agitado:

— Preste atenção, Giacomino! — diz. — Sou capaz de me apresentar com esta criança na casa da sua noiva!

Ao ouvi-lo falar e chorar assim, Giacomino, que sua frio apesar de estar em brasas, junta as mãos diante da ameaça, corre para ele e implora:

— Professor, professor, mas o senhor quer mesmo se cobrir de ridículo?

— De ridículo? — grita o professor. — Mas o que me importa quando vejo a ruína de uma pobre mulher, a sua ruína, a ruína de uma criatura inocente? Venha, venha, vamos embora, Ninì, vamos!

Giacomino para na sua frente:

— Professor, o senhor não fará isso!

— Farei, farei! — grita o professor Toti com o rosto impávido. — E, para impedir esse casamento, sou até capaz de expulsá-lo do banco! Eu lhe dou três dias.

E, virando-se da soleira com o menino nas mãos:

— Pense nisso, Giacomino! Pense nisso!

"Pensaci, Giacomino!", 1910

A mosca

Arfantes e apressados para chegar mais rápido, quando alcançaram o sopé do vilarejo — vamos, por aqui, coragem! —, escalaram a íngreme encosta pedregosa — força! força! —, embora as travas das botas — meu Deus! — escorregassem.

Assim que mostraram a cara afogueada ao vilarejo, um bando de mulheres barulhentas ao redor da fonte, na saída da cidade, virou-se para olhar. Oh, aqueles dois ali não eram os irmãos Tortorici? Sim, Neli e Saro Tortorici. Oh, coitadinhos! Por que corriam tanto assim?

Neli, o irmão menor, morto de cansaço, parou por um momento a fim de retomar o fôlego e responder às mulheres; mas Saro o arrastou pelo braço.

— Giurlannu Zarù, nosso primo! — disse Neli, voltando-se para elas, e ergueu uma mão para se benzer.

As mulheres romperam em exclamações de lamento e de horror; uma perguntou, alto:

— Quem foi?

— Ninguém: Deus! — gritou Neli de longe.

E correram para a pracinha onde ficava a casa do médico.

O senhor doutor Sidoro Lopiccolo, sem camisa, com o peito cavo e uma barba de pelo menos dez dias nas bochechas flácidas, olhos inchados e remelentos, girava pelos quartos arrastando os chinelos e carregando nos braços uma pobre doentinha amarela, pele e osso, de cerca de nove anos.

A mulher, afundada na cama há nove meses; seis filhos pela casa, além da que ele carregava no colo — e que era a maior —, todos sujos, maltrapilhos, quase bichos; toda a casa, de cima a baixo, uma ruína: cacos de pratos, cascas, montes de lixo no pavimento; cadeiras quebradas, poltronas afundadas, camas sem consertar há muito tempo, com as cobertas em farrapos, porque os meninos se divertiam brigando sobre elas, com travesseiradas; bonitinhos!

A única coisa intacta, num quarto que fora uma saleta, era um retrato fotográfico ampliado, pendurado na parede; o retrato dele, do senhor doutor Sidoro Lopiccolo, quando ainda era jovem, recém-formado: lindo, elegante e sorridente.

Diante desse retrato ele agora passava, arrastando os chinelos; mostrava-lhe os dentes num esgar gracioso, inclinava-se e apresentava a filhinha doente, esticando os braços.

— Sisiné, estamos aqui!

Porque era assim, Sisiné, que a sua mãe lhe chamava então; a mãe, que esperava grandes coisas dele, o predileto, o pilar, o estandarte da casa.

— Sisiné!

Recebeu aqueles dois camponeses como um cão raivoso.

— O que vocês querem?

Quem falou foi Saro Tortorici, ainda arfando, com o gorro na mão:

— Senhor doutor, nosso primo... o coitado está morrendo.

— Sorte a dele! Que os sinos façam a festa! — gritou o doutor.

— Ah, não, senhor! Está morrendo de repente, e não se sabe de quê. Nas terras de Montelusa, numa estrebaria.

O doutor deu um passo para trás e prorrompeu furioso:

— Em Montelusa!

O lugarejo ficava a umas sete milhas de estrada. E que estrada!

— Rápido, rápido, por caridade! — implorou Tortorici. — Ele está todo preto, como um naco de fígado! Inchado que até dá medo. Por favor!

— Mas como? A pé? — gritou o doutor. — Dez milhas a pé? Vocês estão malucos! Uma mula! Quero pelo menos uma mula. Vocês trouxeram?

— Vou buscá-la já — Tortorici apressou-se em dizer. — Vou pedir emprestada.

— Enquanto isso — disse Neli, o menor —, vou correndo fazer a barba.

O doutor o fixou como se quisesse fulminá-lo com os olhos.

— É domingo, senhor — desculpou-se Neli, sorrindo sem graça. — Estou noivo.

— Ah, está noivo? — escarneceu o médico, fora de si. — Então fique com esta!

Dizendo isso, meteu-lhe nas mãos a filha doente; depois arrebanhou um a um os outros pequenos que o rodearam e os empurrou com força entre as pernas:

— E este também! E este outro! E este outro! E este outro! Animal! Animal! Animal!

Virou as costas para eles e fez que ia embora, mas recuou, pegou a maleta e gritou aos dois:

— Vão logo! Peguem a mula! Já estou indo.

Neli Tortorici voltou a sorrir, descendo a escada atrás do irmão. Tinha vinte anos; a noiva, Luzza, dezesseis: uma rosa! Sete filhos? Seria pouco! Ele queria doze. E, para sustentá-los, se valeria daqueles dois braços que Deus lhe deu, poucos, mas bons. Sempre com alegria. Trabalhar e cantar, tudo feito com arte. Não é à toa que o chamavam de Liolá, o poeta. E, sentindo-se amado por todos devido à sua bondade solícita e ao bom humor constante, sorria até do ar que respirava. O sol ainda não conseguira lhe tostar a pele nem ressecar o belo tom dourado dos cabelos em cachos, que tantas mulheres invejavam; mulheres que enrubesciam perturbadas, quando ele as olhava de certo modo, com aqueles olhos claros, vivos, vivos.

O que mais o preocupava naquele dia não era o caso do primo Zarù, mas a bronca da sua Luzza, que havia seis dias esperava aquele domingo para estar um pouco com ele. Mas podia, em sã consciência, eximir-se daquela caridade cristã? Pobre Giurlannu! Ele também estava noivo. Que desgraça, assim tão de repente! Trabalhava na descasca de amêndoas, lá embaixo, na propriedade do Lopes, em Montelusa. Na manhã anterior, sábado, o tempo começava a ameaçar água; mas não parecia haver perigo de chuva iminente. No entanto, por volta do meio-dia, Lopes diz: — Deus trabalha depressa; não queria, meus filhos, que minhas amêndoas ficassem pelo chão, debaixo de chuva. — Mandara as mulheres que estavam na colheita subir ao depósito para debulhar as amêndoas. — Vocês — diz aos homens que estão batendo as cascas (e eles, Neli e Saro Tortorici, também estavam lá) —, vocês, se quiserem, também podem subir com as mulheres, para a debulha. — Giurlannu Zarù: — Certo — diz —, mas a jornada vai ser paga com o meu salário de vinte e cinco soldos? — Não, meia jornada — diz Lopes —, será proporcional ao seu salário; o resto, por meia lira, como as mulheres. — Era demais! Por acaso faltava trabalho para os homens, que assim poderiam receber uma jornada inteira? Não chovia; nem chovera de fato durante todo o dia, nem à noite. — Meia lira, como as mulheres — diz Giurlannu Zarù. — Eu uso calça, me pague a meia jornada proporcional aos vinte e cinco soldos e vou embora.

Não foi: ficou esperando até a noite pelos primos, que se contentaram em debulhar a meia lira, com as mulheres. Porém, a certa altura, cansado de esperar parado, foi a um estábulo ali perto para dormir, recomendando à turma que o acordassem quando fosse a hora de partir.

O trabalho de descascamento já durava um dia e meio, e as amêndoas recolhidas eram poucas. Mas as mulheres propuseram debulhar todas naquela mesma noite, trabalhando até tarde e ficando para dormir ali o resto da noite, para voltar ao vilarejo na manhã seguinte, ainda no escuro. Assim fizeram. Lopes levou favas cozidas e duas garrafas de vinho. À meia-noite, encerrada a debulha, todos foram dormir, homens e mulheres, ao sereno do pátio, onde a palha que sobrara estava banhada de umidade, como se de fato houvesse chovido.

— Canta, Liolà!

E ele, Neli, começara a cantar de improviso. A lua entrava e saía por entre um denso intricado de nuvens brancas e escuras; e a lua era o rosto redondo da sua Luzza, que sorria e se anuviava com as coisas ora tristes, ora alegres do amor.

Giurlannu Zarù continuara no estábulo. Antes do alvorecer, Saro foi acordá-lo e o encontrou ali, inchado e escuro, com um febrão de cavalo.

Isso foi o que contou Neli Tortorici lá, no barbeiro, que a certa altura, distraindo-se, o cortou com a lâmina. Uma feridinha, perto do queixo, que mal dava para ver! Neli não teve nem tempo de se queixar, porque na porta do barbeiro aparecera Luzza com a mãe e Mita Lumià, a pobre noiva de Giurlannu Zarù, que gritava e chorava desesperada.

Foi preciso muita conversa para convencer a coitada de que não podia ir até Montelusa visitar o noivo: ela o reveria antes da noite, assim que o trouxessem lá para cima, da melhor forma. Depois chegou Saro, gritando que o médico já estava a cavalo e não queria mais esperar. Neli conduziu Luzza a um lugar apartado e lhe pediu que tivesse paciência: retornaria antes de cair a noite e lhe contaria muitas coisas bonitas.

De fato, para dois namorados, estas também são coisas bonitas, que se dizem apertando as mãos e olhando-se nos olhos.

Estradinha miserável! Cada precipício que fazia o doutor Lopiccolo ver a morte com os olhos, apesar de Saro de um lado e Neli do outro puxarem a mula pelo cabresto.

Do alto se divisava toda a vasta campina, com suas planícies e vales; cultivada por pastagens, olivais e amendoeiras; ora amarela de palha, ora manchada aqui e ali pelo negro das queimadas; no fundo, percebia-se o mar de um azul áspero. Amoreiras, alfarrobeiras, ciprestes e oliveiras conservavam seu verde variado e perene; as coroas das amendoeiras já estavam desbastadas.

Tudo ao redor, no amplo círculo do horizonte, tinha como um véu de vento. Mas o calor era extenuante, o sol rachava as pedras. De vez em quando chegava, de lá das sebes empoeiradas de figos-da-índia, algum trino de calandra ou a risada de uma pega, que eriçava as orelhas da mula do doutor.

— Mula má! Mula má! — lamentava-se ele então.

Para não perder de vista aquelas orelhas, nem se dava conta do sol que lhe batia nos olhos, e deixava o sombreiro aberto e forrado de verde apoiado no ombro.

— Vossa Senhoria não tenha medo, nós estamos aqui — exortavam os irmãos Tortorici.

Na verdade, medo o doutor não deveria ter. Mas falava por seus filhos. Devia cuidar da própria pele, para o bem daqueles sete desgraçados.

Para distraí-lo, os Tortorici começaram a falar da safra ruim: trigo escasso, cevada escassa, favas escassas. Quanto às amêndoas, já se sabia, não dão sempre: certos anos, sim; outros, não. Para não falar das azeitonas: a neblina fria as atrofiou quando cresciam. Nem se podia contar com a vindima, já que todos os vinhedos da região estavam doentes.

— Belo consolo! — dizia de vez em quando o doutor, balançando a cabeça.

Ao cabo de duas horas de estrada, todos os assuntos se esgotaram. O estradão corria reto por um longo trecho, e agora, sobre o manto espesso de pó esbranquiçado, começaram a conversar os quatro cascos da mula e as botinas dos dois lavradores. Em certo ponto, Liolà se pôs a cantarolar, sem vontade, à meia-voz; parou logo. Não se via viva alma, porque nos domingos todos os lavradores subiam ao vilarejo, uns para a missa, outros para as compras, outros para descansar. Talvez lá, em Montelusa, ninguém tivesse ficado ao lado de Giurlannu Zarù, que morria sozinho, se é que ainda estava vivo.

De fato o encontraram só, na estrebaria abafada, estendido sobre a mureta, tal como Saro e Neli Tortorici o haviam deixado: lívido, enorme, irreconhecível.

Agonizava.

Da janela gradeada, perto da manjedoura, entrava o sol a lhe bater na cara, que já não tinha aspecto humano: o nariz desaparecera com o inchaço; os lábios, pretos e horrivelmente intumescidos. Um ronco saía da boca, exasperado, como um guincho. Entre os cabelos enrolados de mouro, um fiozinho de palha resplandecia no sol.

Os três pararam de repente e o olharam, abatidos e como paralisados pelo horror daquela visão. A mula calcou os cascos, bufando, contra o piso do estábulo. Então Saro Tortorici se aproximou do moribundo e o chamou amorosamente:

— Giurlà, Giurlà, o doutor está aqui.

Neli foi amarrar a mula na manjedoura, perto de onde, na parede, havia como a sombra de um outro bicho, a marca do asno que morava naquele estábulo, impressa de tanto ele se esfregar ali.

A um segundo chamado, Giurlannu Zarù parou de arquejar; tentou abrir os olhos sangrados, escuros, cheios de pavor; abriu a boca horrenda e gemente, como queimado por dentro:

— Estou morrendo!

— Não, não — apressou-se em dizer Saro, angustiado. — O médico está aqui. Nós o trouxemos, está vendo?

— Me levem ao vilarejo! — implorou Zarù e, em ânsia, sem poder juntar os lábios: — Oh, minha mãe!

— Sim, vamos, a mula está aqui! — responde Saro imediatamente.

— Até nos meus braços, Giurlà, você pode ir! — disse Neli, acorrendo e inclinando-se sobre ele. — Não fraqueje!

Giurlannu Zarù se virou para a voz de Neli, mirou-o com aqueles olhos sangrados como se a princípio não o reconhecesse, depois moveu um braço e o pegou pela cintura.

— Você, primo, você?

— Eu, sim, coragem! Está chorando? Não chore, Giurlà, não chore. Não é nada!

E pousou a mão sobre o peito dele, que engasgava com os soluços presos na garganta. Sufocado, a certa altura Zarù sacudiu a cabeça raivosamente, depois levantou uma mão, tomou Neli pela nuca e o puxou para si:

— Juntos, nós dois, deveríamos nos casar...

— E juntos nos casaremos, não duvide! — disse Neli, erguendo a mão que enlaçava sua nuca.

Entretanto o médico observava o moribundo. Era claro: um caso de carbúnculo.

— Diga-me: não se lembra de ter sido picado por algum inseto?

— Não — fez Zarù com a cabeça.

— Inseto? — perguntou Saro.

O médico explicou a doença do jeito que pôde aos dois ignorantes. Algum bicho devia ter morrido nas vizinhanças, de carbúnculo. Quem sabe quantos insetos devem ter pousado na carcaça abandonada ao fundo de um precipício; depois um deles, voando para cá, pode ter inoculado o mal em Zarù, naquele estábulo.

Enquanto o médico falava, Zarù virou o rosto para o muro.

Ninguém sabia, e no entanto a morte ainda estava ali; tão pequena que mal se podia perceber, a menos que se prestasse muita atenção.

Havia uma mosca ali, na parede, aparentemente imóvel; mas, observando-a bem, ora projetava a pequena tromba e sugava, ora limpava freneticamente as duas finas patinhas dianteiras, esfregando-as entre si, como satisfeita.

Zarù a localizou e a fixou com os olhos.

Uma mosca.

Podia ter sido aquela ou uma outra. Quem sabe? Porque agora, ouvindo o médico falar, ele tinha a impressão de se lembrar. Sim, no dia anterior, quando se jogara lá para dormir, enquanto esperava os primos terminarem a debulha das amêndoas de Lopes, uma mosca o incomodara. Será que era essa?

Viu-a de repente alçar voo e virou-se para segui-la com os olhos.

Pronto, lá estava ela pousada no rosto de Neli. Da face, bem de leve, ela agora deslizava rapidamente para o queixo, até o corte da lâmina, e grudava-se, com voracidade.

Giurlannu Zarù a observou por um tempo, concentrado, absorto. Depois, sufocado pelo catarro, perguntou com voz cavernosa:

— Pode ser uma mosca?

— Uma mosca? Por que não? — respondeu o médico. Giurlannu Zarù não disse mais nada: voltou a mirar aquela mosca que Neli, quase atordoado com as palavras do médico, não mandava embora. Ele, Zarù, já não se importava com o que o médico dizia, mas gostava que este, ao falar, atraísse a atenção do primo a ponto de deixá-lo imóvel como uma estátua, sem perceber o incômodo daquela mosca no seu rosto. Oh, se fosse a mesma! Aí, sim, casariam juntos! Uma inveja escura, um ciúme surdo e feroz se apossava dele contra o jovem primo, tão belo e saudável, para quem a vida, que lhe fora subitamente negada, continuava cheia de promessas.

De repente, como se finalmente se sentisse picado, Neli ergueu uma mão, enxotou a mosca e, com os dedos, começou a espremer o queixo sobre o corte. Voltou-se para Zarù, que o olhava, e ficou desconcertado ao ver que ele abrira a boca horrenda num sorriso monstruoso. Observaram-se por um instante, assim. Então Zarù disse, quase sem querer:

— A mosca.

Neli não compreendeu e aproximou o ouvido:

— O que você disse?

— A mosca — repetiu o outro.

— Que mosca? Onde? — perguntou Neli, consternado, olhando o médico.

— Aí, onde você está coçando. É ela! — disse Zarù.

Neli mostrou ao doutor a feridinha no queixo:

— O que é? Está ardendo.

O médico o examinou, preocupado; depois, como se quisesse observá-lo melhor, levou-o para fora do estábulo. Saro os seguiu.

O que aconteceu depois? Giurlannu Zarù esperou, esperou muito, numa ânsia que lhe irritava por dentro todas as vísceras. Ouvia conversas lá fora, confusamente. De repente, Saro voltou correndo para o estábulo, pegou a mula e, sem nem sequer se virar para vê-lo, saiu gemendo:

— Ah, meu Neluccio! Ah, meu Neluccio!

Então era verdade? E todos o abandonavam ali, feito um cão. Tentou se erguer sobre o cotovelo, chamou duas vezes:

— Saro! Saro!

Silêncio. Ninguém. Não se aguentou mais, tornou a cair e se pôs a grunhir por um tempo, para não ouvir o silêncio do campo, que o aterrorizava. De repente lhe veio a dúvida de que tivesse sonhado, de que tivesse feito um sonho ruim, na febre; porém, ao se virar para o muro, reviu a mosca ali de novo.

Lá estava ela.

Ora projetava a pequena tromba e sugava, ora limpava freneticamente as duas finas patinhas dianteiras, esfregando-as entre si, como que satisfeita.

"La mosca", 1904

A senhora Frola e o
senhor Ponza, seu genro

Enfim, imaginem!, não saber qual dos dois é o doido é realmente de deixar qualquer um louco: se a senhora Frola ou o senhor Ponza, seu genro. Coisas que só acontecem em Valdana, cidade desgraçada, atração de todos os forasteiros excêntricos!

Um dos dois é doido, ou ela ou ele, não há meio-termo; com certeza um dos dois é maluco. Porque o caso é simplesmente o seguinte... Não, é melhor expor a coisa com ordem.

Juro-lhes que estou sinceramente consternado pela angústia em que há três meses vivem os moradores de Valdana, e não estou nem aí com a senhora Frola ou com o senhor Ponza, seu genro. Porque, se é verdade que sofreram um duro golpe, não é menos verdade que um dos dois, pelo menos, teve a sorte de enlouquecer, mas com a ajuda do outro, que continua a colaborar, de modo que não é possível, repito, saber qual dos dois é realmente doido — e eles não podiam ter consolo melhor do que este. Mas lhes parece pouco manter uma comunidade inteira neste pesadelo, retirando-lhes toda faculdade de juízo, a ponto de já não poderem distinguir entre fantasma e realidade? Uma angústia, uma frustração eterna. Todos os dias, cada um dos habitantes depara com os dois, os observa, sabe que um deles é doido, estuda cada um deles, os escruta, os investiga, e nada!, impossível descobrir qual dos dois é maluco, onde está o fantasma, onde a realidade. Naturalmente, em cada um nasce a suspeita perniciosa de que tanto faz a realidade ou o fantasma, de que toda realidade pode perfeitamente ser um fantasma, e vice-versa. Isso lhes parece pouco? No lugar do senhor prefeito, eu certamente expulsaria, para a saúde mental dos moradores de Valdana, a senhora Frola e o senhor Ponza, seu genro.

Mas prossigamos com ordem.

O senhor Ponza chegou a Valdana há três meses, como secretário da prefeitura. Alojou-se no edifício novo, na saída da cidade, chamado de "o Favo". Lá mesmo. No último andar, num pequeno apartamento. Três janelas que dão para o campo, altas, tristes (pois aquela fachada, voltada para o poente, sobre hortas pálidas, apesar de nova, não se sabe por quê, tornou-se muito triste), e três janelas internas, do lado de cá, sobre o pátio, onde o corredor da área de serviço faz um L e se divide em divisórias gradeadas. Dos corredores pendem, lá em cima, vários cestos atados a um cordão, prontos para serem baixados a qualquer necessidade.

Porém, para espanto de todos, o senhor Ponza alugou no centro da cidade, justo na rua dei Santi, número 15, um outro apartamento mobiliado, de três cômodos e cozinha. Disse que seria para sua sogra, a senhora Frola. De fato ela chegou cinco ou seis dias depois, e o senhor Ponza foi buscá-la na estação, sozinho, e a levou para lá, deixando-a sozinha.

Ora, é perfeitamente compreensível que uma filha, ao se casar, deixe sua casa e vá viver com o marido, inclusive em outra cidade; mas é difícil entender que uma mãe, não conseguindo ficar longe da filha, deixe sua cidade, sua casa, e a acompanhe, indo habitar sozinha numa casa de uma cidade onde tanto ela quanto a filha são forasteiras; a menos que entre sogra e genro haja tanta incompatibilidade que a convivência se torne impossível, mesmo nessas condições.

Naturalmente foi isso que, a princípio, se pensou em Valdana. E quem decaiu na opinião de todos foi o senhor Ponza, é claro. Quanto à senhora Frola, se alguns admitiram que ela devia ter certa culpa, seja por falta de compaixão ou por soberba ou intolerância, todos apreciaram o amor materno que a trouxera para perto da filha, mesmo estando condenada a viver longe dela.

É preciso dizer que o aspecto dos dois também contribuiu para a geral apreciação da senhora Frola e para a opinião que logo se formou a respeito do senhor

Ponza, ou seja, de que era duro, até cruel. Atarracado, sem pescoço, negro como um africano, com uma espessa cabeleira sem brilho sobre a fronte baixa, densa e áspera como as sobrancelhas cheias, de grossos bigodes brilhantes de policial, e nos olhos turvos, fixos, quase sem branco, uma intensidade violenta, exasperada, contida a custo, não se sabe se de um sofrimento sombrio ou de despeito pelos outros, o senhor Ponza certamente não inspirava simpatia ou confiança. Já a senhora Frola é uma velhinha graciosa, pálida, de traços finos, nobilíssimos, e um ar melancólico, mas de uma melancolia sem peso, vaga e gentil, que não exclui a afabilidade diante de todos.

Ora, a senhora Frola imediatamente deu provas dessa afabilidade — que nela é muito natural — ao chegar à cidade, o que fez crescer a aversão de todos pelo senhor Ponza. Aos olhos de todos, sua índole pareceu não apenas dócil, submissa, tolerante, mas também cheia de indulgência pelo mal que o genro lhe causava; inclusive porque mais tarde se soube que o senhor Ponza não se limitou a isolar a pobre mãe em outra casa, mas foi cruel a ponto de proibir que ela visse a filha.

No entanto não era crueldade, não era crueldade, se apressa em dizer às senhoras de Valdana a senhora Frola, pondo as mãos à frente, de fato aflita com a hipótese de que pudessem pensar isso de seu genro. E logo começa a lhe exaltar todas as virtudes, dizendo a seu respeito todo o bem possível e imaginável: quanto amor, quantos cuidados, quanta atenção ele dispensa à sua filhinha e também a ela, sim, a ela também; prestativo e desinteressado... Oh, cruel não, por caridade! Só há um detalhe: o senhor Ponza quer a mulherzinha toda para si, a ponto de preferir que o amor filial que ela deve sentir (e admite, como não?) pela mãe chegue não diretamente, mas por intermédio dele, por meio dele. Sim, isso pode parecer crueldade, mas não é; é outra coisa, uma coisa que ela, a senhora Frola, entende perfeitamente e sofre por não saber expressar. Natureza, pode ser... não, talvez uma espécie de doença... como dizer? Meu Deus, basta olhá-lo nos olhos. De início talvez causem má impressão, mas eles dizem tudo a quem souber, feito ela, ler dentro deles: a plenitude fechada de todo um mundo de amor, no qual a mulher deve viver sem jamais sair, e onde nenhuma outra pessoa, nem mesmo a mãe, pode entrar. Ciúme? Sim, talvez, caso se queira definir vulgarmente essa totalidade exclusiva do amor.

Egoísmo? Mas um egoísmo que se dá inteiro, como um mundo, à própria mulher! Egoísmo no fundo seria o dela, caso quisesse violar esse mundo fechado de amor, introduzindo-se à força, quando ela sabe que a filha é feliz e tão adorada... Isso é suficiente para uma mãe! De resto, não é verdade que ela não veja sua filha. Duas ou três vezes ao dia ela a vê: entra no pátio do prédio, toca a campainha e logo em seguida a filha aparece lá em cima.

— Como vai, Tildina?

— Muito bem, mamãe! E você?

— Como Deus quer, minha filha. Baixe a cestinha!

E na cestinha há sempre umas palavras num papel, com as notícias do dia. Pronto, isso lhe basta. Essa vida já dura quatro anos, e a senhora Frola já se habituou a ela. Sim, está conformada. E quase não sofre mais.

Como é fácil perceber, essa resignação da senhora Frola, esse hábito ao martírio que ela confessa ter criado, pesa cada vez mais contra o senhor Ponza, seu genro — tanto mais quanto mais ela se empenha em desculpá-lo em longos discursos.

Por isso foi com verdadeira indignação, direi até com medo, que as senhoras de Valdana que receberam uma primeira visita da senhora Frola acolhem, no dia seguinte, a notícia de outra visita inesperada, desta vez do senhor Ponza, que lhes pede apenas dois minutos de atenção, a fim de fazer um "necessário esclarecimento", se não for incômodo.

Com o rosto afogueado, quase congestionado, e os olhos mais duros e tétricos do que nunca, com um lenço que brilha na mão de tanta brancura, assim como o colete e os punhos da camisa sobre o escuro da pele, dos pelos e da roupa, o senhor Ponza, enxugando continuamente o suor que lhe escorre da fronte baixa e das bochechas raspadas e violáceas, não tanto pelo calor, e sim pela evidente violência do esforço que se impõe e que lhe faz tremer as mãos grandes, de longas unhas, passando de um salão a outro, diante daquelas senhoras que o observam quase aterrorizadas, pergunta inicialmente se a senhora Frola, sua sogra, as visitou no dia anterior; depois, com pesar, com dificuldade, com agitação crescente, indaga se ela falou da filha e se disse que ele a proíbe expressamente de ver a mãe ou visitá-la.

Ao vê-lo tão agitado, as senhoras — como é fácil imaginar — se apressam em responder que sim, a senhora Frola lhes falou sobre aquela proibição de ver a filha, mas também disse as melhores coisas sobre ele, até o ponto de não só desculpá-lo, mas também de absolvê-lo de qualquer culpa relativa à proibição.

No entanto, em vez de se tranquilizar com a resposta das senhoras, o senhor Ponza se agita ainda mais; os olhos se tornam mais duros, mais fixos, mais tétricos; as grandes gotas de suor ficam mais espessas; por fim, fazendo um esforço ainda mais violento sobre si mesmo, chega ao "necessário esclarecimento".

E o que se vem a saber é simplesmente isto: embora não pareça, a senhora Frola — coitadinha — é louca.

Sim, enlouqueceu quatro anos atrás. E a sua loucura consiste justamente em acreditar que ele não a deixa visitar a filha. Que filha? Ela morreu, a filha morreu há quatro anos; e, precisamente pela dor dessa perda, a senhora Frola enlouqueceu. Sim, por sorte enlouqueceu, já que a loucura foi para ela a fuga de uma dor desesperada. Ela não podia escapar senão assim, acreditando que a sua filha não morreu e que ele, o genro, a proíbe de vê-la.

Por puro dever de caridade à coitada, ele, o senhor Ponza, há quatro anos ajuda a manter essa piedosa mentira, à custa de muitos e pesados sacrifícios; mantém, com um dispêndio superior às suas posses, duas casas, uma para si e outra para ela; e obriga sua segunda mulher, que por sorte se presta piedosamente a isso, a secundá-lo nessa mentira. Mas caridade e dever têm limites: na qualidade de funcionário público, o senhor Ponza não pode permitir que a cidade pense essa coisa cruel e inverossímil a seu respeito, ou seja, que por ciúme ou qualquer outro motivo ele impeça uma pobre mãe de ver a própria filha.

Dito isso, o senhor Ponza se inclina diante do espanto das senhoras e se retira. Mas as senhoras mal tiveram tempo de se recuperar do espanto quando reaparece a senhora Frola, com o ar doce e vagamente melancólico, pedindo desculpas se, por sua causa, elas se assustaram com a visita do senhor Ponza, seu genro.

Com a maior simplicidade e naturalidade do mundo, a senhora Frola declara, por sua vez — mas em grande confidência, por favor!, pois o senhor Ponza é funcionário público, e por isso ela não disse na primeira vez, temendo prejudicar seriamente sua carreira —, que o senhor Ponza, coitadinho, pessoa ótima, inatacável, perfeito secretário na prefeitura, correto em todos os atos e pensamentos, cheio de boas qualidades, o senhor Ponza, pobrezinho, em um único aspecto... não bate bem; aí está, o louco é ele, coitado, e a sua loucura consiste em acreditar que a mulher morreu há quatro anos e em andar dizendo por aí que a louca é ela, a senhora Frola, por achar que a filha ainda está viva. Não, ele não faz isso para ocultar perante os outros o seu ciúme quase maníaco e a cruel proibição imposta à sogra, não; ele acredita de fato que a sua mulher morreu e que esta com quem está casado é uma segunda esposa. Caso tristíssimo! Porque realmente, com o seu amor excessivo, esse homem quase arruinou a vida da jovem mulher, tão delicadinha, tanto que precisaram interná-la em segredo numa casa de saúde. Pois bem, o pobre homem, cujo cérebro já estava gravemente afetado pelo excesso de amor, enlouqueceu de vez, achou que a mulher tivesse de fato morrido, e essa ideia se fixou a tal ponto que ele não conseguiu superá-la, nem mesmo quando, ao retornar recuperada depois de um ano, a mulher foi reapresentada a ele, que a tomou por uma outra. Tanto que, com a ajuda de todos, parentes e amigos, foi necessário simular um segundo matrimônio, o que lhe restituiu plenamente o equilíbrio das faculdades mentais.

Entretanto a senhora Frola tem motivos para suspeitar que há algum tempo o senhor Ponza tenha recuperado inteiramente o juízo e agora finja — apenas finja — acreditar que sua mulher seja uma segunda mulher, só para mantê-la toda para si, sem contato com ninguém, porque talvez de vez em quando ele ainda seja assaltado pelo temor de que ela desapareça novamente.

Mas claro. Caso contrário, como explicar todos os cuidados dele em relação a ela, sua sogra, se realmente ele achasse que está casado com uma segunda mulher? Não seria verossímil que ele dispensasse tantas atenções a alguém que, de fato, já não seria sua sogra, não é verdade? Isso a senhora Frola diz, vejam bem, não só para demonstrar que o doido é ele, mas também para provar a si mesma que a sua suspeita tem fundamento.

— Enquanto isso — conclui com um suspiro que se mistura em seus lábios a um puríssimo sorriso —, enquanto isso a minha pobre filhinha precisa fingir que não é ela, e sim outra; e eu mesma sou obrigada a passar por louca, fingindo que a minha filha ainda está viva. Não me custa muito, graças a Deus, porque a minha filha está lá, saudável e cheia de vida; eu a vejo, falo com ela, mas estou condenada a não poder conviver com ela, a só poder vê-la e lhe falar de longe, para que ele possa acreditar, ou fingir que acredita, que a minha filha, Deus me livre!, está morta, e que esta que está com ele é uma segunda mulher. Mas, torno a dizer, o que importa, se com isso conseguimos recuperar a paz de ambos? Sei que a minha filha está contente e que é adorada; eu a vejo, falo com ela e me resigno, pelo amor que tenho aos dois, a viver assim e até a ser considerada louca, minhas senhoras, paciência...

Digo: não lhes parece que em Valdana haja motivos de sobra para que as pessoas vivam de boca aberta, olhando-se nos olhos como insensatas? Em qual dos dois acreditar? Quem é o doido? Onde está a realidade, onde o fantasma?

A mulher do senhor Ponza poderia esclarecer isso. Porém não se deve acreditar se, diante dele, a mulher disser que é a segunda esposa; nem se, diante da senhora Frola, ela assegurar que é sua filha. Seria necessário chamá-la à parte e fazê-la dizer a verdade. Mas isso não é possível. O senhor Ponza — seja ele o doido ou não — é de fato muito ciumento e não deixa que ninguém veja a mulher. Ele a mantém lá em cima, trancada à chave, como numa prisão, e esse fato sem dúvida depõe a favor da senhora Frola; mas o senhor Ponza diz que é obrigado a fazer isso, ou melhor, que a própria mulher o exige, com medo de que a senhora Frola entre na casa de repente. Pode ser uma desculpa. Outro detalhe é que o senhor Ponza não tem uma criada em casa. Diz que é por economia, já que precisa pagar o aluguel de duas casas; ele mesmo faz as compras diárias; e a mulher, que segundo ele não é a filha da senhora Frola, se mata de trabalhar por causa dela, uma pobre velha que foi sogra do seu marido, cuidando de todas as tarefas domésticas, até das mais humildes, sem a ajuda de uma criada. Todos acham isso meio excessivo. Mas é verdade que esse estado de coisas pode ser explicado ou pela piedade, ou pelo ciúme dele.

Entretanto o prefeito de Valdana se satisfez com as declarações do senhor Ponza. Mas não há dúvida de que o aspecto e a conduta do senhor Ponza não depõem a seu favor — não para as senhoras de Valdana, todas propensas a dar razão à senhora Frola. Ela frequentemente lhes mostra as cartinhas afetuosas que a filha lhe manda pelo cestinho, além de vários outros documentos particulares, dos quais o senhor Ponza retira todo crédito, dizendo que foram escritos para confortar as fantasias da sogra.

Seja como for, o certo é que ambos demonstram um maravilhoso espírito de sacrifício, muito comovente, cada um devotando à loucura do outro uma compaixão extremamente piedosa. Além disso, os dois raciocinam com perfeição; tanto que, em Valdana, não passaria pela cabeça de ninguém dizer que um dos dois é doido, caso eles mesmos não o tivessem dito: o senhor Ponza sobre a senhora Frola, a senhora Frola sobre o senhor Ponza.

Muitas vezes a senhora Frola vai à prefeitura encontrar o genro, a fim de se aconselhar com ele; ou vai esperá-lo à saída do trabalho, de onde seguem para as compras; por sua vez, nas horas vagas e em todas as noites, o senhor Ponza vai encontrar a senhora Frola no apartamentinho mobiliado; e, sempre que um dos dois encontra o outro na rua, logo se juntam com a maior cordialidade: ele se posiciona à esquerda e, se ela estiver cansada, lhe dá o braço, e vão assim, juntos, entre o olhar severo, o espanto e a consternação das pessoas que estudam cada um deles, os escrutam, os investigam, e nada!, não conseguem de modo nenhum entender qual dos dois é o doido, onde está o fantasma, onde a realidade.

"La signora Frola e il signor Ponza, suo genero", 1917

A verdade

Assim que entrou na gaiola do esquálido Tribunal de Justiça, Saru Argentu, conhecido por Tararà, retirou logo do bolso um amplo lenço vermelho de algodão, com flores amarelas, e o estendeu cuidadosamente sobre um dos degraus do banco, para não se sujar, sentando-se nele com sua roupa de festa, de áspero pano turquês. Nova a roupa, novo o lenço.

Sentado, virou o rosto e sorriu a todos os camponeses que lotavam o lugar, do alto da galeria até embaixo, na parte da sala reservada ao público. A hirta fuça escabra, rapada havia pouco, dava-lhe o aspecto de um gorila. Pendiam-lhe das orelhas dois cadeados de ouro.

Da multidão de camponeses apinhados erguia-se, denso e infecto, um fedor de estábulo e suor, um bodum caprino, um bafio de bestas untas, que ardia.

Algumas mulheres vestidas de preto, com pequenos mantéus de pano alçados até os ouvidos, começaram a chorar perdidamente ao avistarem o acusado, que, no entanto, olhando da gaiola, continuava a sorrir, ora erguendo a manzorra rude e terrosa, ora inclinando o pescoço para cá e para lá, não propriamente cumprimentando a audiência, mas fazendo um gesto de reconhecimento a este ou aquele amigo e colega de trabalho, com certa satisfação.

Porque para ele aquilo era quase uma festa, depois de tantos e tantos meses de prisão preventiva. E se vestira como num domingo, para fazer boa presença.

Pobre ele era, tanto que nem pudera pagar a um advogado, contando apenas com o defensor público; mas, naquilo que dependesse dele, ali estava, limpo, barbeado, penteado e com a roupa de domingo.

Após as primeiras formalidades, instaurado o júri, o presidente convidou o acusado a se levantar.

— Como o senhor se chama?

— Tararà.

— Isso é um apelido. Qual o seu nome?

— Ah, sim, senhor. Argentu, Saru Argentu, excelência. Mas todos me conhecem por Tararà.

— Correto. Qual a sua idade?

— Excelência, não sei.

— Como não sabe?

Tararà deu de ombros e, com a expressão do rosto, deu a entender claramente que achava quase uma vaidade, coisa das mais supérfluas, a contagem dos anos. Respondeu:

— Moro no campo, excelência. Lá ninguém se importa com isso.

Todos riram, e o presidente dobrou a cabeça para ler os papéis que tinha diante de si:

— O senhor nasceu em 1873. Portanto, tem trinta e nove anos.

Tararà abriu os braços e acatou:

— Como vossa excelência quiser.

Para não provocar novas risadas, o presidente fez as demais perguntas e respondeu ele mesmo a cada uma: — É verdade? É verdade? — Por fim, disse:

— Sente-se. Agora ouvirá do senhor escrivão de que é acusado.

O escrivão começou a ler o ato de acusação; mas a certo ponto precisou interromper a leitura, pois o líder dos jurados estava prestes a desmaiar por causa do forte bodum de fera que enchia toda a sala. Foi preciso ordenar aos funcionários do tribunal que abrissem portas e janelas.

Pareceu então evidente e incontestável a superioridade do acusado diante daqueles que deviam julgá-lo.

Sentado em seu grande lenço vermelho, Tararà não sentia minimamente o fedor, habitual ao seu nariz, e podia sorrir; Tararà não sentia calor, mesmo vestido como estava, com aquela pesada roupa de pano turquês; Tararà, enfim, não se incomodava nem um pouco com as moscas, que faziam os jurados irromper em gestos irados, bem como o procurador do rei, o presidente da corte, o escrivão, os advogados, os porteiros e até os policiais. As moscas pousavam-lhe nas mãos, esvoaçavam zumbindo sonolentas ao redor do rosto, grudavam vorazes sobre a fronte, nos cantos da boca e até dos olhos: não as sentia, não as expulsava, e continuava sorrindo.

O jovem advogado de defesa, defensor público, disse-lhe que podia estar certo da absolvição, porque matara uma mulher comprovadamente adúltera.

Na bem-aventurada inconsciência dos bichos, não tinha sequer a sombra do remorso. Não entendia por que deveria responder pelo que tinha feito, ou seja, por algo que dizia respeito somente a ele. Aceitava a ação da Justiça como uma fatalidade inapelável.

Na vida havia a Justiça, assim como no campo, as safras ruins.

E a Justiça, com todo aquele aparato solene de sólios majestosos, de toucas, togas e penachos, era para Tararà como o novo grande moinho a vapor, que fora inaugurado com festança um ano antes. Ao visitar com muitos outros curiosos o maquinário, toda aquela engrenagem de rodas, aquele mecanismo endiabrado de roldanas e polias, Tararà, um ano antes, sentira se formar dentro de si e crescer pouco a pouco, a par do estupor, a desconfiança. Cada um levaria o seu trigo para aquele moinho; mas quem garantiria aos compradores que a farinha corresponderia à exata porção do trigo fornecido? Cada um deveria fechar os olhos e aceitar com resignação a farinha que lhe davam.

E assim, agora, com a mesma desconfiança, mas também com a mesma resignação, Tararà levava o seu caso para a engrenagem da Justiça.

Da sua parte, sabia que tinha rachado a cabeça da mulher com um golpe de machado, porque, ao voltar para casa exausto e enlameado, numa noite de sábado, vindo dos campos abaixo do vilarejo de Montaperto onde trabalhava a semana inteira como ajudante, topara com um tremendo escândalo na travessa do Arco di Spoto, nas alturas de San Gerlando, onde morava.

Poucas horas antes, sua mulher fora surpreendida em flagrante adultério com o cavalheiro d. Agatino Fiorica.

A senhora d. Graziella Fiorica, mulher do cavalheiro, com os dedos repletos de anéis, as bochechas tintas de uva turca e toda ajaezada como uma daquelas mulas que levam ao som do tambor o frumento para a igreja, tinha conduzido ela mesma, em pessoa, o delegado da segurança pública Spanò, acompanhado de dois guardas, para a travessa do Arco di Spoto, a fim de constatar o adultério.

A vizinhança não pudera ocultar de Tararà a sua desgraça, já que a mulher fora detida, com o cavalheiro, durante toda a noite. Na manhã seguinte, assim que a viu aparecer muda, muda, diante da porta da rua, antes que as vizinhas tivessem tempo de socorrer, Tararà saltou em cima dela com o machado em punho e abriu-lhe a testa.

Quem sabe o que o senhor escrivão estaria lendo agora...

Encerrada a leitura, o presidente fez com que o acusado se erguesse de novo para o interrogatório.

— Réu Argentu, o senhor ouviu de que é acusado?

Tararà fez um gesto displicente com a mão e, com o mesmo sorriso, respondeu:

— Excelência, para dizer a verdade, não me importei com isso.

O presidente então rebateu com toda a severidade:

— O senhor é acusado de ter assassinado com um golpe de machado, na manhã de 10 de dezembro de 1911, Rosaria Femminella, sua esposa. O que tem a dizer em sua defesa? Dirija-se aos senhores jurados e fale claramente e com o devido respeito à Justiça.

Tararà levou uma das mãos ao peito, querendo dizer que não tinha a menor intenção de faltar com o respeito à Justiça. Mas, àquela altura, todos na sala já estavam predispostos à hilaridade e o olhavam com o sorriso engatilhado, à espera da resposta dele. Tararà percebeu e permaneceu um tempo em silêncio, perdido.

— Vamos, diga — exortou-o o presidente —, fale aos senhores jurados o que tem a dizer.

Tararà encolheu os ombros e disse:

— Olhe, excelência. Os senhores são aletrados, e o que está escrito nesses papéis deve ter sido entendido. Eu moro no campo, excelência. Mas, se nesses papéis está escrito que matei minha mulher, é a verdade. E não se fala mais nisso.

Dessa vez quem não conteve o riso foi o presidente.

— Não se fala mais nisso? Espere e ouvirá, meu caro, se se falará nisso...

— Quero dizer, excelência — explicou Tararà, recolocando a mão no peito —, quero dizer que fiz mesmo, e basta. Fiz... sim, excelência, e me dirijo aos senhores jurados, fiz de fato, senhores jurados, porque não poderia fazer outra coisa, é isso; e basta.

— Silêncio! Silêncio, senhores! Silêncio! — pôs-se a gritar o presidente, sacudindo furiosamente a sineta. — Mas onde estamos? Isto aqui é uma corte de Justiça! E se trata de julgar um homem que cometeu homicídio! Se alguém decidir rir mais uma vez, mando evacuar a sala! E lamento ter de chamar a atenção até dos senhores jurados, a fim de que considerem a gravidade de sua tarefa!

Depois, voltando-se com dura expressão ao acusado:

— O que o senhor pretende dizer com a frase "não poderia fazer outra coisa"?

Tararà, assustado com o violento silêncio que se abatera sobre a sala, respondeu:

— Quero dizer, excelência, que a culpa não foi minha.

— Mas como não foi sua?

O jovem advogado, defensor público, entendeu que nesse ponto deveria se rebelar contra o tom agressivo adotado pelo presidente perante o réu.

— Perdão, senhor presidente, mas assim terminaremos por confundir inteiramente este pobre homem! Parece-me que ele tem razão em dizer que a culpa não foi dele, e sim da mulher, que o traía com o cavalheiro Fiorica. Está claro!

— Senhor advogado, por favor — retomou o presidente, ressentido —, deixemos que o acusado se pronuncie. Senhor Tararà: o senhor pretendeu dizer isto?

Tararà negou, primeiro com um gesto de cabeça, depois com a voz:

— Não, senhor, excelência. A culpa não foi nem daquela pobre desgraçada. A culpa foi da senhora... da mulher do senhor cavalheiro Fiorica, que não quis deixar as coisas quietas. Para que, senhor presidente, fazer um escândalo daqueles em frente à porta da minha casa, que até o calçamento da rua, senhor presidente, ficou todo vermelho de vergonha ao ver um digno fidalgo, o cavalheiro Fiorica, que todos sabemos quem é, enxotado dali, em mangas de camisa e com a calça na mão, senhor presidente, da toca de uma camponesa imunda? Só Deus sabe, senhor presidente, o que somos forçados a fazer para conseguir um pedaço de pão!

Tararà disse essas coisas com lágrimas nos olhos e na voz, sacudindo as mãos diante do peito, dedos entrelaçados, enquanto as risadas estouravam irrefreáveis em toda a sala, e muitos até se retorciam em convulsões. Porém, mesmo em meio a tanta risada, o presidente percebeu de pronto a nova posição que o acusado assumia diante da lei depois do que havia dito. Também o percebeu o jovem advogado, que, num impulso, vendo ruir toda a estrutura da sua defesa, virou-se para a gaiola e fez sinal para que Tararà ficasse quieto.

Tarde demais. O presidente, voltando a sacudir a sineta furiosamente, interpelou o acusado:

— Então o senhor confessa que já estava a par do caso entre sua mulher e o cavalheiro Fiorica?

— Senhor presidente — insurgiu-se o advogado de defesa, saltando de pé —, desculpe-me... mas assim... assim eu...

— Que assim e assim! — interrompeu o presidente, gritando. — Por ora, é preciso esclarecer esse ponto.

— Oponho-me à pergunta, senhor presidente!

— Mas o senhor não pode se opor, caro advogado. O interrogatório quem faz sou eu!

— Então abandono a toga!

— Faça-me o favor, advogado! Está falando sério? Se o próprio acusado confessa...

— Não, senhor, não, senhor! Ainda não confessou nada, senhor presidente! Apenas disse que a culpa, segundo ele, é da senhora Fiorica, que foi fazer um escândalo em frente à casa dele.

— Perfeitamente! E agora o senhor quer me impedir de perguntar ao acusado se ele sabia do caso entre a mulher e Fiorica?

Nessa altura, em direção a Tararà partiram de toda a sala sinais urgentes e violentos de negação. O presidente ficou ainda mais furioso e de novo ameaçou evacuar a sala.

— Responda, acusado Argentu: o senhor tinha conhecimento do caso da sua mulher? Sim ou não?

Tararà, perdido, pressionado, olhou o advogado, olhou o auditório e por fim falou:

— Devo... devo dizer que não? — balbuciou.

— Ah, bronco! — gritou um velho lavrador do fundo da sala.

O jovem advogado esmurrou o banco e deu meia-volta, bufando, indo sentar-se do outro lado.

— Diga a verdade, para o seu próprio bem! — exortou o presidente ao acusado.

— Excelência, vou dizer a verdade — retomou Tararà, dessa vez com ambas as mãos no peito —, e a verdade é esta: era como se eu não soubesse! Porque a coisa... sim, excelência, dirijo-me aos senhores jurados; porque a coisa, senhores jurados, era subentendida, por isso ninguém podia vir dizer na minha cara que eu sabia. Falo assim porque moro no campo, senhores jurados. O que pode saber um pobre homem que dá o sangue no campo da manhã de segunda-feira até a noite de sábado? São desgraças que podem acontecer a qualquer um! Claro, se alguém no campo fosse dizer a mim: "Tararà, olhe que sua mulher se dá com o cavalheiro Fiorica", eu não poderia ignorar; e correria para casa com o machado e daria na cabeça dela. Mas ninguém nunca foi me dizer, senhor presidente; quanto a mim, para evitar qualquer problema, quando às vezes me acontecia de poder voltar à cidade no meio da semana, sempre mandava alguém na frente, avisar minha mulher. Digo isso para mostrar a vossa excelência que minha intenção era não fazer mal a ninguém. Homem é homem, excelência, e mulheres são mulheres. Claro, o homem deve conhecer a mulher, saber que ela tem a traição no sangue, mesmo que não fique sozinha, quero dizer, com o marido ausente durante toda a semana; mas a mulher, por outro lado, também deve conhecer o homem e saber que um homem não pode levar chifres na cara de todo mundo, excelência! Certas injúrias... sim, excelência, dirijo-me aos senhores jurados; certas injúrias, senhores jurados, arruínam um homem! E um homem não pode suportar isso! Ora, meus senhores, estou convencido de que aquela desgraçada sempre teria essa consideração por mim; tanto é que eu nunca tinha tocado num fio de cabelo dela. Toda a vizinhança pode testemunhar! Mas o que é que eu posso fazer, senhores jurados, se depois aquela bendita senhora, de repente... Aí está, senhor presidente, vossa excelência deveria trazê-la aqui, essa senhora, diante de mim, porque eu saberia como falar com ela! Não há coisa pior... digo isso aos senhores jurados... não há coisa pior do que mulher briguenta! "Se seu marido", eu diria a essa senhora, "se seu marido tivesse se metido com uma mulher solteira, vossa senhoria poderia se dar ao luxo de fazer esse escândalo, que não teria nenhuma consequência, porque não haveria um marido no meio. Mas com que direito vossa senhoria veio me importunar; eu, que sempre fiquei no meu canto, que não tinha nada a ver com isso, que nunca quis ver nem ouvir nada; sempre quieto, senhores jurados, buscando meu pão lá nos campos, com a enxada na mão de manhã até de noite? Vossa senhoria está brincando?", eu lhe diria, se aquela senhora estivesse aqui na minha frente. "O que foi esse escândalo para vossa senhoria? Nada! Uma brincadeira! Dois dias depois, já fez as pazes com o marido. Mas vossa senhoria não pensou que havia outro homem no meio? E que esse homem não poderia se deixar chifrar por um outro, deveria agir como homem? Se vossa senhoria tivesse vindo antes falar comigo, me avisar, eu teria dito: "Deixe pra lá, madame! Nós somos homens! E o homem, como se sabe, é caçador! Vossa senhoria vai se importar com uma camponesa suja? Com a senhora, o cavalheiro come sempre do melhor, pão francês; tenha compaixão se ele, de vez em quando, tem vontade de um naco de pão caseiro, preto e duro!". Isso é o que eu teria dito a ela, senhor presidente, e talvez não tivesse acontecido nada do que, infelizmente, não por culpa minha, mas por culpa daquela bendita senhora, aconteceu.

O presidente interrompeu com um novo e longo toque de sino os comentários, as risadas e as várias exclamações que se propagaram pela sala após a confissão fervorosa de Tararà.

— Então essa é a sua tese? — indagou o juiz ao acusado.

Cansado, ofegante, Tararà negou com a cabeça.

— Não, senhor. Que tese? Isso é a verdade, senhor presidente.

E, graças à verdade, tão candidamente confessada, Tararà foi condenado a treze anos de reclusão.

"La verità", 1912

Certas obrigações

Quando a nossa civilização, ainda atrasada, condena um homem a levar de um lampião a outro uma longa escada a tiracolo e a subir e a descer essa escada a cada lampião três vezes por dia, de manhã para apagá-lo, depois do almoço para ajustá-lo, à noite para acendê-lo; esse homem necessariamente, ainda que duro de raciocínio e devotado ao vinho, deve contrair o mau hábito de pensar com seus botões, elevando-se a considerações pelo menos tão altas quanto a sua escada.

Quaquèo, acendedor de lampiões, caiu dessas alturas numa noite. Quebrou a cabeça e uma perna. Tendo sobrevivido por milagre após dois meses de hospital, com uma perna mais curta do que a outra e uma horrível cicatriz na testa, voltou a circular, cabeludo, barbudo e de farda azul, mais uma vez com a escada no pescoço, de lampião em lampião. Ao chegar a cada vez à altura de onde caiu da escada, não pôde deixar de ponderar que — é inútil — certas obrigações são inevitáveis. Não gostaríamos de tê-las, mas as temos. Um marido pode perfeitamente, em seu íntimo, não se importar com os erros da própria mulher. Mas nada disso, meus senhores: ele tem a obrigação de se importar. Se não se importar, será cobrado e ridicularizado por todos os outros homens e até pelos garotos de rua.

— Olha o chifre, Quaquèo! Quando é que lhe metem os chifres, Quaquèo?

— Seu cachorro! — grita Quaquèo do alto do poste. — Agora você vem me incomodar? Agora, que estou iluminando a cidade?

A iluminação da cidade é uma bela desculpa para fugir à obrigação de cuidar dos erros da mulher. Mas será que ele os vê? Será que, com essas lamparinas a óleo, ele vê quando os outros arrombam portas ou se esfaqueiam nas sujas vielas desertas?

— Ladrões descarados! Assassinos!

Seja como for, Quaquèo foi à prefeitura; apresentou-se ao assessor cavalheiro Bissi, a quem deve o emprego e umas gratificações de vez em quando, como reconhecimento aos bons serviços prestados; e expôs-lhe o caso. Queria saber se ele, ao acender os lampiões, não deveria ser considerado um funcionário público no exercício de suas funções.

— Certamente — respondeu-lhe o assessor.

— Então quer dizer que quem me insulta — concluiu Quaquèo por conta própria — insulta um funcionário público no exercício de suas funções, não é?

Parece que não foi essa a conclusão do cavalheiro Bissi, o qual, sabendo de que gênero eram os insultos de que Quaquèo se queixava, gostaria de lhe demonstrar com boas maneiras que essas ofensas não se referem propriamente aos acendedores de lampiões.

— Ah, não, excelência! — protesta Quaquèo. — Peço que acredite, excelência!

E, ao dizer excelência, Quaquèo aperta os olhos como se degustasse um licor refinado. Chama de excelência a tantos quantos pode, com o maior enlevo; mas em especial ao cavalheiro Bissi, que, além das obrigações que também ele, como particular, talvez não quisesse ter, mas tem, assumiu outras tantas, importantíssimas, inerentes ao cargo de assessor. De todas essas obrigações, naturais e sociais, Quaquèo é profundamente compenetrado; e se, de vez em quando, ele precisa passar o dorso da mão no nariz por causa de alguma gotinha importuna, nunca deixa de se proteger com a ponta da longa farda azul.

Por sua vez, com bons modos, mas atrapalhando-se um pouco, tenta demonstrar ao assessor que, se o insulto de que se queixa tiver algum fundamento de verdade, só o tem no momento em que ele está no exercício de suas funções de acendedor de lampiões; isso porque, quando deixa de ser acendedor de lampiões e se torna apenas marido, ninguém pode dizer nada nem dele nem da mulher. Com ele a mulher é equilibrada, submissa, irrepreensível — tanto que nunca percebeu nada.

— Eles me insultam, excelência, quando ilumino a cidade, quando estou na escada apoiada ao lampião e esfrego o fósforo no muro para acender a luz, ou seja, quando sabem que não posso deixar a cidade no escuro e correr para casa e conferir com quem minha mulher está ou o que estaria fazendo e, se preciso for, fazer um massacre, senhor cavalheiro!

Sublinha as palavras fazer um massacre com um sorriso de resignação quase triste, porque reconhece que, como marido ofendido, ele também teria essa obrigação, embora não a quisesse, mas teria.

— Quer outra prova, excelência? Nas noites de lua, quando os lampiões ficam apagados, ninguém me diz nada. E por quê? Porque nessas noites deixo de ser um funcionário público.

Quaquèo raciocina bem. Mas pensar bem não basta. É preciso chegar aos fatos. E, chegando aos fatos, muitas vezes os melhores raciocínios tombam, assim como ele tombou da escada naquela ocasião, completamente bêbado.

Mas aonde ele quer chegar com esses raciocínios? Essa é a pergunta que o cavalheiro Bissi lhe faz. Se ele acredita que sua desgraça conjugal é inerente à função pública de acendedor de lampiões, pois bem, que renuncie a essa função pública; ou, se não quiser renunciar, que fique quieto e deixe a gente falar.

— É sua última palavra? — indaga Quaquèo.

— Última — responde o cavalheiro Bissi.

Quaquèo o cumprimenta militarmente:

— Servo de vossa excelência.

A escada lhe pesa cada dia mais, e a cada dia Quaquèo tem mais dificuldade de trepar nos degraus gastos pelo longo uso com aquela perna mais curta do que a outra.

Agora, quando está nos últimos lampiões das ruazinhas mais íngremes da colina, para um tempo sobre a escada como se estivesse olhando, ou melhor, como se estivesse pendurado pelos sovacos no braço do farol, de mãos caídas, cabeça apoiada num ombro; e, naquela postura de abandono, lá em cima, continua raciocinando e pensando com seus botões.

Pensa coisas estranhas e tristes.

Pensa, por exemplo, que as estrelas, por mais densas que sejam, certas noites se alargam e ferem o céu, mas não chegam a trazer luz à Terra.

— Luminária inútil!

Mas que luminária linda! E pensa que numa noite sonhou que cabia a ele acender toda aquela luminária do céu, com uma escada que não tinha fim e que ele não sabia onde apoiar, cujos esteios lhe tremiam nas mãos incapazes de sustentar tamanho peso. E como faria para trepar cada vez mais alto naquelas tabuinhas infinitas, até as estrelas? Sonhos! Mas quanta angústia e quanto cansaço naquele sonho!

Pensa que é muito triste aquele seu ofício de acendedor de lampiões, pelo menos para um limpa-candeeiros como ele, que contraiu o mau hábito de raciocinar enquanto alumia os lampiões.

Mas será possível que o simples ato concreto de iluminar onde havia trevas não desperte, depois de longo tempo, e até no intelecto mais duro e obscuro, certos lampejos de pensamento?

Certas noites Quaquèo chegou até a pensar que ele, que faz a luz, fazia também as sombras. Sim! Porque não se pode ter uma coisa sem o seu contrário. Quem nasce morre. E a sombra é como a morte que segue um corpo que caminha. Daí a sua frase misteriosa, que parece uma ameaça gritada do alto da escada no instante em que acende o lampião, mas que não é senão o fecho de um raciocínio seu:

— Me espere, me espere, que grudo a morte atrás de você!

Enfim, Quaquèo pensa que seu ofício não deixa de ter uma importância de ordem superior, já que ele repara uma falta da natureza — e que falta! —, a falta de luz. Não há o que objetar: na sua cidade, ele é o substituto do Sol. Os substitutos são dois: ele e a Lua. E se revezam. Quando há Lua, ele descansa. E toda importância de seu trabalho parece evidente naquelas noites em que a Lua deveria estar, mas não está, porque as nuvens, ao escondê-la, a fazem faltar à sua obrigação de iluminar a Terra; obrigação que talvez a Lua não quisesse ter, mas tem; e a cidade fica no escuro.

Como é bonito ver de longe, no meio das trevas da noite, aqui e ali, uma cidadezinha iluminada!

Quaquèo vê muitas delas, todas as noites, quando chega aos últimos lampiões no alto da colina e fica a contemplá-las demoradamente, com as mãos caídas do poste e a cabeça apoiada num ombro, e suspira.

Sim, aquelas luzes lá, como uma multidão de vaga-lumes em assembleia, clareiam com esforço e permanecem a noite toda num silêncio lúgubre, velando vielas imundas e íngremes, barracos miseráveis talvez piores que estes da sua cidade; mas o certo é que, de longe, formam uma bela paisagem e inspiram um doce e tranquilo conforto em meio a tanta escuridão. De quando em quando passa no breu uma lufada de vento, e todas as luzinhas agrupadas vacilam e parecem suspirar também.

Observando-as assim, de longe, tem-se a ideia de que os pobres homens, perdidos como estão sobre a Terra, entre as trevas, recolheram-se aqui e ali para se confortar e se ajudar uns aos outros; mas não, não é assim: se uma casa surge num lugar, a seguinte não se ergue ao seu lado como uma boa irmã, mas se posta em frente como inimiga, tirando-lhe a vista e o ar; e os homens não se unem para fazer companhia, mas acampam uns diante dos outros para fazer guerra. Ah, ele, Quaquèo, conhece bem isso! E dentro de cada casa isolada há uma guerra, entre aqueles mesmos que deveriam se amar e se reunir para se defender dos outros. Por acaso sua mulher não é sua mais feroz inimiga?

Se Quaquèo bebe, bebe por isso; bebe para não pensar em certas coisas que o fariam desistir de tantas dessas obrigações, às quais ele é tão profundamente dedicado. Mas é verdade que muitas destas ninguém gostaria de ter. Ninguém gostaria, mas tem.

— Ei, rato velho!

Quaquèo se dirige a um morcego. Chama-o de rato velho porque é um rato que ganhou asas. Muitas outras vezes ele se dirige a um gato que passa rente ao muro e para de repente, recolhido e oblíquo, à espreita, ou a um cachorro vagabundo e melancólico que começa a segui-lo de um lampião a outro pelos altos caminhos desertos e se deita diante dele, sob cada lampião, esperando que ele o acenda.

Mas como ele vai acender, se acabou o óleo?

Nesta noite a cidade periga ficar no escuro. O fornecedor da iluminação está em litígio com a prefeitura; há vários meses não lhe dão um centavo: ele já adiantou cerca de doze mil liras, mas agora não quer mais saber. Quaquèo não pôde ajustar os lampiões depois do meio-dia. Quando a noite veio, ele se pôs a girar com a escada para ver se conseguia acendê-los com o pouco óleo que restara da noite anterior. Acendem-se por um instante, depois se apagam e empestam a rua. Os moradores protestam e se irritam com ele, como se a culpa fosse sua. Os mais maldosos e os moleques cantam com deboche redobrado a mesma canção de sempre:

— Cadê os chifres? Cadê os chifres? Os chifres, Quaquèo, os chifres!

E a algazarra cresce. Quaquèo não aguenta mais. Para escapar ao ataque daqueles que o insultam, ele abandona a rua principal e, com a escada a tiracolo, começa a subir por uma das vielas. Mas muitos o seguem. A certa altura, quando Quaquèo, cansado e desgostoso, se entrega segundo seu costume ao apoio de um poste, os outros já não se contentam com os insultos verbais e arrancam a escada sob seus pés, deixando-o ali, pendurado pelos sovacos, as pernas no ar.

Ah, é assim? Então todos querem mesmo que ele cumpra sua obrigação de marido ofendido, já que naquela noite, por falta de óleo, não pode exercer sua função pública de acendedor de lampiões? Pegaram-no de jeito justamente na noite em que ele não pode gritar a desculpa da iluminação da cidade? Pois bem: que lhe devolvam a escada e seja feita a sua vontade! A escada! A escada! Deixem-no descer, pelo amor de Deus, e verão o que ele é capaz de fazer!

Três ou quatro, às gargalhadas, recolocam a escada sob seus pés, e todos, debochando gostosamente, o incitam em coro:

— Já tem a faca?

— Tenho. Olhem aqui!

E Quaquèo ergue a farda, saca da cintura um facão, o desembainha e brande:

— Por Nossa Senhora, este aqui serve?

— Vai meter nela?

— Vou meter nela e nele, se estiverem juntos! Quero todos de testemunha! Venham comigo!

E se lança adiante, capengando com a perna mais curta, enquanto todos o seguem pelas escuras vielas em subida, falando e apinhando-se ao redor:

— Vai matá-la mesmo?

Quaquèo para, gira e agarra pelo peito um dos provocadores.

— Ah, estão arrependidos? Agora que me pegaram e que estou aqui, armado e pronto para cumprir minha obrigação, quero todos comigo! Todos!

E sacode e empurra o sujeito, retomando o caminho. Muitos então se amedrontam e o seguem ainda por um tanto, desconcertados e perplexos; puxam-se pelas mangas, ficam para trás e desaparecem. Somente quatro, e mais dois moleques, continuam a segui-lo até a casa; mas todos vão igualmente consternados e já não lançam provocações, ao contrário, estão prontos a impedir que ele ataque de verdade. De fato, assim que alcançam a porta, agarram-no pelo braço e, em coro, com palavras brincalhonas, tentam levá-lo embora para alguma taverna próxima. Mas Quaquèo, transtornado e sem fôlego, se livra e os ameaça com o facão em punho; dá pontapés na porta e grita para a mulher:

— Abra, desgraçada! Abra! Agora você me paga! Me deixem, seus... me deixem! Me deixem ou arrebento vocês!

Diante da ameaça, os outros se afastam, e então ele tira depressa a chave do bolso da farda, no peito, e abre a porta; mete-se dentro e a fecha com estrondo. Os outros se precipitam para a porta e tentam forçá-la, gritando por socorro. Do interior chegam gritos e sons de choro.

— Carnificina! Carnificina! — berra Quaquèo com o facão em punho, depois de ter agarrado pelos cabelos e atirado ao chão a mulher desgrenhada e seminua; e procura embaixo da cama, revirando tudo o que vê pela frente; procura no baú; e vasculha a cozinha, sempre gritando:

— Onde está? Me diga onde está! Onde você o escondeu?

E a mulher:

— Está maluco? Bebeu? O que deu em você, seu palhaço?

Enquanto isso, lá embaixo, na rua, gritam os quatro que o seguiram e também os moleques e mais outros que chegaram com o barulho; algumas janelas se abrem e todos perguntam: — Quem é? O que foi? — e tomem socos e chutes na porta.

Quaquèo pula sobre a mulher:

— Me diga onde está ou te mato! Sangue, sangue, quero sangue esta noite! Sangue!

Já não sabe onde procurar. Os olhos de repente se voltam para a janela da cozinha que dá para os fundos da rua, sobre um precipício. É uma janela bem alta, que está sempre fechada, cujas folhas estão pretas de fuligem.

— Pegue uma cadeira e abra aquela janela! Ah, não? Não quer abrir? Bruxa miserável! Eu mesmo abro!

Sobe num banco, abre... — horror! Quaquèo recua com os olhos esbugalhados, as mãos nos cabelos. O facão se solta da mão.

O cavalheiro Bissi está lá no alto, pendurado no vão sobre o precipício.

— Mas assim, Deus me livre, vossa excelência escorrega! — exclama Quaquèo assim que se recupera do choque, levando os punhos até a boca; e logo se apressa, todo trêmulo e cuidadoso, ajudando-o a descer.

— Devagar... aqui, devagar, ponha aqui um pé no meu ombro, excelência... Mas como é que vossa excelência foi se esconder lá em cima? Eu lá poderia imaginar? Lá no alto, arriscando-se a quebrar o pescoço por uma vagabunda desse tipo, o senhor, um cavalheiro! Mas como pode, excelência?

Vira-se para a mulher e, metendo-lhe a mão na cara:

— Mas como é que você faz uma coisa dessas? — grita. — Lá no alto, escondê-lo lá no alto? Não tinha um lugar mais limpo? Não percebeu, imbecil, que procurei em todos os lugares, menos na despensa atrás da cortina? Vamos, pegue uma escova para o cavalheiro! Por favor, excelência; só por cinco minutos, vá para trás daquela cortina! Está ouvindo como gritam na rua? Temos certas obrigações, excelência, acredite em mim. Não gostaríamos de ter, mas temos. Apenas cinco minutos, tenha a bondade, enquanto os expulso.

E, posto o cavalheiro no esconderijo, escancara a janela que dá para a rua e grita à multidão reunida:

— Não tem ninguém! Vou abrir a porta... Quem quiser subir, que venha conferir. Mas não tem ninguém!

"Certi obblighi", 1912

A talha

A safra daquele ano também foi boa nos olivais. As árvores da plantação, carregadas no ano anterior, vingaram todas, malgrado a neblina que as sufocara durante a florada.

Zirafa, que tinha muitas delas em sua propriedade nas Terras de Primosole, prevendo que as cinco velhas talhas de terracota esmaltada que mantinha na cantina não seriam suficientes para conter todo o óleo da nova colheita, encomendou com antecedência uma sexta, maior, em Santo Stefano di Camastra, onde eram fabricadas: alta, quase da altura de um homem, bem bojuda e majestosa, ela seria a abadessa das outras cinco.

Não precisa nem dizer que ele brigara com o oleiro de lá por causa dessa talha. Mas com quem d. Lollò Zirafa não brigava? Por qualquer bobagem, até por uma pedrinha caída da mureta ao redor da casa, até por um fiapo de palha, ele gritava que lhe arreassem a mula e ia correndo para a cidade mover suas ações. Assim, de tanto papel carimbado e honorários pagos aos advogados, processando este, processando aquele e sempre pagando as custas de todos, já estava meio arruinado.

Diziam que seu consultor legal, cansado de vê-lo comparecer à sua frente duas ou três vezes por semana, a fim de livrar-se do estorvo, presenteara-o com um livrinho parecido com esses de missa: o código, para que procurasse por conta própria o fundamento jurídico das ações que pretendesse mover.

Antes, todos aqueles com quem tinha pendências lhe gritavam em tom de deboche: — Selem a mula! — E agora: — Consultem o alfarrábio!

Ao que d. Lollò respondia:

— Com certeza, e vou acabar com vocês todos, seus filhos do cão!

Aquela talha nova, comprada por quatro onças sonantes, foi colocada provisoriamente no pátio do moinho, enquanto esperava um lugar na cantina. Uma talha como aquela nunca se tinha visto. Alojá-la naquele antro impregnado de mosto, com aquele cheiro azedo e áspero que fermenta em locais sem ar e sem luz, seria uma pena.

Dois dias antes começara a colheita das azeitonas, e d. Lollò estava furioso porque, entre os lavradores e tropeiros vindos com as mulas carregadas de adubo a ser depositado aos montes, na encosta, para as plantações de fava da próxima estação, não sabia como se desdobrar, a quem dar atenção primeiro. E blasfemava feito um turco, ameaçando fulminar este ou aquele se uma azeitona — uma azeitona que fosse — faltasse, como se as tivesse contado uma a uma nas árvores; ou se cada monte de adubo não fosse do mesmo tamanho dos outros. Com o chapelão branco, em mangas de camisa, o peito de fora, rosto afogueado e escorrendo suor, corria para cá e para lá, girando os olhos lupinos e esfregando com raiva as bochechas rapadas, onde a barba vigorosa despontava quase sob a raspagem da lâmina.

Agora, ao final da terceira jornada de trabalho, três dos lavradores que participavam da colheita, entrando no pátio para guardar as escadas e os bastões, ficaram estatelados diante da bela talha nova partida em duas, como se alguém, com um corte preciso, tivesse destacado toda a parte da frente, seccionando toda a largura do bojo.

— Vejam! Vejam!

— Quem foi?

— Oh, minha mãe! Como d. Lollò vai reagir? A talha nova, que pena!

O primeiro, mais assustado do que os outros, propôs encostar logo a porta e ir embora em silêncio, deixando do lado de fora, apoiados no muro, as escadas e os bastões. Mas o segundo ponderou:

— Está maluco? Com d. Lollò? Ele iria pensar que fomos nós que quebramos a talha. Vamos ficar todos aqui!

Saiu para a frente do pátio e, pondo as mãos em concha, chamou:

— D. Lollò! Ó, d. Lollòòò!

Lá estava ele ao pé da encosta, com os descarregadores de adubo; como sempre, gesticulava furiosamente, enterrando de vez em quando com ambas as mãos o chapéu branco na cabeça. Às vezes, de tanto puxá-lo para baixo, não conseguia mais arrancá-lo da nuca e da fronte. Já no céu se apagavam os últimos fogos do crepúsculo, e à paz que descia sobre os campos com as sombras da noite e o doce frescor contrapunham-se os gestos daquele homem sempre enfurecido.

— D. Lollò! Ó, d. Lollòòò!

Quando ele subiu e viu o estrago, pareceu que ia enlouquecer. Logo se lançou contra os três; agarrou um pela garganta e o emparedou no muro, gritando:

— Pelo sangue de Nossa Senhora, você me paga!

Agarrado por sua vez pelos outros dois, transtornados nos rostos terrosos e bestiais, voltou contra si mesmo a raiva furiosa, arrastou na terra o chapelão, esbofeteou-se calcando os pés e vociferando como os que choram um parente morto:

— A talha nova! Uma fortuna, eu paguei! E ainda nem foi usada!

Queria saber quem tinha feito aquilo! Por acaso ela se quebrara sozinha? Com certeza alguém a tinha quebrado, por infâmia ou por inveja! Mas quando? Como? Não se via sinal de violência. Será que viera rachada da fábrica? Que nada! Soava como um sino!

Assim que os camponeses viram que o pior já havia passado, começaram a tentar acalmá-lo. Era possível recuperar a talha. E o dano não fora tão terrível. Só um pedaço. Um bom tanoeiro a deixaria como nova. E a pessoa certa para isso era o Zi' Dima Licasi, que descobrira um grude milagroso, cuja fórmula mantinha em grande segredo: uma cola que, depois de secar, nem um martelo podia descolar. Pronto: se d. Lollò quisesse, amanhã, no despontar da aurora, Zi' Dima Licasi estaria ali e, num piscar de olhos, a talha voltaria a ser melhor do que era.

D. Lollò dizia que não, rechaçando as exortações: que era tudo inútil; que não havia mais remédio. Mas finalmente se deixou convencer e, no dia seguinte, pontualmente ao alvorecer, Zi' Dima Licasi apresentou-se em Primosole com o cesto de apetrechos atrás dos ombros.

Era um velho alquebrado, de juntas tortas e nodosas, como um velho cepo de oliveira sarracena. Para arrancar-lhe uma palavra da boca era necessário um anzol. Soberba ou tristeza enraizadas naquele corpo disforme; ou mesmo des-

A TALHA   131

confiança de que ninguém pudesse compreender e apreciar com justiça seu mérito de inventor ainda não patenteado. Zi' Dima Licasi queria que os fatos falassem por ele. Além disso, precisava vigiar muito bem para que não lhe roubassem o segredo.

— Deixe-me ver esse grude — foram as primeiras palavras de d. Lollò, depois de esquadrinhá-lo demoradamente, com desconfiança.

Zi' Dima negou com a cabeça, cheio de dignidade.

— O que se vai ver é o resultado.

— Mas ficará bom?

Zi' Dima pousou o cesto no chão; tirou de dentro um grande lenço vermelho de algodão, puído e todo embrulhado; começou a desdobrá-lo bem devagar, em meio à atenção e curiosidade de todos, e, quando por fim surgiu um par de óculos com a armação quebrada e emendada com barbante, ele suspirou e os outros riram. Zi' Dima nem se abalou; limpou os dedos antes de pegar os óculos; colocou-os nos olhos e se pôs a examinar com muita gravidade a talha que estava no pátio. Disse:

— Vai ficar boa.

— Mas só com o grude — foi logo dizendo Zirafa — eu não confio. Também quero os pontos.

— Vou embora — respondeu de pronto Zi' Dima, erguendo-se e recolocando o cesto atrás dos ombros.

D. Lollò o laçou por um braço.

— Vai aonde? É assim que trata os outros, sejam porcos ou senhores? Mas olha só que ar de Carlos Magno! Carniceiro miserável, pedaço de asno, preciso pôr óleo lá dentro, e o óleo transuda! Um corte desse tamanho, só com grude? Quero os pontos. Grude e pontos. Quem manda aqui sou eu.

Zi' Dima fechou os olhos, apertou os lábios, balançou a cabeça. Todos eram assim! Negavam-lhe o prazer de fazer um trabalho limpo, executado conscienciosamente como manda a arte, impedindo-o de dar uma prova das virtudes do seu grude.

— Se a talha — disse — não soar de novo como um sino...

— Não quero saber — interrompeu-o d. Lollò. — Os pontos! Pago o grude e os pontos. Quanto vai ser?

— Mas se apenas com o grude...

— Cacete, mas que teimosia! — exclamou Zirafa. — O que eu disse? Disse que quero os pontos. A gente acerta depois do serviço feito: não tenho tempo a perder com o senhor.

E saiu para cuidar de seus homens.

Zi' Dima iniciou os trabalhos cheio de ira e despeito. E a ira e o despeito aumentavam a cada furo que ele fazia com a broca na talha e no pedaço solto, a fim de passar ali o fio de ferro da costura. Acompanhava o rangido da broca com grunhidos cada vez mais frequentes e mais fortes; o rosto se tornava mais verde com a bile, e os olhos, mais agudos e acesos de raiva. Concluída aquela primeira operação, jogou irritado a broca no cesto; aplicou o pedaço destacado na talha para ver se os furos estavam alinhados em correspondência entre si; depois cortou com tenazes o fio de ferro em vários pedacinhos, para cada ponto que devia dar, e pediu ajuda a um dos camponeses da colheita.

— Coragem, Zi' Dima! — disse o outro, notando-lhe a expressão alterada.

Zi' Dima ergueu a mão num gesto raivoso. Abriu a lata que continha o gru- de e o levantou aos céus, sacudindo-o, como se o oferecesse a Deus, visto que os homens não queriam reconhecer suas virtudes; depois começou a espalhá-lo com o dedo em toda a borda do pedaço solto e ao longo da rachadura; pegou as tena- zes e os fios de ferro preparados de antemão e se meteu no bojo aberto da talha, ordenando ao camponês que encaixasse o pedaço na talha, tal como ele fizera pouco antes. Antes de começar a dar os pontos:

— Empurre! — gritou do interior da talha ao camponês. — Empurre com toda a força! Veja se não fica firme! Pena de quem não acredita! Bata, bata! Toca ou não toca feito um sino, mesmo comigo aqui dentro? Vá, vá dizer a seu patrão!

— Quem está por cima é que manda, Zi' Dima — suspirou o camponês —, e quem está embaixo se dana! Dê os pontos, dê os pontos.

E Zi' Dima começou a passar cada pedaço de fio de ferro através dos dois furos paralelos, um de cá e outro de lá da costura; e com as tenazes retorcia as duas pontas. Foi preciso uma hora para passá-los todos. O suor escorria em bicas dentro da talha. E, enquanto trabalhava, Zi' Dima se queixava da má sorte. O camponês, de fora, o confortava.

— Agora me ajude a sair — disse finalmente.

Mas a talha era tão bojuda na cintura quanto estreita no gargalo. Na raiva, Zi' Dima não se dera conta. Agora, peleja e peleja, não encontrava jeito de sair de lá. E o camponês, em vez de ajudá-lo, estava ali, contorcendo-se em gargalha- das. Aprisionado, aprisionado na talha que ele mesmo consertara e que agora

— não havia outra alternativa —, para que ele pudesse sair, teria que ser quebrada de novo e para sempre.

As risadas e os gritos atraíram d. Lollò. Dentro da talha, Zi' Dima parecia um gato selvagem.

— Me tirem daqui! — urrava. — Santo Deus, quero sair! Me ajudem!

De início, d. Lollò ficou espantado. Não conseguia acreditar.

— Mas como? Ele está lá dentro? Costurou-se lá dentro?

Aproximou-se da talha e gritou ao velho:

— Ajuda? E que ajuda posso dar? Velhote estúpido! Mas como não tirou as medidas antes? Vamos, tente pôr um braço para fora... assim! E a cabeça... para cima... não, devagar!... O que é isso? Para baixo... espere! Assim não! Abaixe, abaixe... Mas como fez isso? E a talha, agora? Calma, calma, calma! — começou a dizer a todos em volta, como se fossem os outros que estivessem a ponto de perder a calma, e não ele. — Minha cabeça está fumegando! Calma! Este é um caso novo... A mula!

Bateu com o nó dos dedos na talha. Realmente soava como um sino.

— Beleza! Como nova... Espere! — disse ao prisioneiro. — Vá selar a mula — ordenou ao camponês; e, coçando a testa com todos os dedos, continuou falando para si: — Mas olha só o que me acontece! Isto não é uma talha! Isto é uma artimanha do diabo! Parado! Parado aí!

E correu para escorar a talha, dentro da qual Zi' Dima, furibundo, se debatia feito uma fera na armadilha.

— Um caso novo, meu caro, que deve ser resolvido pelo advogado! Eu não me fio. A mula! A mula! Vou e volto, tenha paciência! Para o seu próprio bem... Enquanto isso, devagar! Calma! Só estou cuidando do que é meu. E antes de tudo, para preservar meu direito, faço meu dever. Aqui está: estou lhe pagando o trabalho, o dia de serviço. Cinco liras. É suficiente?

— Não quero nada! — gritou Zi' Dima. — Quero sair daqui!

— Sairá. Mas antes disso lhe pago. Tome aqui, cinco liras.

Tirou o dinheiro do bolso do colete e o jogou na talha. Depois perguntou, solícito:

— Já comeu? Pão e acompanhamento, depressa! Não quer? Pode jogá-lo aos cães. Para mim, basta que o tenha dado.

Ordenou que lhe dessem o pão; montou na sela e seguiu em galope para a cidade. Quem o viu pensou que ele fosse direto para o manicômio, tão estranho era o modo como gesticulava.

Por sorte, não precisou esperar na antecâmara do advogado; mas teve de esperar um bom tempo antes que terminasse de rir, depois de ele expor o caso. Irritou-se com a risada.

— O que há de tão engraçado, me desculpe? Não é em vossa senhoria que o calo aperta! A talha é minha!

Mas o outro continuava rindo e pedindo que contasse de novo o caso, exatamente como tinha sido, a fim de dar novas risadas. Dentro, hein? Ele se fechou lá dentro? E ele, d. Lollò, o que pretendia? Man... man... mantê-lo lá dentro... ah, ah, ah... oh, oh, oh... mantê-lo lá dentro para não perder a talha?

— E tenho que perdê-la? — perguntou Zirafa de punhos cerrados. — Além do prejuízo, a vergonha?

— Mas sabe como se chama isso? — disse-lhe enfim o advogado. — Chama-se sequestro!

— Sequestro? E quem o sequestrou? — exclamou Zirafa. — Ele mesmo se sequestrou sozinho. Que culpa tenho eu?

Então o advogado lhe explicou que eram dois casos distintos. Por um lado, ele, d. Lollò, deveria libertar imediatamente o prisioneiro para não responder a um processo por sequestro; por outro, o tanoeiro deveria responder pelo dano que tivesse causado por imperícia ou estupidez.

— Ah! — respirou aliviado Zirafa. — Pagando-me a talha!

— Devagar! — observou o advogado. — Não como se fosse nova, veja lá!

— E por quê?

— Porque estava rachada, meu caro!

— Rachada? Não, senhor. Agora ela está boa. Melhor do que boa, como ele mesmo diz! Mas, se eu voltar a quebrá-la, não poderei mais recuperá-la. Uma talha perdida, senhor advogado!

O advogado assegurou-lhe que levaria isso em conta, fazendo o outro pagar por quanto valia no estado em que se encontrava agora.

— Aliás — aconselhou —, faça com que ele mesmo a avalie diante do senhor.

— Beijo-lhe as mãos — disse d. Lollò, indo embora às carreiras.

Ao voltar, no fim da tarde, encontrou todos os camponeses em festa ao redor da talha habitada. Até o cão de guarda participava da festa, pulando e latindo. Zi' Dima não só se acalmara, mas até tomara gosto pela sua bizarra aventura e ria com a felicidade amarga dos tristes.

Zirafa afastou todos e espichou-se para olhar dentro da talha.

— Ah! Você está bem aí dentro?

— Muito bem. No fresco — respondeu ele —, melhor do que em casa.

— Folgo em saber. No entanto, fique o senhor sabendo que esta talha, nova, me custou quatro onças. Quanto acha que pode valer agora?

— Comigo aqui dentro? — indagou Zi' Dima.

Os matutos caíram na risada.

— Silêncio! — gritou Zirafa. — Das duas, uma: ou seu grude serve para alguma coisa, ou não serve para nada. Se não serve para nada, o senhor é um embusteiro; se serve para algo, então a talha, assim como está, deve ter algum valor. Qual o preço? Avalie você mesmo.

Zi' Dima refletiu por algum tempo e então disse:

— Respondo. Se o senhor tivesse permitido que eu a consertasse apenas com o grude, como eu queria, eu, antes de tudo, não estaria aqui dentro, e a talha teria praticamente o mesmo preço de antes. Assim mal-arranjada, com estes pontos que por força tive de dar daqui de dentro, que preço pode ter? Um terço de quanto valia, mais ou menos.

— Um terço? — perguntou Zirafa. — Uma onça e trinta e três?

— Menos, sim; mais, não.

— Pois bem — disse d. Lollò —, me dê a sua palavra e me passe uma onça e trinta e três.

— O quê? — fez Zi' Dima, como se não tivesse entendido.

— Quebro a talha para libertá-lo — respondeu d. Lollò —, e você, como me orientou o advogado, me paga o valor que você mesmo estipulou: uma onça e trinta e três.

— Eu, pagar? — escarneceu Zi' Dima. — Vossa senhoria está brincando! Que os vermes me comam aqui dentro.

E, tirando do bolso com alguma dificuldade o cachimbo enegrecido, o acendeu e se pôs a fumar, soprando a fumaça pelo gargalo da talha.

D. Lollò ficou bestificado. O fato de Zi' Dima agora se recusar a sair da talha constituía um caso que nem ele nem o advogado tinham previsto. E como resolvê-lo? Estava a ponto de ordenar de novo "a mula!", mas lembrou que já era noite.

— Ah, é? — disse. — Então quer se domiciliar na minha talha? Todos aqui de testemunha! Ele não quer sair para não pagar; estou disposto a quebrá-la! No entanto, já que pretende continuar aí, amanhã vou processá-lo por ocupação abusiva e por me impedir de usar a talha.

Primeiro Zi' Dima soltou outra baforada de fumo do gargalo; depois respondeu, plácido:

— Não, senhor. Não pretendo impedi-lo de nada. Por acaso estou aqui por prazer? Faça-me sair, e vou embora de bom grado. Pagar à vossa senhoria... nem por brincadeira!

Num ímpeto de fúria, d. Lollò ergueu um pé para chutar a talha; mas se deteve; em vez disso, agarrou-a com ambas as mãos e a sacudiu toda, em convulsões.

— Está vendo que grude bom? — disse-lhe Zi' Dima.

— Seu criminoso! — rugiu então Zirafa. — De quem é o malfeito, meu ou seu? E eu é que devo pagar por isso? Morra de fome aí dentro! Vamos ver quem vence!

E foi embora, sem pensar nas cinco liras que jogara de manhã dentro da talha. Com esse dinheiro, para começar, Zi' Dima pensou em festejar aquela noite com os camponeses que, estando ali àquela hora por causa do estranho incidente, passariam a noite no campo, a céu aberto, ali no pátio. Um deles foi fazer compras numa taberna próxima. E, como se fosse de propósito, havia uma lua cheia que parecia dia.

A certa hora d. Lollò, já dormindo, foi despertado por um estardalhaço infernal. Aproximou-se da sacada da casa e viu no pátio, sob a luz da lua, uma legião de diabos: eram os camponeses que, de mãos dadas, dançavam em torno da talha. Lá dentro, Zi' Dima se esgoelava de tanto cantar.

Dessa vez d. Lollò não se conteve: precipitou-se como um touro enfurecido e, antes que os outros tivessem tempo de detê-lo, arremessou-se contra a talha e a fez rolar encosta abaixo. Rolando, acompanhada pelas gargalhadas dos embriagados, a talha foi se espatifar contra uma oliveira.

E Zi' Dima saiu vitorioso.

"La giara", 1909

Tirocínio

Durante uma semana vimos Carlino Sgro passar pelo Corso, pela via Nazionale, pela via Ludovisi, numa carroça a galope, ao lado de um enorme mamífero de saiote. As longas plumas negras do chapéu esvoaçavam ao vento como um ninho de corvos.

Todos paravam para ver, com os olhos esbugalhados e a boca aberta.

Nós, seus amigos, arrasados ao vê-lo passar na nossa frente, lançávamos a ele sempre um grito afetuoso e o chamávamos pelo nome, estendíamos os braços; e ele imediatamente se virava para nos cumprimentar com gestos largos e repetidos, que pareciam rogar desesperadamente por ajuda.

Carlino Sgro havia trocado Roma por Milão dois anos atrás e nunca mais nos procurara. Agora, de repente, ei-lo de novo em Roma, naquela aparição vertiginosa que tinha algo de trágico e de carnavalesco.

Alguns de nós fingimos estar seriamente preocupados. Sem dúvida, Carlino estava em perigo, precisávamos salvá-lo a qualquer custo daquele monstro que o raptara e o arrastava sabe-se lá a que infernal tempestade. Como salvá-lo? Era o caso de irmos voando a San Marcello e denunciar o rapto na delegacia, ou então pularmos diretamente na carroça e arrancar à viva força a vítima dos braços daquele monstro medonho.

Ainda discutíamos no clube sobre a melhor atitude a se tomar, quando eis que aparece — fresco e sorridente — Carlino Sgro em pessoa.

Pulamos no seu cangote todos ao mesmo tempo, beijando-o onde era possível, nas costas, no peito, nos braços, na nuca, até deixá-lo asfixiado como um peixe fora d'água. Para reanimá-lo, despejamos-lhe uma enxurrada de perguntas e de apelidos brincalhões, com os quais costumávamos acolhê-lo todas as noites no clube, quando ele ainda estava em Roma: "Velho canalha"! "Múmia inglesa"! "Orangotango"! "Filho de Nouma Hawa"! Etc. etc.

(Realmente Carlino Sgro parece um macaco e um inglês: macaco porque — não é culpa dele — tem a boca pelo menos quatro dedos abaixo do nariz; e inglês porque é louro, de olhos celestes, e também porque nenhum inglês no mundo se vestia e caminhava mais britanicamente do que ele.)

Quem acreditaria nisso? Mostrou-se espantado com a profunda consternação que nos causou durante toda a semana.

— Como!? — exclamou. — Mas aquela é Montroni, meus amigos! Não conhecem a Montroni?

Olhamo-nos reciprocamente. Ninguém conhecia nenhuma Montroni. Apenas Carinei perguntou:

— Pompea Montroni, a cantora?

Indignado e irritado, Sgro revirou-se:

— É muito célebre! Soprano de primeira! Vocês estão falando sério ou são todos de Papua? Não se lembram dela na Gioconda? Era o nosso cavalo de batalha! "L'amo come il fulgor del creato..." Fazia o Scala e o San Carlo tremerem.

— Fazia? Então ela perdeu a voz?

Carlino Sgro fez cara de imenso desprezo e respondeu:

— Peço-lhes que acreditem que a nossa voz ainda é divinamente bela, mais divina do que quando maravilhávamos as plateias do mundo inteiro e paravam os cavalos da nossa carruagem. Mas temos um pequeno tremor no coração, um distúrbio cardíaco de nada, creiam, mas que poderia se tornar grave, Deus nos livre, e até... sim, até fatal, segundo os médicos, se prosseguirmos na arte e no canto. Sendo assim, nos retiramos por prudência.

— E você, velho macaco — gritamos todos —, tem a coragem de desfilar pelo Corso com aquela carcaça sem fôlego? Mas não tem vergonha?

— Estou vendo — disse Carlino, ressentidíssimo — que vocês querem tripudiar, meus amigos. Só posso ter pena. Ah, que tristeza não viver em Milão!

A Casa Castiglione Montroni, meus senhores, é das mais respeitáveis e respeitadas de Milão. Pompea Montroni é uma mulher exemplar. Talvez não seja preciso dizer, já que... — não riam, vamos! —, admito, não é mais tão bonita... nunca foi bonita, está bem? Mas vocês não a viram no palco, onde tinha uma magnífica presença. Quem o diz é o marquês de Colli, e isso me parece suficiente!

Quem é o marquês de Colli? Por favor, deem-me tempo e lhes direi tudo. Mas, antes, deixem-me acrescentar isto: se admiro Pompea Montroni, admiro-a digamos assim em bloco, e sempre evitei muito bem perturbar a paz e a harmonia que reinam soberanas entre ela e o seu legítimo consorte. Acompanhei-a até Roma devido aos negócios, ou melhor, para preparar uma surpresa à nossa pequena Medea, que por ora não posso revelar.

Calma! Também direi quem é Medea. Apenas ressalto que vocês, sem o saber, me agrediram com insultos vulgares e truculentos. É inútil, meus pobres coitados: é preciso viver em Milããão!

Como todos sabem, Homero não descreve a beleza de Helena: deixa que falem os velhos de Troia quando a veem surgir nas muralhas, se não me engano. Não sou Homero, vocês não são os velhos de Troia, mas juro que Medea é cem mil vezes mais bela do que Helena e peço-lhes que falem o mesmo sobre sua divina e indescritível beleza quando me virem girar pelas ruas de Roma com essa belezinha da mamãe. É suficiente para vocês? Se não for: "Vi dirò tutta la miseria mia".

Pois saibam que há oito meses estou aprendendo a ser um amigo da casa.

Meus amigos, se eu não me tornar rapidamente um velho amigo da Casa Castiglione Montroni, velho amigo de mamãe Pompea, estou perdido. Para mim, não há mais esperança nem saúde. Medea já completou catorze anos.

A essa notícia, todos nos levantamos indignados e cobrimos Carlino Sgro de vitupérios. Ele avançou as mãos, meteu a cabeça entre os ombros e gritou:

— Devagar! Devagar! Esperem. Digo catorze porque a mãe ainda deve se fazer passar por trinta e oito... Mas será possível que vocês não entendem nada? A menina Medea já deve ter pelo menos uns dezenove anos.

Com certeza tampouco entendem o que quer dizer velho amigo da casa. Realmente, para entender isso vocês precisariam conhecer bem aquela casa. Mas sabemos bem o que ela é, eu e mais quatro desgraçados que estão em tirocínio, junto comigo, em Milão.

Somos cinco, meus caros: um emaranhado dos infernos!

Quanto a Pompea, a mãe, vocês já a viram. Não é nada! Seria preciso conhecer o pai, ou seja, o marido de Pompea, e também o marquês de Colli, que mora com eles.

O marido é um belo homem. De aspecto imponente, com uma magnífica barba loura, cordatíssimo e cheio de dignidade, ou melhor, de uma gravidade quase diplomática. Creio que fez de propósito uma discreta raspagem do crânio, porque uma leve calvície, em certos casos e em algumas profissões, é realmente indispensável. Não imaginam com que ar de importância e severidade ele é capaz de dizer, inserindo dois dedos entre os botões da casaca:

— Hoje faz muito calor.

Chama-se Michelangelo. E é simplesmente da família Castiglione. Na minha opinião, é o homem mais extraordinário destes tempos na Europa. Extraordinário pela seriedade com que se vinga daquilo que o forçaram a fazer.

Vocês devem saber que, há cerca de vinte anos, Pompea Montroni cantou a Gioconda em Parma. Como se sabe, foi um furor. E o marquês de Colli — Mino Colli — a viu do camarote e ficou apaixonado; em seguida, foi encontrá-la no camarim e não se perturbou. Não se perturbou porque a vaidade de rico fidalgo de província fez com que a visse, mesmo ali de perto, como a viam os amigos do camarote, os amigos que na época o invejavam e o consideravam o homem mais afortunado do mundo.

A grande Pompea naturalmente não o deixou escapar. Porém, considerando a própria constituição física e prevendo que, com o passar do tempo, ele talvez perdesse o apetite por tanta abundância, encontrou logo meios de pôr à sua disposição uma graciosa filhinha. Nada mau!

Ele de fato é pequenino; mas roliço, todo roliço, inclusive de rosto... — se vocês vissem, tão bonitinho! Curto de braços e de pernas, bamboleia estas e aqueles ao caminhar; agora usa lentes na ponta do nariz pontudo, e frequentemente, quando fala todo agitado, afina como pode a barbicha híspida, de fios negros e brancos, mais brancos que negros, que de tanto aparar se tornou uma espécie de vírgula sobre o primeiro queixo. Sim, porque o homenzinho tem uns três ou quatro queixos. E tantas outras virtudes que nem lhes conto.

Basta. Antes que a filhinha viesse ao mundo, ambos, depois de muitas lágrimas derramadas por ela e muitas promessas feitas por ele, puseram-se de acordo para encontrar um honesto progenitor.

Tinham apenas dois meses de tempo, porque, como todos sabem, pode-se nascer perfeitamente — e honestamente — aos sete meses.

Michelangelo Castiglione era um genitor a passeio, homem bonito — como já disse —, bem-nascido, ótima reputação, e eles o escolheram; mas com a condição de ser um perfeito cavalheiro, pai de família virtuoso e irrepreensível, guardião zeloso da pureza de sua casa.

Pois bem, meus senhores, Michelangelo Castiglione é de uma honestidade e de uma probidade espantosas. Sem romper o pacto, vinga-se escrupulosamente.

Muito preocupado com a difusão de maus costumes por parte da imprensa diária, proíbe a mulher e a filha da leitura de jornais. A pequena Medea foi educada segundo as rígidas normas de conduta que ele, desde a mais tenra infância, absorveu no seio da nobre casa paterna.

Não é preciso entrar em sua intimidade para saber que ele jamais, em hipótese nenhuma, teria desposado uma cantora, caso não lhe houvesse ocorrido a desgraça de ter com ela uma filha. Em suma, ele casou com Montroni por escrúpulo de consciência. Não que ele tivesse o mínimo motivo para criticar a conduta dela, claro! No mundo da arte, Montroni era uma rara exceção. Mas o que vocês querem? A educação recebida em casa e os rígidos costumes da sua família não permitiriam que ele a tomasse por esposa, pela simples razão de que ela era uma cantora. E, se Montroni lhes sussurra no ouvido que parou de cantar por um distúrbio cardíaco, o marido declara abertamente que ele o exigiu como condição para o matrimônio. Ah, nesse ponto Michelangelo é inflexível! Não poderia nunca tolerar que sua mulher continuasse a se oferecer de bandeja à admiração do público, a perambular de cidade em cidade, e que a filha crescesse naquele mundo teatral, que ainda hoje lhe causa um horror instintivo.

O pobre marquês de Colli, responsável pelo pacto, tudo podia esperar, exceto essa ira de Deus. Tentou, e creio que ainda tenta, desmontar aquele monstro de honestidade — mas não consegue.

Michelangelo não transige!

Vocês bem podem ver que ele não crê seriamente que possa bancar o homem honesto: tomou um gosto maníaco por isso, o seu amor-próprio se compraz, incha; e tanto o marquês quanto a mulher e a filha se tornaram três vítimas dele.

Impossível se rebelar.

Se o marquês às vezes se arrisca a uma fala mais audaciosa, é logo chamado à ordem, e aí não tem jeito, deve parar, meter o rabo entre as pernas, resignar-se. Mas não é só isso! Sabem a que ponto chegou Michelangelo?

Para ele, o marquês de Colli não passa de um velho amigo da família Montroni, quase como nós, mas com a agravante de um noivado fantasioso com Carlotta, que seria a não menos fantasiosa irmã de Pompea, cruelmente ceifada pela morte aos dezoito anos. Pois bem, Michelangelo exige que todo dia 12 de abril — aniversário da suposta morte — o marquês de Colli chore. É verdade! Se não conseguir espremer uma mísera lágrima, que pelo menos se mostre condoidíssimo.

Creio que, após tantos anos, até o pobre marquês acredita que sua noiva morreu de fato naquela data. Mas às vezes ele sente o espírito se rebelar e não consegue reprimir um resmungo, enquanto Michelangelo, de olhos semicerrados, balançando a cabeça, suspira e geme:

— Nossa querida Carlotta! Nossa inesquecível Carlottina!

Sem saber como resistir a tanta opressão, Colli comprou recentemente, em nome de Michelangelo, não sei quantas ações de uma nova sociedade industrial para a produção de carbureto de cálcio; e tanto fez, tanto disse, que acabou lhe arranjando um lugar no conselho administrativo.

Meus senhores, agora Michelangelo Castiglione também exercita sua odiosa e feroz honestidade no conselho administrativo. Seus colegas conselheiros o veem e empalidecem: não conseguem mais respirar! Ele já se impôs. E vocês verão que a fama de sua honestidade ainda se tornará popular: chegará ao conselho municipal, será eleito deputado, e não duvido de que, com o tempo, ele se torne ministro do reino da Itália. Vai ser uma sorte para a pátria.

Enquanto isso, ele salva pelo menos uma vez por dia a tal sociedade do carbureto de cálcio.

Podem imaginar se o marquês e todos nós nos convencermos disso e o encorajarmos decididamente a uma sua providencial obra de salvação? Com efeito, há cerca de um mês, assoberbado pelo trabalho, ele adquiriu o costume de sair de casa também à noite, para uma caminhada relaxante. Ele precisa tanto, pobre coitado!

Já viram garotos de escola quando o professor sai da sala após duas ou três horas de aula? Nós fazemos o mesmo assim que ele vira as costas. Por pouco não nos abraçamos entusiasmados. E dançamos a valer. O marquês de Colli pula para o piano e ataca um galope. No início, Pompea também queria participar da dança; mas os vizinhos de baixo se rebelaram, por sorte. Assim temos apenas uma dama, Medea, incansável. Dançamos alternadamente. Mais do que isso — infelizmente! — não podemos fazer, porque senão topamos com os olhares turvos do outro pai, talvez menos legítimo, mas quem sabe mais natural.

Precisamos ser razoáveis. O marquês de Colli sacrificou-se por aquela jovem e quer que ela ao menos se case honestamente, de verdade.

Agora reflitam. Diante dessa situação, quem será o marido? Alguém como Castiglione, evidentemente; de quem no entanto o marquês, após ter suportado tão longo suplício, não exigirá que seja demasiado honesto.

Então começará a verdadeira luta, uma luta acirrada entre nós cinco, que passamos pelo tirocínio de velhos amigos da casa.

Ah, meus caros, tenho calafrios só de pensar. Porque — agora falemos sério — estou apaixonado, apaixonado, apaixonado por aquela garota. Medea não é apenas bonita, mas também é boa, deliciosamente boa, cheia de talento e de uma graça incomparável.

Por que não caso com ela? Quanta ingenuidade! Mas eu já não lhes disse? Somos cinco! Assim como eu não gostaria que, amanhã, o marido dela fechasse a porta na minha cara, velho amigo de casa, do mesmo modo Medea não poderia permitir que eu a fechasse na cara dos outros quatro, igualmente velhos amigos de casa, e velhos amigos de mamãe Pompea. Não é brincadeira: conquistamos um título sério, haja vista a honestidade de Michelangelo. Uma velha amizade como a nossa, que já dura oito meses, custa suores de sangue.

Querem uma prova? Que horas são? Minha nossa, dez e meia... Tenho que ir embora! Às onze preciso buscar Pompea; pedimos uma audiência ao Santo Padre. Uma exigência de Michelangelo, antes de viajar.

E Carlino Sgro partiu em desabalada carreira.

"Tirocinio", 1905

A patente

Com que inflexão de voz e trejeito de mão e de olhos, curvando-se como quem carrega resignadamente nas costas um peso insuportável, o magro juiz D'Andrea costumava repetir "Ah, meu querido!" a qualquer um que lhe fizesse uma observação brincalhona sobre seu jeito estranho de viver!

Não era ainda velho; talvez tivesse somente quarenta anos, mas que coisas estranhíssimas e quase inverossímeis, que monstruosos cruzamentos de raças e misterioso trabalho de séculos era preciso imaginar para chegar a uma explicação aproximada daquele produto humano que se chamava juiz D'Andrea.

E parecia que ele, para lá de sua pobre, humilde, comuníssima história familiar, tinha notícia certa daqueles monstruosos cruzamentos de raças por meio dos quais seu rosto pálido, magro e branco tinha se misturado com aqueles cabelos pretos, crespos e abundantes; e era consciente daquele misterioso e infinito trabalho de séculos que, sobre a vasta fronte protuberante, lhe impingira um excesso de rugas, tirando quase a visão dos pequenos olhos cinzentos, contorcendo-lhe a magra e mísera figura.

E assim, todo torto, com um ombro mais alto que outro, ia pelas ruas de esguelha, como os cães. No entanto, moralmente, ninguém conseguia ser mais correto que ele. Era a opinião unânime.

Ver, o juiz D'Andrea não tinha conseguido ver muitas coisas; mas com certeza havia pensado muitíssimas, sobretudo à noite, quando o pensamento é mais triste.

O juiz D'Andrea não podia dormir.

Passava quase todas as noites na janela, vassourando com a mão aqueles cabelos pretos, duros e cheios, com os olhos nas estrelas, umas claras e plácidas como nascentes de luz, outras pungentes e impetuosas; e armava as mais vivas em relações ideais de figuras geométricas, de triângulos e quadrados, e, fechando as pálpebras atrás das lentes, filtrava entre os pelos dos cílios a luz de uma daquelas estrelas; e entre o olho e a estrela estabelecia o liame de um sutilíssimo fio luminoso, induzindo sua alma a passear ali como uma aranha perdida.

Pensar assim, à noite, não favorece muito a saúde. A solenidade arcana que os pensamentos adquirem produz quase sempre, especialmente em alguns que trazem em si uma certeza sobre a qual não podem descansar, a certeza de não poder saber nada e não crer em nada, já que não sabem, sérias constipações. Constipação de alma, bem entendido.

E, quando o dia chegava, o juiz D'Andrea achava engraçado e atroz ao mesmo tempo que ele tivesse que se dirigir a seu escritório de instrução para administrar — naquele tanto que lhe cabia — a justiça aos pequenos e pobres homens ferozes.

Como ele não dormia, tampouco deixava que nenhum documento dormisse na mesa do escritório de instrução, mesmo a custo de retardar em duas ou três horas o almoço e de renunciar, à noite, antes de jantar, ao passeio costumeiro com os colegas pela avenida que margeia as muralhas da cidade.

Essa pontualidade, considerada por ele um dever imprescindível, aumentava-lhe terrivelmente o suplício. Não lhe cabia apenas a administração da justiça, mas o dever de administrá-la assim, rapidamente.

Para poder ser pontual sem tanta pressa, acreditava que suas meditações noturnas ajudassem. Porém, como se fosse de propósito, à noite, varrendo a mão pelos cabelos pretos e olhando as estrelas, ocorriam-lhe todos os pensamentos contrários aos que lhe convinham, dada a sua condição de juiz instrutor; de modo que, na manhã seguinte, em vez de ajudada, sua pontualidade era prejudicada e impedida por aqueles pensamentos noturnos — e aumentava enormemente a tristeza de se ver atado àquela odiosa função de juiz instrutor.

No entanto, pela primeira vez em uma semana, um documento dormia sobre a mesa do juiz D'Andrea. E, por causa daquele processo que estava ali dias e dias à espera, ele estava tomado por uma irritação agoniada, uma austeridade sufocante.

Afundava tanto nessa austeridade que os olhos cavos a certo ponto se fechavam. Com a caneta na mão, todo empertigado, o juiz D'Andrea começava então a cochilar, primeiro se encolhendo, depois se contraindo como um bicho-da-seda incapaz de fazer um casulo.

Assim que, por algum barulho ou uma descaída mais forte da cabeça, ele despertava e seus olhos caíam ali, naquele canto da mesa onde jaziam os papéis, virava o rosto e, apertando os lábios, puxava assoviando com as narinas ar, ar e mais ar, mandando-o para dentro, o mais fundo que podia, a fim de alargar as vísceras contraídas pela exasperação, e depois o expelia escancarando a boca num trejeito de náusea, levando imediatamente a mão ao nariz adunco para sustentar as lentes, que, com o suor, tendiam a deslizar.

Aquele processo era realmente iníquo: iníquo porque implicava uma impiedosa injustiça, contra a qual um pobre homem tentava se rebelar desesperadamente, sem nenhuma possibilidade de sucesso. Havia naquele processo uma vítima que não podia recorrer a ninguém. Tentara recorrer a dois, ali, naquele processo, com os dois primeiros que lhe caíram nas mãos, mas — sim, senhores — a Justiça precisou negá-lo, negá-lo, negá-lo sem remissão, reiterando assim, ferozmente, a iniquidade de que o pobre homem era vítima.

Durante os passeios, tentava falar sobre o assunto com os colegas; no entanto, assim que ele mencionava o nome Chiàrchiaro, ou seja, aquele que havia movido o processo, todos alteravam a expressão do rosto e metiam logo uma das mãos no bolso para tocar uma chave ou, bem no fundo, introduziam o polegar entre o indicador e o médio, fazendo figa, ou agarravam sob o colete as correntes de prata, os alfinetes, os cornos de coral pendentes do cordão do relógio. Alguns, mais francamente, não se controlavam:

— Minha Nossa Senhora, por que não se cala?

Mas o magro juiz D'Andrea não podia ficar calado. Realmente se fixara naquele processo. Dava voltas e sempre recaía no mesmo tema. Para obter alguma luz dos colegas — dizia —, para discutir o caso em termos abstratos.

Porque na verdade era um caso insólito e muito especial: um homem, famoso pelo mau-olhado, que processava por difamação os dois primeiros sujeitos que lhe caíram sob os olhos fazendo o sinal da cruz à sua passagem.

Difamação? Mas que difamação, pobre desgraçado, se já fazia alguns anos se difundira em toda cidade a fama do seu mau-olhado? Se numerosas testemunhas podiam ir ao tribunal e jurar que ele, em várias ocasiões, dera a entender que conhecia sua fama, rebelando-se com protestos violentos? Como condenar em sã consciência aqueles dois jovens como difamadores só por terem feito, quando ele passava, um gesto que todos os outros costumavam fazer abertamente havia tempo, sobretudo — aí está — os próprios juízes?

D'Andrea se atormentava; e se atormentava mais ainda quando encontrava na rua os advogados que fariam a defesa dos dois jovens, o frágil e depauperado advogado Grigli, com o semblante de velha ave de rapina, e o gordo Manin Baracca, que, levando em triunfo sobre a pança um enorme chifre comprado especialmente para a ocasião e rindo com a pálida carnação de porco louco e eloquente, prometia aos concidadãos que em breve o tribunal se transformaria numa grande festa para todos.

Pois bem, justamente para não dar à cidade o espetáculo daquela "grande festa" à custa de um pobre desgraçado, o juiz D'Andrea tomou finalmente a decisão de mandar chamar Chiàrchiaro para convidá-lo a ir ao gabinete de Instrução. Mesmo que precisasse arcar com as despesas, queria induzi-lo a desistir da querela, demonstrando-lhe cabalmente que, de acordo com a Justiça, os dois jovens não podiam ser condenados e que a inevitável absolvição deles lhe traria certamente maior prejuízo, mais cruel perseguição.

Mas infelizmente é mesmo verdade que é muito mais fácil fazer o mal do que o bem, não só porque o mal pode ser feito a todos, e o bem, só àqueles que necessitam dele; mas também, ou melhor, sobretudo, porque essa necessidade de fazer o bem torna muitas vezes tão azedos e ásperos os ânimos dos que deveriam se beneficiar dele, que o benefício se torna dificílimo.

Foi o que percebeu perfeitamente o juiz D'Andrea naquela ocasião, tão logo ergueu os olhos para Chiàrchiaro, que entrara na sala enquanto ele estava concentrado em escrever. Teve um impulso violentíssimo e atirou os papéis pelos ares, saltando de pé e gritando:

— Faça-me o favor! Que história é esta? Não tem vergonha?

Chiàrchiaro compusera uma cara de mau agouro que era uma maravilha de se ver. Deixara crescer sobre as bochechas cavas e amarelas uma barbicha hís-

148   *40 NOVELAS DE LUIGI PIRANDELLO*

pida e esponjosa; metera sobre os olhos um par de lentes grossas com armação de osso, que lhe conferia o aspecto de uma coruja; além disso, vestira uma roupa lustrosa, ratazanal, que sobrava por todos os lados.

Não perdeu a compostura perante o ataque do juiz. Dilatou as narinas, rangeu os dentes amarelos e disse à meia-voz:

— Então o senhor não acredita?

— Mas me faça o favor! — repetiu o juiz D'Andrea. — Não vamos brincar, meu caro Chiàrchiaro! Ou será que enlouqueceu? Vamos, vamos, sente-se aqui.

Aproximou-se dele e fez que ia pousar uma mão em seu ombro. Imediatamente Chiàrchiaro pinoteou como uma mula, tremendo:

— Senhor juiz, não me toque! Tenha cuidado! Ou o senhor, assim como Deus existe, ficará cego!

D'Andrea o observou friamente e então disse:

— Quando o senhor se acomodar... Mandei-o chamar para seu bem. Ali há uma cadeira, pode se sentar.

Chiàrchiaro se sentou e, fazendo rolar sobre as coxas a bengala de cana-da-índia como se fosse um rolo de massa, começou a balançar a cabeça.

— Para o meu bem? Ah, o senhor acha que me faz um bem dizendo não acreditar no mau-olhado, senhor juiz?

D'Andrea também se sentou e disse:

— Quer que eu diga que acredito? Então lhe direi que acredito! Está bem assim?

— Não, senhor — negou Chiàrchiaro decididamente, com um tom de quem não admite brincadeiras. — O senhor deve acreditar seriamente; e deve também demonstrá-lo na instrução do processo!

— Isso será um pouco difícil — sorriu melancolicamente D'Andrea. — Mas vamos ver se nos entendemos, meu caro Chiàrchiaro. Quero lhe demonstrar que a via que o senhor tomou não é propriamente a mais indicada para levá-lo a bom porto.

— Via? Porto? Que porto e que via? — perguntou Chiàrchiaro carrancudo.

— Nem esta de agora — respondeu D'Andrea — nem aquela do processo. Uma e outra, me desculpe, são contrárias assim.

E o juiz D'Andrea confrontou os indicadores para dizer que as duas vias lhe pareciam opostas.

Chiàrchiaro se inclinou e, entre os indicadores confrontados do juiz, inseriu o seu, grosso, peludo e não muito limpo.

— Não é bem verdade, senhor juiz! — disse, agitando aquele dedo.

— Como não? — exclamou D'Andrea. — Lá o senhor acusa de difamação dois jovens por considerá-lo de mau agouro; agora, aqui, o senhor mesmo se apresenta diante de mim como a encarnação do mau agouro e ainda pretende que eu creia nisso.

— Sim, senhor.

— E não lhe parece haver uma contradição?

Chiàrchiaro balançou várias vezes a cabeça com a boca aberta, com um sarcasmo mudo de comiseração desdenhosa.

— Parece-me mais, senhor juiz — disse então —, que o senhor não compreende nada.

D'Andrea o fixou por um momento, espantado.

— Pode dizer, pode dizer, caro Chiàrchiaro. Talvez isso que saiu da sua boca seja uma sacrossanta verdade. Mas tenha a bondade de me explicar por que não compreendo nada.

— Sim, senhor. Vamos lá — disse Chiàrchiaro, aproximando a cadeira. — Não só lhe mostrarei que o senhor não entende nada; mas também que o senhor é meu inimigo mortal. Sim, sim, o senhor mesmo. O senhor acredita fazer o meu bem. Meu mais terrível inimigo! Sabe ou não sabe que os dois acusados pediram o patrocínio do advogado Manin Baracca?

— Sim. Isso eu sei.

— Pois bem, eu mesmo, eu, Rosario Chiàrchiaro, fui entregar as provas do fato ao advogado Manin Baracca, as quais demonstram que eu não só tinha conhecimento havia mais de um ano de que todos, ao me verem passar, cruzavam os dedos, mas também comprovam, com documentos e testemunhos decisivos dos fatos assombrosos sobre os quais foi edificada inabalavelmente, inabalavelmente, entende, senhor juiz?, a minha fama de mau agouro!

— O senhor? Foi ao Baracca?

— Sim, senhor, em pessoa.

O juiz o olhou mais perplexo do que nunca:

— Entendo ainda menos do que antes. Mas como? Para tornar mais segura a absolvição daqueles jovens? E por que então o senhor os processou?

Chiàrchiaro teve um ímpeto de irritação pela dificuldade de entendimento do juiz D'Andrea; ficou de pé, gritando com os braços abertos:

— Mas porque eu quero, senhor juiz, um reconhecimento oficial dos meus poderes, não entendeu ainda? Quero que sejam oficialmente reconhecidos estes meus poderes extraordinários, que agora são meu único capital!

E, ofegando, estendeu o braço, bateu forte a cana-da-índia no pavimento e permaneceu alguns segundos naquela atitude grotescamente imperiosa.

O juiz D'Andrea se curvou, pôs a cabeça entre as mãos e repetiu, comovido:

— Meu pobre e querido Chiàrchiaro, meu pobre Chiàrchiaro, que capital! E o que você fará com ele? O que vai fazer?

— O que vou fazer? — retrucou Chiàrchiaro de pronto. — Mas me diga uma coisa: para exercer essa sua profissão de juiz, ainda que a exerça tão mal, o senhor doutor não precisou de um diploma?

— De um diploma, claro.

— Pois bem, também quero a minha patente, senhor juiz! A patente de homem do mau agouro. Com carimbo e tudo. Um monte de carimbos legais! Mau agouro patenteado pelo tribunal régio.

— E depois?

— Depois? Ponho como título no meu cartão de visita. Senhor juiz, eles me assassinaram. Eu trabalhava. Expulsaram-me do banco onde eu era escrivão com a desculpa de que, estando eu ali, ninguém mais ia pedir empréstimos nem penhorar nada; fui jogado no meio da rua, com a mulher paralítica havia três anos e duas meninas solteiras, por quem ninguém se interessará por serem minhas filhas; vivemos do auxílio que um filho meu envia de Nápoles, ele também tem família, quatro crianças, e não pode fazer esse sacrifício por nós durante muito tempo. Senhor juiz, não me resta outra coisa a fazer senão seguir a profissão do mau-olhado! Por isso me paramentei assim, com estes óculos, com esta roupa; deixei a barba crescer; e agora espero a patente para entrar em campo! O senhor me pergunta como. Pergunta isso, repito, porque é meu inimigo!

— Eu?

— Sim, senhor. Porque não acredita nos meus poderes! Mas por sorte os outros acreditam, sabe? Todos, todos acreditam! E há muitas casas de jogo nesta cidade! Bastará que eu me apresente; não será preciso dizer nada. Todos me pagarão para que eu vá embora! Começarei a rondar todas as fábricas; pararei na frente de todas as lojas; e todos, todos me pagarão a taxa... o senhor vai dizer: da ignorância? Eu direi: a taxa da saúde! Porque, senhor juiz, acumulei tanta bile e tanto ódio contra essa humanidade nojenta que realmente acredito ter hoje, nestes olhos, o poder de fazer desmoronar em seus fundamentos uma cidade inteira!

A PATENTE 151

Ainda com a cabeça entre as mãos, o juiz D'Andrea esperou um momento que a angústia que lhe impedia a garganta liberasse sua voz. Mas a voz não quis sair; e agora ele, fechando atrás das lentes os pequenos olhos de chumbo, estendeu as mãos e abraçou Chiàrchiaro com força, longamente.

Ele aceitou o abraço.

— O senhor realmente quer o meu bem? — perguntou. — Então instrua logo o processo, para que eu possa ter o mais rápido possível aquilo que desejo.

— A patente?

Chiàrchiaro estendeu de novo o braço, bateu a cana-da-índia sobre o pavimento e, levando a outra mão ao peito, repetiu com trágica solenidade:

— A patente.

"La patente", 1911

A senhora Speranza

I

A Pensão de Família, da senhora Carolina Pentoni (Carolina Panelão, como todos a chamavam, ou simplesmente Carolinona, devido ao peso paquidérmico que a entristecia), era frequentada por uns tipos engraçados, sujeitos de cabeça oca que faziam a delícia dos clientes eventuais, gente boa e morigerada que, talvez não tanto pela qualidade da cozinha, iam ali para assistir ao divertido espetáculo que lhes era oferecido gratuitamente durante as refeições.

Um desses bons clientes morigerados, que nem remotamente suspeitava de que pudesse estar incluído entre os tais tipos engraçados da pensão, foi por algum tempo alvo de dois desses gaiatos, Biagio Speranza e Dario Scossi, que fizeram de tudo para provocá-lo; ele, no entanto, não se abalava de seu lugar, mantendo-se sempre calmo e obstinado, tanto que os dois ao final desistiram.

— O riso faz bem ao sangue. Os senhores me fazem rir. E eu fico.

E ficou, cordialmente antipático a todos.

Chamava-se Cedobonis, era doutor em medicina, professor de filosofia num liceu e de pedagogia numa escola normal para garotas; calabrês, atarracado, escuro, calvo, de cabeçorra oval, sem pescoço, aspecto asinino, a face coriácea de onde despontavam sobrancelhas enormes e bigodes cor de ébano. Vítima resignada de sua excessiva doutrina científica, filosófica e pedagógica, reduzira-se a viver automaticamente, com o cérebro como um arquivo, em que os pensamentos — precisos, ajustados, pesados — eram dispostos segundo as várias categorias, em perfeitíssima ordem. Talvez o corpo robusto e vigoroso se prestasse mais a exercícios violentos, a viver sem tantas regras e tantos freios; mas Cedobonis metera ali um arquivo — dizia Scossi — e não se permitia nenhum movimento, nenhuma expansão que não estivesse de acordo com os ditames da ciência, da filosofia, da pedagogia.

— Não importa viver; mas, sendo necessário, cuidamos bem — costumava dizer, plácido, com voz grossa e ensaboada. E perguntava: — A razão, meus senhores, por que a razão nos foi dada?

— Para sermos piores do que as bestas! — respondia-lhe de jato o maestro de música Trunfo, que aliás não o suportava.

Separado escandalosamente da mulher, sempre carrancudo, sombrio, encapotado e, de vez em quando, explosivo, Trunfo passava quase o dia todo na Carolinona, ali, na sala de jantar, concentrado como um cão a lamber os chutes recebidos, corrigindo e refazendo os trechos mais vaiados de uma obra musical sua que o deixara meio arrasado. Fumava continuamente: "Vesúvio", assim o chamava Biagio Speranza.

Certas vezes, bem devagar, Cedobonis se aproximava dele e sentava a seu lado ou atrás, só para sentir o cheiro do tabaco, que ele adorava. Carrancudo, Trunfo lhe lançava dois ou três olhares de viés e então bufava, sacudindo-se todo de tédio e irritação, tirava do bolso um charuto e o oferecia brutalmente:

— Pegue! Fume logo, pelo amor de Deus!

— Não, obrigado — respondia-lhe Cedobonis sem se alterar. — O senhor deveria saber que a nicotina faz mal. Só gosto do cheiro da fumaça, de aspirar o perfume.

— Às minhas custas? — explodia Trunfo enfurecido. — À custa da minha saúde? Mas vá para lá, se afaste! Tenha vergonha! Quem quer um prazer que pague por ele!

— Cedobonis — emendava Scossi (que toda vez, antes de começar a falar, metia para fora a ponta da língua terrível, que mais parecia a broca de uma furadeira) —, Cedobonis seria capaz de se apresentar tranquilamente na casa do nosso caro Martinelli com essa cara de monge e, com a desculpa de que a mulher faz tão mal quanto a nicotina, pedir a ele emprestado... quero dizer... por um momentinho...

— A mulher? — perguntou Biagio Speranza.

— Que nada! O pincel de maquiagem.

— Mas o que é isso! Quero dizer... o que a minha mulher tem a ver com isso? — exclamava o bom e inofensivo senhor Martino Martinelli, posto na berlinda quando menos esperava, batendo umas cem vezes as pálpebras sobre os olhinhos redondos de mocho, muito próximos, divididos por um nariz longo e fino como uma hóstia, cuja ponta se empinava e deixava suspenso no ar o lábio superior.

— Fique tranquilo; só disse isso — respondia Scossi — porque sei que sua excelentíssima senhora está na Sicília, senhor Martino.

E o bom Martinelli se aquietava e suspirava, balançando tristemente a cabeça. Ah, pensava sempre nela, em sua pobre mulher jogada numa escola normal da Sicília, e sempre falava dela com aquele seu jeito especial, quase tateando e tropeçando na fala, socorrendo cada frase com um quero dizer, intercalação que todos repetiam sem que ele se desse conta. Não se consolava, coitado, com a crueldade burocrática que aos sessenta e quatro anos o separara de repente e sem razão da mulher, destruindo-lhe a casa, a família, obrigando-o a dormir sozinho, num quarto de aluguel, e a comer ali, na pensão de Carolinona, que apenas ele chamava de senhora Carolina.

Diante das piores fanfarronices, das bobagens mais estrepitosas dos comensais, o senhor Martinelli deixava escapar certos oh! que pareciam pendurá-lo no ar pelo grande nariz pontudo; ou então ele simplesmente permanecia abobalhado, fixo como uma bigorna.

O rei das bravatas era Momo Cariolin, um tipo nanico e gorducho, que só de ver já era uma piada. Parecia impossível que num corpinho tão minúsculo coubessem lorotas tão colossais, que ele dizia com a maior seriedade e certo ar diplomático.

— Mas me diga uma coisa — perguntava-lhe Biagio Speranza, compenetrado —, você já se olhou no espelho?

Porque Momo Cariolin se vangloriava por todos os meios de gozar de grande prestígio entre as mulheres. E não eram apenas mulheres de sua classe social ou senhoras da nobreza: as vítimas de Cariolin eram todas de sangue real ou imperial (sobretudo arquiduquesas da Áustria). E tais aventuras ocorriam sempre durante vários congressos de orientalistas nas capitais da Europa. Porque Cariolin também se dizia um profundo conhecedor de línguas orientais, embora diletante.

O secretário de todos esses congressos era sempre ele, para os quais o puxavam pelos cabelos, embora fosse calvo. Os congressistas naturalmente eram recebidos nas cortes: em Berlim, em Viena, em Cristiânia*, em Bruxelas, em Copenhague etc.; e cada uma dessas Cortes naturalmente oferecia festas suntuosas em sua homenagem, daí — naturalmente — a cordialíssima amizade de Cariolin com os soberanos da Europa, a amizade quase fraterna com o erudito e simpático rei Oscar, da Suécia e da Noruega, o qual, certo dia...

— Mas, por favor, olhem o nariz de Martino! — exclamava subitamente Biagio Speranza, interrompendo as maravilhosas narrativas de Cariolin.

E o bom Martinelli se sacudia, sobressaltado, despertando do seu assombro admirado em meio ao riso de todos, e também começava a rir.

Martino Martinelli não se incomodava com as brincadeiras de Biagio Speranza nem com as provocações de Dario Scossi nem com os rompantes de Trunfo. Mas tinha medo de um outro comensal, o poeta Giannantonio Cocco Bertolli, que sem dúvida era o tipo mais engraçado da pensão.

No entanto, fazia um mês que ele não aparecia, devido a uma grave desgraça que lhe acontecera.

Só uma? Todas as desgraças do mundo haviam acontecido ao pobre poeta Cocco Bertolli, que, com razão, chamava Nosso Senhor de "aquele Velho Patife!".

De tanto praguejar contra as injustiças divinas e humanas, ele se alquebrara. Que desgraça pior poderia lhe suceder? Como defesa diante das perfídias celestiais e mundanas, ele só dispunha de uma voz possante, de uma língua de brasa, e agora... agora não podia sequer abrir a boca! O Patife lá de cima e os patifes cá de baixo já sabiam; e aqueles mesmos que se declaravam amigos o faziam de propósito: o espicaçavam, o provocavam a fim de arruiná-lo completamente, para acabar com ele; e ele mugia, mugia para se conter, e parecia que os olhos enormes e bovinos queriam pular do carão congestionado. Acumulava bile:

— Minha musa é a bile! Com a bile, até Shakespeare criou Otelo e o rei Lear!

E preparava um poema tremendo: o Eróstrato. Ah, o magnífico templo da impostura, o templo da assim chamada Civilização, em que a infame Hipocrisia imperava, adorada; ele o incendiaria com seus versos. Porém, desde que as pessoas souberam que ele planejava esse poema: Zás! Zás! Zás! — punhaladas de todos os lados.

* Em homenagem a Cristiano IV, até 1924 esse foi o nome da cidade de Oslo. (N.T.)

Destituído do cargo de professor por essas trágicas selvagerias, largado na sarjeta, até pouco tempo atrás Giannantonio Cocco Bertolli não se abatera. Quanto a dormir, dormia por dois tostões num abrigo de mendicantes:

entre sublimes trapos infestados

e comer... a boa Carolinona lhe vendia fiado fazia mais de um ano.

— E eu, Carolina, eu a imortalizarei! — repetia ele. Somente você me ama, você, que sob vestes grosseiras alberga um coração de ouro e uma alma nobilíssima, minha Carolina!

— Sim, senhor, não se preocupe — apressava-se em responder Carolinona, que, assim como o bom Martinelli, tinha medo daqueles olhos tremendos que se abriam brilhantes toda vez que ele começava a falar, contorcendo a boca num ricto de satisfação por sua loquacidade, de modo que nunca se sabia se, ao fazer um elogio, ele não estava maldizendo.

A senhorita Pentoni também temia que os demais clientes — os que lhe pagavam — se sentissem importunados, tivessem aversão ou nojo dele, ali, à mesa; por isso, fosse por bom coração, fosse por medo, e não podendo expulsá-lo dali, aconselhava-o amorosamente a ter calma e prudência, tentava amansá-lo com toda a gentileza possível, cuidava dele, daquelas roupas que lhe caíam de qualquer jeito; e as remendava e as escovava; chegara até a consertar algumas gravatas com fitas de seus velhos chapéus.

Sem entender o porquê de tantos cuidados, por fim Giannantonio Cocco Bertolli apaixonou-se (e como não?) pela senhorita Pentoni.

Vejo a tua bela alma
Que de aparência angélica te veste
E esconde de mim o áspero
despojo mortal, o teu lar modesto...

Assim começara a compor odes, sonetos, canções anacreônticas, que ele lia em voz alta enquanto ela escovava suas roupas ou pregava algum botão em seu paletó ou colete.

Carolinona não compreendia por que ele lia aqueles versos, não entendia que eram dedicados a ela; e, como o considerava louco, nem sequer lhe perguntava a razão daquilo, e o deixava ler.

Violento e bestial em tudo, Giannantonio Cocco Bertolli era muito tímido no amor. Não sabendo confessar diretamente à Pentoni o afeto que cultivava por ela, desafogava-se em poesias, esperando alcançá-la pelas alamedas monstruosamente floridas de suas frouxas metáforas. Porém, ao ver que Carolinona continuava impassível, agitava-se em agonia.

— O que está acontecendo — perguntava-lhe assustada a pobre mulher.

— O quê? — fremia Cocco Bertolli, dobrando o papel sobre o qual rabiscara os versos, batendo o pé no assoalho e arregalando como sempre os grandes olhos. — E ainda me pergunta? Nada! Mas eu bem sei! Este é o meu destino! Assim foi estabelecido pelo Velho Patife! Não posso ser compreendido por ninguém! Nem por você!

— Por mim? Por quê?

— Nem me disse o que achou.

— De quê? Da poesia? Mas se não entendo nada, santo Deus! E o senhor sabe. Fique tranquilo, vamos! Por que está assim?

— Porque... porque...

Inútil! A declaração não lhe saía do peito.

Foi necessário o empurrão de uma suspeita odiosa, nascida nele de repente, durante um daqueles jantares, enquanto a senhorita Pentoni lhe pedia que ficasse calado ou pelo menos falasse baixo, porque ali ao lado estava o maestro, corrigindo suas partituras.

— Ah, então é por ele? — explodiu Cocco Bertolli. — Está apaixonada por ele? É seu amante? Confesse! Víbora, víbora, víbora... Mas por que então me seduziu todo esse tempo?

— Eu? Me deixe em paz! — respondeu a senhorita Pentoni, tremendo de medo. — O senhor é louco!

Mas Cocco Bertolli insistiu, espumando de ódio e bile:

— Grite, sim, grite para que ele venha socorrê-la! Quero ver o seu paladino, que também é outra víbora!

— Fique quieto! Fique calado! — implorou Carolinona. — O senhor está falando sério? O que quer de mim? Me deixe em paz.

— Não posso! Eu te amo. Você ama outro? Vamos ver.

— Mas não amo ninguém. Está brincando? Na minha idade? Só faltava essa! Quem se apaixonaria por mim, senhor Bertolli?

— Eu! Já lhe disse!

— Isso é uma loucura, me desculpe. Nem por brincadeira! Me deixe em paz... sou uma pobre mulher.

Infelizmente a senhorita Pentoni sabia das vis calúnias que corriam a seu respeito, mas nunca nem tentara desmascará-las. Não se importava. Resignada havia anos à sua triste sorte, tinha consciência de sua honestidade, e isso lhe bastava. Como aquelas calúnias poderiam afetá-la? Sabia que era feia: já tinha trinta e cinco anos (e, para ela, era como se tivesse cinquenta), nunca pretendera que um homem se apaixonasse por ela, nunca tivera tempo de pensar que a sorte talvez pudesse lhe conceder outra existência, compensá-la com um afeto da negra miséria que sempre a esmagara e oprimira, da qual ela tentara por todos os meios se defender corajosamente. De fato alguém acreditava que ela tivesse algum caso em sua vida, aliás, mais de um? Pois bem, que acreditassem! No fundo, no fundo, isso não a ofendia; ao contrário, quase despertava seu amor-próprio, o adormecido instinto feminino. Apenas fechava os olhos. Infelizmente não era verdade! Ninguém nunca se importara com ela, exceto o doido do Cocco Bertolli. Seria de rir, caso aquela infeliz não tivesse um humor trágico.

— Então devo ir embora? — indagou ele.

— Não, fique aqui! — apressou-se em lhe responder. — Contanto que não pense mais nessa loucura!

— Não posso! Quando uma ideia entra aqui, ela não sai nem que me rachem a cabeça com o martelo de Vulcano, fique sabendo! E saiba também que minhas intenções eram honestas e continuam sendo! Carolina, quer se tornar minha mulher?

Diante dessa proposta à queima-roupa, a senhorita Pentoni começou a rir; mas Cocco Bertolli, furioso, cortou-lhe a risada nos lábios:

— Não ria, não ria, pelo amor de Deus! Pelo menos acredite em mim, você, que é uma mulher de bom coração! Salve-me! Preciso que alguém me ame e me dê paz. Retomarei meu cargo de professor, você será a mulher de um grande poeta, que agora desperdiça assim, miseravelmente, o próprio engenho! E, se não compreender o poeta, pouco importa: será a mulher de um professor. Não lhe basta? E também se livrará de todos esses salafrários que vêm fazer palhaçadas à sua mesa! Ouça: vou lhe dar a prova maior do meu amor, da seriedade das minhas intenções! Ao sair daqui, vou para o hospital, onde farei uma terrível cirurgia. Os médicos me disseram que posso morrer. Que seja! Mas, se eu me salvar, serei seu, Carolina. Deixe-me esta esperança. Adeus!

E escapou às pressas, sem dar tempo à pobre mulher de detê-lo e demovê-lo da ideia.

No hospital, forçou os médicos a arriscar a terrível cirurgia, declarando:

— Assim não posso nem quero mais viver. Eu me mataria. Então, sem medo e sem remorso, podem me operar! No pior dos casos, anteciparão em alguns dias a minha morte.

O bom Martinelli, a quem a senhorita Pentoni confidenciara, chorando, o novo ataque de loucura de Bertolli, foi dois dias depois saber notícias dele no hospital. O pobre senhor Martino voltou de lá com o fino narigão muito pálido, abatido, os olhinhos redondos sob as lentes.

Cocco Bertolli estava à beira da morte e lhe suplicara que convencesse "sua" Carolina a ir vê-lo uma última vez. O médico assegurara a Martinelli que o moribundo não passaria daquela noite.

Cheia de piedade, a senhorita Pentoni dirigiu-se então ao hospital; e lá foi obrigada a prometer e a jurar solenemente ao moribundo que, se ele escapasse da morte, ela se tornaria sua mulher.

— Mas não há nenhum perigo, não há nenhum perigo! — disse o pobre Martinelli a fim de tranquilizá-la, enquanto voltavam da visita. Porque... sim, quero dizer...

E ergueu a mão, como se benzesse o morto.

II

Todos os comensais estavam à mesa quando Biagio Speranza entrou na sala de jantar, anunciando alegremente:

— Está salvo! Salvo! Estou vindo do hospital. Daqui a uns vinte dias teremos de novo à nossa mesa o grandíssimo poeta. Sim, senhores, convido-os a celebrar: Viva Giannantonio Cocco Bertolli!

Ninguém fez coro àquele grito. O senhor Martinelli inclinou sobre o prato o nariz desmesurado. Trunfo lançou uma mirada oblíqua e recomeçou a comer.

A senhorita Pentoni chorava.

Somente Cedobonis se alegrou ao ver Biagio Speranza, que tanto o fazia rir à mesa, como mandava a higiene; e exclamou:

— Oh, que ótimo! Agora nos conte!

Mas Biagio Speranza não deu trela para ele. Olhou a dona da casa e então perguntou:

— Mas por quê?

— Sabe-se lá! — suspirou Dario Scossi. — Ingratidão!

— Por caridade! — pediu Pentoni. — Esta noite me deixem em paz...

Biagio Speranza olhou os amigos ao redor e com um gesto perguntou o que tinha acontecido.

— Martinelli — explicou Cariolin — foi antes de você ao hospital, buscar notícias, e Carolinona soube...

— E ainda se lamenta? — exclamou Biagio Speranza, fingindo surpresa. — Ah, me desculpe, Carolinona, mas o Scossi tem razão: que ingratidão! Vi seu poeta, e por milagre me contive e não lhe dei um beijo na testa. Que herói do amor! Só me falou de você... Até me pediu...

Pentoni pôs-se de pé, toda trêmula; levou o lenço aos olhos; tentou dizer: "Por favor..." — mas um rompante de soluços travou-lhe a voz na garganta, e ela se precipitou para a porta do quarto.

Cariolin e Scossi correram atrás dela para detê-la; todos, exceto Cedobonis e Trunfo, ergueram-se e cercaram a senhorita Pentoni, que chorava.

— Tolices! Palhaçadas! — provocava Trunfo, sentado à mesa.

Entretanto os demais, todos juntos, exortavam a se animar: — Achava mesmo que Cocco Bertolli a forçaria a se casar? Mas que nada! Se ela não queria! Quanta complicação! Medo? Daquele maluco? Escândalos? Mas a delegacia cuidaria disso! Uma promessa no leito de morte? Que promessa? Ah, vamos! Ele entenderia, por bem ou por mal, que ela lhe dissera uma mentira piedosa... Não? Como não?

— Pois bem — atalhou Biagio Speranza, acalorando-se —, fique calada, Carolinona: eu me caso com você!

Todos caíram na risada.

— Qual é a graça? — gritou, sério, Speranza. — Estou falando sério! Somos ou não somos cavalheiros? Um ogro, meus senhores, está assediando esta pombinha. Eu a defenderei! Vou me casar com ela, estou dizendo! Quem quer apostar?

— Eu: mil liras! — propôs imediatamente Cariolin.

E Biagio Speranza rebateu de pronto:

— Está valendo: mil liras!

A SENHORA SPERANZA 161

Então Cedobonis também se levantou da mesa esfregando as mãos rapidamente, todo excitado.

— Perfeito! Perfeito! Querem que eu seja o depositário, senhores?

— Vamos às mil liras! — repetiu com mais força Biagio Speranza.

— Não as tenho aqui comigo — disse Cedobonis, apalpando os bolsos do colete. — Mas dou a minha palavra! Aqui, me dê a mão. Mil liras, e o banquete de núpcias.

— Você vai perder! — confirmou Speranza, apertando a mão de Cariolin.

— Todos vocês, senhores, são testemunhas desta aposta: vou me casar com Carolinona. Vamos, vamos, fique calada, noivinha! Enxugue as lágrimas, sorria... olhe para mim! Não vai me querer?

Tirou-lhe com afetuosa violência as mãos toscas e gorduchas do rosto. A Pentoni sorriu entre as lágrimas. Explodiram aplausos e vivas. Biagio Speranza, acalorando-se cada vez mais, abraçou a noiva, que se esquivava, repetindo:

— Por caridade, me deixem em paz... me deixem em paz...

— Para a mesa! Para a mesa! — gritaram alguns.

— Os noivos, juntos! — propuseram outros. — Aqui, aqui! Na cabeceira da mesa!

E Biagio Speranza e Carolinona foram levados em triunfo e se sentaram um ao lado do outro.

O bom Martinelli estava aparvalhado. Parecia que seu nariz estava crescendo a olhos vistos.

— Palhaçadas! Palhaçadas! — Trunfo continuava a escarnecer.

— Será que você está com ciúme? — gritou Biagio Speranza, pondo-se de pé e dando um soco na mesa. — Quer fazer o enorme favor de parar com isso? Se acham, meus senhores, que estou brincando neste momento, estão muito enganados! Se acham que estou cometendo uma loucura ao casar com Carolinona, tenho a honra de dizer que os loucos são vocês! Eu, que bem conheço meu barro vil, tenho a consciência de estar sendo tão sábio neste momento quanto nunca fui por toda minha vida! Sou um pobre homem, senhores, que por castigo de Deus se apaixona como um asno por cada mulher bonita que vê! Apaixonado, sou imediatamente capaz das mais estapafúrdias tolices. Nada a ver com as mentiras de Cariolin! Por duas vezes, senhores, por duas vezes (tenho até calafrios) estive prestes a me casar para valer! É preciso que eu me defenda rapidamente, a qualquer custo, desta tremenda ameaça que me arrasta. Aproveito-me deste momento, em que por sorte não estou apaixonado, e caso a sério com Carolinona! Um lampejo de gênio, senhores! Verdadeira inspiração do céu!

Tal declaração de Biagio Speranza foi acolhida por uma tempestade de aplausos.

— Mas então... mas então... é sério mesmo? — perguntava Cedobonis, num beatífico sorriso.

— E o senhor ainda tem dúvidas? — rebateu Biagio Speranza. — Cariolin! Onde você está? Confio na sua palavra, olhe lá! Mil liras e o banquete de núpcias. Senhores, deixem tudo comigo: vamos nos divertir!

— Mas antes é preciso saber — objetou Scossi — se Carolinona está de acordo.

Biagio Speranza virou-se para a noiva:

— Você faria essa desfeita comigo? A um belo jovem como eu? Não, não: estão vendo? Minha noiva ri, e ri o mundo!... Caso encerrado, senhores!

No mesmo instante, Trunfo deu um pulo da cadeira e tirou furiosamente o guardanapo do pescoço.

— Vamos acabar com isso de uma vez por todas! Fico irritado com essa brincadeira estúpida e sem graça sobre uma coisa... uma coisa que vocês não conseguem entender o que é, pelo amor de Deus!

Seguiu-se um momento de embaraço, quando todos se lembraram da desgraça conjugal de Trunfo. Todos os rostos se imobilizaram na careta da risada, e os risos cessaram subitamente.

— Desculpem — disse pacatamente Biagio Speranza —, mas por que você insiste em achar que estou brincando? Sei melhor do que você a imensa estupidez que é casar com uma mulher e repito que, justamente por isso, caso com Carolinona.

— O raciocínio não poderia ser mais coerente! — observou Dario Scossi, provocando mais uma vez a hilaridade de todos. — Por isso apelo a Cedobonis, nosso professor de lógica.

— Logicíssimo, logicíssimo! — confirmou ele. — De fato, o senhor Speranza se casa para não ter uma esposa.

— Perfeitamente! — confirmou Biagio Speranza. — E não se trata de brincadeira. Porque Carolinona tem muito medo do poeta Cocco Bertolli, e eu, de perder de fato, a qualquer momento, minha liberdade. Casando, salvamos um ao outro: ela, daquela espécie de marido; eu, de uma temível futura esposa de verdade. Casados, ela permanece aqui, por sua própria conta; e eu, na minha casa, por conta minha: ambos libérrimos para fazer o que bem quisermos e desejarmos. Em comum, perante a lei, apenas o nome, que não é nem mesmo um nome próprio, meus caros senhores: Speranza é um nome comum. Não sei o que fazer dele, e eu o cedo a você de bom grado. O que me diz, Carolinona?

— Por mim! — fez a senhorita Pentoni, sorrindo e dando de ombros. — Se você não se arrepender...

Novos aplausos e novos vivas a Carolinona, entre gargalhadas.

Continuou-se ainda por um bom tempo a conversar animadamente sobre aquele matrimônio, por pura diversão; deliberou-se, no entanto, que ele seria celebrado somente no civil, porque Deus, na igreja, não, não se devia ofendê-lo. Escolheram-se as testemunhas: Cariolin e Martinelli para a esposa; Cedobonis e Scossi para o esposo. O bom Martino não queria saber disso; parecia-lhe... "sim, quero dizer..." que se estivesse cometendo uma irreverência em relação à... "sim, quero dizer..." santidade da instituição.

Mas, por fim, teve que dobrar a cabeça de qualquer jeito, ou melhor, o nariz.

No dia seguinte, toda a cidade estava sabendo da notícia bizarra.

Biagio Speranza, estirando com a mão branca e rechonchuda a bela barba louro-avermelhada, ria com os olhos claros, límpidos, e de vez em quando passava rapidamente a mão da barba para o nariz voltado para cima, num gesto que lhe era habitual.

Estava muito contente com a grande loucura que estava a ponto de cometer.

Loucura aos olhos dos cretinos — é claro! Ele tinha consciência de que estava fazendo o certo. Repensara naquilo durante toda a noite e quase morrera de rir.

— Carolinona, minha mulher!

Ah, as pacóvias da cidade, como elas ficariam espantadas desta vez! E ele queria aproveitar a ocasião ao máximo! Pena que seria por pouco tempo: dali a um mês teria de voltar a Barcelona e de Barcelona a Lion e de Lion a Colônia... Que vida!... Sempre para lá e para cá. Pelo menos, para se distrair — quando os negócios (que obviamente vinham em primeiro lugar!) estavam bem encaminhados, e os diretores das fábricas de seda que o faziam viajar assim, como o Judeu Errante, ficavam satisfeitos —, ele sempre encontrava meios.

Enquanto isso, amigos e conhecidos o paravam na rua:

— Me diga uma coisa, é verdade mesmo?

— Verdade verdadeira. O quê?

— Que vai se casar?

— Ah, sim, com Carolinona. Mas não me parece algo sério.

— Então é brincadeira?

— Não: casar, me caso mesmo. Mas por precaução, entende? Para evitar um matrimônio, aí está.

— Como? Se casando?

— Mas claro! No entanto, vou dormir na minha casa; vou viver minha própria vida. Irei lá apenas como vou agora, só para jantar. Nem precisarei dar nada a ela, salvo a mensalidade habitual da pensão. Entende?

— E o nome?

— Bem, se ela quer, por que não? Não me parece algo sério...

E os plantava ali, atônitos, no meio da rua.

Marcara um encontro com Dario Scossi na pensão para cuidarem juntos dos papéis de Carolinona e ir ao registro civil fazer os proclamas.

Na pensão, além de Scossi, encontrou o timorato Martinelli, que chegara de propósito, antes de todos, a fim de desencorajar a senhorita Pentoni a se prestar àquele escândalo enorme.

— Mas o senhor se importa com isso — respondera-lhe a senhorita Pentoni, com um triste sorriso. — São jovenzinhos alegres, deixe-os fazer as coisas deles! Estavam brincando; a esta hora, nem pensam mais nisso. Já eu não consegui pregar o olho durante toda a noite, pensando no outro, lá, no hospital... Ah, o que o senhor me fez fazer, senhor Martino, o que me fez fazer... Não consigo ter paz.

Depois que Scossi chegou, ela ficou espantada:

— Mas como! De verdade? Ainda?

Biagio Speranza a encontrou obstinada na recusa.

— Ah, vamos deixar de histórias! — disse ele. — Quer que eu perca as mil liras da aposta?

— Que mil liras que nada! Vamos parar com isso, senhor Biagio.

— Como? — insistiu ele. — Não tínhamos chegado a um acordo ontem à noite? Está arrependida? Então não tem mais medo de Cocco Bertolli? Olhe que ele vai querer se casar a sério!

— E o senhor quer se casar por brincadeira, então? — perguntou Pentoni sorrindo.

A SENHORA SPERANZA   165

— Não. Já lhe disse o porquê...

E recomeçou a explicar o pacto e a relevar as vantagens recíprocas daquele matrimônio, sério e burlesco ao mesmo tempo.

— A menos que você — concluiu ele — ainda tenha veleidades nesse sentido, Carolinona!

— Eu? — fez ela, começando a rir de novo.

— E então? — perseverou Biagio. — Por que se opõe?

— Vamos, vamos! — exclamou Pentoni. — Está falando sério, senhor Speranza? Acha que isso é coisa que a gente faz por brincadeira?

— Coisas sérias — retomou Biagio, decidido — para mim não existem na vida: exceto aquelas (que podem até ser muito ridículas) às quais se dê importância. O nariz de Martino, por exemplo. Coisa das mais ridículas, sem dúvida! No entanto, para ele, uma séria infelicidade. Por quê? Porque ele dá importância a isso.

— Eu? — exclamou Martinelli, cobrindo-o com uma das mãos. — Mas de jeito nenhum!

— Então, me desculpe — retrucou Biagio —, por que veio metê-lo num assunto que não lhe diz respeito? Vá cuidar de seus negócios! Nós, Carolinona, não precisamos dar importância a esse casamento, não é? Portanto, para nós não é uma coisa séria.

— Claro que sim! — observou a senhorita Pentoni. — E se depois o senhor se arrepender?

— Mas sem dúvida vou me arrepender! — concordou Biagio. — Porém, justamente quando eu me arrepender, aí perceberei a vantagem. Entende? Mas se estou fazendo tudo para isso!

— E eu me verei envolvida nisso?

— Você? Não! Por quê? O problema será todo meu, se tanto! O que você terá a ver com isso?

— Então o senhor também entende? — disse a senhorita Pentoni, para concluir. — Se me oponho, não é certamente por mim. O que eu perderia com isso? Tenho tudo a ganhar e nada a perder. Já o senhor...

— Quanto a mim, não se preocupe! — atalhou Biagio Speranza. — Sei o que estou fazendo. Vamos logo, Scossi: já está tarde. Mas antes me diga, Carolinona: nome (já sei!), filiação, idade, naturalidade, estado civil — se é solteira, viúva ou o quê: não é preciso que me diga a verdade sobre esse ponto. Mas a idade, sim, corretamente, por favor.

— Trinta e cinco — respondeu Carolinona.

— Que nada! — exclamou Biagio, sacudindo os ombros. — Não comece a inventar!

— Trinta e cinco, garanto: nasci em 1865, em Caserta.

— Incrível! Então você ainda é fresquinha? Oh, querida! Mas ninguém diria. E... então, declaramos solteira?

— Solteiríssima! Sim, senhor.

— Acredito. Agora vamos escrever a Caserta solicitando a certidão de nascimento. Vamos, Scossi, correndo ao registro civil, para os proclamas.

III

Dois motivos especiais apressaram aquele casamento memorável: o primeiro, é que Giannantonio Cocco Bertolli saiu curado do hospital; o segundo, é que nesse meio-tempo Biagio Speranza se apaixonou, como de costume, por uma jovenzinha provocante. Para fugir de qualquer tentação, naqueles dias ele caminhava pelas ruas com os olhos no chão ou o nariz para o ar.

Mas a senhorita Pentoni queria pelo menos ter tempo de providenciar um vestido novo para a cerimônia. Branco? Não, que branco! Modesto, condizente com sua idade... mas novo. Podia ir assim ao cartório?

— E o que lhe importa? — perguntou-lhe Biagio.

— A mim, nada, é claro. Mas quanto a você, senhor Speranza. O que vão dizer?

— Deixe que falem! Não me importo nada com isso! Vista-se como achar melhor. Não queria que você jogasse dinheiro fora inutilmente.

Não: Carolinona quis encomendar um vestido novo, sobretudo quando soube que Cariolin, Scossi e Cedobonis envergariam solenemente um fraque.

Mas quanto lhe custou a escolha do vestido! Apesar de que, sim, depois de tanto tempo largada e resignada à sua sorte, sentia naquele dia o coração apertado numa angústia estranha, que lhe provocava quase um prurido de riso nos lábios e, nos olhos, um prurido de choro.

Mesmo sem querer dar peso à brincadeira, somente a ideia, aliás, a palavra casamento despertava instintivamente em seu corpo relaxado um certo sentimento da própria feminilidade; mas não com vigor bastante para fazer seu amor-próprio se rebelar contra o papel que queriam fazê-la representar — apenas o suficiente para fazê-la sentir uma amargura semelhante ao escárnio. E assim, de fato, só para se divertir, consentia em se casar. E ela ria disso com os outros, mais até do que os outros. Ora!

Se pudesse pelo menos adivinhar a preferência dele quanto à cor do tecido! Queria uma cor discreta, que não desse muito na vista. Cinza? Havana? Por fim, depois de uma longa indecisão, e para não cansar muito o vendedor que já lhe perguntava para que serviria o vestido, comprou ainda confusa um tecido de cor bege. Arrependeu-se assim que saiu da loja.

— Não vai cair bem em mim! Está muito ruim!

Pouco depois ergueu os ombros, fechando os olhos com amargura. Ele nem olharia para ela!

Chegado o dia das núpcias, antes que o cortejo se dirigisse ao cartório, Biagio Speranza declarou que não queria receber as mil liras da aposta: não queria que se dissesse que aquele casamento rendera dividendos para seu bolso. E sim que Cariolin desse então um presente de sua escolha à esposa.

Pentoni se opôs. Não queria nada, nem mesmo para ela. No entanto todos protestaram, e Cariolin, para quem as mil liras já estavam perdidas e que, ao entrar na dança, devia dançar conforme a música, protestou mais forte do que os outros.

— Não, não! Podem deixar comigo! Até já sei o que vou dar; você vai ver, d. Speranza: um presente daqueles, e muito útil! Deixem comigo!

O minúsculo Cariolin estava de fraque, como havia prometido, guarnecido de um elegantíssimo colete de veludo preto. De fraque também estava Scossi. Já Cedobonis lembrou-se, na última hora, de que era professor de filosofia e pedagogia e decidiu ir de beca. O mais maltrapilho de todos era o bom Martinelli, com aquele paletó lustroso, calças claras e a gravatinha branca encardida. Somente Trunfo faltou à festa.

Porém, embora a sala estivesse toda decorada com flores enviadas pelos frequentadores da pensão, e a longa mesa, bem no meio, estivesse esplendidamente aparelhada por dois camareiros de hotel especialmente contratados para o evento por Cariolin, que também deveria pagar o banquete nupcial, a alegria para a qual cada um se preparara naquele grande dia demorava a chegar. Os risos eram forçados: ria-se porque cada um pensara que deveria rir muito naquele dia, mas de fato já não se sabia a razão daquilo. Carolinona — mas seria possível?

— escolhera um tecido de uma cor absurda para o vestido de noiva! E por que Biagio Speranza não envergara também um fraque? Pelo amor de Deus! Ou se faz bem-feito ou não se faz!

Biagio Speranza sentia como uma comichão irritante no ventre, especialmente quando ouvia as cretinices de Cariolin, que, para se vingar dos poucos trocados que estava gastando — assim ele achava —, já estava chamando Carolinona de senhora Speranza. Para não se dar por vencido, tentava a todo custo se mostrar alegre como os demais; mas internamente tinha de confessar a si mesmo que se divertira muito mais com os preparativos daquele casamento. Tentava agora se desvencilhar dele o mais rápido possível, para não pensar mais nisso, para já pensar em outras coisas.

— Vamos, vamos logo com isto!

— Esperem um momento! — disse Carolinona, já com o chapeuzinho na cabeça. — Antes gostaria de dar uma olhada na cozinha...

Elevou-se um grito de horror diante desse pensamento da sábia dona de pensão, tão ingenuamente expresso e justo naquele momento. Cariolin adiantou-se a todos e, com uma graciosa mesura de conquistador de arquiduquesas austríacas, ofereceu o braço à noiva.

Uma grande aglomeração de curiosos compareceu ao cartório para assistir àquele casamento que já se tornara famoso. Até mesmo o funcionário do registro civil prendia o riso com dificuldade. Porém, mais do que os noivos, quem mais chamava a atenção das pessoas era uma das testemunhas, ou melhor, o nariz de uma delas. Como se tivesse caído das nuvens, lá estava o bom Martinelli! E ninguém conseguia entender como nem por que se encontrava ali, entre todos aqueles loucos, um pobre homem daquele tipo, tão abobalhado, com os olhos trêmulos e a boca aberta.

Encerrada a cerimônia, Cariolin saiu às pressas para tratar do presente, pedindo que o esperassem um pouquinho antes de se dirigirem à recepção. Quis manter absoluto segredo.

À mesa, a alegria se fez viva. Biagio Speranza, que já pressentia o fim daquele carnaval, mostrou-se galante com a esposa. O banquete era de primeira, finíssimo, abundante. Com o champanhe, deram início aos brindes. Houve para todos, e de todo tipo. Entre uns e outros, o de Dario Scossi à mulher ausente de Martinelli, que ficou meio mal; Martino chorou e, de modo insólito, meteu o narigão dentro da taça. Mas logo Cariolin tomou como pretexto aquelas honestíssimas lágrimas para apresentar como insigne exemplo e espelho de fidelidade conjugal o casal Martinelli aos recém-casados.

Todos ainda estavam à mesa quando chegou o tão esperado presente de Cariolin.

— Chegaram alguns entregadores — anunciou um dos camareiros.

Todos deliraram.

Os entregadores? — Então o presente chegara de carro?

E que presente era aquele?

Todos se ergueram e correram rapidamente para a saleta de entrada.

Um magnífico leito matrimonial, de madeira marchetada e todo guarnecido.

Biagio Speranza reagiu mal.

— Que pena! — exclamou Carolinona, batendo as mãos e sofrendo por aquelas mil liras desperdiçadas inutilmente.

Entretanto os outros aplaudiam a esplêndida ideia de Cariolin, que gritava radiante em meio aos convidados.

— Isto porque, meus senhores, o casamento deve ser consumado! Deve ser consumado!

— Oh, vamos parar com isto! — exclamou Biagio Speranza irritado, adiantando-se. — Não exageremos na brincadeira! Até agora nos divertimos, e compartilhei essa alegria com vocês. Agora não vamos descambar para o trágico, meus amigos! Vamos parar por aqui. Estão tirando meu couro! Vamos pensar noutras coisas, e não se fala mais nisso.

— Nada disso! — insistiu Cariolin. — O melhor vem agora, meu caro. Ah, você achava que escaparia assim? Meus senhores, ajudem-me a colocar esta cama no lugar!

Carolinona interveio, magoada e mortificada.

— Onde pretende colocá-la, senhor Cariolin?

— Como assim? No seu quarto de dormir.

— Mas, me desculpe, isso é um despropósito! E o que o senhor quer que eu faça com ela?

— E vocês perguntam a mim? — gritou Momo Cariolin, promovendo um novo estouro de gargalhadas.

— Fique quieto! — respondeu Carolinona. — Realmente lamento que o senhor tenha gastado tanto dinheiro inutilmente. Tente agora mesmo fazer o vendedor aceitar isso de volta. Seria uma pena! Ou tente revendê-lo.

— Mas de modo nenhum! — repetiu com mais ênfase Cariolin, obstinado, obcecado com o seu próprio achado. — Você vai ver, esta cama lhe servirá! Porque, de qualquer modo, ele é seu marido, e não há o que objetar; você é a mulher dele — como quer que resista aos seus encantos?

Essas últimas palavras suscitaram nova salva de aplausos, entre gritos exagerados. As peças do leito foram tomadas de assalto e levadas para o quarto de Carolinona. Num piscar de olhos a caminha onde ela dormia foi desmontada, e em seu lugar foi colocado o novo leito: o tálamo.

Ela ria, coitadinha, ao ver aqueles homens inexperientes se esforçando para pôr primeiramente o colchão sobre o forro metálico e em seguida assentá-lo, estendendo sobre ele o primeiro lençol e depois o segundo, bordado, depois enfiando os travesseiros dentro das fronhas e cobrindo por fim o leito com uma esplêndida colcha de seda.

— Está pronto! Está pronto!

Todos suados.

Mas onde estava Biagio Speranza? Ah, malandro! Saíra de fininho, na ponta dos pés.

— Estão vendo? — disse, aflita, Carolinona. — Se continuarem com isso, ele nunca mais voltará aqui.

Os outros então a reconfortaram e consolaram em coro; em vão ela protestava que só se preocupava com a perda do cliente. Mas que nada! Só o cliente?

— Fique tranquila! — concluiu Cariolin. — Espere por ele! Você vai ver que tarde da noite ele volta.

— Boa noite, esposinha! Boa noite!

E assim, obsequiada e cumprimentada a esposa, foram embora ruidosamente.

Já era noite fechada. Apesar de exausta por aquele dia tumultuoso, Carolinona precisou dedicar várias horas para arrumar a casa. Finalmente, depois de dispensar o cozinheiro e os camareiros e mandar a criada dormir, retirou-se para o quarto. E a nova cama? Oh, que estranho! Esquecera-se de pedir que remontassem sua caminha.

— Que loucos! Que loucos!

Com certeza ela não dormiria ali, naquele leito matrimonial. Aproximou-se para examiná-lo de perto e em seguida passou levemente a mão sobre a colcha rosa, de seda: no entanto, sobre aquele rosa tenro, extremamente macio, notou num relance o vulto escuro da sua mão rude, deformada pelos trabalhos pesados, de unhas achatadas, curtas, e instintivamente a retraiu, murmurando de novo:

— Que pena!

Inclinou-se um pouco para ver o bordado do lençol, mas já não notava a beleza do leito, pensava em si, pensava que, se ela fosse bonita, aquele casamento risível não teria acontecido. Até porque, se fosse bonita, sabe-se lá há quanto tempo já teria um marido... No entanto, disse para si mesma, quantas amigas suas de outros tempos, decerto não mais belas do que ela, tinham casado de verdade, hoje tinham uma casa, uma condição; enquanto ela... assim, com aquele casamento de farsa... que não fazia dela uma esposa....

— Sorte!

E, como se não bastasse, ainda o escárnio daquele leito ali, imponente, que suscitara nele uma autêntica repulsa, aliás, horror, um grande horror: "Estão tirando meu couro!". Ah, deixa estar; bonita ela não era, e já sabia; além disso, massacrada e desgastada por uma vidinha cruel; casamento feito por brincadeira, sim, tudo bem... mas será que ela era realmente tão, tão, tão feia a ponto de inspirar toda aquela repulsa, todo aquele horror? Ah, vamos! No fim das contas, não era nem tão velha! Não dizia isso para se gabar (nem pensava nisso!); mas era demais, sim, era demais. E, além disso, ela era uma mulher honesta e ilibada, não obstante todas as calúnias. Seria importante deixar isso bem claro. Não por nada, mas ao menos para que ele não pensasse que tinha jogado seu nome na lama. Depois ele que fizesse o que achasse melhor; ela não se importava absolutamente com todo o resto: desejava apenas que a soubesse pura, pura como quando saíra do ventre materno. E isso lhe bastava.

Agitou-se; olhou ao redor: viu num canto, enrolados, os estrados da sua caminha; o pequeno leito de ferro, apoiado à parede. Permaneceu perplexa por um tempo, sem saber se chamava ou não a criada para ajudá-la; teve compaixão da pobre coitada que, àquela hora, provavelmente já estava dormindo, exausta com o cansaço extraordinário daquele dia. O que fazer? Moveu-se em direção ao canto onde estavam os colchonetes; mas, ao passar em frente ao espelho do armário, entreviu a própria imagem e parou. Do atento exame de si mesma no espelho (embora ela, mentindo à própria consciência, acreditasse estar contemplando apenas o vestido novo, que, arrumado às pressas, lhe caía tão mal), nasceu-lhe uma pungente irritação pelo incômodo da cama desmontada. Não, nada disso! Dormiria ali mesmo, na poltrona. Tanto pior para ela que, na sua idade, para divertir os outros, se prestara a cometer tal loucura, expondo-se a grande ridículo e deboche.

Logo em seguida, porém, a necessidade instintiva de se desculpar perante si mesma esclareceu-lhe a razão pela qual se deixara induzir, ou seja, o medo daquele outro louco de pedra, que queria por força se tornar seu marido; a promessa piedosa que ela deixara escapar ali, no hospital, naquele dia, por ter dado ouvidos ao imbecil do Martinelli.

"Ora!", pensou. "Pelo menos me servirá para isso. E, quando aquele louco furioso sair do hospital, ele (o meu marido!) me defenderá, fazendo valer o motivo que me levou a fazer este papel de palhaça. Deverá vir de qualquer jeito e dizer que eu sou, ainda que por farsa, sua legítima esposa."

Começou a desabotoar o corpete. De repente parou, dizendo a si mesma que isso era inútil, já que dormiria sentada na poltrona. E essa era outra mentira, que se apresentava diante dela para impedi-la de tomar consciência de uma esperança tola, à qual sabia não poder aspirar nem em sonho. E no entanto, após apagar a luz e sentar na poltrona, ela estendeu o ouvido — sem saber, sem querer — sobre o silêncio da rua que passava lá embaixo.

Onde ele estaria àquela hora? Talvez em algum bar, com os amigos. E imaginou o salão iluminado de um bar e viu todos ali — todos os hóspedes de sua pensão —, em volta das mesinhas, e viu que ele ria, ria e rebatia os gracejos. Com certeza seu nome estava na boca de todos, escarnecido... Mas ele não se importava com isso! Ela esperava que aquela reunião barulhenta terminasse, para vê-lo sozinho.

Para onde iria depois? Para casa? Ou talvez... Talvez fosse encontrar alguma outra mulher...

Diante dessa suposição, permaneceu como diante de um vazio inesperado, imprevisto. Mas claro! Claro! Por acaso ele não estava inteiramente livre?

E ela ali, sentada na poltrona, com a esplêndida cama ao lado — oh, que louca, que tola! E não conseguia pegar no sono.

IV

Não: Biagio Speranza não fora a um bar, como Carolinona fantasiara.

Irritado com a falta de graça dos amigos, fechou-se em casa com o firme propósito de partir no dia seguinte para Barcelona e dar o caso por encerrado.

Começara a preparar as coisas da viagem quando pensou que lhe faltava dinheiro para a partida antecipada. Então, diante daquela dificuldade material, ao final se deu conta de que a fuga não seria uma saída digna para ele. Daquela vez ele exagerara; deixara-se levar muito além por seu espírito estrambótico e, ofuscado no deslumbramento da loucura ou do gênio (tudo a mesma coisa!), não medira as consequências nem a estupidez dos amigos. Agora ele deveria aguentar a avalanche de deboches — que diabos! — e suportar em paz, com paciência, os ataques por alguns dias. Afinal eles se cansariam e parariam com aquilo. Sim, sim, agira muito mal ao se irritar e fugir assim, às ocultas. De resto, não deveria abandonar ao ódio de Cocco Bertolli aquela pobre mulher, que não tinha nada a ver com aquilo, que manteria o acordo feito e nunca o molestaria ou incomodaria — estava certo disso!

"Pobre Carolinona!", pensou, sorrindo. "Com que expressão pronunciou aquele sim... Parecia querer dizer com os olhos ao oficial do Registro Civil: 'Imagine o senhor que valor isso pode ter... A meu ver, na verdade, não acho que se possa brincar com isso; mas estes jovens estão convencidos de que não há nada de mau, e aqui estou, para contentá-los. O que mais devo fazer? Escrever? Assinar aqui?'. Pobre Carolinona! Olhou a pena como se dissesse: 'Mas tenho mesmo de assinar?'. Depois olhou para mim, indecisa. Tive vontade de rir e indiquei-lhe o local onde deveria firmar. Mas que garranchos, coitadinha! E depois a ladainha do funcionário! E todos aqueles artigos do contrato matrimonial... 'A esposa deve seguir o marido...'. Sim, até Barcelona! Montada num cabo de vassoura! Mas o fato é que, enquanto vou girar por metade da Europa, ela vai ficar aqui, como minha esposa, para sempre, até morrer. Passará um ano, passarão dois, três, ela se tornará uma velha: mas sempre será minha mulher. Esse é o inconveniente da brincadeira. Ora! Daqui a pouco ela nem pensará mais nisso, coitada. Só é preciso agir de modo a que os outros também esqueçam o caso. Se me aborrecerem muito, encontrarei um jeito de mudar de residência; seja como for, sou mesmo um pássaro sem ninho, e boa noite aos que ficam."

Deitou-se na cama e não tardou a dormir. Mas, como não ajudou com um pouco de movimento a digestão do lauto banquete, dormiu mal.

Sonhos ruins! Carolinona não queria manter o pacto: era ou não era mulher dele? Então queria fazer valer todos os seus direitos, estava pronta, prontíssima a cumprir com todos os seus deveres. Agarrava-o por um braço e não queria largá-lo mais. Mas como! E o acordo? Era tudo uma brincadeira! Brincadeira? Ela assinara para valer. Por isso ele devia ficar ali, ali, com ela! Infâmia! Traição! Com todas as portas fechadas? Pontapés, empurrões, socos em todas as portas. E nada! Ah, que sofrimento, que raiva, que angústia... Atrás das portas fechadas e trancadas os amigos se arrebentavam de rir: Cariolin, Scossi, Cedobonis e até Martinelli. Trunfo grunhia. Conjura infame! Queriam vê-lo morto? Não, não, nem que tivesse que morrer: ele não se renderia a dormir naquela cama. Ah, eles o obrigariam à força? Pretendiam amarrá-lo? Canalhas! Tantos contra um! Devagar... devagar... Ali, na garganta, não... Ah, o sufocavam...

Sentou-se de súbito na cama, com o coração batendo em tumulto.

— Desgraçados!... Que sonho! Chega, chega...

Deu um suspiro de alívio e virou-se de novo para dormir, no outro lado da cama.

Logo depois, em sonho, já estava em Barcelona. Mas a amiga que ele sempre reencontrava ali — num piscar de olhos — entre seus braços transmutava-se em Carolinona.

Acordou tarde e de péssimo humor. Ao se lavar e olhar no espelho seu mau aspecto, pôs-se a refletir sobre a situação em que estava. Dava-se conta de que as condições de sua existência eram como várias velas abertas que levavam de cá para lá o barco de sua vidinha dispersa, sem jamais lhe conceder descanso num porto seguro; o barco ainda estava bem sólido, mas certamente não seria o mesmo dali a alguns anos; portanto era preciso que seu espírito extravagante ao menos não desse mais corda ao vento furioso que investia contra aquelas velas já errantes por necessidade.

Basta de metáforas: juízo, Biagio!

Iria naquele mesmo dia à pensão e, com sua atitude, daria a entender aos amigos que já era hora de terminar com aquilo.

Antes dele, naquela noite chegaram à pensão todos os comensais, inclusive Trunfo:

— E então? — indagou antes de todos Cariolin. — Voltou? Você veio?

— Ah, muito bem! — acrescentou Cedobonis. — Conte-nos os detalhes, os detalhes...

— Mas não estão vendo? — exclamou Scossi, apontando Carolinona:

É lânguida a rosa
Que o zéfiro noturno acalentou...

— Calados, vamos, calados! — disse Pentoni, sacudindo os ombros. — Desmontaram a minha caminha, e eu tive de passar a noite numa poltrona...

— Mas o leito não estava lá? — emendou Cariolin. — Não nos engane, não nos engane! Esposinha, você quer nos ludibriar em combinação com ele...

Biagio Speranza interveio e também foi assaltado por perguntas.

— Mas claro! Como não! É compreensível! — começou a responder, com cara de pau. — Você teve a coragem de negar, Carolinona? Não caiam na dela, amigos. É esposinha recente, se envergonha. Quando vim? Meia-noite em ponto. Na hora dos fantasmas. O portão estava fechado, e ela, justo ela que nega, jogou--me a chave da janela! Por que negar, minha mulher? Devemos dar esta satisfação aos amigos que se interessam tanto por nossa felicidade conjugal. E nesta noite vocês vão ver que ficarei aqui, no meu lugar, como chefe de família; espero que isso baste e que, de agora em diante, me deixem gozar em paz os prazeres do tálamo. Está bem assim?

Sentou-se ao lado de Carolinona; ostentou, durante o jantar, entre a risada geral, todos os cuidados, os galanteios de pombinho apaixonado que um recém-casado costuma dedicar à esposinha; a quem perguntou que nome dariam ao primeiro filho, respondeu que o chamariam Speranzino ou Speranzina, se menina — e assim por diante. Carolinona o deixava falar, e também se divertia.

A certa altura, Trunfo, terrível, perguntou a Biagio Speranza:

— Permite-me o senhor que eu continue a rever aqui os meus papéis?

— Ouça, ouça! — exclamou Cariolin. — Agora vai tratá-lo de senhor?

— Mas claro — aprovou Scossi. — Você não entende nada! Biagio agora é o marido. E o maestro respeita nele a autoridade marital.

— Posso até procurar outro lugar — acrescentou Trunfo. — Aliás, já esta noite vou recolher meus papéis...

— Mas não! — apressou-se em tranquilizá-lo Biagio Speranza. — O senhor, meu caro maestro (já que não devo mais tratá-lo por você), o senhor sinta-se à vontade para fazer o que lhe for conveniente de manhã ou de noite. Qual o problema? Este é um casamento alegre! E o senhor quer transformá-lo numa tragédia; mas saiba que não sou nem um pouco ciumento. O senhor está livre, livre, meu caro maestro, para fazer o que achar melhor. Estou certo, Carolinona?

— O senhor maestro — disse ela, um tanto aflita — nunca me trouxe nenhum incômodo.

— Sendo assim, tudo bem — concluiu Trunfo, pondo-se de pé.

Fez uma breve e rápida reverência, com as mãos apoiadas no espaldar da cadeira, e foi embora transbordando de bile.

— Meus amigos — advertiu logo em seguida Biagio Speranza —, no interesse da minha mulher, eu os aconselho a parar com isso se não quiserem que ela perca um cliente. A brincadeira é uma coisa boa, mas afinal não deve prejudicar o bolso...

— Ah, mas enquanto isso você, sem brincadeira — reafirmou Cariolin, erguendo-se da mesa junto com os demais —, mantenha sua promessa e não invente nenhuma desculpa. Estamos indo embora e lhes desejamos uma felicíssima noite.

— Eu — acrescentou Scossi — ficarei no portão com Cedobonis, fazendo a guarda; e pode estar certo de que não o deixaremos escapar durante toda a noite.

— Vocês podem estar certos de que não escaparei! — respondeu Biagio Speranza, acompanhando os comensais até a porta.

Carolinona começou a se sentir em palpos de aranha, sem compreender o que realmente aquele louco tinha em mente.

— Que idiotas, hein? — disse-lhe Biagio ao voltar à sala de jantar. — E são realmente capazes de esperar a noite toda no portão, sabe?

Carolinona esboçou um sorriso e o mirou de soslaio, mas logo abaixou os olhos.

— Sabe que nossa situação é realmente engraçada? — retomou Biagio, relaxando-se numa sonora risada. — Mas é preciso agir assim, para ter paz. Ou não nos darão sossego... Vou esperar uma meia horinha, tenha paciência.

— Por mim, imagine... — disse Pentoni baixinho, sem erguer os olhos.

Biagio Speranza a observou. Estava muito tranquilo e achava que ela também devia estar assim. Contudo, notando o embaraço de Carolinona, começou a rir de novo.

Ferida por aquela risada, ela ergueu os olhos e, tentando esconder da melhor maneira possível a amarga irritação sob um sorriso, disse:

— Foi uma loucura imperdoável, pode acreditar... Agora o senhor mesmo se dá conta, não? Não deveria tê-lo deixado fazer isso...

— Mas não! — exclamou Speranza. — Fique tranquila! Vai passar...

— Enquanto isso, o senhor deveria entender — retomou ela — que me irrita... sim... o fato de que neste momento as pessoas suponham...

— E que mal há nisso? — perguntou Biagio, sorrindo. — Você não é minha mulher? Parece-me que não posso comprometê-la. Se tanto, quem se compromete sou eu, me desculpe.

— O senhor é homem e todos sabem que faz por brincadeira — disse Pentoni, séria. — No entanto, se lhe posso ser franca, a este ponto não consigo ver que graça há nisto... Todos riem do senhor e de mim...

— E nós também rimos! — concluiu Biagio. — Por que não?

— Porque não consigo — respondeu Carolinona de pronto. — O senhor deve compreender, me perdoe, que não pode me agradar o fato de que o senhor, para interromper uma brincadeira que começa a incomodá-lo, seja forçado a me fazer representar um papel que não me interessa...

— Como! — exclamou Biagio. O papel de esposa? Deveria me agradecer, pelo amor de Deus.

Carolinona se incendiou:

— Agradecer-lhe, me desculpe, inclusive pelas palavras que disse ao maestro Trunfo por minha conta? Esposa para rir, até entendo: mas, como o senhor cometeu a bestialidade de me dar realmente seu nome perante a lei, parece-me, não sei, que o senhor deveria, no mínimo, no mínimo, demonstrar que não acredita em certas calúnias em vez de fazer troça disso... Porque são calúnias, sabe? Calúnias vilíssimas. Eu sempre cuidei da minha vida. Sou pobre, sim, mas honesta, honesta! É bom que o senhor saiba. E pode estar tranquilo quanto a esse ponto...

— Estou tranquilíssimo, imagine! — assegurou-lhe Biagio, sem nenhuma convicção.

— Diz realmente a sério? — rebateu Pentoni, olhando-o fixamente.

Biagio a fixou por sua vez; depois deixou cair os braços e exclamou:

— Estou espantado, Carolinona! Não acreditava que você fosse capaz de dizer a verdade com tanta firmeza, com tanto calor. Acredito, acredito em você... mas deixe-me ver da janela se aqueles maçantes foram embora, e acabemos com isto.

Dirigiu-se à janela, olhou a rua lá embaixo.

— Ninguém — disse, retirando-se. — Lamento que a brincadeira tenha terminado tão mal. Como se sabe, as coisas longas se tornam serpentes. Basta: a tolice foi feita, e não pensemos mais nisso. Adeus, sim?

Estendeu-lhe a mão. Pentoni, hesitante, estendeu-lhe a dela, rude e escura, murmurando:

— Até logo.

Assim que se viu sozinha, toda vibrante de comoção, correu para o quarto e trancou-se ali dentro, desatando num choro convulsivo.

Biagio Speranza, depois de dar alguns passos, espiando na sombra da pracinha em frente ao portão, em vez de Scossi e de Cedobonis, entreviu o senhor Martinelli, que esfregava as mãos de frio. O bom homem perdeu o fôlego quando ouviu chamar seu nome e sentiu uma mão forte em seu ombro.

— O que está fazendo aqui, companheiro? Diga-me uma coisa: estava por acaso esperando que eu fosse embora para...?

— Deus me livre! Mas o que é isso, senhor Speranza? — balbuciou Martinelli, tão trêmulo que Biagio não pôde evitar o riso. — Estava... estava para ir embora...

— E no entanto estava aqui! — respondeu Biagio, recompondo-se e simulando severidade. Passou-lhe a mão sob o braço e acrescentou, tomando seu rumo: —Vamos lá, me explique...

— Mas sim, senhor... — apressou-se em dizer Martinelli, constrangidíssimo. — Confesso... já que o senhor pôde... sim, quero dizer... suspeitar (Deus me livre!), confesso que me detive não tanto por curiosidade, mas para... sim, quero dizer... congratular-me comigo mesmo pelo fato de que o senhor finalmente tenha reconhecido a... a... a santidade do vínculo, porque...

— E devo mesmo acreditar nisso? — interrompeu-o Biagio, parando. — Não sou de fato um marido enganado? O senhor estava lá, na sombra, como um vil sedutor, não há como negar.

— Mas não diga isso nem por brincadeira! — exclamou o senhor Martino com os olhos ao céu e esforçando-se para sorrir. — Na minha idade, por favor! Além disso, aquela lá... é uma mulher honestíssima, lhe juro! Mas o senhor já não precisa que eu lhe diga isso... Sempre foi tão... tão boa comigo, sempre me confidenciou... sim, quero dizer... tanta coisa, pobrezinha... E por isso eu estava ali, acredite, felicitando-me... de que...

— Com licença, desculpe! Até logo! — interrompeu de novo Biagio Speranza, retraindo rapidamente o braço e dirigindo-se a uma mulherzinha vestida com esmero, que naquele momento saía de um café.

Martino Martinelli ficou ali, plantado no meio da rua; levou instintivamente uma mão ao chapéu e depois seguiu por um trecho aquele casal que se afastava, rindo sonoramente, talvez dele, talvez da Pentoni, e balançou a cabeça, entristecido, ferido...

A SENHORA SPERANZA 179

V

Nem na noite seguinte nem nas posteriores Biagio Speranza foi à pensão.

Momo Cariolin e Dario Scossi pararam, desde a primeira noite, de atormentar Carolinona, que por fim se mostrou um pouco raivosa. Trunfo aproveitou a ocasião para fazer sua revanche, recordando que ele os advertira de que não brincassem estupidamente com uma coisa que não comportava brincadeiras. Cedobonis não se dava paz, pensando que, com aquele casamento, celebrara-se o "funeral da alegria", e por várias noites repetiu a frase que lhe parecia tão bela. Apenas ele, com sua obstinação de calabrês, continuava, apesar das súplicas de Carolinona, a soprar, soprar para que o fogo reavivasse e as frases mordazes e animadas de antes seguissem estalando; e dizia, por exemplo, que não só Carolinona, mas toda a mesa se tornara viúva sem a presença de Biagio Speranza. Mas ninguém lhe dava importância, e ele se consolava pensando que aquela brincadeira monumental não podia terminar assim, que seria inevitável uma retomada, qualquer que fosse, mesmo porque Cocco Bertolli estava para sair do hospital.

Enquanto isso, Trunfo, que havia retomado seus hábitos, entre uma nota e outra de sua obra assoviada instigava furtivamente Carolinona a se vingar:

— Puna-o exemplarmente, aquele bufão! Prenda-o em sua própria teia! A senhora cometeu a grave estupidez de se prestar a essa palhaçada e, acredite em mim, não terá mais paz. Pois bem: que tampouco ele tenha paz!

Diante dessas exortações malignas, Pentoni sentia o despeito reacender no coração. Vibrava nela o desejo de vingança; mas, logo em seguida, como se aquele ardor se tornasse fumaça de repente, fumaça densa e lenta, ela, sufocada, escondia a face com as mãos e balançava amargamente a cabeça.

— Vingar-me? Como?

— E pergunta a mim? — respondia Trunfo. — Faça valer os seus direitos. Uma mulher tem todos os recursos para tanto.

Mas ela de fato não conseguia reconhecer nenhum direito seu, nem via nenhum meio de se vingar, por mais que se esforçasse; e, por fim, perguntava a si mesma:

"Mas, afinal, vou me vingar de quê?"

O acordo foi exposto por ele com toda a clareza. Era, sim, injurioso e até maldoso em relação a ela; mas não o aceitara assim mesmo? Então, calada. E, se não podia evitar, porque de repente e sem nenhuma suspeita lhe nascera no peito um sentimento nunca antes experimentado, que ela mesma ainda não conseguia explicar, mas que continuava a corroê-la e a torturá-la sem trégua — que culpa tinha ele? Uma só ofensa lhe fizera: a de não querer acreditar (aliás, como todos os demais) em sua honestidade. Qual a vingança para tal ofensa? Uma só, talvez, se ela se sentisse capaz: traí-lo, enganá-lo de verdade... Mas que nada! Pendia mais para Martinelli, que a aconselhava a tratá-lo com gentileza, vencê-lo pela ternura.

— Tente ir até a casa dele, procure vê-lo e... sim, quero dizer... convença-o pelo menos a voltar a jantar com a senhora... Depois, com a frequência, pouco a pouco, sim, quero dizer... quem sabe!

Carolinona o deixava falar, fingindo não prestar atenção, já que sentia um grande conforto ao ouvir as bondosas palavras dele, mas não queria demonstrá-lo. Finalmente, como acordando de um sonho, respondia:

— Mas não, senhor Martino! Acha mesmo que seria o caso? Antes de tudo, quem sabe como me receberia: tenho tanto medo do ridículo... Além disso, seria inútil. Minha insistência poderia fazê-lo suspeitar em mim... não sei, um pensamento que não existe...

— Pois bem, então lhe escreva! — aconselhou por fim Martinelli. — Diga-lhe que venha como antes, pelo menos para cumprir... sim, quero dizer... a obrigação dele, agora que o outro... sim, quero dizer... celerado de Deus está para deixar o hospital.

— Tem notícias dele? — indagou Carolinona.

O senhor Martino tinha, sim, e as relatou compungido, angustiado. Infelizmente o desgraçado ficaria livre dali a dois ou três dias. Soubera por um enfermeiro, o qual também informara que, já quase recuperado, ao saber do casamento, Cocco Bertolli tivera uma grave recaída por conta da violência que se precisara usar contra ele, que insistia em fugir de qualquer jeito do hospital.

— Perigoso, perigoso... — concluiu o senhor Martino. — Tanto que eu quase a aconselharia a avisar o fato imediatamente à delegacia.

Pentoni parou um instante, pensativa, e então sorriu:

— Sabe que meu destino é mesmo engraçado? Um fulano se casa comigo por diversão, um outro me quer a todo custo... Bem, senhor Martino, sabe de uma coisa? Não vou fazer mais nada, não vou mover uma palha. Que venha o Bertolli e me cubra de bastonadas. Ou será que ele pretende me matar? Seria realmente uma piada. Vamos deixar na mão de Deus!

Deus, certo; Deus é grande, onipotente, olha por todos, protege os bons e os oprimidos; mas, ainda assim, Martinelli achou mais conveniente informar Scossi e Cariolin sobre as intenções violentas de Cocco Bertolli ao sair do hospital.

— Lembrem que ele é doido, meus senhores, e que não tem nada a perder.

Então foi decidido, após uma demorada confabulação, que enviariam Scossi à casa de Biagio Speranza, que ninguém mais vira depois daquele dia; se não o encontrasse em casa, deixaria um bilhete advertindo-o sobre o perigo que Pentoni corria; se tivesse viajado, tentaria obter o endereço e enviar um telegrama.

Nem em casa, nem viajando. Dario Scossi teve que tomar uma viatura às pressas e dirigir-se à pequena propriedade da velha senhoria de Speranza, a cerca de três quilômetros além das portas de Roma. Biagio estava lá fazia quatro dias e tinha a intenção de permanecer ali até a partida para Barcelona: recomendara à senhoria não deixar que ninguém soubesse de seu refúgio, e a dona da casa, como se vê, mantivera a promessa. Mas se tratava de um caso muito grave, não é verdade?

— Gravíssimo! Gravíssimo! — confirmou Scossi.

Tendo obtido assim o endereço, Scossi aos poucos começou a sentir necessidade de acreditar seriamente no perigo que ameaçava Carolinona e na terrível ameaça de Cocco Bertolli para ter coragem de se apresentar diante de Biagio Speranza. Como devia estar alegre aquele malandro, em meio aos campos que já se recobriam de tenro verde. O ar ainda estava frio, mas de um frescor que restaurava o espírito e descansava os olhos naqueles primeiros verdores felizes.

Quando a carroça finalmente parou diante de uma cancela rústica, de uma só banda, sustentada por dois pilares não menos rústicos, atrás dos quais surgiam dois altos ciprestes, Dario Scossi estava como embriagado de primavera.

Uma alamedazinha erma subia a partir da cancela, cortando os vinhedos, até a baixa colina, e entre essas árvores surgia a casinha. Que poesia! Que sonho! Que sossego! O frescor de sombra daquela chegada suave estava impregnado de fragrâncias silvestres: amargo de ameixas, densas e agudas de menta e de sálvia. Antes de tocar o sino, Scossi pôs-se a olhar lá embaixo; ouviu de repente agudíssimos gritos de gansos, depois a voz de Biagio Speranza, que chamava alegremente:

— Nannetta! Nannetta!

Ah, malandro! Ah, renegado! Em pleno idílio! Arrependeu-se de ter ido.

— O senhor quer que eu espere? — perguntou o cocheiro.

— Sim, espere. Vou chamar.

Mas, antes de puxar a corrente, olhou o sino que pendia imóvel, enferrujado, posto na parte interna da pilastra, no alto.

"Aí está", pensou, "daqui a um segundo ele romperá o encanto, ao tocar. Puxo ou não puxo?"

Puxou bem de leve: o badalo se aproximava da borda e mal a tocava, sem produzir nenhum som... Largou de golpe a corrente, e o sino com força.

— Pronto! Droga! Que barulho!

No alto da pequena alameda apareceu pouco depois um velho camponês, que, vendo a carroça em frente à cancela, apressou-se em descer.

— Com quem o senhor quer falar?

— Com Speranza.

— Quem? Ah, sim senhor, aquele jovenzinho... Ele está aqui.

Abriu a cancela e Dario Scossi entrou. Ouviram-se de novo, vindos do alto, os gritos dos gansos, e o velho camponês começou a rir, balançando a cabeça:

— Que maluco! Que maluco!

— Biagio? O que ele tem feito? — indagou Scossi.

— Ah, é cada coisa! — respondeu o camponês. — Venha ver. Ele faz chapeuzinhos de soldado, os enterra na cabeça daqueles pobres bichos e os manda assim, com aqueles barquinhos na testa, para a senhora que está lá embaixo, na piscina do jardim.

— Nannetta! Nannetta! — gritou Biagio mais uma vez, lá de cima. — Lá vai Carolinona, que chega correndo. Nomeei-a chefe de brigada.

— Que horror! — gritou Dario Scossi, apresentando-se na esplanada.

— Dario! — exclamou Biagio Speranza, de sobressalto. — Como! Você aqui?

E dirigiu-se a ele. Mas Scossi deu um passo para trás e o fixou severamente.

— Dá o nome da mulher a um ganso!

— Oh, fique quieto! — respondeu Biagio, sacudindo-se todo. — Veio até aqui para me aborrecer? Como você soube?

Então Scossi explicou-lhe a razão de sua ida, disse-lhe que não era justo nem honesto deixar assim, em apuros, aquela pobre mulher que precisava urgentemente da presença dele na pensão, pelo menos por três ou quatro dias, sem demora.

Biagio Speranza sentiu os braços desabarem.

Chegou correndo, com o rosto afogueado e um chapelão de palha sobre os cabelos louros, despenteados, belíssimos, Nannetta — a mesma que o senhor Martinelli vira sair do café naquela noite.

— E então, Biagione? Ah, me desculpe: bom dia, senhor...

— Bom dia, minha bela — respondeu Scossi, estendendo-lhe a mão.

Mas Nannetta ergueu as suas para o céu:

— Não posso. Estão molhadas. Se quiser, com a permissão dele, me dê um beijo aqui.

E ofereceu a face afogueada.

— Permite? — perguntou Scossi, compenetrado. — Está com as mãos molhadas...

— Só um — respondeu Biagio, fúnebre. — Não há o que dizer. É preciso ir.

— Sua mulher está chamando? — perguntou Nannetta, triste, com a bochecha estendida, sobre a qual Scossi dava uma série de beijos suaves. — Oh, basta, senhor! Um só, por favor! Então é a sua mulher?

— Oh, não me aporrinhe você também! — exclamou Biagio, exasperado. — Agradeça a Deus, Scossi, por eu não ter aqui um bastão. Mas vá logo embora! Volto para a cidade amanhã, porque hoje à noite quero me vingar: vou torcer o pescoço daquela pata que se parece tanto com ela e comê-la inteira, no jantar, com a voracidade de um antropófago. Vá embora!

Mas Nannetta quis convidar Scossi para o almoço. À mesa, Biagio explicou-lhe por que decidira fugir.

— Não diria que ela me ama de verdade, mas está propensa, sabe? Quem imaginaria isso? Entendo, claro, sou um jovem belíssimo, muito simpático...

Nannetta protestou, sorrindo:

— Belíssimo! Ora... Com essa pança...

— Pança, eu? Cheinho, ou melhor, robusto. Mas você não a conhece, minha querida: diante dela pareço um palito. É claro que ela reavaliou a situação. E lhes asseguro que me fez um discurso de autêntica esposa.

— Pobre mulher! — exclamou Nannetta. — Se for verdade o que ela diz e todos confirmam, especialmente você, Biagio, todos vocês foram de uma crueldade sem igual. Vamos, agora trate de recompensá-la! E acredite: é o melhor que lhe resta a fazer.

Biagio Speranza não abriu a boca; mas arregalou os olhos e fixou Nannetta com tal expressão, que ela sorriu e repetiu:

— Pobre mulher!

— Basta, basta, bonitinha! — interveio Scossi. — Senão ele vai acabar desistindo de voltar à cidade.

— Não, não — disse Biagio, sério. — Promessa é dívida, e eu vou. Quero manter o acordo. Porém, assim que terminar de representar meu papel diante de Cocco Bertolli, vou viajar, meus queridos, e vocês não me verão nunca mais! Talvez leve comigo a má sorte, porque debochei do destino, que, como vocês sabem, é burlesco por natureza. Pensando bem, para aliviar a humanidade aflita, ele havia combinado um casamento realmente ideal: Cocco Bertolli e Carolinona. Eu, tolo, estúpido, imbecil, decidi meter um bastão entre suas rodas. Agora é preciso pagar. Aquele grande homem a amava, amava sua pomba, e agora devo lhe barrar a entrada. Tenho remorsos, acreditem; mas, se prometi, vou fazer.

Naquela mesma noite, Dario Scossi relatou aos amigos da pensão o que havia feito, onde encontrara Speranza, e em companhia de quem.

Cedobonis fingiu se escandalizar com uma tão fulminante infidelidade; mas Scossi, que, sem querer, deixara escapar aquela indiscrição enquanto falava, respondeu que Carolinona não devia levar a mal, já que as mulheres foram feitas para serem enganadas pelos maridos, e vice-versa — com a exceção, é claro, do casal Martinelli, único sobre a face da Terra —, e finalmente anunciou que Biagio Speranza voltaria sem falta na noite do dia seguinte.

— A ovelhinha retorna ao rebanho.

VI

Todos estavam de acordo: nenhuma alusão ao casamento, como se nada tivesse acontecido. Biagio Speranza chegou com um pouco de atraso, cumprimentou a Pentoni e os amigos e se sentou no lugar de sempre. De início houve certo constrangimento; depois, pouco a pouco, começou-se a falar de amenidades. Apenas Martinelli mantinha fixos em Speranza os olhinhos redondos de coruja, como se a qualquer momento esperasse dele uma explicação sobre suas atitudes indignas, um sinal de arrependimento.

Carolinona estava de olhos baixos; porém, de tanto em tanto, passava a vista ao redor e, se percebia que ninguém a observava, lançava um rápido olhar oblíquo a Speranza, perturbando-se profundamente. Sofria; sentia-se sufocar; mas mesmo assim se dominava, para que ninguém percebesse.

Tinha instruído a criada a não abrir a porta sem antes ver quem era pela fresta. Se Cocco Bertolli chegasse de dia, ela deveria responder que a patroa não estava em casa; se chegasse à noite, enquanto os hóspedes estivessem à mesa, antes de abrir, deveria entrar na sala de jantar e avisar.

Por isso, a cada batida na porta, todos permaneciam um instante à espera, e a pobre mulher sentia o coração explodir de agitação. Depois voltavam a conversar.

Após uma batida mais forte, Cedobonis observou:

— Podem estar certos de que não é ele. Certamente ele tentará entrar aqui de manhã e, não conseguindo, voltará à noite.

E isso, sem dúvida, teria sido o lógico; mas Cedobonis não levava em conta uma coisa: que Cocco Bertolli era louco. Tanto é que ele mesmo tinha chamado com força. A criada entrou correndo para anunciá-lo, apavorada.

Todos se levantaram, consternados, menos Biagio Speranza.

— Por favor — disse ele, calmo —, mantenham-se sentados. Devo ir sozinho. Continuem conversando tranquilamente, aqui. Vocês vão ver: duas palavrinhas pacatas, e ele será vencido pela razão.

Ergueu-se e saiu; antes de deixar a sala de jantar, virou-se a acrescentou, erguendo uma mão:

— Estamos entendidos, hein?

Mas a Pentoni, que até então se controlara a custo, rompeu em prantos. Alguns se aproximaram dela, para confortá-la; outros se dirigiram nas pontas dos pés para trás da porta da sala, para bisbilhotar.

Biagio Speranza foi abrir ele mesmo a porta, decidido; mas logo se petrificou ao ver Cocco Bertolli. O infeliz não tinha mais um grama de carne no corpo, e os enormes olhos de boi naquele rosto seco, cadavérico, inspiravam terror. Ele também parou quando viu Biagio Speranza e, torcendo a boca com sarcasmo feroz, murmurou:

— Ah, o senhor!

— Por favor, o que deseja? — perguntou Biagio.

Cocco Bertolli cerrou os punhos e o fixou com os olhos esbugalhados; depois emendou:

— Desejo comer seu coração. Mas mais tarde. Agora...

Biagio Speranza o interrompeu com um gesto de mão e uma careta de nojo:

— Péssimo gosto, meu caro poeta! Melhor uma boa bisteca, confie em mim!

— Por ora — retomou Cocco Bertolli, com os olhos que pareciam querer saltar das órbitas — quero apenas dizer duas palavrinhas àquela senhora, que está ali, e arrancar-lhe as orelhas e o nariz.

— Pelo amor de Deus! Assim o senhor a estragaria! — exclamou Biagio, rindo. — Vamos, vamos, meu caro poeta: saiba que agora o dono da casa sou eu, e que o senhor não entrará mais aqui, nem agora nem nunca.

Cocco Bertolli, todo trêmulo, tirou o colete muito folgado e disse:

— Está bem, nos veremos lá embaixo. Queria apenas recordar àquela boa senhora certo juramento...

— Mas não entende, me desculpe — quis convencê-lo Speranza —, que aquela senhora, como o senhor diz, esperava, aliás, estava certa de que o senhor... sim, tenha paciência, iria morrer?

— Mas não estou morto! — gritou Cocco Bertolli, com feroz alegria. — E a morte, entende, eu a desafiei por causa dela!

— Fez muito mal! — exclamou Biagio. — Muito mal! Vamos, seja sincero: acha mesmo que valeria a pena?

— Ah, então o senhor também sabe — grunhiu Cocco Bertolli — que a sua esposa é uma mulherzinha qualquer?

Biagio Speranza ergueu as mãos:

— Mulherão, me desculpe, melhor dizer mulherão — para não ofender.

— Mas ofender é o que eu quero! — respondeu Cocco Bertolli, alçando os braços, terrível. — Ofendê-la diante do senhor, que é seu digno esposo. Palhaço!

Biagio Speranza empalideceu, fechou os olhos, depois disse pacatamente:

— Ouça, Cocco. Vá embora por bem ou o expulso a pontapés.

— A mim?

— A você mesmo. Aliás, veja: fecho a porta na sua cara para não ter de erguer o pé para um pobre doido como você.

E fechou a porta.

— Palhaço imundo! — rugiu atrás da porta Cocco Bertolli. — Vou esperá-lo lá embaixo, na rua, sabe? Vou fazer você pagar.

Biagio Speranza voltou para a sala ainda pálido e vibrante devido ao esforço que fizera para se controlar.

— E então? — perguntaram-lhe todos, ansiosamente.

— Nada — respondeu ele, com um sorriso nervoso. — Mandei-o embora.

— E ele está esperando lá embaixo! — acrescentou Cariolin, que ouvira da porta a ameaça do louco.

— Pelo amor de Deus! — gemeu Carolinona, com o rosto escondido no lenço. — Por minha causa!

Biagio Speranza irritou-se com aquele choro, sentiu repulsa pelo papel que estava representando e se agitou com raiva:

— Deixem-no esperar. Não dei nele por milagre; mas agora vou dar!

E procurou o chapéu e o bastão.

Então a Pentoni, quase movida por um impulso mais forte do que ela, saltou de pé e correu para ele, em lágrimas, a fim de detê-lo:

— Eu imploro! Por caridade! Não se meta com aquele louco. Deixe que os outros saiam primeiro. Por favor, me ouça!

Todos, salvo Martinelli, que tremia feito uma folha, e o desdenhoso Trunfo, fizeram coro às palavras de Carolinona e se ofereceram para sair antes. Biagio Speranza se enfureceu, abriu espaço com violência e gritou:

— Mas, afinal, quem vocês acham que sou?

E saiu.

Os demais o seguiram. Enquanto descia as escadas, ele se virou e pediu de novo que ficassem, dessa vez com bons modos.

— Desse jeito — disse-lhes — vocês me fazem perder a paciência. Acham mesmo que vou erguer as mãos contra aquele pobre desgraçado que acabou de sair do hospital? Só se ele mesmo me jogar contra o muro. Então continuem aqui, por favor! E não se mostrem, porque, se ele os avistar, começará a fazer discursos. Não agravem o ridículo de minha situação.

Depois disso, Dario Scossi acenou para os amigos, pedindo que deixassem Speranza ir à frente, sozinho. Logo em seguida, continuaram descendo a escada e pararam no hall, para espiar. Cariolin, que ia à frente de todos, espichou a cabeça para fora do portão: Biagio e Cocco Bertolli falavam pouco afastados, animadamente; mas de repente Cariolin viu Cocco Bertolli erguer a mão e aplicar um soleníssimo tabefe em Speranza. Todos então se lançaram na tentativa de apartar os dois furibundos, que já levantavam seus bastões.

Carolinona, que estava na janela, deu um grito e caiu para trás, desmaiada, entre os braços trêmulos de Martinelli, enquanto Trunfo, atraído pelos gritos da rua, se apressava em sair, repetindo várias vezes:

— Mais forte! Pancada! Palhaços!

Chorando de raiva e se desvencilhando dos outros, Biagio Speranza gritava aos amigos que o continham:

— Me larguem! Me larguem!

— Às suas ordens! — gritava de lá Cocco Bertolli, também contido e arrastado para longe, entre a confusão de gente que acorria de todos os lados. — Às suas ordens! Ao Caffè dello Svizzero! Enquanto isso, fique com esse tapa como entrada! Quer mais? Quer mais?

Dario Scossi, Cedobonis e Cariolin conseguiram finalmente retirar Biagio Speranza, que delirava:

— Preciso matá-lo! Preciso matá-lo! Dois de vocês: você, Scossi, e você, Cariolin, vão logo buscá-lo. Preciso matá-lo. Por mais que seja ridículo, atrozmente ridículo, duelar com aquele sujeito por causa daquela mulher lá, é preciso haver um duelo, porque senão, ao encontrá-lo, vou matá-lo feito um cachorro... Vão, vão. Eu os espero em casa.

Os três amigos tentaram dissuadi-lo, convencê-lo a não dar importância ao ocorrido. Tratava-se, no fim das contas, da agressão de um louco. Mas Biagio Speranza não queria dar ouvidos à razão:

— Ele me deu uma bofetada, estão entendendo? Querem que eu suje minhas mãos e vá parar na cadeia?

Subiu numa carroça e voltou para casa, enquanto Scossi e Cariolin, seguidos de Cedobonis — sério, plácido, curioso —, partiam em busca de Cocco Bertolli no Caffè dello Svizzero.

Encontraram-no ali, soberbo na esqualidez de sua horrenda miséria, exultante, narrando a aventura entre os risos da multidão que o acompanhara. Scossi se adiantou e o convidou a sair.

— Imediatamente! Às ordens! — respondeu ele, apressando-se. — Pistola, espada, florete: o que quiserem, à sua escolha! Mas até com as mãos ou com os pés, logo!

Scossi explicou-lhe que seria preciso outras duas testemunhas, para acordar a modalidade do duelo.

— Não conheço ninguém! — protestou Cocco Bertolli. — Gostaria de poder mandar ao senhor Speranza dois amigos meus, Eróstrato e Nero, mas estão mortos, infelizmente! Arranjem-me agora mesmo dois outros viventes: não quero tratar dessas ninharias.

— Eu poderia assistir, na minha condição de médico — disse Cedobonis. — Mas como faremos? Preciso dar aula no colégio...

Então Scossi e Cariolin, junto com Cocco Bertolli, saíram à procura de dois padrinhos que não fossem propriamente Eróstrato e Nero.

Biagio Speranza esperava em casa, fremente, havia cerca de uma hora quando — a um toque de campainha —, em vez de Scossi e de Cariolin, viu diante da porta Nannetta, que, ao saber da briga em um café, queria notícias.

— É verdade, esbofeteado! — disse Biagio. — Venha, entre, Nannetta. A gente estava tão bem no campo, não é? Fiz uma besteira muito grande; o que você quer? Agora é preciso pagar, eu lhe disse...

— Um duelo? — perguntou Nannetta, angustiada.

— Mas claro! Fui esbofeteado, lhe disse.

— Onde?

— Aqui.

Nannetta deu-lhe um beijo na bochecha.

— Querido, e se você morrer? Não pensou nisso?

— Não, de fato! — disse Biagio, erguendo um ombro e indo ver da janela, impaciente.

Nannetta o seguiu, mas, em vez de olhar para baixo, para a rua, pôs-se a olhar para o alto, para as estrelas que brilhavam densas no céu sem lua. Suspirou e disse:

— Sabe, Biagio, que não gostaria que você enfrentasse esse duelo de modo nenhum?

Tocado pela estranha expressão da voz dela, Biagio perguntou-lhe com um sorriso forçado:

— Você se importa tanto comigo?

Nannetta encolheu os ombros, sorrindo melancólica; fechou os olhos e respondeu:

— Sei lá... Não gostaria...

— Vamos! — exclamou Biagio, reagindo. — Chega de tristeza! Tenho um pouco de marsala: vamos beber! Também devo ter biscoitos, espere... E me ajude a preparar as malas. Amanhã, depois de ter dado uma bela lição àquele cachorro, vou partir!

— Para sempre?

— Para sempre.

Pegou a garrafa de marsala, os biscoitos, e convidou Nannetta a se sentar e beber.

Um novo toque de campainha à porta.

— Ah, agora sim — disse Biagio —, devem ser eles!

No entanto era o senhor Martino Martinelli, que parecia reduzido à sombra de si mesmo, a quem qualquer um poderia, com um sopro, fazer voar para cá ou para lá como uma pluma.

— Venha, se adiante, caríssimo senhor Martino! — disse Biagio, batendo-lhe a mão nas costas. — Quem o enviou aqui, hein? Quer apostar que adivinho? Minha mulher!

Nannetta desatou a rir ao vê-lo parar com aquele palmo de nariz na sua frente.

— Não ria, Nannetta — disse Biagio. — Apresento-lhe o protótipo dos maridos fiéis, o senhor Martino Martinelli, primeiro nariz em absoluto. Senhor Martino, diga à minha mulher que me encontrou com saúde, diante de um bom copo de vinho e ao lado de uma jovenzinha graciosa. Não espirre! Quer beber?

— Me... me desculpe — balbuciou indignadíssimo e vacilante o senhor Martino. — Permita que eu lhe... lhe diga que o senhor... sim, senhor... des... desconhece, sim, quero dizer, indignamente... sim, senhor... um coração... um coração de ouro, que neste momento pal... sim, quero dizer... palpita pelo senhor. Boa noite. Vou embora.

As risadas de Biagio e de Nannetta o acompanharam até a porta; mas o senhor Martino, após o desabafo, se sentiu elevado a uma esfera heroica e partiu com o nariz ao vento, como uma trombeta guerreira.

VII

Giannantonio Cocco Bertolli chegou primeiro ao lugar designado para o combate, em companhia do médico e de dois jovens oficiais da artilharia, amigos de Cariolin, que se prestaram a servir de padrinhos.

Estava tranquilíssimo. Louvou, como bom poeta, a doce manhã de abril.

Zéfiro volta e o bom tempo conduz...

Louvou o gorjeio dos pássaros que saudavam o sol; aspirou com voluptuosidade o cheiro de resina que exalava dos pinheiros e ciprestes da vila senhoril; recitou uma odezinha de Anacreonte traduzida por ele e por fim narrou aos dois jovens oficiais, que se admiravam, o apólogo das gansas e dos grous migrantes. Ele era um grou, isto é, um louco pelas gansas.

— Porque não tenho bebedouro nem ração, entendem? Desde ontem, meus senhores, não entra alimento no meu estômago definhado. Água: bebi água dos chafarizes públicos. Diógenes, meus senhores, tinha uma pequena cuia, mas quando viu um menino pôr as mãos em concha e beber água, quebrou a cuia e bebeu ele também com as próprias mãos. E assim faço eu. Não sei se vou comer hoje, onde dormirei esta noite. Talvez me apresente a algum capataz de fazenda. Carpirei. Comerei. Mas assim, livre de qualquer vínculo, nesta plena e sublime liberdade que me inebria e que naturalmente deve parecer loucura aos escravos das leis, das necessidades, dos costumes sociais. Em breve partirei o crânio daquele imbecil que tentou atravessar o meu caminho e então retornarei ao meu grande poema: Eróstrato.

Pouco depois, chegaram Biagio Speranza, Dario Scossi e Momo Cariolin, com outro médico.

Biagio Speranza estava muito nervoso; a ideia de duelar com aquele louco, de quem recebera uma bofetada, o deixava abatido. No entanto queria se mostrar risonho, para não dar importância àquele confronto: grotesco epílogo de uma palhaçada. Já havia preparado em casa as valises e todo necessário para a viagem. Agora daria ou receberia um arranhão, e tudo terminaria ali. Já era tempo, minha nossa!

A condução do combate coube em sorteio ao jovem oficial que servia de primeira testemunha. Mas já parecia que tudo seria feito de modo amigável. Escolhido o terreno, medido o campo, os dois adversários foram convidados a tomar os seus lugares, um diante do outro.

— Por favor — disse o oficial a Cocco Bertolli —, o senhor precisa tirar o casaco.

— Já lhe disse — acrescentou sorrindo o outro oficial —, mas ele se recusa a tirar.

— É necessário? — perguntou Cocco Bertolli, sombrio. — Pois bem, aqui está: não me importa!

Tirou furioso o casaco e o jogou no chão, longe.

Ao verem a camisa esfarrapada e suja, furada nos cotovelos, todos experimentaram uma impressão bastante penosa: vexame, repulsa e piedade ao mesmo tempo; olharam-se nos olhos como se perguntassem, uns aos outros, se não era o caso de mandar tudo às favas.

Mas Cocco Bertolli, que já estava com o florete em punho e vibrava, perguntou com o cenho carregado:

— E então?

— Em guarda! — disse em seguida o oficial.

Imediatamente Cocco Bertolli se lançou como um tigre, com uma fúria terrível, girando o florete e berrando contra o adversário.

Biagio Speranza, vendo-se atacado desse modo e ainda sob a penosa impressão, recuou, aparando como pôde a tempestade de golpes. Teria podido facilmente transpassá-lo, mantendo firme e reto o florete, num súbito arranque: mas afastou logo a tentação e continuou a se defender. De repente, na fúria, Cocco Bertolli deixou cair o florete da mão.

— Basta! — gritou o oficial que conduzia o combate.

— Basta! — repetiram os demais, fortemente consternados pela violência do louco e oprimidos pela ameaça de uma desgraça iminente.

— Basta nada! — disse, arfando, Cocco Bertolli. — Querem se aproveitar de uma infelicidade? Apelo ao meu adversário, a quem não creio que possa bastar tão magra satisfação.

Biagio Speranza inclinou-se para recolher o florete caído e o ofereceu cavalheirescamente a Cocco Bertolli:

— Aí está: ao senhor!

Depois olhou os amigos, como se dissesse: "Estão vendo a que ponto vocês me levaram?". E sua irritação nervosa aumentou. Se, na noite anterior, depois da bofetada à traição, o tivessem deixado lhe dar umas boas bordoadas, não se veria agora na dura necessidade de matar aquele pobre louco, tão acabado e miserável, ou de se deixar matar por ele.

Ao início do segundo assalto, ele quis enfrentar o adversário decididamente. No entanto, Cocco Bertolli logo estava sobre ele com ímpeto redobrado.

— Alt! — gritou o oficial.

Mas já no fulminante embate Biagio Speranza tinha sido golpeado, e de repente caiu por terra, com as mãos crispadas sobre o peito e um grito de escárnio que lhe jorrava da garganta. Olhou os quatro padrinhos e os médicos que acorreram, tentou dizer: "Nada...", mas, em vez da palavra, soltou uma golfada de sangue e abandonou-se, aterrorizado.

Recuperados do primeiro horror, os outros se inclinaram sobre ele; bem devagar o ergueram e o transportaram, com a máxima cautela, para a casinha do guardião da vila, onde o deitaram num catre. A princípio os médicos acharam que ele só teria uns poucos minutos de vida; no entanto, prestaram os primeiros socorros como puderam e esperaram angustiados, desolados. Passou uma hora, passaram-se duas e, como a morte não chegava, um dos médicos propôs que alguém fosse à cidade buscar uma maca: havia, sim, o perigo de o moribundo falecer no caminho; mas, por outro lado, ele não podia continuar ali, naquele antro.

E assim Biagio Speranza foi transportado para casa no meio da tarde, entre a vida e a morte. Esperavam-no em lágrimas, junto com a velha proprietária da casa, Pentoni e Nannetta. Mas esta, pouco depois, passada a primeira confusão, foi gentilmente mandada embora por Scossi.

— Não convém, não convém que você continue aqui, bonitinha...

Ela não contestou; quis, no entanto, sob os olhos de Carolinona, dar um beijo na testa do ferido, que jazia inconsciente e tomado pela febre.

— Ah, se o senhor tivesse nos deixado lá! — disse chorando a Scossi, enquanto se retirava. — Pobre Biagio! O coração já me dizia! Mas levem também aquela sombra má de cima dele: viúva, antes de ser mulher.

— Tomara que não! — fez Scossi.

— Tomara! — repetiu Nannetta. — Mas, se ele abrir os olhos, vai morrer de desespero ao vê-la ao lado dele.

Enquanto Nannetta proferia essas palavras, Pentoni, na outra sala, saía da cabeceira da cama, entendendo por conta própria que sua imagem não seria bem acolhida pelo ferido naquele primeiro momento. Ela havia, sim, desejado ardentemente que ele tivesse voltado à pensão, mas não dissera sequer uma palavra, nem dera nenhum passo para fazê-lo voltar; portanto, seria uma verdadeira injustiça acusá-la de responsável por aquela desgraça: ele mesmo deveria ser o primeiro a reconhecer, ele, que a havia forçado, forçado mesmo, a cometer aquela loucura. Por isso não deveria sentir nenhum horror à vista dela, ali, na cabeceira, nem nutrir qualquer rancor. Mas, com o coração, Carolinona entendia que é uma necessidade quase instintiva afivelar aos outros a culpa pelos próprios erros, e retirou-se na sombra a velar, a prestar os cuidados mais apaixonados, sem nenhuma palavra de agradecimento. Queria apenas — desejava e rezava — que ele se curasse: nada para si, nem mesmo a gratidão, nem se ele soubesse que ela cuidara dele às escondidas.

Após os primeiros dias, Dario Scossi, Cariolin e Cedobonis, vendo que o ferido parecia melhorar um pouco, começaram a insistir que ela repousasse ao menos um pouco. Mas insistiam em vão.

— Não me faz mal: já estou acostumada — respondia-lhes Carolinona.

Um dia Dario Scossi a observou, e ela não lhe pareceu tão feia. O sofrimento e o amor, ambos desesperados, pareciam ter transfigurado seu aspecto. Aqueles olhos, por exemplo, tão intensos de paixão — ela não o sabia —, eram realmente belos naquele momento.

Ao se perceber olhada com simpatia, Carolinona sorriu-lhe de leve, enquanto os olhos se enchiam de lágrimas. E aquele sorriso pareceu sublime a Dario Scossi.

Pouco a pouco, com o passar das vigílias heroicas que se estenderam por cerca de um mês, sempre ali, atenta, como se fosse mãe e amante a um só tempo, à cabeceira do enfermo quando ele repousava, pronta a se retirar na sombra tão logo ele despertava, Carolinona perdeu até a corpulência; e, iluminada quase internamente pela alegria de vê-lo enfim salvo... bela, bela de verdade, não; mas, na opinião de todos, tornara-se uma mulher mais do que possível.

— Além disso — acrescentavam —, ela o ganhou, não há o que dizer. Ela o trouxe de volta ao mundo, e Biagio já é coisa sua.

Mas ela não quis acreditar na própria felicidade até o dia em que ele, ainda acamado, mas já em convalescença, chamou-a para si e lhe disse, com voz trêmula de ternura, olhando-a nos olhos e apertando-lhe a mão:

— Minha boa Carolina...

"La signora Speranza", 1902

Não é uma coisa séria

Perazzetti? Não. Aquele era um tipo singular.

Falava seriamente, nem parecia o mesmo, olhando para as unhas aduncas e longuíssimas, tratadas com meticuloso cuidado.

Mas é verdade que, depois, de repente, sem nenhum motivo visível... um pato, tal e qual! Explodia em risadas que pareciam o grasnar de um pato; e chapinhava, exatamente como um pato.

Muitos viam nessas risadas a prova mais cabal da loucura de Perazzetti. Ao vê-lo torcer os olhos cheios de lágrimas, os amigos lhe perguntavam:

— Mas por quê?

E ele:

— Nada. Não posso dizer.

Quando vemos alguém rir assim, sem querer revelar o motivo, ficamos desconcertados, com cara de bobo e certa irritação no corpo, coisa que, nos chamados "doentes dos nervos", pode facilmente se transformar em fúria incontida e vontade de partir para o ataque.

Sem poder partir para o ataque, os chamados "doentes dos nervos" (que hoje em dia são muitos) trepidavam furiosamente e falavam de Perazzetti:

— É maluco!

No entanto, se Perazzetti tivesse dito a eles a razão daqueles grasnidos... Mas Perazzetti quase nunca podia dizer, realmente não podia.

Na presença das pessoas, era tomado de uma fantasia agilíssima e bastante caprichosa, a qual, sem que ele o quisesse, despertava-lhe as imagens mais extravagantes e uns lampejos de aspecto comicíssimo, inexprimíveis, descobrindo subitamente analogias estranhas e insuspeitadas e figurando num instante contrastes tão grotescos e engraçados que a gargalhada lhe jorrava irrefreável.

Como exprimir aos outros o jogo instantâneo dessas imagens fugidias e impensadas?

Por experiência própria, Perazzetti bem sabia que, em todo homem, o fundo do ser é bem distinto das interpretações fictícias que cada um se dá espontaneamente, quer por ficção inconsciente, quer pela necessidade de acreditar ou fazer crer que somos diferentes do que somos, quer por imitação dos outros, quer pelas imposições e conveniências sociais.

A propósito desse fundo do ser, ele havia feito estudos particulares. Chamava-o de "o antro da besta", referindo-se à besta originária, escondida em cada um de nós, oculta sob todos os estratos de consciência que pouco a pouco a soterraram com os anos.

O homem, dizia Perazzetti, quando o tocamos e cutucamos nesse ou naquele estrato, responde com mesuras, com sorrisos, estende a mão, diz bom-dia e boa-noite, até empresta cem liras; mas ai de quem for alfinetá-lo lá embaixo, no antro da besta: salta fora o ladrão, o calhorda, o assassino. É verdade que, após tantos séculos de civilização, muitos já hospedam em seus respectivos antros uma besta mortificada: um porco, por exemplo, que toda noite reza o rosário.

Na trattoria, Perazzetti estudava a impaciência contida dos frequentadores. Fora, a polidez; dentro, o asno que exigia imediatamente a ração. E divertia-se imensamente ao imaginar todas as raças de bestas entocadas nos antros de seus conhecidos: aquele com certeza trazia dentro de si um formigueiro, o outro, um porco-espinho, esse aqui, uma galinha-d'angola, e assim por diante.

No entanto, muitas vezes as risadas de Perazzetti tinham uma razão, digamos, mais constante, que não deveria ser propalada aos quatro ventos, mas, se tanto, confiada muito baixinho ao ouvido de alguém. Confidenciada assim, asseguro-lhes que provocava inevitavelmente a mais fragorosa gargalhada. Confiou-a certa vez a um amigo, diante do qual fazia questão de não passar por maluco.

Não posso revelá-la alto e bom som, mas posso fazer uma rápida alusão.

Tratem de pegá-la no ar, já que, se fosse dita com força, poderia parecer uma indecência, e não é.

Perazzetti não era um homem vulgar; ao contrário, declarava ter em alta estima a humanidade e tudo que ela, a despeito da besta originária, fora capaz de fazer. Mas Perazzetti não conseguia esquecer que o homem, capaz de criar tantas belezas, é também um animal que come e que, comendo, é consequentemente forçado a se submeter todo dia a necessidades íntimas e naturais que, sem dúvida, não o honram.

Ao ver um pobre homem ou uma pobre mulher de atitude humilde e modesta, Perazzetti não pensava nisso; porém, quando via certas mulheres de ar sentimental, certos homens triunfantes e cheios de soberba, era um desastre: logo, irresistivelmente, prorrompia-lhe a imagem daquelas íntimas necessidades naturais, às quais estes também deviam se submeter todos os dias; via-os naquele ato e desandava a rir sem perdão.

Não havia nobreza de homem nem beleza de mulher que pudesse se salvar daquele desastre na imaginação de Perazzetti; ao contrário, quanto mais etérea e ideal lhe parecia uma mulher, quanto mais afetado e majestoso o homem, mais a maldita imagem despertava dentro dele, de repente.

Ora, imaginem então um Perazzetti apaixonado.

E ele se apaixonava, o desgraçado, apaixonava-se com uma facilidade espantosa! Assim que caía de amores, não pensava mais em nada, é claro, e deixava de ser ele; tornava-se imediatamente outro, transmudava-se no Perazzetti que os outros queriam, deixava-se moldar nas mãos da mulher a quem se abandonara, e não só, mas também se amoldava às vontades dos futuros sogros, futuros cunhados e até dos possíveis amigos da esposa.

Foi noivo pelo menos umas vinte vezes. E era de morrer de rir ao vê-lo descrever os tantos Perazzetti que ele foi, cada qual mais estúpido que o outro: o do papagaio da sogra, o das estrelas fixas da cunhadinha, o das vagens do amigo não-sei-das-quantas.

Quando o calor da chama que o deixara, por assim dizer, em estado de fusão começava a arrefecer, e ele pouco a pouco começava a retomar a forma habitual, recobrando a consciência de si, sentia-se a princípio espantado e abatido ao contemplar a forma que lhe haviam dado, o papel que o fizeram representar, o estado de imbecilidade a que o haviam reduzido; depois, olhando a esposa, olhando a sogra, olhando o sogro, recomeçavam as risadas terríveis, e ele era forçado a fugir — não havia escapatória —, tinha que fugir.

Mas o problema é que não queriam deixá-lo fugir. Perazzetti era um ótimo jovem, bem de vida, simpaticíssimo: como se diz, um excelente partido.

Se fossem reunidos em livro narrado por ele, os dramas vividos nos seus vinte e tantos noivados comporiam uma das mais hilariantes leituras de nossos dias. No entanto, aquilo que para os leitores seria riso também seria choro, choro verdadeiro, para o coitado do Perazzetti — além de raiva, angústia e desespero.

Toda vez ele prometia e jurava a si mesmo não recair no mesmo erro; propunha-se até a inventar um remédio heroico, que o impedisse de se apaixonar de novo. Mas nada! Pouco depois lá ia ele, e cada vez pior.

Finalmente, certo dia explodiu como uma bomba a notícia de que ele se casara. E esposara ninguém menos que... Não, de início não houve quem acreditasse. Doidices, Perazzetti já cometera de todo tipo; mas chegar a ponto de se unir por toda vida a uma mulher daquela espécie!

Unir-se? Quando um dos seus tantos amigos, ao encontrá-lo sempre em casa, deixou escapar essa ideia, Perazzetti só não o matou por milagre.

— Unir-se? Unir-se como? Por que se unir? São todos uns cretinos, estúpidos, imbecis! Unir-se? Quem disse isso? Por acaso pareço unido? Venha, entre aqui... Esta é ou não é a minha cama de sempre? Parece-lhe uma cama de casal? Ei, Celestino! Celestino!

Celestino era seu velho criado de confiança.

— Me diga, Celestino. Não venho toda noite dormir aqui, sozinho?

— Sim, senhor, sozinho.

— Toda noite?

— Toda noite.

— E onde como?

— Ali.

— Com quem?

— Sozinho.

— É você quem cozinha para mim?

— Sim, senhor.

— E sou sempre o mesmo Perazzetti?

— Sempre o mesmo, sim, senhor.

Após o interrogatório, dispensado o criado, Perazzetti concluiu abrindo os braços:

— Então...

— Então não é verdade? — perguntou o outro.

— Sim, é verdade verdadeiríssima! — respondeu Perazzetti. — Casei com ela na igreja e no civil! Mas e daí? Você acha uma coisa séria?

— Não. Aliás, muito ridícula.

— Pois então! — voltou a concluir Perazzetti. — Larguem do meu pé! Não precisam mais rir de mim pelas costas! Queriam que eu morresse, não é? Sempre com a corda no pescoço. Chega, chega, meus caros! Agora me libertei definitivamente! Precisei passar por essa última tempestade, à qual sobrevivi por milagre.

A última tempestade mencionada por Perazzetti fora o noivado com a filha do subsecretário do Ministério das Finanças, comendador Vico Lamanna, e Perazzetti tinha toda razão ao dizer que escapara por milagre. Tivera que enfrentar um duelo de espadas com o irmão dela, Lino Lamanna; e, como era amicíssimo de Lino e não tinha nada, absolutamente nada, contra ele, deixara-se generosamente espetar como um frango.

Parecia que daquela vez — e qualquer um botava a mão no fogo por isso — o matrimônio seria levado a cabo. A senhorita Ely Lamanna, educada em língua inglesa — como se podia perceber já pelo nome —, direta, franca, sólida, bem calçada (leia-se "sapatos à americana"), conseguira se salvar do habitual desastre que se produzia na imaginação de Perazzetti. Sim, é verdade, ele deixara escapar uma ou duas risadas observando o sogro comendador, que até diante dele se dava ares de pavão e falava com voz xaroposa... Mas não passara disso. Confessara delicadamente à mulher o porquê daquelas risadas, ela também riu, e, superado o impasse, até ele, Perazzetti, acreditava que agora finalmente alcançaria o porto tranquilo das núpcias (por assim dizer). A sogra era uma boa velhinha, modesta e taciturna; e Lino, o cunhado, parecia feito sob medida para o bom convívio com ele.

De fato, Perazzetti e Lino Lamanna tornaram-se desde o primeiro dia do noivado dois amigos inseparáveis. Pode-se até dizer que, mais do que com a noiva, Perazzetti era mais visto com o futuro cunhado: juntos em excursões, caças, passeios a cavalo, no clube de remo do Tibre.

Em se tratando do pobre Perazzetti, tudo era possível, menos que desta vez o "desastre" pudesse advir dessa excessiva intimidade com o futuro cunhado, detonado por outro disparo de sua imaginação mórbida e galhofeira.

A certa altura, começou a descobrir na noiva uma semelhança inquietante com o irmão.

Aconteceu no balneário de Livorno, para onde ele fora, naturalmente, com os Lamanna.

Perazzetti já tinha visto várias vezes Lino em roupa de banho, no clube de regata; e via agora a noiva de maiô. Notou que Lino realmente tinha algo de feminino nas ancas.

Qual a reação de Perazzetti após a descoberta dessa semelhança? Começou a suar frio, a sentir uma repulsa invencível à simples ideia de entrar em intimidades conjugais com Ely Lamanna, que se parecia tanto com o irmão. Tal intimidade se mostrou imediatamente monstruosa, quase contra a natureza, já que via o irmão na noiva e se contorcia à mínima carícia que ela lhe fazia, ao se ver mirado por olhos ora convidativos e sedutores, ora enlanguescidos com a promessa de uma voluptuosidade aguardada.

Então Perazzetti gritou para ela:

— Oh, meu Deus, por piedade, acabemos com isso! Posso ser muito amigo de Lino porque não preciso casar com ele; mas não posso mais casar com você, porque me pareceria estar casando com o seu irmão!

A tortura que sofreu dessa vez foi infinitamente superior a todos os sofrimentos anteriores. Terminou com aquele golpe de espada que, por milagre, não o despachou para o outro mundo.

Tão logo recuperado do ferimento, Perazzetti encontrou o remédio heroico que lhe barraria para sempre o caminho do casamento.

— Como assim — vocês dirão —, casando?

Claro! Com Filomena, aquela do cachorro. Casando com Filomena, aquela pobre infeliz que passava toda noite pelas ruas, enfeitada com grotescos chapéus carregados de verduras esvoaçantes, puxada por um vira-lata preto que nunca lhe dava tempo de lançar suas risadinhas assassinas aos guardas, aos rapazes saídos da adolescência e aos soldados, pela pressa que tinha — maldito cachorro — de ir quem sabe aonde, quem sabe a que distante canto escuro...

Esposou-a na igreja e no civil, tirou-a das ruas, deu-lhe vinte liras ao dia e a mandou para longe, no campo, com o cachorro.

Os amigos — como podem imaginar — não lhe deram paz por muito tempo. Mas Perazzetti recobrara a tranquilidade e, sinceramente, nem parecia mais o mesmo.

— Sim — dizia, olhando para as unhas —, casei com ela. Mas não é uma coisa séria. Dormir, durmo sozinho, na minha casa; comer, como sozinho, na minha casa; não a vejo, e ela não me causa nenhum incômodo... Vocês falam pelo nome? Sim, eu lhe dei o meu nome de família. Mas, meus senhores, o que é um nome? Não é uma coisa séria.

A rigor, não havia coisas sérias para Perazzetti. Tudo está na importância que se dá às coisas. Uma coisa totalmente ridícula, se dermos importância a ela, pode se tornar seriíssima; e, vice-versa, a coisa mais séria pode se tornar extremamente ridícula. Há coisa mais séria do que a morte? Todavia, para tantos que não lhe dão importância...

Tudo bem. Mas os amigos queriam ver como ele estaria dali a alguns dias. Com certeza se arrependeria!

— Bela força! — respondia Perazzetti. — Certamente vou me arrepender! Logo logo começarei a me roer de arrependimentos...

Diante dessa saída, os amigos elevavam os gritos:

— Ah, está vendo!?

— Imbecis — retrucava Perazzetti —, não percebem que, se eu me arrepender de verdade, logo lamentarei a perda do meu remédio, porque assim vou estar mais uma vez apaixonado a ponto de cometer a maior das besteiras: casar.

Coro:

— Mas você já casou!

E ele:

— Com aquela? Oh, vamos! Isso não é uma coisa séria.

Conclusão:

Perazzetti se casara para se resguardar do perigo de contrair matrimônio.

"Non è uma cosa seria", 1910

Quando se entende o jogo

Sorte longa a Memmo Viola!

E era bem merecida ao bom Memmo, que caçava moscas do mesmo modo como olhava a mulher, isto é, com ar de quem dissesse:

— Meu Deus, mas por que você insiste em me irritar assim? Já não sabe que nunca vai conseguir? Então xô, querida, xô...

As moscas, a mulher, todas as pequenas e grandes chatices da vida, as injustiças da sorte, a ruindade dos homens, até os sofrimentos corporais, nada poderia alterar a sua cansada placidez nem arrancá-lo daquela espécie de perpétua letargia filosófica, que lhe pesava nos grandes olhos esverdeados e no imenso nariz, entre os pelos dos bigodes e os que lhe saíam em tufos das narinas.

Porque Memmo Viola afirmava ter entendido o jogo. E quando se entende o jogo...

Invulnerável à dor, mas também impenetrável à alegria. O que era mesmo uma pena, porque Memmo Viola era o que se costuma chamar de um homem de sorte.

Mas talvez o jogo que ele dizia ter entendido fosse este: que a sorte o favorecia justamente porque ele era assim, justamente porque sabia que ele jamais correria atrás dela, nem que ela lhe prometesse todos os tesouros do mundo, com os quais ele não se entusiasmaria o bastante, nem se ela viesse em pessoa e os levasse à sua casa.

Todos os tesouros do mundo, não, mas eis que certo dia ela levou à sua casa a gorda herança de sei lá que velha tia, uma velha tia desconhecida, morta na Alemanha, de modo que ele pôde renunciar ao emprego que tanto lhe pesava, embora o coitado do Memmo o tivesse suportado por dez anos em santa paz, como todo o resto. Pouco tempo depois, a mulher, cansada de se ver tratada daquele modo e frustrada por não conseguir irritá-lo, por mais que aprontasse todas, mesmo diante de seus olhos, abriu-lhe, ou melhor, escancarou-lhe a porta de casa e o pôs para fora, dizendo que fosse viver livre e por conta própria num apartamento de solteiro, contanto que ele a deixasse igualmente livre, ela também, e com uma justa pensão devidamente assegurada.

Sim? E quando foi que Memmo Viola pensou em refrear a liberdade da mulher? Ela queria isso? Amém. E, carregando todos os livros de ciências físicas, matemáticas e filosofia, junto com os apetrechos de cozinha, os quais representavam as duas paixões mais fortes da sua vida, foi se alojar em três cômodos modestos. Depois de dar ao espírito o nutriente mais desejado, dedicava-se a preparar com as próprias mãos o nutriente mais cobiçado por seu corpo: cozinheiro diletante e diletante filósofo.

Todas as manhãs uma velha criada chegava e fazia as compras, punha a mesa, ajeitava a cozinha, arrumava a cama, limpava os três cômodos e ia embora.

Até que, passados apenas dois meses desta segunda felicidade, numa manhã cedo, quando ele ainda estava na cama saboreando o último sono, sua mulher chegou para acordá-lo de repente em seu apartamentinho com um furioso toque de campainha e, atacando-o como uma tempestade, arrastou-o agarrando-o pelo peito, pobre Memmo, ainda de camiseta e com o suspensório nas mãos, para um canto do quarto, atrás de um biombo coberto de musselina cor-de-rosa, onde imaginou que se ocultasse o lavabo e, jogando-lhe ela mesma, para não perder tempo, a água da bacia, forçou-o a lavar-se e a vestir-se depressa, depressa, depressa, porque devia sair, devia correr, lançar-se na busca de dois amigos.

— Mas por quê?

— Lave-se, vamos!

— Pronto, estou me lavando... mas por quê?

— Porque você foi desafiado!

— Desafiado? Eu? Quem me desafiou?

— Desafiado... não sei bem: ou foi desafiado ou precisa desafiar. Não sei dessas coisas... só sei que tenho o cartão daquele canalha. Lave-se, vista-se, apresse-se, mas não fique na minha frente com esse ar de bobo da corte!

Ao sair do biombo com as mãos espumosas de sabão, Memmo Viola de fato olhava a mulher, se não como um bobo, certamente como alguém da corte. Não era tanto a notícia do desafio que o consternava, mas a profunda agitação da mulher, que saíra de casa àquela hora e estava toda desarrumada.

— Tenha paciência, Cristina... Mas, enquanto eu me lavo, pelo menos me conte o que aconteceu...

— O quê? — gritou a mulher, partindo de novo para cima dele, quase o esbofeteando. — Fui covarde e canalhamente insultada na minha casa, por sua causa... porque fiquei sozinha, indefesa, entende?... Insultada... ultrajada... Meteram as mãos em mim, entende? Bem aqui, no peito, entende? Porque suspeitaram que eu fosse...

Não pôde continuar, cobriu o rosto com as mãos em desespero e rompeu num pranto agudo, convulsivo, de vergonha, de repulsa, de raiva.

— Oh, meu Deus! Mas quando foi? Quem foi capaz disso? — disse Memmo.

Então a mulher, primeiro aos soluços e torcendo as mãos, depois se acalmando aos poucos, contou que na noite anterior, enquanto jantava, ouvira um grande barulho na porta, gritos, risadas, campainhas, socos, pontapés. A criada se aproximara para lhe dizer que quatro senhores meio bêbados estavam à procura de uma espanhola, uma tal Pepita, e agora não queriam sair dali e estavam todos escarranchados na saleta da entrada. Assim que a viram, caíram em cima dela, uns com beliscões na bochecha, outros lhe agarrando a cintura, outros lhe apalpando o peito, todos pedindo que ela lhes concedesse uma visitinha à pequena Pepita. Às suas tentativas de fuga, gritos e mordidas, responderam com risos e gestos debochados, até que, no meio daquele pandemônio, surgiram vizinhos de todos os andares do edifício. Desculpas... esclarecimentos... houve um engano... mortificação... Um até se ajoelhou. Mas ela não quis saber de conversa, exigia uma retratação pelas ofensas sofridas, e tanto insistiu que ao final um dos quatro, talvez o menos insolente, se viu forçado a deixar um cartão de visita.

— Aqui está! Tome, pegue! Ainda está de pijama? Mas o que está esperando? Não vai se mexer?

Memmo Viola já havia entendido que não era o caso nem o momento de argumentar e, sem sequer olhar de relance o nome impresso no cartão, voltou ao lavabo atrás do biombo.

— O que você está fazendo?

— Terminando de me lavar.

— Em quem você está pensando? Não procure o Venanzi! Gigi Venanzi não vai aceitar, com certeza ele não aceita. Vai ser perda de tempo!

— Com licença — disse Memmo, já de posse de sua placidez. — Quem me faz perder tempo é você, querida. Deixe que eu me lave e não discuta. Você não quis saber se foi engano. Não quis aceitar as desculpas. Quis o duelo, ou seja, que eu levasse essa facada. Muito bem, estou à sua disposição. Mas agora deixe que eu salve a minha pele como achar melhor. Gigi Venanzi não vai aceitar? E como você sabe?

Um tanto desconcertada com a pergunta, a mulher baixou os olhos.

— Apenas... suponho...

— Ah — disse Memmo, enxugando o rosto —, supõe... Mas ele vai aceitar! Acha que ele, que presta serviços desse tipo a todo mundo, vai me negar essa ajuda, justo a mim? Meu Deus, todo mês ele se vê envolvido em dois ou três duelos, é padrinho profissional! Seria até engraçado. O que as pessoas iriam dizer se eu procurasse outro, sabendo como somos amigos e que ele é experiente nessas coisas?

Agarrando a bolsinha com os dedos tensos, a mulher mordeu os lábios, pôs-se de pé e retrucou:

— Pois lhe digo que ele não vai aceitar.

Memmo estampou o carão sorridente depois de vestir a camisa e disse, fixando agudamente a mulher:

— Então me diga o motivo... Não pode? Não há razão para isso! Vamos, deixe que eu me vista...

Já vestido, perguntou com um risinho tímido:

— Desculpe, por acaso você viu se a garrafa de leite estava na porta?

Esperava um novo ataque de fúria diante daquela pergunta, e por isso protegeu a cabeça entre os ombros e ergueu as mãos em defesa:

— Pronto, pronto... já estou indo...

E saiu com a mulher em direção à casa de Gigi Venanzi.

Por sorte o encontrou na rua, a poucos passos de onde morava. Percebendo no seu rosto uma repentina alteração de traços raivosos, Memmo Viola compreendeu que o amigo saíra cedo de casa justamente para evitar aquele encontro. Bloqueou-lhe a passagem e disse, sorrindo:

— Cristina mandou que eu viesse encontrá-lo. Vamos subir. A coisa é grave.

Gigi Venanzi lançou-lhe uns olhares turvos e perguntou:

— O que é?

— Oh, vamos deixar de histórias — exclamou Memmo. — Está na cara que você sabe. Então não me faça perder tempo. Estou exausto, caindo aos pedaços. Ela me acordou feito uma fúria, no melhor do sono, nem me deu chance de tomar um café com leite.

Assim que entrou em casa, Gigi Venanzi se virou para Memmo como um cão hidrófobo e gritou:

— Mas você sabe quem é Miglioriti?

Memmo o olhou estupefato:

— Miglioriti? Não... Quem é Miglioriti? Ah... talvez seja... espere! Nem vi o cartão.

Meteu dois dedos no bolso do colete e tirou, todo amassado, o cartão de visita que a mulher lhe dera.

— Ah, sim... Miglioriti — disse, lendo. — "Aldo Miglioriti, dos marqueses de San Filippo." O nome não me parece estranho... quem é?

— Quem é? — repetiu Gigi Venanzi com sangue nos olhos. — É a lâmina mais rápida entre os amadores de Roma!

— Ah, é? — fez Memmo Viola. — Ele é bom? De espada?

— De espada e de sabre!

— Isso me agrada. Mas ele também é um grande canalha, ora! O que ele fez...

Gigi Venanzi saltou-lhe no pescoço quase com a mesma fúria com que pouco antes a mulher o atacara.

— Mas ele pediu desculpas! Tudo não passou de um engano!

Então Memmo Viola o olhou com um sorriso no canto dos olhos, ao mesmo tempo tímido e esperto, e perguntou de supetão:

— Você estava lá?

O rosto de Gigi Venanzi desmanchou, como quem desmaia numa vertigem:

— Como? Onde? — gaguejou.

Como se nada fosse, com um sorriso Memmo Viola afastou o amigo do precipício, ao qual, com aquela breve, suave pergunta, o empurrara por diversão, e retrucou:

— Ah... claro... sim... você ficou sabendo. Ele estava até bêbado, meio embriagado, sim... Mas o que você quer que eu faça? Meu caro, Cristina não aceita desculpas! Tanto disse, tanto fez, que o obrigou a deixar o cartão de visita, na presença de várias testemunhas. Agora é necessário que alguém aceite esse cartão. O marido sou eu, cabe a mim. Mas já que estamos nisso, Gigi, é preciso fazer a coisa direito. A ofensa foi grave, e graves devem ser as condições.

Gigi Venanzi o olhou espantado; depois, num novo ímpeto de raiva, gritou:

— Mas você nem sabe segurar uma espada!

— Vamos de pistola — disse Memmo placidamente.

— Mas que pistola que nada! — irritou-se Gigi Venanzi. — Aquele sujeito acerta uma moeda encravada numa árvore a vinte passos de distância!

— Ah, é? — repetiu Memmo. — Então vamos primeiro de pistola, depois, de espada. Você vai ver que ele não me acerta.

Gigi Venanzi começou a andar em círculos, então disse, decidido:

— Escute, Memmo: não posso aceitar.

— O quê? — disse Memmo, agarrando-lhe o braço. — Chega de brincadeiras, Gigi, não vamos perder tempo! Você não pode recuar, assim como eu não posso recuar. Você faz a sua parte, eu faço a minha. Pense na segunda testemunha e vamos logo.

— Mas você quer que eu o leve ao abatedouro? — gritou Gigi Venanzi no cúmulo do desespero.

— Uh! — sorriu Memmo. — Não vamos exagerar... De resto, meu caro, é tudo bobagem. Inútil discutir. Cristina quer lavar a ofensa e ponto final. Eu perderia a liberdade, mas agora, com esta ocasião, eu a quero toda para mim. Vou conseguir, você vai ver. Cuide do que for preciso. Espero-o em casa. Estou lendo um belo livro, sabe? Sobre os problemas fundamentais. Você nunca deve ter pensado nisso, mas o problema do além é formidável, Gigi! Não, desculpe, desculpe... porque... ouça isto: o Ser, meu caro, para sair de sua abstração e se determinar, necessita do Acontecimento. E o que isto quer dizer? Me passe um cigarro. Quer dizer que..., obrigado, quer dizer que o Acontecimento será eterno, já que o Ser é eterno. Ora, um acontecimento eterno, isto é, sem fim, quer dizer também sem um fim, entende? Um acontecimento que não termina, que não pode terminar, que nunca terminará. É um belo consolo. Me passe um fósforo. Todas as dores e cansaço, todas as lutas, empreitadas, descobertas, invenções...

— Sabe — disse Gigi Venanzi, que não ouvira nada da lenga-lenga —, talvez Nino Spiga...

— Claro, Nino Spiga ou qualquer outro, chame quem quiser — respondeu Memmo. — Quanto ao médico, escolha um de sua confiança. Ah, se precisar... — e fez um gesto de pegar a carteira. Gigi Venanzi segurou-lhe a mão.

— Depois... depois...

— Porque ouvi dizer — concluiu Memmo — que para ser furado segundo as regras cavalheirescas é necessário um bom dinheiro. Chega, depois você me diz quanto foi. Até logo, a gente se encontra lá em casa, está bem?

De fato Gigi Venanzi o encontrou em casa naquela noite, mas com um aspecto que jamais teria imaginado.

Memmo Viola estava brigando com a velha criada por causa de três liras que faltavam no troco das compras. E lhe dizia:

— Minha cara, se você puser na conta: "oito liras roubadas, ou dez liras roubadas", eu lhe darei tranquilamente o total, sem discutir. Mas essas três liras assim, desse jeito, não dou. Gostaria de saber qual é a graça de tentar enganar alguém como eu, que entendeu tão bem o jogo... Não estou certo, Gigi?

Constrangidíssimo, angustiado, exausto, Gigi Venanzi o mirava de olhos arregalados. A calma daquele homem, na véspera de enfrentar com a espada ninguém menos do que Aldo Miglioriti, era espantosa. E seu espanto cresceu quando, apresentadas as condições gravíssimas do duelo, propostas e exigidas pelo próprio Miglioriti, constatou que aquela calma não se alterava minimamente.

— Entendeu? — perguntou.

— Ah — fez Memmo —, mas claro! Amanhã às sete. Entendi. Está ótimo.

— Preste atenção, estarei aqui às seis e quinze. É suficiente — ponderou Venanzi. — De carro, chegamos rápido. O médico será o Nofri. Não vá se deitar tarde e trate de dormir, certo?

— Fique tranquilo — disse Memmo —, vou dormir.

E manteve a palavra. Quando Gigi Venanzi bateu na porta às seis e quinze, ele ainda dormia profundamente. Venanzi bateu duas, três, quatro vezes, até que Memmo Viola, nas mesmas condições em que abrira a porta à mulher na manhã anterior, ou seja, de camiseta e com o suspensório nas mãos, fez o amigo entrar.

Diante daquela aparição, Venanzi ficou petrificado.

— Ainda assim?

Memmo fingiu grande surpresa.

— E por quê? — perguntou.

— Mas como? — investiu Gigi Venanzi. — Você tem um duelo! Spiga e Nofri estão lá embaixo... Que brincadeira é esta?

— Brincadeira? Tenho um duelo? — respondeu placidamente Memmo Viola. — Quem deve estar brincando é você, meu caro. Eu lhe disse que faria a minha parte, e você, a sua. Sou o marido e fiz o desafio; quanto a duelar, tenha paciência, isso não me diz mais respeito, caro Gigi, mas a você... Sejamos justos!

Gigi Venanzi sentiu o chão afundando sob seus pés, sentiu o sangue secando nas veias; a vista turvou-se de amarelo, de vermelho, até que agarrou Memmo pelo peito, empurrou-o, cuspiu-lhe na cara os mais infames impropérios, enquanto Memmo se deixava estar, sorrindo. Porém, a certa altura, disse:

— Cuidado para não perder a hora, Gigi. É preciso estar lá às sete, convém ser pontual.

Depois, do alto da escada, segurando ainda o suspensório com as mãos, acrescentou:

— Boa sorte, meu caro, boa sorte!

"Quando s'è capito il giuco", 1913

Xale negro

I

— Espere aqui — disse Bandi a D'Andrea. — Vou preveni-la. Se ainda insistir, entre à força.

Ambos míopes, falavam muito próximos, em pé, um diante do outro. Pareciam irmãos da mesma idade, com a mesma compleição: altos, magros, rígidos daquela rigidez angustiosa de quem faz tudo certinho, com meticulosidade. E eram raras as vezes em que, falando assim entre si, um não ajustasse com o dedo a armação das lentes do outro ou o nó da gravata sob o queixo ou, não achando o que ajustar, não tocasse os botões do paletó do outro. De resto, falavam pouquíssimo. E a tristeza taciturna de sua índole mostrava-se claramente na palidez das faces.

Crescidos juntos, tinham estudado ajudando-se mutuamente até a universidade, onde um se graduara em direito e o outro em medicina. Agora divididos durante o dia por profissões diferentes, ao entardecer ainda faziam juntos, diariamente, sua caminhada ao longo da alameda na saída da cidade.

Conheciam-se tão a fundo que bastava um breve aceno, um olhar, uma palavra para que um compreendesse prontamente o pensamento do outro. De modo que a caminhada começava todas as vezes com uma rápida troca de frases e depois seguia em silêncio, como se um tivesse dado ao outro o suficiente para ruminar por um bom tempo. E iam de cabeça baixa, como dois cavalos cansados; ambos com as mãos atrás das costas. Nenhum dos dois jamais tinha a tentação de virar um pouco a cabeça para a cerca da alameda, a fim de gozar a vista aberta dos campos lá embaixo, de colinas, vales e terraços variados, com o mar ao fundo, que se acendia todo aos últimos incêndios do ocaso — vista de tanta beleza que parecia inconcebível que os dois pudessem passar assim por ela, sem nem se virar para olhar.

Dias atrás, Bandi dissera a D'Andrea:

— Eleonora não está bem.

D'Andrea olhara o amigo nos olhos e entendera que o mal da irmã devia ser leve.

— Quer que eu vá examiná-la?

— Ela diz que não.

E os dois, passeando, puseram-se a pensar de cenhos cerrados, quase com rancor, naquela mulher que lhes servira de mãe e a quem deviam tudo.

D'Andrea tinha perdido os pais ainda garoto e fora acolhido na casa de um tio, que não poderia jamais prover o desenvolvimento dele. Eleonora Bandi, órfã também aos dezoito anos com o irmão muito mais novo do que ela, virando-se inicialmente com miúdas e sábias economias do pouco que os pais lhe deixaram, depois trabalhando, dando aulas de piano e de canto, pôde manter os estudos do irmão e também os do seu amigo inseparável.

— Mas em compensação — costumava dizer, rindo, aos dois jovens — fiquei com toda a carne que falta a vocês dois.

Era de fato uma mulherona que não acabava mais; no entanto os lineamentos do rosto eram muito suaves, e tinha o ar inspirado daqueles grandes anjos de mármore que se veem nas igrejas, com túnicas esvoaçantes. Ademais, a mirada dos belos olhos negros quase aveludados por longos cílios e o som da voz harmoniosa pareciam tentar atenuar, com um certo esforço que a fazia sofrer, a impressão de superioridade que aquele corpo tão avantajado podia a princípio sugerir; e por isso ela sorria dolorosamente.

Tocava e cantava talvez não muito bem, mas com entusiasmo apaixonado. Se não tivesse nascido e crescido em meio aos preconceitos de uma pequena cidade, se não tivesse que cuidar daquele irmãozinho, talvez tivesse se aventurado na vida de teatro. Naquele tempo, esse era seu sonho — mas nada mais do que um sonho. Agora já beirava os quarenta anos. De resto, a consideração de que gozava na cidade por seus dotes artísticos compensava, ao menos em parte, o sonho fracassado; e lhe dava a satisfação de ter realizado outro, o de abrir com o próprio trabalho o futuro aos dois pobres órfãos, que a compensava pelo demorado sacrifício de si mesma.

O doutor D'Andrea esperou um bom tempo na saleta até que o amigo voltasse a chamá-lo.

Apesar do teto baixo, a saleta cheia de luz e decorada com móveis já gastos, de forro antigo, quase respirava um ar de outros tempos e parecia contentar-se, na calma dos dois grandes espelhos um em frente ao outro, com a visão imóvel de sua antiguidade sem cor. Os velhos retratos de família pendurados nas paredes eram, ali dentro, os verdadeiros e únicos inquilinos. De novo, havia apenas o piano de meia cauda, o piano de Eleonora, que as figuras esboçadas naqueles retratos pareciam olhar de viés.

Impaciente com a longa espera, o doutor finalmente se levantou, foi até a soleira do corredor, espichou a cabeça, ouviu choro num quarto através da porta fechada. Então deu alguns passos e bateu com os nós dos dedos naquela porta.

— Entre — disse-lhe Bandi, abrindo. — Não consigo entender por que se obstina tanto.

— Porque não tenho nada! — gritou Eleonora entre lágrimas.

Estava sentada numa ampla cadeira de couro, vestida como sempre de preto, enorme e pálida; mas sempre com aquele rosto de meninona, que agora parecia ainda mais estranho, talvez mais ambíguo do que estranho, devido a certo endurecimento dos olhos, de uma fixidez quase louca, que ela no entanto tentava dissimular.

— Não tenho nada, garanto — repetiu mais pacatamente. — Por favor, me deixem em paz, não se preocupem comigo.

— Tudo bem! — concluiu o irmão, duro e insistente. — Mas Carlo está aqui. Ele vai dizer o que você tem — e saiu do quarto, batendo com força a porta atrás de si.

Eleonora levou as mãos ao rosto e explodiu em violentos soluços. D'Andrea ficou algum tempo a olhá-la, entre irritado e embaraçado; então perguntou:

— Por quê? O que você tem? Não pode dizer nem a mim?

E, como Eleonora continuava chorando, aproximou-se dela e tentou afastar com fria delicadeza a mão do rosto:

— Fique tranquila, vamos, fale comigo; estou aqui para isso.

Eleonora sacudiu a cabeça; depois, de repente, agarrou com ambas as mãos a mão dele, contraiu o rosto como num espasmo intenso e gemeu:

— Carlo! Carlo!

D'Andrea inclinou-se sobre ela, um tanto hesitante na sua rígida postura.

— Diga...

Então ela pousou uma face na sua mão e implorou desesperadamente, em voz baixa:

— Me ajude a morrer, Carlo, me ajude a morrer, por caridade! Sozinha não consigo, me falta coragem, força.

— Morrer? — indagou o jovem sorrindo. — O que você está dizendo? Mas por quê?

— Sim, morrer! — recomeçou ela, sufocada pelos soluços. — Ensine-me o modo. Você é médico. Tire-me desta agonia, por caridade! Preciso morrer. Não há outro remédio para mim. Só a morte.

Ele a fixou atônito. Ela também ergueu os olhos e o fixou, mas os fechou em seguida, contraindo de novo o rosto e encolhendo-se toda, quase tomada por um nojo repentino, vivíssimo.

— Sim, sim — disse então, decidida. — Sim, Carlo, estou perdida, perdida!

Instintivamente D'Andrea retraiu a mão que ela ainda mantinha nas suas.

— Como? O que você está dizendo? — balbuciou.

Sem o olhar, ela pôs um dedo na boca e depois indicou a porta:

— Se ele soubesse! Não diga nada, por favor! Antes me deixe morrer; me dê, me dê alguma coisa: tomarei como um remédio, vou pensar que é um remédio que você me deu, contanto que seja logo! Ah, não tenho coragem, não tenho coragem! Há dois meses me debato nesta agonia, sem encontrar forças, uma maneira de acabar com isso. Que ajuda você me pode dar, Carlo? O que me diz?

— Que ajuda? — repetiu D'Andrea, ainda perdido no espanto.

Eleonora estendeu de novo as mãos para agarrar-lhe o braço e, olhando-o com expressão de súplica, acrescentou:

— Se não quiser me ajudar a morrer, não poderia... de algum modo... me salvar?

D'Andrea, ao ouvir a proposta, endureceu-se mais ainda, carregando severamente o cenho.

— Eu imploro, Carlo! — insistiu ela. — Não por mim, não por mim, mas para que Giorgio não saiba. Se você acha que fiz alguma coisa boa para vocês, para você, então me ajude agora, me salve! Mereço acabar assim depois de ter feito tanto, de ter sofrido tanto? Assim, nesta ignomínia, na minha idade? Ah, que miséria, que horror!

— Mas como, Eleonora? Você? Como foi? Quem foi? — fez D'Andrea, sem achar, diante da tremenda angústia da mulher, coisa melhor a dizer senão esta pergunta, movida por uma curiosidade perplexa.

De novo Eleonora indicou a porta e cobriu o rosto com as mãos:

— Não me faça pensar nisso! Não posso pensar! Então não quer poupar Giorgio dessa vergonha?

— Como? — perguntou D'Andrea. — É um crime, sabe? Seria um duplo delito! Mas me diga: não se pode tentar... remediar?

— Não! — respondeu ela decidida, anuviando-se. — Chega! Entendi. Vá embora! Não aguento mais...

Abandonou a cabeça sobre o espaldar da cadeira, relaxou os membros: exausta.

Carlo D'Andrea, olhos fixos atrás das grossas lentes de míope, esperou um pouco sem achar as palavras, ainda não acreditando naquela revelação nem conseguindo imaginar como aquela mulher, até agora um exemplo, espelho de virtude e de abnegação, tivesse podido cair em culpa. Seria possível? Eleonora Bandi? Mas se tinha na juventude, por amor ao irmão, recusado tantos partidos, cada um mais vantajoso do que o outro? Como é que agora, agora que a juventude tinha ido embora... — Ah, mas talvez fosse por isso...

Ele a observou, e a suspeita diante daquele corpo volumoso assumiu de repente aos olhos dele, magro, um aspecto horrivelmente disforme e obsceno.

— Então vá — disse-lhe de chofre Eleonora, irritada, que, mesmo sem o olhar, sentia sobre si, naquele silêncio, o horror inerte daquela suspeita nos olhos dele. — Vá, vá dizer a Giorgio, que ele faça de mim o que achar melhor. Vá.

D'Andrea saiu, quase como um autômato. Ela ergueu um pouco a cabeça para vê-lo sair; depois, tão logo a porta foi fechada, recaiu na posição de antes.

II

Após dois meses de horrenda angústia, a confissão daquele seu estado a aliviou, inesperadamente. Pareceu-lhe que o principal já tinha sido feito.

Agora, não tendo mais forças para lutar, para resistir àquela dor, ela se abandonaria à própria sorte, qualquer que fosse.

O irmão dali a pouco iria entrar e matá-la? Pois bem: tanto melhor! Não tinha mais direito a nenhuma consideração, nenhuma misericórdia. Havia feito, é verdade, para ele e para o outro ingrato mais do que deveria, mas depois, num segundo, perdera todos os frutos dos seus cuidados.

Apertou os olhos, tomada mais uma vez de ojeriza.

No recôndito da própria consciência também se sentia miseravelmente culpada por sua queda. Sim, ela, ela, que por tantos anos tivera força para resistir aos impulsos da juventude, ela, que sempre cultivara sentimentos puros e nobres, ela, que considerara o próprio sacrifício um dever: perdida num segundo! Oh, miséria! Miséria!

A única razão que sentia poder aduzir como atenuante não teria nenhum valor diante do irmão. Poderia lhe dizer: "Veja bem, Giorgio, porque talvez eu tenha pecado por você"? No entanto a verdade talvez fosse esta.

Ela fora uma espécie de mãe para aquele irmão, não fora? Pois bem, como prêmio por todos os benefícios generosamente prodigalizados, como prêmio pelo sacrifício da própria vida, não lhe fora dado sequer o prazer de notar um sorriso de satisfação, ainda que leve, nos lábios dele e do amigo. Parecia que ambos tinham a alma envenenada pelo silêncio e pelo tédio, oprimida por uma angústia canhestra. Obtido o diploma, imediatamente começaram a trabalhar como duas bestas; com tanto empenho, com tanta dedicação que em pouco tempo conseguiram ser autossuficientes. Ora, essa pressa de ganhar a independência a todo custo, como se ambos não vissem a hora, a ferira no coração. Assim, quase de repente, viu-se sem objetivo na vida. O que restava a fazer, agora que os dois jovens não precisavam mais dela? Agora que ela perdera irremediavelmente a juventude?

Nem com os primeiros ganhos do ofício o sorriso voltou aos lábios do irmão. Será que ainda sentia o peso do sacrifício que ela fizera por ele? Sentia-se vinculado por esse sacrifício para o resto da vida, condenado a sacrificar por sua vez a própria juventude e a liberdade dos seus sentimentos à irmã? E ela queria dizer de peito aberto:

— Não se preocupe comigo, Giorgio! Só quero vê-lo feliz e contente... entende?

Mas ele rapidamente cortaria as palavras de sua boca:

— Fique calada! O que está dizendo? Sei o que devo fazer. Agora cabe a mim.

— Como assim? — ela gostaria de gritar, ela, que sem pensar duas vezes sempre se sacrificara com um sorriso nos lábios e o coração leve.

Conhecendo a obstinação dura e impenetrável do irmão, preferiu não insistir. Todavia não se imaginava persistindo naquela tristeza sufocante.

Ele redobrava dia a dia os ganhos com a profissão; cercava-a de conforto; quis que parasse de dar aulas. Naquele ócio forçado, que a deixava abatida, acolhera desafortunadamente um pensamento que, de início, quase lhe causara risos: "E se arranjasse marido?".

Mas já estava com trinta e nove anos e, com aquele corpo... oh, deixe disso! — seria necessário fabricar um marido sob encomenda. No entanto, esse teria sido o único meio de liberar a si e ao irmão daquele opressivo débito de gratidão.

Quase sem querer, começara então a cuidar da própria figura, assumindo certo ar casadoiro, que antes jamais tivera.

Aqueles dois ou três que tempos atrás a haviam pedido em casamento já estavam com mulher e filhos. Antes, nunca se preocupara com isso; agora, pensando bem, sentia certo despeito; tinha inveja das tantas amigas que haviam conseguido se arranjar.

Só ela ficara assim...

Mas talvez ainda não fosse tarde; quem sabe? Sua vida sempre ativa estava condenada a se encerrar daquele modo? Naquele vazio? Devia se apagar assim a chama vigilante de seu espírito apaixonado? Naquela sombra?

E um profundo arrependimento a invadiu, exasperado às vezes por certas agitações que alteravam sua graça espontânea, o som de suas palavras, de seu riso. Tornara-se pungente, quase agressiva quando falava. Ela mesma se dava conta da sua mudança; em certos momentos sentia quase ódio de si mesma, repulsa por aquele corpo vigoroso, nojo pelos desejos insuspeitos com que ele, agora, de repente, se acendia, perturbando-a profundamente.

Entretanto o irmão havia recentemente adquirido, com as economias que fizera, uma pequena propriedade onde mandara construir uma bela casa de campo.

Incentivada por ele, passara lá um primeiro mês de férias; depois, imaginando que o irmão adquirira aquela propriedade para se ver livre dela de tanto em tanto, decidiu se retirar ali para sempre. Assim o libertaria de todo; não iria mais lhe impor o fardo da sua companhia, de seu aspecto, e também ela, estando ali, pouco a pouco tiraria aquela estranha ideia da cabeça: arranjar marido naquela idade.

Os primeiros dias transcorreram bem, e ela acreditou que seria fácil prosseguir assim.

Já se habituara a levantar todo dia ao alvorecer e a dar uma longa caminhada pelos campos, parando de quando em quando, encantada, ora para escutar o atônito silêncio das planícies, onde um fio de relva próximo tremulava no frescor da brisa e os galos cantavam se chamando de um cercado a outro, ora para admirar uma rocha tigrada de crostas verdes ou o veludo do líquen no velho tronco retorcido de uma oliveira sarracena.

Ah, ali, tão perto da terra, refaria rapidamente um outro espírito, outro modo de pensar e de sentir; seria como a boa mulher do meeiro, que se mostrava tão alegre em sua companhia e que já lhe havia ensinado muitas coisas do campo e coisas muito simples da vida, as quais no entanto lhe revelavam um novo sentido, profundo, insuspeitado.

Já o meeiro era insuportável: jactava-se de ter ideias largas; tinha rodado o mundo; estivera na América, oito anos em "Benossarie"; e não queria que o seu único filho, Gerlando, fosse um lavrador miserável. Por isso, há treze anos o mandava para a escola; queria dar-lhe "um pouco de letras", dizia, para depois enviá-lo para a América, lá, o grande país, onde sem dúvida faria fortuna.

Gerlando tinha dezenove anos e, em treze de escola, chegara apenas ao terceiro ano do técnico. Era um rapagão rude, troncudo. Aquela fixação do pai era um verdadeiro martírio para ele. Convivendo com os colegas de escola, adquirira sem querer um certo ar de cidade, que no entanto o tornava ainda mais desajeitado.

À força de muita água, conseguia alisar todas as manhãs os cabelos crespos e reparti-los de lado; mas depois, quando secavam, os fios despontavam compactos e hirsutos de todos os lados, como se esguichassem do couro do crânio; até as sobrancelhas pareciam saltar logo abaixo da testa curta, e do lábio e do queixo já começavam a brotar os primeiros pelos do bigode e da barba, em montinhos. Pobre Gerlando! Dava pena: tão grosso, tão duro, tão rude, com um livro aberto na frente. Certas manhãs, o pai precisava suar mais de uma camisa para arrancá-lo do sono gostoso e profundo, de leitão cevado e contente, e mandá-lo ainda tonto e trôpego, com os olhos abobalhados, para a cidade vizinha — para o martírio.

Assim que a senhorita foi para o campo, Gerlando pediu à mãe que a convencesse a persuadir o pai a parar de atormentá-lo com essa escola, com essa escola, com essa escola! Ele não aguentava mais!

De fato Eleonora tentou interceder; mas o meeiro — ah, não, não, não, não —, com todo o respeito, toda a consideração pela senhorita; mas que não se metesse nisso. E então ela, um pouco por pena, um pouco para se divertir e outro tanto para ter o que fazer, começou a ajudar o pobre rapaz até onde podia.

Recebia-o sempre depois do almoço, com os livros e os cadernos da escola. Ele subia constrangido e vexado, porque notava que ela se divertia com sua falta de jeito, sua dureza de raciocínio; mas o que ele podia fazer? O pai queria assim. Para os estudos, eh, era uma besta; não negava; mas, se o assunto fosse derrubar uma árvore, um boi, ah, aí sim... — e Gerlando exibia os braços musculosos, com olhos ternos e um sorriso de dentes brancos e fortes...

De repente, de um dia para o outro, ela interrompeu as lições; não queria mais vê-lo; fez vir da cidade o piano e por vários dias se fechou na vila, tocando, cantando, lendo ansiosamente. Por fim, numa noite, ela percebeu que o rapagão, privado repentinamente de sua ajuda, da companhia que ela lhe concedia e das brincadeiras que se permitia com ele, pusera-se a espiá-la e a ouvia cantar e tocar; e, cedendo a uma má inspiração, quis surpreendê-lo, deixando depressa o piano e descendo aos saltos a escada da vila.

— O que está fazendo aí?

— Estou escutando...

— Você gosta?

— Muito, sim, senhora... Eu me sinto no paraíso.

Diante dessa declaração, ela desatou a rir; mas de repente Gerlando, como golpeado no rosto por aquela risada, pulou em cima dela bem ali, atrás da vila, no escuro cerrado, além da zona de luz que vinha do balcão aberto lá em cima.

E assim foi.

Dominada daquele jeito, não soubera afastá-lo; sentiu as forças faltarem — não sabia mais como — sob aquele ímpeto brutal e se abandonou, sim, cedendo mesmo sem querer.

No dia seguinte, retornou à cidade.

E agora? Como Giorgio ainda não entrara para destratá-la? Talvez D'Andrea ainda não tivesse dito nada; talvez pensasse numa maneira de salvá-la. Mas como?

Escondeu o rosto entre as mãos, quase para não ver o vazio que se abria diante dela. Mas o vazio também estava dentro. E não havia remédio. Só a morte. Quando? Como?

A porta se abriu de chofre, e Giorgio apareceu transtornado na soleira, palidíssimo, com os cabelos desgrenhados e os olhos ainda vermelhos de choro. D'Andrea o segurava pelo braço.

— Só quero saber uma coisa — disse à irmã, de dentes cerrados, voz sibilante, quase escandindo as sílabas: — Quero saber quem foi.

De cabeça baixa e olhos fechados, Eleonora balançou lentamente a cabeça e recomeçou a soluçar.

— Você vai dizer — gritou Bandi, avançando e sendo detido pelo amigo. — E quem quer que seja, você vai casar com ele!

— Não, Giorgio! — ela gemeu, afundando cada vez mais a cabeça e torcendo as mãos no colo. — Não! Não é possível! Não é possível!

— É casado? — perguntou ele, aproximando-se ainda mais, de punhos cerrados, terrível.

— Não — ela se apressou em dizer. — Mas não é possível, acredite!

— Quem é? — retomou Bandi todo trêmulo, bem perto dela. — Quem é? Vamos! O nome!

Sentindo-se ameaçada pela fúria do irmão, Eleonora encolheu os ombros, tentou erguer a cabeça e gemeu sob os olhos enfurecidos dele:

— Não posso dizer...

— O nome ou mato você! — Bandi rugiu, erguendo um punho sobre a cabeça da irmã.

Mas D'Andrea se interpôs, afastou o amigo e então lhe disse severamente:

— Pode ir. Ela dirá a mim. Vá, vá...

E o fez sair à força do quarto.

III

O irmão foi inflexível.

Nos poucos dias que correram até os proclames da cerimônia, antes do casamento, ele recrudesceu no escândalo. Para prevenir os deboches, que já esperava de todos, preferiu alardear ferozmente sua vergonha, com horríveis cruezas de linguagem. Parecia enlouquecido; e todos se compadeciam dele.

Porém teve que discutir um bom tempo com o meeiro a fim de convencê-lo do casamento do filho.

Embora tivesse ideias largas, o velho a princípio pareceu cair das nuvens: não acreditava numa coisa daquelas. Depois disse:

— Vossa senhoria não duvide, vou pisoteá-lo até não poder mais. Sabe como? Como se pisa uva. Ou melhor, façamos assim: eu o entrego ao senhor, amarrado pelos pés e pelas mãos; e vossa senhoria se satisfaça como quiser. O chicote, para as chicotadas, pode deixar que eu mesmo providencio; e antes o deixarei três dias de molho, para que bata mais firme.

Quando, porém, compreendeu que o patrão não pretendia isso, mas outra coisa, o matrimônio, espantou-se de novo:

— Como! O que vossa senhoria está dizendo? Uma senhorona como ela com o filho de um miserável lavrador?

E opôs decidida recusa.

— Perdoe-me. Mas a senhorita tinha juízo e idade suficiente; conhecia o bem e o mal; nunca deveria ter feito o que fez com o meu filho. Posso falar? Ela o atraía para sua casa todos os dias. Vossa senhoria me entende... Um rapagão... Nessa idade não pensa direito, não se importa... Agora vou perder o meu filho, que Deus sabe quanto me custa, assim? A senhorita, com todo o respeito, pode ser mãe dele...

Bandi teve que prometer, em dote, a cessão da propriedade e uma verba diária à irmã.

Assim o matrimônio foi estabelecido; e, quando se realizou, foi um verdadeiro acontecimento na cidadezinha.

Parece que todos experimentavam grande prazer em transformar em trapos, publicamente, a admiração e o respeito por tantos anos tributados àquela mulher; como se entre a admiração e o respeito, dos quais não a consideravam mais digna, e o escárnio, com que agora a acompanhavam naquelas núpcias vergonhosas, não pudesse haver lugar para um pouco de comiseração.

A comiseração ia toda para o irmão; que, é claro, não quis comparecer à cerimônia. Tampouco D'Andrea apareceu: desculpou-se dizendo que precisava fazer companhia ao pobre Giorgio naquele triste dia.

Um velho médico da cidade, que tempos atrás tratara dos pais de Eleonora e de quem D'Andrea, recém-saído dos estudos com todas as afetações e sofisticações da novíssima terapêutica, tirara grande parte da clientela, ofereceu-se

XALE NEGRO 221

como testemunha e levou consigo outro velho, um amigo seu, como segunda testemunha.

Com eles Eleonora dirigiu-se em carro fechado até a prefeitura; depois seguiram para a cerimônia religiosa, celebrada numa igrejinha fora de mão.

Num outro carro ia o noivo, Gerlando, turvo e encrespado, em companhia dos pais.

Estes, vestidos para festa, estavam empertigados, inchados e sérios, porque, afinal de contas, o filho casava com uma verdadeira senhora, irmã de um advogado, e trazia em dote um terreno com uma casa magnífica e, além disso, dinheiro. Para tornar-se digno do novo estado, Gerlando retomaria os estudos. O pai, que entendia da coisa, cuidaria das propriedades. A esposa era um pouco velhusca? Melhor ainda! O herdeiro já devia estar a caminho. Pelas leis da natureza, ela morreria antes, e Gerlando então ficaria livre e rico.

Essa e outras reflexões semelhantes também eram feitas num terceiro carro pelas testemunhas do esposo, camponeses amigos do pai, acompanhados de dois velhos tios maternos. Os demais parentes e amigos do esposo, numerosíssimos, esperavam os noivos na casa, todos paramentados para festa, os homens com roupas de tecido azul-marinho e as mulheres com mantéis novos e lenços de cores mais vistosas, já que o meeiro, de ideias largas, tinha preparado uma recepção riquíssima.

Na prefeitura, Eleonora, antes de entrar na sala do Registro Civil, foi tomada por uma convulsão de choro; o esposo, que se mantinha afastado em conciliábulo com os parentes, foi incitado por estes a socorrê-la; mas o velho médico pediu-lhe que não interviesse, que por enquanto se mantivesse afastado.

Nem bem recuperada daquela crise violenta, Eleonora entrou na sala; viu ao seu lado o rapaz, que o constrangimento e a vergonha tornavam ainda mais rude e sem jeito; teve um ímpeto de rebelião e quase gritou: "Não! Não!", olhando-o como para incitá-lo a gritar junto com ela. Mas, pouco depois, ambos disseram o sim como se estivessem condenados a uma pena inevitável. Feita às pressas a outra cerimônia na igrejinha isolada, o triste cortejo rumou para a vila. Eleonora não queria se afastar dos velhos amigos; mas teve que subir na carruagem com o esposo e os sogros.

Durante o caminho, não foi trocada uma palavra sequer na carruagem.

O meeiro e a mulher pareciam abestalhados; erguiam de vez em quando os olhos para ver a nora furtivamente; depois trocavam um olhar e voltavam a baixar os olhos. O esposo olhava para fora, todo ensimesmado, com ar de preocupação.

Na vila, foram acolhidos por uma estrepitosa descarga de morteiros, palmas e gritos de festa. Mas o aspecto e a atitude da esposa enregelaram todos os convidados, por mais que ela tentasse sorrir para aquela boa gente, que, afinal, só queria lhe fazer festa a seu modo, como se costuma fazer nos casamentos.

Rapidamente pediu licença para se retirar; mas, ao ver o leito nupcial no quarto onde dormira durante as férias, empacou na soleira e disse: — Aí? Com ele? Não! Nunca! Nunca! — E, cheia de repulsa, escapou para outro quarto, trancou-se ali dentro e caiu sentada numa poltrona, apertando o rosto fortemente com as duas mãos.

Através da porta chegavam-lhe as vozes e as risadas dos convidados que instigavam Gerlando, elogiando-lhe, mais do que à esposa, a boa parentela que fizera e as terras que adquirira.

Gerlando mantinha-se afastado na sacada e, como resposta, sacudia de quando em quando os poderosos ombros, cheio de vergonha.

Vergonha, sim, sentia vergonha por ter se casado daquele modo, com aquela senhora: aí está! E a culpa toda era do pai, que, com a maldita fixação pela escola, o fizera ser tratado como um moleque estúpido e cretino pela senhorita que estava ali de férias, permitindo a ela certos deboches que o feriram. E olha então o que aconteceu. O pai só pensava naquelas terras. Mas e ele? Como ele viveria de agora em diante com aquela mulher que lhe incutia tanto temor, e que certamente o queria para a vergonha e a desonra? Como ousaria erguer os olhos para ela? Além disso, o pai pretendia que ele continuasse a frequentar a escola! Imaginem o deboche monstruoso dos colegas! A mulher tinha vinte anos a mais do que ele e parecia uma montanha, parecia...

Enquanto Gerlando se torturava com essas reflexões, o pai e a mãe cuidavam dos últimos preparativos do banquete. Finalmente ambos entraram triunfais na sala, onde a mesa já estava posta. O bufê fora especialmente oferecido para a ocasião por um dono de trattoria da cidade, que também contratara um cozinheiro e dois garçons para servir os pratos.

O meeiro foi buscar Gerlando na sacada e lhe disse:

— Vá avisar a sua mulher que daqui a pouco vamos servir.

— Não vou não, senhor! — grunhiu Gerlando, batendo o pé. — Vão vocês.

— É você quem tem que ir, seu bronco! — gritou o pai. — Você é o marido: vá!

— Muito obrigado... sim, senhor! Não vou! — repetiu Gerlando decidido, esquivando-se.

Então o pai, irado, agarrou-o pela gola do paletó e lhe deu um empurrão.

— Está com vergonha, seu besta? Não fez besteira antes? E agora se envergonha! Vá! É sua mulher!

Os convidados correram para apaziguá-los e tentaram convencer Gerlando.

— Qual é o problema? Basta lhe dizer que venha comer alguma coisa...

— Mas se nem sei como chamá-la! — gritou Gerlando, exasperado.

Alguns convidados caíram na risada, outros buscaram conter o meeiro que se lançara para esbofetear o imbecil do filho, que lhe estragava a festa preparada com tanta solenidade e tantas despesas.

— Você vai chamá-la pelo nome de batismo — dizia-lhe a mãe no meio da confusão, com voz baixa e persuasiva. — Como ela se chama? Eleonora, não é? Então a chame de Eleonora. Não é sua mulher? Vá, meu filho, vá... — e, dizendo isso, o encaminhou ao quarto de núpcias.

Gerlando bateu à porta. Bateu uma primeira vez, de leve. Esperou. Silêncio. Como falaria com ela? Ele a trataria por você, assim, logo de início? Ah, maldita situação! E por que ela não respondia? Talvez não tivesse escutado. Bateu mais forte. Esperou. Silêncio.

Então, todo sem jeito, tentou chamar em voz baixa, como lhe sugerira a mãe. Mas lhe saiu um Eneolora tão ridículo que, imediatamente, para cancelá-lo, chamou forte e franco:

— Eleonora!

Ouviu por fim a voz dela que perguntava atrás da porta de um outro quarto:

— Quem é?

Dirigiu-se para aquela porta com o sangue fervilhando.

— Eu — disse —, eu... Ger... Gerlando. Está pronto.

— Não posso — respondeu ela. — Comecem sem mim.

Gerlando voltou para a sala, aliviado de um grande peso.

— Não vem! Ela disse que não vem! Que não pode vir!

— Viva o bestalhão! — exclamou o pai, que só o chamava assim. — Disse a ela que já estava na mesa? E por que não a forçou a vir?

A mulher se interpôs: fez o marido entender que talvez fosse melhor deixar a esposa em paz naquele dia. Os convidados aprovaram.

— A emoção... o mal-estar... é normal!

Mas o meeiro, decidido a demonstrar à nora que, se fosse preciso, saberia desempenhar suas funções, ficou emburrado e ordenou de mau humor que o almoço fosse servido.

Havia o desejo dos pratos finos, que agora mesmo viriam à mesa, mas também havia nos convidados uma séria consternação por todo aquele supérfluo que viam brilhar sobre a toalha nova e que os ofuscava: quatro taças de formas diversas, garfos e garfinhos, faca, faquinhas e umas pequenas canetas de pena envolvidas em papel velino.

Sentados bem afastados da mesa, suavam dentro das pesadas roupas de festa e se olhavam nas faces duras, queimadas, alteradas pela insólita limpeza; não ousavam erguer as grossas mãos deformadas nas lides do campo e pegar aqueles garfos de prata (o pequeno ou o grande?) e as facas sob os olhos dos garçons que, girando com os pratos nas mãos enluvadas de branco, incutiam neles um terrível constrangimento.

Enquanto isso o meeiro, comendo, olhava o filho e balançava a cabeça com o rosto, afetando uma comiseração derrisória:

— Vejam só, vejam só! — balbuciava. — Que papelão é este, sozinho, largado na cabeceira da mesa? Como uma esposa pode ter consideração por um cretino desse tipo? Tem razão, tem razão de se envergonhar dele. Ah, se eu estivesse no lugar dele!

Terminado o almoço num constrangimento geral, os convidados, cada qual com a sua desculpa, trataram de ir embora. Já era quase noite.

— E agora? — disse o pai a Gerlando, quando os dois garçons terminaram de tirar a mesa e tudo na casa voltou à paz. — O que você vai fazer agora? Vai ter que se entender com ela!

E ordenou à mulher que o acompanhasse à casa dos colonos, onde moravam, pouco distante da vila.

Ao ficar só, Gerlando olhou ao redor, preocupado, sem saber o que fazer.

Ouviu no silêncio a presença dela, que estava recolhida noutra parte da casa. Talvez agora que os barulhos cessaram ela se decidisse a sair do quarto. Mas o que ele deveria fazer?

Ah, como gostaria de escapar e dormir na casa dos colonos, perto da mãe, ou até ao ar livre, debaixo de uma árvore, quem sabe!

E se ela estivesse à espera de ser chamada? E se, resignada à pena que o irmão quisera lhe infligir, se considerasse sob o seu poder, o do seu marido, e esperasse que ele a... sim, a convidasse para...

Apurou o ouvido. Mas não: tudo era silêncio. Talvez já estivesse dormindo. Já estava escuro. A luz da lua entrava na sala pela sacada aberta.

Sem pensar em acender a luz, Gerlando pegou uma cadeira e foi se sentar ao balcão, que, do alto, permitia a visão de tudo em volta, o campo aberto declinando até o mar ao fundo, lá longe.

Na noite clara resplandeciam límpidas as estrelas maiores; a lua acendia sobre o mar uma faixa vibrante de prata; dos vastos planos louros de feno se erguia o canto trêmulo dos grilos, como um contínuo e denso soar de sinos. De repente, uma coruja ali perto emitiu um pio lânguido, pungente; de longe uma outra lhe respondeu, como um eco, e ambas continuaram chilreando assim por um tempo, na noite clara.

Com um braço apoiado ao parapeito do balcão, ele instintivamente, para escapar à opressão daquela incerteza angustiosa, fixou o ouvido naqueles dois pios que se respondiam no silêncio encantado da lua; depois, percebendo lá no fundo um trecho do muro que cercava toda a propriedade, pensou que agora toda aquela terra era sua: as árvores, oliveiras, amendoeiras, alfarrobeiras, figueiras, amoreiras e aqueles vinhedos.

O pai tinha mesmo razão de estar contente, já que agora não precisaria depender de ninguém.

No fim das contas, não era tão bizarra a ideia de fazê-lo continuar os estudos. Melhor lá, na escola, do que aqui o dia inteiro, em companhia da mulher. Quanto aos colegas que quisessem rir às suas costas, cabia a ele mantê-los sob controle. Afinal ele era um senhor e já não se importava se o expulsassem da escola. Mas isso não aconteceria. Ao contrário, de agora em diante ele se propunha a estudar com afinco, para um dia poder, quem sabe em breve, figurar entre os "cavalheiros" da região, sem se sentir intimidado, falando e tratando com eles como a iguais. Faltavam ainda quatro anos de escola para obter o diploma do Instituto Técnico, depois se tornaria agrônomo ou contador. E aí seu cunhado, o senhor advogado, que parecia ter jogado a irmã ali, aos cães, provavelmente o trataria com respeito. Sim, senhor. E então ele teria todo direito de lhe dizer: "O que o senhor me deu? Aquela velha? Eu estudei, tenho uma profissão respeitável e posso aspirar a uma bela jovem, rica e bem-nascida como o senhor!".

Com esses pensamentos, adormeceu com a cabeça no braço apoiado ao parapeito da sacada.

Os dois pios continuavam o lamento voluptuoso e alternado, um aqui perto, o outro, distante; a noite clara parecia fazer tremular sobre a terra seu véu de lua sonoro de grilos; e chegava de longe, como uma obscura reprovação, o marulho profundo do mar.

Tarde da noite, Eleonora apareceu como uma sombra na soleira do balcão.

Não esperava encontrar ali o jovem adormecido. Sentiu pena e temor ao mesmo tempo. Ficou um instante pensando se seria conveniente acordá-lo e dizer-lhe o que havia estabelecido, retirando-o dali; mas, quando estava a ponto de sacudi-lo e chamá-lo pelo nome, perdeu o ânimo e se retirou devagar, como uma sombra, para o quarto de onde saíra.

IV

O entendimento foi fácil.

Na manhã seguinte, Eleonora conversou maternalmente com Gerlando: disse-lhe que ele era dono de tudo e que estava livre para fazer o que bem quisesse, como se entre eles não houvesse nenhum vínculo. Para si, pediu apenas que fosse deixada ali, em seu canto, naquele pequeno quarto, em companhia da velha criada de casa, que a vira nascer.

Gerlando, que de madrugara saíra do balcão enrijecido pela umidade e fora dormir no sofá da sala de jantar, agora, surpreendido durante o sono e com enorme vontade de esfregar os olhos com os punhos, abrindo a boca e esforçando-se para erguer as pálpebras, porque queria não tanto mostrar que entendia, mas que estava de acordo, disse sim a tudo, sim, com a cabeça. Mas, quando o pai e a mãe souberam daquele pacto, ficaram furiosos, ainda que Gerlando tentasse explicar que o acordo era conveniente para ele; aliás, ele estava mais do que contente.

Para apaziguar o pai de algum modo, teve de prometer formalmente que voltaria à escola no início de outubro. No entanto, só por despeito, a mãe o obrigou a escolher o quarto de dormir mais bonito, o cômodo mais bonito para estudar, o cômodo mais bonito para jantar... todos os cômodos mais bonitos!

— E é você quem manda, entendeu? Se não, eu mesma virei aqui ensiná-lo a ser respeitado.

Finalmente jurou que nunca mais dirigiria a palavra àquela esnobe que desprezava seu filho, um rapaz tão precioso que ela não era digna nem sequer de olhar para ele.

Desde aquele dia Gerlando recomeçou a estudar, preparando-se para as provas de recuperação. Realmente já era tarde: tinha apenas vinte e quatro dias até os exames — mas quem sabe! Esforçando-se um pouco, talvez conseguisse finalmente aquele diploma técnico que o torturava havia três anos.

Passado o estupor angustiante dos primeiros dias, Eleonora começou a preparar o enxoval do bebê, seguindo os conselhos da velha criada.

Ainda não havia pensado nisso; e chorou por ele.

Gesa, a velha criada, a ajudou e orientou naquele trabalho, que para ela era inteiramente estranho: deu-lhe a medida das primeiras camisinhas, das primeiras touquinhas... Ah, a sorte lhe reservara esse consolo que ela até então ignorava: teria um filhinho ou uma filhinha para cuidar, a quem se dedicaria por inteiro! Mas Deus lhe daria a graça de ter um filhinho. Ela já era velha, morreria logo: como poderia deixar aos cuidados do pai uma menininha, a quem ela legaria seus pensamentos e sentimentos? Um menino sofreria menos aquela infeliz condição que logo lhe caberia viver.

Angustiada por esses pensamentos, cansada do trabalho, tentava se distrair com um daqueles livros que, da outra vez, encomendara ao irmão, e mergulhava na leitura. De vez em quando, com um gesto de cabeça, perguntava à criada:

— O que ele está fazendo?

Gesa dava de ombros, espichava os lábios e então respondia:

— Hum! Está com a cabeça enterrada no livro. Será que está dormindo? Está pensando? Quem sabe!

Gerlando pensava; pensava que, no balanço geral, sua vida não era muito alegre.

Aí está: tinha uma propriedade, e era como se não a tivesse; tinha uma mulher, e era como se não a tivesse; estava em guerra com os pais; e irritado consigo, que não conseguia assimilar nada, nada, nada do que estudava.

No entanto, em meio ao ócio perturbador, sentia dentro de si como uma fermentação de agudos desejos; entre eles, o da mulher, que se negara a ele. É verdade que aquela mulher já não era desejável. Mas... que tipo de acordo era aquele? Ele era o marido e cabia a ele decidir, se fosse o caso.

Levantava-se; saía do quarto; passava diante da porta dela; mas logo, ao entrevê-la, sentia esmorecer qualquer impulso de rebelião. Bufava e, para não admitir que lhe faltava coragem na hora exata, dizia para si que não valia a pena.

Finalmente, num daqueles dias, voltou da cidade derrotado, reprovado, reprovado mais uma vez nos exames para o diploma técnico. Agora chega! Agora chega, de verdade! Não queria mais saber daquilo! Pegou livros, cadernos, desenhos, esquadros, estojos, lápis e os levou para baixo, amontoando-os diante da casa, para fazer uma fogueira. O pai correu para impedi-lo; mas Gerlando, enfurecido, se rebelou:

— Me deixe fazer o que eu quero! Sou o patrão!

Depois chegou a mãe; aproximaram-se também alguns camponeses que trabalhavam no campo. Uma fumaça a princípio rala e então cada vez mais espessa se soltou daquele monte de papéis, entre os gritos dos presentes; depois um clarão; depois uma chama crepitou e subiu. Atraídas pelos gritos, Eleonora e a criada apareceram na sacada.

Lívido e inchado feito um peru, Gerlando arremessava contra as chamas, de torso nu e furibundo, os últimos livros que trazia sob o braço, instrumentos da sua longa e inútil tortura.

Diante daquele espetáculo, Eleonora mal conteve o riso, retirando-se rapidamente da sacada. Mas a sogra percebeu e disse ao filho:

— Ela está se divertindo, sabe? Você faz a senhora rir.

— Ela vai chorar! — gritou então Gerlando, ameaçador, erguendo a cabeça para a sacada.

Eleonora entendeu a ameaça e empalideceu: compreendeu que o sossego triste e cansado de que gozara até então havia terminado para ela. A sorte lhe havia concedido apenas um momento de trégua. Mas o que aquele bruto poderia querer dela? Já estava exausta: qualquer outro golpe, ainda que leve, a abateria.

Pouco depois, viu Gerlando diante de si, sombrio e arfante.

— A vida vai mudar a partir de hoje! — anunciou. — Estou cheio de tudo! Vou voltar ao trabalho no campo, como meu pai; e você vai deixar de bancar a senhora. Vamos, vamos com todo esse enxoval! Quem vai nascer, nascerá também camponês, sem tantos cuidados e sem frescuras. Dispense a criada: você vai fazer a comida e cuidará da casa, como minha mãe. Entendido?

Eleonora ergueu-se, pálida, vibrando de desprezo:

— Sua mãe é sua mãe — disse, olhando-o firmemente nos olhos. — Eu sou eu e não posso me transformar em alguém como você, numa rústica.

— Você é minha mulher! — gritou então Gerlando, aproximando-se com violência e tomando-a pelo braço. — E vai fazer o que eu quiser: aqui mando eu, entende?

Depois se virou para a velha criada e lhe indicou a porta:

— Vá! Vá embora imediatamente! Não quero criadas na casa!

— Vou com você, Gesa! — gritou Eleonora, tentando livrar o braço que ele ainda mantinha preso.

Mas Gerlando não o soltou; agarrou-o mais forte; forçou-a a se sentar.

— Não! Aqui! Você fica aqui, na coleira, comigo! Passei as maiores vergonhas por sua causa: agora chega! Vamos, saia desse seu covil. Não quero mais chorar as minhas penas sozinho. Fora, fora!

E a empurrou para fora do quarto.

— E o que você sofreu até agora? — disse-lhe ela com lágrimas nos olhos. — O que eu fiz com você?

— O que fez? Não quis ser molestada, não quis ter contato comigo, como se eu fosse... como se não merecesse sua confiança, mulher! E fez que uma criada me servisse à mesa, quando cabia a você me servir em tudo, como fazem as esposas.

— Mas o que você quer de mim? — perguntou Eleonora, abatida. — Se quiser, de agora em diante posso servi-lo com as minhas mãos. Tudo bem?

Depois de falar, rompeu em soluços, sentiu as pernas fraquejarem e se abandonou. Perdido, confuso, Gerlando a sustentou ajudado por Gesa, e ambos a acomodaram numa poltrona.

No início da noite, de repente, foi tomada pelas dores. Gerlando, arrependido, assustado, foi correndo chamar a mãe: mandaram um garoto à cidade em busca de uma parteira; enquanto o meeiro, vendo já em perigo a propriedade caso a nora abortasse, desancava o filho:

— Bestalhão, bestalhão, o que você fez? E se ela morrer? E se você não tiver mais filhos? Você está numa encruzilhada! O que vai fazer? Abandonou a escola e não sabe nem segurar uma enxada. Está arruinado!

— Que me importa! — gritou Gerlando. — Desde que ela não tenha nada!

A mãe acorreu agitando os braços:

— Um médico! Chamem um médico imediatamente! Ela está mal!

— O que tem? — perguntou Gerlando, confuso.

Mas o pai o empurrou para fora:

— Corra! Corra!

No caminho, todo trêmulo, Gerlando se entristeceu e começou a chorar, esforçando-se na corrida. No meio da estrada cruzou com a parteira que vinha numa carroça com o menino.

— Rápido! Rápido! — gritou. — Vou buscar o médico, ela está morrendo!

Tropeçou, tombou; sujo de terra voltou a correr, desesperadamente, mordendo a mão que esfolara.

Quando voltou com o médico para a vila, Eleonora estava para morrer, esvaída em sangue.

— Assassino! Assassino! — lamentava-se Gesa, enquanto cuidava da patroa. — Foi ele. Ele ousou pôr as mãos nela.

Mas Eleonora negava com a cabeça. Sentia pouco a pouco a vida ir com o sangue, pouco a pouco as forças sumindo; já estava fria... Pois bem: a morte não lhe doía; era até doce a morte assim, um grande alívio, depois dos sofrimentos atrozes. E, com o rosto como de cera, olhando o teto, esperava que os olhos se fechassem por si, bem devagar, para sempre. Já não distinguia mais nada. Como num sonho, reviu o velho médico que lhe servira de testemunha; e sorriu.

v

Gerlando não desgrudou da beira da cama, dia e noite, por todo o tempo em que Eleonora esteve ali, entre a vida e a morte.

Quando finalmente pôde sair da cama e se sentar na poltrona, parecia outra mulher: diáfana, quase exangue. Viu Gerlando diante de si, que também parecia saído de uma doença mortal, e se mostrou atenciosa com os pais dele. Examinava-os com os belos olhos negros, grandes e dolentes na pálida magreza, e lhe parecia que agora nenhuma relação subsistisse entre eles e ela, como se tivesse acabado de voltar, nova e mudada, de um lugar distante, onde todo vínculo se partira, não só com eles, mas com toda a vida de antes.

Respirava com dificuldade: a cada mínimo rumor, o coração lhe pulava do peito e batia em tumulto; um pesado cansaço a oprimia.

Então, com a cabeça abandonada sobre o espaldar da poltrona e os olhos cerrados, lamentava-se por não estar morta. O que ela ainda estava fazendo ali? Por que era condenada a ver ainda aqueles rostos e aquelas coisas à sua volta, dos quais já se sentia muito, muito longe? Por que aquela proximidade com as aparências oprimentes e abjetas da vida passada, proximidade que às vezes lhe parecia se tornar mais brusca, como se alguém a empurrasse por trás, forçando-a a ver, a sentir a presença, a realidade viva e resfolegante da vida odiosa, que já não lhe pertencia?

Acreditava firmemente que não levantaria mais daquela poltrona; acreditava que morreria de um momento para o outro, de um ataque. Mas não, não foi assim; depois de alguns dias, conseguiu se levantar e dar alguns passos no quarto, apoiando-se em alguém; depois, com o tempo, pôde até descer a escada e ir ao ar livre, de braços dados com Gerlando e a criada. Finalmente adquiriu o hábito de ir, ao pôr do sol, até a orla do terreno que limitava a propriedade ao sul.

Dali se abria a magnífica vista da praia subjacente ao altiplano, até o mar lá longe. Nos primeiros dias foi até ali acompanhada de Gerlando e de Gesa, como sempre; depois, sem Gerlando; finalmente, sozinha.

Sentada numa rocha, à sombra de uma oliveira centenária, mirava todo o litoral distante, que mal se curvava, em leves luas, em leves seios, recortando-se contra o mar que mudava conforme o sopro dos ventos; via o sol ora como um disco de fogo afogando-se lentamente entre as brumas algáceas deitadas sobre o mar cinzento, ao poente, ora baixando em triunfo sobre as ondas inflamadas, numa maravilhosa pompa de nuvens em brasa; via no úmido céu do crepúsculo jorrar líquida e calma a luz de Júpiter, avivar-se suave a lua diáfana e leve; bebia com os olhos a triste doçura da noite iminente e respirava, bem-aventurada, sentindo penetrar até o fundo de sua alma o frescor, a quietude, como um conforto sobre-humano.

Enquanto isso, do outro lado, o velho meeiro e a mulher recomeçavam a conspirar contra ela, instigando o filho a cuidar dos seus interesses.

— Por que você a deixa sozinha? — dizia-lhe o pai. — Não percebe que ela, agora, depois da doença, está agradecida pelo afeto que você demonstrou? Não a deixe um momento, tente entrar cada vez mais no coração dela; e depois... e depois faça que a criada não durma mais com ela, no mesmo quarto. Agora ela está bem, não precisa mais de cuidados à noite.

Gerlando, irritado, revoltava-se todo contra essas sugestões.

— Mas nem sonhando! Nem passa pela cabeça dela que eu possa... Que nada! Ela me trata como um filho... É preciso ouvir o que ela me diz! Já se sente velha, passada, acabada para este mundo. Que nada!

— Velha? — intervinha a mãe. — Claro, não é mais nenhuma menina; mas não é uma velha; e você...

— Vão tirar a sua terra! — insistia o pai. — Eu já lhe disse: você está arruinado, numa encruzilhada. Sem filhos, se a mulher morrer, o dote volta para os parentes dela. E você vai sair num belo prejuízo: vai perder a escola e todo esse tempo, assim, sem nenhuma satisfação... Nem um punhado de moscas! Pense, pense enquanto é tempo: você já perdeu bastante... O que está esperando?

— Com cuidado — a mãe retomou, conciliadora. — Você deve ir com cuidado, quem sabe lhe dizer: "Está vendo? O que recebi de você? Eu a respeitei, como você quis; mas agora pense um pouco em mim: como é que eu fico? O que vou fazer se você me deixar assim?". No fim das contas, não se deve fazer uma guerra, meu Deus!

— E você pode acrescentar — tornou a insistir o pai —, pode acrescentar: "Quer agradar ao seu irmão, que a tratou assim? Quer que eu seja expulso daqui feito um cão, por ele?". Isto é a santa verdade, preste atenção! Você vai ser expulso feito um cão, a pontapés, e eu e a sua mãe, pobres velhos, seguiremos o mesmo destino.

Gerlando não respondia nada. Sentia quase um alívio com os conselhos da mãe, mas um alívio irritante, como uma cócega; já as previsões do pai mexiam com sua bile, deixavam-no irado. O que fazer? Via a dificuldade da tarefa e também percebia sua urgência. Era preciso tentar de qualquer modo.

Agora Eleonora se sentava à mesa com ele. Uma noite, enquanto jantavam, vendo-o com os olhos fixos na toalha, pensativo, ela perguntou:

— Não vai comer? O que foi?

Embora há alguns dias ele esperasse essa pergunta, provocada por sua própria retração, não soube responder de pronto como queria e fez um gesto vago com a mão.

— O que foi? — insistiu Eleonora.

— Nada — respondeu Gerlando, travado. — Meu pai, como sempre...

— De novo com a escola? — perguntou ela com um sorriso, incitando-o a falar.

— Não, pior — disse ele. — Ele me põe... me põe diante de tantas dúvidas, me aflige com... com a ideia do meu futuro, já que ele está velho, como diz, e eu assim, sem eira nem beira: enquanto você estiver aqui, tudo bem; mas depois... depois, nada, ele diz...

— Diga a seu pai — respondeu então Eleonora séria, quase fechando os olhos para não ver o rubor dele —, diga a seu pai que não precisa se preocupar. Já providenciei tudo; diga a ele que pode ficar tranquilo. Aliás, já que tocamos neste assunto, ouça: se eu vier a desaparecer de repente — quem está vivo está morto —, na segunda gaveta da cômoda do meu quarto há uma carta num envelope amarelo para você.

— Uma carta? — repetiu Gerlando, sem saber o que dizer, confuso de vergonha.

Eleonora fez que sim com a cabeça e acrescentou:

— Não se preocupe.

Aliviado e contente, Gerlando contou aos pais, na manhã seguinte, o que Eleonora lhe dissera; mas eles, especialmente o pai, não ficaram nada satisfeitos.

— Carta! Embromação!

O que poderia ser aquela carta? O testamento, isto é, a doação da propriedade ao marido. E se não estivesse conforme a lei e todas as normas? A suspeição seria fácil, já que se tratava da escritura privada de uma mulher, sem a assistência de um notário. Além disso, então não seria preciso lidar com o cunhado, homem das leis e embromador?

— Processos, meu filho! Deus o livre disso! A Justiça não é para os pobres. E aquele lá, só por raiva, será capaz de dar nó em pingo d'água para prejudicá-lo.

De resto, a tal carta existia realmente? Estava lá, na gaveta da cômoda? Ou ela dissera isso para não ser importunada?

— Você viu a carta? Não. E então? Mas vamos admitir que ela mostre o documento: o que você entende disso? O que nós entendemos? Já com um filho... pronto! Não se deixe enganar, dê ouvido a nós. Carne! Carne! Que carta!

Assim, num dia em que Eleonora estava debaixo daquela oliveira nos confins do terreno, viu repentinamente Gerlando a seu lado, que se aproximara furtivo.

Estava envolta num amplo xale negro. Sentia frio, embora fosse um fevereiro tão ameno que até parecia primavera. Lá embaixo, a vasta encosta estava toda verde de forragem; o mar, ao fundo, placidíssimo, retinha do céu uma coloração rosa pálido, muito suave, e os campos em sombra pareciam esmaltados.

Cansada de mirar em silêncio aquela maravilhosa harmonia de cores,

Eleonora apoiou a cabeça no tronco da oliveira. O xale negro que cobria a cabeça deixava entrever apenas o rosto, que parecia ainda mais pálido.

— O que você está fazendo? — perguntou Gerlando. — Até parece uma Madona Dolorosa.

— Estava olhando... — respondeu ela com um suspiro, fechando os olhos. Mas ele insistiu:

— Se visse como... como está bem assim, com esse xale negro...

— Bem? — disse Eleonora, sorrindo melancolicamente. — Sinto tanto frio!

— Não, eu disse bem de... de... de aspecto — explicou ele, balbuciando e sentando no chão, ao lado do rochedo.

Com a cabeça encostada no tronco, Eleonora voltou a fechar os olhos e sorriu para não chorar, assaltada pelo remorso da sua juventude perdida tão miseravelmente. Aos dezoito anos ela era linda, sim, muito!

De repente, enquanto estava assim, absorta, sentiu um leve toque.

— Me dê sua mão — pediu ele, sentado, olhando-a com olhos lúcidos.

Ela compreendeu; mas fingiu não compreender.

— A mão? Por quê? — perguntou. — Não consigo erguer você: não tenho mais forças nem para mim... Já anoiteceu, vamos.

E se levantou.

— Não era para que me levantasse — explicou de novo Gerlando, do chão. — Vamos ficar aqui, no escuro; é tão bonito...

Dizendo isso, foi rápido e abraçou-lhe os joelhos, sorrindo nervosamente com os lábios secos.

— Não! — gritou ela. — Está louco? Me deixe!

Para não cair, apoiou os braços nos ombros dele e o empurrou para trás. Mas, com o movimento, o xale deu uma volta e, como ela estava curvada sobre ele de joelhos, o envolveu e ocultou.

— Não: eu quero você! Quero você! — disse ele então, como bêbado, apertando-a cada vez mais com um braço, enquanto com o outro buscava mais acima a cintura, envolvido pelo cheiro do corpo dela.

Mas, com um esforço supremo, ela conseguiu se desvencilhar; correu até a beira da encosta, se virou, gritou:

— Eu me jogo!

Nesse instante, ela o viu partir para cima, violento; dobrou-se para trás, caiu no despenhadeiro.

Ele mal se deteve, horrorizado, gritando com os braços erguidos. Ouviu o baque terrível. Avançou a cabeça. Um amontoado de roupas negras entre o verde da encosta. E o xale, que se abrira no vento, ia caindo suavemente, bem aberto, mais adiante.

Com as mãos nos cabelos, virou-se para olhar a casa de campo; mas foi repentinamente atingido nos olhos pela ampla face pálida da lua, que acabara de surgir entre as copas das oliveiras lá no alto; e ficou ali, assombrado, contemplando-a como se ela o tivesse visto do céu e o acusasse.

"Scialle nero", 1904

O outro filho

—Ninfarosa está?
— Está. Pode bater.

A velha Maragrazia bateu e depois se sentou bem devagar no degrau carcomido diante da porta.

Era sua cadeira natural; aquele e tantos outros diante das portas das casinhas de Farnia. Ali sentada, dormia ou chorava em silêncio. Alguns, ao passar, lhe jogavam uma moeda no colo ou um naco de pão; ela mal despertava do sono ou do choro, beijava a moeda ou o pão, persignava-se e recomeçava a chorar ou a dormir.

Parecia um amontoado de trapos. Trapos gordurosos e pesados, sempre os mesmos, no verão e no inverno, rasgados, esfarrapados, já sem cor e impregnados de suor fedorento e de toda a sujeira das ruas. A cara amarelada era uma rede cerrada de rugas, onde as pálpebras sangravam, reviradas e queimadas pelo choro contínuo; mas entre as rugas, o sangue e as lágrimas, os olhos claros despontavam como distantes, de uma infância sem memória. Agora, muitas vezes, as moscas grudavam vorazes nesses olhos; mas ela estava tão abismada e absorta em sua dor que nem percebia; e não as abanava. Os poucos cabelos secos, repartidos ao meio, terminavam em dois nozinhos pendentes sobre as orelhas, cujos lobos caíam sob o peso dos brincos maciços usados na juventude. Do queixo, descendo até abaixo da garganta, a frouxa papada era dividida por um sulco negro que se aprofundava pelo peito cavo.

As vizinhas, sentadas nas soleiras, não se preocupavam mais com ela. Ficavam quase o dia todo ali, umas remendando os panos, outras lavando legumes, outras bordando, em suma, cada qual ocupada com algum trabalho; conversavam diante de suas casinhas baixas, com a luz que chegava da entrada; casas e currais juntos, pavimentos de pedra como as ruas; do lado de cá, manjedouras onde algum jumento ou mula se agitavam, atormentados pelas moscas; do lado de lá, o teto alto, monumental; e depois um comprido baú preto, de abeto ou faia, que parecia um caixão; e duas ou três cadeiras de palha; a despensa; e depois os utensílios rurais. Nas paredes ásperas e fuliginosas o único ornamento eram gravuras de um tostão, que pretendiam representar os santos do local. Nas ruas empestadas de fumaça e estrebaria, garotos roncavam cozidos pelo sol, alguns nus como haviam nascido, outros com a mesma camisa esfarrapada e suja; galinhas ciscavam e leitõezinhos tenros grunhiam com os focinhos enterrados no lixo.

Naquele dia se falava da nova leva de emigrantes que, na manhã seguinte, deveria partir para a América.

— Saro Scoma está indo — dizia uma. — Vai deixar a mulher e três filhos.

— Vito Scordia — acrescentava outra — parte deixando cinco e a mulher grávida.

— É verdade que Carmine Ronca — perguntava uma terceira — vai levar com ele o filho de doze anos, que já estava nas minas de enxofre? Oh, Virgem Maria, ele podia pelo menos deixar o rapaz com a mulher. Como aquela pobre coitada vai se sustentar agora?

— Quanto choro! Quanto choro! — gritava lamentosamente uma quarta mais adiante. — Toda noite na casa de Nunzia Ligreci! O filho Nico, que acabou de voltar soldado, quer ir embora também!

Ouvindo essas notícias, a velha Maragrazia tapava a boca com o xale para não romper em soluços. Mas o excesso de dor transbordava dos olhos sanguíneos, em lágrimas sem fim.

Fazia catorze anos que dois de seus filhos também tinham partido para a América; tinham prometido voltar depois de quatro ou cinco anos; mas fizeram fortuna naquele país, especialmente um, o mais velho, e se esqueceram da velha mãe. Sempre que uma nova leva de emigrantes saía de Farnia, ela ia até Ninfarosa e lhe pedia que escrevesse uma carta, esperando que algum dos viajantes fizesse a caridade de levá-la a um dos dois filhos. Depois seguia a comitiva por um longo trecho da estrada de terra, todos carregados de sacos e pacotes, a caminho da estação ferroviária da cidade mais próxima, entre mães, esposas e irmãs que choravam e gritavam desesperadas; e, caminhando, olhava fixamente nos olhos deste ou daquele jovem emigrante, que simulava uma barulhenta alegria a fim de sufocar a comoção e distrair os parentes que o acompanhavam.

— Velha maluca! — alguém lhe gritava. — Por que está me olhando assim? Quer arrancar meus olhos?

— Não, meu querido, apenas tenho inveja deles! — respondia a velha. — Porque você vai ver os meus filhos. Diga-lhes como me viu na partida; que não me encontrarão mais, caso ainda tardem.

Enquanto isso as comadres das vizinhanças continuavam a fazer a conta dos que viajariam no dia seguinte. De repente, um velho de barba e cabelos lanosos que estivera até então calado e escutando, deitado de barriga para o ar e fumando o seu cachimbo ao fundo da estradinha, ergueu a cabeça que estava apoiada na cela de um jumento e, pousando as grandes mãos rochosas sobre o peito:

— Se eu fosse rei — disse e cuspiu —, se eu fosse rei, não deixaria mais que nenhuma carta de lá chegasse a Farnia.

— Viva Jaco Spina! — exclamou então uma das vizinhas. — E como fariam as pobres mães e esposas daqui sem notícias nem ajuda?

— Sim! Mandam muita ajuda! — resmungou o velho, cuspindo de novo. — As mães, servindo de criadas; e as esposas, de mal a pior. Mas por que eles não contam nas cartas os problemas que passam por lá? Só dizem coisas boas, e cada carta, para esses garotos ignorantes, é como o milho (piu, piu, piu), que os chama e leva embora! Onde estão os braços para trabalhar as nossas terras? Em Farnia, agora, restamos apenas nós: velhos, mulheres e crianças. E eu tenho a terra e a vejo sofrer. Com um par de braços, o que posso fazer? E eles continuam a partir, continuam a partir! Chuva na cara e vento nas costas; é o que eu digo. Que quebrem o pescoço, seus malditos!

Nesse ponto, Ninfarosa abriu a porta e o sol pareceu despontar naquela estradinha.

Morena e vistosa, de olhos pretos faiscantes e lábios acesos, todo seu corpo sólido e ágil inspirava um alegre vigor. Trazia no peito cheio um grande lenço de algodão vermelho com luas amarelas e grandes argolas de ouro nas orelhas. Os cabelos corvinos, brilhantes, ondulados, jogados para trás por inteiro, enro-

O OUTRO FILHO   239

lavam-se volumosamente sobre a nuca ao redor de um espadim de prata. No meio do queixo redondo, uma covinha aguda lhe dava uma graça maliciosa e provocante.

Viúva de um primeiro marido após somente dois anos de casamento, fora abandonada pelo segundo, embarcado para a América havia cinco anos. À noite, ninguém deveria saber, mas pela portinha situada atrás da casa, onde havia uma pequena horta, alguém (um figurão da cidade) vinha visitá-la. Por isso as vizinhas, honestas e timoratas, a viam com maus olhos, embora a invejassem em segredo. Mas também a temiam, porque se dizia no vilarejo que, para se vingar do abandono do segundo marido, escrevera várias cartas anônimas aos emigrados à América, caluniando e difamando algumas pobres mulheres.

— Quem está fazendo essa pregação? — disse, descendo à rua. — Ah, Jaco Spina! Melhor, tio Jaco, se ficarmos sozinhos em Farnia. Nós, mulheres, trabalharemos a terra.

— Vocês mulheres — resmungou de novo o velho com voz catarrosa — só são boas para uma coisa.

E cuspiu.

— E para que, tio Jaco? Diga bem alto.

— Para chorar e para outra coisa.

— Então são duas, felizmente! Mas eu não choro, não é?

— Ah, eu sei, minha filha. Não chorou nem quando seu primeiro marido morreu!

— Mas se eu morresse antes, tio Jaco — rebateu prontamente Ninfarosa —, ele não teria arranjado outra mulher? E então! Vê quem chora por todos aqui? Maragrazia.

— Isso depende — sentenciou Jaco Spina, deitando-se de novo com a pança para cima —, porque a velha tem água para jogar fora; e a joga também pelos olhos.

As vizinhas riram. Maragrazia se sacudiu e exclamou:

— Perdi dois filhos, belos como o sol, e querem que não chore?

— Realmente muito bonitos, oh! E é de lamentá-los — disse Ninfarosa. — Nadam na abundância, lá longe, e a deixam morrer aqui, mendiga.

— Eles são os filhos e eu sou a mãe — replicou a velha. — Como podem entender meu sofrimento?

— Ih! Não sei por que tantas lágrimas e tanto sofrimento — retomou

Ninfarosa —, quando a senhora mesma, pelo que dizem, os fez ir embora por falta de alternativa.

— Eu? — exclamou Maragrazia, dando um murro no peito e saltando de pé, transtornada. — Eu? Quem lhe disse?

— Não importa, disseram.

— Infâmia! Eu? Aos meus filhos? Eu, que...

— Não dê importância! — interrompeu-a uma das vizinhas. — Não está vendo que ela está brincando?

Ninfarosa prolongou a risada, rebolando desdenhosamente sobre as ancas; depois, para apaziguar a velha da zombaria cruel, perguntou-lhe com voz afetuosa.

— Vamos, vamos, vovó, o que a senhora quer?

Maragrazia meteu a mão trêmula no seio e tirou dali uma folha de papel toda amassada e um envelope; mostrou ambos com ar suplicante a Ninfarosa e disse:

— Se puder fazer a caridade de sempre...

— Mais uma carta?

— Se puder...

Ninfarosa suspirou; mas depois, sabendo que não conseguiria se desvencilhar da velha, convidou-a a entrar.

Sua casa não era como as da vizinhança. O amplo cômodo, um tanto escuro quando a porta era fechada, porque então só entrava luz de uma janelinha gradeada que se abria no alto da própria porta, era caiada, pavimentada com lajotas, limpa e bem decorada, com um leito de ferro, um armário, uma cômoda com tampo de mármore, uma mesinha marchetada de nogueira: mobília modesta, mas que dava a entender que Ninfarosa não poderia bancar sozinha aquele luxo com seus ganhos incertos de costureira rural.

Pegou caneta e tinteiro, pousou a folha amassada no tampo da cômoda e se dispôs a escrever ali, de pé.

— Diga logo, vamos!

— "Queridos filhos" — começou a ditar a velha.

— "Não tenho mais olhos para chorar..." — continuou Ninfarosa, com um suspiro de cansaço.

E a velha:

— "Porque meus olhos apenas queimam no desejo de vê-los ao menos uma última vez..."

O OUTRO FILHO   241

— Vamos, vamos! — incitou Ninfarosa. — Você já disse isso a eles umas trinta vezes.

— E você escreva. É a pura verdade, meu coração; não está vendo? Então escreva: "Queridos filhos...".

— De novo?

— Não. Agora é uma outra coisa. Pensei em tudo esta noite. Ouça: "Queridos filhos, a pobre e velha mãe de vocês promete e jura... assim, promete e jura perante Deus que, se vocês voltarem a Farnia, lhes dará em vida a sua casinha".

Ninfarosa não conteve o riso:

— Até a casinha? Mas o que eles vão fazer com esse barraco que mal se segura em pé, se já estão ricos?

— E você escreva — repetiu a velha, obstinada. — Mais valem quatro pedrinhas na pátria do que todo um reino estrangeiro. Escreva, escreva.

— Já escrevi. O que mais quer acrescentar?

— Isto: "que sua pobre mãe, filhos queridos, agora que o inverno bate à porta, treme de frio; queria fazer um vestidinho novo, mas não pode; se pudessem fazer a caridade de mandar pelo menos um papel de cinco liras, para...".

— Chega, chega, chega! — fez Ninfarosa, dobrando a folha e metendo-a no envelope. — Já escrevi tudo. Agora chega.

— Inclusive as cinco liras? — indagou a velha, surpresa com aquela fúria repentina.

— Tudo, até as cinco liras, sim, senhora.

— Escreveu bem... tudinho?

— Ufa! Se estou dizendo que sim!

— Paciência... tenha um pouco de paciência com esta pobre velha, minha filha — disse Maragrazia. — O que você quer? Agora já estou fraca da cabeça. Deus lhe pague a caridade, e a Bela Virgem Santíssima.

Pegou a carta e a guardou no peito. Tinha pensado em confiá-la ao filho de Nunzia Ligreci, que estava indo para Rosário de Santa Fé, onde estavam seus filhos; e foi depressa levá-la.

Já as mulheres, quando se aproximou a noite, entraram em casa e quase todas as portas se fecharam. Pelas estradinhas estreitas não passava viva alma. O acendedor de lampiões circulava com a escada no ombro, acendendo as raras luminárias a óleo que, com a escassa luz que emanavam, tornavam ainda mais tristes a vista incerta e o silêncio daquelas vielas abandonadas.

A velha Maragrazia andava curva, apertando com a mão contra o peito a carta que mandaria aos filhos, como para infundir no pedaço de papel o seu calor materno. Com a outra mão, coçava um ombro ou a cabeça. A cada nova carta, renascia-lhe uma esperança vigorosa, pois achava que, com aquela, conseguiria comover e chamar os filhos para si. Com certeza, ao lerem aquelas palavras banhadas em lágrimas por eles durante catorze anos, seus bons filhos, seus doces filhos não conseguiriam resistir ao apelo.

Mas dessa vez, realmente, não estava muito satisfeita com a carta que levava no peito. Parecia-lhe que Ninfarosa a tinha escrito muito rapidamente, e não estava segura de que tivesse redigido a última parte, em que falava das cinco liras para o vestidinho. Cinco liras! Que prejuízo trariam aos filhos, já ricos, aquelas cinco liras para vestir as carnes da velha mãe morta de frio?

Através das portas fechadas das casinhas, chegavam-lhe entretanto os gritos de alguma mãe que chorava a partida próxima do filho.

— Oh, filhos, filhos! — gemia então Maragrazia para si, apertando mais forte a carta contra o peito. — Com que coração eles podem partir? Prometem voltar; depois não retornam mais... Ah, pobres velhas, não acreditem nessas promessas! Seus filhos, assim como os meus, nunca mais voltarão... nunca mais voltarão...

De repente, parou sob um lampiãozinho, ouvindo o rumor de passos pela viela. Quem era?

Ah, era o novo médico designado, aquele jovem chegado havia pouco, mas que logo — ao que diziam — iria embora, não porque não tivesse passado no teste, mas porque era malvisto pelos poucos senhores da região. Já os pobres, todos, logo se aproximaram dele. Sua aparência era a de um garoto; no entanto era muito maduro e douto: deixava todos de boca aberta quando falava. Diziam que ele também queria partir para a América. Mas ele já não tinha mãe: era sozinho no mundo.

— Senhor doutor — pediu Maragrazia —, poderia me fazer uma gentileza?

O jovem médico parou sob o lampiãozinho, perturbado. Estava absorto em pensamentos enquanto andava, e não percebera a velha.

— Quem é? Ah, a senhora...

Lembrou-se de ter visto várias vezes aquele monte de trapos em frente às portas das casinhas.

— O senhor poderia fazer a caridade — repetiu Maragrazia — de ler esta cartinha que preciso mandar aos meus filhos?

— Se conseguir enxergar... — disse o doutor, que era míope, ajustando as lentes sobre o nariz.

Maragrazia tirou a carta do peito; estendeu-a e esperou que ele começasse a ler as palavras ditadas a Ninfarosa: "Queridos filhos...". Mas que nada! Ou o médico não enxergava ou não conseguia decifrar a escrita: aproximava os olhos do papel, afastava-os para ver melhor à luz do lampião, virava de cá e de lá... Por fim, disse:

— Mas o que é isto?

— Não dá para ler? — indagou timidamente Maragrazia.

O doutor começou a rir.

— Mas aqui não está escrito nada — disse. — Quatro garranchos feitos com a caneta em zigue-zague. Veja.

— Como! — exclamou a velha, parada.

— Sim, veja. Não há nada. Não está escrito absolutamente nada.

— Mas como isso é possível? — fez a velha. — Como? Se eu mesma a ditei a Ninfarosa, palavra por palavra! E vi que ela escrevia...

— Deve ter fingido — disse o médico, encolhendo os ombros.

Maragrazia imobilizou-se como fulminada; depois deu um grande murro no peito:

— Ah, desgraçada! — prorrompeu. — E por que me enganou assim? Ah, então é por isso que meus filhos não me respondem! Então, nada, ela nunca escreveu nada de tudo que ditei nesses anos... Por isso! Então meus filhos não sabem nada do meu estado? Que estou morrendo por eles? E eu os culpava, senhor doutor, quando foi ela, essa desgraçada aqui, que sempre caçoou de mim... Oh, Deus! Oh, Deus! E como se pode fazer uma traição desta a uma pobre mãe, a uma pobre velha como eu? Oh, que coisa! Oh...

Comovido e indignado, o jovem doutor tentou a princípio apaziguá-la um pouco; perguntou quem era aquela Ninfarosa, onde morava, para no dia seguinte submetê-la a um corretivo, como merecia. Mas a velha ainda estava preocupada em desculpar os filhos distantes pelo longo silêncio, amargurada com o remorso de tê-los acusado por tantos anos de abandono, convencidíssima agora de que teriam voltado voando para ela se uma só daquelas cartas, que ela acreditava ter enviado a eles, tivesse sido escrita de fato e entregue aos destinatários.

Para contornar aquela cena, o doutor precisou lhe prometer que, na manhã seguinte, escreveria ele mesmo uma longa carta para os filhos dela:

— Ânimo, ânimo, não se desespere assim! Venha me ver amanhã de manhã. Mas agora vá dormir! Descanse.

Descansar coisa nenhuma! Umas duas horas mais tarde, repassando por aquela ruazinha, o doutor a reviu ali, chorando inconsolável, agachada sob o lampiãozinho. Recriminou-a, fez que se levantasse, recomendou-lhe que fosse logo, logo para casa, porque já era tarde.

— Onde a senhora mora?

— Ah, senhor doutor... Tenho uma casinha aqui embaixo, na saída do vilarejo. Tinha dito àquela desgraçada que escrevesse aos meus filhos dizendo que eu a cederia a eles em vida, se quisessem voltar. A sem-vergonha se acabou de rir! Porque é um casebre que mal se sustenta. Mas eu...

— Tudo bem, tudo bem — atalhou de novo o doutor. — Vá dormir! Amanhã escreveremos também sobre a casinha. Venha comigo, eu a acompanho.

— Deus lhe agradeça, senhor doutor! Mas o que está dizendo? Vossa senhoria me acompanhar? Vá, vá na frente; estou velhinha e ando devagar.

O doutor deu boa-noite e foi. Maragrazia seguiu atrás dele, à distância; depois, chegando ao portãozinho onde o viu entrar, parou, puxou o xale sobre a cabeça, agasalhou-se bem e se sentou no degrau em frente à porta, para passar ali toda a noite, à espera.

Ao alvorecer, quando o doutor, que era madrugador, saiu para as primeiras consultas, ela ainda dormia. Como o portãozinho tinha um só batente, quando o abriu, o médico viu cair a seus pés a velha adormecida, que estava apoiada nele.

— Oh! A senhora! Está machucada?

— Vo... vossa senhoria me perdoe — balbuciou Maragrazia, tentando se levantar com ambas as mãos envoltas no xale.

— Passou a noite aqui?

— Sim, senhor... Não é nada, estou acostumada — desculpou-se a velha. — Como posso fazer, meu senhorzinho? Não consigo ter paz... não consigo aceitar a traição daquela miserável! Tenho ganas de matá-la, senhor doutor! Podia se negar dizendo que não gostava de escrever, e eu teria ido a outro; teria procurado vossa senhoria, que é tão bom...

— Sim, espere aqui um pouco — disse o doutor. — Vou passar agora mesmo na casa dessa mulher. Depois escreveremos a carta; espere.

E foi depressa aonde a velha lhe indicara na noite anterior. Por acaso, ocor-

O OUTRO FILHO 245

reu-lhe de perguntar justamente a Ninfarosa, que já saía para a rua, o endereço daquela com quem ele queria falar.

— Estou aqui, sou eu mesma, senhor doutor — respondeu Ninfarosa, rindo e ruborizando; e o convidou a entrar.

Tinha visto várias vezes, passando na ruazinha, aquele jovem médico de aspecto quase infantil e, como ela estava sempre saudável, não saberia fingir um mal-estar para chamá-lo; agora, apesar da surpresa, parecia que ele mesmo a procurava. Assim que soube de que se tratava, e vendo-o perturbado e severo, inclinou-se sobre ele com os seios fartos e o rosto sofrido pelo incômodo que o corroía sem razão, vamos!, e, tão logo pôde, sem cometer o inconveniente de interrompê-lo, disse:

— Peço mil desculpas, senhor doutor — falou apertando os belos olhos negros. — O senhor realmente se preocupa com aquela velha louca? Aqui na cidade todos a conhecem, senhor doutor, e ninguém mais se importa com ela. Pergunte a quem quiser, e todos lhe dirão que é doida, completamente doida, há catorze anos, sabe, desde que seus dois filhos partiram para a América. Não quer admitir que eles se esqueceram dela, esta é a verdade, e se obstina em escrever, escrever... Ora, só para contentá-la, entende?, finjo... assim, que faço as cartas; depois, os que partem fingem que vão entregá-la. E ela se ilude, pobre coitada. Mas, se todos agíssemos feito ela, meu caro doutor, a esta altura não haveria mais mundo. Olhe, eu mesma já fui abandonada pelo meu marido... Sim, senhor! E sabe a coragem que esse belo cavalheiro teve? Mandou-me um retrato dele e da mulher que arranjou por lá! Posso mostrar ao senhor... Os dois estão com a cabeça apoiada uma na outra e as mãos entrelaçadas assim, me permite?, me dê a mão... assim! E riem, riem na cara de quem quiser vê-los: ou seja, na minha cara. Ah, senhor doutor, toda piedade vai com os que partem; para os que ficam, nada! Nos primeiros tempos também chorei, é claro; mas depois tive que me conformar e agora... agora tento levar adiante e até me divertir, quando posso, já que o mundo é assim!

Perturbado pela delicadeza provocante e pela simpatia que a bela mulher lhe demonstrava, o jovem doutor baixou os olhos e disse:

— Mas talvez seja porque a senhora ainda tem muito que viver. Já a pobrezinha...

— Que nada! Aquela? — respondeu vivamente Ninfarosa. — Ela também ainda duraria muito, eh!, reverenciada e bem servida. Se quisesse. Mas não quer.

— Como assim? — perguntou o doutor espantado, erguendo as sobrancelhas.

Ao ver a bela carinha assustada, Ninfarosa desatou a rir, descobrindo os dentes fortes e brancos, que davam a seu sorriso a beleza esplêndida da saúde.

— Mas claro! — disse. — Não quer, senhor doutor! Ela tem um filho aqui, o último, que quer cuidar dela e tê-la ao seu lado.

— Um outro filho? Ela?

— Sim, senhor. O nome dele é Rocco Trupía. Mas ela não quer nem saber.

— E por quê?

— Porque é maluca, não lhe disse? Chora noite e dia por aqueles dois que a abandonaram e não quer aceitar nem um pedaço de pão do outro, que implora de mãos juntas. Coisa de gente estranha, sim.

Não querendo se mostrar mais uma vez espantado e a fim de ocultar a perturbação crescente, o doutor fechou o cenho e disse:

— Talvez esse filho a tenha tratado mal.

— Não creio — disse Ninfarosa. — Feio, ele é: sempre enfezado; mas não é mau. E trabalha muito! Trabalho, mulher e filhos: não conhece outra coisa. Se vossa senhoria quiser matar essa curiosidade, não precisa andar muito. Olhe, seguindo por esta rua, a menos de quinhentos metros, saindo do vilarejo, o senhor encontrará à direita aquela que chamam a Casa da Coluna. Ele está lá. Mantém alugada uma outra, que lhe dá bons rendimentos. Vá até lá e veja que é como lhe digo.

O doutor se ergueu. Bem disposto pela conversa, animado com a suave manhã de setembro e interessado mais do que nunca no caso daquela velha, disse:

— Vou com certeza.

Ninfarosa levou as mãos atrás da nuca para ajeitar os cabelos presos no espadim de prata e, entreolhando o doutor com olhos sorridentes e prometedores, disse:

— Então bom passeio. Estou às suas ordens!

Depois da subida, o doutor parou para recuperar o fôlego. Mais umas poucas casinhas aqui e ali, e o vilarejo terminava; a ruazinha desembocava na estrada provincial que corria reta e poeirenta por mais de uma milha sobre o vasto altiplano, entre os campos: na maior parte, terras para o trigo, agora amarelas de restolhos. Um magnífico pínus marítimo surgia à esquerda, como um gigantes-

O OUTRO FILHO   247

co sombreiro, meta das habituais caminhadas vespertinas dos senhores de Farnia. Uma longa cadeia de montes azulados limitava o altiplano bem ao fundo; densas nuvens candentes, macias, estavam atrás dela como à espreita: alguma de vez em quando se destacava, vagava lenta pelo céu e passava sobre o monte Mirotta, que surgia atrás de Farnia. Naquela passagem, o monte desvanecia numa sombra escura, violácea, e logo resplandecia. O sossego silentíssimo da manhã era rompido de quando em quando pelos disparos de caçadores em busca de codornas ou da chegada das cotovias; àqueles disparos, seguia-se um longo e furioso latido de cães de guarda.

O doutor andava a bom passo pela estrada, olhando de ambos os lados as terras áridas que esperavam as primeiras chuvas para serem cultivadas. Mas faltavam braços, e de todos aqueles campos exalava um senso profundo de tristeza e abandono.

Mas lá estava a Casa da Coluna, dita assim porque sustentada numa extremidade por uma coluna de antigo templo grego, corroída e retalhada. Era realmente um barraco; uma *coisa*, como os camponeses da Sicília chamam suas habitações rurais. Guarnecida, atrás, por uma cerrada fileira de figos-da-índia, tinha diante de si dois grandes palheiros cônicos.

— Ô de casa! — chamou o doutor, detendo-se na cancela enferrujada e caída, porque tinha medo de cachorros.

Veio um meninote de cerca de dez anos, descalço, com uma selva de cabelos vermelhos, mas desbotados pelo sol, e um par de olhos esverdeados, de bicho arredio.

— Tem cachorro? — perguntou o doutor.

— Tem; mas ele não faz nada — respondeu o garoto.

— Você é filho de Rocco Trupía?

— Sim, senhor.

— Onde seu pai está?

— Descarregando o adubo, lá, com as mulas.

Sobre a mureta diante da *coisa* estava sentada a mãe, penteando a filha maior, que devia ter uns doze anos, sentada num balde de lata emborcado, com um bebê de poucos meses nos joelhos. Um outro menino se arrastava na terra, entre as galinhas que não o temiam, embora um belo galo, cheio de si, espichasse o pescoço e balançasse a crista.

— Gostaria de falar com Rocco Trupía — disse o jovem doutor à senhora.
— Sou o novo médico da cidade.

A mulher permaneceu um tempo a observá-lo, inquieta, sem entender o que aquele médico podia querer com seu marido. Cobriu com a camisa áspera o busto, que deixara descoberto desde que amamentara o bebê, abotoou-se e ergueu-se para oferecer uma cadeira. O médico não quis e se inclinou para acariciar o menininho no chão, enquanto o outro garoto corria para chamar o pai.

Pouco depois se ouviu a pisada de grandes botas e, por entre os figos-da-índia, apareceu Rocco Trupía, que caminhava curvo, com as pernas largas, em arco, e uma mão nas costas, como a maioria dos camponeses.

O nariz largo, achatado, e o longo lábio superior, cheio, arrebitado, davam-lhe um aspecto simiesco; tinha cabelos ruivos e a pele do rosto pálida, cheia de sardas; os olhos verdes e cavos lançavam de vez em quando olhares turvos, esquivos.

Ergueu a mão e fez um breve movimento para trás com o barrete preto, em sinal de cumprimento.

— Beijo a mão de vossa senhoria. O que o senhor deseja?

— Eu vim até aqui — começou o médico — para falar da sua mãe.

Rocco Trupía estremeceu:

— Ela está mal?

— Não — apressou-se em dizer o outro. — Está como sempre; mas muito envelhecida, maltrapilha, sem cuidados...

À medida que o doutor falava, a perturbação de Rocco Trupía aumentava. Por fim, não se conteve e disse:

— Senhor doutor, tem mais alguma ordem para mim? Estou pronto a servi-lo. Mas, se vossa senhoria veio aqui para falar da minha mãe, peço licença, mas vou voltar ao trabalho.

— Espere... Sei que ela não está assim por sua causa — disse o médico, tentando detê-lo. — Ao contrário, me disseram que o senhor...

— Venha cá, senhor doutor — disse Rocco Trupía de repente, apontando a porta da *coisa*. — É casa de pobre, mas, se vossa senhoria é médico, já deve ter visto muitas outras parecidas. Quero lhe mostrar a cama feita e sempre à disposição daquela... boa velha: é minha mãe, não posso chamá-la de outro modo. Aqui está minha mulher, meus filhos: posso atestar ao senhor como recomendei a eles que servissem e respeitassem a velha como a Maria Santíssima. Porque a

O OUTRO FILHO   249

mãe é santa, senhor doutor! O que eu fiz a esta mãe? Por que me repudia assim, diante de toda a cidade, dando a entender sabe-se lá o que a meu respeito? Eu cresci, senhor doutor, com os parentes do meu pai, é verdade, desde criança; não deveria respeitá-la como mãe, porque ela sempre foi dura comigo; no entanto, sempre a respeitei e lhe quis bem. Quando seus filhos ingratos partiram para a América, fui correndo até ela para trazê-la a fim de morar aqui comigo, como a rainha da minha casa. Mas não, senhor! Prefere viver como a mendiga do vilarejo, quer oferecer esse espetáculo às pessoas e me expor à vergonha! Senhor doutor, juro que, se um daqueles filhos voltar a Farnia, mato o desgraçado, pela vergonha e por todo o sofrimento que há catorze anos passo por causa deles: mato, assim como estou falando com o senhor, na presença da minha mulher e destes quatro inocentes!

Tremendo e ainda mais pálido do que antes, Rocco Trupía enxugou a boca espumosa com o braço. Os olhos estavam injetados de sangue.

O jovem doutor continuou a olhá-lo, indignado.

— Aí está — disse ele —, é por isso que sua mãe não quer aceitar sua hospitalidade: por causa desse ódio que o senhor nutre por seus irmãos! É claro.

— Ódio? — fez Rocco Trupía, cerrando os punhos atrás das costas e avançando. — Ódio, sim, senhor doutor, pelo sofrimento que eles causaram à mãe deles e a mim! Mas antes, quando estavam aqui, eu os amava e respeitava como irmãos mais velhos. E eles, ao contrário, sempre foram dois Cains comigo! Mas escute: eles não trabalhavam, e eu trabalhava por todos; vinham aqui me dizer que não tinham o que cozinhar à noite; que mamãe iria dormir em jejum; e eu dava. Eles então se embriagavam, farreavam com as mulheres da vida, e eu dava. Quando partiram para a América, eu me matei por eles. Aqui está minha mulher de testemunha.

— E então por quê? — disse de novo o doutor, quase a si mesmo.

Rocco Trupía riu com sarcasmo:

— Por quê? Porque minha mãe diz que não sou filho dela!

— Como?

— Senhor doutor, peça que ela mesma lhe explique. Não tenho tempo a perder: os homens ali estão me esperando com as mulas carregadas de adubo. Preciso trabalhar e... olhe, estou todo trêmulo. Peça explicações a ela. Beijo-lhe as mãos.

E Rocco Trupía foi embora, curvo, assim como viera, com as pernas largas e em arco, as mãos nas costas. O doutor o seguiu com os olhos por um tempo, depois olhou os pequenos, que estavam como paralisados, e a mulher. Ela juntou as mãos e, agitando-as de leve e fechando amargamente os olhos, emitiu o suspiro dos resignados:

— Que Deus nos ajude!

Retornando ao vilarejo, o doutor quis logo pôr em pratos limpos aquele caso tão estranho, de aparência quase inverossímil; e, reencontrando a velha ainda sentada no degrau em frente à porta de sua casa, tal como a deixara, convidou-a a subir com certa aspereza na voz.

— Estive falando com seu filho, na Casa da Coluna — disse ele. — Por que a senhora não me disse que tinha esse outro filho?

Maragrazia o olhou com ar perdido e, depois, aterrorizado; então passou as mãos trêmulas na testa e nos cabelos e disse:

— Ah, senhorzinho: até suo frio quando vossa senhoria menciona esse filho. Não fale dele, por caridade!

— Mas por quê? — perguntou irritado o doutor. — O que ele lhe fez? Diga logo!

— Não me fez nada — apressou-se em responder a velha. — Isso eu devo reconhecer, em sã consciência! Aliás, sempre me quis perto dele, respeitoso... Mas eu... vê como estou tremendo, senhorzinho, só de falar sobre o assunto? Não posso falar! Porque aquele lá não é filho meu, senhor doutor!

O jovem médico perdeu a paciência e prorrompeu:

— Mas como não é seu filho? O que está dizendo? A senhora é estúpida ou realmente louca? Não foi a senhora que o fez?

Diante desse ataque, a velha inclinou a cabeça, fechou os olhos sanguíneos, respondeu:

— Sim, senhor. E talvez eu seja estúpida. Louca, não. Deus quisesse! Não penaria tanto. Mas certas coisas vossa senhoria não pode entender, porque ainda é um rapaz. Tenho cabelos brancos, já estou penando há muito tempo e já vi de tudo! Já vi de tudo! Vi coisas, senhorzinho, que vossa senhoria não pode sequer imaginar.

— Mas o que a senhora viu? Fale! — incitou o doutor.

— Coisas negras! Coisas negras! — suspirou a velha, balançando a cabeça.

— Vossa senhoria ainda não estava nem nos pensamentos de Deus, e vi coisas com estes olhos que desde então choraram lágrimas de sangue. Por acaso vossa senhoria já ouviu falar de um certo Canebardo?

— Garibaldi? — indagou o médico, boquiaberto.

— Sim, senhor, que veio para as bandas de cá e fez uma rebelião contra todas as leis dos homens e de Deus, no campo e na cidade? Já ouviu falar?

— Sim, sim, diga! Mas o que Garibaldi tem a ver com o caso?

— Tem a ver, porque vossa senhoria deve saber que esse Canebardo deu ordens, quando esteve aqui, para abrir todas as cadeias de todas as cidades. Ora, imagine então vossa senhoria a fúria de Deus que se desencadeou em nossas terras! Os piores ladrões, os piores assassinos, bestas selvagens, sanguinárias, embrutecidas por tantos anos de prisão... Entre esses, havia um, o mais feroz de todos, um tal Cola Camizzi, chefe de bando, que trucidava as pobres criaturas de Deus, assim, por prazer, como se fossem moscas, para testar a pólvora, como ele dizia, para ver se a carabina estava funcionando bem. Esse um se meteu pelos campos e veio dar nas nossas bandas. Passou por Farnia com um bando de camponeses, que ele juntara; mas não estava contente, queria outros, e matava todos os que não queriam segui-lo. Eu estava casada fazia uns anos e já tinha aqueles dois filhinhos, que agora estão lá, na América, sangue meu! Estávamos nas terras de Pozzetto, onde meu marido, santa alma, era meeiro. Cola Camizzi passou por lá e arrastou ele também, meu marido, à força. Dois dias depois, vi meu marido retornar como um morto; não parecia mais ele; não conseguia falar, com os olhos cheios daquilo que havia visto, e escondia as mãos, pobrezinho, com repulsa do que fora obrigado a fazer... Ah, senhorzinho, meu coração transbordou quando o vi assim, na minha frente: "Meu Nino!", gritei (santa alma!), "meu Nino, o que você fez!". Não podia falar. "Escapou de lá? E se voltarem? Matam você!". O coração, o coração falava por mim. Mas ele, calado, sentou-se perto do fogo sempre com as mãos escondidas, assim, debaixo do casaco, os olhos delirantes, e ficou um tempo olhando o chão, até que disse: "Melhor morto!". Só disse isso. Ficou três dias escondido, no quarto, saiu... a gente era pobre, precisava trabalhar. Saiu para trabalhar. A noite veio; ele não voltou... Esperei, esperei; ah, Deus! Mas já sabia, tinha imaginado. No entanto, pensava: "Quem sabe? Talvez não o tenham matado; talvez o tenham levado de novo!". Depois de seis dias, vim a saber que Cola Camizzi estava com seu bando no feudo de Montelusa, propriedade dos padres Liguorini, que tinham fugido. Fui até lá, feito uma louca. De Pozzetto até lá eram umas seis milhas de estrada. Era um dia de vento, senhorzinho, como nunca mais vi na minha vida. O vento se vê? Mas naquele dia se via! Parecia que todas as almas dos assassinados gritavam vingança aos homens e a Deus. Enfrentei aquele vento, toda desfeita, e ele me levou: eu gritava mais do que ele. Voei: devo ter levado apenas uma hora para chegar até o convento, que ficava lá no alto, bem no alto, entre muitos choupos escuros. Havia um grande pátio murado. Entrava-se ali por uma portinha bem pequena, que ficava de lado, meio escondida, ainda me lembro, por um grande arbusto de cáparis que subia pelo muro. Peguei uma pedra para bater mais forte na porta; bati, bati; não vieram abrir; mas bati tanto que finalmente abriram. Ah, o que eu vi!

Nesse ponto, Maragrazia ergueu-se de pé arrebatada pelo horror, os olhos sanguíneos esbugalhados, e alongou uma das mãos com os dedos esticados de repulsa. A princípio a voz lhe faltou, mas depois prosseguiu:

— Na mão... — disse —, na mão... daqueles assassinos...

Parou de novo, como sufocada, e agitou aquela mão, como se quisesse atirar alguma coisa.

— E então? — perguntou o doutor, atônito.

— Estavam ali, naquele pátio... estavam jogando bocha... mas com cabeças de homens... escuras, cheias de terra... seguravam pelos cabelos... e uma, a do meu marido... estava na mão dele, Cola Camizzi... e ele a mostrou para mim. Dei um grito que me rasgou a garganta e o peito, um grito tão forte que os assassinos tremeram; mas, quando Cola Camizzi meteu a mão no meu pescoço para me calar, um deles saltou-lhe em cima, furioso; e então quatro, cinco, dez, tomando coragem, partiram para cima dele e o cercaram. Estavam fartos, revoltados com a tirania feroz daquele monstro, senhor doutor, e tive a satisfação de vê-lo degolado ali mesmo, debaixo dos meus olhos, pelos próprios companheiros, cão assassino!

A velha desabou na cadeira, acabada, ofegante, agitada por um tremor convulsivo.

O jovem doutor continuou a olhá-la, estarrecido, com uma expressão de piedade, repulsa e horror. Mas, passado o primeiro espanto, quando conseguiu recompor as ideias, não soube compreender que nexo havia entre aquela tenebrosa história e o caso do outro filho; e perguntou a ela.

— Espere — respondeu a velha, assim que recobrou o fôlego. — Aquele que primeiro se rebelou, que tomou a minha defesa, se chamava Marco Trupía.

— Ah! — exclamou o médico. — Então, este Rocco...

O OUTRO FILHO 253

— É filho dele — respondeu Maragrazia. — Mas pense, senhor doutor, se eu podia ser a mulher daquele homem depois de tudo o que vi! Ele me quis de qualquer jeito; manteve-me três meses com ele, amarrada, amordaçada, porque eu gritava, mordia... Depois de três meses, a Justiça o capturou e o trancafiou na prisão, onde morreu pouco depois. Mas eu fiquei grávida. Ah, senhorzinho, juro que eu teria arrancado as minhas vísceras: parecia que eu estava gerando um monstro! Sentia que não conseguiria vê-lo nos meus braços. Só de pensar que precisaria lhe dar o peito, gritava como uma louca. Estive a ponto de morrer quando dei à luz. Minha mãe tratou de mim, santa alma, nem me deixou vê-lo: levou-o imediatamente para os seus parentes, que cuidaram dele... Agora me diga, senhor doutor, se posso dizer que ele é realmente um filho meu.

O jovem doutor permaneceu um tempo calado, absorto em pensamentos; então disse:

— Mas no fundo, ele, o seu filho, que culpa tem?

— Nenhuma! — respondeu imediatamente a velha. — E quando foi que saiu da minha boca uma única palavra contra ele? Nunca, senhor doutor! Ao contrário... Mas o que posso fazer se não consigo vê-lo nem de longe? É a cara do pai, senhorzinho; nas feições, no corpo, até na voz... Começo a tremer e a suar frio assim que o vejo! Não sou eu, é o sangue que se rebela! O que posso fazer?

Esperou um pouco, enxugando os olhos com o dorso das mãos; depois, temendo que a leva de emigrantes partisse de Farnia sem a carta para seus filhos verdadeiros, os filhos adorados, tomou coragem e disse ao doutor ainda absorto:

— Se vossa senhoria pudesse fazer a gentileza que me prometeu...

E como o doutor, voltando a si, lhe disse que estava pronto, ela se aproximou com a cadeira da escrivaninha e, mais uma vez, com a mesma voz lacrimosa, começou a ditar:

— "Queridos filhos..."

"L'altro figlio", 1905

Apelo à obrigação

Paolino Lovico caiu feito morto num banco em frente à farmácia Pulejo, na piazza Marina. Olhou lá dentro e, enxugando o suor que lhe escorria dos cabelos pelo rosto congestionado, perguntou a Saro Pulejo:

— Já passou por aqui?

— Gigi? Não. Mas ficará pouco tempo. Por quê?

— Por quê? Porque sim, ora! Porque... Quantas coisas você quer saber!

Pôs o lenço estendido na cabeça, apoiou os cotovelos nos joelhos, o queixo nas mãos e ficou ali, olhando o chão, sombrio, com o cenho franzido.

Todos o conheciam na piazza Marina. Passou um amigo:

— Oi, Paolì!

Lovico ergueu os olhos e os baixou imediatamente, resmungando:

— Me deixem em paz!

Um outro amigo:

— Paolì, o que você tem?

Dessa vez Lovico arrancou o lenço da cabeça e sentou-se noutra posição, quase com o rosto na parede.

— Paolì, você está bem? — perguntou-lhe então Saro Pulejo, do balcão.

— Oh, mas que diabo! — explodiu Paolino Lovico, precipitando-se dentro da farmácia. — O que você quer comigo, posso saber? Quem lhe perguntou alguma coisa? Se você está mal, se está bem, o que você tem ou não tem? Me deixe em paz!

— Ih — fez Saro. — Alguma tarântula o mordeu? Você perguntou por Gigi, e eu achei que...

— Mas por acaso só eu existo na face da Terra? — gritou Lovico com os braços ao vento e os olhos injetados. — Não posso ter um cachorro doente? Uma galinha-d'angola com tosse? Faça seu trabalho, pelo amor de Deus, minha Nossa Senhora!

— Ah, olha o Gigi aqui! — disse Saro, rindo.

Gigi Pulejo entrou apressado, depois de passar pela caixa de correio para ver se havia mensagens para ele.

— Olá, Paolì!

— Está com pressa? — perguntou preocupado Paolino Lovico, sem responder ao cumprimento.

— Muita, sim — suspirou o doutor Pulejo, jogando o chapéu sobre a nuca e abanando a testa com o lenço. — Nestes últimos dias, meu caro, está um negócio sério.

— Eu não disse? — guinchou Paolino Lovico cheio de raiva, com os punhos erguidos. — Que epidemia é? *Cholera morbus*? Peste bubônica? Um câncer que vai levar todo mundo? Você precisa me ouvir! Ouça: morto por morto, eu estou aqui! Tenho direito à precedência. Oh, Saro, você não tem nada para triturar no pilão?

— Nada, por quê?

— Então vamos embora! — retomou Lovico, agarrando Gigi Pulejo pelo braço e arrastando-o para fora. — Não posso falar aqui!

— É assunto demorado? — perguntou-lhe o doutor, já na rua.

— Demoradíssimo!

— Meu caro, sinto muito, não tenho tempo.

— Não tem tempo? Sabe o que vou fazer? Vou me jogar debaixo de um bonde, quebrar uma perna e forçá-lo a ficar do meu lado a tarde inteira. Aonde está indo?

— O primeiro lugar é aqui perto, na rua Butera.

— Acompanho você — disse Lovico. — Você sobe para a consulta, e eu espero lá embaixo; depois continuamos a conversa.

— Mas, afinal de contas, que diabo você tem? — perguntou o doutor Pulejo, parando um pouco para observá-lo.

Paolino Lovico abriu os braços sob os olhos do doutor, dobrou as pernas, relaxou o corpinho deselegante e respondeu:

— Meu querido Gigino, sou um homem morto!

E seus olhos se encheram de lágrimas.

— Diga, diga — incitou o doutor —, vamos, o que lhe aconteceu?

Paolino deu alguns passos, parou mais uma vez e, segurando Gigi Pulejo pela manga, iniciou misteriosamente:

— Falo a você como a um irmão, veja bem! Aliás, não. O médico é como o confessor, não é?

— Claro. Também temos o segredo profissional.

— Certo. Então lhe falo sob o sigilo da confissão, como a um sacerdote.

Pôs uma das mãos sobre o estômago e, com um olhar de entendimento, acrescentou solenemente:

— Segredo, hein?

Depois, esbugalhando os olhos e juntando o indicador e o polegar, quase para pesar as palavras que estava para dizer, sibilou:

— Petella tem duas casas.

— Petella? — perguntou Gigi Pulejo, espantado. — Quem é Petella?

— Petella, o capitão, pelo amor de Deus! — prorrompeu Lovico. — Petella, da Navegação Geral.

— Não conheço — asseverou o doutor Pulejo.

— Não conhece? Melhor ainda! Mas, mesmo assim, é segredo! Oh, duas casas — repetiu com o mesmo ar circunspecto e grave. — Uma aqui, outra em Nápoles.

— E daí?

— Ah, você acha pouco? — retorquiu Paolino Lovico, contorcendo-se todo na raiva que o devorava. — Um homem casado, que se aproveita canalhamente de seu ofício de marinheiro para construir uma casa noutra cidade, acha pouco? Mas isso é grave, pelo amor de Deus!

— Gravíssimo, quem disse o contrário? Mas o que você tem a ver com isso? Qual é seu problema?

— O que eu tenho a ver? Qual é o meu problema?

— Desculpe, mas a mulher de Petella é parente sua?

— Não! — vociferou Paolino Lovico com sangue nos olhos. — É uma pobre mulher, que sofre as penas do inferno! Uma mulher honesta, entende? Traída de modo infame, entende? Pelo próprio marido. E é preciso ser parente para sentir esse asco?

— Mas, me desculpe, o que é que eu posso fazer? — perguntou Gigi Pulejo, encolhendo os ombros.

— Você não me deixa dizer! Mas que diabo! Que miséria! Que desgraça! — bufou Lovico. — Está vendo que calor? Estou morrendo de calor! Aquele caro Petella, aquele caríssimo Petella não se contenta em trair a mulher e ter outra casa em Nápoles; tem três ou quatro filhos lá, com a outra, e um com a mulher. Não quer ter outros! Mas os de lá, como você já percebeu, não são legítimos: no caso de ter algum outro filho e esse filho o incomodar, pode dispensá-lo como se não fosse nada. Mas aqui, com a mulher, ele não poderia se desfazer de um filho legítimo. E aí, o que é que o salafrário faz? (Oh, essa história já dura dois anos!) Nos dias em que desembarca aqui, agarra-se ao menor pretexto para brigar com a mulher; e à noite se tranca e vai dormir sozinho. No dia seguinte, torna a partir, e fica por isso mesmo. Há dois anos é assim!

— Pobre senhora! — exclamou Gigi Pulejo, com uma comiseração que não o impediu de esboçar um sorriso. — Mas eu, me desculpe... ainda não entendi.

— Escute, meu caro Gigino — retomou Lovico com outro tom, apoiando-se no braço do doutor. — Faz quatro meses que dou aulas de latim ao garoto, ao filho de Petella, que tem dez anos e está cursando o primeiro ano ginasial.

— Ah — fez o doutor.

— Se soubesse quanta pena sinto daquela senhora infeliz! — continuou Lovico. — Quantas lágrimas, quantas lágrimas a pobrezinha chorou... E que bondade! É até bonita, sabe? Se fosse feia, eu até entenderia... Mas é bonita! E ser tratada assim, traída, desprezada e largada num canto, lá, como um trapo inútil... Queria ver quem conseguiria resistir! Quem não se rebelaria! E quem poderia condená-la? É uma mulher honesta, uma mulher que precisa absoluta-mente ser salva, Gigino! Você entende? Agora ela se encontra numa terrível condição... Desesperada!

Gigi Pulejo parou e olhou Lovico severamente.

— Ah, não, meu caro! — disse. — Essas coisas eu não faço. Não quero ter nada a ver com o código penal.

— Mas que pedaço de animal! — detonou Paolino Lovico. — O que você está imaginando? O que imagina que quero de você? Acha que sou o quê? Pensa que sou um homem imoral? Um canalha? Que quero a sua ajuda para... oh! Isso me dá nojo, horror, só de pensar!

— Mas então que diabo você quer comigo? Não estou entendendo! — gritou o doutor Pulejo, impaciente.

— Quero o que é justo! — gritou por sua vez Paolino Lovico. — Quero a moral! Quero que Petella seja um bom marido e não bata a porta na cara da mulher ao chegar aqui!

Gigi Pulejo desatou numa fragorosa risada.

— E o que... e o que pre... e o que pretende... oh, oh, oh... ah, ah, ah... pre... pretende que eu... po... po... pobre Pet... ah, ah, ah... o asno... o asno que cuide... oh, oh, oh...

— Do que você está rindo, sua besta? — mugiu tremendo e agitando os punhos Paolino Lovico. — Há uma tragédia à vista, e você ri? Há um canalha que não quer cumprir suas obrigações, e você ri? Uma mulher cuja honra, cuja vida está ameaçada, e você ri? Nem falo por mim! Já sou um homem morto, vou me atirar no mar se você não me socorrer, entendeu?

— Mas que socorro posso lhe dar? — perguntou Pulejo, ainda sem conseguir conter as risadas.

Paolino Lovico parou resolutamente no meio da rua, apertando com força o braço do doutor.

— Sabe o que vai acontecer? — disse-lhe, feroz. — Petella chega esta noite; partirá amanhã para o Oriente; vai a Esmirna; ficará fora cerca de um mês. Não há tempo a perder! Ou é agora, ou tudo estará perdido. Por favor, Gigino, me salve! Salve aquela pobre mártir! Você deve ter algum meio, um remédio... Não ria, pelo amor de Deus, senão eu esgano você! Ou então ria, ria do meu desespero, se quiser, mas me ajude... me dê um remédio... algum meio, qualquer coisa...

Gigi Pulejo chegara à casa da rua Butera onde tinha uma consulta. Tentou parar de rir como pôde e então disse:

— Enfim, você quer impedir que o capitão arranje um pretexto para brigar com a mulher esta noite?

— Exatamente!

— Pela moral, não é mesmo?

— Pela moral. Vai continuar o deboche?

— Não, não, agora falo sério. Ouça: agora vou subir; quanto a você, volte à farmácia e me espere lá, com Saro. Não demoro.

— Mas o que pretende fazer?

APELO À OBRIGAÇÃO 259

— Deixe por minha conta! — assegurou o médico. — Vá ver Saro e me espere.

— Venha logo, hein? — gritou Lovico atrás dele, de mãos juntas.

Ao pôr do sol, Paolino estava no porto para assistir à chegada do capitão Petella a bordo do *Segesta*. Queria pelo menos avistá-lo de longe, nem sabia bem por quê; ver sua empáfia e despejar-lhe um monte de palavras ruins.

Depois do assédio ao doutor Pulejo e da ajuda que obtivera dele, esperava que a agonia que o invadira desde a manhã diminuísse ao menos um pouco. Mas que nada! Após ter levado à senhora Petella um embrulho misterioso de docinhos com creme (que o capitão adorava) e sair da casa dela, começou a vagar para cá e para lá, e a agonia cresceu cada vez mais.

E agora? A noite chegara. Gostaria de ir para a cama o mais tarde possível. Mas logo se cansou de perambular pela cidade, com a ansiedade exacerbada pelo temor de brigar com algum de seus inúmeros conhecidos que tivesse a infeliz ideia de se aproximar dele.

Porque ele tinha a desgraça de ser "transparente". Com certeza! E essa sua transparência era hilariante para todos os hipócritas forrados de mentiras. Parecia que a visão clara e aberta das paixões, inclusive as mais tristes e angustiantes, tinha o poder de provocar o riso de todos os que nunca as experimentaram ou que, habituados a mascará-las, não as reconheciam mais num homem como ele, que padecia a desgraça de não saber ocultá-las e dominá-las.

Entocou-se em casa; deitou vestido na cama.

Como estava pálida, como estava pálida a pobre coitada quando ele lhe deixara o embrulho de doces! Tão pálida, e com os olhos perdidos no sofrimento, não estava nada bonita...

— Sorria, querida! — recomendou-lhe com lágrimas na garganta. — Arrume-se bem, por favor! Vista aquela camisa de seda japonesa que cai tão bem em você... Mas, principalmente, pelo amor de Deus, não deixe que ele a veja assim, como num funeral... Ânimo, ânimo! Preparou tudo direitinho? Olha lá, ele não pode ter nenhum motivo de queixa! Coragem, querida, e até amanhã! Vamos torcer... E não se esqueça de pendurar um lenço como sinal, naquela cordinha ali, em frente à janela do seu quarto. Amanhã de manhã, meu primeiro pensamento será vir até aqui... Faça tudo para que eu veja esse sinal, querida, faça tudo!

E, antes de ir embora, salpicou com lápis azul os "dez" e os "dez com louvor" no caderninho de versões do filho bronco, que desmaiava só de ouvir o latim.

— Nonò, mostre o caderninho a papai... Vai ver como ele ficará contente! Continue assim, querido, continue assim e daqui a alguns anos saberá latim melhor do que o ganso do Campidoglio*, aquele, Nonò, que expulsou os gauleses, lembra? Viva Papirio**! Alegria, alegria! Todos alegres nesta noite, Nonò! Papai está chegando! Fique alegre e bonzinho, limpo, bem-comportado! Deixe-me ver suas unhas... Estão limpas? Muito bem. Cuidado para não se sujar! Viva Papirio, Nonò, viva Papirio!

Os docinhos... E se o imbecil do Pulejo quisesse lhe pregar uma peça? Não, não, isso não. Ele entendera a gravidade do caso. Se o enganasse, estaria cometendo uma brincadeira inominável. Mas... mas... mas... e se o remédio não fosse tão eficaz quanto ele havia garantido?

O desinteresse, ou melhor, o desprezo daquele homem pela própria mulher o enfurecia como se fosse uma ofensa dirigida diretamente a ele. Mas claro! Como é que aquela mulher, que a ele, Paolino Lovico, não só lhe contentava, mas também lhe parecia tão digna de ser amada, tão desejável, não era minimamente levada em conta por aquele canalha? Como se ele, Paolino Lovico, se contentasse com o refugo de um outro — uma mulher que, para o outro, não valia nada. Oh, por acaso a senhora de Nápoles era melhor? Mais bonita do que a mulher? Ele gostaria de tirar a prova! Colocar uma ao lado da outra e depois mostrá-las a ele e gritar nas suas fuças:

— Ah, então prefere aquela outra? Isso porque você é um estúpido, sem discernimento e sem gosto! E não só porque sua mulher vale cem mil vezes mais! Olhe para ela! Olhe bem! Como pode ter a coragem de não tocar nela? Você não entende as nuances... não entende a beleza delicada... a suavidade da graça melancólica! Você é um animal, um porcalhão, que não consegue perceber essas coisas; e por isso a despreza. Além disso, quer comparar uma mulherzinha ordinária com uma senhora direita, uma mulher honesta?

---

* Segundo a lenda, o ganso que, com seus gritos, despertou os soldados romanos, contribuindo assim para a derrota dos gauleses na colina do Campidoglio. (N.T.)

** Família patrícia romana (Papirius) das mais antigas e ilustres, presente nas decisões políticas de Roma desde pelo menos o fim da Monarquia, no séc. VI a.C., cuja dinastia é também conhecida como "Gens Papiria". Nesta passagem, Pirandello pode estar se referindo a Caius Papirius, orador e político romano que defendeu as reformas de Tibério Graco e suicidou-se em 120 a.C. (N.T.)

Ah, que noite terrível foi aquela! Nem um minuto de trégua...

Quando finalmente lhe pareceu que começava a clarear, não conseguiu mais conter a agitação.

A senhora Petella não compartilhava o mesmo leito do marido, sua cama ficava em outro quarto; sendo assim, ela poderia pendurar o lenço no cordão da janela já naquela noite, a fim de livrá-lo da angústia. Devia imaginar que ele não tinha pregado o olho durante toda a noite e que, assim que despontasse a aurora, ele iria para lá.

Assim pensava, enquanto corria à casa de Petella. Incitado por um desejo ardente, estava tão seguro de que encontraria o sinal na janela que o fato de não o encontrar foi uma verdadeira morte para ele. Sentiu as pernas bambas. Nada! Nada! E que aspecto fúnebre naquelas persianas abaixadas...

Um impulso selvagem assaltou de repente o seu espírito: subir, invadir o quarto de Petella e esganá-lo ali mesmo, na cama!

E, como se realmente tivesse subido e cometido o delito, sentiu-se repentinamente exausto, acabado, um saco vazio. Tentou se animar; pensou que talvez ainda fosse cedo; que talvez ele pedisse demais ao pretender que ela se levantasse de noite e armasse o sinal para que ele o visse ao alvorecer; que talvez não tivesse conseguido... quem sabe?

Ora, ainda não havia razões para desesperar... Ele esperaria. Mas não ali. Se esperasse ali, cada minuto seria uma eternidade... Mas as pernas... não sentia mais as pernas!

Por sorte, dobrando a primeira esquina, avistou a poucos passos um café aberto, um bar para os operários que iam bem cedo para o estaleiro, ali perto. Entrou; deixou-se cair no banco de madeira.

Não havia ninguém; não se via nem mesmo o dono do bar; mas se ouviam barulhos e vozes vindos de lá, do antro escuro, onde talvez estivessem acabando de acender os fornos.

Quando dali a pouco um homenzarrão se apresentou, em mangas de camisa, perguntando o que ele desejava, Paolino Lovico dirigiu-lhe um olhar atônito, turvo, e então respondeu:

— Um lenç... quer dizer... um café! Forte, bem forte, por favor!

Foi servido imediatamente. Mas claro! Metade caiu-lhe no corpo, metade ele cuspiu da boca, saltando de pé. Minha nossa! Estava fervendo.

— O que houve, meu senhor?

— Aaahhh... — resfolegava Lovico com olhos e boca esbugalhados.

— Um pouco d'água, um pouco d'água... — sugeriu-lhe o dono do café. — Tome, beba um gole d'água!

— E a calça? — gemeu Paolino, olhando sua roupa.

Tirou o lenço do bolso, embebeu uma ponta no copo e se pôs a esfregar a mancha com força. Que sensação de frescor na coxa isso lhe dava!

Estendeu o lenço molhado, olhou para ele, empalideceu, pôs umas moedinhas na bandeja e foi embora. Mas, assim que dobrou a travessa, paf!, deu de cara com o capitão Petella.

— Oh, o senhor por aqui?

— Pois é... eu... eu... — balbuciou Paolino Lovico sem uma gota de sangue nas veias — acordei muito cedo... e...

— Um passeiozinho matinal? — completou a frase Petella. — Sorte a sua! Sem incômodos... sem preocupações... Livre! Solteiro!

Lovico afundou-lhe os olhos nos olhos para tentar descobrir se... Mas só o fato de o bestalhão já estar fora de casa àquela hora, e ainda mais com aquele ar enfadado, de mau tempo... — ah, miserável! Certamente brigara com a mulher naquela noite também! (Eu mato o desgraçado — pensou Lovico —, palavra de honra que o mato!) No entanto, acrescentou com um sorrisinho:

— Mas também o senhor, pelo que vejo...

— Eu? — grunhiu Petella. — O quê?

— Bem... a esta hora...

— Ah, só porque me vê fora de casa tão cedo? Uma noite horrível, meu caro professor! O calor, talvez... não sei!

— O senhor não... não dormiu bem?

— Não dormi nada! — gritou Petella, exasperado. — E quando não durmo... quando não consigo pegar no sono... fico uma fera!

— É que... me desculpe... que culpa... — prosseguiu balbuciando Lovico, todo trêmulo, mas sorridente —, que culpa os outros têm?

— Os outros? — indagou Petella espantado. — O que os outros têm a ver com isso?

— Mas... se o senhor está dizendo que fica uma fera! Fica uma fera com quem? Com quem se desafoga se faz calor?

— Comigo mesmo, com o tempo, com todo mundo! — prorrompeu Petella. — Preciso de ar... estou acostumado com o mar... e a terra, caro professor, a ter-

APELO À OBRIGAÇÃO   263

ra é insuportável para mim, especialmente no verão... a casa... as paredes... os problemas... as mulheres.

("Eu o mato! Palavra de honra que o mato!", tremia Lovico.) E com o mesmo sorrisinho: — Até as mulheres?

— Ah, sabe? Comigo as mulheres... realmente... A gente viaja... fica um tempão longe de casa... Não digo agora, que estou velho... Mas quando a gente é jovem... As mulheres! No entanto, sempre tive isso a meu favor, sabe? Quando quero, quero... quando não quero, não quero. Sempre tive o controle da situação.

— Sempre?... ("Eu o mato!")

— Sempre que quis, é claro! O senhor, não, hein? O senhor se deixa amarrar facilmente? Um sorrisinho... um trejeito... um ar humilde e pudico... diga lá, hein? Pode dizer a verdade...

Lovico parou para olhá-lo de frente.

— Devo mesmo dizer a verdade? Se eu tivesse uma esposa...

Petella desatou numa gargalhada.

— Mas quem está falando de esposa? As esposas estão fora disso! Falo das mulheres, das mulheres!

— E as esposas não são mulheres? O que elas são?

— Até são mulheres... às vezes! — exclamou Petella. — Mas o senhor não é casado, meu caro professor; e espero, para o seu bem, que nunca tenha uma. Porque as esposas, sabe...

Ao dizer isso, pegou-o pelo braço e continuou falando e falando. Lovico tremia. Olhava-o no rosto, olhava suas pálpebras inchadas, amassadas, mas talvez... ah, talvez ele estivesse assim porque não tinha conseguido dormir. E, dependendo da frase que o outro dizia, ora lhe parecia quase certo que a pobrezinha estava salva, ora, ao contrário, recaía na dúvida e no desespero. E esse suplício durou uma eternidade, porque o animal estava com vontade de caminhar e caminhar, arrastando-o ao longo da orla. Por fim, fez a volta para retornar à sua casa.

"Não vou deixá-lo!", pensava Lovico com seus botões. "Subo com ele até a casa e, se ele não tiver feito a sua obrigação, este vai ser o último dia para nós três!"

Fixou-se a tal ponto nesse pensamento atroz, dedicou-lhe com tanta violência e tanta raiva toda a energia de seus nervos que sentiu os membros derreterem, desmoronarem aos pedaços, tão logo avistou — dobrando a rua e voltando os olhos para a janela da casa de Petella —, estendidos na cordinha, oh, meu Deus, oh, meu Deus, oh, meu Deus, um... dois... três... quatro... cinco lenços!

Arrebitou o nariz, abriu a boca com a cabeça em delírio e exalou num "ah" de espasmo a alegria que o sufocava.

— O que o senhor tem? — gritou Petella, segurando-o.

E Lovico:

— Oh, meu caro capitão, meu caro capitão, obrigado! Obrigado! Ah, foi uma delícia para mim... este... este belo passeio... mas estou cansado... morto de cansaço... estou literalmente desabando... Obrigado, obrigado de todo coração, caro capitão! Até a próxima! E boa viagem, hein? Até mais! Obrigado, obrigado...

E, assim que Petella cruzou o portãozinho, seguiu pela rua correndo, eufórico, exultante, grunhindo e, com os olhos lustrosos, risonhos e falantes, ia mostrando os cinco dedos da mão a todos os que encontrava.

"Richiamo all' obbligo", 1906

Tudo certo

I

Recém-chegada a Roma a fim de obter a transferência da Escola Normal de Perúgia para outra sede — onde quer que fosse, quem sabe até na Sicília ou na Sardenha —, a senhorita Silvia Ascensi buscou a ajuda de um jovem deputado da assembleia, o honorável Marco Verona, que fora discípulo devotíssimo de seu pobre pai, o professor Ascensi, da Universidade de Perúgia, ilustre físico, morto havia apenas um ano num infeliz acidente de trabalho.

Estava certa de que Verona, conhecendo bem os motivos pelos quais ela queria ir embora da cidade natal, faria valer em seu favor a grande autoridade que em pouco tempo conseguira angariar no Parlamento.

De fato, Verona a acolheu não só com cortesia, mas com verdadeira benevolência. Até condescendeu em lembrar as visitas que, ainda estudante, fizera ao saudoso professor, porque em algumas daquelas visitas, se não lhe falhava a memória, ela estivera presente, muito jovem na época, mas não tão pequena, já que — com certeza! — secretariava o pai...

A senhorita Ascensi ficou toda vermelha com a lembrança. Tão pequena? Longe disso! Tinha nada menos do que catorze anos, na época... E ele, o honorável Verona, quantos devia ter? Vinte, vinte e um no máximo. Oh, ela ainda seria capaz de repetir, palavra por palavra, tudo o que ele fora perguntar ao pai naquelas visitas.

Verona mostrou-se sentidíssimo por não ter continuado os estudos, aos quais naqueles tempos ele se devotava com tanto fervor, inspirado pelo professor Ascensi; depois exortou a senhorita a se animar, pois ela, à lembrança da desgraça recente, não soubera conter as lágrimas. Finalmente, para recomendá-la com maior eficácia, quis acompanhá-la (mas precisava se incomodar a tal ponto?), sim, sim, ele em pessoa quis acompanhá-la ao Ministério da Instrução Pública.

Contudo, no verão daquele ano todos estavam em férias na Minerva. Quanto ao ministro e ao subsecretário de Estado, o honorável Verona já sabia; mas não acreditava que não encontraria no escritório o chefe de divisão nem o chefe de seção... Precisou resignar-se a falar com o cavalheiro Martino Lori, secretário-chefe, que naquele momento dirigia sozinho toda a divisão.

Lori, empregado escrupulosíssimo, era muito bem-visto pelos superiores e pelos subalternos devido à refinada cordialidade nos modos, à índole pacífica que emanava de seu olhar, do sorriso, dos gestos, bem como pela correção exterior de sua bela figura, cuidada com dedicado esmero.

Ele acolheu o honorável Verona com grande solicitude e o rosto rubro de contentamento, não só por prever que esse deputado, sem dúvida, mais cedo ou mais tarde seria o seu chefe supremo, mas também porque era de fato um admirador antigo e fervoroso de seus discursos na Câmara. Depois, quando se virou para ver a senhorita e soube que ela era filha do saudoso e ilustre professor do Ateneu de Perúgia, o cavalheiro Lori experimentou nova alegria, não menos viva do que a primeira.

Tinha pouco mais de trinta anos, e a senhorita Silvia Ascensi tinha um curioso modo de falar: parecia impelir com os olhos — de um estranho verde, quase fosforescentes — as palavras para que entrassem bem na alma de quem a escutasse; e se acendia toda. Ao falar, revelava um engenho lúcido e preciso, uma alma imperiosa; mas pouco a pouco essa lucidez era perturbada e a imperiosidade vencida e superada por uma graça irresistível, que aflorava em seu rosto como uma chama. Ela notava com despeito que, paulatinamente, suas palavras e seu raciocínio perdiam eficácia, pois quem a ouvia era logo atraído por aquela graça e se punha a admirá-la. Então, no rosto afogueado um pouco por raiva e um pouco pela embriaguez que, instintivamente e contra a sua vontade, o triunfo de sua feminilidade lhe causava, ela se confundia; o sorriso de quem a admirava se refletia, sem que ela o quisesse, sobre seus lábios; sacudia a cabeça irritada, encolhia os ombros e interrompia as palavras, declarando não saber falar, não saber se exprimir.

— Não! Mas por quê? Aliás, a senhorita se expressa muito bem! — apressou-se em dizer o cavalheiro Martino Lori.

E prometeu ao honorável Verona que faria de tudo para atender à senhorita e que seria um prazer prestar um serviço a ele.

Dois dias depois, Silvia Ascensi voltou sozinha ao ministério. Percebeu imediatamente que, para o cavalheiro Lori, não seria necessária nenhuma outra recomendação. E, com a mais ingênua simplicidade do mundo, disse-lhe que não podia mais deixar Roma, absolutamente: passeara tanto naqueles três dias, sem jamais se cansar, e admirara tantos as vilas solitárias veladas por ciprestes, a suavidade silenciosa dos jardins do monte Aventino e do Celio, a solenidade trágica das ruínas e de certas ruas antigas, como a Appia, e o claro frescor do Tibre... Apaixonara-se por Roma, enfim, e queria ser transferida para lá, sem demora. Impossível? Por que impossível? Poderia até ser difícil, ora! Mas não impossível. Di-fi-cí-li-mo, aí está! Porém, quando se quer, vamos... Quem sabe transferida para alguma classe extra... Sim, sim. Devia fazer esse favor a ela! Do contrário, viria importuná-lo muitas e muitas vezes. Não lhe daria mais paz. Uma transferência era fácil, não? E então...

Então, a conclusão foi outra.

Após seis ou sete visitas como aquela, depois de um almoço, o cavalheiro Martino Lori ausentou-se do escritório, vestiu-se como se fosse para um grande evento e foi ao Montecitorio procurar o honorável Verona.

Examinava as luvas e os sapatos, puxava os punhos da camisa com a ponta dos dedos, muito irrequieto, esperando que o porteiro o introduzisse na sala.

Tão logo entrou, a fim de ocultar o embaraço, começou a dizer calorosamente ao honorável Verona que sua protegida lhe pedia algo absolutamente impossível!

— Minha protegida? — interrompeu o honorável Verona. — Que protegida?

Lori, reconhecendo consternadíssimo que usara — mas sem sombra de malícia — uma palavra que podia se prestar realmente a uma... sim, a uma interpretação malévola, apressou-se em dizer que se referia à senhorita Ascensi.

— Ah, a senhorita Ascensi? Mas, claro, uma protegida minha! — confirmou o honorável Verona, sorrindo e aumentando assim o embaraço do pobre cavalheiro Martino Lori. — Já não lembrava que havia lhe recomendado a senhorita e de início não atinei sobre quem se tratava. Venero a memória do ilustre professor, pai da senhorita e meu mestre, e gostaria que também o senhor, cavalheiro, protegesse a filha dele (protegesse, essa é a palavra) e a contentasse de qualquer maneira, porque ela merece.

Mas se o cavalheiro Lori viera justamente por isso! No entanto, transferi-la para Roma era absolutamente impossível. Se não fosse uma indiscrição, desejaria saber qual o verdadeiro motivo que... que levara a senhorita a querer sair de Perúgia.

Ah! Infelizmente o motivo não é dos mais belos. O professor Ascensi havia sido traído e abandonado pela mulher, senhora terrível, muito endinheirada, que fora viver na companhia de outro homem, digno dela, com quem teve dois ou três filhos. Evidentemente o professor Ascensi cuidou da única filha, transferindo para ela todos os seus haveres. Grande homem, mas inteiramente desprovido de senso prático, Ascensi tivera uma existência atribuladíssima, sempre às voltas com angústias e amarguras de todo tipo. Comprava livros e mais livros, além de instrumentos para o laboratório, depois não sabia explicar por que o salário não bastava para cobrir as necessidades de uma família já tão reduzida. Para não afligir o pai com privações, a senhorita Ascensi se vira impelida a dar aulas também. Oh, a vida daquela jovem até a morte do pai fora um contínuo exercício de paciência e virtude. Mas ela tinha orgulho — e com justiça — da fama do pai, que de cabeça erguida podia enfrentar a vergonha materna. No entanto, agora que o pai desgraçadamente morrera e ela se vira sem proteção, quase pobre e sozinha, não conseguia mais viver em Perúgia, onde também morava a mãe rica e desavergonhada. Eis tudo.

Comovido por esse relato (realmente comovido ainda antes de ouvi-lo da boca prestigiosa de um deputado de grande futuro), ao despedir-se Martino Lori deu a entender o firme propósito de recompensar como melhor pudesse aquela jovem, tanto pelo sacrifício e pelos sofrimentos quanto pela maravilhosa devoção filial.

E assim a senhorita Silvia Ascensi, vinda a Roma a fim de obter uma transferência, encontrou, de fato, um marido.

II

O casamento, no entanto, pelo menos nos três primeiros anos, foi extremamente infeliz. Tempestuoso.

No fogo dos primeiros dias, Martino Lori se jogou, como se diz, por inteiro; a mulher, ao contrário, deixou cair apenas um pouquinho de si. Amainada a chama que funde almas e corpos, a mulher que ele acreditava ser toda sua, assim como ele se tornara todo dela, surgiu diante dele muito diferente daquela que ele imaginara.

Enfim, Lori percebeu que ela não o amava, que se deixara levar ao casamento como num sonho estranho, do qual agora despertava áspera, taciturna, inquieta.

O que havia sonhado?

Com o tempo, Lori se deu conta de outras coisas: de que ela não só não o amava, mas nem sequer poderia amá-lo, porque suas naturezas eram diametralmente opostas. Tampouco era possível haver entre eles uma indulgência recíproca. Pois se ele, amando-a, estava disposto a respeitar o caráter vivaz e o espírito independente da mulher, ela, que não o amava, não conseguia nem mesmo suportar a índole e as opiniões dele.

— Que opiniões! — gritava ela, agitando-se com desdém. — Você nem pode ter opiniões, meu querido. Porque não tem nervo...

Mas o que tinha a ver o nervo com as opiniões? O pobre Lori ficava de boca aberta. Ela o considerava duro e frio por permanecer calado, não é? Mas ele não respondia para evitar discussões, calava-se porque se fechara no sofrimento, já resignado ao desmoronamento de seu belo sonho, ou seja, ter uma companheira afetuosa e solícita, uma linda casinha bafejada pela paz e pelo amor.

Martino Lori não se conformava com o conceito que a mulher pouco a pouco formava a seu respeito, nem com as interpretações que dava a seus atos e palavras. Em certos dias, quase suspeitava que ele não fosse tal como se considerara, como sempre se considerara, e que tivesse, sem o perceber, todos os defeitos e vícios que ela lhe imputava.

Os caminhos sempre estiveram abertos diante de si; jamais adentrara nos meandros obscuros e profundos da vida, e talvez por isso não soubesse desconfiar nem de si nem de ninguém. A mulher, ao contrário, testemunhara desde a infância cenas terríveis e aprendera infelizmente que tudo pode ser mesquinho, que não há nada sagrado no mundo, já que até a mãe, a mãe, meu Deus... Ah, sim, pobre Silvia: ela merecia perdão e piedade, ainda que visse o mal onde não existia e fosse injusta com ele. Porém, quanto mais ele tentava se aproximar dela, com sua simples bondade, a fim de lhe inspirar maior confiança na vida e persuadi-la a julgamentos mais justos, mais ela recrudescia e se revoltava.

Mas, se não amor, santo Deus, pelo menos demonstrasse um pouco de gratidão por ele, que afinal lhe dera uma nova casa e uma família, salvando-a de uma vida errante e insidiosa! Não; nem sequer gratidão. Era arrogante, segura de si, podia e sabia bastar a si mesma com o próprio trabalho. E, naqueles três primeiros anos, ameaçou seis ou sete vezes separar-se dele e voltar a ensinar. Um dia, finalmente, pôs em prática a ameaça.

Naquele dia, ao retornar do escritório, Lori não encontrou a mulher em casa. De manhã, tivera com ela uma briga mais áspera por causa de uma leve reprovação que ele ousara lhe dirigir. Mas a tempestade que desabara naquela manhã já se anunciava havia cerca de um mês. Ela esteve estranhíssima durante todo aquele período, com atitudes sombrias, chegando a demonstrar uma aguda repugnância por ele.

Sem razão, como sempre!

Ora, na carta que deixara em casa, ela anunciava o firme propósito de romper definitivamente com ele; e disse que faria de tudo para reaver o cargo de professora; por fim, para evitar que ele se angustiasse à toa e fizesse buscas barulhentas, indicava-lhe o hotel onde se hospedaria provisoriamente — mas que não a procurasse, porque seria inútil.

Lori refletiu longamente com aquela carta nas mãos, perplexo.

Havia sofrido demais, e injustamente. Todavia, liberar-se daquela mulher talvez fosse, sim, um alívio; mas também uma dor indizível. Ele a amava. Portanto, haveria um alívio momentâneo, seguido de grande pena e imenso vazio por toda a vida. Sabia, sentia perfeitamente que não poderia amar nenhuma outra mulher, nunca. De resto, o escândalo imerecido; ele, tão correto em tudo, agora separado da mulher, exposto à maledicência das pessoas, que poderiam imaginar quem sabe que desvios nele, quando Deus era testemunha de quanta magnanimidade, de quanta condescendência ele dera prova naqueles três anos.

O que fazer?

Resolveu não agir naquela noite. A madrugada traria a ele conselho; a ela, talvez, arrependimento.

No dia seguinte não foi ao escritório e esperou toda a manhã em casa. À tarde preparava-se para sair, sem no entanto ter firmado no íntimo nenhuma deliberação, quando lhe chegou da Câmara dos Deputados um convite do honorável Marco Verona.

Estourara uma crise ministerial; e, havia alguns dias, o nome de Verona circulava na praça Minerva como provável subsecretário de Estado; alguns o indicavam até para ministro.

Entre as tantas ideias que ocorrera a Lori, pensara até em pedir um conselho a Verona. Abstivera-se, imaginando as disputas em que ele devia estar envolvido naqueles dias. Silvia evidentemente não tivera a mesma discrição e, sabendo que ele poderia se tornar chefe da Instrução Pública, provavelmente o tinha procurado para ser readmitida no magistério.

Martino Lori se irritou, pensando talvez que Verona, valendo-se agora da autoridade de seu superior mais próximo, quisesse forçá-lo a não contrariar o desejo da mulher.

Mas, ao contrário das expectativas, Marco Verona o acolheu na Câmara com muita simpatia.

Mostrou-se muito aborrecido por ter sido preso no laço, como dizia. Ministro, não, não, por favor! Subsecretário. Não queria assumir nem mesmo esta responsabilidade menor, haja vista as condições do momento político. A disciplina do partido o obrigara. Pois bem, pelo menos ele exigiria em seu gabinete o auxílio de um homem competentíssimo e honesto a toda prova e por isso havia pensado imediatamente nele, cavalheiro Lori. Aceitava?

Pálido de emoção e com as orelhas pegando fogo, Lori nem soube como agradecer pela honra recebida, pela confiança demonstrada; porém, enquanto prodigalizava agradecimentos, trazia nos olhos uma pergunta ansiosa, dando a entender claramente com a expressão do rosto que ele, na verdade, esperava outra proposta. O honorável Verona, aliás, sua excelência, não pretendia mais nada dele?

Ele sorriu, levantando-se, e pôs a mão levemente em seu ombro. Ah, sim, queria lhe pedir mais uma coisa: paciência com a senhora Silvia e perdão para ela. Vamos, são meninices!

— Ela veio me ver e expôs seus "firmes" propósitos — disse, sempre sorrindo. — Falei demoradamente com ela e... mas claro! Claro! O senhor não precisa absolutamente se desculpar, cavalheiro. Sei bem que o erro é da senhora; e eu disse isso a ela francamente, sabe? Aliás, a fiz chorar... Sim, porque falei do pai, de quanto o pai sofreu com a lamentável desordem da família... e outras coisas mais. Pode ir tranquilo, cavalheiro. Encontrará sua senhora em casa.

— Excelência, nem sei como agradecer — tentou dizer Lori, comovido, enquanto se inclinava.

Mas Verona logo o interrompeu:

— Não me agradeça; e sobretudo não me chame de excelência.

E, despedindo-se, assegurou-lhe que a senhora Silvia, mulher de caráter, manteria sem dúvida a promessa que lhe fizera; e que não só as cenas desagradáveis cessariam, mas que ela também se comprometia a demonstrar, por todos os meios, arrependimento pelas dores injustas que lhe causara até então.

III

E foi realmente assim.

A noite da reconciliação significou para Martino Lori uma data inesquecível: inesquecível por razões que ele compreendeu, ou melhor, intuiu logo, desde que ela se abandonou em seus braços assim que o viu.

Quanto, quanto chorou! E quanta alegria ele bebeu naquelas lágrimas de arrependimento e de amor!

As verdadeiras núpcias foram celebradas naquele momento; desde aquele dia teve a seu lado a companheira sonhada; e outro desejo seu, ardentíssimo e secreto, se cumpriu naquela primeira reconciliação.

Quando Martino Lori não teve mais nenhuma dúvida sobre o estado da mulher e quando, mais tarde, ela pôs no mundo uma menina, ao ver com que gratidão e devoção por ele e com quantos sacrifícios pela filhinha a maternidade transformara aquela mulher, ele compreendeu e esclareceu para si muitas outras coisas. Ela queria ser mãe. Talvez nem ela mesma soubesse entender e explicar aquela secreta necessidade de sua natureza; e por isso estivera tão estranha antes, por isso a vida lhe parecia tão insossa e vazia. Queria ser mãe.

A felicidade do sonho finalmente realizado só foi perturbada pela queda repentina do ministério do qual fazia parte o honorável Verona e, um pouco também — na sombra —, Martino Lori, seu secretário particular.

Talvez ainda mais indignado do que o próprio honorável Verona mostrou-se

TUDO CERTO 273

Lori, diante da agressão violenta das oposições coligadas para derrubar o ministério, quase sem motivos. Por seu turno, o honorável Verona declarou estar cheio até a tampa da vida política, manifestando o interesse de se retirar e retomar, com maior proveito e satisfação, os estudos interrompidos.

De fato, quando chegaram as novas eleições, conseguiu vencer as pressões insistentes de seus eleitores e não se candidatou. Entusiasmara-se por uma grande obra científica deixada a meio caminho pelo professor Bernardo Ascensi. Se a filha dele, a senhora Lori, desse-lhe a honra de lhe permitir, ele tentaria dar continuidade às experiências do mestre e quem sabe levar a cabo aquela obra.

Silvia mostrou-se felicíssima.

Naquele ano de colaboração devotada e fervorosa, os laços de amizade entre o marido e Verona se estreitaram fortemente. Mas Lori, por mais que Verona jamais fizesse pesar a sua posição e o seu prestígio, tratando-o sempre com a máxima intimidade e cordialidade, a ponto de ambos se tratarem por "você", mostrava-se tímido e um tanto embaraçado, sem deixar de ver no amigo o superior. Verona não gostava disso e frequentemente zombava dele. E Lori ria daquelas chacotas, sim, mas com uma secreta aflição, porque notava no espírito do amigo certa amargura, que se tornava dia a dia mais ácida. Atribuía a causa à retirada desdenhosa da vida política e das lides parlamentares; comentava o assunto com a mulher e a aconselhava a se valer da ascendência que parecia ter sobre ele para induzi-lo a mergulhar novamente na vida.

— Imagine se ele vai querer dar ouvidos a mim! — respondia Silvia. — Quando diz que não, é não, você sabe. De resto, não estou de acordo. Ele trabalha com tanto empenho, com tanta paixão...

Martino Lori dava de ombros.

— Deve ser!

Parecia-lhe, porém, que Verona só reencontrava a serenidade de antes quando brincava com a filhinha deles, Ginetta, que crescia a olhos vistos, esperta e saudável.

Marco Verona tinha por aquela menina certos carinhos que realmente comoviam Lori até as lágrimas. Dizia-lhe que tomasse cuidado porque, um dia, a levaria embora. A sério, não estava brincando, hein? E Ginetta não pensaria duas vezes: deixaria o papai, a mamãe — não é? —, até a mamãe, para ir com ele... Ginetta respondia que sim: malvada! Por causa dos presentes, não é? Por causa dos presentes que ele lhe dava em qualquer ocasião. E que presentes! Lori e a mulher às vezes ficavam até mal. Ela então não deixava de demonstrar a Verona que se sentia ofendida com aquilo. Crises de orgulho? Não. Eram realmente muitos — e muito caros — os presentes, e ela não queria! Porém, deliciando-se com a alegria de Ginetta diante daqueles brinquedos, Verona dava as costas a seus lamentos e protestos; chegava até a se revoltar asperamente, impondo que ficassem calados e deixassem a menina brincar.

Aos poucos, Silvia começou a dizer-se cansada das atitudes de Verona; e ao marido, que para desculpá-lo voltava a bater na mesma tecla, ou seja, em que o amigo sofrera um duro golpe ao se retirar da vida política, ela respondia que esse não era um bom motivo para que ele viesse desafogar o seu mau humor na casa deles.

Lori gostaria de lembrar à mulher que, no fim das contas, Verona desafogava seu mau humor dando alegria à filha deles; mas se mantinha calado para não perturbar o acordo estabelecido entre eles desde o primeiro dia da reconciliação.

O que ele, nos primeiros anos, encontrara de hostil nela, aos seus olhos agora se tornara estima e virtude. Sentia-se totalmente preenchido e sustentado pelo espírito, pela firmeza e pela energia da mulher, agora não mais voltados contra ele. E agora a vida lhe parecia plena, solidamente fundada, com aquela mulher a seu lado, sua, toda sua, toda para a casa e para a filha.

No íntimo, considerava preciosa, sim, a amizade de Verona, e por isso não gostaria que se cristalizasse no ânimo da mulher a impressão de que ele tivesse se tornado um importuno, um estorvo, por causa do exagerado afeto por Ginetta; por outro lado, se essa afeição demasiado presente perturbasse a paz da sua casa, a boa harmonia com a mulher... Mas como insinuar isso a Verona, que se negava a perceber a frieza com que Silvia agora o recebia?

Com o passar dos anos Ginetta começou a manifestar uma paixão vivíssima pela música. E lá estava Verona, duas, três vezes por semana, pronto para conduzir a menina a este ou àquele concerto; frequentemente, durante a temporada lírica, vinha confabular com ela e animá-la para que, com suas gracinhas, convencesse mamãe e papai a acompanhá-la ao teatro, no camarote já reservado para ela.

Angustiado e constrangido, Lori sorria; não sabia dizer não, pois não queria frustrar o amigo e a filha; mas, santo Deus, Verona deveria compreender que ele não podia fazer isso com tanta frequência: a despesa não era apenas com os ingressos e a carruagem; Silvia devia ir bem-vestida, não podia fazer feio. Sim, ele agora era chefe de divisão, tinha um salário razoável; mas certamente não tinha dinheiro para jogar fora.

Era tanta a paixão por aquela menina que Verona não percebia essas coisas nem se dava conta do sacrifício que Silvia fazia quando, certas noites, ficava sozinha em casa com a desculpa de que não se sentia bem.

Quem dera tivesse permanecido sempre em casa! Numa daquelas noites, ela voltou do teatro tomada de calafrios. Na manhã seguinte tossia, com febre violenta. E, ao cabo de cinco dias, morria.

IV

Diante da violência fulminante daquela morte, Martino Lori a princípio quase experimentou mais perplexidade do que dor.

Chegada a noite, como se estivesse esmagado por um aturdimento angustioso, por um sofrimento obscuro que ameaçava derivar no idiotismo, foi impelido para fora da câmara mortuária por Verona, que o forçou a voltar para a filha, assegurando-lhe que ficaria ali, ele, velando toda a noite.

Lori cedeu à pressão e foi embora; mas depois, noite alta, silencioso como uma sombra, reapareceu na câmara mortuária e ali encontrou Verona com o rosto afundado na beira do leito, ali onde jazia rígido e lívido o cadáver.

De início pareceu-lhe que, vencido pelo sono, Verona tivesse reclinado a cabeça inadvertidamente; depois, observando melhor, notou que o corpo dele era sacudido a intervalos, como por soluços sufocados. Então o choro, o choro que até então não pudera irromper de seu peito jorrou dele furiosamente, ao ver chorar assim o amigo. Mas este, de supetão, avançou ao seu encontro, tremendo, transfigurado; e — quando ele, trêmulo, estendeu-lhe as mãos para abraçá-lo — empurrou-o, empurrou-o com uma terrível dureza, com raiva. Devia se sentir em grande parte responsável por aquela desgraça, porque justamente ele, cinco noites antes, tinha forçado Silvia a ir ao teatro e agora não suportava ver o amigo sofrer assim. Isto foi o que Lori pensou, tentando buscar uma explicação para tanta violência; pensou que a dor age diferentemente sobre os ânimos: a uns abate, a outros enfurece.

Nem as visitas sem fim dos empregados subalternos, que o amavam como a um pai, nem as exortações de Verona, que lhe apontava a filha, perdida na dor e consternada por ele, conseguiram demovê-lo daquela espécie de aniquilamento em que havia caído, quase como se o mistério sombrio e cru daquela morte repentina o tivesse circundado, ramificando-se ao redor de sua vida.

Agora tinha a impressão de ver tudo de modo diverso, de que os rumores lhe chegassem de muito longe, e as vozes, até as vozes mais familiares, a voz do amigo e a da própria filha, tivessem um som que ele nunca escutara antes.

Assim começou pouco a pouco a surgir nele, de dentro daquela atonia, certa curiosidade nova e desapaixonada pelo mundo que o circundava, que antes nunca se mostrara e o qual ele não conhecia.

Era possível que Marco Verona tivesse sido sempre igual àquele que ele via agora? Até a figura e o ar do rosto lhe pareciam diferentes. E a filha então? Mas como! De fato já havia crescido tanto assim? Ou da desgraça, de repente, surgira outra Ginetta, tão alta, tão esguia, um tanto fria, especialmente com ele? Sim, nas feições se parecia com a mãe, mas não tinha aquela graça que, na juventude, acendia e iluminava a beleza de sua Silvia; por isso tantas vezes Ginetta não parecia nem mesmo bela. Tinha o mesmo ar imperioso da mãe, mas sem aqueles ímpetos francos, sem energia.

Agora Verona vinha com mais liberdade, quase todos os dias, à casa de Lori; e frequentemente ficava para almoçar ou jantar. Tinha finalmente concluído a poderosa obra científica concebida e iniciada por Bernardo Ascensi e já pretendia enviá-la para a tipografia, numa magnífica edição. Muitos jornais traziam as primeiras notícias sobre ela, e algumas de suas mais importantes conclusões também foram debatidas animadamente pelas maiores revistas não só italianas mas também estrangeiras, deixando entrever o grau de fama altíssima que em pouco tempo aquela obra alcançaria.

O mérito de Verona, que dera continuidade à pesquisa e extraíra novas e engenhosas deduções da ideia inicial, foi reconhecido por todos, após a publicação do trabalho, como não inferior ao do próprio Ascensi. Ambos conheceram a glória, mas Verona bem mais. De toda parte lhe choveram aplausos e honrarias. Entre estas, a nomeação ao Senado. Não a teria desejado logo após sua retirada do mundo parlamentar; mas agora a aceitava de bom grado, porque não era algo decorrente dos trâmites da política.

Naqueles dias, pensando na alegria e no entusiasmo que sua Silvia experimentaria ao ver assim glorificado o nome do pai, Martino Lori se demorou mais longamente na visita que todas as noites, ao sair do ministério, fazia ao túmulo da mulher. Tinha adquirido aquele hábito; e ia até no inverno, nos piores dias, cuidar das plantas em volta do mausoléu, reacender o lume das lâmpadas; e falava bem baixinho com a morta. A visão cotidiana do campo-santo e as reflexões que ela lhe suscitava tomavam cada vez mais seu rosto de palidez.

Tanto a filha quanto Verona tinham tentado desviá-lo desse hábito; de início, ele negara como um menino colhido em flagrante; depois, forçado a confessar, dera de ombros com um sorriso amarelo.

— Não me faz nenhum mal... Aliás, para mim é um conforto — dissera. — Deixem-me ir.

De qualquer modo, se ao sair do escritório ele voltasse para casa mais cedo, quem encontraria? Diariamente Verona ia buscar Ginetta. Mas ele não se queixava, não; ao contrário, era muito grato ao amigo pelas distrações que ele proporcionava à filha. Aquela aspereza que em algumas ocasiões percebera no comportamento dele, bem como certos defeitos de caráter, não fizera sua admiração diminuir, muito menos a gratidão e a devoção por esse homem que nem a altura do engenho, da fama e do cargo que alcançara nem a fortuna impediam de manter uma amizade tão íntima, mais do que fraterna, com um pobre homem como ele que, afora o bom coração, não reconhecia em si outras virtudes ou valor para merecê-la.

Via agora com satisfação que não se enganara quando dizia à mulher que o afeto de Verona seria uma sorte para sua Ginetta. Teve a maior prova disso quando ela completou dezoito anos. Oh, como gostaria que sua Silvia tivesse estado presente naquela noite, depois da festa de aniversário!

Verona, que viera de caso pensado sem nenhum presente nas mãos, tão logo ela foi dormir, levou-o para um canto e, sério e comovido, anunciou-lhe que um jovem amigo seu, o marquês Flavio Gualdi, pedia a ele, por seu intermédio, a permissão para casar com sua filha.

Num primeiro momento, Martino Lori ficou espantado. O marquês Gualdi? Um nobre... riquíssimo... pedia a mão de Ginetta? Indo com Verona a concertos, a conferências, saindo a passeio, Ginetta pudera entrar, sim, em um mundo do qual ela, de outro modo, não poderia participar nem por nascimento nem por condição social, mas onde despertara algumas simpatias; já ele...

— Você sabe — disse ao amigo, quase perdido e aflito na alegria —, sabe qual é a minha condição... Não queria que o marquês Gualdi...

Verona o interrompeu:

— Gualdi sabe... sabe o que precisa saber.

— Entendo. Mas, como a disparidade é tão grande, não gostaria que ele... por mais que estivesse inclinado, não conseguisse nem mesmo imaginar tantas coisas...

Verona voltou a interrompê-lo, irritado:

— Achava desnecessário lhe dizer isto, mas como você, me desculpe, insiste nesta falação boba, só para tranquilizá-lo direi que, vamos, sendo seu amigo há tantos anos...

— Ah, eu sei!

— Pode-se até dizer que Ginetta cresceu mais comigo do que com você...

— É verdade... é verdade...

— Não me diga que agora vai chorar! Não quero de modo nenhum ser o intermediário desse casamento. Vamos, vamos, pare com isso! Já vou embora. Você fala com ela amanhã. Vai ver que não será difícil.

— Ela já está esperando por isso? — perguntou Lori, sorrindo entre lágrimas.

— Não viu como ela não se surpreendeu ao me ver chegar esta noite de mãos vazias?

Ao dizer isso, Marco Verona riu alegremente, como havia muitos anos Lori não o via rir.

v

A princípio, uma impressão curiosa, de gelo. Mas Martino Lori não se importaria, já que, assim como explicara tantas outras coisas de sua vida, convencido da bondade ingênua, também esta seria explicada como efeito natural da prevista disparidade de condições, e também um pouco pelo caráter, pela educação, pela figura mesma do genro.

O marquês Gualdi já não era tão jovem assim: ainda era louro, de um louro vivo, mas já calvo; lustroso e rosado como uma figurinha de finíssima porcelana esmaltada; e falava baixo, com sotaque mais francês do que piemontês, bem devagar, afetando na voz certa benevolência condescendente, que no entanto contrastava de modo estranho com o olhar rígido dos olhos azuis, vítreos.

Diante desses olhos Lori se sentira, se não propriamente rechaçado, quase mantido a distância; e até lhe parecera perceber uma espécie de comiseração levemente derrisória por ele, por seus modos talvez muito simples no início, agora demasiado circunspectos, quem sabe.

Mas até o tratamento inteiramente diverso que Gualdi usava tanto com Verona quanto com Ginetta poderia ser explicado por ele; embora, é verdade, parecesse que sua mulher tivesse vindo da parte do amigo, e não da parte dele, que era o pai... Realmente era assim, mas Verona...

Aí está: Martino Lori não conseguia mais explicar o comportamento de Verona.

Agora que ele ficara só em casa e não tinha nem mais o trabalho do escritório, já que pedira afastamento para agradar ao genro, Marco Verona não deveria lhe oferecer com maior dedicação o conforto da amizade fraterna, com a qual durante tantos anos o honrara?

Ele, Verona, ia todo dia visitar Ginetta na vila de Gualdi; quanto a Lori, velho amigo, depois do dia do casamento nunca mais lhe fizera uma visita, nem uma vez sequer. Será que se cansara de vê-lo assim, ainda fechado na dor antiga, e, sendo já velho também, preferia ir aonde as pessoas se divertiam, aonde Ginetta, por obra dele, parecia feliz?

Sim, talvez isso fosse possível. Mas então por que, quando ia ver a filha e o encontrava lá, à mesa com ela e o genro como se fosse de casa, era acolhido por ele quase com despeito, friamente? Será que aquela impressão de gelo lhe era inspirada pelo lugar, por aquela vasta sala de jantar, reluzente de espelhos, esplendidamente mobiliada? Que nada! Não! Não! Não era só Verona que se afastara; o tratamento, o tratamento dele havia mudado; mal lhe apertava a mão, mal o olhava, e continuava a conversar com Gualdi, como se ninguém houvesse chegado.

Por pouco não o deixavam em pé, ali, diante da mesa. Somente Ginetta lhe dirigia algumas palavras, de vez em quando, mas assim, sem propósito, para que não pudessem dizer que ninguém se importava com ele.

Com o coração apertado por uma angústia inexplicável, confuso e aviltado, Martino Lori se retirava.

Não mereceria mesmo nenhum respeito, nenhuma consideração por parte do genro? Todas as festas e os convites iam para Verona porque ele era rico e ilustre? Mas, se tinha de ser assim, se os três insistiam em recebê-lo toda noite daquele modo, como um importuno, um intruso, ele não iria mais; não, não, nunca mais iria lá! Queria ver então o que fariam aqueles senhores, todos os três.

E assim passaram dois dias; passaram quatro e cinco; passou uma semana inteira, e nem Verona nem o genro, nem mesmo Ginetta, ninguém, nem sequer um criado fora perguntar por ele, se por acaso não estava doente...

Com os olhos vazios, vagando pelo quarto, Lori coçava continuamente a testa com os dedos irrequietos, quase para despertar a mente do torpor angustioso em que afundara. Sem saber mais o que pensar, repassava e repassava com a alma perdida o passado...

De repente, sem saber por quê, seu pensamento se fixou numa lembrança remota, a mais triste lembrança de sua vida. Ardiam naquela noite funesta quatro velas, e Marco Verona, com o rosto afundado na beira do leito mortuário onde Silvia jazia, chorava.

Foi como um raio, como se em sua alma sombria aqueles círios fúnebres lampejassem e acendessem um clarão lívido, iluminando-lhe horrendamente toda a vida, desde o primeiro dia em que Silvia aparecera na sua frente, acompanhada de Marco Verona.

Sentiu as pernas vacilarem e teve a impressão de que todo o quarto girava. Escondeu o rosto nas mãos, todo encolhido em si:

— Será possível? Será possível?

Ergueu os olhos para o retrato da mulher, primeiro quase assustado com o que lhe ocorria por dentro; depois agrediu aquele retrato com o olhar, cerrando os punhos e contraindo todo o rosto numa expressão de ódio, de asco, de horror:

— Você? Você?

Mais do que todos, ela o havia enganado. Talvez porque o arrependimento dela, depois de tudo, tivesse sido sincero. Verona, não... Verona, não... Ele ia à sua casa, ali, como chefe e... mas claro! Talvez pensasse que ele soubesse e fingisse não perceber nada por interesse vil...

Quando esse pensamento asqueroso lhe ocorreu, Martino Lori sentiu os dedos rígidos e uma violenta contração nos rins. Saltou de pé; mas uma nova vertigem o envolveu. A ira e a dor se dissolveram num pranto convulsivo, impetuoso.

Por fim se recompôs, esgotado e como vazio por dentro.

Foram necessários mais de vinte anos para que ele compreendesse. E não teria compreendido se aqueles, com sua frieza, com o descaso desdenhoso, não lhe tivessem demonstrado e quase dito claramente.

O que fazer agora, depois de tantos anos? Agora que tudo acabara... assim, havia tempos, em silêncio... polidamente, como se faz entre pessoas de bem, entre gente que sabe fazer as coisas direito? Por acaso não o fizeram entender, com elegância, que já não havia nenhum papel a representar? Ele tinha representado o papel do marido, depois o do pai... agora chega: não havia mais necessidade dele, já que eles, os três, se entenderam tão bem entre si...

A menos mesquinha entre todos, a menos pérfida, talvez tenha sido aquela que se arrependera logo depois do erro, a que estava morta...

E naquela noite Martino Lori, como todas as noites, seguindo o costume antigo, encontrou-se na rua que conduz ao cemitério. Parou, abatido e perplexo, sem saber se seguia adiante ou voltava. Pensou nas plantas ao redor do mausoléu, que havia tantos anos ele cuidava com amor. Lá, em breve, ele também descansaria... Lá embaixo, ao lado dela? Ah, não, não: isso já não era possível... No entanto, como aquela mulher chorara então, ao voltar para ele, e com quanto afeto o circundara depois... Sim, sim, se arrependera... A ela, sim, talvez só a ela ele pudesse perdoar.

E Martino Lori retomou o caminho do cemitério. Naquela noite tinha algo novo a dizer para a morta.

"Tutto per bene", *1906*

A vigília

I

No escuro da escada iluminado apenas por um brilho incerto que se insinuava do corredor onde havia deixado a vela acesa, Marco Mauri perguntou a um senhor que se apressava para subir:

— É o médico? Venha, está morrendo!

O outro se deteve um instante, como para discernir quem o abordava com aquela pergunta e a notícia:

— Está morrendo?

Soluçando e gesticulando, sem poder responder, Mauri começou a subir a escada aos saltos, depois recolheu a vela do chão, atravessou o corredor e meteu-se pela primeira porta nos fundos.

— Aqui — disse —, neste outro aposento!

O recém-chegado o seguiu ansioso, mas com cautela, como se, a partir das coisas que se destacavam da sombra vazada pela luz fugidia da vela que o outro segurava, quisesse sobretudo adivinhar onde se metera. Na soleira do segundo quarto parou, arfando.

Era um homem de uns cinquenta anos, alto, de ar severo; usava pincenê com aros de ouro; não tinha nem barba nem bigode; quase calvo o topo da cabeça; mas cachos de cabelos louros desciam-lhe emaranhadamente sobre a testa e as têmporas. Ele os ergueu; manteve por um tempo as mãos sobre a cabeça.

No quarto em desordem e mal iluminado, jazia na cama desfeita uma mulher. Lívida, com o rosto já horrivelmente repuxado nos dois lados do nariz, tinha os olhos fechados e os cabelos, de uma belíssima cor vermelha, soltos e espalhados sobre o travesseiro. Parecia já estar abismada na morte; mas soluços frequentes, inconscientes e mudos, sacudiam-lhe ainda a cabeça muito de leve.

Um velho padrezinho sem batina, moreno, com calças na metade da perna, meias compridas e fivelas de prata nos sapatos, interrompeu as orações que mastigava distraído ao lado da cama e ergueu-se numa ansiedade duvidosa; enquanto isso, Mauri dizia em voz baixa, lamentando-se entre lágrimas:

— Aqui, aqui, veja: a ferida é aqui! — e apertava forte o indicador de uma mão no baixo ventre. — Aqui. — O golpe evidentemente foi desviado: a mão era inábil. — Está ouvindo? Ela soluça assim desde a manhã... Por quê? Não a operaram a tempo, entende? Não quiseram operá-la... Veja, veja o senhor, ajude-a o mais rápido possível.

Não esperava que aquele homem, que ele pensava ser o médico, imóvel, ali, ao pé da cama com os olhos fixos e dilatados na moribunda, se virasse de repente para olhá-lo.

— Ela já não consegue ouvir, entende? Não ouve mais! — acrescentou então com um gesto desesperado.

Mas o outro se virou para o padre, que já se aproximara tímido e perplexo.

— D. Camillo Righi? — perguntou.

— Para servi-lo, eu mesmo, sim, senhor! E... o senhor? É o doutor Silvio Gelli?

— Ah, o marido? — grunhiu Mauri.

— Cale-se! — interrompeu o velho padre, irritado. — Fora daqui! Fora deste quarto!

E o levou por um braço ao quarto contíguo.

— Não, por favor, expliquem-me — interveio o outro, olhando-o friamente, com desprezo; mas parou de repente, ao perceber que chegava de um canto na sombra um monstrinho, uma pobre corcundinha de apenas um metro, o rosto amarelo e desfeito onde, no entanto, despontavam olhos negros e vivazes, cheios de espanto.

— Para lá, Margherita, para lá — disse-lhe o padre, indicando o quarto da moribunda. Minha irmã — acrescentou, dirigindo-se a Gelli com um olhar que demandava compaixão.

Mas Gelli voltou a falar com dureza:

— O senhor me escreveu que ela estava morrendo...

— Arrependida, sim, acredite, senhor professor! — apressou-se a lhe confirmar o padre. — Arrependida de verdade! Aliás, ela mesma, coitadinha, quis lhe pedir perdão por meu intermédio.

— Então quem é este? — indagou Gelli com desdém.

— Pois não, eu lhe direi... Ele veio, não sei de onde...

— Sim, de Perúgia, de Perúgia — atalhou Mauri, sentando-se num pequeno sofá próximo à mesinha onde a vela queimava.

O padre continuou, constrangidíssimo:

— Na noite do mesmo dia em que a senhora chegou aqui. Eu e as minhas assistentes achamos até que fosse um parente. Não é, Margherita?

A corcundinha, que se deteve na porta, amedrontada, baixou várias vezes a cabeça, observando Gelli com um sorriso inconsciente nos lábios.

— Depois — continuou padre Righi —, quando a senhora... depois, quis se confessar comigo, soube que... sim, aquele ali... a perseguia, é isso!

Mauri soltou outro grunhido, balançando a cabeça.

— Ah, não entendo! — exclamou o padre. — Acredite, não foi possível expulsá-lo.

— E não vou embora! — confirmou surdamente Mauri, olhando para o chão.

Silvio Gelli o fixou por um instante; depois indagou a Righi:

— Esta casa é dos senhores?

— Esta pousada! — respondeu Mauri no lugar do padre, sem erguer os olhos.

— Não, senhor! — retrucou Righi imediatamente, furioso. — Quem lhe disse isso? Onde está escrito? Isto aqui é, no máximo, uma pensão, e mesmo assim só nos verões. Agora não é a estação, e a casa é somente minha, aqui recebo quem eu quiser; por isso, repito: Vá embora! Quantas vezes vou ter que repetir? Até parece que estou sendo tolerante com a sua inconveniência, por favor! O senhor não tem mais nada a fazer aqui, agora que o senhor professor chegou. Então, pode ir!

— Não vou! — repetiu Mauri, permanecendo sentado e olhando fixo o padre, com olhos de louco.

— Nem se eu o expulsar? — gritou então Gelli, aproximando-se e parando diante dele.

— Não, senhor! Pode me insultar, me bater com um bastão; mas me deixe

A VIGÍLIA 285

ficar aqui — prorrompeu Mauri com um horrível tom de voz. — O que lhe fiz? Em que mais posso importuná-lo? Ficarei aqui, neste quarto... por favor! Deixe--me chorar. O senhor não pode chorá-la, meu senhor. Então deixe que eu chore, porque essa infeliz não precisa ser perdoada, acredite, mas precisa que choremos por ela. O senhor, me perdoe, deveria matar feito um cão aquele que primeiro a roubou e depois teve a coragem de abandoná-la; não deve expulsar a mim, que a acolhi, que a adorei e que por ela também desgracei minha vida. Saiba que por ela, eu, Marco Mauri, abandonei minha família, minha mulher, meus filhos!

Ao dizer essas palavras, pôs-se de pé com os olhos bem abertos, os braços levantados, e acrescentou:

— Veja se é possível o senhor me expulsar!

Tomado por um atordoamento que não se sabia se mais significava desprezo ou piedade, ira ou vergonha, Silvio Gelli ficou olhando aquele homem já maduro, tão alterado pela fúria de um imenso sofrimento. Viu escorrerem grossas lágrimas pelas suas faces crispadas, que lhe ensopavam a insípida barba escura, aqui e ali grisalha, repartida no queixo.

Um gemido de agonia veio do quarto de dormir.

Mauri se moveu instintivamente para socorrer. Mas Gelli o deteve, intimando-o:

— Não entre!

— Sim, senhor — recompôs-se o outro, engolindo as lágrimas. — Vá o senhor; é justo. Veja, veja se é possível fazer algo por ela. O senhor é um grande médico, sei disso. Mas não, é melhor que ela morra! É sério, deixe que ela morra, porque... se o senhor veio para perdoá-la, eu...

Escondeu o rosto com as mãos e, rompendo outra vez em soluços, foi se jogar de novo no sofá, todo enrodilhado no sofrimento raivoso que o devorava.

D. Camillo Righi tocou de leve o braço de Gelli e lhe indicou o quarto da moribunda, que talvez tivesse saído da letargia.

— Não, me desculpem — disse Gelli com riso forçado e lábios trêmulos. — Compreenda que eu não esperava...

— Tem razão, tem razão; mas peço que tenha piedade: esse sujeito é louco... — deixou escapar o padre.

— Louco... louco... — desconversou Mauri. — É verdade, talvez por desespero, sim... por remorso! Mas por que o senhor não lhe escreveu, padre, dizendo que Flora tentou se matar por mim?

— Flora? — perguntou Gelli, sem querer.

— Fulvia, Fulvia, eu sei! — corrigiu-se Mauri. — Mas depois mudou o nome para Flora. O senhor sabe, e eu sei de tudo: tanto da vida de agora quanto da de antes. Tudo! E sei também por que o senhor veio aqui.

— Ah, muito bem — exclamou Gelli. — Quanto a mim, já começo a não entender!

— Pois eu lhe digo! — rebateu Mauri. — Ouça: estou na beira de um abismo, quer ela viva ou morra; então posso falar como quiser, sem me importar com nada nem com ninguém.

— Senhor professor, desculpe — tentou sugerir de novo o padre Righi, pisando em ovos.

— Não, não; deixe que ele fale... — respondeu Gelli.

— Estamos diante da morte! — exclamou Mauri. — Não há mais ciúme. Nem o senhor tem mais razão de nutrir rancores por mim. Quando a conheci, Flora estava na rua. E então? Esse padre errou ao lhe omitir que ela se matou por mim.

— Mas eu — desculpou-se Righi, de novo na berlinda —, eu obedeço ao meu sagrado ministério, e só.

— Bobagem! — tornou a escarnecer Mauri. — Querem agora representar a sério a comédia do perdão? Pois bem, então vá lá o senhor; vá lhe obter o perdão e volte de onde veio, para lá, em Como, ao seu ameno palacete de Cavallasca, com o amor-próprio satisfeito, com o belo contentamento da própria generosidade! Mas acha que este é o lugar e o momento de representar comédias? Diga o senhor, francamente, a este padre o que o trouxe aqui. O remorso, padre, o remorso! Porque ele, ele, reduziu aquela desgraçada ao desespero, há muito tempo! Chega! Agora o senhor se tornou um homem virtuoso, cientista ilustre... Duvido! Manteve consigo a filhinha!

— Eu o proíbo... — gritou Gelli, tremendo dos pés à cabeça e mal se contendo.

— O que eu posso dizer? — respondeu Mauri, humilde. — Digo que aquela alma inocente teve o poder de torná-lo sábio, não é verdade? Mas pense apenas que aquela mulher não estaria lá se o senhor não tivesse tomado a filha para si.

— O senhor abandona seus filhos e ainda tem a coragem de falar assim na minha frente?

— Sim, senhor! E eu mesmo me acuso, eu! De fato, estou aqui com a dor de um duplo delito. Porque enganei esta mulher. Sim, senhor: disse-lhe que era solteiro, que não tinha ninguém. Ao meu modo, disse-lhe a verdade. Essa era a verdade para mim. No entanto minha mulher foi encontrá-la... lá, em Perúgia, e disse a ela... o que será que ela disse? Não sei! Só sei que ela, desejando devolver a paz a uma família, veio aqui para tirar a vida... Agora como quer que eu vá embora? Ela, a mártir, me perdoou. Mas o perdão dela não me basta. É preciso que eu fique aqui, chorando por ela, até que recupere a vida, e depois... depois, não sei! Ouça: quer ouvir um conselho? Tire a máscara, porque o senhor veio aqui para perdoar, e jogue-se de joelhos diante daquela cama, peça o perdão dela e diga a essa pobre mulher que ela é uma santa, diga-lhe que ela é a vítima de todos nós, diga que os homens são canalhas: nunca perdem a honra, os homens! Só quando roubam um pouco de dinheiro; porque, quando roubam a honra de uma mulher, isso não é nada! Até se gabam! Olhe, olhe o que nós, homens, deveríamos fazer...

Subitamente se ajoelhou diante da corcundinha aterrorizada, pegou-lhe os braços e gritou:

— Cuspa em mim! Cuspa em mim! Cuspa-me na cara!

Acordadas de sobressalto, duas mulheres meio desnudas acorreram aos gritos: a senhora Naccheri, cunhada de Righi, e a filha Giuditta, com um menino no braço.

Gelli e o padre permaneceram ali, espantados com a violência daquele furioso.

Naccheri correu para libertar a pobre corcundinha, que tremia inteira e quase desmaiava.

— Vamos, Margherita, vamos! Oh, veja, meu Deus, o que é isso! Mas o senhor tenha vergonha e termine logo com isso! Já estamos cansados, cansados! Levante-se, vamos, levante-se!

Mauri, ainda de joelhos e rosto no chão, soluçava. De repente, ficou de pé e perguntou:

— Não sou mais um homem civilizado, não é? Não há mais nem sombra de civilização em mim? Que lamentável, meu Deus, para esse ilustre senhor que veio perdoar! Para esse senhor padreco que aluga quartos! E a senhora? Oh, oh, vejam! Onde está a peruquinha loura e cacheada? Esqueceu-a na mesinha da cama? Bufões, bufões! Cumprimento-os com mil reverências, seus bufões!

E, inclinando-se raivosamente e grunhindo, foi embora.

— Esse homem está enlouquecendo... — murmurou Gelli, estupefato.

— Acho que esse aí já perdeu a cabeça há tempos, desculpem — observou a senhora Naccheri.

— Malcriado! — acrescentou a filha.

D. Camillo Righi, que ficou mais atordoado que os outros (pensava talvez que o doido pudesse lhe jogar na cara outras e piores acusações), apressou-se a apresentar à querida cunhada e à sobrinha o senhor professor, que tivera a santa inspiração de acorrer ao chamado para ouvir de viva voz o perdão.

— Deus o proteja! Tão bom...

As duas mulheres tentavam se desculpar com ele por aquilo que acontecera, desculpando-se também das roupas de dormir, quando eis que retorna Mauri, às gargalhadas, empurrando um homenzinho calvo, barbudo, irritado com a fúria inconveniente daquele maluco.

— Aqui está o doutor Balla!

— O senhor vá embora, vamos, logo! — investiu então Gelli, agarrando Mauri pela gola do paletó, sacudindo-o e empurrando-o para a porta do corredor.

— Sim, senhor! Sim, senhor! — disse Mauri, sem opor nenhuma resistência, recuando. — Deixe-me dizer apenas duas palavras ao doutor! Pronto, doutor: faça tudo para salvá-la, por caridade! Não deixe que ele a salve, do contrário ela estará perdida para mim... Vou embora, vou embora por minha própria conta... se acalme! Até breve, dout...

Gelli deu-lhe um último empurrão e fechou a porta.

— Fez muito bem, doutor, muito bem! — exclamou Righi, aliviado.

— Mas, desculpem, e a porta lá embaixo? Por que continua aberta? — indagou Naccheri, irritada, ao cunhado. — O que é isso? Vá, Margherita, vá, diga que fechem logo!

A corcundinha foi, e todos, ao vê-la passar por eles, observaram o modo como ela movia as pernas tortas; como se não tivessem outra coisa a fazer naquele momento.

O doutor Balla bufou; depois, mirando com despeito aqueles rostos alterados que o circundavam, anunciou:

— Estive em Montepulciano.

— Ah, muito bem? E então? — perguntou Righi.

— Então... então o quê? Nada! Uma viagem inútil. Vi o colega Cardelli... relatei-lhe o caso... Mas ele considera inútil... vir a esta altura.

— Temos aqui conosco — disse Righi — o marido da senhora... o doutor Gelli... uma autoridade.

A VIGÍLIA 289

— Ah — exclamou Balla. — Muito prazer!

Aproximou-se dele e, com a facúndia colérica de um homem exasperado pela própria sorte, que, convencido de perseguições contínuas do destino, fixou no cérebro as injustiças sofridas repetindo-as sempre com as mesmas palavras, com as mesmas expressões, quase se regozijando por saber defini-las e expressá-las tão bem, expôs-lhe as desgraças em que se encontrava naquela pequena cidade da Toscana, onde exercia a profissão de médico. Havia, é verdade, um hospitalzinho até... sim, razoavelmente equipado; mas eram só dois médicos: um, Nardoni, responsável especialmente pela cirurgia; ele, pela clínica. Agora o colega Nardoni estava enfermo havia vários dias.

— Enfermo, sim, enfermo — repetiu, como se Nardoni o fizesse de propósito, para deixá-lo em maus lençóis. E então concluiu inopinadamente: — Desculpe, já examinou a senhora?

Gelli negou com a cabeça.

— Não? Como não? Ah... sim!

E com irritação Balla observou Righi, compungido, e as duas mulheres ainda mais compungidas.

— Enfim, o que devemos fazer? — perguntou por fim. — Já é tarde, desculpem.

Gelli foi o primeiro a entrar no quarto de dormir; os outros o acompanharam.

II

A moribunda tinha aberto os olhos, cuja cor azul esmorecia com infinita tristeza entre a palidez das olheiras encavadas. À vista do marido, encolheu-se com as últimas forças no fundo da cama. Dos olhos lhe brotaram duas lágrimas que, sem poderem descer pelas faces, penetraram-lhe o olhar perdido.

Com um sorriso nervoso e involuntário, que exprimia o esforço tremendo que fazia sobre si mesmo para dominar a agitação dos sentimentos opostos — ódio, náusea, piedade, ira, despeito —, Silvio Gelli inclinou-se sobre ela:

— Fulvia, olá... está vendo? Estou aqui... Você me chamou, não é? E eu vim.

— Ato de verdadeira misericórdia! — suspirou de novo, do outro lado da cama, d. Camillo Righi, para incentivá-lo.

Mas Gelli não lhe agradeceu:

— Não, nada disso! — negou com ira. — Devo dizer que vim para reconhecer os males... os males dos meus antigos erros, confesso. Não esperava, é verdade... ouvi-lo da boca de outros!

E sorriu de novo, nervosamente, olhando ao redor o doutor Balla, as duas mulheres e o padre, que anuíram embaraçados.

— Mas vim justamente por isso — reafirmou, inclinando-se novamente sobre o leito. — Sim, Fulvia; e não me arrependo de ter vindo.

Ergueu-se satisfeito, com ar de quem conseguira ao menos remediar de algum modo o ridículo de sua posição.

A moribunda tornara a fechar os olhos, e as duas lágrimas agora escorriam lentas. Moveu os lábios.

— O que foi? — indagou ele, voltando a se debruçar imediatamente sobre ela. Todos se inclinaram para a cama.

— Obrigada — soprou ela.

— Não, não... — respondeu ele. — Agora eu... o que você está dizendo?

As pálpebras cerradas da moribunda tornaram a inchar com novas lágrimas e, quase tomadas de leves frêmitos, agitavam-se junto com os lábios. Ele compreendeu que uma palavra, um nome, tremia naquelas lágrimas ocultas e sobre os lábios, sem encontrar a voz, na angústia; o rosto se turvou, profundamente comovido:

— Livia?... Sim... Agora descanse... Não se agite... Falaremos depois.

— A filha — explicou baixo o padre ao doutor Balla, que balançou várias vezes a cabeça, agastado; depois, percebendo-se observado por Gelli, perguntou perplexo:

— Podemos?... Por favor, senhores, deixem-nos a sós.

Righi, a cunhada e a sobrinha saíram trepidantes, com olhos lacrimosos.

O doutor Balla fechou a porta do quarto e aproximou-se da cama, para descobrir a paciente. Mas ela, assustada, fixando o marido, reteve a coberta com a mão e disse:

— Você?

— Como? — perguntou Balla, surpreso, e virou-se para Gelli.

Viu seu rosto contraído, como por um repentino espasmo ou por aguda repulsa.

A VIGÍLIA   291

— Não quer? — perguntou-lhe Gelli, inclinando-se mais uma vez sobre ela.
— Não devo? É verdade, sim... não vim aqui como médico... e talvez...

Levantou-se, olhou o médico e acrescentou:

— Eu assumiria uma tremenda responsabilidade...

— Já faz três dias e uma noite — disse Balla, interpretando a seu modo a perplexidade do marido. — E é evidente que o processo de infecção está muito adiantado... Tentar agora, o senhor acha? Ah, sim, é uma tremenda responsabilidade... Mas, por outro lado...

— Sim, por outro lado, é preciso tentar — acrescentou Gelli.

— Então, paciência, minha senhora... — disse Balla, erguendo bem devagar a coberta.

Ela voltou a fechar os olhos e franziu dolorosamente o cenho.

Balla começou a desenfaixar a ferida.

No silêncio, os objetos do quarto, as cortinas, a vela que ardia sobre a cômoda e refletia no espelho, tudo parecia assumir aos olhos de Gelli, naquela imobilidade, um sentimento de vida como suspenso numa espera angustiosa. Impressionado com a lucidez dessa percepção, distraiu-se por um instante: olhou o quarto ao redor como se fizesse o reconhecimento daqueles objetos que, numa cidade distante, desconhecida, eram testemunhas daquele triste e imprevisto acontecimento em sua vida. Foi quando Balla lhe chamou a atenção, dizendo: "Pronto...". Ele fixou de pronto os olhos na ferida descoberta, calmo, e não viu mais nada, não pensou em mais nada, como se estivesse ali para uma consulta. Examinou a ferida longa e atentamente. Talvez, se tivesse sido feita a tempo uma laparotomia, houvesse alguma esperança de salvação. Mas agora, depois de quatro dias...

Silvio Gelli ergueu-se; olhou Balla agudamente. Este encolheu os ombros e, só para dizer alguma coisa, indicando certos sinais exteriores em volta da ferida, deu algumas explicações de todo inúteis.

Gelli debruçou-se de novo para observar; depois olhou a mulher sem se importar com o outro, que perguntava:

— Vamos enfaixar?

Enfaixada de novo e recoberta, Fulvia abriu os olhos, olhou o marido e perguntou com um fio de voz:

— Estou morrendo?

— Não — respondeu ele, pousando-lhe uma mão na fronte. — Fique tranquila, fique tranquila. Até amanhã, doutor. Eu mesmo vou fazer. Prepare tudo.

Balla o olhou perplexo, entendendo como uma mentira piedosa aquela decisão e aquela ordem.

— Os instrumentos do hospital? — indagou.

— Sim — respondeu Gelli —, tudo.

— E... e também chamarei — acrescentou Balla, buscando os olhos dele em sinal de acordo — nossa enfermeira, braço direito do colega Nardoni, certo?

— Nardoni? Não, não precisa chamá-lo.

— Não, desculpe... eu disse a enfermeira, Aurelia. Está há cerca de treze anos em nosso hospital.

— Ah, ótimo! — suspirou Gelli, absorto. — Treze anos? Justamente treze anos... não é, Fulvia? Treze anos...

— De quê? — interrompeu Balla.

Não entendia. Esperou mais um pouco e então, aborrecido, sacudiu os ombros e foi embora.

Silvio Gelli sentou-se ao lado da cama. A moribunda voltou a cabeça para ele; mas os cabelos, no movimento, ficaram presos. Com uma mão ele os soltou e, enternecido com o seu ato, suspirou:

— Pobre Fulvia!

Sim, os cabelos ainda eram os de antigamente; mas como agora lhe emolduravam, mísero e sumido, o rosto mudado! E que ruga naquela testa que um dia fora tão altiva! Treze anos! Que abismo!

Ela tentou avançar uma mão sob as cobertas e repetiu, com os lábios e os olhos:

— Obrigada.

Ele tomou aquela mão e a apertou entre as suas.

Mas nenhum dos dois sentiu o contato das mãos naquele instante; os olhos deviam, antes, entender-se entre si e ainda não podiam, porque não só o olhar, mas todo o aspecto dele parecia transformado aos olhos de Fulvia, incompreensível. Com os olhos ele tentou apaziguar e quase sustentar o olhar dela, que o evitava como num duvidoso aturdimento, e acrescentou com a voz:

— Sim, Fulvia... por tudo o que você sofreu comigo... e que sofreu depois, por minha causa, até este ponto... Esse seu ato de desespero é uma prova disso... Sim, eu...

Interrompeu; virou a cabeça para a porta que Balla, ao se retirar, havia deixado aberta. Talvez houvesse ali alguém que pudesse escutar; pouco antes estivera ali aquele louco que, no transe da paixão, ousava dizer a verdade na cara de todos, acreditando interpretar o sentimento que o levara a correr para o leito da mulher moribunda. Agora ele quase repetia as palavras dele. Mas não, não, não era verdade. Não fora apenas o remorso que o impelira para lá, mas também outra coisa misturada; aliás, viera principalmente por essa coisa: uma necessidade estranha. Deveria confessá-lo...

— Espere.

Soltou a mão dela e foi fechar a porta.

— Eu também, sabe, Fulvia, sofri demais; nem saberia dizer quanto... nunca imaginei sofrer assim. Logo, desde o primeiro dia. Compreendi tudo; e, ao mesmo tempo, não compreendi mais nada... Isso mesmo. Minha bestialidade cínica e sem razão, sem finalidade, ou melhor, com uma única finalidade: demonstrar que eu podia tudo, e você, nada... Eu fazia... O que eu fazia? Nunca me diverti! Mas era como um desafio... Aos empurrões, mas... com luvas, não é verdade?, eu a levei quase à beira do precipício e a deixei ali, exposta, sem amparo, sem defesa, esperando que a vertigem a engolisse. E você, desesperada, com seu orgulho, aceitou finalmente o desafio, deixou-se tragar pela vertigem e desabou no precipício! Que vazio! Com a menininha só, abandonada... eu, incapaz... eu, indigno... De qualquer modo, desde então tentei preencher o vazio dentro e fora de mim com os cuidados com a menina... com meus estudos... Tudo inútil! Dentro de mim, mais profundo... fora, mais vasto e sombrio! Tentei até sofrer de propósito, para de algum modo enterrar a mim mesmo nesse vazio... Mas não, nada: não sofro... não sofro por você, não sofro por mim; sofro por a vida ser assim: você aqui se mata... um outro lá enlouquece... uns pensam entender e não chegam a nada... Venho aqui, digo: Está morrendo, quer ir em paz; vá, vá, ajude... E meu sentimento esbarra numa realidade que eu não podia imaginar. Sim: não preciso perdoar, preciso ser perdoado... Você me perdoa?

Tirou as mãos das têmporas; era como se tivesse falado a si mesmo. Virou-se para a cama: ela adormecera de novo, com os cílios semiabertos, como horrorizada com o que havia escutado, e parecia ainda soluçar por dentro, assim, muda, rígida, com a cabeça voltada para ele.

Ficou a contemplá-la um tanto, quase amedrontado. Pareceu-lhe que o estiramento das faces tivesse abrandado. E, por um momento, reviu nítida naquele rosto a imagem dela que por tantos anos ele conservara. Era bela, ainda era bela! Quem sabe até onde caíra?... Mas a nobreza dos lineamentos permanecera intacta, como se a lama não a tivesse tocado. Ou talvez agora a morte...

Levantou-se devagar, temendo acordá-la, e na ponta dos pés se encaminhou para o quarto ao lado, onde a corcundinha esperava sozinha.

— Está dormindo — informou-lhe em voz baixa, mirando-a, consternado com o mistério que parecia trazer em si, no silêncio daquela noite horrível, aquela criatura que vivia quase por uma troça medonha da natureza.

Ela sorriu de novo aquele sorriso inconsciente e disse:

— Estou indo.

III

Gelli sentou-se na mesma cadeira de onde ela se erguera, perto da mesinha onde a vela queimava.

Pouco depois, um sobressalto. A porta que dava para o corredor se abria como por si, lentamente, em silêncio.

Marco Mauri avançou a cabeça, com um dedo na boca em sinal de silêncio; entrou, dizendo aos sussurros:

— Eu estava escondido aqui, no escuro do corredor... Pssss... Agora que estamos só nós dois, ficarei aqui sem dar um pio, calado, calado. O senhor pode me permitir isso: ninguém está vendo. Aqui, nós dois sozinhos, bem calados, hein?

Gelli o olhou surpreso, enfezado; depois, sem querer, sorriu nervosamente diante de um gesto de súplica que o outro lhe dirigia, com ambas as mãos; deu de ombros e indicou o canapé ali perto. Mauri logo se sentou, todo contente.

Permaneceram um bom tempo calados.

Depois Mauri disse:

— Se o senhor quiser se deitar aqui, para repousar um pouco... Não quer, não é? Nem eu. A fera gostaria de dormir, mas a consciência não permite. Muitos anos atrás, quando perdi um filhinho, depois de nove noites de vigília assídua, na hora não senti pena: estava com muito sono, e precisei dormir primeiro; depois, quando acordei, a dor me atacou. Mas ali a consciência não me corroía. Agora faz quatro noites que não prego o olho, sabe? Nem tenho sono!

Calou-se por um instante, absorto; e então perguntou, fixando a chama da vela:

— Como os antigos chamavam aquele rio? Ah, sim! Lete... o Lete... isso mesmo! O rio do esquecimento... Esse rio agora escorre nos bares. E eu não bebo! Há quatro dias, sabe? Nada: nem um pedaço de pão. Só água, ali, na fonte, lá na praça, como os bichos. Água amarga, barrenta, argh! Mas nada me desce... Quem sabe um pouco de ácido prússico... Sinto os olhos, estes dois arcos dos cílios, como dois arcos de certas pontezinhas que atravessam a areia e os seixos de um córrego seco, árido, cheio de grilos... Estou com dois grilos malditos nos ouvidos: eles gritam, gritam e me deixam louco... Falo bem, hein! Parece até que estou no campo, quando me exercitava na oratória e esperava ser promovido para o Ministério Público; sorteava os temas e depois começava a improvisar em voz alta, entre as árvores: "Senhores da corte, senhores jurados...". Estou falando muito, me desculpe, mas é que não consigo evitar... Tenho um nó aqui, no estômago... Queria gritar!

Dizendo isso, estendeu-se de bruços no canapé, com o queixo no espaldar e os olhos esbugalhados.

Gelli o espreitou e, assaltado por um sentimento de medo, ergueu-se e foi para a porta do quarto de dormir; olhou lá dentro e então se deteve, na soleira.

Mauri voltou a sentar e perguntou ansiosamente:

— Está descansando?

Gelli faz que sim com a cabeça.

— E... me diga, não há mesmo nenhuma esperança? Nenhuma?... Assim descansa!... Posso vê-la? Daí de onde o senhor está... só um momentinho... sim?

Ficou de pé; aproximou-se dele, prendendo a respiração; ergueu-se na ponta dos pés e olhou dentro do quarto.

A corcundinha, que estava sentada ao lado da cama, viu a cabeça daqueles dois homens, uma ao lado da outra, olhando a moribunda. O espanto dela reverberou em Gelli, que então empurrou Mauri para trás, com um braço.

— Vá se sentar... Vá logo.

— Sim, senhor... Obrigado — disse o outro, obedecendo. — Ah, está morrendo... morrendo... morrendo...

Os olhos ficaram vermelhos, e lágrimas abundantes voltaram a descer por suas faces, enquanto se esforçava para sufocar os soluços que lhe sacudiam o peito. Depois de chorar bastante, abriu os braços, abraçou os ombros e tentou falar; mas, sentindo que a voz ainda lhe saía pesada de pranto, mordeu uma mão; repuxou os olhos; reprimiu violentamente as lágrimas.

— Ficaremos aqui — disse — os dois, juntos, quietinhos, velando até o fim... Como dois crocodilos... Depois a acompanharemos até a cova, e então cada um seguirá seu caminho... O senhor seguirá: tem uma casa, uma alegria... a filhinha inocente. I-no-cen-te. Sorte dela! Meus filhos, ao contrário, sabem de tudo. A mãe contou tudo a eles, por crueldade de instinto. Que necessidade havia? Ela não me ama, nunca me amou; nem sabe o que fazer de mim. Ela é quem os criou, lá no campo, ao modo dela; e eles nunca tiveram por mim nem respeito nem consideração. Me chamam de Pretor; aliás, Preto, assim como a mãe deles, imagine! "Preto está em casa? Não, Preto está na Pretoria..." Ah, o senhor não sabe o que significa ir parar aos vinte e cinco anos numa cidadezinha horrível e apodrecer lá quatro, cinco, dez anos eternos... pretor! E se lhe dissesse que me casei para ter em casa um piano? Porque estudei música; e nunca estudei leis... Casei com uma mulher mais velha do que eu, que tinha casas e terrenos... e que... Mas a gente se embrutece! Depois de quatro ou cinco anos, assediados pela miséria e pelas baixezas humanas, não nos sobra mais nenhuma daquelas ficções com que a sociedade nos mascarava, e então descobrimos que o homem é porco por direito de natureza. Mas, me desculpe, nós negamos a nós mesmos esse direito; porque a sociedade nos manda para a escola, desde pequenos, e nos ensina os bons modos para que soframos e não engordemos; mas e daí? É preciso ver o homem ali, em seu ambiente natural, como eu o vi por tantos anos. Que homens somos nós? O senhor se compadece de mim, eu o respeito... Mas que beleza!

Riu e puxou longamente, primeiro de um lado, depois do outro, as duas bandas da barba; finalmente arrepanhou-as na mão e ficou pensando, com olhos vívidos, hilariantes, comunicativos.

Gelli pôs-se a observá-lo e depois perguntou, com voz abafada:

— Onde a conheceu?

— Eu? Flora? Em Perúgia — apressou-se a responder Mauri, sacudindo-se. — Um mês após a minha transferência para lá, no gabinete de um colega meu, juiz de instrução.

— Estava presa?

— Não, senhor. Tinha ido depor. Ela também estava em Perúgia havia pouco mais de um mês.

— Sozinha? Como?

— Mal acompanhada. Com um tal... espere! Um tal de Gamba, isso mesmo, que se fazia passar por artista... pintor. No entanto, era um miserável aplicador de mosaicos da fábrica de... de Murano, acho; enviado para restaurar um mosaico de não sei qual igreja de Perúgia. Isso... isso... isso... Um cafajeste que se embriagava todo santo dia e... batia nela. Certa noite foi encontrado morto numa estrada, a cabeça quebrada.

Gelli cobriu o rosto com as mãos.

— Que horror, hein? — disparou Mauri, pondo-se de pé. — Mas me faça o favor: deixe para lá! "Até onde caíra!", não é? Que horror! Palhaçadas, vamos. O senhor mesmo me ensina que tudo consiste em, sob os olhos de todos, se despir uma primeira vez do hábito que a sociedade nos impôs. Tente o senhor, pelo menos uma vez, roubar cinco liras e se deixe ser flagrado no ato de roubar. Aí o senhor poderá me dizer alguma coisa! Mas o senhor não rouba, não é? Obrigado! E aquela desgraçada teria feito o que fez se o senhor, o marido... Deixe para lá! Deixe para lá! E no entanto, sabe?, Flora não falava mal do senhor, assim como não falava mal de ninguém; nem do canalha que a abandonou, assim, de um dia para o outro, sem razão. Ao contrário, até o desculpava; dizia que o cansara, que o oprimira com seus medos e seu ciúme. Até o senhor ela desculpava, acusando as mulheres de todos os erros, as mulheres que ela odiava profundamente dentro de si... E quando, poucos dias atrás, vim encontrá-la aqui, também quis desculpar a minha traição, as minhas mentiras, culpando a si mesma, certas inclinações involuntárias, o instinto ruim, como ela dizia, ou seja, a necessidade que todas as mulheres sentem de agradar até ao marido da própria irmã...

Continuou assim por um bom tempo, falando, falando. Gelli apoiara os braços na mesinha e afundara o rosto ali. Dormia? De repente, Margherita, a corcundinha, surgiu na soleira, assustada. Mauri lhe fez sinal para que não falasse.

— Morta? — perguntou sem voz.

A outra balançou a cabeça várias vezes, e então Mauri, na ponta dos pés, correu para o quarto de dormir; mas, ao ver a mulher exânime, desatou em violentos soluços e jogou-se sobre ela desesperadamente.

A corcundinha se aproximou do que dormia, para sacudi-lo; mas Silvio Gelli ergueu a cabeça dos braços e disse, abatido, de olhos fechados:

— Não estou dormindo, sabe? Deixe que ele chore... deixe...

"La veglia", 1904

"Vexilla Regis..."

Saiu? Assim tão cedo? E por quê? A senhorita Alvina Lander, muito alta e magra de corpo, de pernas longas e braços ossudos, caídos, o enorme volume dos cabelos tingidos de um ouro pálido descendo sobre as orelhas, sobre a fronte e, em tranças malfeitas, sobre a nuca, bateu com os nós dos dedos numa porta do corredor em penumbra e esperou, baixando as pálpebras sobre os olhinhos vivos e cerúleos, agilíssimos.

Era surda havia anos devido a uma antiga doença, e por isso sofria muito; embora esse não fosse seu único mal. Havia outros, cada um dos quais capaz de fazer uma mulher infeliz, e ainda mais todos juntos, como ela mesma costumava expor ao advogado Mario Furri, de cuja filha, Lauretta, era governanta havia treze anos. Antes de tudo, a perda inútil de tanta vida; depois, certa traição, de que o senhor advogado estava a par, traição que a empurrara para aquele estado de servidão na Itália; e a fraqueza, quase velhice, chegada antes do tempo, e finalmente a ignorância das coisas do mundo, causa de tantos males e de tantas faltas, das quais era acusada, quando de fato deveria ser não só desculpada mas também digna de compaixão e de ajuda; mas quê!

A senhorita Lander suspeitava que, na alma das pessoas com quem lidava, estivessem impressos dois falsos conceitos a seu respeito: um de malícia, outro, de hipocrisia; e isso talvez fosse motivado por sua surdez. Mas essa suspeita já havia envelhecido nela, e ela na suspeita. Assim como haviam envelhecido e se radicado tenazmente na sua áspera fala alemã alguns erros de pronúncia, embora ela entendesse perfeitamente o italiano; cortava, por exemplo, certas palavras justamente onde não deveria e falava sig-nor e sig-nora com uma graça peculiar, como se estivesse obstinada em não querer entender que os outros diziam signore e signora.

Mas quantas vezes Lauretta gritara entre ou herein? A senhorita Lander esperava ali, paciente e absorta, estirando o xale de seda esverdeada que sempre trazia consigo: "Primavera nos ombros e junho na cabeça", como costumava dizer Lauretta. E junho eram os cabelos cor de feno. A porta se abriu com força, batendo contra a soleira e fazendo a surda pular, a quem Lauretta, com os cabelos soltos, os belos braços nus e uma toalha presa entre o queixo e os seios, repetiu irritada:

— Entre! Entre! Entre!

Desculpas da senhorita Alvina: ah, já não sabia onde estava com a cabeça; há uma hora tentava imaginar o que podia ter acontecido ao sig-nor advogado, que saíra de casa sehr umwölkt, tão cedo.

— Saiu? Como? — perguntou Lauretta.

Saiu. O porteiro trouxera como sempre a correspondência; mas as cartas e os jornais ainda estavam ali, na escrivaninha, intocados.

— Was soll man denken, Fräulein Laura?

Lauretta empalideceu, os olhos fixos na suspeita que vacilava na sua frente: será que o pai, oh, meu Deus, descobrira por alguma carta a morte da irmã, a morte da tia Maddalena, que ela ocultava havia cerca de três meses? Mas por que saíra? Perturbado, sehr umwölkt, como dissera Lander? Vestiu depressa o roupão e correu para o quarto do pai, seguida por Alvina, que repetia: — Was soll man denken?

O que seria? Sim, sem dúvida: ele soubera da desgraça. Mas onde estava a carta? As cartas estavam ali, ainda lacradas; mas eram todas? Ah, olha um envelope rasgado no tapetinho. De pronto Lauretta abaixou-se para recolhê-lo: um envelope com listras pretas e um selo alemão! O endereço, em letras minúsculas, dizia Furi em vez de Furri. A senhorita Lander grudou os olhos nele, empalidecendo por sua vez e indicando: — Selo aleman... — Tirou o envelope das mãos de Lauretta, examinou-o e disse: — Letra de mulher.

— Sim, caligrafia feminina — confirmou Lauretta.

— Ach Fräulein! — exclamou então a senhorita Lander, levando à testa as grossas mãos de homem e erguendo a massa de cabelos: — Desgrrraça! Desgrrraça! Certeza carta para mim... Oh, Je! Oh, Je!

— Para a senhora? Por que para a senhora? Não creio — apressou-se em retrucar Lauretta, embora a interpretação da senhorita Lander no fundo lhe parecesse correta. — Olhe — acrescentou, para animá-la —, é endereçada a papai. De resto, se fosse como a senhora diz, por que papai teria saído? Ele antes teria falado comigo.

— Ach nein! Nein! — negou decididamente, sacudindo a cabeça e choramingando de modo extremamente cômico.

— Como não? Claro — replicou Lauretta, prendendo o riso diante daquela cena. Mas a senhorita Lander continuou a dizer que não com a cabeça e a choramingar, enquanto Lauretta gostaria de insistir "Por que não?"; mas dirigiu a si mesma a pergunta, observando a velha governanta que, pela primeira vez, lhe parecia arrancada de uma vida distante, que ela ignorava, e à qual nunca tivera a oportunidade de dedicar um pensamento, já que nunca concebera em Lander um ser que existisse por si ou que tivesse podido existir para além das relações estabelecidas com ela, que desde menina se acostumara a vê-la sempre ao redor. — Além disso, por quem você teme — perguntou-lhe —, se não tem mais ninguém lá?

— Doch! — exclamou entre lágrimas a surda, erguendo os olhos do lenço.

— Ah, é? — fez Lauretta. — E quem?

— Das darf ich nicht Ihnen sagen! — respondeu a governanta, escondendo o rosto entre as mãos. — Não posso nem devo dizer. — E foi embora, repetindo entre lágrimas a exclamação preferida: — Oh, Je! Oh, Je!

Quando Mario Furri voltou para casa, Lauretta ainda estava ali, no quarto dele, apoiada na escrivaninha e absorta.

— Oh, papai! O que houve?

Furri olhou a filha quase num abatimento de vertigem, como se a visão dela e a súbita pergunta tivessem violentamente freado dentro dele um tumulto. Estava pálido; empalideceu mais ainda, conquanto se esforçasse em sorrir.

— O que houve? — perguntou por sua vez, com voz insegura.

— Sim, com a senhorita Alvina. Está lá, chorando; diz que você recebeu uma carta da Alemanha para ela.

— Para ela? Vá dizer que ela está doida! — respondeu Furri com aspereza, irritado.

— Aí está! Não era para ela! — exclamou Lauretta. — Eu disse isso, mas ela: Oh, Je! Oh, Je! Achamos este envelope no chão e, como você nunca saiu de casa tão cedo... Tivemos medo de que você, sim... entramos. — Um repentino rubor inflamou o rosto de Lauretta, como se lhe surgisse a suspeita de ter cometido uma indiscrição. Ficou perdida. O pai então sorriu afavelmente do embaraço da filha e, acariciando-lhe o queixo, disse:

— Não é nada, não é nada. Vá lá, deixe-me ver a correspondência.

— Sim, sim... eu, veja: ainda despenteada... — fez Lauretta, escapando sorridente e ainda confusa.

Mas logo em seguida eis que bate à porta do senhor advogado a senhorita Lander, com os olhos vermelhos do choro desenfreado e o lenço já na mão, para o caso de voltar a chorar.

— O que quer de mim? — disse-lhe Furri duramente, sem lhe dar tempo de abrir a boca. — Quem lhe disse que recebi uma carta para a senhora? Aliás, a senhora entra aqui, remexe os meus papéis, encontra um envelope que não lhe pertence e logo imagina quem sabe o quê. Mas, por favor, me diga quem poderia lhe ter escrito de Wiesbaden? E que desgraça poderia ser essa? Sei, sei que a senhora ainda comete a incrível leviandade de escrever à irmã daquele senhor Wahlen, casado e com filhos; o qual, suponho, não deve se importar nem um pouco com a senhora. Será que a irmã morreu? Será que o morto foi ele? Desculpe, mas por que se importa com isso?

— Ach nein! — gritou nesse ponto a senhorita Lander, ferida no coração. — Pai de família! Não, não, não diga essa coisa, sig-nor! Morto? Morto?

— Ninguém morreu! — berrou Furri por sua vez. — Repito-lhe que a carta não é para a senhora, e não me faça perder a paciência com essas loucuras. Olhe este carimbo postal: Wiesbaden, está vendo? Se não acredita, telegrafe a quem quiser, mas me deixe em paz! Quero ficar sozinho; posso?

A senhorita Lander não respondeu; levou o lenço aos olhos e mexeu-se para sair, balançando a cabeça, certamente com a suspeita de que agora ela não poderia se assegurar de que, caso alguma carta lhe chegasse, não seria aberta antes pelo senhor advogado. Apesar de ter outras coisas na cabeça, Furri a seguiu com os olhos, cheio de espanto: aquela velha ali, enganada na juventude e traída pelo amante, que depois casou com outra mulher, não só ainda se preocupava com a vida dele após tantos anos, a ponto de transformá-lo na vida secreta de seu coração, mas também, sabendo-o na miséria, fazia-lhe chegar por vias indiretas todas as suas economias; e parecia não ter outro prazer ou alívio senão quando pensava nele, fantasiando por meio das notícias que lhe dava a irmã, com a qual mantinha correspondência, ou então diante do retrato guardado num estojinho junto com os dos filhos que não eram seus, mas que ela amava como se fossem — aquela velha ali.

— Senhorita! — chamou Furri de repente, estremecendo, enquanto ela atravessava a soleira.

A velha senhorita voltou-se de chofre; estendeu os longos braços e rompeu em soluços: — Morreu, não é? Morreu! Morreu!

— Não, pelo amor de Deus! A senhora hoje quer mesmo me tirar do sério! — trovejou Furri. — Quero saber algo da senhora. Venha, por favor.

Alvina não chorava mais; atordoada, com os olhos vermelhos, fixava Furri e, na espera, era continuamente sacudida por fortes soluços. Furri demorou-se um pouco com a mão nos olhos, como tentando ver o próprio pensamento e calculando o melhor modo de manifestá-lo.

— Lembro que certa vez, muitos anos atrás, a senhora me disse que conhecia a família De Wichmann, não é verdade?

— Sim — respondeu ela, hesitante, sem entender o porquê da pergunta, já que agora não podia deixar de remeter tudo a seu secreto tormento. — Conheço muito bem a família De Wichmann. Frau De Wichmann não ficava muito longe de onde eu morava, prrrecisamente na Wenzelgasse.

— Sei, sei — disse Furri decidido, a fim de impedir que a velha governanta, evocando o país natal, se perdesse em detalhes inúteis, que ele já conhecia de cor. — Me diga: além da velha tia dessa senhora (aquela Frau Lork, que morava em Colônia), sabe se a família De Wichmann tinha outros parentes em outras cidades da Alemanha?

— A cidade de origem da sig-nora De Wichmann — respondeu Lander, depois de ter vasculhado na memória — é Braunschweig.

— Eu sei! — interrompeu de novo Furri. — Estive lá; mas a mãe da senhora, que morava ali sozinha, morrera cerca de um ano antes, e também Frau Lork, a tia, como fiquei sabendo em Colônia. Em Braunschweig me disseram que em Düsseldorf morava um primo da De Wichmann: mas o primo não estava mais em Düsseldorf. Gostaria de saber da senhora, caso possível, se há notícia dos parentes do marido.

— O lugar-tenente De Wichmann — respondeu imediatamente a senhorita Lander com insólita fluência — morreu gloriosamente na Guerra de Setenta! Mas não sei a cidade de nascimento, nem conheço a família.

— Portanto, nem ele nem a senhora nasceram em Bonn — retomou Furri. — Só quem nasceu lá foi a senhorita, certo?

— Sim, Anny! Minha Aennchen: Hans, como todos a chamavam, como homem, porque ela era assim... como se diz? Impetuosa... um cafalinho... O sig--nor conheceu Hans?

— Sim — respondeu Furri, mais com a cabeça do que com palavras.

— Aqui na Itália?

Furri repetiu o gesto.

— Estão ainda na Itália? — indagou Lander, hesitante.

— Não.

— Para Bonn, dos anos, não voltaram mais, depois da viarrrem na Itália: vendida casa, mobília, tudo.

— Eu sei, eu sei. Quando fui à Alemanha, eu deveria... deveria lhes entregar em mãos uma carta importantíssima de Roma. Mas não as encontrei: procurei bastante por elas, mas a esmo, sem nenhuma pista.

— E onde estão agora? — perguntou Lander consternada.

— Agora me chegou uma carta de Wiesbaden. Por isso esperava que a senhora pudesse me dizer se algum parente da família De Wichmann alguma vez fixou residência nessa cidade. Se a senhora não sabe, não tenho mais nada a perguntar. Obrigado... — Interrompeu; estava a ponto de acrescentar: "e lhe peço que não conte nada a Lauretta sobre esta nossa conversa"; mas depois, temendo que ela entendesse mais do que deveria, pediu-lhe que saísse, e ela saiu aturdida, mas tranquilizada quanto a si, embora com a certeza de que devia haver algo muito grave ali, já que o sig-nor estava tão umwölkt por causa da carta que a fizera chorar tanto.

— Hans! — suspirou Furri tão logo ficou só, balançando levemente a cabeça. E, quase imitando uma voz que viesse de muito longe, acrescentou: — Riesin... meine liebe Riesin... — Apertou os olhos, contraiu o rosto como num espasmo irrefreável e pôs-se a andar pelo quarto, murmurando de cabeça baixa: — Ora, ora! — Os olhos de repente se fixaram no envelope, ainda sobre a escrivaninha; pegou e releu o sobrescrito, com os cantos da boca contraídos pelo desdém:

— Furi. Esqueceu até o nome.

Tirou do bolso a carta listrada de preto, mas não teve ânimo nem de olhá-la e a repôs no envelope rasgado.

Recomeçou a passear.

Pouco depois, quase atraído pela própria imagem, parou diante do espelho do armário e, vendo-se perturbado, empalideceu e apertou forte com a mão a grande testa calva, mirando-se fixamente nos olhos e impondo a si mesmo a calma, o domínio das agitações interiores. De fato a contração da fronte logo se desfez, voltou-lhe aos olhos quase velados pela dor constante a visão tênue, afinada com a lividez do rosto contornado por uma barba curta e grisalha. Seu corpo exausto demonstrava uma senilidade precoce.

Furri desenvolvera uma terrível fixação por sua rápida decrepitude, uma consternação jamais mitigada, para a qual aparentemente funcionava como desculpa ou suporte racional o fato de que ninguém de sua numerosa família ultrapassara o limite de idade superado por ele (mas em que condições!), por ele e pela irmã Maddalena; contava ainda com os piedosos cuidados de Lauretta, em parte vãos cuidados, porque os sobrinhos distantes, a fim de justificar a falta de caráter da irmã, eram obrigados a repetir em cada carta que doenças incessantes a impediam de escrever.

Para ele cada dia poderia ser o último!

Claro, percebia uma grande fraqueza nas pernas, como um abandono de todos os membros, agora pesados. Murmurava de quando em quando alguma frase sobre o seu estado e prestava atenção às lúgubres palavras, como para ouvir com que voz as pronunciava. As repentinas e impulsivas rebeliões contra esse pesadelo surtiam sempre o mesmo efeito: um aumento da angústia e a confirmação de que ele já era um homem acabado. Não era terror da morte, não: a morte já o desafiara muitas vezes quando jovem; mas ter que esperá-la assim, quase à espreita, e sabendo que a qualquer minuto ela poderia vir, aquela infinita suspensão na espera que de repente algo pudesse lhe falhar por dentro — esse era o horror, essa a medonha opressão.

— Mario Furri — murmurou, apontando e fixando com turvo desdém a própria imagem no espelho. Mas a imagem retorceu e apontou contra ele o indicador em riste, como se quisesse dizer: "Você, não eu; se você risse, eu também riria".

De fato, sorriu tristemente.

Logo em seguida afastou-se do espelho, firme na decisão de não pensar mais, pelo menos por enquanto, na carta inesperada e depois analisar calmamente o que seria conveniente fazer.

Retornou à escrivaninha para ler as outras cartas recebidas pela manhã. Passou pela primeira, pela segunda e, na metade da terceira, vergou a cabeça entre as mãos, sentindo-se incapaz de continuar e com leve vontade de dormir. Pulou de pé; a sonolência o aterrorizava, mas simulou a si mesmo que não era exatamente o medo de dormir que o levara a se levantar, e sim um pensamento que lhe surgira de súbito: "Era melhor, sim, era melhor, por prudência, recomendar à senhorita Lander que não fizesse nenhuma menção a Lauretta sobre aquela carta".

Nunca quisera que a velha governanta tomasse conhecimento de nada. Agora se arrependia de lhe ter dirigido aquelas inúteis perguntas na tola esperança de poder obter, por meio de suas respostas, um fio que o livrasse do labirinto de suas tantas suposições. Mas o fato de Lander ter perguntado se ele conhecia Anny o assegurava de que ela não tinha nenhuma suspeita. Depois se lembrara a tempo da desculpa muito verossímil de sua busca infrutífera na Alemanha, ou seja, daquela carta importante que ele deveria fazer chegar a De Wichmann.

Anny! Anny! Se ele a conhecia!

Fazia treze anos desde a sua viagem à Alemanha, temporada que agora lhe surgia na memória como um sonho vertiginoso. Nenhum vestígio dela, nem perto nem distante. No entanto, quantas notícias e quanta parte da vida de Anny ele havia recolhido em Bonn! Quis visitar até a casa abandonada na Wenzelgasse, como todos os outros locais da cidade, para investigar a primeira vida dela; para que nada, com a ajuda das notícias e diante das coisas ao redor, restasse desconhecido para ele. Lá, na Poppelsdorf-allée, ela certamente passeara com as amigas; e ali, sobre a ampla e longa margem, esperara o pequeno batel a vapor que todos os dias, como uma linha, liga a vida de Bonn à de Beuel, à sua frente; ou caminhara nos feriados até onde a margem termina, seguindo por uma estradinha costeira que leva a Godesberg, por diversão. Tudo, tudo ele quis ver, quase com os olhos dela. E que correspondência recôndita lhe parecera surpreender entre o aspecto daqueles lugares e a índole de Anny! E como as notícias sabidas sobre a vida pregressa dela e da mãe reafirmaram o juízo que ele formara de ambas! Sobre a mãe, constatara que todos falavam mal, embora não tanto quanto teria desejado o ódio que ele nutria por ela: todos antipatizavam com seu ar e sua veleidade de nobreza, de resto bem pouco fundados, como o demonstrava aquele de diante do sobrenome, em vez de von. Notícias, notícias, mas nenhuma pista: nenhuma! Como então explicar aquela carta inesperada de Wiesbaden? Ele também passara por Wiesbaden, permanecera ali por oito dias; mas Anny estava lá? Realmente ele já não tinha nenhum indício para continuar procurando naquela cidade. Então a senhora De Wichmann morrera em Wiesbaden, como a carta de Anny anunciava. Quando? Anny não precisava nem a data nem o local; não informava nada, senão o dia em que chegaria a Roma.

Com os cotovelos na borda da escrivaninha, a cabeça entre as mãos e os olhos fechados, Furri submergiu naquelas velhas lembranças. Era como se cravasse uma lâmina numa antiga ferida. Mas o pudor da idade e a consciência do estado a que se reduzira não lhe permitiam demorar na ternura de certas lembranças. Recordando, queria julgar e, julgando, persistir num propósito inamovível. Atrás da porta fechada, um mundo de coisas mortas: lá dentro, o sol não podia nem devia penetrar; ele entrava ali para buscar, mas com um sentimento de quem iria encontrar bonecas e brinquedos de crianças mortas, coisas que as mãos de um velho deviam evitar; depois tornaria a fechar a porta e montaria guarda contra quem quisesse forçá-la. Naquele esconderijo escuro das lembranças havia até um berço abandonado: o berço de Lauretta, que de nada sabia.

— É verdade, mamãe morreu, minha filha; morreu ao te dar à luz.

— E você não tem nenhum retrato dela?

— Não, nenhum.

— Como ela era, papai?

Como era? Ao rememorar esse distante diálogo com a filha pequena, Furri mordeu furiosamente uma das mãos para sufocar os soluços que irrompiam e o sacudiam por inteiro.

— Vamos viajar, Lauretta! Partimos amanhã — anunciou Furri ao sair do quarto para o café da manhã.

— Viajar? Para onde? — perguntou Lauretta surpresa. — Amanhã é Semana Santa, papai!

— E daí? Amanhã é quarta-feira, não é? E dia santo impede alguém de viajar?

— Não, papai, amanhã é impossível! Preciso antes preparar tantas coisas! Deveria ter me comunicado com antecedência que neste ano você pretendia antecipar as férias.

— Mas não estamos antecipando! Vamos só para uma breve inspeção. Explico: neste ano eu não queria ir para a montanha, no máximo, ir mais tarde. Então pensei: passamos a primavera aqui, nos castelos; depois na praia, por você; e, se der, o último mês nas montanhas, como sempre. Agora faremos uma viagem de três ou quatro dias, uma visitinha aos castelos. Você escolhe o local, depois voltamos. Vamos, princesinha, diga que sim: estou precisando disso.

— Já que é assim! — exclamou Lauretta.

— Obrigado, e meus cumprimentos — disse Furri, inclinando-se.

Lauretta riu do bom humor do pai. Meus cumprimentos era a fórmula final das cartas de um comerciante de Turim que abastecia Lauretta de tecidos para seus vestidos. Depois, à mesa, estabeleceram o itinerário da viagem.

Furri não disse à filha que, na quinta-feira, a deixaria só com a governanta. "E então, por que partir amanhã?", poderia perguntar-lhe Lauretta, que agora estava toda contente com aquela viagem inesperada e já propunha, justamente para a quinta, uma subida ao monte Cave. Enquanto Furri ouvia aquele adorável falatório, pensava: "Por que vamos partir? Se eu lhe dissesse, minha linda, minha filha risonha".

Anny chegaria precisamente na quinta. Ele deveria recepcioná-la na estação. Entretanto a agitação interior lhe dava uma insólita vivacidade de gestos e palavras. Lauretta não se lembrava de um dia ter visto o pai assim. E Furri, regozijando-se com o bom efeito de sua dissimulação, juntava ânimo para a tremenda prova que o esperava, mesmo consciente de que aquele esforço lhe custaria caro, se é que não lhe seria fatal. Até por isso atribuía responsabilidades a ela, não tanto por si, mas pela filha. Aliás, pensando nela, uma dúvida angustiante lhe mantinha a alma suspensa. Como ficaria Lauretta, quando, dali a pouco, e talvez até por esse golpe imprevisto, ele não existisse mais? Não fora providencial e quase um anúncio de seu fim próximo a chegada daquela mulher? "Como prêmio por sua vida temerária, para compensar seu longo sofrimento e seus sacrifícios, você não morrerá angustiado pela ideia de deixar sua filha sozinha e sem ajuda: aqui está a mãe, que vem tomar ao lado dela o seu lugar." Mario Furri era crédulo e, mais ainda, apegado a crenças e superstições. Senão, por que a mãe chegaria para tomar o lugar dele? Para Lauretta, a mãe estava morta. Quem seria ela agora? Uma estranha, uma intrusa que, seja como for, nunca poderia encarnar a imagem que a filha, devaneando num passado sem lembranças, criara da própria mãe morta ao lhe dar a vida. Por outro lado, que comunhão de afetos poderia se estabelecer entre ela e a filha se ele lhe houvesse dito tudo? Era melhor esperar antes de tomar uma decisão; vê-la, falar com ela. Sobretudo — ah, isto sim! — manter a filha distante, afastá-la de qualquer provável perigo.

Partiram na manhã seguinte.

Lauretta não conseguiu impedir a senhorita Lander de meter um chapelão de palha que mais parecia um cesto emborcado sobre a messe dos cabelos. A velha governanta levava consigo o estojinho onde eram guardados os retratos do senhor Wahlen e família; enquanto isso se obstinava em encontrar aqui e ali semelhanças evidentíssimas entre aquele trecho do Lácio e as paragens do Reno próximas a Bonn. Lauretta teve a ingenuidade de discutir com ela, comparando monte Cave aos bosques e lagos de uma parte da Suíça, ali — que delícia! —, a dois passos de Roma, e de resto o mar, que se divisa perfeitamente dali do alto, sobretudo em noites de lua. Mas de jeito nenhum: para a senhorita Lander, monte Cave e seu pico adornado de pínus e faias era, naturalmente, tal qual o Drachenfels; tanto é que, onde lá se vê, bem no cume, as ruínas de um castelo, aqui há um convento: igualzinho! E recorria ao sig-nor advogado. Furri não dava atenção àquelas polêmicas; da janela, olhava para fora. Relembrava e tinha a sensação de sonhar: agora, como naquela época, no trem; de Novara ia até Turim; sua filha havia nascido; ia depressa em busca de uma babá; a menina estava lá, atrás daqueles montes, no campo, perto de Novara, com a mãe.

— Papai, aposta feita! — gritou de repente Lauretta. — Neste verão, renuncio à praia, renuncio aos Alpes: vamos a Bonn!

— Que aposta? — perguntou Furri, irritado.

— Entre mim e Fräulein Lander.

— Não, eu... — murmurou a senhorita Alvina, desculpando-se.

— Pronto, chegamos! — interrompeu Furri. — Depois veremos, veremos.

Esforçou-se para parecer contente todo aquele dia em Castel Gandolfo, em Albano; à noite, ao voltar ao hotel para o jantar, anunciou à filha que na manhã seguinte, bem cedo, deveria ir a Roma tratar de um negócio que ficara pendente.

— E monte Cave? — indagou Lauretta, contrariada.

"VEXILLA REGIS..." 309

Mas por fim se resignou. Da janela do hotel, na manhã seguinte, gritou ao pai que partia:

— Espero que você volte logo!

E o pai, já no carro para a estação, concordou sorrindo. Um novo vestido, de meia-estação, e um chapeuzinho de palha: naquele momento, era nisso que sua filhinha pensava.

"Será que vou reconhecê-la?", perguntava-se Furri, passeando na plataforma da estação, à espera do trem de Florença.

Entrefechando os olhos, evocava-lhe a imagem tênue e evanescente, a imagem dela aos dezenove anos: numa cabeça faceira, cabelos cortados curtos, dois olhinhos espertos, brilhantes e altivos, quase armados de agulhas luminosas, e a boca acesa por dentes miúdos e iguais, de onde jorrava uma voz trinada e flexuosa; alto o corpo ágil e esbelto sobre a finíssima cintura, mas de seios fartos e faces coradas.

E agora?

Furri contava os anos: ela já devia ter trinta e cinco e, como fora capaz de abandonar a filha recém-nascida e viver tantos anos sem pedir notícias, ignorando até seu nome, pode ser que no corpo e na alma ela já não fosse tão jovem, mas certamente era jovem ainda; de qualquer modo, jovem.

E ele?

Não só não esperava, mas considerava absolutamente improvável que ela pudesse reconhecer nele, naquele corpo decadente e no rosto já desfeito, o Mario de então, o gigante: o Riese, como ela o chamava, querendo que ele também a chamasse de Riesin, gigantesca, meine liebe Riesin; e ela ria com a suave pronúncia que ele imprimia ao dizer Riesin, como se lhe dissesse florzinha.

Muita gente também esperava o trem de Florença, já em atraso. Furri pensou em se plantar perto da saída, de modo que todos os viajantes passassem sob os seus olhos.

Finalmente foi dado o aviso de chegada. As muitas pessoas que estavam na estação se aglomeraram com os olhos fixos no trem que entrava na plataforma, soprando ruidosamente.

— Roma! Roma!

Abriram-se as primeiras portas; todos acorreram ansiosos, procurando de um vagão a outro. Furri não conseguiu se manter à espera, quase impelido pela ânsia dos outros. De repente parou: "Lá está ela! Deve ser ela!".

Uma senhora loura, vestida de preto, pôs a cabeça para fora da janelinha e a retraiu imediatamente; um senhor abriu a porta de dentro. Furri esperou um pouco afastado. A senhora fez que ia descer, mas já no degrau do trem voltou-se para o interior do vagão, abraçou e beijou um menino de cerca de dois anos:

— Adieu, adieu, mon petit rien!

Era a voz dela.

— Anny!

Virou-se, saltou ágil do estribo, olhou Furri e, detendo-se e apertando um pouco os olhos, quase duvidou de que a voz houvesse partido dele. Mas ele estendeu a mão.

— Oh... — fez Anny, precipitando-se embaraçada, com um sorriso nervoso nos lábios. — Espere! As malas — acrescentou logo, virando-se para o vagão.

O senhor que abrira a porta as passava para ela. Furri providenciou rapidamente um carregador, e Anny agradeceu ao senhor em francês; depois se voltou para Furri abrindo a bolsinha de viagem e, tirando de dentro um tíquete, acrescentou em alemão:

— Vamos, vamos, coitadinho do Mopy! Pobre animal! Há três dias não vê a sua doninha! E finalmente — retirou mais dois tíquetes da bolsa — os baús!

Embora espantado com tanta desenvoltura, Furri logo percebeu que não se tratava de desconsideração, como imaginara ao anúncio da chegada, mas de uma autêntica falta de senso; tudo estava patente na elegância da roupa de viagem, na figura bem-cuidada, ainda fresca e vigorosa, apesar das formas mais complexas, mas talvez por isso mesmo mais atraente. Sim, ela viera com o cachorrinho e, desde que chegara, não pensava noutra coisa.

— Vamos! Vamos!

Pegou quase hesitante aqueles tíquetes e gostaria de ter gritado: "Mas antes olhe para quem está na sua frente! Olhe para mim! Está me vendo? Como não se abala com a minha presença?". Deu alguns passos, ela atrás.

— Primeiro Mopchen! Pobre bichinho! Depois os baús... Você veio sozinho... — continuou ela. — Pensei que...

Furri dobrou a cabeça sobre o peito, erguendo os ombros, como se ela o apunhalasse pelas costas.

— Como se chama?

"VEXILLA REGIS..." 311

Não respondeu: continuou andando com os ombros erguidos.

— Como se chama?

— Aqui não! Aqui não! — suplicou Furri, angustiado. — Lauretta.

— Ah, Laura... É loura?

Ele fez que sim com a cabeça, várias vezes.

— Loura! E agora você, todo branco, meu pobre velho Riese. Mas me diga...

— Vamos conversar depois, por favor! Mais tarde — interrompeu-a Furri, não suportando mais a tortura daquelas perguntas.

Assim que ela teve nas mãos o cãozinho que grunhia e se contorcia todo de alegria, começou a cobri-lo de beijos e a confortá-lo com frases carinhosas, dizendo-lhe que em breve encontraria uma outra doninha para ele: — Laura, Mopchen, ela se chama Laura... loura, Mopchen, e você tão preto... e este seu outro dono todo branco... e feio... e malvado, que não lhe diz nenhuma palavra... Mostre, Mopchen, como você vai beijar sua nova doninha... Um beijo! Assim... bravo, Mopchen! Chega... chega... Agora tome — abriu a bolsa de viagem e tirou um torrão de açúcar para o bichinho em festa.

— Os baús — disse Furri com voz rouca, como se as palavras se embolassem na garganta —, será melhor deixar os baús aqui.

— Como assim! — exclamou Anny com surpresa.

— Sim, amanhã, se for o caso, mandamos buscá-los.

— Mas não, meu caro! E como vou fazer? Quer que eu fique assim? Pelo menos precisamos levar um deles conosco. Venha, vou lhe dizer qual dos dois.

Depois que subiram finalmente no carro de praça, Anny começou a se sentir um tanto desconfortável ao lado do companheiro, que se mantinha fechado e quase encolhido em si, como se sentisse frio. Não a olhava, olhava mais para si, com o cenho um pouco carregado, triste e absorto.

— Quantas coisas temos a falar — balbuciou Anny, tomando-lhe a mão.

Ele fechou mais o cenho, acenando que sim com a cabeça e dando um longo suspiro.

— Não vai apertar a minha mão? Não gostou de eu ter vindo? — perguntou suavemente, pouco depois; e acrescentou: — Ah, eu sei... Mas você vai ver... não tenho culpa. Mamãe... — interrompeu e levou em seguida o lenço aos olhos. Furri virou-se para olhá-la: o lenço estava tarjado de preto.

— Vamos falar depois, por favor, Anny! — repetiu ele, mais comovido do que enternecido.

— Sim, sim, em casa... Quieto, Mopy! Oh, mas não pense que eu teria vindo assim... Eu não teria vindo se não tivesse encontrado no Kuhrgarten, em Wiesbaden... adivinha quem? Giovi... nosso amigo de Turim... que me falou muito de você... Eu pensava... não sei... entre outras coisas eu pensava... sim... que você estivesse casado... pensava que a pequena... pudesse não estar mais viva... "Ela está viva!", me disse Giovi. "Está com ele...". E corri a anunciar a notícia a este monstro aqui. Não é, Mopchen? Como foi que eu lhe disse? Está viva! Viva! Sua dona vive! Nós a chamamos de Mary, não é? Giovi também me disse que você contratou para ela uma governanta alemã, uma velha, não é? Então Laura fala alemão, mas eu já não sei falar italiano. Tentei com Giovi: ele riu de mim. Ah, como ele se diverte em Wiesbaden! Continua o mesmo de antes... só que já não tem aquela barba enorme... Eu não o teria reconhecido. Mas ele me reconheceu. De vez em quando ele raspa até o bigode! Está ficando todo grisalho e, como não quer recorrer a cosméticos, corta e corta, entende? Raspa até os bigodes, aquele belo par de bigodes! "Por quê, Giovi?", lhe perguntei. Diz que nem ele sabe. "Por instinto juvenil", me disse; mas depois tirou o chapéu e, batendo na cabeça calva, exclamou: "E olhe isto aqui: Praça da Velhice!". Ele me disse que você também perdeu os cabelos. Deixe-me ver!

Furri quase teve um impulso de descer do carro, de fugir.

— Aposto — ele disse — que você não tem nem um cabelo branco, não é?

— Ah, nem um sequer! — exclamou Anny triunfante. — Eu o desafio a encontrar um! Você vai ver. Mas também mamãe, sabe, coitadinha! Ela morreu com os cabelos ainda louros como ouro! Ah, os cabelos de mamãe. Não tenho nem a metade dos dela.

"E agora me fala da mãe!", pensava Furri espantado e já irritado com a inconsciência dela, mais com desprezo do que com raiva.

— Ah! — fez Anny de repente, erguendo a mão dele que ainda trazia na sua. — Meu anelzinho! Deixe-me ver! — e, como ele retirou a mão quase instintivamente: — Deixe-me ver! — insistiu Anny.

— Oh, como lhe aperta o dedo! Ainda consegue usá-lo? Não lhe faz mal? Eu, o seu... mamãe o tirou de mim... Acho que o escondia. Procurei por toda parte, mas não o achei. Vai saber o que ela fez com ele; talvez o tenha jogado fora.

— Fez bem! — disse Furri, quase sem querer.

— Ah, não! Veja — exclamou Anny, mostrando-lhe as duas mãos belíssimas —, desde então não os usei mais!

Furri a mirou fixamente e quase com dureza, como se não pudesse mais conter as tantas perguntas que lhe formigavam nos lábios.

— Nenhum! — repetiu Anny com firmeza. — Somente por poucos dias aquele que tirei da mão de mamãe morta: era o anel de casamento de papai, uma memória sagrada.

A carroça parou diante do Hotel da Minerva.

— Ah, você está aqui? — indagou Anny, levantando-se com o cachorrinho no braço. — Isto é um hotel. Entendo, entendo. Mas, olhe, quero ver Laura imediatamente.

Depois que entraram no quarto reservado para eles, Anny continuou:

— Agora me deixe sozinha. Três dias de viagem, não aguento mais. O baú está aqui, vou fazer a minha toalete. Enquanto isso volte para casa e me traga logo a Laura.

— Mas não, minha cara — fez Furri —, ela não está em Roma.

— Não está com você? Aqui, Mopy, aqui! — gritou Anny correndo atrás do cachorro, que, com o focinho, abrira a porta e saíra pelo corredor. Pouco depois ela voltou com Mopy nos braços e, jogando-o sobre o canapé, gritou: — Fique aí!

— Antes precisamos conversar — retomou Furri gravemente.

— Feche a porta, por favor. Fiz mal em vir: é isso que você quer me dizer? Diga-me francamente, por favor, sem se perturbar. Ouça... — ela hesitou bastante, coçando rapidamente a reentrância entre a narina direita e a bochecha, num gesto que Furri reconheceu como seu. — Ouça. A culpa não é minha, a culpa é de Giovi. Vim espontaneamente, é verdade, mas ele me assegurou várias vezes que você vivia sozinho e sempre em casa, inclusive mal de saúde. Então supus que, desculpe-me se estou rindo, que, em suma, eu poderia vir. Supus mal? Tem razão: oh, não vou lhe fazer nenhum mal, nem poderia. Até estou rindo, veja só. De fato, meu papel agora não é dos melhores. Gostaria de brigar com aquele farsante do Giovi. Mas, coitado, os amigos não são obrigados a saber tudo. Vamos, confesse, Mario. Não fique assim.

Furri levara ambas as mãos ao rosto, apertando-as sempre mais a cada palavra de Anny.

— Olhe-me nos olhos — retomou ela, mudando de tom, mas quase afetando uma séria preocupação: — O caso é grave? Outros filhos?

— Você nem sabe o que é ter uma! — disse ele com a voz vibrante de desprezo, descobrindo o rosto raivosamente e cerrando os punhos como para se conter.

— Antes de me acusar, espere que eu fale. Por acaso você acha, Mario, que nunca chorei? Mamãe não está mais aqui para lhe dizer. Mas o fato de ter vindo assim, com o risco de representar para você, agora, um papel ingrato não é uma prova?

— Prova de quê? — perguntou Furri interrompendo-a. — Prova da sua inconsciência, para não dizer pior! E não pelo que você supõe de mim, e que eu poderia tomar por um deboche, se você não fosse mesmo uma inconsciente: são as palavras! Mas você não tem nem olhos para me ver? Não falemos de mim, não falemos de mim agora. Quer dizer que o fato de você ter vindo é uma prova de afeto pela sua filha?

— Espere — disse Anny —, falaremos disso e de tudo o mais, mas com calma, por favor. Estou confusa. Sente-se aqui. Mas antes, por gentileza, abra aquela janela: um pouco de ar. Isso, obrigada! Oh, agora se sente: aqui, perto de mim, me dê a mão, esta com o meu anelzinho. Então é verdade que você se sente velho? Pobre Riese! Mas não importa. Ouça: eu mesma vou cuidar dessas suas rugas na testa. Ouça: quando eu estava entrando na Itália, olhava os campos e as vilas espalhadas aqui e ali. Não era a mesma paisagem da nossa pequena vila, do nosso ninho perto de Novara, que ainda vejo quando fecho os olhos e que sempre, sempre recordei; mas ali também era a Itália, e os campos, aquele céu, aquele ar, e eu respirava enquanto o trem corria, como nos belos tempos passados, com os olhos numa pequena vila distante, até que ela desaparecia, e depois outra, que os olhos logo buscavam para não interromper o sonho; e enquanto isso meu coração voltava a se encher do antigo amor, e não imaginava que você fosse me acolher assim. Está me vendo? Não choro, não! Você quer acreditar que tudo acabou; eu não. Por quê, Mario? Pode me dizer?

— Precisa que eu diga? Mas você não está me vendo, não percebe, Anny? Para você era quase natural imaginar que o mesmo Mario daquela época a acolhesse: você continua a mesma e não sabe o que fez. Deixe-me dizer uma coisa: esta é a única desculpa que eu poderia encontrar para você. Acha que não? Mas então que outra? Por acaso você tem consciência do que fez? Sabe que abandonou sua filha? Quanto a mim, talvez não; por mais esforços que eu tenha feito, não consegui matar a lembrança de você. Para mim talvez não, talvez você não estivesse morta: sobrevivia a mim. Mas sabe que para sua filha você está morta, morta de verdade, e que ela cresceu e agora tem quase a mesma idade que você tinha quando a pôs no mundo? Tem consciência de tudo isso? Será que agora

"VEXILLA REGIS..." 315

posso dizer à minha filha: "Não, minha criança, não é verdade, eu menti para você durante anos, me diverti dizendo que sua mãe morrera ao te dar à luz; não, sabe, sua mãe está viva, voltou à vida depois de tanto tempo, olha ela aqui, deixe-me apresentá-la". Por que menti? É preciso que eu lhe diga de algum modo. E então? Está me entendendo? O que você quer que eu diga a ela?

— Você não lhe disse nada? — perguntou Anny surpresa e dolorida.

— Ah, você achava que sim?

— Não; eu imaginava que ela achasse que eu havia morrido; mas pensei que você, nesses três dias...

— Que eu a tivesse preparado? Como? Mas então me diga, me diga você o que eu poderia ter dito a ela...

— A verdade.

— Que verdade? A verdade? E o que eu sei disso? Aquela que conheço, não: é muito feia. Não poderia dizer a ela. Para que ressuscitar aos olhos dela e ao mesmo tempo morrer no seu coração?

Anny se levantou e, alisando com ambas as mãos o cabelo atrás da nuca, disse:

— Vejo que você, meu caro, pensa que eu, não sei... Estou percebendo que vim com ideias muito, muito diferentes das suas; e com outros sentimentos no coração. Mas entendo, depois de tantos anos... E por que não mudei? Você mesmo reconheceu... Claro, isso foi uma crítica... Mas é muito fácil julgar pelos fatos.

— E você quer que eu julgue a partir de quê?

— Desculpe, mas saco vazio para em pé? Não. E o mesmo ocorre com os fatos se você os esvazia de afetos, de sentimentos, de tantas coisas que os preenchiam.

— Afetos? Sentimentos? E que outros mais fortes do que aqueles que temos pela própria filha?

— Eu a abandonei: você aponta o fato. Mas, se a pequena chorava quando fui embora, você acha que eu também não chorava?

— No entanto...

— No entanto parti, naquele estado, depois de três dias... e esperando morrer durante a viagem, sabe?, sem dizer a ninguém. Podia até morrer, bastava que me viesse uma febre. Deus não quis. Esperei mais tarde que Ele quisesse aceitar meu voto, aquele que fiz secretamente ao beijar pela última vez a menininha:

"Vamos nos rever quando Deus quiser!". Mamãe morreu; corri para cá; e, em vez de Deus, é você que parece não querer que eu a veja.

— Ah, é? E Deus também tem a ver com a sua partida? Foi Deus quem quis? Por que você foi embora?

— Mas você sabe! Mamãe...

— Ah, a mamãe! E você não podia dizer a ela: "Como pretende que a filha não abandone a mãe, quando você quer que eu abandone o meu bebê?".

— Você raciocina bem, mas não observa duas coisas. Primeiro: que ela, minha mãe, me abandonaria se eu me recusasse a segui-la; e eu não podia, entende?, não podia, porque não tínhamos mais nada, exceto uma pensãozinha miserável; tudo que tínhamos era enviado a mim, só para mim, pelo irmão de meu pai, com cuja herança eu deveria ficar, como fiquei. Por alguma esquisitisse, esse meu tio não suportava minha mãe. Ela então iria embora sozinha, enfrentaria a miséria... Oh, imagine! Ela não era mulher de aceitar ajuda minha, caso eu a deixasse partir. Ela era assim: preferia morrer de fome! Eu podia aceitar isso?

— Mas ela podia continuar aqui, com a gente!

— Esta é a outra observação. Teria de ficar com você, e ela odiava você. Afirmava que você havia seduzido a filha. Por mais que eu dissesse, nunca consegui tirar essa ideia da cabeça dela. Quantas vezes lhe pedimos perdão, lembra? Na sua frente, ela fingia ter perdoado, porque no íntimo planejava uma fuga e temia que você, percebendo nela alguma aversão pelo nosso casamento, me tirasse dela mais uma vez; mas diante de mim, não, nunca! E inutilmente eu o defendia, dizia-lhe que suas intenções sempre foram honestas, tanto é que antes você pedira minha mão, e que nossa fuga de Turim só se deu depois que ela foi contra. Ah, era isso que a deixava louca: que dobrássemos a sua vontade com violência e traição. E os primeiros meses no campo, você lembra? Ela o cozinhou por um bom tempo, primeiro com a desculpa dos meus documentos em Bonn, depois com a minha situação que não me permitia frequentar a igreja e recorrer à prefeitura. Enquanto isso, para que eu não me envolvesse ainda mais com a criaturinha que trazia na barriga, não deixou, lembra?, que eu mesma preparasse o enxoval: quis que você o encomendasse já pronto de Turim. E como ela nos espreitava, lembra? Eu lhe pedia paciência, e você até tinha, pobre Reise, esperando compensações no futuro. Ah, que meses! Que meses!

— Então você sabia — disse Furri exaltado — do crime que sua mãe estava premeditando e não me disse nada?

"VEXILLA REGIS..." 317

— Não, não! Eu só soube no final, nos últimos seis dias! Ela ameaçou me abandonar naquele momento, quando eu tinha mais medo e mais precisava dela!

— Infame! — grunhiu Furri entre dentes.

— Não, não diga isso! — suplicou Anny. — Ela também tinha coração! Se sentisse como você ou como eu, não teria feito o que fez. Para ela o infame era você, e eu, a culpada a ser punida. Naquela altura eu implorei, supliquei, imagine quanto! E ela, inabalável. Então prometi... sim, tive medo... e depois pensei nela, velha, sem ajuda, e em mim, sozinha, sem a mãe do lado, num país que não era o meu...

—- E em mim, você não pensou? E em mim? E na sua filha?

— Sim, sim, Mario... Mas naquela altura, sem minha mãe, senti que não conseguiria viver. Eu o conhecia há tão pouco tempo... amava você, sim! Mas tinha tanto medo! Não sei, você havia me dominado com seu caráter, com sua seriedade... e eu era uma menina... e naquela altura, naquela altura...

— E depois? — perguntou ele.

— Depois? Fui embora com a esperança de que mamãe recuasse em breve, assistindo ao meu tormento todo dia. Fomos para Neuwied, isto é, paramos por lá, porque não pude seguir viagem; adoeci, estive para morrer, Mario: quatro meses na cama. Ah, se você tivesse me visto quando me levantei! Na época escrevi, sabe?, em segredo, escrevi àquele senhor Berti que estava em Novara e que ia de vez em quando nos visitar na vila, pedindo que me enviasse notícias da menina, que me dissesse apenas: está viva!, só isso; não o importunaria mais, depois escreveria a outros e, se os outros não pudessem me responder, ficaria grata de uma única notícia, a menos precisa, mas que me dissesse alguma coisa. Nada, não tive resposta. Esperei, esperei. Depois quis acreditar que a criaturinha estivesse morta, e que Berti não tivesse tido coragem de me dar essa notícia... ou que, se ela estivesse viva, eu estivesse morta para ela... pelo menos até que mamãe... mas veja, isso me repugnava: esperar pela morte de mamãe.

— E pela de sua filha, não! Para desviar a atenção...

— É verdade: desviei a atenção. Foi depois da doença. Parecia ter saído de um sonho angustiante e que tudo havia acabado. Não sei lhe dizer como sobrevivi. Nem eu mesma sei; porque eu não sabia nada de vocês. E enquanto isso mamãe me pressionava, me assediava, tentava todos os meios de desviar minha atenção. E se você estivesse casado com outra? E se a menina tivesse realmente morrido? Tantos pensamentos... tantos sonhos... e nada de certo, nem para mim nem para vocês. Mas dentro de mim sempre havia algo que me impedia de acolher a vida, afora as frivolidades miúdas ou os pequenos acontecimentos sem verdadeiro interesse ou objetivo. Assim vivi até a morte de mamãe. Que mais devo dizer?

— Em Neuwied! — murmurou Furri absorto, após um longo silêncio. — Quanto tempo você ficou lá?

— Ah, bastante! Mais de um ano. Depois fomos para Coblença.

— Então você estava em Neuwied! E passei lá, na volta.

— Você?

— Eu. Fui buscar você, sem nenhuma pista. Fui a Bonn, a Colônia, a Braunschweig, a Düsseldorf, seguindo indicações recolhidas aqui e ali. Passei por Neuwied quando voltava à Itália, mas não parei lá: já não a procurava mais! Estive também em Wiesbaden.

— Pobre Mario! — fez Anny com ternura. — Mas só fomos para Wiesbaden nestes últimos anos, a convite do tio que morreu dois anos atrás, coitado: estava sozinho, velho, doente. Quis que fôssemos para sua casa, esquecendo os antigos dissabores com mamãe. Depois de um ano e meio, ela também morreu: há quatro meses, como se fosse ontem.

— Se eu tivesse encontrado você naquela época! — suspirou Furri, erguendo-se.

— Mas agora, como você vê — disse Anny —, eu vim encontrá-lo.

— Encontrar quem? Encontrar um morto! Oh, Anny! Não está vendo? Não percebe? Você optou por ficar com sua mãe, e não comigo e com sua filha. O que quer de mim agora? Sua mãe morreu; mas você também morreu para Lauretta!

— Oh, não, Mario! — fez Anny horrorizada.

— Espere, Anny. Veja: diante de você, meu ressentimento desmoronou; mas não sei mais lhe falar como talvez devesse. No entanto, é evidente que você não consegue se dar conta do que fez, do tempo que passou, de tudo o que ocorreu durante esse tempo. Aposto que você ainda a imagina uma criança, e ela é alta, sabe?, da sua altura; é uma mulher diante de quem você, se a visse agora, seria como uma estranha. Para você o tempo não passou; eu vejo e sinto isso. Você ainda é como uma menina, aquela de antes, e eu, está vendo?, tenho até vontade de chorar enquanto lhe falo, porque estou velho, Anny, velho, velho e acabado. Não, não, me deixe chorar. Nunca chorei. Mas me vejo diante do que perdi, diante do que você me roubou, e, veja, gostaria de ter agora sob meus pés a cova da sua mãe, para pisoteá-la com toda a força do meu ódio! Ah, se Deus quiser, nenhuma flor crescerá sobre aquela cova, assim como árido e sem um sorriso foi o berço da minha filha, esquálida e muda foi a minha vida, por causa dela, e sua, sua... Está cobrindo o rosto? Ah, é realmente de horrorizar! Não é, não é reparável o que vocês fizeram. Agora está tudo acabado! Tudo, para sempre! Não vou me enternecer com seu choro. Não sou eu que lhe faço chorar, mas sua mãe. Peça satisfações a ela, que destruiu minha vida e a sua, que a fez morrer para sua filha. Foi ela: o que você quer de mim agora? Estou morto, não posso lhe dar a vida de novo.

Anny havia caído no canapé e chorava com o rosto no espaldar. Furri passeou por um momento pelo quarto, depois se aproximou da janela e manteve-se firme, fixado no ódio, contra qualquer impulso de piedade que lhe pudesse surgir dos soluços dela. O cãozinho preto ergueu-se nas quatro patas sobre o canapé, enfiando o focinho sob o braço da dona; mas Anny o empurrou com o cotovelo; então Mopy firmou-se com as duas patas anteriores sobre o braço do canapé e começou a rosnar e a latir contra Furri na janela. Anny virou-se de pronto para ele e o apertou contra o peito, chorando. Furri afastou-se da janela sem olhar para Anny. Ambos ficaram um bom tempo em silêncio. Depois, recolocando o cachorrinho no sofá, ela se ergueu, pegou uma maleta que estava na cadeira e a abriu para buscar mais um lenço tarjado de preto, com o qual enxugou longamente os olhos. Por fim, disse com dureza na voz:

— Minha filha... não poderei vê-la?

Furri notou a expressão turva de seu rosto e, irritado com o tom de voz, respondeu:

— Bastante tardio esse seu desejo.

— Vou embora imediatamente! — retomou Anny com a mesma expressão e a mesma voz, porém mais incisiva. — Mas quero ver minha filha.

E rompeu de novo em soluços, escondendo o rosto no lenço.

— Como eu poderia fazer que você a visse? — disse Furri. — E depois, para quê?

— Quero vê-la! — insistiu Anny entre soluços. — Ainda que de longe, depois vou embora.

— Mas eu... — hesitou Furri.

— Teme que eu lhe prepare uma armadilha? Oh, agora é você quem me horroriza! Mas é natural imaginar essa suspeita em alguém que acumulou tanto ódio e depois o despejou sem nenhuma consideração sobre uma morta! Chega, chega... Qualquer recriminação é inútil! Corri para você, para minha filha, com o mesmo coração de antes; e você o congelou. Chega! Agora também compreendo ter cometido uma loucura ao vir aqui.

— Sim — disse Furri —, semelhante ao crime de então, quando você partiu. Este é meu julgamento. Crime, disse na época meu coração, quando voltei de Turim para a casa de campo, onde encontrei a menina abandonada. Loucura, agora sou forçado a dizer o estado a que fui reduzido; e é realmente assim, porque você, que deveria ter sido capaz de imaginar como fiquei então, deveria também ter suposto como eu necessariamente me encontraria neste momento. Mas isso nem lhe passou pela cabeça! Você pôde até desculpar diante de mim o que fez no passado e aduzir como justificativa o fato de ter voltado para nós depois de tantos anos! Vamos, vamos, Anny! Avalie o fosso que se abriu entre nós dois: acha que pode saltar sobre ele? Mas eu não posso; veja: mal me aguento nas pernas. Chega, realmente chega. Por que insiste em ver sua filha? Você nem a conhece.

— Quero vê-la justamente por isso! — exclamou Anny entre lágrimas.

— Sei — retomou Furri —, mas a razão deveria impor um freio a esse seu sentimento, para seu próprio bem.

— Não, não! — negou Anny. — Vim até aqui; sei que minha filha está aqui; quer que eu vá embora sem pôr os olhos nela?

— Mas ela não está aqui, repito, não está em Roma.

— Não é verdade! Por acaso você está no campo? Ou a escondeu porque teve medo? Diga a verdade!

— Pois bem, sim; mas não adianta dar muita importância a isso, já que deve ser assim.

— Ah, não adianta! Para você, não, é claro. Mas você precisará buscá-la, e eu quero vê-la, nem que seja da janela: você pode fazê-la passar aqui, ou na rua, sei lá! Não tenha medo, saberei me conter.

— Está bem... Mas isso também é uma sandice, Anny! Escute: não temo porque sei que o afeto ou o desejo que você tem de vê-la não poderia levá-la a cometer outro delito: o de matar nela o ideal sem imagem que ela formou da mãe; você lhe pareceria uma louca, e no máximo, como louca, só poderia inspirar pena. Mas, se você argumentar, se tentar convencê-la profanando a ideia vaga, pura e santa que ela tem de você, morta para ela, nem pena nem qualquer outro bom sentimento, acredite, nasceriam nela. Estou convencido disso, e por isso temo. Falo por você.

— Oh, obrigada! Depois de tudo o que você disse, ainda se preocupa com esse outro espinho que eu levaria no coração? Quanta caridade! E quanto ao meu futuro, me diga, nenhuma preocupação? O que será de mim? Também me pergunto.

Calaram por um momento, ambos absortos nesse novo pensamento: ele, com os olhos dolorosamente fechados, em atitude de quem se habituou a sofrer por dentro, sem palavras; ela, com os olhos nas pontas agudas dos sapatinhos.

— Agora estou sozinha — disse como a si mesma —, todo esse tempo estive... assim: pelo ar, uma estranha curiosa e sem peso em meio à vida... ora aqui, ora ali. De verdadeiro, de concreto ao meu redor, nada: tinha minha mãe, que fazia as vezes de tudo, é verdade, mas... E a juventude: um sopro... passou assim, sem nada... — pôs-se de pé de repente, com uma exclamação indefinida: — Ah! Em Coblença, mais de um pediu minha mão à mamãe, sabe? E depois muitos, uh!, perderam tempo me cortejando... Agora voltarei a Wiesbaden, para a casa que meu tio me deixou; e quem sabe haverá ainda alguém, embora eu não seja mais jovem, que tenha a boa vontade de crer que talvez valha a pena continuar perdendo algum tempo me cortejando, até com fins honestos, por que não? Estou rica, poderia me permitir o luxo da franqueza e declarar que não sou uma solteirona, como todos pensam, apesar de não ser nem viúva nem casada. É precisamente assim. Continuo assim! E é preciso dizer que continuo mal... Enfim! Você acredita em sã consciência que não pode nem deve ter remorsos por mim. De fato, tem razão: fui eu quem quis fugir; na época, você teria casado comigo imediatamente. Quanto ao fato de eu ter voltado, isso não lhe importa nada: para você já não vale a pena casar comigo agora; para minha filha, estou morta, e cometi uma loucura ao vir. Então a minha vida tem que terminar assim? Mas pelo menos admita, vamos, que a loucura que cometi não é tão feia! Voltei; você bate a porta na minha cara; fico sozinha, sem nem sequer uma boa lembrança, apenas com a memória de sua acolhida e sem nenhuma condição. Vamos, vamos, deixe que eu veja minha filha; pelo menos levarei a imagem dela no coração, e talvez essa imagem... — não concluiu, contida repentinamente por estar fazendo, ainda que para si mesma, um juramento sagrado que a vida, numa virada, poderia desmentir. Perguntou: — Como poderei vê-la?

— Volto esta noite para o campo — disse Furri com voz seca —, amanhã estarei em Roma com Lauretta; amanhã é sexta... ah, é sexta-feira santa! Na igreja... Ouça: em São Pedro, amanhã de manhã, durante a missa, das dez às onze. Esteja lá; entrarei com minha filha, e você a verá.

— Ela é religiosa?

— Sim, muito.

— Então com certeza ela sempre reza na igreja por mim... E se amanhã eu a vir ajoelhada, direi: lá está ela, rezando por mim.

— Anny, Anny...

— Quer que eu não chore? Não estou morta, como você a fez acreditar. E à minha filha, que reza por mim, não posso nem mesmo dizer: estou viva, olhe! Estou viva e choro por você.

Esperou um instante, chorando, que Furri lhe dissesse algo; depois tirou o lenço dos olhos e, vendo-o fechado em sua dor e com o rosto contraído, ergueu-se, enxugou os olhos e disse:

— Vá, vá! Até amanhã, então... me deixe só. Você virá se despedir de mim? Partirei depois de amanhã: sábado.

— Sim — respondeu Furri.

— Então, até amanhã. Adeus.

A prova pior e mais tremenda havia sido superada. E por mais que, no trem com a filha, Furri se sentisse ainda sob o pesadelo da presença dela, ele também sentia como se, daquele violento tufão vindo do passado e do abalo interior de tantos sentimentos opostos, ressurgisse dentro de si um pouco do vigor antigo; notava que, conquanto sofresse o dano temido por aquele encontro, ele quase extraía uma inesperada energia; e, mais do que se comprazer com isso, ele se via surpreso. Ao sair do hotel, no dia anterior, como um bêbado, pareceu-lhe — é verdade — que tudo girava à sua volta; teve apenas a força e o tempo necessário para chamar um carro e subir. Mas como ele soubera se dominar à noite, diante da filha!

Agora o ronco cadenciado do trem impunha quase um ritmo ao torvelinho de tantas impressões e sentimentos que se agitavam nele. Sentia-se de quando em quando ferido agudamente pelo espinho do remorso deixado pelas últimas palavras de Anny; e então repetia a si mesmo: "Já passou! Já passou!", como se ter conseguido sair a tempo, ontem, hoje lhe tornasse tardio e por isso mesmo inútil o arrependimento por não ter cedido às impressões de indulgente piedade inspiradas pelas lágrimas da mulher. Mas era isso que ele tinha que fazer! A dura resistência, que agora lhe parecia em alguns momentos cruel, era necessária. E bastava pousar o olhar sobre a filha sentada à sua frente para encontrar conforto e justificativa. Lauretta falava, e ele, olhando-a intensamente, inclinava de vez em quando a cabeça em sinal de aprovação, mesmo sem entender nada do que ela lhe dizia.

— Mas não, assim não! Você não me escuta! — gritou a certo ponto Lauretta.

— Tem razão... — fez ele, voltando a si e indo se sentar ao lado dela. — Mas também, com este barulho...

— Então por que está dizendo sim com a cabeça, quando eu dizia que não, que não pode ser?

— O quê? Desculpe-me, estava pensando...

— Isso mesmo! Igual à senhorita Lander, quando falo e ela não me ouve.

— O quê? — perguntou por sua vez a surda, ao ver-se apontada por Lauretta.

— Nada! Nada! Não digo mais nada! — fez ela com despeito; e se pôs a olhar pela janela.

— Muito bem, Lauretta! Oh, ouça: se chegarmos a tempo... depois de comprarmos a roupa, que ir à missa em São Pedro?

— Ótimo, papai! — aprovou Lauretta. — Mas não vamos conseguir ir a tempo... E se fôssemos antes a São Pedro? Só que...

— O quê? — tornou a perguntar a surda, vendo-se observada por Lauretta.

— Não é com a senhora! — respondeu ela, acompanhando as palavras com um gesto da mão enluvada; e, virando-se para o pai, acrescentou: — O que faremos com ela? Não dá para levá-la à igreja com esse chapelão...

— Claro! — respondeu Furri. — Antes a deixamos em casa.

— E vai dar tempo?

— Chegaremos daqui a pouco. Veja que, se antes eu não estava atento, era porque pensava em lhe fazer uma surpresa com esta proposta. E admita que você só pensava na loja de roupas; não em São Pedro.

— Não é verdade! — negou Lauretta. — Mas, se você precisava viajar, me desculpe, justamente na Semana Santa... Se não tivéssemos partido, talvez eu nem pensasse na roupa, mas certamente pensaria em assistir à missa. De resto, não imaginava que você quisesse me acompanhar. Você tem tantas coisas a fazer que ontem até se esqueceu do meu presente: sorte, porque agora posso escolher e você gastará o dobro; além disso, hoje, não sei, achei que você estivesse com a cabeça nas nuvens. Imagine se eu iria dizer: Papai, me leve a São Pedro.

— Ah, mas eu sabia! — disse Furri sorrindo. — Você sempre tem razão!

— Quer que eu lhe agradeça?

— Não, não — respondeu ele sem graça. — Guarde seus agradecimentos para a roupa, se eu tiver que pagar muito por ela.

— Espero que sim! — exclamou Lauretta.

Ao entrar na estação quase deslizando na plataforma, o trem parou num solavanco, e a senhorita Lander, que já estava de pé, caiu de repente sentada, exclamando: Oh, Je!, enquanto o chapelão de palha, batendo contra o espaldar, tabufe!, caiu-lhe sobre o nariz. Lauretta desatou a gargalhar. Furri, sem se dar conta de nada e transtornado ao ver a estação que lhe lembrava o dia anterior, virou-se imediatamente com a gargalhada da filha, perturbado: era o riso da mãe, o mesmo riso! Nunca havia notado.

— Mas se a senhora usa chapéus absurdos! — gritou asperamente para Lander. E, como se a descoberta da semelhança no riso tivesse tido para ele um significado de reprovação, tomou-se de um sobressalto raivoso, do qual a senhorita Lander quis por um bom tempo fazer-se de vítima, obstinando-se em pedir desculpas por seu chapéu e em culpar o trem que freara de chofre, coisa que na Alemanha, naturalmente, jamais aconteceria.

A agitação de Furri cresceu pouco a pouco, até fazê-lo perder todo controle diante da filha, que, primeiro espantada por ele ter se irritado tanto com o incidente envolvendo a senhorita Lander, agora não entendia por que ele estava com tanta pressa de levá-la à igreja.

— Se não for possível, papai, vamos deixar para lá! — disse-lhe.

— Não, não! — respondeu Furri decidido. — Aliás, vamos imediatamente!

No entanto, assim que subiu no carro de praça, teve a impressão de que conduzia a filha para um sacrifício na igreja. Quase não conseguia respirar de tanta angústia. E naquela tortura, naquele abatimento dos sentidos, já não discernia se estava mais consternado por si ou se temia pela filha. Mais do que um temor determinado, sentia-se perturbado pela igreja, sabendo que ela estaria ali, à espreita, invisível e mínima sob a poderosa vacuidade daquele interior sacro. Atravessando a praça imensa, espichou um pouco a cabeça para ver a escadaria da igreja, ao fundo: pessoas minúsculas e esparsas subiam e desciam; outras estavam paradas lá no alto. Oh, se entre aquelas ela estivesse parada, esperando! Cerrou os punhos como para conter um ímpeto furioso de ódio. Como, como passar diante dela, sob seus olhos, com a filha ao lado? — desceu do carro tremendo.

— Papai, você não está bem — disse Lauretta ao vê-lo assim, perturbado, como se estivesse com calafrios de febre. — Vamos voltar para casa com o mesmo carro.

— Não — respondeu ele —, vamos entrar! Exagerei muito entre ontem e hoje. Mas não é nada, vamos, me dê o braço!

A cada passo, subindo pela ampla escadaria, sentia os membros pesarem mais, a respiração mais rápida e mais curta: — Espere — dizia à filha. Tentava ganhar fôlego, olhando rapidamente ao redor, e emendava:

— Vamos, não é nada, só um pouco de asma.

Cruzando a pesada cortina de couro que dava acesso à enorme basílica, ele lançou um olhar até o fundo; mas logo a vista se embaçou quase perdida na vastidão do interior, e ele chamou em voz baixa: "Lauretta", apertando o braço dela contra o seu, quase sem querer ou como para preveni-la de alguma coisa. "Lauretta!", repetiu forte, com espanto e quase tropeçando ao ver a filha largar seu braço e correr para uma pilastra à esquerda, sustentada por anjinhos colossais. Na confusão, acreditou de repente que ela estivesse correndo para a mãe, escondida ali atrás. Lauretta se virou paralisada e, voltando para ele sorridente:

— Que boba! Esqueci que hoje não tem água benta. Você sabia?

— Não se afaste de mim, por favor — disse ele, ainda não recuperado do choque.

— Que papelão! E se alguém me viu? — acrescentou Lauretta, olhando em torno.

— Preste atenção... preste atenção... Aonde vamos? Está ouvindo? O que estão cantando?

Da ala direita do cruzeiro ao fundo chegavam as palavras confusas do canto.

— Sim, os improperia — disse Lauretta. — Está vendo? Chegamos atrasados. Vamos aqui à esquerda, no Sepulcro.

— Não na multidão — pediu ele, vendo nessa ala da igreja um denso aglomerado de gente curvada e ajoelhada, perto da iluminação intensa do altar ao lado.

— Não, venha, venha aqui, por fora... — respondeu ela. — Aqui — e ajoelhou-se próxima ao pai.

Furri, cabeça inclinada, tentou girar os olhos ao redor, mas logo voltou a fixar a filha ajoelhada, como se quisesse ocultá-la com o olhar. E, sem ousar dizer a ela, dizia baixo a si mesmo: — Ainda? Ainda? — mal suportando vê-la rezando. Com certeza a outra a olhava de um ponto da igreja talvez muito próximo, e corriam-lhe arrepios na espinha, tremia todo, quase esperando que a qualquer momento ela, não conseguindo mais se conter, irrompesse entre a multidão silenciosa e caísse sobre a filha. Teve um sobressalto e olhou ferozmente uma senhora que viera se ajoelhar perto de Lauretta. Virou-se: um rumor confuso de passos chegava do outro lado do cruzeiro.

— Lauretta... Lauretta... — chamou.

Ela ergueu os olhos para o pai, ainda ajoelhada, e logo se pôs de pé, assustada: — Papai, o que você tem?

— Não aguento mais... — balbuciou Furri, ofegante.

Moveram-se pela nave central; mas viram se aproximar na sua direção, solene, a procissão rumo ao Sepulcro. Furri teve a impressão de que todos os olhos da multidão afluente estivessem cravados nele e na filha, e que todos os olhos fossem os olhos dela. Àquela altura, a mãe desconhecida certamente já conhecia a filhinha inocente. Impedido de andar, espremido entre a multidão, Furri apertava com mão convulsa o braço de Lauretta e, inconscientemente, com os olhos enevoados, vagando em círculos, sussurrava para si: "Lá está ela... lá está ela", e buscava entre tantos olhos aqueles dois, bem conhecidos, e sobre eles firmar o olhar, como para mantê-los distantes. "Lá está ela...", dizia seu olhar àqueles dois olhos, que ele não conseguia descobrir na multidão: "Aqui está, esta é a sua filha!". E apertava ainda mais o braço de Lauretta. "Esta, a filha que você abandonou e que ignora que a mãe, você, esteja aqui perto, presente... Olhe para ela e passe sem gritar... É minha, unicamente minha... Só eu sei quanto me custou, eu, que a carreguei nos braços no seu lugar, chorando tantas noites seu pequeno pranto, ao senti-la no meu peito abandonada por você."

— Vexilla Regis prodeunt... — entoou naquele instante supremo o coro que voltava do Sepulcro; e Furri, que não esperava por isso, ao ouvir essas vozes quase caiu sem sentidos.

— Vamos embora! Vamos embora! — apenas teve força para balbuciar à filha.

No dia seguinte, voltou ao hotel.

— A senhora partiu ontem — anunciou-lhe o recepcionista, atencioso.

— Partiu? — repetiu Furri como a si mesmo; e pensou: "Partiu? Viu a filha? Estava ontem na igreja? Ou seguiu meu conselho e foi embora sem a ver, sem a conhecer? Melhor assim! Melhor assim!".

Voltou para casa e, abrindo a porta, maravilhou-se ao ouvir Lauretta tocar piano, alegre e inocente. Aproximou-se devagarinho e, enternecido, inclinou-se para beijá-la nos cabelos:

— Está tocando?

Sem parar de tocar, Lauretta reclinou a cabeça para trás e respondeu ao pai, sorrindo:

— Não ouve os sinos repicando?

"Vexilla Regis...", 1897

A morta e a viva

A tartana, que o capitão Nino Mo batizara de *Filippa* em homenagem à primeira mulher, entrava no pequeno cais de Porto Empédocles quando flamejava um desses magníficos crepúsculos do Mediterrâneo que fazem tremer e palpitar a infinita extensão das águas como num delírio de luzes e matizes. Resplandecem as vidraças das casas coloridas; brilha a rocha calcária do altiplano sobre o qual se assenta a grande cidade; reluz como ouro o enxofre amontoado na longa praia; e tudo contrasta com a sombra do antigo castelo costeiro, quadrado e fosco, dominando o cais.

Virando para embocar a via entre as duas barreiras que, quase como braços protetores, fecham ao meio o pequeno Cais Velho, sede da capitania, a tripulação percebera que todo o atracadouro, do castelo até a torre branca do farol, estava apinhado de gente que gritava e agitava no ar gorros e lenços.

Nem capitão Nino nem ninguém da tripulação poderia um dia imaginar que todo aquele povo estivesse reunido ali para a chegada da *Filippa*, embora os gritos parecessem dirigidos precisamente a eles, bem como a contínua e furiosa agitação de lenços e gorros. Acharam que alguma frota de torpedeiros houvesse atracado no pequeno porto e que agora, prestes a levantar âncoras, fosse saudada em festa pela população, para quem era uma grande novidade a visão de naus de guerra da Coroa.

Por prudência, capitão Nino Mo ordenou que alentassem rapidamente a vela, ou melhor, que a baixassem de todo, à espera da barca que deveria rebocar a Filippa até atracá-la ao cais.

Arriada a vela, enquanto a tartana, já sem a força do vento, continuava avançando lentamente, rompendo de leve as águas que, encerradas entre as duas barreiras, pareciam um lago de madrepérola, os três rapazes da tripulação, curiosos, escalaram como esquilos, um os cabos, outro o mastro até a ponta, e o terceiro a antena.

E então, à força de remos, chega a barca que deveria rebocá-los, seguida de vários botes escuros que quase afundavam de tanta gente que subira neles e agora estava de pé, gritando e acenando freneticamente com os braços.

Então era mesmo para eles? Tanta gente? Toda aquela agitação? E por quê? Talvez uma falsa notícia de naufrágio?

E a tripulação pendia da proa, curiosa e ansiosa, em direção aos barcos afluentes, tentando compreender o sentido daqueles gritos. Mas só se percebia distintamente o nome da tartana:

— *Filippa! Filippa!*

O capitão Nino Mo permanecia apartado, apenas ele indiferente, com o barrete de pelo enterrado até acima dos olhos, dos quais mantinha sempre fechado o esquerdo. Quando o abria, tornava-se estrábico. A certa altura, tirou da boca o cachimbinho de raiz, cuspiu e, passando o dorso da mão sobre os ásperos bigodes de cobre e a rala barbicha em ponta, virou-se bruscamente para o jovem que escalara os cabos, gritou-lhe que descesse e ordenou que fosse à popa, tocar o sino do Angelus.

Havia navegado a vida inteira, compreendera profundamente a infinita potência de Deus, a ser sempre respeitada, em todas as vicissitudes, com imperturbável resignação; e não podia suportar a balbúrdia dos homens.

Ao som do sino de bordo, tirou o barrete e descobriu a pele branquíssima do crânio, velada por uma pelugem ruiva e vaporosa, quase uma sombra de cabelos. Fez o sinal da cruz e ia iniciar a oração quando a chusma se precipitou sobre ele com cara, ímpeto, riso e grito de loucos:

— Zi' Nì! Zi' Nì! Dona Filippa! Sua mulher! Dona Filippa! Viva! Voltou!

A princípio o capitão Nino se viu como perdido entre os que o assediavam assim e, assustado, buscou nos olhos dos outros quase a confirmação de que podia acreditar naquela notícia sem enlouquecer. Seu rosto se descompôs passando num instante do estupor à incredulidade, da angústia raivosa à alegria. Depois, feroz, quase como se reagisse a uma impostura, afastou a todos, agarrou um pelo peito e o sacudiu com violência, gritando: — O que você está dizendo? O que está dizendo? — E, com os braços erguidos, como se quisesse impedir uma ameaça, lançou-se à proa em direção aos que estavam nas barcas e o acolheram num turbilhão de gritos e chamados insistentes com os braços; recuou, não suportando a confirmação da notícia (ou por vontade de se precipitar para baixo?), e se voltou de novo para a tripulação como se pedisse que o socorressem ou que o contivessem. — Viva? Como, viva? Voltou? De onde? Quando? — Não podendo falar, indicava a amurada, que desatassem logo o cabo do reboque, sim, sim; e, quando a corda começou a baixar para a atracação, gritou: — Segurem! —, agarrou-a com as duas mãos, pulou e, como um macaco, desceu ao longo do cabo e se projetou para os rebocadores, que o esperavam de braços estendidos.

A tripulação da tartana ficou ansiosa e desiludida ao ver se afastar a barca com o capitão Nino e, para não perder o espetáculo, começou a gritar como possessa aos que estavam nas outras barcas para que ao menos recolhessem a corda e puxassem a tartana ao atracadouro. Ninguém se virou para ver os que gritavam. Todos os passos se dirigiram para o rebocador onde, em grande tumulto, o capitão Nino era informado detalhadamente sobre o milagroso retorno da mulher rediviva, que três anos antes, em viagem à Tunísia para visitar a mãe moribunda, fora dada por morta no naufrágio do vapor junto com os outros passageiros; no entanto, não, não, ela não morrera: passara um dia e uma noite nas águas, agarrada a uma mesa; depois tinha sido salva, resgatada por um cargueiro russo que rumava para a América; mas estava louca, em estado de choque, e por dois anos e oito meses continuara louca na América, em Nova York, num manicômio; depois de curada, obtivera a repatriação no consulado e havia três dias estava na cidade, vinda de Gênova.

Diante das notícias que lhe choviam de todos os lados, o capitão Nino Mo, atônito, batia continuamente as pálpebras sobre os olhos estrábicos e miúdos; de vez em quando, a pálpebra esquerda permanecia fechada, como tensa; e todo o rosto trepidava, convulso, quase picado por agulhas.

O grito de um da multidão e os risos debochados com que esse grito foi acolhido — "Duas mulheres, Zi' Nì, que alegria!" — sacudiram-no do torpor e o fizeram olhar com furioso desprezo todos aqueles homens, vermezinhos da terra que toda vez ele via desaparecer como se fossem nada, assim que se afastava um pouco da costa aprofundando-se nas imensidões do mar e do céu; lá estavam eles, vindos aos magotes recebê-lo, apinhados ali, impacientes e vociferantes no cais, a fim de gozar o espetáculo de um homem que iria encontrar na terra duas mulheres — espetáculo tanto mais risível para eles quanto mais grave e doloroso lhe resultasse. Porque as duas mulheres eram irmãs de sangue, duas irmãs inseparáveis, aliás, quase mãe e filha, já que a mais velha, Filippa, sempre fora como uma mãe para Rosa, tanto que ele, ao se casar, tivera de acolhê-la em casa como a uma filha; até que, desaparecida Filippa, devendo continuar a viver com ela e considerando que nenhuma outra mulher seria capaz de cuidar tão bem do pequeno que a outra deixara quase bebê, resolvera desposá-la, honestamente. E agora? E agora? Filippa iria encontrar Rosa casada com ele e grávida, grávida de quatro meses! Ah, sim, era realmente uma comédia: um homem nesse estado, entre duas mulheres, entre duas irmãs, entre duas mães. Lá estavam, lá estavam elas, sobre a plataforma! Lá estava Filippa, bem ali, viva! Com um braço ela lhe acena, como para encorajá-lo; com o outro, apoia Rosa no peito, a pobre grávida que treme toda e chora e se arrasa na pena e na vergonha, entre os gritos, as gargalhadas, as palmas, a agitação dos gorros de toda multidão à espera.

O capitão Nino Mo se sacudiu; com raiva; desejou que a barca afundasse e lhe sumisse dos olhos aquele espetáculo cruel; pensou por um instante em saltar sobre os remadores e forçá-los a remar para trás, em direção à tartana, para fugir na distância, bem longe, para sempre; mas ao mesmo tempo percebeu que não podia se rebelar contra aquela violência horrenda que o arrastava, contra os homens e o acaso; sentiu como uma explosão interna, um estremecimento, que fez seus ouvidos latejarem e a vista se ofuscar. Logo em seguida, viu-se abraçado ao peito da mulher renascida, uma cabeça mais alta que ele, mulherona ossuda, de rosto escuro e altivo, masculina nos gestos, na voz, no passo. Mas quando ela, libertando-o do abraço, ali, diante de todo o povo que aclamava, o empurrou para que também abraçasse Rosa, que abria como dois lagos de lágrimas os grandes olhos claros no rosto diáfano, ele, vendo tanta palidez, tanto desespero, tanta vergonha, rebelou-se, inclinou-se com um soluço na garganta para tomar nos braços o menino de três anos e partiu decidido, gritando:

— Para casa! Para casa!

As duas mulheres o seguiram, e todo mundo foi atrás, na frente, ao redor, em gritaria. Com um braço nos ombros de Rosa, Filippa a conduzia como debaixo da asa, sustentando-a, protegendo-a, enquanto se virava para redarguir aos deboches, aos motejos, aos comentários da massa, inclinando-se de tanto em tanto para a irmã e gritando:

— Não chore, sua boba! O choro lhe faz mal! Vamos, fique firme, cabeça erguida! Por que está chorando? Se Deus quis assim... Para tudo há remédio! Não se queixe! Para tudo, para tudo há remédio! Deus vai nos ajudar...

Gritava também para a multidão e acrescentava, voltando-se para este ou aquele:

— Não tenham medo! Nem escândalo, nem guerra, nem inveja, nem ciúme! Seja o que Deus quiser! Somos gente de Deus.

Chegados ao Castelo, quando as chamas do crepúsculo já haviam se apagado e o céu, antes púrpura, se tornara quase de chumbo, muitos da multidão debandaram, tomando a larga avenida da cidade já com os postes acesos; mas a maioria quis acompanhá-los até a casa, atrás do Castelo, no bairro das Balàte, onde a avenida faz a curva e se alonga até umas poucas casinhas de marinheiros, sobre uma enseada morta. Nesse ponto, todos pararam em frente à porta do capitão Nino Mo, esperando que os três decidissem o que fazer. Quase como se fosse um problema a ser resolvido ali, imediatamente.

A casa era térrea e recebia luz apenas pela porta. Toda a multidão de curiosos, apinhada ali na frente, adensava ainda mais a sombra já escura e quase impedia a respiração. Mas nem o capitão Nino Mo nem a mulher grávida tinham fôlego para se rebelar: a opressão daquela massa era para eles a opressão mesma de suas almas, ali, presente e tangível; e não achavam que, pelo menos esta, pudesse ser removida. Quem cuidou disso foi Filippa, depois de acender o candeeiro sobre a mesa já posta para o jantar, no meio da sala; apareceu na porta, gritou:

— Meus senhores, ainda? Mas o que querem? Já viram, já deram risada; não foi suficiente? Agora nos deixem cuidar das nossas coisas! Vocês não têm casa, não?

Depois dessa investida, as pessoas começaram a se retirar, uns por aqui, outros por ali, lançando os últimos gracejos; mas muitos continuaram espiando de longe, ocultos na sombra da praia.

A curiosidade era ainda mais viva porque todos conheciam a honestidade escrupulosa, o temor a Deus, as atitudes exemplares de capitão Nino Mo e daquelas duas irmãs.

E os três deram prova disso naquela mesma noite, deixando aberta durante todo o tempo a porta da casinha. Na sombra daquela triste praia morta que projetava aqui e ali, na água parada, espessa, quase oleosa, certos grupos de abrolhos negros e corroídos pelo mar, certas placas rochosas e escorregadias, cheias de algas, realçadas, planas, entre as quais uma rara onda vinha se abater, repicando e sendo subitamente tragada em profundos sorvedouros, por toda a madrugada partiu daquela porta o revérbero amarelo do candeeiro. E os que se atardaram a espiar na sombra, passando ora um, ora outro diante da porta e lançando um rápido olhar oblíquo dentro da casinha, puderam a princípio ver os três sentados à mesa, com o pequeno, jantando; em seguida, as duas mulheres ajoelhadas no chão, curvadas sobre as cadeiras, e o capitão Nino, sentado, com a fronte sobre um punho apoiado na ponta da mesa já limpa, concentrados em recitar o rosário; por fim, apenas o pequeno, filho da primeira mulher, deitado no leito matrimonial ao fundo do quarto, e a segunda mulher, a grávida, sentada ao pé da cama, de roupa, com a cabeça apoiada em travesseiros e os olhos fechados, enquanto os outros dois, o capitão Nino e d. Filippa, conversavam entre si em voz baixa, pacatamente, nas duas cabeceiras da mesa; até que se sentaram no batente da porta, continuando a conversa num murmúrio tênue, ao qual parecia responder o lento e suave marulho das águas sobre a areia, debaixo das estrelas, no escuro da noite já alta.

No dia seguinte, o capitão Nino e d. Filippa, sem dar satisfação a ninguém, procuraram um quarto de aluguel; encontraram-no quase no cume da cidade, na rua que conduz ao cemitério, aéreo sobre o altiplano, com os campos atrás e o mar na frente. Levaram para ali uma pequena cama, uma mesinha, duas cadeiras e, quando anoiteceu, acompanharam Rosa até ali, com o pequeno; esperaram que ela fechasse rapidamente a porta e, os dois juntos, taciturnos, voltaram para a casa nas Balàte.

Ergueu-se então em toda a cidade um coro de compaixão pela pobrezinha sacrificada, deixada à margem assim, de modo abrupto, posta para fora, sozinha, naquele estado! Mas imaginem! Naquele estado! Com que coração? E que culpa tinha a pobre coitada? Sim, era o que a lei mandava... mas que lei era aquela? Lei turca! Não, não, pelo amor de Deus, não era justo! Não era justo!

No dia seguinte, muita gente tentou manifestar, resoluta, a áspera desaprovação de toda a cidade ao capitão Nino, que saía, mais sombrio do que nunca, para cuidar do novo carregamento da tartana, prestes a partir mais uma vez.

Mas o capitão Nino, sem se deter, sem se virar, com o barrete de pelo enterrado até acima dos olhos, um aberto e outro fechado, e o cachimbinho de raiz entre os dentes, torceu a boca a todos os pedidos e recriminações, detonando:

— Me deixem em paz! São assuntos particulares!

Nem quis dar mais explicações aos que ele chamava de "importantes", os donos de comércio, lojistas, intermediários das embarcações. Simplesmente com estes foi menos ríspido e cortante.

— Cada qual com sua consciência, senhores — respondia. — Em coisas de família, ninguém se mete. Só Deus, e basta.

E, dois dias depois, ao reembarcar, não quis dizer nada nem à tripulação da tartana.

Porém, durante a sua ausência da cidade, as duas irmãs voltaram a morar juntas na casa das Balàte e, juntas, sossegadas, resignadas e amorosas, dedicaram-se às tarefas domésticas e ao menino. Às vizinhas, a todos os curiosos que iam interrogá-las, como resposta abriam os braços, erguiam os olhos para o céu e, com um sorriso melancólico, respondiam:

— Como Deus quer, comadre.

— Como Deus quer, compadre.

Juntas as duas, com o pequeno pelas mãos, no dia da chegada da tartana, dirigiram-se ao cais. Dessa vez, sobre a plataforma, havia poucos curiosos. O capitão Nino, saltando à terra, pôs a mão em uma e na outra, silencioso, inclinou-se para beijar o menino, carregou-o nos braços e seguiu em frente como da outra vez, acompanhado pelas duas mulheres. Só que, dessa vez, ao chegarem diante da porta da casa das Balàte, permaneceu com o capitão Nino Rosa a segunda mulher; e Filippa, com o pequeno, foi tranquilamente para o quartinho na rua do cemitério.

E então toda a cidade, que antes se compadecera tanto do sacrifício da segunda mulher, vendo agora que não havia sacrifício para nenhuma das duas, indignou-se, irritou-se ferozmente com a pacata e simples racionalidade daquela solução; e muitos alardearam o escândalo. Realmente, a princípio, todos ficaram atônitos; depois, caíram numa grande risada. A irritação e a indignação surgiram mais tarde, justamente porque todos no fundo se viram constrangidos a reconhecer que, não tendo havido traição nem culpa por nenhuma das partes, sendo por isso insensato pretender a condenação ou o sacrifício de uma das mulheres — ambas esposas diante de Deus e perante a lei —, a resolução dos três infelizes era a melhor que se poderia ter. O que irritou foi sobretudo a paz, o acordo, a

A MORTA E A VIVA 335

resignação das duas irmãs devotas, sem sombra de inveja nem de ciúme entre si. Compreendiam que Rosa, a irmã menor, não podia ter ciúme da outra, a quem devia tudo e de quem — sem o querer, é verdade — tomara o marido. Se tanto, quem poderia ter ciúme nessa história era Filippa; mas não, compreendiam que nem mesmo Filippa podia ter ciúme, sabendo que Rosa tinha agido sem engano e sem culpa. E então? De resto, as duas estavam sob a santidade do matrimônio, inviolável; devotadas ao homem que trabalhava, ao pai. Ele estava sempre viajando; desembarcava apenas por dois ou três dias ao mês; sendo assim, já que Deus permitira o retorno de uma, porque Deus quisera assim, uma de cada vez, em paz e sem disputa, esperariam por seu homem, que voltava cansado do mar.

Todas boas razões, sim, pacíficas e honestas; mas, justamente por serem tão boas, pacíficas e honestas irritaram.

E o capitão Nino Mo, no dia seguinte à sua segunda chegada, foi chamado pelo juiz e severamente advertido de que a bigamia não era permitida pela lei.

Pouco antes, o capitão Nino Mo se consultara com um advogado forense e agora se apresentava ao juiz como de costume, sério, plácido e duro; respondeu-lhe que, no seu caso, não se podia falar de bigamia, porque a primeira mulher ainda figurava nos autos, e continuaria figurando, como morta, de modo que, perante a lei, ele só tinha uma esposa, a segunda.

— Além disso, senhor juiz, acima da lei dos homens — concluiu — há a lei de Deus, à qual sempre me curvei, obediente.

O imbróglio aconteceu no cartório de oficio civil, onde desde então, pontualmente, a cada cinco meses, o capitão Nino Mo passou a registrar o nascimento de um novo filho: "Este é da morta"; "este é da viva".

Na primeira vez, ao ser registrado o filho que a segunda mulher trazia no ventre quando da chegada de Filippa, posto que esta não se fizesse viva perante a lei, tudo correu bem, e o bebê pôde ser regularmente registrado como legítimo. Mas como registrar o segundo, dali a cinco meses, nascido de Filippa, que ainda figurava como morta? Ou ilegítimo o primeiro, nascido do matrimônio putativo, ou ilegítimo o segundo. Não havia meio-termo.

O capitão Nino Mo pôs uma mão na nuca e deixou cair o barrete no nariz; começou a coçar a cabeça e então disse ao oficial do registro civil:

— E... me desculpe, não poderia registrá-lo como legítimo da segunda?

O oficial arregalou os olhos:

— Mas como? Da segunda? Se cinco meses atrás...

— Tem razão, tem razão — atalhou o capitão Nino, tornando a coçar a cabeça. — Então como se pode remediar?

— Como se pode remediar? — bufou o oficial. — E o senhor pergunta a mim como se pode remediar? Mas quem é o senhor? Um sultão? Um paxá? Um bei? Quem é? Deveria ter juízo, pelo amor de Deus, e não vir atrapalhar meu trabalho aqui!

O capitão Nino Mo recuou um pouco e apontou ambos os indicadores sobre o peito:

— Eu? — exclamou. — E o que é que eu posso fazer se Deus quis assim?

Ao ouvir o nome de Deus, o oficial ficou enfurecido.

— Deus... Deus... Deus... sempre Deus! Um morre: é Deus! Não morre: é Deus! Nasce um filho: é Deus! Vive com duas mulheres: é Deus! Mas vamos parar com esse Deus! Que o diabo os carregue; venham pelo menos a cada nove meses; salvem a decência, burlem a lei, e eu os registro como legítimos um após o outro, de enfiada!

O capitão Nino Mo ouviu impassível o ataque. Depois disse:

— Não depende de mim. O senhor faça como achar melhor. Fiz a minha obrigação. Beijo-lhe as mãos.

E voltou pontualmente, a cada cinco meses, a cumprir a sua obrigação, certíssimo de que Deus assim lhe ordenava.

"La morta e la viva", 1910

Stefano Giogli, um e dois

Stefano Giogli se casara cedíssimo, sem nem sequer se dar tempo suficiente para conhecer aquela que se tornaria sua mulher; de resto, não teria essa possibilidade, tomado que estava por um desses loucos desejos que certas mulheres suscitam à sua revelia, no primeiro contato; e nesse estado se perde todo discernimento, toda luz da razão, e não se tem mais descanso até que ela esteja em seus braços, perdidamente.

Ele a vira uma noite na casa de uma família amiga, bons venezianos estabelecidos havia anos em Roma. Não ia àquela casa fazia vários meses; ali se tocava muita música, e com aquele ar insuportável de celebração de um mistério sacro, em que somente os iniciados podiam penetrar: sonatas e sinfonias alemãs e russas, noturnos e fantasias poloneses e húngaros — para Stefano Giogli, ira de Deus, ira de Deus e um verdadeiro pecado, porque, vamos direto ao ponto, sem essa mania, o caro senhor Momo Laimi e a cara senhora Nicoleta, com os seus Marina e Zorzeto, seriam a gente melhor e mais amável do mundo.

Foi um amigo que, naquela noite, o arrastara quase à força para lá, um pintor de Verona que chegara a Roma naquele mesmo dia com o genro de Laimi, viúvo, que viera deixar na casa dos avós a filha, nascida em Verona, uma flor de menina, uma lindeza!

Sim, também houve música naquela noite; mas não muita. A verdadeira música, para todos, foi a voz de Lucietta Frenzi.

Os velhos avós a escutavam em estado de graça; a senhora Nicoleta, com as meias-luvas de lã e as pontas dos dedos entrelaçadas, até chorava de alegria, por trás do pincenê de ouro, balançando todos os cachinhos prateados que lhe desciam angelicalmente sobre a fronte; sim, sim, chorava e pedia ao marido que a deixasse chorar, porque lhe parecia ouvir a própria voz de sua filha morta: a mesma voz, o mesmo fogo, o mesmo domínio, tudo!, que esses breves movimentos enérgicos, com as risadas que se desfaziam de repente e aqueles trejeitos nervosos da cabeça, que toda vez faziam balançar os cachos de ouro encaracolados e os grandes laços de seda preta. Oh, linda! Oh, querida!

Todos estavam à sua volta, velhos, rapazes, senhoras e senhoritas, provocando-a e incitando-a com as perguntas mais disparatadas; e ela ali, impassível, respondia a todos, falando um pouco em italiano, um pouco em dialeto; e tinha opinião sobre todos os assuntos, com uma segurança que não admitia réplicas; e era preciso ouvir, quando certas respostas mais duras erguiam um coro de protestos, com que decisão ela afirmava:

— Mas claro, é isto! É assim! Exatamente assim. Isto e aquilo e aquilo outro...

Não podia ser de outro modo. Ninguém deveria ousar ver homens e coisas diversamente. Eram assim, e basta. Ela o dizia. Para quem o mundo foi feito? Foi feito para ela. E por que foi feito? Para que ela o desfrutasse a seu bel-prazer. E basta.

Stefano Giogli começara a dizer sim naquela mesma noite, sim para qualquer coisa, aceitando cegamente, sem a mínima objeção, aquele domínio absoluto.

No entanto ele tinha as opiniões dele, que acreditava bem firmes, e que, quando necessário, sabia defender e fazer valer; tinha seus gostos; um modo peculiar de ver, de pensar, de sentir; e, por sua condição de jovem rico, independente, libérrimo, pela educação que soubera cultivar, pela vária e incomum cultura com que adornara o espírito, não era fácil de se contentar. Ao contrário! Sempre fora considerado um incontentável. Cansado de fazer bela presença nos salões e nos círculos, a certa altura, talvez por um apelo dos olhos que, em meio às diversões mais graciosas da boa companhia, sempre se mantiveram melancólicos (inclusive o direito, embora altivamente deformado por um grosso monóculo em armação de tartaruga); ou talvez porque lhe tivesse chegado aos ouvidos que algum maledicente, por causa da sua palidez e da sua elegante magreza, dos cabelos abundantes e luminosos, de um preto de ébano, repartidos ao meio da cabeça e alisados, e por aqueles olhos melancólicos, o definira uma bem-cuidada personificação do luto; o fato é que ele se afastara por um bom tempo do mundo e começara a estudar seriamente, ou melhor, retomara os estudos interrompidos. Claro! Porque, durante dois anos, tinha sido estudante de medicina. Aliás, como na época as primeiras noções da ciência psicofisiológica haviam despertado nele certa curiosidade, avançara bastante no estudo dessa ciência; e, com a aquisição de uma ordem de conceitos bem claros a respeito das várias funções e atividades do espírito, podia dizer que chegara finalmente a se conciliar de todo consigo mesmo, vencendo o descontentamento e, mais, o tédio que antes o oprimia, além de conquistar uma sólida e bem fundada autoestima. Há algum tempo Stefano Giogli via claramente todos os joguinhos do espírito que, não podendo sair de si, projeta como realidade exterior suas ilusões internas; e se divertia horrores com isso. Quantas vezes, observando alguém ou alguma coisa, não exclamara: — Quem sabe como é esse tal, ou esta coisa, que agora me parece assim!

Ah, maldita noitada na casa do senhor Momo Laimi! Ao cabo de três meses, Lucietta Frenzi se tornara sua mulher.

Stefano Giogli sabia perfeitamente que perdera a consciência durante aqueles três meses de noivado. Daquilo que havia dito, daquilo que havia feito, não guardava a mais remota memória. Cego, obnubilado como uma mariposa ao redor da luz, não recordava mais nada daqueles três meses senão os espasmos da ardentíssima espera suscitados pelos lábios vermelhos e úmidos da noiva, por aqueles dentinhos fúlgidos, aquela cinturinha fina de onde se lançava com irresistível fascínio a voluptuosa abundância dos seios e das ancas, aqueles olhos que ora sorriam claros, ora se turvavam lânguidos, ora quase deliravam, velados por lágrimas de alegria, ao fogo que se desprendiam dos seus. Ah, que fogo! Todo seu ser estava como fundido naquele fogo, tornara-se como um vidro líquido, com o qual o sopro caprichoso da jovem podia dar a feição, as dobras e a forma que ela quisesse ou de que gostasse.

E Lucietta Frenzi, senhora do mundo, aproveitara-se bem disso. Oh, como se aproveitara!

Quando finalmente Stefano Giogli pôde reconquistar a luz dos olhos, viu-se numa vilinha que parecia uma caixa de papelão construída por brincadeira: dez cômodos minúsculos mobiliados e dispostos como só um louco poderia

conceber. Todos os que foram visitá-lo não puderam, por mais que se esforçassem, ocultar um espanto que beirava a tristeza. Mas Lucietta, mais impávida do
que nunca:

— Isto? Foi ele, Stefano, quem quis. Esse outro aqui? Stefano gosta tanto!
Aqui? Aqui foi ele, Stefano, quem pôs assim: gosto dele!

E Stefano Giogli observava com olhos arregalados:

— Eu?

— Mas claro, querido! Não se lembra? Você quis exatamente assim! Já eu
teria preferido... Mas agora não diga que não! Sei que lhe agrada: basta! No fim
das contas, somos nós que vamos morar aqui!

Ah, sim, de fato ele moraria ali. Mas que aqueles gostos, santo Deus, fossem
mesmo dele; que aquela fosse a sua vontade... Impressionava-o sobretudo a firmeza com que Lucietta asseverava e defendia isso.

Mas, no balanço final, mesmo sendo tão estranha e desprovida de comodidades, a casa não o incomodaria tanto se uma consternação bem mais grave não
tivesse, pouco a pouco, começado a inquietá-lo profundamente.

Por vários sinais, cada vez mais nítidos, Stefano Giogli foi obrigado a se convencer de que a sua Lucietta, nos três meses de noivado, período em que o fogo
em que ele ardera o reduzira a uma pasta mole, à disposição daquelas mãozinhas
irrequietas e incansáveis, de todos os elementos de seu espírito em fusão, de todos
os fragmentos de sua consciência desagregados no tumulto da paixão frenética,
forjara, empastara e moldara para seu uso exclusivo, segundo seu gosto e sua
vontade, um Stefano Giogli todo seu, absolutamente seu, que não era minimamente ele, e não só na alma, mas também nem sequer no corpo!

Seria possível que, no desmantelo daqueles três meses, ele tivesse mudado
até fisicamente?

Seus olhos deviam ter adquirido uma luz diferente daquela que ele reconhecia; novas inflexões na voz e, inclusive, outro matiz de pele! E essas transformações marcaram tanto o espírito dela, tornaram-se traços tão característicos
da fisionomia que ela lhe conferira, que agora suas verdadeiras e autênticas
feições não eram mais vistas por Lucietta, não tinham mais o poder de apagar
aquelas outras.

Em breve Stefano Giogli teve a certeza de não se parecer nem um pouco
com o Stefano Giogli que a sua mulher amava.

Reduzida consideravelmente, como é natural, a violência devoradora da primeira chama, a fusão em que ela operara e conservara o espírito dele tinha cessado; e ele voltara pouco a pouco a se solidificar, a se recompor em sua forma habitual. Era forçoso o choque entre ele tal como era realmente e aquele que a sua mulher moldara para si no tempo em que, perdido o controle sobre sua vontade, sem mais o lume e o comando de sua consciência, os elementos de seu espírito estiveram em pleno poder da mulher.

Mas ele mesmo, Stefano Giogli, devia reconhecer que, no fundo, a criatura de Lucietta era a mais espontânea e natural das criações. Deixada na mais ampla liberdade para dispor, segundo o seu capricho, de todos esses elementos, ela terminou por inventar um marido conforme ao seu desejo, o Stefano Giogli que lhe era mais conveniente, conferindo-lhe a seu bel-prazer gostos, pensamentos, vontades e hábitos. Não havia nada a dizer! Aquele era o Stefano Giogli dela. Ela o fabricara com as próprias mãos, e ai de quem tocasse nele!

— Mas claro, é isto! É assim! Exatamente assim! Isto e aquilo e aquilo outro.

E não podia ser de outro modo. Nunca admitira réplicas, Lucietta. Tanto pior para ele se não se assemelhava a si.

Começou então para Stefano Giogli a mais nova e a mais estranha das torturas.

Tornou-se ferozmente ciumento de si mesmo.

No mais das vezes, o ciúme nasce da pouca estima que alguém tem por si mesmo, não em si, mas no coração e na mente daquela pessoa que ama; nasce do temor de não ser capaz de preencher por si mesmo o coração e a mente do outro, de que em parte ele permaneça de fora do nosso domínio amoroso e acolha o germe de um pensamento estranho, de um afeto alheio.

Ora, Stefano Giogli não podia dizer que o pensamento e o afeto que a sua mulher colhera fossem propriamente estranhos; mas tampouco podia afirmar que ele de fato preenchesse, por si, o coração e a mente da sua Lucietta. Ambos estavam repletos de um Stefano Giogli que não era ele, que ele jamais conhecera e que teria certamente tratado a pontapés, um Stefano Giogli insípido e bizarro, antipático e presunçoso, com certos gostos e desejos inverossímeis, imaginados e supostos por sua mulher, que os atribuía a ele, sabe-se lá por quê; um Stefano Giogli forjado sobre o modelo de algum estúpido veronense, segundo um ideal de amor que a sua Lucietta, inexperiente e ignorante, trazia no coração sem saber.

E pensar que esse tolo era amado por sua mulher, que esse tolo recebia todas as carícias dela, que esse tolo era beijado — sobre os lábios dele. Quando Lucietta o olhava, não via a ele, e sim ao outro; quando Lucietta lhe falava, não falava com ele, e sim com o outro; quando Lucietta o abraçava, não abraçava a ele, e sim àquela odiosa metáfora dele que ela criara para si.

Era um ciúme autêntico, real, mais do que raiva e despeito. Sim, porque ele sentia como uma verdadeira traição o que a sua mulher cometia, abraçando um outro nele. Sentia faltar consigo mesmo; sentia que aquele espectro seu, que a sua mulher amava, tomava o seu corpo para ele mesmo gozar — ele apenas — o amor dela. Só o outro vivia para sua mulher; não ele, tal como era realmente — aquele tolo antipático que a sua mulher preferia a ele. Preferia a ele? Não, nem mesmo isso podia dizer: ele era inteiramente ignorado, não existia de fato para ela.

E devia viver assim toda vida, sem ser conhecido pela companheira que estava a seu lado! Mas por que não matava aquele rival odiado, que se pusera entre ele e a mulher? Podia desfazer com um sopro aquele espectro, revelando-se a ela, afirmando-se.

Muito fácil esse remédio. Mas não em vão Stefano Giogli se aprofundara no estudo da ciência psicofisiológica! Ele sabia muito bem que aquilo que a sua mulher amava não era absolutamente um espectro, mas uma pessoa de carne e osso, uma criatura vivíssima, viva e verdadeira não apenas para ela, mas também para si mesma — tão verdadeira que até ele a conhecia e podia odiá-la cordialmente. Era uma personalidade nova, extraída por sua mulher da desagregação de todo o seu ser; um personagem que vivia e de fato operava independentemente dele, com uma inteligência própria e uma consciência própria. Ele mesmo exclamara tantas vezes:

— Quem sabe como é esse tal, ou essa coisa, que agora me parece assim?

— Por acaso ele conhecia uma realidade fora dele mesmo? Ele mesmo não existia per se, mas apenas como e na medida em que se representava a cada vez. Pois bem, a sua mulher criara a partir dele uma realidade que não correspondia em nada, nem interior nem exteriormente, àquela que ele criara de si: uma realidade autêntica e real, não uma sombra, um espectro!

De resto, Lucietta amaria o verdadeiro Stefano Giogli, um Stefano Giogli diferente do seu? Se ela o criara assim, não era um sinal de que só este correspondia aos seus gostos, ao seu desejo? Ela não partiria para buscar em outros o seu ideal, que agora acreditava plenamente alcançado naquele? Quem sabe que traição lhe pareceria! Mas como? Um outro? Quem era? Não, não, não. Ela queria o seu maridinho, tal como o concebera! Devia ser aquele! Sim, precisamente aquele estúpido ali...

Mas e se ele tentasse convencê-la aos poucos? E se, armado de sua ciência, ele falasse mais ou menos assim para ela:

"Querida, não se deve presumir que os outros, fora do nosso eu, são apenas e tão somente como nós os vemos. Quem presume isso, minha Lucietta, tem uma consciência unilateral; não tem consciência dos outros; não realiza os outros em si como uma representação viva para os outros e para si. O mundo, querida, não é limitado à ideia que podemos fazer dele: fora de nós, o mundo existe por si e conosco; e, sendo assim, em nossa representação dele devemos nos dispor a realizá-lo quanto mais nos for possível, atingindo uma consciência segundo a qual ele viva em nós assim como em si mesmo, vendo-o como ele se vê, sentindo-o como ele se sente".

Quem sabe com que olhos Lucietta o veria! Ainda mais que não era nada verdade que ela tivesse uma consciência unilateral! Ao contrário! Ela tinha uma consciência claríssima do seu Stefano. E Giogli saiu de si quando veio a saber que, por aquele estúpido lá, a sua Lucietta fazia não poucos sacrifícios, e que sacrifícios. Mas claro! Ela fazia muitas coisas que não gostaria de fazer; e as fazia por ele, unicamente por ele!

— E... me diga uma coisa — perguntou-lhe ele naquele dia, quase inebriado pela alegria que aquela declaração lhe causava, rindo em meio à súbita esperança de tirar Lucietta ao rival —, me diga uma coisa, querida: o que você não gostaria de fazer?

Mas Lucietta sacudiu a cabeça, retirou as mãos que ele queria segurar com amor e respondeu, sorrindo:

— Ah, não vou dizer, não! Não quero dizer! Sei que lhe tiraria todo prazer...

— É mesmo? A mim? Mas me diga — insistiu ele —, por favor, imploro... me diga pelo menos uma coisa, uma coisa pequena, por exemplo, a que você acha que me causaria menos desprazer...

Lucietta o olhou por um momento, com aqueles olhos penetrantes e espertos, nos quais todos os desejos mais maliciosos pareciam queimar, acesos, e disse:

— Por exemplo?... Ah, por exemplo, estes meus cabelos penteados assim...

Um urro, um verdadeiro urro partiu da garganta de Stefano Giogli. Há quanto tempo ele queria que a sua Lucietta se penteasse como antes, com aqueles grandes laços de seda preta que a enfeitavam no primeiro dia em que a vira, naquela noite na casa dos Laimi. Desde o dia das núpcias ela adotara o novo penteado, que lhe dava outro aspecto, do qual ele jamais gostara.

— Mas claro! Claro! Logo! — gritou ele. — Penteie-se agora mesmo como antes, minha Lucietta!

Ergueu as mãos para desfazer, ele mesmo, aquele antipático arranjo. Mas ela as agarrou no ar e o manteve afastado, esquivando-se e gritando por sua vez:

— Não, querido, não! Você concordou muito depressa! Não, não! Em obediência ao seu gosto, mais do que a mim mesma, quero agradar o meu maridinho!

— Mas juro!... — prorrompeu Stefano.

Imediatamente ela tapou-lhe a boca com uma das mãos. — Veja só — ela disse —, acha que não o conheço? Conheço as suas vontades muito mais do que as minhas, meu lindo! Deixe que eu fique assim, deste jeito, como gosta o meu Stefano querido, querido, querido...

E acariciou-lhe três vezes o rosto. Acariciou o rosto do outro, bem entendido, não o dele.

"Stefano Giogli, uno e due", 1909

Personagens

Hoje, audiência.

Recebo das nove às doze, em meu escritório, os senhores personagens de minhas futuras novelas.

Cada tipo!

Não sei por que todos os descontentes da vida, todos os traídos pela sorte, os enganados, os desiludidos e os quase doidos vêm procurar justo a mim. Se os tratasse bem, eu até entenderia. Mas frequentemente eu os trato feito cachorros; e eles sabem que não me contento facilmente, que sou cruelmente curioso, que não me deixo levar por aparências nem me impressiono com conversa fiada. Pelo amor de Deus, a alguns peço até provas, testemunhos e documentos. No entanto...

Mas todos têm ou pensam ter (o que dá no mesmo) uma miséria peculiar que deve ser conhecida, e então vêm, petulantes, mendigar a mim voz e vida.

— Com que propósito? — digo a eles. — Já somos muitos aqui, neste mundaréu real, a reclamar o direito à vida, meus caros, a uma vida que talvez pudesse ser fácil (inútil como é, e bem estúpida), em que nós, com zelo aguerrido, não a tornássemos cada vez mais difícil dia a dia, complicando-a terrivelmente (e talvez justamente para esconder aos nossos próprios olhos seu estúpido e horrível vazio) com invenções e descobertas mirabolantes, que têm até a pretensão de torná-la mais fácil e mais cômoda. Meus senhores, vocês têm a sorte de serem sombras vãs. Por que querem tanto assumir uma vida, e ainda às minhas custas? E que vida? De pobres inquilinos de um mundo mais vazio; mundinho de papel onde, lhes asseguro, não vale a pena morar. Vejam: tudo neste mundo de papel é engendrado, estruturado e adaptado segundo os fins a que o escritor, pequeno Pai Eterno, se propõe. Sem nenhum daqueles tantos obstáculos imprevistos que, na realidade, contrariam, limitam e deformam agradavelmente o caráter dos indivíduos e a vida. A natureza, sem ordem ao menos aparente, apinhada (sorte dela!) de contradições, está muito longe, acreditem, desses minúsculos mundos artificiais, em que todos os elementos se contêm mutuamente e mutuamente interagem. Vida concentrada, vida simplificada, sem realidade verdadeira. As ações que, na realidade autêntica, ressaltam um caráter não se destacam contra um fundo de experiências ordinárias e detalhes banais? Pois bem, os escritores não se servem disso, como se essas experiências, esses detalhes, não tivessem valor ou fossem inúteis. Na natureza, não encontramos o ouro misturado com a terra? Pois bem, os escritores jogam fora a terra e apresentam o ouro em moedas raras, de metal puríssimo, bem fundido, bem pesado, com suas marcas e emblemas bem impressos. Mas as experiências ordinárias, os particulares comuns, em suma, a materialidade da vida tão variada e complexa não contradizem asperamente todas essas simplificações ideais e artificiosas? Não constrangem a ações, não inspiram pensamentos e sentimentos contrários a toda lógica harmoniosa dos fatos e dos caracteres concebidos pelos escritores? E o imprevisível que há na vida? E o abismo que há nas almas? Pelo amor de Deus, então eu não sinto que me correm por dentro, frequentemente, pensamentos estranhos, quase lampejos de loucura, pensamentos inconsequentes, inconfessáveis, quase saídos de uma alma diversa daquela que normalmente reconheço em mim? E quantas ocasiões imprevistas e imprevisíveis ocorrem na vida, quantos ganchos inesperados que arrastam as almas num momento fugaz, de mesquinharia ou generosidade, num momento nobre ou vergonhoso, e depois as mantêm suspensas sobre um altar ou um cadafalso por toda existência, como se esta se concentrasse inteira naquele único momento de embriaguez passageira ou de inconsciente abandono!... A arte, meus senhores, tem a tarefa de tornar as almas imóveis, de fixar a vida em um momento ou em vários momentos determinados: a estátua em um gesto, a paisagem em um aspecto instantâneo e imutável. Mas que tortura! E a perene mobilidade dos aspectos sucessivos? Ou a fusão contínua em que as almas se encontram?

Assim falo a meus distintos personagens. Sim! Como se falasse às paredes.

Em seguida, para livrar-me de sua presença e escapar ao assédio mudo e oprimente, me resigno a escutá-los.

Ah, que canalhas! Depois de lhes dar meu sangue, minha vida, de sentir suas dores e desgraças como se fossem minhas, assim que saem do meu escritório vão dizendo pelo mundo — sim, senhores — que sou um escritor burlesco, que, em vez de fazer as pessoas chorarem por suas misérias, eu as faço rir etc. etc.

Não suportam particularmente a descrição minuciosa que faço de alguns defeitinhos físicos e morais. Todos queriam ser belos, esses meus personagens, e moralmente irrepreensíveis. Miseráveis, sim, mas belos. Vejam só!

Vamos à audiência.

Uma criada minha serve de atendente e, ainda que sempre se vista de preto e leia — quando pode — livros de filosofia (todos os gostos são válidos!), volta e meia gargalha como uma doida. Ah, risadas que parecem cambalhotas de um palhaço conduzindo uma fanfarra. Caso alguém se interesse em saber, minha criada se chama Fantasia.

Desconfio que ela, só para me irritar, saia furtivamente à procura desses grandes senhores que comparecem às minhas audiências.

Outra coisa: disse-lhe e repeti mil vezes que os faça entrar um a cada vez. Mas não! Entram todos juntos, em bandos; de modo que fico sem saber a quem ouvir primeiro.

Hoje, por exemplo, apareceu no escritório um meninote montado num cavalo de pau, que começou a fazer o diabo a quatro, rindo, correndo, gritando, derrubando as cadeiras da sala.

— Fantasia, Fantasia! — grito.

Entra uma velha bonne inglesa, magra, seca, rígida, vestida monacalmente de cinza, com pesados óculos de ouro e uma touca branca sobre os cabelos esponjosos, e se põe a correr atrás do garoto que lhe escapa das mãos e não se deixa segurar.

Entretanto, Fantasia me sussurra num ouvido que aquele menino tão vivo e alegre tem uma história bem dolorosa para contar; e aquela bengala que ele monta a cavalo pertence ao amante da mãe; e não sei que mais.

— Tudo bem! — grito para ela. — Mas por enquanto mande-o embora! Como posso atender os outros com ele aqui dentro? E quem é aquele velho ali, cego, de aspecto miserável e coroa do rosário nas mãos? Expulse-o também! E também aquelas três jovens alegres que estão em volta dele.

— Mais baixo, por favor! São as filhas...

— E daí?

— Ele não sabe, não vê. É um santo homem; e as filhas... ali, na própria casa (que casa, meu Deus!), enquanto ele recita o rosário...

— Não quero saber! Fora! Fora! Histórias velhas... não tenho tempo a perder com eles. Deixe-me ouvir este senhor aqui, que pelo menos está bem-vestido.

O senhor bem-vestido (por assim dizer: tem uma roupa comprida, aberta na frente, e não se pode dizer que o alfaiate se esqueceu de forrá-la) sorri para mim, se inclina, passa levemente dois dedos sobre um dos bigodes engomados. Que bigodes! Parecem dois ratos entocados sob o nariz, com o rabo para cima. Deve ter mais de quarenta anos: desengonçado, moreno, calvo, com olhos escuríssimos, foscos, colados ao nariz vigoroso. (Também vai querer que o pinte bonito!)

— Fique à vontade — lhe digo. — Mas não toque no bigode, por favor, não o estrague; senão terei de tirá-lo. Antes de tudo, vamos estabelecer o nome. Como o senhor quer se chamar?

— Eu? Leandro, se não lhe desagrada, às suas ordens — respondeu-me com uma vozinha de aranha, erguendo-se e inclinando-se de novo. — E o sobrenome, se não lhe desagrada, é Scoto.

— Leandro Scoto? Vejamos: vá um pouco para lá... isso... agora dê uma volta... Sim, me parece que o nome lhe cai bem. Leandro Scoto, de acordo.

— E doutor... — acrescentou timidamente o homenzinho com mais um sorriso. — Se não lhe desagrada, gostaria de ser doutor.

— Doutor em quê? — lhe pergunto, enquadrando-o.

E ele:

— Se não lhe desagrada...

Não aguento mais e disparo:

— E vamos parar de uma vez com esse "se não lhe desagrada"! Pode falar...

— Então, se me permite — replica ele, perscrutando mortificado as unhas da mão, longas e bem-cuidadas —, doutor em ciências físicas e matemáticas.

— Humm — retruco. — Acho que o senhor está mais para escrivão de província, um arquivista-chefe. Mas pode ser. Então será: Leandro Scoto, doutor em ciências físicas e matemáticas. Que livro é esse que o senhor traz? Aproxime-se.

O doutor Leandro Scoto se aproxima e me estende o livro com certa relutância.

— É inglês — me diz com olhos baixos —, um livro de Leadbeater.

— O teósofo? — exclamo. — Ah, não quero saber disso! Vamos, vamos! Se o senhor pretende ser levado em consideração com esses títulos, melhor ir embora. Já coloquei um teósofo num dos meus romances, chega. Só eu sei quanto tive que suar para não o tornar tedioso! Chega, chega!

— Não, eu estava dizendo... — tenta com olhar suplicante o doutor Leandro Scoto.

— Já disse que chega! — grito de novo em tom peremptório. — Causa-me espanto que um doutor em ciências físicas e matemáticas, portanto um homem sério, como o senhor pretende ser, se ocupe dessas tolices sem fundamento.

Profundamente amargurado, o doutor Leandro Scoto se pôs de pé inclinando-se pela terceira vez, com a mão no peito.

— Perdoe-me — diz ele. — Se o senhor não quer saber de mim, posso ir embora; desaparecer! Mas não me julgue tão superficialmente. Não sou um teósofo. Todos hoje sentimos uma angustiosa necessidade de acreditar em algo. Precisamos absolutamente de alguma ilusão; e a ciência, como o senhor bem sabe, não nos pode dar isso. Sendo assim, também li alguns livros de teosofia. Achei-os engraçados, acredite. Oh, aberrações, aberrações... No entanto, veja: encontrei neste livro uma passagem curiosíssima, uma ideia que me parece ter algum fundamento de verdade e que talvez o interesse muitíssimo. Posso ler?

Senta-se a meu lado; abre o livro na página cento e quatro e começa a leitura, traduzindo corretamente do inglês:

— "Dissemos que a essência elemental que circula por toda parte é singularmente sujeita, em todas as suas variedades, à ação do pensamento humano. Descrevemos o que nela produz a passagem do mínimo pensamento errante, ou seja, a formação súbita de uma pequena nuvem diáfana, de formas continuamente móveis e cambiantes. Agora diremos o que ocorre quando o espírito humano exprime positivamente um pensamento ou um desejo nítidos. O pensamento assume essência plástica, mergulha, por assim dizer, nela e aí se modela instantaneamente sob forma de um ser vivente, cuja aparência absorve as qualidades do próprio pensamento; e esse ser, tão logo formado, já não está absolutamente sob o controle de seu criador, mas goza de vida própria, cuja duração está relacionada à intensidade do pensamento e do desejo que o geraram: dura, com efeito, de acordo com a força do pensamento que mantém suas partes agrupadas".

O doutor Leandro Scoto fecha o livro e me olha:

— Pois bem — acrescenta —, ninguém melhor do que o senhor para saber que isto é verdade. E eu, embora ainda não seja livre e independente do senhor, sou a prova disso; e são uma prova todos os personagens criados pela arte. Alguns infelizmente têm vida efêmera; outros, imortal. Vida verdadeira, mais verdadeira do que a real, eu diria. Angelica, Rodomonte, Shylock, Hamlet, Julieta, d. Quixote, Manon Lescaut, d. Abbondio, Tartarin; todos eles não vivem uma vida indestrutível, uma vida independente de seus autores?

Eu, por minha vez, olho o doutor Leandro Scoto, que se mostra tão erudito, e lhe pergunto:

— Desculpe, mas aonde quer chegar com essa dissertação teosófico-estética?

— À vida! — exclama ele, com um gesto melodramático. — Quero viver, tenho muita vontade de viver, para minha felicidade e a de todos. Faça-me viver, senhor! Faça-me viver bem, por favor: tenho bom coração, veja!, um razoável talento, intenções honestas, poucos desejos; mereço a sorte. Dê-me, por caridade, uma existência imortal.

Não suporto gente pretensiosa. Fixo-o olho no olho e então observo seus pés, quase para afastá-lo, e lhe digo:

— Mas você, doutorzinho, está falando sério? O que há em você que o faria imortal?

— Ah, não é orgulho, não é orgulho — apressa-se em responder o doutor Leandro Scoto, recuando com as mãos no peito. — Desculpe-me, isso não depende de mim, mas do senhor. Posso perfeitamente ser um tonto, e daí? Considere, só para citar um exemplo, quem é d. Abbondio, meu Deus? Um padreco de vilarejo, uma alminha assustada, mas sim, senhor, que grande sorte ele teve! Vive eterno! Pronto, faça-me cometer quem sabe uma enorme façanha: enfrentar a morte, suponhamos, para salvar um semelhante, ajudar um amigo para merecer sua gratidão, faça-me até me casar, sei lá, com a esperança de viver contente e em paz; mas não me abandone, por favor! Sirva-se de mim, me dê uma vida! Acredite: sondando-me bem, o senhor achará matéria para uma obra-prima.

Ufa! Não aguento mais. Dou um salto.

— Caro doutor Leandro Scoto — digo —, ouça: quanto à obra-prima, retorne amanhã.

"Personaggi", 1906

A tragédia de um personagem

Tenho o velho hábito de, nas manhãs de domingo, conceder audiência aos personagens das minhas futuras novelas.

Cinco horas, das oito às treze.

Mas quase sempre me vejo em má companhia.

Não sei por quê, mas frequentemente comparecem a essas audiências as pessoas mais infelizes do mundo, acometidas por estranhos males, envolvidas em casos complicadíssimos, com as quais é uma tristeza tratar.

Ouço todos com resignação, interrogo-os de boa vontade, tomo nota do nome e da condição de cada um, levo em conta seus sentimentos e suas aspirações. Mas é preciso acrescentar que, para minha desgraça, eles não se satisfazem facilmente. Resignação e boa vontade, vá lá; mas não gosto de ser feito de bobo. Quero penetrar suas almas até o fundo, numa perquirição longa e sutil.

Mas às vezes ocorre que, diante das minhas perguntas, alguns se fecham, resmungam ou rebatem com fúria, talvez porque lhes pareça que sinto prazer em desbancá-los da seriedade com que se apresentam a mim.

Com paciência e boa vontade, tento fazê-los perceber que minhas perguntas não são supérfluas, pois precisamos nos entender de um modo ou de outro; além disso, tudo depende de podermos ser o que queremos. Se essa capacidade falhar, a vontade parecerá necessariamente ridícula e inútil.

Porém eles não querem se convencer.

E então eu, que tenho bom coração, me compadeço deles. Será que é possível sentir compaixão por certas desventuras sem que elas mesmas provoquem riso?

Pois bem, os personagens das minhas novelas alardeiam pelo mundo que sou um escritor crudelíssimo e sem piedade. Seria necessário um crítico generoso para fazê-los compreender quanto de compaixão existe sob esse riso.

Mas, hoje, onde estão os críticos generosos?

É bom advertir que, nessas audiências, alguns personagens tomam a frente de outros e se impõem com tal petulância e prepotência que certas vezes me vejo constrangido a despachá-los sem demora.

Depois muitos se arrependem amargamente desses rompantes de fúria e me imploram perdão, dizendo que progrediram num ponto, melhoraram noutro. Sorrio e lhes digo com calma que eles ainda precisam superar o pecado original, que esperem que eu tenha tempo e disposição para atendê-los mais uma vez.

Entre os que ficam atrás, à espera, há os que se abatem, os que suspiram, os que franzem o cenho, os que se cansam e vão bater à porta de algum outro escritor.

Não poucas vezes encontrei, em novelas de vários colegas meus, certos personagens que antes haviam se apresentado a mim; mas também já me ocorreu de notar outros que, descontentes com a maneira como eu os havia tratado, tentaram fazer melhor papel em outra freguesia.

Não me queixo disso, porque outras figuras sempre surgem diante de mim, duas ou três por semana. E frequentemente a disputa é tanta que tenho que atender mais de uma ao mesmo tempo. Até que, a certa altura, o espírito dividido e transtornado se recusa àquele duplo ou triplo tratamento e grita em desespero que, ou um por vez e bem devagar, repousadamente, ou de volta para o limbo todos os três!

Lembro-me sempre de um pobre velhinho que veio de longe e esperou sua vez com muita resignação, um tal professor Icilio Saporini, deportado para a América em 1849, após a queda da República Romana, por ter musicado não sei que hino patriótico, e que só voltou à Itália quarenta e cinco anos depois, quase aos oitenta anos, para aqui morrer. Cerimonioso, com uma vozinha de pernilongo, deixava que todos passassem à sua frente. Finalmente, num dia em que eu ainda estava convalescendo de uma longa doença, vi o velhinho entrar em meu quarto, humilde, com um risinho tímido nos lábios:

— Posso entrar... Se não incomodo...

Oh, sim, meu caro velhinho! Ele soubera escolher o momento mais oportuno. E eu o fiz morrer logo logo, numa novelinha intitulada "Música antiga".

No último domingo, entrei no escritório, para a audiência, um pouco mais tarde que de costume.

Um longo romance que me fora presenteado e havia mais de um mês esperava ser lido manteve-me acordado até as três da manhã; isso pela quantidade de considerações que um de seus personagens, o único vivo entre várias sombras vãs, havia despertado em mim.

Representava um pobre homem, um tal doutor Fileno, que acreditava ter descoberto o remédio mais eficaz contra todo tipo de doença, uma receita infalível, capaz de consolar seus próprios males e os de todos os homens, sofressem eles de calamidades públicas ou privadas.

Na verdade, mais do que remédio ou receita, o tratamento do doutor Fileno consistia num método que prescrevia a leitura diuturna de livros de história, nos quais era também possível ver a história presente, ou seja, como se ela já estivesse muito distante no tempo e posta nos arquivos do passado.

Com esse método, ele se libertara de qualquer sofrimento ou mal-estar, alcançando por fim — e sem necessidade de morrer — a paz: uma paz austera e serena, impregnada daquele sentimento pungente e sem lamentações que só os cemitérios conservariam sobre a face da Terra, mesmo quando todos os homens estivessem mortos.

No entanto, o doutor Fileno nem sequer sonhava em tirar do passado ensinamentos para o presente. Sabia que isso seria tempo perdido, coisa de tolos, porque a história é a composição ideal de elementos reunidos segundo a natureza, as antipatias, simpatias, aspirações e opiniões dos historiadores, e que, portanto, não é possível pretender que essa composição ideal preste serviços à vida que se move com todos os seus elementos ainda desarticulados e dispersos. Tampouco ele queria extrair do presente regras ou previsões para o futuro; ao contrário, fazia exatamente o oposto: situava-se idealmente no futuro para olhar o presente, observando-o como se fosse passado.

Por exemplo, poucos dias antes ele havia perdido uma filha. Um amigo o procurara para manifestar condolências pela desgraça. No entanto, encontrou-o tão consolado como se a filha tivesse morrido havia mais de cem anos.

Sua desgraça, ainda aberta a ferida, fora certamente afastada no tempo, reprimida e arranjada no passado. Mas era preciso ver de que altura e com que dignidade ele discorria sobre ela!

Enfim, o doutor Fileno fizera de seu método uma luneta invertida. Ele a usava, mas não para vasculhar o futuro, onde sabia que não encontraria nada; convencia a alma a se contentar em olhar pela lente maior através da menor, apontada para o presente, de modo que todas as coisas lhe parecessem pequenas e longínquas. E havia vários anos esperava escrever um livro que, sem dúvida, marcaria seu tempo: A filosofia da distância.

Durante a leitura do romance, pareceu-me óbvio que o autor, todo concentrado em amarrar artificiosamente uma trama das mais banais, não soubera assumir toda consciência desse personagem, o qual, contendo em si, isoladamente, o germe de uma criação autêntica, conseguira a certa altura tomar o autor pela mão e destacar-se por um longo trecho, com vigoroso relevo, dos comuníssimos casos ali narrados e representados; depois, de repente, perdida a forma e a altura, deixara-se dobrar e adaptar às exigências de uma solução falsa e simplória.

Fiquei muito tempo fantasiando, no silêncio da noite, com o vulto do personagem diante dos olhos. Que pena! Nele havia material suficiente para criar uma obra-prima! Se o autor não o tivesse subestimado e ignorado tão canhestramente, se tivesse feito dele o centro da narração, talvez todos os elementos artificiosos de que se valera se transformassem, se tornassem imediatamente vivos. E grande pena e despeito se apoderaram de mim, por aquela vida desgraçadamente malograda.

Pois bem, naquela manhã, entrando tarde no escritório, topei com uma insólita desordem, porque o tal doutor Fileno já se metera no meio dos personagens que me esperavam, os quais, furiosos e despeitados, saltaram em cima dele tentando expulsá-lo de lá.

— Ei! — gritei. — Meus senhores, que modos são estes? Doutor Fileno, já perdi muito tempo com a sua história. O que quer de mim? O senhor não me pertence. Por favor, deixe-me atender em paz os meus personagens e se retire.

Uma angústia tão intensa e desesperada se desenhou no rosto do doutor Fileno, que logo todos os demais (os meus personagens, que ainda tentavam detê-lo) empalideceram e recuaram mortificados.

— Não me expulse, tenha piedade, não me expulse! Conceda-me apenas cinco minutos de audiência, com a licença destes senhores, e reveja sua decisão, mas não me expulse!

Perplexo e tomado de piedade, perguntei-lhe:

— Rever o quê? Estou convencidíssimo de que o senhor, meu caro doutor, merecia cair em melhores mãos. Mas o que quer que eu faça? Já sofri demais pelo seu destino; agora chega.

— Chega? Ah, não, pelo amor de Deus! — disparou o doutor Fileno com um tremor de indignação que o sacudiu de cima a baixo. — O senhor diz isso porque não sou coisa sua! O seu desinteresse e desprezo seriam bem menos cruéis — acredite-me — do que essa comiseração passiva, indigna de um artista, com o perdão da palavra! Ninguém melhor do que o senhor pode saber que nós somos seres vivos, mais vivos do que aqueles que respiram e vestem roupas; talvez menos reais, porém mais verdadeiros! Meu caro senhor, nascemos para a vida de tantas maneiras; e o senhor bem sabe que a natureza se serve do instrumento da fantasia humana para prosseguir sua obra de criação. E quem nasce graças a essa atividade criativa, sediada no espírito humano, está por natureza predisposto a uma vida amplamente superior àquela de quem nasce do ventre mortal de uma mulher. Quem nasce personagem, quem tem a ventura de nascer personagem vivo, pode até mesmo esnobar a morte. Não morre mais! Morrerá o homem, o escritor, instrumento natural da criação; a criatura não morre mais! E, para viver eternamente, não necessita de dons extraordinários ou de feitos prodigiosos. Diga-me quem era Sancho Pança! Diga-me quem era d. Abbondio! Entretanto eles vivem para sempre porque, germes vivos, tiveram a sorte de encontrar uma matriz fecunda, uma fantasia que os soube criar e nutrir para a eternidade.

— Sim, meu caro doutor, tudo isso está certo — lhe disse. — Mas ainda não entendi o que o senhor quer de mim.

— Ah, não? Não está vendo? — rebateu o doutor Fileno. — Será que errei o caminho? Por acaso caí no mundo da lua? Mas, me desculpe, que espécie de escritor o senhor é? Então realmente não compreende o horror da minha tragédia? Ter o privilégio inestimável de nascer personagem, nos dias de hoje, quero dizer, hoje que a vida material está tão eivada de dificuldades vis, que impedem, deformam e amesquinham qualquer existência; ter o privilégio de nascer personagem vivo e, portanto, predisposto, ainda que em minha pequenez, à imortalidade, e, sim, senhor, ter caído naquelas mãos, ser condenado a perecer de modo iníquo, a sufocar naquele mundo de artifícios, onde não posso nem respirar nem dar um passo, porque tudo é falso, fingido, armado, arquiarquitetado! Palavras e papel! Papel e palavras. Se um homem se vir enredado em condições de vida a que não possa ou não saiba se adaptar, pode até escapar, fugir; mas um pobre personagem, não; está ali, fixado, pregado num martírio sem fim! Ar, ar! Vida! Mas veja só... Fileno... deu-me o nome de Fileno... O senhor acha seriamente que posso me chamar Fileno? Imbecil, imbecil! Nem o nome soube me dar! Eu, Fileno! De resto, logo eu, o autor da Filosofia da distância, justo eu deveria acabar daquele modo indigno, só para desatar aquele estúpido imbróglio de casos! Logo eu deveria esposá-la em segundas núpcias, aquela vaca da Graziella, e não o notário Negroni! Mas me faça o favor! Isso é um crime, caro senhor, um crime que deveria ser pago com lágrimas de sangue! Mas, agora, o que vai acontecer? Nada. Silêncio. Ou talvez uma crítica mais pesada em dois ou três jornalecos. Talvez algum resenhista reclame: "Pobre doutor Fileno, que pena! Este, sim, era um bom personagem!". E tudo ficará assim. Condenado à morte, eu, o autor da Filosofia da distância, que aquele imbecil nem me deixou editar com meus próprios recursos! Ah, sim, porque senão como eu poderia ter casado em segundas núpcias com a vaca da Graziella? Oh, não me faça pensar muito! Vamos, mãos à obra, meu caro senhor! Resgate-me logo, depressa! Faça-me viver o senhor, que compreendeu tão bem a vida que há em mim!

Diante da proposta lançada furiosamente como conclusão do interminável desabafo, fiquei um bom tempo mirando o doutor Fileno no rosto.

— O senhor tem escrúpulos? — perguntou-me transtornado. — Escrúpulos? Mas é legítimo, é perfeitamente legítimo! O senhor tem o direito sacrossanto de se apossar de mim e me dar a vida que aquele imbecil não soube me dar. É um direito seu e meu, entende?

— Talvez seja um direito seu, meu caro doutor — respondi —, e até legítimo, como o senhor defende. Mas não faço essas coisas. É inútil insistir. Não faço. Tente com outro.

— E com quem devo tentar, se o senhor...

— Sei lá! Tente. Talvez não seja muito difícil encontrar alguém perfeitamente convencido da legitimidade desse direito. Mas, me diga uma coisa, caro doutor Fileno: o senhor é realmente o autor da Filosofia da distância?

— Como não! — prorrompeu o doutor Fileno, dando um passo para trás e levando as mãos ao peito. — O senhor ousa duvidar? Entendo, entendo! É sempre culpa do meu assassino! Ele mal conseguiu dar, de passagem, uma ideia sucinta das minhas teorias, nem chegou a supor todo partido que poderia ser tirado daquela minha descoberta da luneta invertida!

Ergui as mãos para detê-lo, sorrindo e dizendo:

— Tudo bem... tudo bem. Mas e o senhor?

— Eu? Como assim?

— Vejo que se queixa do seu autor; mas por acaso o senhor soube, meu caro doutor, tirar partido da sua teoria? Aí está, era exatamente isso que eu queria lhe dizer. Deixe-me falar. Se o senhor crê de fato, como eu, na virtude da sua filosofia, por que não a aplica ao seu caso? O senhor está à procura, hoje, entre nós, de um escritor que o consagre com a imortalidade? Mas veja o que dizem de nós, pobres escrevinhadores contemporâneos, todos os críticos mais autorizados. Somos e não somos, caro doutor! Junte-se a nós e submeta à sua famosa luneta invertida os fatos mais notáveis, as questões mais candentes e as mais admiráveis obras dos nossos dias. Meu caro doutor, tenho muito medo de que o senhor não veja mais nada nem ninguém. Pois então vamos, console-se, ou melhor, conforme-se e me deixe atender esses pobres personagens, que devem ser ruins, devem ser arredios, mas pelo menos não têm a sua extravagante ambição.

"La tragedia d'un personaggio", 1911

Conversas com personagens

I

Eu havia afixado na porta do meu escritório uma placa com este

AVISO

Estão suspensas a partir de hoje as audiências com todos os personagens, homens e mulheres, de qualquer classe, idade ou profissão, que tenham solicitado e apresentado títulos para serem admitidos em romances ou novelas.

P.S. Petições e títulos estão à disposição dos senhores personagens que, não se envergonhando de expor num momento como este a miséria de seus casos particulares, deverão dirigir-se a outros escritores, se é que os encontrarão.

Na manhã anterior, eu havia entrado numa áspera discussão com um dos mais petulantes, que havia cerca de um ano grudara em minhas costas para que eu extraísse dele e de suas aventuras assunto para um romance que seria — na sua opinião — uma obra-prima.

Encontrei-o naquela manhã diante da porta do escritório, na ponta dos pés e ajeitando os óculos — já que era baixo e meio cego —, a fim de decifrar o aviso.

Na condição de personagem, ou seja, de criatura encerrada em sua realidade ideal, alheia às transitórias contingências do tempo, ele não tinha a obrigação, admito, de saber em que horrenda e miserável convulsão a Europa se achava naqueles dias. Portanto se fixara nas palavras do aviso que diziam "num momento como este", cobrando de mim uma explicação.

Corriam ainda os dias de grande angústia que precederam a declaração da nossa guerra à Áustria, e eu entrava apressado no escritório com uma pilha de jornais, ansioso por ler as últimas notícias. Ele se postou na minha frente:

— Com licença... me permite?

— Permito uma ova! — gritei. — Desapareça da minha frente! Já leu o aviso?

— Sim, senhor, justamente por isso... É possível explicar...

— Não tenho nada a explicar! Não tenho mais tempo a perder com o senhor! Vamos! Quer seus papéis, seus documentos? Venha, entre, pegue e vá embora!

— Sim, senhor... mas se pudesse pelo menos me dizer o que houve...

Pretendendo fazê-lo saltar pelos ares, pólvora, como num canhonaço à queima-roupa, gritei-lhe na cara:

— A guerra!

Ficou ali, impassível, como se eu não tivesse dito nada.

— A guerra? Que guerra?

Afastei-o da minha frente com um empurrão violento; entrei no escritório batendo a porta na sua cara; e, jogando-me no sofá, corri os olhos pelas últimas notícias dos jornais, se finalmente a declaração de guerra ocorrera, se os embaixadores da Áustria e da Alemanha haviam deixado Roma, se já se sabia de confrontos no mar ou nas fronteiras. Nada! Ainda nada! E eu tremia.

— Mas como? Como? — eu dizia. — O que estão esperando? E o que esperaram esses embaixadores depois das sessões solenes na Câmara e no Senado e do delírio de todo um povo que há tantos dias grita pelas ruas de Roma "guerra, guerra"! Ficaram surdos? Cegos? Onde está a soberba alemã, a arrogância austríaca? Os jornais da manhã, da tarde e da noite já anunciaram quatro ou cinco vezes que os trens especiais estão prontos para eles. Mas nada. Estão surdos. Cegos. Enquanto isso, em Trieste, em Fiume, em Pola, em todo Trentino nossos irmãos, que nos esperam, estão sendo massacrados; e nós deixamos partirem, protegidos e tranquilos, os súditos austríacos e alemães!

Enquanto eu pensava essas coisas, furioso, ocorreu-me erguer os olhos do jornal e quem vi? Ele, o petulante, o insuportável personagem, que havia entrado não sei como nem de onde, e estava pacificamente sentado numa poltroninha perto de uma das janelas voltadas para o pequeno jardim, que, naqueles dias de maio, estava todo florido e brilhante de rosas amarelas, brancas, vermelhas, de cravos e gerânios.

Com o rosto plácido, olhava lá fora os ciprestes e pinheiros da Villa Torlonia, logo em frente, todos dourados de sol e recortados pelo intenso azul do céu, enquanto escutava com nítido prazer o canto cerrado dos passarinhos nascidos com a estação e o murmúrio da fonte do meu jardim.

Sua visita inopinada e a atitude de prazer suscitaram em mim uma raiva indizível — uma raiva que deveria ter-me lançado contra ele, mas, ao contrário, imobilizava-se como se estivesse esmagada sob o peso de um espanto misturado à náusea e ao aniquilamento. De repente, percebi que ele virava para mim o rosto beato. Com o ouvido atento e uma das mãos semilevantada:

— Está ouvindo? — me disse —, está ouvindo o belo trinado? Com certeza é um melro.

Apanhei os jornais que estavam sobre os meus joelhos com o ímpeto de quem pretende atirar com tudo sobre ele, gritando todos os impropérios e ofensas imagináveis. Mas para quê? Teria sido inútil. Joguei os jornais no chão, apoiei os cotovelos nos joelhos, pus a cabeça entre as mãos.

Pouco depois, com voz suave, ele retomou a palavra:

— E que culpa eu tenho, me desculpe, se o melro canta? Ou se as rosas desabrocham no seu jardim? Vá colocar a focinheira naquele melro, se conseguir, e arranque aquelas rosas! Mas não creio que os passarinhos aceitarão a focinheira; e não será nada fácil arrancar todas as rosas de todos os jardins de maio... Quer me atirar por uma janela? Não vou me machucar; depois volto ao seu escritório pela outra. Por que eu, os passarinhos, as rosas e a fonte nos importaríamos com a sua guerra? Expulse o melro daquela acácia: ele voará para o jardim vizinho, para outra árvore, e continuará a cantar tranquilo e feliz. Não conhecemos as guerras, meu caro. Se o senhor me escutasse e desse um pontapé nesses jornais, acredite que depois ficaria agradecido. Porque tudo isso são coisas que passam e, ainda que elas deixem marcas, é como se não tivessem deixado, porque sobre essas mesmas marcas virá sempre a primavera, repare: três rosas a mais, duas a menos, é sempre a mesma rosa; e os homens precisam dormir e comer, chorar e rir, matar e amar; chorar sobre os risos de ontem, amar sobre os mortos de hoje. Tudo retórica, não é? Mas é claro, porque o senhor é assim e agora acredita ingenuamente que tudo deva mudar por causa desta guerra. Mas o que haveria de mudar? De que valem os fatos? Por maiores que sejam, são sempre fatos. Passam. Passam com os indivíduos que não conseguiram superá-los. A vida continua com as mesmas necessidades, as mesmas paixões, os mesmos instintos, sempre igual, como se nada fosse: obstinação bruta e quase cega, de dar dó. A terra é dura, e a vida é de terra. Um cataclismo, uma catástrofe, guerras e terremotos a esmagam de um lado; logo em seguida ela volta, igual, como se nada tivesse ocorrido. Porque a vida, sendo dura como é, tão de terra como é, quer a si mesma ali, e não em outro lugar, mais uma vez sempre igual. E o mesmo vale para o céu, por tantos motivos; mas sobretudo, creia, para dar um respiro a esta terra. Neste momento o senhor se agita, freme, se enfurece contra quem não sente o mesmo, contra quem não se mexe; gostaria de gritar, de propagar por toda gente os seus sentimentos. Mas e se os outros sentem diferente? O senhor pensará que tudo está perdido, e talvez tudo esteja perdido para o senhor... Até quando? Não me diga que pretende morrer por isso. Olhe: o senhor respira este ar, mas ele não lhe diz que o senhor está vivo enquanto o respira; o senhor escuta o piado dos passarinhos recém-nascidos neste maio cheio de flores, mas os passarinhos e as flores do jardim não lhe dizem que o senhor está vivo quando os ouve e respira seu perfume. Um pensamento miserável o absorve. Não se dá conta de quanta vida lhe entra pelos sentidos. E depois se queixa. De quê? Daquela miséria de pensamento, do desejo insatisfeito, de uma adversidade passada. Enquanto isso, toda beleza da vida lhe escapa! Mas não é verdade. Escapa à sua consciência, mas não ao eu obscuro e profundo, em que, sem o saber, o senhor vive de verdade e saboreia o gosto da vida, inefável, que é o que o mantém e o faz aceitar todas as contrariedades, todas as condições que o pensamento julga intoleráveis e míseras. Isso é o que verdadeiramente conta. Imagine que, terminado o massacre, cesse toda agitação. Amanhã se fará a história dos ganhos e das perdas, das vitórias e das derrotas. Esperemos que a justiça prevaleça... Mas e se não prevalecer? Prevalecerá em outro século... A história tem pulmões largos, e uma pausa na respiração é coisa momentânea. De resto, pode até ser que daqui a um século a justiça seja outra. Não se pode confiar; mas não é isso que importa, acredite. O que realmente importa é algo infinitamente menor e infinitamente maior: um choro, um sorriso, aos quais o senhor, ou outra pessoa qualquer, terá sabido dar vida fora do tempo, superando a realidade transitória da paixão de hoje; um choro, um sorriso, não importa se desta ou de outra guerra, porque todas as guerras são sempre iguais, mas aquele choro será único, e o sorriso será único.

Assim o ouvi falar longamente, com uma inquietação que me tomava aos poucos, e que, ao constatar que no fundo ele tinha razão, crescia à medida que eu tentava me controlar. Preferia não ter dado ouvidos a ele, mas o escutei até o fim. Quando me pus de pé, ressentido e amargurado, ele naturalmente havia desaparecido da minha frente. Uma espécie de angústia tenebrosa me ocupara de novo o pensamento, e me vi mais uma vez enredado em minhas dores pungentes.

Meu filho ia partir naqueles dias para o front. Eu queria ter orgulho da sua partida iminente, mas não conseguia. Como tantos da mesma idade e condição, ele poderia pelo menos naquele momento protelar as suas obrigações; no entanto, apresentara-se logo, como voluntário, à primeira convocação. Eu olhava para ele com um sentimento de ultraje e quase mortificação. A repulsa de mais de trinta anos por aquela aliança odiosa, aumentada agora pela ojeriza e pelo horror diante das atrocidades cometidas por nossos aliados de ontem, corroera em dez meses o freio de uma paciência desumana. E agora que esse freio finalmente ameaçava romper, agora que a repulsa sufocada por mais de três décadas estava prestes a transbordar, não nós, não nós, pertencentes a esta desgraçada geração à qual coube a vergonha da paciência e a ignomínia daquela aliança com o inimigo irreconciliável, não nós devemos correr para o front, mas os nossos filhos, nos quais talvez a repulsa e o ódio não fervessem como em nós. Antes, os nossos pais, e não nós!; agora, os nossos filhos, e não nós! Restava-me ficar em casa e ver meu filho partir.

Além dessa comoção, além dessa angústia, eu não podia ver mais nada por enquanto. Devia ruminar sozinho uma dor violenta: a ira, a indignação aguda pelo que acontecia, por quem não podia, não sabia ou não queria agir e grotescamente fingia agir e, por isso mesmo, merecia receber um augúrio de derrota, se as nossas sortes não estivessem desgraçadamente unidas. Devia consumir dentro de mim a ânsia sem trégua por meu filho, que, enquanto eu me torturava aqui, em vão, e era forçado a esperar e a satisfazer as pequenas necessidades materiais da vida, estava tão desamparado, lá longe; e cada momento que, para mim, podia ser igual a tantos outros, para ele podia ser o instante supremo; e caberia a mim, depois de tudo, continuar vivendo esta vida atroz.

Porém, nos últimos dias, na sombra que vinha lenta, exausta, após as tardes longuíssimas e abafadas do verão, na sombra que invadia pouco a pouco o quarto trazendo um frescor de tristeza e um lamento por antigas alegrias perdidas, eu já não me sentia mais só. Alguma coisa fermentava naquela sombra, no canto do meu quarto. Sombras na sombra, que seguiam com piedade minha angústia, minhas agonias, meus abatimentos, meus ímpetos, toda a minha paixão, da qual talvez tivessem nascido ou começavam a nascer agora. Elas me observavam e perscrutavam. Teriam observado com tanta insistência que, por fim, eu necessariamente me dirigiria a elas.

Com quem, num momento como aquele, eu podia realmente me comunicar senão com elas? Então me aproximei daquele canto e tentei discernir, uma a uma, as sombras nascidas da minha paixão; e comecei a falar baixinho com elas.

II

Aconteceu que, achegando-me pela primeira vez ao canto do quarto onde as sombras já começavam a viver, deparei com um vulto inesperado, uma sombra de ontem.

— Mas como, mamãe? Você por aqui?

Está sentada, pequenina, na grande cadeira não daqui, não na deste meu quarto, mas ainda na da casa antiga, onde os outros já não a veem sentada e tampouco ela, agora, aqui, vê ao redor de si as coisas que deixou para sempre, a luz de um sol quente, luz sonora e fragrante de mar, e aqui perto o brilho das louças que reluzem sobre a mesa, e ali o balcão que dá sobre a avenida da grande cidade de praia, por onde escoa monótona, todos os dias, entre o barulho dos carros, a mesma vida de sempre, de trânsito para os outros, de tédio para ela; nem vê mais os queridos netinhos de olhos meigos e atentos às suas histórias, nem aqueles dois que lhe causaram dor ao partir: o velho companheiro da sua vida e a filha mais querida, aquela que até o fim a circundou de incansável adoração.

Curvada, dobrada sobre si mesma para conter os espasmos internos, com os punhos sobre os joelhos e sobre os punhos a fronte, ela está aqui, sobre o silhão que lhe recorda todos os cuidados da casa e o tormento dos longos pensamentos durante o ócio forçado, as viagens da alma entre memórias distantes, o prolongado sofrimento e também, sim, também as últimas alegrias de avó.

À minha pergunta: "Mas como, mamãe? Você por aqui?", ela ergue a cabeça dos joelhos e me fixa com olhos que ainda conservam a luz dos vinte anos, mas num rosto branco, flácido e emaciado pela doença e a idade; me olha e faz que sim, que veio para me falar o que não pôde dizer à distância, antes de deixar a vida.

— Você me diz para ser forte neste momento de provação suprema para todos, mamãe? Quem sabe... mas e você, mamãe? Justo neste momento me abandonou, partiu daquele seu cantinho onde eu ia encontrá-la com o pensamento, todos os dias, quando a vida mais me doía, gelada e escura, e você me iluminava e esquentava na luz e no calor do seu afeto, oferecendo-me de novo a infância...

Soergue com dificuldade as pálpebras e esboça no rosto um sorriso de pena, mantendo no colo as mãos frágeis e pequeninas, que tanto trabalharam, quase como se quisesse esconder o mal que as torturou e ofendeu. E não oculta apenas as mãos, mas também a alma, por dentro, para esconder o que as vicissitudes da vida mais ofenderam, ali onde alguma palavra a tocou mais forte, para silenciar, com aquele sorriso de pena, aquilo que, não tanto para si, mas para os outros, não convém dizer. E diz:

— Eu errei? Mas eu não quis, meu filho, apesar, como você sabe, do grande cansaço e da necessidade de repousar de tantos males desta minha vida muito longa, ah, mais longa do que qualquer previsão de minhas imensas dores... Mas ela veio! Eu não queria. Não queria por você e por todos os outros, porém mais por você, eu sei, que justamente pedia que o meu coração o acompanhasse nessa ânsia angustiosa pelo filho que está combatendo lá longe... E meu coração o acompanhou, meu filho; e talvez também por isso... Não, não, nada com você. Foi ele que não pôde, de tão velho, correr como deveria atrás da sua ânsia, e então parou... Mas foi melhor para mim, acredite. Digo isso para que você encontre algum consolo para a minha morte. Eu não tinha descanso; viu a que se reduzira meu corpo? A alma, ah... essa resistiu! E também o coração, sabe, embora tão cansado de bater... por dentro, ele também continuava como antes, com toda, toda a vida lá dentro, e também a infância, sabe, a vida inteira, com as brincadeiras que eu fazia quando era pequena, com meus irmãozinhos, e todos os rostos e as feições das coisas daquela época, muito vivos, mas tão vivos no que a vida tinha então para mim que, muitas vezes, esta mesma vida depois me pareceu um sonho agitado, e não aquela já distante e no entanto tão presente, aqui, no meu coração. Ah, porque você sabe, meu filho, que a vida nós damos aos filhos para que eles a vivam, e já nos contentamos se algo chegar a nós por reflexo; mas não nos parece mais nossa; a nossa, para nós, aqui dentro, continua sempre aquela que não demos, mas que nos foi dada; aquela que, por mais que o tempo se alongue, conserva sempre o sabor da infância, o rosto e as atenções da nossa mãe e do nosso pai, e a casa antiga, como eles a fizeram para nós... Você pode até saber como foi a minha vida, porque muitas vezes falei dela; mas outra coisa é viver uma vida, meu filho...

Balança a cabeça e os olhos brilham vivos, no tremor interno das lembranças.

— Ainda mais a minha!... No início, também foi triste... A tirania... Os Bourbon... Aos treze anos, com minha mãe, meus irmãos e irmãs, uma até menor do que eu e também dois irmãozinhos pequenos, nós oito e no entanto tão sós, pelo mar, num grande barco pesqueiro, uma tartana, rumo ao desconhecido. Malta... Meu pai, envolvido nas conjuras e excluído, devido às suas poesias políticas, da anistia bourbonista após a revolução de 1848, já estava lá, no exílio. E talvez na época eu não pudesse entendê-lo, não entendia toda a dor do meu pai. O exílio (fazer uma mãe chorar tanto, em prostração, e tolher a tantas crianças a casa, as brincadeiras, o conforto) queria dizer isso; mas também aquela viagem por mar, com a grande vela branca da tartana que tremulava alegre ao vento, alta no céu, como a marcar com a ponta as estrelas, e nada mais do que mar ao redor, tão turquesa que quase parecia negro; e outra vez a prostração ao mirá-lo; mas também aquele orgulho infantil da desventura que leva um menino vestido de preto a dizer "Estou de luto, sabe?", como se aquilo fosse um privilégio em relação aos outros meninos não vestidos de preto; e também a ânsia de tantas coisas novas a ver, que esperávamos ver com olhos bem fixos, olhos que por enquanto não veem nada, exceto a mãe que chora lá adiante entre os dois filhos maiores, que sabem e entendem, eles sim... e então nós, os pequenos, começamos a pensar que as coisas que veremos além, no desconhecido, talvez não sejam tão belas. Mas antes a ilha de Gozzo... depois Malta... bonitas! Com aquele golfo grande, grande, de um azul áspero, reluzente de trêmulos agudos, e aquele vilarejo branco de Búrmula, pequeno numa daquelas baías azuis... Coisas bonitas de ver, não fosse o choro da mãe que continua... Mas logo nós, os pequenos, também entenderíamos, rapidamente amadurecidos. Vinham os adultos à nossa casa, para ver meu pai, e todos estavam tristes e sombrios, como ensurdecidos; e parecia que cada um falava por si sobre aquilo que via: a pátria distante, onde o despotismo restaurado arrasava tudo; e cada palavra deles parecia escavar no silêncio uma fossa. Agora eles estavam aqui, impotentes. Nada a fazer! E assim que alguém podia, para não se acabar ali, naquele desespero raivoso, partia para o Piemonte, para a Inglaterra... nos deixava. Com sete filhos e a mulher, o que meu pai podia fazer senão dizer adeus a todos os que partiam, adeus também à vida que ia embora? A raiva e o peso daquela impotência, o vexame de viver da esmola de um irmão que se vira forçado a cantar na catedral com os outros do capítulo o te--déum para Ferdinando no mesmo dia de sua partida para o exílio; um lamento sem fim e a desconfiança de que não veria o dia da vingança e da libertação o consumiram aos poucos, aos quarenta e seis anos. No dia da morte, nos chamou a todos à sua cabeceira e nos fez prometer e jurar que nunca teríamos um pensamento que não fosse voltado à pátria, que devotaríamos nossa vida sem descanso à sua libertação. Retornou a viúva, retornamos os sete órfãos ao nosso país, mendicantes à porta do tio que até então nos sustentara no exílio: realmente santo, realmente santo, porque o bem que nos fez e que continuou a fazer, sem jamais se lamentar, custava-lhe superar diariamente o medo, suportar ofensas fingindo não notá-las, ofensas a seus hábitos, a suas opiniões, a seus sentimentos, e também à custa de pequenas misérias a superar, que o tornavam tanto mais caro a nós quanto mais notávamos que ele tentava se esquivar recorrendo a cômicos subterfúgios, com ingênuas artimanhas que nos faziam rir piedosamente. Quantas vezes você me ouviu dizer: "O tio cônego!". Mas o que você pode saber daquela sua casa antiga?, como era, que gosto de vida havia ali, como ele era, pequeno (grande de tronco), pequeno de pernas, tão pequeno que de pé era menor do que sentado, mas com um belo rosto e um curioso refrão que costumava repetir: "Cátaros! Cátaros! Eu poderia jurar, efetivamente...", enquanto observava as unhas, de olhos baixos. E o medo que tinha dos trovões! E certas curiosidades proibidas que o levavam a ler escondido, na Batalha de Benevento, a história dos papas, e de quando em quando o ouvíamos gritar, enquanto fechava furioso o livro e dava um murro na capa: "Mas esse sujeito é um maluco!", e logo em seguida tornava a ler desde o início. Pobre tio! Algumas vezes fomos ingratos com ele... como naquela vez em que a soldadesca dos Bourbon foi fazer uma busca na casa dele, à procura dos meus irmãos que já eram grandes e conspiravam, e eu, jovenzinha, ao vê-lo aterrorizado e trêmulo diante daqueles cães, gritei-lhe: "Mas não tenha medo! Eles sabem muito bem que o senhor foi cantar o te-déum na catedral enquanto seu irmão era mandado para o exílio!". E ele, coitado, murchinho, afastou-se exclamando e olhando as unhas como sempre: "Cátaros, que mulher, cátaros, que mulher!". Ah, sim, eu sofria muito por ser mulher e não poder seguir meus irmãos! Eu a costurei quase no escuro, num vão de escada, a bandeira tricolor com que meu irmão menor, junto com outros conjurados, saiu armado em 4 de abril de 1860 em direção ao presídio bourbonista, na mesma hora em que, em Palermo, um outro irmão meu irrompia do convento da Gancia; e ali onde estávamos, na província, dos tantos que haviam jurado descer armados à praça, apenas cinco se viram cercados por dois mil bourbonistas! Você pode imaginar a ânsia mortal que sentimos naquele dia por esses dois irmãos, um aqui, outro lá... Sim, sua ânsia agora é por seu filho; mas nossa mãe também estava conosco, e a ânsia atingia todos nós. Quando, após a fuga milagrosa dos meus irmãos, os gendarmes voltaram a vasculhar a casa, a minha mãe colocou cada uma das suas filhas à beira de uma sacada e nos ordenou: "Se eles partirem para cima de vocês, se joguem lá embaixo". Mulher corajosa, de fibra antiga, minha mãe! Imagine que por meses e meses, durante todo o tempo que durou a prisão dos garibaldinos depois de Aspromonte, não quis que se desse nenhuma notícia da família a meu irmão menor, então oficial da infantaria ligeira do exército, só por se supor que ele pudesse estar entre os fuziladores de Garibaldi e contra o outro irmão, que teve a sorte de recolher naquele dia infausto a bota perfurada e ensanguentada do general. Que dia! E talvez a nossa vida, a de vocês, meus filhos, tenha dependido desta! Quando aquele meu irmão retornou da prisão na caserna de San Benigno, em Gênova, todo o povo daqui o conduziu quase em triunfo aos braços da mãe e aos nossos, que o esperávamos em festa; e foi então que vi pela primeira vez o seu pai, também sobrevivente de Aspromonte, também garibaldino dos anos 1860, carabineiro genovês. Eu já tinha vinte e sete anos e não queria mais casar; casei-me porque ele quis, porque ele soube se impor ao meu coração com a bela pessoa que era e mais, naqueles anos fervorosos, com o ânimo que vocês bem conhecem, ânimo que o faz ainda, velho, exultar e se comover como uma criança a cada ato que engrandece a pátria. Com esse ânimo e com o meu, a vida que lhes demos nos tempos inertes e surdos que se seguiram, meus filhos, não podia ser feliz, eu sei! E agora também conheço a sua dor, filho, talvez a mesma que a mim, mulher, queimou-me tanto na alma: a dor de não poder fazer, e ver outros fazerem aquilo que nós queríamos fazer e que tão pouco nos custaria, ao passo que tanto nos faz sofrer o fato de que outros o façam por nós... Mas foi por isso mesmo que vim, meu filho, para lhe dizer estas coisas: você quis esta guerra contra tantos outros que eram contra ela, e você sabia que, se pouco custaria a você lhe sacrificar a vida, muito, muitíssimo lhe pesaria o simples risco de que nela morresse seu filho. E você a quis. Por isso agora sofre ainda mais por estar aqui... Você se basta. E que Deus proteja o seu filho! Mesmo sofrendo, eu gostaria de ter durado até a vitória. Mas paciência! Não renunciei a uma dor; terei perdido uma alegria, porque a vitória é certa. A mim basta que seu pai a veja. Só peço que vocês, mas sobretudo que você, que sempre esteve tão longe de mim, tão distante, pense em mim como ainda viva! Não serei por acaso sempre viva para você?

— Oh, mamãe, sim! — lhe digo. — Viva, viva, sim... mas não é isto! Se por piedade me houvessem poupado da notícia, eu ainda poderia ignorar o fato da sua morte e imaginá-la, como a imagino, ainda viva lá no sul, sentada neste cadeirão no seu canto habitual, pequena, com os netinhos em volta, ou ainda atarefada com algum afazer doméstico. Poderia continuar imaginando-a assim, com uma realidade de vida insuperável: a mesma realidade de vida que por tantos anos, mesmo de tão longe, pude lhe dar sabendo-a realmente sentada lá, no seu cantinho. Mas choro por outra coisa, mãe! Choro porque você, mãe, já não pode me dar uma realidade! A mim, à minha realidade, desmoronou um amparo, um conforto. Quando você estava sentada lá longe, no seu canto, eu dizia: "Se ela pensa em mim à distância, então estou vivo para ela". E isso me sustentava e confortava. Agora que você está morta, não digo que não continue viva para mim; você está viva, viva como ontem, com a mesma realidade que por tantos anos lhe dei à distância, pensando em você sem ver o seu corpo, e viva você sempre será enquanto eu viver. Mas percebe? O problema é este: é que eu agora não estou mais vivo, nunca mais estarei vivo para você! Porque você não pode mais pensar em mim como eu penso em você, não pode mais me sentir como eu a sinto. E é por isso, mamãe, é por isso que os que se creem vivos acreditam chorar os seus mortos, quando na verdade choram a própria morte, uma realidade intrínseca que já não faz parte do sentimento daqueles que se foram. Você a terá sempre, sempre, no meu sentimento; eu, ao contrário, não a terei mais em você. Você está aqui, falou comigo: está viva e aqui, eu a vejo, vejo seu rosto, seus olhos, sua boca, suas mãos; vejo o enrugar de sua testa, o piscar de seus olhos, o sorriso de sua boca, o gesto de suas pequenas mãos ofendidas; e ouço sua fala, uma fala feita de suas palavras; porque aqui, diante de mim, você é uma realidade verdadeira, viva, que respira; mas o que eu sou, o que sou agora para você? Nada. Você é e será sempre a minha mãe; e eu? Eu, filho, fui e não sou mais, não serei mais...

A sombra se fez trevas na sala. Não me vejo nem me ouço mais. Porém ouço como de longe, muito longe, o farfalhar longo e contínuo das folhagens, que por pouco me ilude e me faz pensar no surdo marulho do mar, daquele mar à beira do qual ainda vejo minha mãe.

Eu me levanto, me aproximo de uma das janelas. Os galhos altos e jovens da acácia do meu jardim, de copas densas, abandonam-se indolentes ao vento que os despenteia e parece querer quebrá-los. Mas eles gozam femininamente ao sentirem sua crina se abrir e descompor, seguindo o vento com elástica flexibilidade. É um movimento de onda ou de nuvem, que não os desperta do sonho que trazem em si.

Ouço dentro, mas como de longe, a sua voz que me suspira:

"Olhe também as coisas com os olhos dos que já não as veem! Você provará um lamento, filho, que as tornará mais sagradas e belas".

"Colloquii coi personaggi", 1915

O imbecil

Mas afinal o que tinha a ver Mazzarini, o deputado Guido Mazzarini, com o suicídio de Pulino? — Pulino? Como assim? Pulino se matou? — Sim, Lulu Pulino, duas horas atrás. Encontraram-no em casa, pendurado no gancho da luminária, na cozinha. — Enforcado? — Sim, enforcado. Que cena! Enegrecido, com os olhos e a língua de fora, dedos crispados. — Ah, pobre Lulu! — Mas o que Mazzarini tem com isso?

Ninguém entendia nada. Uns vinte energúmenos gritavam no café, de braços erguidos (um até subira na cadeira), todos em torno de Leopoldo Paroni, presidente do Círculo Republicano de Costanova, que gritava mais alto que todos.

— Imbecil! Sim, sim, digo e repito: imbecil, imbecil! Eu teria pagado a viagem a ele. Eu a pagaria! Quando alguém não sabe mais o que fazer da vida, senão agir assim, é um imbecil!

— Desculpe-me, mas o que houve? — indagou um recém-chegado aproximando-se um tanto perplexo, em meio àquela gritaria, de um cliente que estava mais afastado, oculto num canto escuro, todo enrodilhado, com um xale de lã nos ombros e um barrete de viagem na cabeça, cuja pala era tão longa que lhe cortava metade do rosto com a sombra.

Antes de responder, o homem ergueu do castão da bengala uma das mãos esqueléticas, na qual segurava um lenço embolado, e a levou à boca, sobre os bigodes esquálidos e caídos. Mostrou a face descarnada, amarela, onde crescera aqui e ali, muito rala, uma barbicha de doente. Com a boca obstruída pelejou surdamente, várias vezes, contra a própria garganta, de onde irrompia uma tosse profunda, entre gorgolejos e chiados; enfim, disse com voz cavernosa:

— O senhor me assustou com a sua chegada. Desculpe perguntar, mas o senhor é de Costanova, não é?

(E recolheu algo no lenço, escondendo-o.) O forasteiro, mortificado e constrangido pela repulsa que não conseguia dissimular, respondeu:

— Não, só estou de passagem.

— Todos estamos de passagem, meu caro.

E, dizendo isso, abriu a boca e descobriu os dentes num esgar frígido, mudo, repuxando em rugas densas, ao redor dos olhos agudos, a cartilagem amarela do magro rosto.

— Guido Mazzarini — prosseguiu lentamente — é o deputado de Costanova. Grande homem.

E esfregou o indicador e o polegar de uma mão, aludindo à razão da grandeza.

— Como se vê, sete meses depois das eleições Costanova ainda ferve de raiva e desprezo contra ele, porque, mesmo sendo odiado por todos daqui, conseguiu vencer com os votos bem pagos de outras seções eleitorais do colégio. A fúria não se dissipou porque Mazzarini, para se vingar, enviou ao município de Costanova... Se afaste, se afaste um pouco, preciso de ar... Um comissário do rei. Muito obrigado! Um comissário do rei. Uma coisa... de grande importância... Eh, um comissário do rei...

Estendeu uma mão e, sob os olhos do forasteiro que a admirava espantado, fechou os dedos deixando apenas, em riste, o mindinho finíssimo; fez um bico e ficou um bom tempo observando, muito atento, a unha lívida daquele dedo.

— Costanova é uma grande cidade — disse. — O universo, todo ele, gravita ao redor de Costanova. Lá do céu, as estrelas não fazem outra coisa senão espiar Costanova, e há quem diga que elas sorriem; outros afirmam que elas suspiram de desejo de ter, cada uma, uma cidade como Costanova. Sabe de que depende o destino do universo? Do partido republicano de Costanova, que nunca tem sossego com Mazzarini, de um lado, e, de outro, o ex-prefeito Cappadona, que se sente um rei. Agora o Conselho municipal foi dissolvido, e por isso o universo está todo agitado. Olhe eles lá: está ouvindo? O que está gritando mais que todos é Paroni, sim, aquele de cavanhaque, gravata vermelha e chapéu à Lobbia; grita porque quer que a vida universal, e também a morte, estejam a serviço dos republicanos de Costanova. A morte também, sim, senhor. Pulino se matou... Sabe quem era Pulino? Um pobre doente, como eu. Em Costanova, muitos somos doentes assim. E deveríamos servir para alguma coisa. Cansado de penar, o pobre Pulino hoje se...

— Enforcou?

— No gancho da luminária, na cozinha. Ah, mas que coisa, isso não me agrada. Enforcar-se dá muito trabalho. Há o revólver, meu caro. Morte mais rápida. Pois bem, consegue ouvir o que Paroni está falando? Ele diz que Pulino foi um imbecil, não por ter se enforcado, mas por não ter ido a Roma, antes de se enforcar, e matado Guido Mazzarini. Isso mesmo! Para que Costanova, e consequentemente o universo, pudesse respirar de novo. Quando não sabe mais o que fazer da própria vida, se você não fizer isso, se antes de se matar você não trucidar um Mazzarini qualquer, então você é um imbecil. Ele disse que até teria custeado a viagem. Com licença, meu caro.

Levantou-se de repente; envolveu com ambas a mãos o xale ao redor do rosto, até a pala do barrete, e assim, todo embrulhado, curvo, lançando olhares ao grupinho que gritava, saiu do café.

O forasteiro de passagem ficou aturdido; seguiu-o com os olhos até a porta e então se virou para o velho garçom do café, perguntando consternadíssimo:

— Quem é?

O velho garçom balançou a cabeça amargamente, bateu no peito com um dedo e respondeu, suspirando:

— Ele também... ah, não vai demorar muito. Todos da família. Dois irmãos e uma irmã já se foram... Estudante. O nome dele é Fazio. Luca Fazio. Culpa da mãe, que casou por dinheiro com um tísico sabendo que era tísico. Agora ela está imensa, gorda e inchada, no campo, vivendo como uma abadessa, enquanto os pobres filhos, um a um... Que tristeza! Aquela lá tem uma cabeça! E estudou à beça! Um erudito, é o que dizem. Veio de Roma, dos estudos. Que tristeza!

E o velho garçom correu ao aglomerado de gritadores, que, pagada a conta, começavam a sair do café com Leopoldo Paroni à frente.

Noite ruim, úmida, de novembro. A névoa se cortava à faca. O pavimento da praça todo banhado. E em volta de cada lampadário bocejava uma auréola.

Assim que cruzaram a porta do café, todos ergueram a gola do sobretudo, e cada um, despedindo-se, tomou o seu caminho.

Leopoldo Paroni, assumindo a atitude habitual de desdém e orgulho impostado, ergueu de través a cabeça e, com a barbicha para o alto, atravessou a praça girando a bengala. Enveredou pela rua oposta ao café e então virou à direita, na primeira travessa, ao fundo da qual ficava sua casa.

Dois postes de luz chorosos, afogados na neblina, iluminavam mal e mal aquele beco imundo: um no início e o outro no fim.

Quando Paroni estava na metade da travessa, no meio do escuro, e já começava a suspirar à luz pálida que chegava do outro poste, ainda distante, teve a impressão de perceber lá no fundo, bem na entrada de sua casa, alguém parado. Sentiu o sangue fervilhar e estacou.

Quem poderia ser àquela hora? Sem dúvida havia alguém ali, à espera, bem diante de sua casa. Então o esperavam. Não para roubar, decerto: todos sabiam que ele era pobre como Cincinato. Seria por vingança política... alguém enviado por Mazzarini ou pelo comissário do rei? Será possível? Chegariam a esse ponto?

O valente republicano virou-se e olhou para trás, perplexo, calculando se não seria melhor voltar ao café ou alcançar os amigos, dos quais se despedira havia pouco; não por nada, mas para tê-los como testemunhas da vileza, da infâmia do adversário. Mas notou que a figura, tendo seguramente escutado, no silêncio, o barulho dos passos desde que ele entrara no beco, ia ao seu encontro, ali onde a sombra era mais densa. Pronto, agora se via bem: estava todo embiocado. Paroni venceu com dificuldade o tremor e a tentação de pôr sebo nas canelas; tossiu, gritou forte:

— Quem vem lá?

— Paroni — chamou uma voz cavernosa.

Uma súbita alegria invadiu e serenou Paroni, ao reconhecer aquela voz:

— Ah, Luca Fazio... Você por aqui? Mas como? Já voltou de Roma, meu amigo?

— Hoje — respondeu Luca Fazio, sombrio.

— Você me esperava, meu caro?

— Sim. Eu estava no café. Não me viu?

— Não, não. Ah, estava no café? Como vai, meu amigo?

— Mal; não me toque.

— Tem alguma coisa a me dizer?

— Sim... grave.

— Grave? Pode dizer!

— Aqui, não; vamos à sua casa.

— Mas... o que é? O que há, Luca? Tudo que eu puder, meu amigo...

— Já lhe disse, não me toque: estou mal.

Tinham chegado à casa. Paroni tirou a chave do bolso, abriu a porta, acendeu um fósforo e começou a subir a pequena escada íngreme, seguido de Luca Fazio.

— Cuidado... cuidado com os degraus...

Atravessaram uma saleta; entraram no escritório pestilento, impregnado por um cheiro acre de cachimbo. Paroni acendeu uma lamparina a querosene, branca e suja, que estava sobre a escrivaninha atulhada de papéis, e voltou-se solícito para Fazio. Mas o encontrou com os olhos saltados das órbitas, o lenço contra a boca, agarrado com ambas as mãos. A tosse voltara a atacar, terrível, açulada pelo mau cheiro do tabaco.

— Oh, meu Deus... você está muito mal, Luca...

Ele demorou a responder. Inclinou várias vezes a cabeça. Estava cadavérico.

— Não me chame de amigo, afaste-se — começou a dizer. — Estou nas últimas... Não, prefiro... prefiro ficar de pé... Afaste-se.

— Mas... mas não tenho medo... — protestou Paroni.

— Não tem medo? Espere... — escarneceu Luca Fazio. — É muito cedo para dizer. Em Roma, quando me vi no limite, decidi torrar tudo; guardei apenas poucas liras, com as quais comprei este revólver.

Meteu uma mão no bolso do casaco e tirou de dentro um grande revólver.

Ao ver a arma empunhada por aquele homem naquele estado, Leopoldo Paroni ficou branco feito um lençol, ergueu as mãos e balbuciou:

— Mas... mas está carregada? Oh, Luca...

— Carregada — respondeu Fazio, ríspido. — Você disse que não tem medo...

— Não... mas se, Deus me livre...

— Afaste-se! Espere... Fechei-me num quarto, em Roma, para acabar comigo. Quando, com o revólver já na têmpora, ouvi baterem à porta...

— Você, em Roma?

— Em Roma. Abro. Sabe quem vejo na minha frente? Guido Mazzarini.

— Ele? Na sua casa?

Luca Fazio fez que sim várias vezes, com a cabeça. Então continuou:

— Ele me viu com o revólver na mão e, olhando-me no rosto, logo entendeu o que eu iria fazer; correu para mim; me pegou pelos braços, me sacudiu e gritou: "Mas o que é isto? Vai se matar? Oh, Luca, você é tão imbecil assim? Que nada... se quiser fazer isso... eu lhe pago a viagem; vá correndo a Costanova e mate antes Leopoldo Paroni!".

Paroni, até então muito atento à fala estranha e sinistra, com o espírito sobressaltado na tremenda expectativa de que ocorresse alguma violência atroz diante de seus olhos, sentiu de repente uma desarticulação dos membros e abriu a boca num sorriso esquálido e inútil:

— ...Está brincando?

Luca Fazio deu um passo atrás; teve uma brusca contração numa das faces, perto do nariz, e disse, com a boca contorcida:

— Não estou brincando. Mazzarini me pagou a viagem, e aqui estou. Primeiro mato você, depois me mato.

Ao dizer isso, ergueu o braço com a arma e mirou.

Paroni, aterrorizado, com as mãos cobrindo o rosto, tentou se esquivar da mira, gritando:

— Está maluco? Luca... você enlouqueceu?

— Não se mexa! — intimou Luca Fazio. — Maluco, hein? Eu lhe pareço louco? Mas durante três horas no café você não gritou que Pulino era um imbecil por não ter ido a Roma, antes de se enforcar, acabar com Mazzarini?

Leopoldo Paroni tentou protestar:

— Mas há uma diferença! Não sou Mazzarini!

— Diferença? — exclamou Fazio, mantendo sempre Paroni sob a mira. — Que diferença haveria entre você e Mazzarini para alguém como eu ou Pulino, a quem não importa mais nada de suas vidas e de suas palhaçadas? Matar você ou qualquer outro, o primeiro que passar pela rua, tanto faz para nós! Ah, para você somos uns imbecis se não nos tornamos um último instrumento do seu ódio ou do ódio de um outro, de suas disputas e fanfarronadas? Pois bem, não quero ser imbecil como Pulino e por isso vim matá-lo!

— Tenha piedade, Luca... o que você vai fazer? Sempre fui seu amigo! — Paroni começou a implorar, contorcendo-se para evitar o cano do revólver.

Nos olhos de Fazio brilhava intensamente a tentação de apertar o gatilho da arma.

— Ah — disse com o mesmo trejeito frio nos lábios —, quando alguém não sabe o que fazer da própria vida... Fanfarrão! Fique tranquilo, não vou matá-lo. Como bom republicano, você deve ser um livre-pensador, não é? Ateu! Certamente... Senão, não teria chamado Pulino de imbecil. Agora deve estar pensando que não vou matá-lo porque espero alegrias e compensações num outro mundo... Nada disso! Para mim seria a coisa mais terrível acreditar que eu deveria arrastar para lá o peso das experiências que tive de viver nestes vinte e seis anos de vida. Não acredito em nada! Entretanto não o matarei. Nem creio que seja um imbecil por não fazer isso. Tenho pena de você, da sua fanfarronice, aí está. Eu o vejo de longe, e você me parece bem pequeno e miserável. Mas a sua fanfarronice eu quero patentear.

— Como? — retrucou Paroni com a mão em concha, totalmente aparvalhado, não tendo ouvido a última palavra.

— Pa-ten-te-ar — escandiu Fazio. — Tenho esse direito, já que cheguei ao limite. E você não pode se rebelar. Sente-se lá e escreva.

Indicou-lhe a escrivaninha com o revólver e quase o empurrou para lá, com a arma apontada contra o peito.

— O que... o que você quer que eu escreva? — murmurou Paroni aniquilado.

— O que vou lhe ditar. Agora você está por baixo; mas amanhã, quando souber que me matei, voltará a erguer a crista; eu o conheço bem; e no café gritará que eu também fui um imbecil. Não é? Mas não faço isso por mim. Que me importa o seu julgamento? Quero vingar Pulino. Então escreva... Aí, aí, está bem.

Duas palavras. Uma declaraçãozinha: "— Eu, aqui subscrito, arrependo-me...". Ah, não, pelo amor de Deus! É bom escrever, sabe? Só assim pouparei a sua vida! Ou escreve ou atiro... "... arrependo-me de ter chamado Pulino de imbecil nesta noite, no café, diante de amigos, por ele, antes de se matar, não ter ido a Roma acabar com Mazzarini". Esta é a pura verdade: nenhuma palavra a mais. Aliás, deixo de fora o fato de que você teria pagado a viagem. Escreveu? Agora continue: "Luca Fazio, antes de se matar, veio encontrar-me...". Quer pôr "armado com um revólver"? Então pode pôr: "armado com um revólver". De qualquer modo, não pagarei a multa por porte ilegal de arma. Prosseguindo. "Luca Fazio veio encontrar-me armado com um revólver", escreveu?, "e me disse, em seguida, que também ele, para não ser chamado de imbecil por Mazzarini ou por qualquer outro, deveria matar-me como um cão." Escreveu "como um cão"? Muito bem. Voltando. "Podia fazê-lo, mas não o fez. Não o fez porque teve nojo e pena de mim e do meu medo. Bastou-lhe que eu lhe declarasse que o verdadeiro imbecil sou eu."

Nesse ponto, Paroni, afogueado, afastou furiosamente o papel e recuou, protestando:

— Mas isto...

— "que o verdadeiro imbecil sou eu" — repetiu Luca Fazio com frieza, peremptoriamente. — Preserve melhor sua dignidade, meu caro, olhando o papel que tem diante de si, e não esta arma. Escreveu? Agora assine.

Ordenou que lhe passasse o papel; leu-o atentamente; disse:

— Está bem. Amanhã o encontrarão comigo.

Dobrou a folha em quatro e a pôs no bolso.

— Console-se, Leopoldo, e pense que agora vou fazer uma coisa um tantinho mais difícil do que a que você acabou de fazer. Boa noite.

"L'imbecille", 1912

Com a morte em cima

Ah, eu tentei avisar! O senhor é um homem tranquilo... Perdeu o trem? — Por um minuto, sabe? Cheguei à estação bem a tempo de vê-lo partir na minha frente.

— Poderia ter corrido atrás dele!

— É mesmo. É cômico, eu sei. Meu Deus, bastava que eu não estivesse com todo esse penduricalho de pacotes, pacotinhos, pacotilhas... Mais carregado do que um burro de carga! Mas as mulheres... encomendas... encomendas que não acabam mais! Assim que desci da condução, gastei três minutos, acredite, amarrando os nozinhos de todos aqueles pacotes nos dedos: dois pacotes para cada dedo.

— Bela cena... Sabe o que eu teria feito? Deixaria tudo no carro de praça.

— E minha mulher? Ah! E minhas filhas? E todas as amigas?

— Que gritassem! Eu me divertiria um bocado.

— Porque talvez o senhor não saiba o que são mulheres em férias!

— Mas claro que sei! Justamente porque sei. Todas dizem que não precisam de nada.

— Só isso? São capazes até de dizer que viajam para poupar! Depois, assim que chegam a uma cidadezinha qualquer, aqui dos arredores, quanto mais feia, miserável e suja for, mais elas se afetam e começam a falar com os gracejos mais vistosos! Ah, as mulheres, meu caro senhor! Mas, de resto, este é o ofício delas... "Se você der um pulo na cidade, querido! Estou precisando muito disso e daquilo... e também poderia, se não for incômodo (claro, se não o incomodar)... e depois, já que você vai estar lá, ao passar por ali...". Mas como você acha, querida, que em três horas é possível fazer tudo isso? "Oh, mas que pergunta! Pegando um carro de praça..." O problema, entende, é que, como eu pretendia passar apenas três horas, vim sem as chaves de casa.

— Oh, que beleza! E por isso...

— Deixei aquele monte de pacotes e pacotinhos no porta-bagagem da estação; fui jantar numa trattoria; depois, para amenizar a irritação, fui ao teatro. Estava um calor terrível. Na saída, me perguntei: o que vou fazer? Dormir num hotel? Já é meia-noite: às quatro, tomo o primeiro trem; por três horas de sono, não vale a despesa. E vim para cá. Este café não fecha, não é?

— Não fecha, não, senhor. E então, deixou todos os pacotes no bagageiro da estação?

— Por quê? Não é seguro? Estavam todos bem embrulhados...

— Não, não digo por isso! Ah, imagino que estejam bem embrulhados, com aquela arte especial que os jovens empregados das lojas aplicam no empacotamento da mercadoria vendida... Que mãos! Uma bela folha ampla de papel duplo, rosado, maleável... que já é em si mesma um prazer para os olhos... tão lisa que dá vontade de aproximar o rosto para sentir o frescor do toque... Eles a estendem sobre o balcão e depois, com desembaraçada elegância, colocam em cima dela, bem no meio, o tecido leve e bem dobrado. Erguem primeiramente, por baixo, com o dorso da mão, uma das pontas; depois, pelo alto, deitam a outra ponta e ainda fazem, com rápida graça, uma dobrazinha, como um algo a mais, só por amor à arte; em seguida, dobram de um lado e de outro um triângulo e inserem no embrulho suas duas pontas; estendem uma das mãos até o rolo do barbante, puxam e fazem correr quanto basta para atar o pacote e amarram tudo tão rapidamente que nem nos dão tempo de admirar a perícia: quando vemos, o pacote já está diante de nós, com laço pronto para metermos o dedo.

— É, vê-se que o senhor presta muita atenção aos garotos de loja...

— Eu? Meu caro senhor, passo dias inteiros assim. Sou capaz de ficar parado uma hora, olhando dentro de uma loja, através da vitrine. Até me esqueço. Parece que sou, gostaria realmente de ser aquele corte de seda ali... aquele bordadinho... aquela fita vermelha ou azul-celeste que os jovens das mercearias, depois de te-

COM A MORTE EM CIMA 381

rem medido o metro... já viu como eles fazem?... enrolam a fita em forma de oito ao redor do polegar e do mindinho da mão esquerda, antes de embrulhá-la... Olho o cliente ou a cliente que sai da loja levando o pacote pendurado no dedo ou na mão ou debaixo do braço... eu os sigo com os olhos, até os perder de vista... imaginando... uh, quantas coisas imagino! O senhor não faz ideia. Mas me serve. Isso me serve.

— Serve? Desculpe... para quê?

— Para me apegar assim, digo, com a imaginação... me apegar à vida, como alguém que escalasse as barras de uma cancela. Ah, não deixar nunca, nem por um momento, que a imaginação descanse... aderir, aderir com ela à vida dos outros, continuamente... mas não das pessoas que conheço. Não, não. Isso eu não poderia! Sinto um fastio, uma náusea... se o senhor soubesse... Prefiro a vida dos estranhos, em torno de quem minha imaginação pode trabalhar livremente, mas não por capricho, ao contrário, levando em conta as mínimas aparências percebidas neste ou naquele. E se o senhor soubesse quanto e como trabalha! Até que ponto consigo avançar! Vejo a casa de um, de outro, vivo dentro dela, respiro, até me dar conta... sabe aquele odor peculiar que se entranha em cada casa? Na sua, na minha... Mas, na nossa, não o percebemos mais, porque é o próprio cheiro da nossa vida, entende? Ah, vejo que o senhor concorda...

— Sim, porque... quero dizer, deve ser um grande prazer isso que o senhor sente, imaginando tantas coisas...

— Prazer? Eu?

— Pois é... imagino...

— Mas que prazer! Me diga uma coisa. O senhor já fez alguma consulta com um bom médico?

— Eu não, por quê? Não estou doente!

— Não, não! Pergunto para saber se o senhor já viu, na casa desses bons médicos, a saleta onde os pacientes esperam a vez para serem consultados.

— Ah, sim... tive que ir uma vez, por causa de uma filha que sofria dos nervos.

— Pois bem. Não quero saber. Quero dizer, aquelas saletas... Prestou atenção nelas? Aqueles sofás de tecido escuro, de formato antigo... aquelas cadeiras estofadas, quase sempre desparelhadas... aquelas poltroninhas... Coisa comprada ao acaso, de segunda mão, posta ali para os clientes; não pertencem à casa. O senhor doutor mantém para si e para as amigas de sua senhora uma outra sala, rica, esplêndida. Imagine como destoaria uma cadeira ou uma poltrona dessa sala na saleta dos pacientes, onde basta aquela decoração assim, improvisada. Gostaria de saber se o senhor, quando levou a sua filha, observou atentamente a poltrona ou a cadeira onde se sentou enquanto esperava.

— Não, de fato...

— Pois é, isso porque o senhor não estava doente... Mas muitas vezes nem os doentes percebem, tão envolvidos que estão com a sua doença. No entanto, quantas vezes alguns ficam ali, absortos, olhando os dedos em movimentos vãos sobre o braço lustroso da poltrona em que estão sentados! Pensam e não veem. Mas que efeito quando depois, saindo da consulta e atravessando a saleta, revemos a cadeira onde pouco antes, à espera da sentença sobre o nosso mal ainda desconhecido, estávamos sentados! Reencontrá-la ocupada por outro paciente, também ele com seu mal oculto; ou ali, vazia, impassível, à espera de um outro qualquer que a ocupe... Mas o que estávamos dizendo? Ah, sim... O prazer da imaginação... Sabe-se lá por quê, pensei imediatamente numa dessas cadeiras de consultório médico, onde os pacientes ficam à espera da consulta...

— Sim... realmente...

— Não entende? Nem eu. Mas é que certas evocações de imagens, distantes entre si, são tão peculiares a cada um de nós e determinadas por razões e experiências tão singulares que um indivíduo não entenderia mais o outro se, ao falar, não as evitasse. Não há nada mais ilógico do que essas analogias. Mas a relação talvez seja esta, veja: aquelas cadeiras sentiriam prazer ao imaginar quem é o paciente que vai se sentar sobre elas à espera da consulta? que doença ele tem? aonde irá depois da consulta? Nenhum prazer. O mesmo comigo: nenhum! Aparecem muitos pacientes, e elas estão ali, pobres cadeiras prontas para serem ocupadas. Pois bem, a minha ocupação é semelhante. Ora isso me ocupa, ora aquilo. Neste momento o senhor está me ocupando, e creia que não sinto nenhum prazer pelo trem que partiu, pela família que o espera em férias, por tanto tédio que posso supor no senhor...

— Ah, tanto!

— Agradeça a Deus se é apenas tédio. Há quem padeça mais, caro senhor. Eu lhe disse que preciso me apegar com a imaginação à vida alheia, mas assim, sem prazer, sem nenhum interesse, ao contrário... ao contrário... para sentir o seu fastio, para julgá-la tola e inútil (a vida), de modo que ninguém precise realmente se importar com o seu fim. E isso deve ser bem demonstrado, sabe? Com provas e exemplos contínuos, a nós mesmos, implacavelmente. Isso porque, meu caro senhor, não sabemos de que é feito, mas existe, existe, podemos senti-lo todo aqui, como um aperto na garganta, o gosto da vida, que nunca se satisfaz, que nunca pode ser satisfeito, porque a vida, no instante mesmo em que a vivemos, é sempre tão insaciável de si mesma que não nos deixa saboreá-la. O sabor está no passado, que permanece vivo dentro da gente. O gosto da vida nos vem de lá, das lembranças que nos mantêm ligados. Mas ligados a quê? A esta tolice aqui... a este tédio... a tantas ilusões estúpidas... ocupações insossas... Sim, sim. Isto que agora, aqui, é uma tolice... isto que agora, aqui, é um tédio... e chego até a dizer isto que agora, para nós, é uma desgraça, uma verdadeira desgraça... sim, senhor, daqui a quatro, cinco, dez anos, quem sabe que sabor terá... que gosto, estas lágrimas... E a vida, meu Deus, só de pensar em perdê-la... especialmente quando se sabe que é questão de dias... Aí está... consegue ver ali? Digo ali, naquele canto... vê aquela sombra melancólica de mulher? Pronto, se escondeu!

— Como? Quem... quem é que...?

— Não viu? Ela se escondeu...

— Uma mulher?

— Minha mulher, sim...

— Ah! Sua senhora?

— Ela me observa de longe. E eu bem que queria, acredite, enxotá-la a pontapés. Mas seria inútil. É como uma dessas cadelas vadias, obstinadas: quanto mais você espanca, mais ela se gruda no calcanhar. O que aquela mulher está sofrendo por mim, o senhor não pode imaginar. Não come, não dorme mais... Vem para perto de mim, dia e noite, desse jeito... à distância... Mas se pelo menos espanasse aquela coisa que leva na cabeça, as roupas... Nem parece mais uma mulher, e sim um trapo. Até os cabelos ficaram empoeirados para sempre, aqui, nas têmporas; e só tem trinta e quatro anos. Ela me irrita tanto que o senhor não faz ideia. Pulo em cima dela e às vezes grito: "Estúpida!", chacoalhando-a. Ela aguenta tudo. Fica ali, espreitando-me com uns olhos... com uns olhos que, juro, fazem meus dedos tremerem de vontade de esganá-la. Nada. Ela espera que eu me afaste para continuar me seguindo. Olhe lá, veja... está espichando de novo a cabeça daquele canto...

— Pobre senhora...

— Mas que pobre senhora! Ela queria, entende, que eu me enfiasse em casa e ficasse lá, parado, plácido, como ela quer, enchendo-me com seus mais amorosos e desesperados cuidados... gozando a ordem perfeita de todos os quartos, a beleza de todos os móveis, aquele silêncio de espelho que antes havia na minha casa, misturado ao tique-taque do pêndulo na sala de jantar... Isso é o que ela queria! E agora eu pergunto ao senhor, para que perceba o absurdo... mas não... o que estou dizendo... nada de absurdo, a ferocidade macabra dessa intenção, pergunto-lhe se acha possível que as casas de Avezzano, de Messina, sabendo do terremoto que dali a pouco as destruiria, poderiam permanecer tranquilas sob a lua, ordenadas em fila ao longo de ruas e praças, obedientes ao plano diretor da comissão imobiliária municipal? Pelo amor de Deus, casas de pedra e viga talvez escapassem! Mas imagine os cidadãos de Avezzano, os cidadãos de Messina, despindo-se calmamente para entrar na cama, dobrando suas roupas, pondo os sapatos para fora das portas e metendo-se sob os cobertores para gozar a alvura fresca dos lençóis de algodão, com a consciência de que, dali a poucas horas, estariam mortos... O senhor acha possível?

— Mas talvez sua senhora...

— Me deixe falar! Se a morte, meu senhor, fosse como um desses insetos estranhos, nojentos, que alguém surpreende passeando na pele... O senhor passa na rua; um outro passante, de repente, o interrompe e, cuidadosamente, com dois dedos entendidos, lhe diz: "Desculpe, o egrégio senhor me permite? O senhor, que caminha com a morte em cima?". E, com os dois dedos em ponta, a retira e a joga fora... Seria magnífico! Mas a morte não é como um desses insetos nojentos. Tantos desses que passeiam, leves e despreocupados, talvez a carreguem nas costas; ninguém vê; e enquanto isso eles pensam, tranquilos, no que farão amanhã e depois de amanhã. Já eu, meu caro senhor, aí está... venha aqui... aqui, debaixo desta lâmpada... venha... vou lhe mostrar uma coisa... Olhe aqui, debaixo do bigode... aqui, está vendo que belo tubérculo arroxeado? Sabe como isto se chama? Ah, um nome dulcíssimo... mais doce do que um caramelo: Epitelioma, este é o nome. Pronuncie, pronuncie... sinta que doçura: epiteli-oma... A morte, compreende?, passou. Enterrou-me esta flor na boca e me disse: "Fique com ela, meu caro: passarei de novo daqui a oito ou dez meses". Agora o senhor me diga se, com esta flor na boca, posso ficar em casa tranquilo e alheado, como aquela desgraçada queria. Grito para ela: "Ah, é? E quer que eu a beije?". "Sim, me beije, me beije!" E sabe o que ela fez? Na semana passada, com uma agulha, fez um corte aqui, bem no lábio, depois segurou a minha cabeça: queria me beijar... beijar na boca... Porque diz que quer morrer comigo. É doida. Em casa eu não fico.

Preciso continuar atrás das vitrines das lojas, admirando a perícia daqueles rapazes. Porque, o senhor me entende, se de repente me invadir um vazio... o senhor entende, eu posso até tirar a vida de quem não conheço, como se não fosse nada... sacar o revólver e matar alguém que, como o senhor, por azar, tenha perdido o trem... Não, não, não tenha medo, meu caro: estou brincando! Vou embora. No máximo matarei a mim mesmo... Mas nestes dias os abricós estão bons... Como o senhor come as frutas? Com a casca, não é? Devem ser divididos ao meio e espremidos com dois dedos, ao comprido, como dois lábios suculentos... Ah, que delícia! Meus cumprimentos à sua senhora e às suas filhas em férias. Posso imaginá-las vestidas de branco e azul, num belo prado verde, na sombra... E amanhã me faça um favor quando chegar. Suponho que o vilarejo fique um pouco afastado da estação... Ao alvorecer, o senhor vai poder fazer o caminho a pé. O primeiro arbustozinho na beira da estrada. Conte os fios de mato para mim. O número de fios será a quantidade de dias que ainda vou viver. Mas escolha um bem cheio, por favor! Boa noite, meu caro senhor.

*"La morte adosso", 1908**

---

* Título original: "Caffé noturno". (N.T.)

Os aposentados da memória

Grande sorte a de vocês! Acompanhar os mortos ao campo-santo e voltar para casa, quem sabe com grande tristeza na alma e um enorme vazio no peito, se o morto era querido; e, se não era, com a satisfação de ter cumprido um dever ingrato, todos ansiosos por dissipar em meio às preocupações e aos transtornos da vida a consternação e a angústia que o pensamento e o espetáculo da morte sempre suscitam. De qualquer modo, todos se sentem aliviados, já que, mesmo para os parentes mais íntimos, o morto — sejamos sinceros —, com sua rigidez gélida e imóvel, impassivelmente oposta a toda a agitação e ao pranto com que o cercamos, é um terrível estorvo, e o próprio lamento que lhe dispensamos, por mais que busque desesperadamente imprimir o seu peso, no fundo aspira a se libertar dele.

E vocês de fato se libertam, pelo menos do horrível fardo material, quando conduzem seus mortos ao campo-santo. É uma pena, é um sofrimento; mas depois o funeral se desfaz, o caixão desce à fossa, e adeus. Acabou.

Parece-lhes pouca sorte?

Quanto a mim, todos os mortos que acompanho ao campo-santo retornam atrás de mim.

Fingem que estão mortos dentro do caixão. Ou talvez de fato estejam mortos para si. Não para mim, acreditem! Enquanto tudo termina para vocês, para mim nada terminou. Todos retornam comigo, para minha casa. A casa está cheia. Acreditam que estão mortos. Mortos nada! Todos vivos. Vivos como eu, como vocês — mais do que antes.

No entanto — isto sim — estão desiludidos.

Porque, pensem bem: que parte deles pode estar morta? Aquela realidade que eles deram — nem sempre igual — a si mesmos, à vida. Oh, uma realidade muito relativa, acreditem. Não era a de vocês, não era a minha. Com efeito, eu e vocês vemos, pensamos e sentimos, cada qual a seu modo, a nós mesmos e à vida. O que significa que atribuímos, cada qual a seu modo, uma realidade a nós mesmos e à vida; nós a projetamos para fora e acreditamos que, assim como é nossa, também é de todos; e alegremente vivemos em meio a ela e caminhamos seguros, com a bengala na mão e o charuto na boca.

Ah, meus senhores, não confiem demais! Basta apenas um sopro para levar embora essa realidade! Não veem que ela muda dentro de vocês continuamente? Muda assim que se começa a ver, a ouvir e a pensar um tantinho diferentemente de antes; de modo que, o que antes lhes parecia ser a realidade, agora percebem que era uma ilusão. Mas será que há outra realidade fora dessa ilusão? Mas o que é a morte senão a desilusão total?

Mas aí está: se há tantos pobres desiludidos entre os mortos, devido à ilusão que formaram a respeito de si e da vida, por esta ilusão que deles ainda conservo lhes pode advir o consolo de viverem para sempre, enquanto eu viver. E eles aproveitam! Garanto que aproveitam.

Vejam. Há mais de vinte anos, conheci em Bonn sobre o Reno um certo senhor Herbst. Herbst quer dizer outono. Mas o senhor Herbst, mesmo no inverno, na primavera ou no verão, era chapeleiro e tinha uma loja na esquina da praça do Mercado, perto da Beethoven-Halle.

Vejo aquela esquina da praça como se ela ainda existisse, à noite; respiro os cheiros misturados que exalavam das lojas iluminadas, cheiros gordurosos; e vejo as luzes acesas diante da vitrine do senhor Herbst, que está na soleira da loja com as pernas abertas e as mãos no bolso. Ele me vê passar, inclina a cabeça e me cumprimenta com a singular cantilena do dialeto renano:

— Gute Nacht, Herr Doktor.

Passaram-se mais de vinte anos. Na época, o senhor Herbst devia ter pelo menos uns cinquenta e oito. Pois bem, talvez a esta altura ele já esteja morto. Mas estará morto para si, não para mim — acreditem. E não adianta nada, absolutamente nada, vocês dizerem que há poucos dias estiveram em Bonn sobre o Reno e que, na esquina da Marktplatz ao lado da Beethoven-Halle, não encontraram nenhum vestígio do senhor Herbst nem de sua loja de chapéus. O que vocês viram ali? Uma outra realidade, não é? E acham que ela é mais verdadeira do que a que deixei vinte anos atrás? Tornem a passar daqui a vinte anos, meus caros senhores, e verão que ainda haverá esta que vocês deixaram agora.

Que realidade? Por acaso os senhores pensam que a minha de vinte anos atrás, com o senhor Herbst na soleira de sua loja, as pernas abertas e as mãos no bolso, seja a mesma que ele tinha de si e da sua loja e da praça do Mercado, ele, o senhor Herbst? Mas quem sabe como o senhor Herbst via a si mesmo, a sua loja e aquela praça?

Não, não, meus caros: aquela era uma realidade minha, exclusivamente minha, que não pode mudar nem perecer enquanto eu estiver vivo; poderá até viver eternamente, se eu tiver a força de eternizá-la em alguma página ou pelo menos, digamos, por mais cem milhões de anos, segundo recentes cálculos feitos na América sobre a duração da vida humana na Terra.

Ora, assim como, para mim, o senhor Herbst está tão distante como se estivesse morto, do mesmo modo estão os muitos mortos que acompanho ao campo-santo e que também foram, por conta própria, para bem mais longe e quem sabe para onde. A realidade deles se extinguiu — mas qual? A que eles atribuíam a si mesmos. E o que eu poderia saber da realidade deles? O que vocês sabem? Sei daquela que eu lhes atribuía por minha própria conta. Ilusão minha e deles.

Mas, se esses pobres mortos se desiludiram totalmente de sua ilusão, a minha ainda vive e permanece tão forte que — repito —, depois de acompanhá-los ao campo-santo, vejo-os retornar atrás de mim, todos eles, iguaizinhos a antes: devagar, saem do caixão e se põem ao meu lado.

— Mas por que eles — vocês dirão — não retornam às suas casas em vez de acompanhá-lo à sua?

Ah — essa é boa! —, porque não têm uma realidade para si, que possa conduzi-los aonde lhes agrada. A realidade nunca existe por si. E eles agora a têm por meu intermédio e, sendo assim, é comigo que devem vir.

Pobres aposentados da memória, a desilusão deles me fere indizivelmente.

A princípio, ou seja, logo após a última representação (digo após o cortejo fúnebre), quando saltam fora do féretro para voltar comigo, a pé, do campo-santo, têm uma certa vivacidade orgulhosa, como quem se desfez com pouca honra, é verdade, e a custo de perder tudo, de um grande peso. Ademais, como saíram da pior situação possível, querem voltar a respirar. Oh, sim, pelo menos um belo sopro de alívio! Tantas horas ali, enrijecidos, imóveis, petrificados numa cama, fazendo o papel de mortos. Querem se espichar: viram e reviram o pescoço; erguem os ombros, estiram, torcem e balançam os braços; querem mover as pernas rapidamente e até me deixam alguns passos para trás. Mas não podem se afastar muito. Sabem que estão ligados a mim, que só em mim consiste agora sua realidade ou ilusão de vida, o que dá no mesmo.

Outros — parentes, algum amigo — choram por eles, pranteiam, lembram este ou aquele traço, sofrem a perda; mas esse choro, esse pranto, essa lembrança e esse sofrimento são por uma realidade que passou, que acreditam encerrada com o morto, porque nunca refletiram sobre o valor dessa realidade.

Tudo para eles está na existência ou inexistência de um corpo.

Para consolá-los, bastaria crer que esse corpo não está mais aqui, não porque sepulto sob a terra, mas porque partiu em viagem e voltará quem sabe quando.

Vamos, deixem tudo como está: o quarto pronto para o retorno; a cama bem-feita, com o cobertor sutilmente dobrado e o pijama passado; a vela e a caixa de fósforos sobre o criado-mudo; as pantufas diante da porta, ao pé da cama.

— Foi embora. Voltará.

Bastaria isso. Estariam consolados. Por quê? Porque vocês atribuem àquele corpo uma realidade em si, quando, em si, ele não tem nenhuma. Tanto é que — morto — se dissolve, desvanece.

Ah, aí está — vocês exclamam —, morto! Você disse que, morto, se dissolve; mas e quando era vivo? Tinha uma realidade!

Meus caros, voltamos ao mesmo ponto? Mas claro: aquela realidade que ele se dava e que vocês lhe davam. E não provamos que isso era uma ilusão? A realidade que ele se dava vocês desconhecem, não podem conhecê-la, porque estava nele e fora de vocês; aquela que vocês conhecem é aquela que lhe davam. Por acaso não podem fazer o mesmo sem ver o corpo? É claro que sim! Tanto é que vocês logo se consolariam se pudessem imaginá-lo em viagem. Não acham? Mas vocês não continuam a considerá-lo tantas vezes em viagem, sabendo que ele realmente partiu? E não é esse o mesmo sentimento que dedico, de longe, ao senhor Herbst, que não sei se está morto ou vivo para si?

Vamos, vamos! Sabem por que vocês choram? Choram por outra razão, meus caros, uma razão que vocês nem remotamente suspeitam. Vocês choram porque ele, o morto, já não pode dar a vocês uma realidade. Os olhos fechados, que já não podem ver, e as mãos duras e geladas, que já não podem tocar, lhes metem medo. Não conseguem ficar em paz com essa absoluta insensibilidade. Justamente porque ele, o morto, não sente mais vocês. O que quer dizer que com ele caiu, para a desilusão de vocês, um suporte, um conforto: a reciprocidade da ilusão.

Quando ele partia em viagem, você, sua mulher, dizia:

— Se de longe ele pensa em mim, eu estou viva para ele.

E isso a sustentava e confortava. Agora que ele morreu, você já não diz:

— Não estou mais viva para ele!

Mas diz:

— Ele não está mais vivo para mim!

Mas é claro que ele está vivo para você! Vivo na medida em que ele pode estar vivo, isto é, por aquele tanto de realidade que você lhe confere. A verdade é que vocês sempre lhe deram uma realidade muito frágil, uma realidade toda feita para vocês, para a ilusão da vida de vocês, e nada ou bem pouco para a dele.

Eis por que os mortos agora vêm a mim. E comigo — pobres aposentados da memória — amargamente refletem sobre as vãs ilusões da vida, das quais eles se desiludiram de todo e das quais ainda não posso me desiludir inteiramente, conquanto, assim como eles, reconheça que são todas vãs.

"I pensionati della memoria", 1914

O quarto à espera

Toda manhã entra luz no quarto, quando uma das três irmãs vem limpá-lo em turnos, sem olhar ao redor. No entanto, assim que as persianas e os vidros da janela são fechados e as cortinas cerradas, a sombra torna-se subitamente crua, como num subterrâneo; e, como se aquela janela não fosse aberta há anos, a crueza da sombra logo se manifesta, torna-se quase o sopro sensível do silêncio suspenso e vazio sobre os móveis e objetos, os quais por sua vez parecem definhar a cada dia, apesar do cuidado com que são espanados, limpos e ordenados.

O calendário pendurado na parede, perto da porta, fica com a sensação de rasgo de outra folhinha, como se lhe parecesse uma crueldade inútil a marcação da data naquela sombra vã, naquele silêncio. E, sobre o tampo de mármore da cômoda, o velho relógio de bronze em forma de ânfora parece perceber a violência a que o submetem ao forçá-lo a escandir, lá dentro, o seu sinistro tique-taque.

Entretanto, sobre a mesa de cabeceira, a garrafa d'água de cristal verde e dourado, bojuda, arrematada por um longo copo emborcado, absorvendo por entre as cortinas encostadas um fio de luz da janela em frente, parece rir dessa tristeza difusa pelo quarto.

Há, com efeito, algo de vivo e penetrante naquela mesa de cabeceira.

O riso da garrafinha d'água vem sem dúvida do fio de luz, talvez porque, com esse fio de luz, a garrafinha bojuda possa vislumbrar sobre a superfície polida do granito as caretas das duas figurinhas de uma caixa de fósforos posta ali há catorze meses para que esteja pronta à necessidade de acender a vela, também esta há catorze meses fincada no castiçal de ferro esmaltado, em forma de trifólio, com a asa e o bocal de latão.

À espera da chama que deveria consumi-la, a vela no trifólio do castiçal amarelou como uma virgem madura. E é quase certo que as duas figurinhas da caixa de fósforos, safadamente debochadas, a comparem às três irmãs de idade que vêm limpar e arrumar o quarto, uma a cada dia.

Embora ainda intacta, bem que a pobre vela virgem poderia ser trocada pelas três irmãs; se não todos os dias, como fazem com a água da garrafa (que até por isso está sempre viva e pronta a rir a qualquer fio de luz), pelo menos a cada quinze dias ou a cada mês! Só para evitar aquela imagem amarela, para não ver nesse amarelado os catorze meses que passaram sem que ninguém viesse acendê-la, à noite, naquela mesa de cabeceira.

É realmente um esquecimento deplorável, porque as irmãs trocam tudo, não só a água da garrafa: a cada quinze dias, os lençóis e as fronhas da cama, refeita com amorosa diligência todas as manhãs, como se de fato alguém houvesse dormido ali; duas vezes por semana, a roupa de dormir, que, a cada noite, depois de puxada a coberta, é retirada do saquinho de crochê pendurado por uma fita azul no alto da cabeceira branca e estirada sobre o leito com a dobra de dentro devidamente realçada. Trocaram até — meu Deus! — as pantufas que ficam diante da poltrona, ao pé da cama. Com certeza: as velhas são jogadas dentro da cômoda e, em seu lugar, no tapetinho fronteiriço à cama, são postas duas novas, de veludo, bordadas pela última das três. E o calendário? Aquele ali, perto da janela, já é o segundo. O outro, do ano passado, teve as folhas de todos os dias dos doze meses arrancadas a cada manhã, com inexorável pontualidade. E não há risco de que a mais velha das três irmãs, todo sábado às quatro da tarde, se esqueça de entrar no quarto para dar corda no velho relógio de bronze sobre a cômoda, que muito ressentido rompe o silêncio tiquetaqueando e move os dois ponteiros bem devagar sobre o quadrante, sem que se perceba, como se quisesse dizer que não o faz de propósito ou por prazer, e sim por ser forçado pela corda que lhe dão.

As duas figurinhas careteiras da caixa não veem aquilo que o velho relógio de bronze, com o olho branco do quadrante, e o calendário no alto da parede, com o número em vermelho marcando a data, conseguem ver: o lúgubre efeito da roupa de dormir estendida na cama e aquelas pantufas novas, à espera sobre o tapetinho, diante da poltrona.

Quanto à vela fincada no trifólio do castiçal, oh, ela está tão espigada e absorta em sua rigidez amarela que nem percebe o sarcasmo das figurinhas careteiras e o riso da garrafa bojuda, sabendo perfeitamente o que está esperando ali, ainda intacta, amarelecida.

O quê?

O fato é que, há catorze meses, as três irmãs e a mãe doente acreditam que podem e devem esperar o provável retorno do irmão e filho Cesarino, subtenente alistado na 25ª Infantaria, que partiu (lá se vão mais de dois anos) para a Tripolitânia e, de lá, foi destacado para o Fezzan.

É verdade que há catorze meses não recebem notícias dele. Pior. Depois de várias investigações angustiantes, solicitações e instâncias, por fim chegou do Comando da Colônia a comunicação oficial de que o subtenente Mochi, Cesare, após um combate com os rebeldes, não tendo sido localizado nem entre os mortos nem entre os feridos ou prisioneiros, sobre os quais há notícias precisas, deve ser dado por perdido, ou melhor, por desaparecido sem deixar pistas.

De início, o caso despertou muita compaixão entre todos os vizinhos e conhecidos da mãe e das três irmãs. Porém, pouco a pouco, a piedade esfriou e deu lugar a certa irritação, em alguns até a uma autêntica indignação por aquilo que lhes parecia "uma comédia", isto é, o quarto mantido pontualmente em ordem, até com a roupa de dormir estendida na cama feita; quase como se, com essa "comédia", aquelas quatro mulheres quisessem negar o tributo de lágrimas ao pobre jovem e se poupar da dor de chorar o morto.

Muito rapidamente esqueceram que eles, vizinhos e conhecidos, no momento em que chegara o comunicado do Comando da Colônia, quando a mãe e as três irmãs se puseram a chorar o querido morto com gritos lancinantes, justo eles as convenceram insistentemente, com uma enfiada de argumentos os mais eficazes, que não se desesperassem. Por que chorar o morto — disseram — se o comunicado anunciava claramente que o oficial Mochi não estava entre os mortos? Estava desaparecido, poderia voltar a qualquer momento — mas também depois de um ano, quem sabe! Na África, errante, escondido... E foram eles mesmos que desaconselharam e quase impediram que aquela mãe e as três irmãs se vestissem de preto, como pretendiam fazer apesar da incerteza. Não, de preto?

— disseram. — Por que o mau agouro? E, quando despontava ainda em forma de dúvida a primeira esperança das coitadas: "É verdade..., quem sabe ele não está vivo", todos se apressavam a responder:

— Mas claro! Com certeza está vivo!

Sendo assim, não é natural que agora, faltando de fato qualquer fundamento de certeza à suposição de que o seu querido tenha morrido, e tendo sido acolhida — como todos queriam — a ilusão de que ele esteja vivo, essa mãe enferma e suas três filhas deem toda a consistência de verdade possível a essa ilusão? Mas claro, e justamente deixando o quarto à espera, arrumando-o com minucioso cuidado, tirando toda noite do saquinho a roupa de dormir e estendendo-a sobre a coberta repuxada. Isso porque, se elas se deixaram persuadir a não chorar o morto, a não se desesperar com a morte dele, devem por força demonstrar a ele que está vivo para elas e que pode realmente surgir de um momento para o outro, devem fazê-lo perceber que elas estão tão certas disso que até lhe preparam, todas as noites, o pijama sobre a cama, naquela caminha refeita a cada manhã, como se ele tivesse de verdade passado a noite ali. E ali estão as novas pantufas que Margheritina, enquanto o esperava, não se contentou apenas com bordar, mas também as restaurou num sapateiro, a fim de que ele, tão logo voltasse, as visse prontas onde estavam as antigas.

Mas me desculpem:

— Por acaso o filho e a filha de vocês não morreram quando partiram para estudar na cidade grande e distante?

Ah, estão fazendo o sinal da cruz? Abafam a minha voz, gritando que não estão mortos? Que voltarão no final do ano e que, enquanto isso, enviam notícias pontualmente duas vezes por semana?

Acalmem-se; sim, eu os entendo. Mas por que é que, depois de um ano, quando o filho ou a filha voltam da cidade grande com um ano a mais, vocês ficam espantados e perplexos diante deles? E vocês, justamente vocês, com as mãos abertas como se quisessem aparar uma dúvida que os atormenta, exclamam:

— Oh, meu Deus, é você mesma? Oh, está tão mudada que parece outra!

Uma outra não só na alma, ou seja, no modo de pensar e de sentir; mas também no som da voz, outra no corpo, na maneira de gesticular, de se mover, de olhar, de sorrir...

E vocês perguntam, abatidos:

"Mas como? Seus olhos eram mesmo assim? Poderia jurar que, quando você viajou, seu narizinho era um pouco mais arrebitado..."

O QUARTO À ESPERA   395

A verdade é que vocês já não reconhecem no filho ou na filha que voltou depois de um ano aquela mesma realidade que lhes conferiam antes de partir. Não existe mais: aquela realidade morreu. No entanto vocês não choram nem se vestem de preto por essa morte... ou sim, vocês choram se ficam tristes com esse outro que voltou no lugar do seu filho, esse outro que vocês não podem, não sabem mais reconhecer.

Seu filho, aquele que vocês conheciam antes de partir, está morto, acreditem, está morto. Somente a existência de um corpo (também ele muito mudado!) os faz dizer que não. Mas vocês bem veem que aquele que partiu um ano atrás, e que não voltou, era um outro.

Precisamente o mesmo se passa com Cesarino Mochi, que partiu há dois anos para a Tripolitânia e, de lá, foi deslocado para o Fezzan: ele não volta mais para a mãe e as três irmãs.

Ora, vocês sabem que a realidade não depende da existência ou não de um corpo. O corpo pode existir e estar morto para a realidade que vocês lhe atribuíam. O que faz a vida, pois, é a realidade que vocês lhe dão. Portanto, realmente, para a mãe e as três irmãs de Cesarino Mocho pode bastar a vida que ele continua tendo para elas, aqui, na realidade dos atos que cumprem para ele, neste quarto que o espera em ordem, pronto para acolhê-lo tal como ele era antes de partir.

Ah, para essa mãe e as três irmãs não há perigo de que ele volte um outro, como aconteceu com seu filho no final do ano.

A realidade de Cesarino é inalterável, aqui, no seu quarto, no coração e na mente dessa mãe e das três irmãs que, para si, além desta, não dispõem de outra.

— Titti, que dia do mês é hoje? — pergunta da poltrona a mãe enferma à última das três filhas.

— Quinze — responde Margherita, erguendo a cabeça do livro; mas não está bem segura e pergunta às duas irmãs: — Quinze, não é?

— Quinze, sim — confirma Nanda, a mais velha, enquanto borda.

— Quinze — repete Flavia, que costura.

A pergunta da mãe, à qual todas responderam, imprimiu na testa das três a mesma ruga.

No sossego da sala de jantar ampla e luminosa, velada por cândidas cortinas de musselina, entrou um pensamento que habitualmente — não por premeditação, mas por instinto — é mantido à distância pelas quatro mulheres: o pensamento do tempo que passa.

As três irmãs adivinharam o porquê desse pensamento assustador na mente da mãe doente, abandonada sobre a poltrona; e por isso enrugaram a testa.

Já não é por Cesarino.

Há uma outra, há uma outra — não aqui, na casa, mas que talvez amanhã, quem sabe!, possa ser a sua rainha —, Claretta, a noiva do irmão; há ela, sim, infelizmente, e faz pensar no tempo que passa.

Ao perguntar pelo dia do mês, a mãe quis contar os dias que se passaram desde a última visita de Claretta.

De início a querida menina vinha todos os dias (de fato uma menina, se comparada às três irmãs de idade), ou quase todo dia, na esperança de que chegasse a notícia — porque ela tinha certeza, mais certeza do que todas, de que a notícia chegaria logo. E então ela entrava festiva no quarto do noivo e sempre deixava ali algumas flores e uma carta. Sim, porque ela continuava a escrever, como de costume, uma carta para Cesarino todas as noites. Em vez de enviá-las, ela as levava para lá, a fim de que ele, Cesarino, as encontrasse assim que voltasse.

A flor murchava, a carta ficava.

Será que, ao encontrar sob a flor murcha a carta do dia anterior, Claretta pensava que o perfume dela se dissipara sem ter encantado ninguém? Recolocava o papel na gaveta da pequena escrivaninha perto da janela e, em seu lugar, deixava uma nova e sobre ela pousava uma nova flor.

Durou longamente, meses e meses, esse cuidado gentil. Mas um dia a pequena chegou com mais flores, sim, mas sem carta. Disse que havia escrito na noite anterior, e até mais longa do que as outras, e que continuaria escrevendo todas as noites, mas em um caderno, porque a mãe observara que era um desperdício de papel de carta e de envelopes.

Realmente era assim: o que importava era a ideia de escrever todos os dias; se escrevia em papel de carta ou num caderno, dava no mesmo.

Entretanto, com a carta também começou a faltar a visita diária de Claretta. No começo, vinha três vezes, depois duas, e então passou a vir apenas uma vez por semana. Em seguida, com a desculpa do luto pela morte da avó materna, ficou mais de quinze dias sem vir. Por fim, quando — não espontaneamente, mas conduzida pelas irmãs — ela retornou pela primeira vez, vestida de preto, ao quarto de Cesarino, ocorreu uma cena inesperada, que por pouco não fez

O QUARTO À ESPERA   397

explodir de angústia o coração das três coitadinhas. De repente, toda vestida de preto, assim que entrou se atirou na cama branca de Cesarino e rompeu num choro desesperado.

Por quê? O que era aquilo? Depois ficou aturdida, meio perdida, diante do espanto angustioso e do tremor das três irmãs pálidas, lívidas; disse que ela mesma não sabia o que acontecera, como lhe ocorrera... Desculpou-se, culpou a roupa preta, a dor pela morte da avó... De qualquer modo, voltou a vir uma vez por semana.

Mas as três irmãs agora sentiam certo receio de conduzi-la ao quarto à espera; e ela nem entrava por conta própria, nem pedia às três irmãs que a levassem para lá. E de Cesarino quase não falavam mais.

Três meses atrás, chegou de novo vestida com roupas alegres, primaveris, rebrotada como uma flor, toda acesa e viva como havia muito tempo as três irmãs e a pobre mãe não a viam. Levou muitas, muitas flores, e quis ela mesma levá-las com suas mãos ao quarto de Cesarino e distribuí-las em vasinhos na pequena escrivaninha, no criado-mudo, na cômoda. Disse que tivera um belo sonho.

As três irmãs, cada vez mais pálidas e lívidas, sentiram uma aflição aguda, oprimidas e quase perturbadas pela vivacidade exuberante e a renascida alegria daquela menina. Assim que cessou o primeiro impacto, experimentaram o choque de uma violência cruel, o choque da vida a reflorir com força naquela menina que já não podia ser contida no silêncio da espera, à qual elas, com o zelo religioso de suas mãos frágeis e frias, davam ainda e continuavam querendo dar uma aparência de vida: aquele tanto que lhes bastasse. E não fizeram nenhuma objeção quando Claretta, enrubescendo bastante, disse que estava muito curiosa em saber o que havia escrito a Cesarino em suas primeiras cartas, já fazia mais de um ano, fechadas na gaveta da escrivaninha.

As cartas deviam ser mais de cem, cento e vinte e duas ou cento e vinte e três. Queria relê-las; e depois as conservaria consigo, para Cesarino, junto com os cadernos. E levou todas elas para sua casa, dez a cada vez.

Desde então as visitas escassearam. A velha mãe doente, mirando fixo o braço da poltrona, conta os dias que se passaram desde a última visita; e é curioso que, tanto para ela quanto para as três filhas com a testa enrugada, esses dias se avolumem e se tornem excessivos, ao passo que, para Cesarino que não volta, o tempo nunca passe. É como se ele houvesse partido ontem, ou melhor, como se de fato não houvesse partido, mas apenas saído de casa, pronto a regressar a qualquer momento, sentar-se à mesa com elas e depois dormir em sua cama arrumada.

A ruína se impôs à pobre mãe com a notícia de que Claretta havia se casado. Era de esperar, já que Claretta sumira fazia dois meses. Mas as três irmãs, menos velhas e menos frágeis do que a mãe, se obstinam em dizer que não, elas não esperavam essa traição. Querem a todo custo resistir ao desmoronamento, dizem que Claretta casou com outro não porque Cesarino esteja morto, o que a eximiria inteiramente de esperar por ele, mas porque após dezesseis meses se cansou de esperá-lo. Dizem que a mãe está morrendo não porque o casamento de Claretta tenha feito cair a ilusão cada vez mais tênue do regresso do filho, mas pelo sofrimento que o seu Cesarino sentirá ao voltar e ver essa cruel traição de Clarettta.

E da cama a mãe diz que sim, que morre por esse sofrimento; mas nos olhos tem como um riso de luz.

As três irmãs observam aqueles olhos com uma inveja pungente. Em breve ela verá se ele está do outro lado; se libertará da angústia por essa longuíssima espera; terá a certeza, a mãe; mas não poderá voltar para trazer a notícia a elas.

A mãe gostaria de lhes dizer que não há necessidade dessa notícia, porque ela já está certa de que lá encontrará o seu Cesarino; mas não, não diz isso; sente muita pena das três pobres filhas que ficarão sozinhas, aqui, e que ainda precisam tanto pensar e acreditar que Cesarino ainda está vivo, para elas, e que um dia desses voltará. E eis que ela vela docemente a luz dos olhos e até o último instante, até o último, quer continuar apegada à ilusão das três filhas, para que essa ilusão trague até o seu último suspiro e continue vivendo para elas. Com o fio de voz final ela sussurra:

— Digam a ele que o esperei tanto...

Na noite, os quatro círios fúnebres ardem nos quatro cantos do leito e, de vez em quando, estalam levemente, fazendo vacilar a longa chama amarela.

O silêncio da casa é tanto que os estalos dos círios, por mais leves que sejam, chegam dali até o quarto à espera; e aquela vela amarelada, fincada há dezesseis meses no trifólio do castiçal, a vela escarnecida pelas duas figurinhas sarcásticas da caixa de fósforos, parece estremecer a cada estalo, como se pudesse beber da mesma chama para velar um outro morto, aqui, sobre a cama intacta.

Para essa vela é uma desforra. De fato, naquela noite, não se trocou a água da garrafa, nem foi tirada do saquinho e estendida sobre as cobertas a roupa de dormir. E marca a data de ontem o calendário na parede.

Imobilizou-se em um dia, e parece que para sempre, no quarto, aquela ilusão de vida.

Apenas o velho relógio de bronze sobre a cômoda segue sombrio e mais exausto do que nunca a falar do tempo naquela escura espera sem fim.

"La camera in attesa", 1916

O Senhor da Nave

Juro que não quis ofender o senhor Lavaccara nem uma nem duas vezes, como a cidade anda propalando.

O senhor Lavaccara quis falar comigo a respeito de um porco, a fim de me convencer de que era um animal inteligente.

Então perguntei a ele:

— Desculpe-me, é magro?

E eis que o senhor Lavaccara me olha uma primeira vez como se, com essa pergunta, eu não quisesse ofender propriamente a ele, mas ao seu bicho.

Respondeu-me:

— Magro? Deve pesar mais de cem quilos!

Então eu lhe disse:

— Desculpe-me, e lhe parece que possa ser inteligente?

Falava-se do porco. O senhor Lavaccara, com toda a rósea abundância de carnes que lhe tremulavam, acreditou que, depois do porco, agora eu pretendesse ofendê-lo, como se eu tivesse dito que a gordura em geral exclui a inteligência. Mas, repito, falava-se do porco. Portanto o senhor Lavaccara não precisava se enfezar nem me perguntar:

— Mas então como fico, segundo o senhor?

Apressei-me em lhe responder:

— Mas o que o senhor tem a ver com isso, meu caro Lavaccara? Por acaso o senhor é um porco? Desculpe-me. Quando o senhor come com o belo apetite que Deus lhe deu, e assim o conserve, come para quem? Come para si, não engorda para os outros. Já o porco acha que come para si, mas engorda para os outros.

Ele não riu. Nada. Ficou ali, plantado e teso na minha frente, mais enfezado que antes. Por isso, para relaxá-lo, acrescentei com cuidado:

— Suponhamos, suponhamos, meu caro Lavaccara, que o senhor, com sua bela inteligência, fosse um porco, me desculpe. O senhor comeria? Eu, não. Se visse que me traziam comida, eu grunhiria horrorizado: "Neca! Obrigado, senhores. Comam-me magro!". Isto é, um porco que seja gordo ainda não entendeu isso; e, se não entendeu isso, como é que pode ser inteligente? Por isso lhe perguntei se o seu era magro. O senhor me respondeu que pesa mais de cem quilos; sendo assim, me desculpe, meu caro senhor Lavaccara: seu porco deve ser um belo animal, mas certamente não é um porco inteligente.

Explicação mais clara do que essa eu não seria capaz de dar ao senhor Lavaccara. Mas não serviu de nada. Ao contrário, parece que fiz pior; percebi o erro quando falava. Quanto mais me esforçava em tornar clara a explicação, mais o senhor Lavaccara fechava o rosto, ruminando:

— Entendo... entendo...

Porque com certeza pareceu-lhe que, fazendo seu animal raciocinar como um homem, ou melhor, pretendendo que seu animal raciocinasse como um homem, eu não falava propriamente do bicho, mas dele.

É assim. Sei que o senhor Lavaccara faz minhas declarações circularem a fim de lhe ressaltar a vacuidade aos olhos de todos, para que todos lhe digam que a minha argumentação referente a um bicho não faz sentido, pois o animal também acredita que come para si e não pode saber que os outros o fazem engordar para eles; ademais, se um porco nasceu porco, o que pode fazer? Necessariamente come como um porco, e dizer que não deveria fazê-lo e que deveria recusar o repasto a fim de se manter magro é uma tolice, porque tal propósito jamais pode ocorrer a um porco.

Estamos perfeitamente de acordo. Mas, santo Deus, se foi ele, o senhor Lavaccara, quem louvou em alto e bom som que aquele seu bicho só faltava falar! Apenas quis demonstrar que ele não podia ter e por sorte não tinha essa famosa inteligência humana; porque um homem, sim, pode se permitir o luxo de comer feito um porco, sabendo que ao final, ao engordar, não será abatido; mas um porco, não, não e não. Pelo amor de Deus, me parece tão claro!

Ofender? Mas que ofender! Ao contrário, quis defender o senhor Lavaccara de si mesmo e conservar inteiro o meu respeito por ele, livrando-o de qualquer sombra de remorso por ter vendido o animal para que fosse abatido na festa do Senhor da Nave. Se não, vamos aos tribunais: enfureço-me de verdade e digo ao senhor Lavaccara que ou o seu porco era um porco qualquer e não tinha essa famosa inteligência humana que ele alardeia, ou o verdadeiro porco é ele, o senhor Lavaccara — e agora o ofendo pra valer.

Questão de lógica, senhores. De resto, o que está em discussão é a dignidade humana, que pretendo salvar a todo custo, e não poderia salvá-la senão convencendo o senhor Lavaccara e todos os que lhe dão razão de que os porcos cevados não podem ser inteligentes, porque, se esses porcos falassem entre si como o senhor Lavaccara pretende e propala, não eles, mas a própria dignidade humana seria abatida na festa do Senhor da Nave.

Realmente não sei que relação existe entre o Senhor da Nave e a degola dos porcos, que costuma ter início no dia de sua festa. Imagino que, sendo nocivo o consumo da carne de porco no verão, a ponto de se proibir o abate do bicho nesse período, e já que no outono o tempo começa a refrescar, aproveite-se a ocasião da festa do Senhor da Nave, que ocorre justamente em setembro, para que também se festejem, como se costuma dizer, as núpcias desse animal. No campo, porque o Senhor da Nave é festejado na antiga igrejinha normanda de San Nicola, erigida nas cercanias da cidade, numa curva da estrada, na campina.

Se esse Senhor se chama assim, deve haver alguma história ou lenda que eu desconheço. Mas certamente é um Cristo, porque quem o fez não o poderia ter feito mais parecido com Cristo; imbuiu-se de tal gana para fazê-lo Cristo que, nos duros ossos cravados na rude cruz escura, nas costelas que se podem contar uma a uma, entre as chagas e as esfoladuras, não há uma libra de carne que não se mostre atrozmente martirizada. Lá estariam os judeus sobre a carne viva de Cristo; mas ali foi ele, o escultor. E no entanto se diz: seja Cristo e ame a humanidade! Mesmo tratado assim, esse Senhor da Nave faz milagres sem conta, como se pode ver pelas centenas de oferendas de cera e prata e pelas imagens votivas que enchem toda uma parede da igrejinha; cada imagem com seu mar azul sob a tempestade, de um azul mais que azul, e o naufrágio do barquinho com um grande nome escrito na popa, para que todos possam ler bem, em suma, cada detalhe entre nuvens esparsas, e esse Cristo que surge aos suplícios dos náufragos e faz o milagre.

Chega. O fato é que, após a discussão sobre a inteligência e a gordura do porco e o muito deplorável mal-entendido que essa discussão suscitou, perdi o convite do senhor Lavaccara para a festa.

Não lamento propriamente o prazer que deixei de usufruir, mas sim o esforço que tive de fazer assistindo à festa apenas como curioso, para conservar o respeito por tão boas pessoas e salvaguardar, como já disse, a dignidade humana.

Digo a verdade. Tendo em vista os saudáveis critérios de que já me sinto profundamente compenetrado, não achava que me custaria tanto. Mas por fim, com a ajuda de Deus, consegui.

Quando, naquela manhã, avistei entre a poeira da estrada bandos e bandos de porções cretáceos dirigindo-se bamboleantes e em grunhidos ao local da festa, fiz questão de observá-los atentamente, um a um.

Então estes são animais inteligentes? Que nada! Com esses grunhidos? Com essas orelhas? Com o ridículo rabicho enrolado no traseiro? E grunhiriam assim, se fossem inteligentes? Mas se esse grunhido é a própria voz da voracidade! Mas se eles fuçavam até a poeira da estrada! Até o último momento, sem a mínima suspeita de que dali a pouco seriam degolados. Confiavam no homem? Muito obrigado pela confiança! Como se o homem, desde que o mundo é mundo e que se lida com porcos, não tivesse sempre demonstrado ao porco o apetite pela sua carne; e que, sendo assim, o bicho não deve absolutamente confiar nele! Pelo amor de Deus, se o homem chega até a lhe experimentar, em vida, as orelhas e o rabo! Quer mais do que isso? Mas, se quisermos chamar a estupidez de confiança, sejamos lógicos, em nome de Deus, e não digamos que os porcos são animais inteligentes.

De resto, se não fosse para comê-lo, por que o homem trataria do porco com tanto cuidado, servindo-lhe de servo, ele, carne batizada, a conduzi-lo ao pasto, por quê? Qual a compensação a não ser a comida que lhe dá? Ninguém irá negar que o porco, enquanto vive, passa bem. Considerando a vida que teve, se depois ele for abatido deve até ficar contente, porque de fato ele, como porco, não merecia as regalias.

E passemos aos homens, meus senhores! Também fiz questão de observá-los atentamente, um a um, enquanto se dirigiam ao local da festa.

Que aspecto distinto, meus senhores!

O dom divino da inteligência transparecia nos mínimos atos: na irritação com que viravam o rosto para não respirar a poeira erguida pelos bandos de animais, no respeito com que se cumprimentavam uns aos outros.

Só de ter pensado em cobrir de panos a obscena nudez do corpo, apenas por isso, considerem a que altura o homem se coloca acima do imundíssimo porco. Um homem pode comer até explodir e se melar todo; mas depois ele se lava e se veste. E ainda que os imaginássemos nus pela estrada, homens e mulheres, coisa impossível, mas admitamos: não digo que seria um belo espetáculo ver as velhas, os barrigudos e os pouco asseados; contudo quanta diferença, pensem bem, mesmo olhando somente à luz do olho humano, espelho da alma, o dom do sorriso e da palavra.

E os pensamentos que cada um, indo à festa, levava em mente; talvez não do pai ou da mãe, mas de algum amigo ou da sobrinha ou do tio, que no ano anterior participaram todos alegres da festa campestre, que também beberam aquele belo ar livre, e agora, encerrados no escuro debaixo da terra, pobres coitados... Suspiros, lamentos e até algum remorso. Mas claro! Não estavam todos alegres aqueles rostos; a promessa do gozo de um dia gordo não espalmava na fronte de tantos magros as rugas das preocupações oprimentes nem os sinais de cansaço e sofrimento. E muitos levavam àquela festa de um dia, comovedoramente, a miséria de um ano inteiro, para ver se encontravam um jeito de abrir ali, entre tantos sanguíneos bem cevados, os dentes amarelos num esquálido sorriso.

E depois se pensava em todas as artes, todos os ofícios aos quais aqueles homens se dedicavam com tanto estudo, com tanto esforço e tantos riscos, coisas que os porcos decerto não conhecem. Porque um porco é um porco e basta; mas um homem, não, meus senhores; poderá até ser porco, não nego, mas porco e médico, por exemplo, porco e advogado, porco e professor de letras e filosofia, e notário e escrivão e relojoeiro e ourives... Todos os trabalhos, os tormentos, os afazeres da humanidade eu via com satisfação representados naquela massa que avançava pela estrada.

A certa altura, o senhor Lavaccara, segurando em cada uma das mãos os dois filhos menores, passou na minha frente, com a mulher atrás, rosada e farta como ele, entre as duas filhas maiores. Todos os seis fingiram que não me viram;

O SENHOR DA NAVE 405

mas as duas filhas, passando ao largo, ficaram vermelhas, e um dos pequenos, depois de poucos passos, virou-se três vezes para me espiar. Na terceira vez, só para me divertir, pus a língua para fora e acenei-lhe discretamente com a mão; ele ficou muito sério, com o rosto comprido, distraído, e logo desviou o olhar para longe.

Ele também comerá o porco, pobre menino; talvez coma demais, mas tomara que não passe mal. Mas, ainda que lhe fizesse mal, a previdência humana há de servir para alguma coisa. Procurem encontrá-la nos porcos, a previdência; achem-me um porco farmacêutico que prepare com alquermes o óleo de rícino para porquinhos que tenham estragado o estômago por intemperança!

Segui à distância, por um bom trecho, a cara familiazinha do senhor Lavaccara que avançava seguramente para uma soleníssima dor de barriga; mas eis que pude me consolar ao pensar que no dia seguinte todos encontrariam com um farmacêutico o purgante capaz de curá-los.

Quantas barracas improvisadas com grandes lençóis palpitantes no amplo espaço em frente à igreja de San Nicola, atravessado pelo estradão!

Tabernas ao ar livre; mesas e mesas e bancos; barricas e pipas de vinho; fornos portáteis; bancadas e cepos de açougueiros.

Um véu de fumaça gorda misturada ao pó embaçava o espetáculo tumultuoso da festa; mas parecia que, menos que a fumaça gordurosa, era a tontura causada pela confusão e pelo barulho que impedia uma visão clara da cena.

Não eram gritos alegres, de festa, mas gritos arrancados violentamente de uma dor ferocíssima. Oh, sensibilidade humana! Os vendedores ambulantes apregoando suas mercadorias; os taberneiros convidando para suas mesas já postas; os carniceiros, em seus balcões de venda, entoavam o chamado, sem sequer se dar conta, sobre os urros terríveis dos porcos que ali mesmo, em meio à multidão, eram abatidos, estripados, esfolados, esquartejados. E os sinos da graciosa igrejinha faziam coro às vozes humanas, reboando com fúria, sem trégua, e cobrindo piedosamente aqueles gritos.

Os senhores dirão: mas por que ao menos não abatiam longe da multidão todos aqueles porcos? E lhes respondo: porque assim a festa perderia um de seus aspectos tradicionais, talvez seu primitivo caráter sagrado, de imolação.

Mas os senhores não pensam no sentimento religioso.

Vi muitos empalidecerem, taparem os ouvidos com as mãos, torcerem o rosto para não ver a faca empunhada se abater na garganta do porco convulso, agarrado violentamente por oito braços sanguinolentos e nus; para ser sincero, também torci a cara, só que lamentando amargamente dentro de mim que o homem pouco a pouco, com o avanço da civilização, se torna cada vez mais fraco, perdendo sempre mais, mesmo buscando conquistá-lo, o sentimento religioso. Continua-se, sim, a comer o porco; assiste-se prazerosamente à feitura das linguiças, à lavagem do couro, ao corte nítido do fígado lustroso, compacto, tremulante; mas depois se torce a cara ao ato da imolação. E certamente já se apagou a lembrança da antiga Maia, mãe do deus Mercúrio, de quem o porco repete seu segundo nome*.

Revi ao entardecer o senhor Lavaccara, suado e desvairado, sem paletó, segurando entre as mãos um prato grande e comprido, dirigir-se acompanhado pelos dois pequenos ao balcão do açougueiro a quem ele vendera seu animal inteligente. Ia receber — esse era o acordo da venda — a cabeça e todo o fígado do bicho.

Também dessa vez, mas com maior razão, o senhor Lavaccara fingiu que não me viu. Um dos meninos chorava; mas quero crer que não chorasse pela visão iminente da pálida cabeça ensanguentada do grande bicho querido, acarinhado por cerca de dois anos no quintal de casa. O pai contemplará aquela cabeça de orelhas largas e abatidas, de olhos gravemente cerrados entre os pelos, para talvez lhe louvar mais uma vez a inteligência, com tristeza, e por essa maldita obstinação perderá o prazer de comê-la.

Ah, se me houvesse convidado para a sua mesa! Teria certamente me poupado a aflição de ver, eu, o único em jejum, apenas eu com os olhos não ofuscados pelos vapores do vinho, toda aquela humanidade, digna de tanta consideração e de tanto respeito, reduzir-se pouco a pouco a um estado deplorável, sem a mais mínima sombra de consciência, sem a mais remota memória das inumeráveis benemerências que em tantos séculos soube conquistar para si acima dos outros bichos da terra, com seus esforços e suas virtudes.

Descamisados os homens, descompostas as mulheres; cabeças bamboleantes, rostos afogueados, olhos infantilizados, danças doidas entre mesas reviradas,

---

* Em italiano, porco é maiale, do latim maia le(m), porque os antigos sacrificavam à deusa Maia um porco castrado. (N.T.)

cantos indecentes, fogueiras, disparos de morteiros, gritos de crianças, gargalhadas. Um pandemônio sob as nuvens vermelhas, densas e pesadas do ocaso, chegadas quase com assombro.

Sob essas nuvens que se tornavam cada vez mais fechadas e cinzentas, vi pouco depois, ao chamado dos santos sinos, toda aquela multidão embriagada se reunir de qualquer jeito entre resvalos e empurrões e se arrebanhar em procissão atrás daquele terrível Cristo flagelado sobre a cruz escura, trazido para fora da igreja, sustentado por um clérigo pálido e seguido por alguns padres em jejum, com a batina e a estola.

Dois grandes porcos, que por suprema sorte haviam escapado ao massacre, deitados ao pé de uma figueira, vendo passar aquela procissão, pareciam olhar um ao outro como se dissessem:

"Eis aí, irmão, está vendo? E depois dizem que os porcos somos nós".

Eu me senti ferido até a alma por aquele olhar e também fixei a multidão embriagada que passava na minha frente. Mas não, não, aí está — oh, consolo! —, vi que chorava, vi que toda a multidão chorava, soluçava, dava murros contra o peito, arrancava os cabelos desgrenhados, tropeçando e vacilando atrás daquele Cristo flagelado. Tinha comido o porco, sim, tinha se embriagado, é verdade, mas agora chorava desesperadamente atrás do seu Cristo, a humanidade.

— Morrerem degolados não é nada, ó bichos estúpidos! — exclamei então, em triunfo. — Vocês, porcos, levam uma vida gorda e em paz, enquanto dura. Agora olhem esta vida dos homens! Eles se bestializaram, se embriagaram, e ei-los aqui chorando inconsoláveis, diante deste Cristo que sangra sobre a cruz negra! Ei-los aqui chorando o porco que eles mesmos comeram. E querem uma tragédia mais trágica do que esta?

"Il Signore della Nave", 1916

A amiga das esposas

I

Alguns achavam, e entre estes Paolo Baldia, que a senhorita Pia Tolosani era um pouco suscetível àquela vaga melancolia que costuma resultar da excessiva leitura, quando se adquire o hábito de adaptar as páginas ordinariamente brancas da própria vida segundo as linhas impressas de algum romance; mas isso sem grande prejuízo da própria espontaneidade, na opinião de Giorgio Dàula, um outro amigo. De resto, aquela melancolia era perfeitamente razoável e podia parecer mais do que sincera numa senhorita previdente, com seus vinte e seis anos, que sabe não dispor de dote e vê seus pais em idade já avançada. Assim finalmente a desculpava Filippo Venzi, advogado.

Nenhum dos jovens que frequentavam o salão dos Tolosani jamais cortejara Pia, fosse pela amizade sem reservas do pai, fosse pela bondade taciturna da mãe, ou ainda pelo demasiado respeito que ela mesma se impunha, compenetrada na tarefa que parecia ter estabelecido para si, ou seja, cortar imediatamente qualquer ato ou frase que contivesse o mais remoto ar de sedução. No entanto tal discrição se adornava com a mais suave desenvoltura, a mais deliciosa cortesia conjugada a certo ar de intimidade benévola, que logo desarmava o constrangimento de qualquer recém-chegado; entretanto todos viam nela a esposinha esperta e inteligente, e ela mesma parecia investir todo seu estudo, aliás, empenhar-se por inteiro em demonstrar que de fato o seria, desde que alguém por fim se decidisse a isso, mas sem pretender nenhum incentivo da parte dela, nenhum olhar, nenhuma palavra insinuante.

Todos admiravam a beleza daquela casa, cuidada em cada detalhe por suas mãos cândidas; todos notavam a simplicidade e o bom gosto que ali reinavam; mas ninguém sabia se decidir, quase como se sentissem que ali dentro já se estava bastante bem, admirando e conversando amigavelmente, sem desejar mais nada.

Por sua vez, Pia Tolosani não demonstrava preferências por ninguém. "Ela talvez se casasse comigo, assim como com qualquer outro dos convidados", pensava cada um. E bastava que qualquer um tentasse avançar um pouco em suas graças para que ela se afastasse com calculada frieza, como se não quisesse dar margem ao menor comentário alheio.

Assim Filippo Venzi, agora casado, desistira da almejada união com ela; e antes de Venzi outros dois pretendentes em segredo. Depois foi a vez de Paolo Baldia.

— E você se apaixonou por ela! Mas é realmente um tolo! — disse a este último Giorgio Dàula, seu amigo íntimo e amigo de velha data dos Tolosani.

— Meu caro, isso me incomoda! — respondeu-lhe Baldia, sempre entediado. — Fiz duas péssimas tentativas.

— Tente uma terceira, que diabos!

— Mas por quem vou me apaixonar?

— Que pergunta! Por Pia Tolosani.

Assim, por condescendência, Baldia quase aceitou a ideia. Pia Tolosani se dera conta? Giorgio Dàula afirmava que sim, aliás, dizia que por nenhum outro, nem mesmo por Venzi, ela se traíra tanto quanto agora, por ele.

— Traiu-se coisa nenhuma! Ela é impassível! — exclamava Baldia.

— Conversa! Você vai ver. De resto, essa impassibilidade é uma segurança para você, se conseguir desposá-la.

— Desculpe, mas por que você não casa com ela?

— Porque não posso, você sabe! Se eu pudesse como você...

II

Inesperadamente Baldia partiu de Roma para a sua cidade natal. Aquele sumiço foi comentado de todos os modos na casa dos Tolosani. Depois de um mês, ele retornou.

— E então? — perguntou Dàula ao encontrá-lo, por acaso, em grandes afazeres.

— Segui seu conselho. Vou me casar!

— Está falando sério? Com Pia Tolosani?

— Que Pia Tolosani! Com uma de lá, da minha cidade...

— Ah, safado! Você a mantinha in pectore?

— Não, não — respondeu Baldia sorrindo. — Uma história muito simples. Meu pai me faz uma proposta: "Está com o coração livre?". Respondo: "Estou livre!". Na verdade, mais ou menos... Mas chega. Não aceito nem recuso; digo: "Deixe-me vê-la; antes de tudo é preciso que não me inspire antipatia". Não tive antipatia. Boa moça, bom dote... em suma, aceitei e aqui estou! Oh, me diga, acha que devo ir esta noite à casa dos Tolosani? Hoje é quinta, não é?

— Com certeza... — respondeu Dàula. — Aliás, por conveniência, você deveria anunciar...

— Sim, sim... mas eu... Não sei, me vejo numa posição... Nunca disse nada à senhorita Pia, é verdade; entre mim e ela nunca houve nada, e no entanto... Você sabe, é um bloqueio meu...

— É preciso superá-lo! Seria pior se não viesse...

— Eu teria uma desculpa: tenho muito a fazer. Estou preparando a nova casa...

— Já vai se casar?

— Ah, sim! As coisas demoradas sempre se complicam... Caso logo, daqui a três meses! Já tenho a casa na Venti Settembre. Você vai ver! Oh, mas estou ficando maluco... Imagine! Todos os preparativos...

— Você vem esta noite?

— Vou, com certeza.

E à noite, de fato, ele foi à casa dos Tolosani.

O salão estava mais cheio do que de costume. Baldia teve a impressão de que toda aquela gente só estava ali para aumentar seu embaraço. "Como se faz", perguntava-se ele, "para anunciar um casamento?" Já tivera ocasião de fazê-lo duas vezes, quando respondeu a perguntas que lhe foram feitas sobre sua viagem e sua ausência; entretanto dera respostas vagas, enrubescendo. Já tarde, finalmente se decidiu, aproveitando a ocasião dos muitos afazeres que um dos convidados protestou ter naqueles dias.

— Tenho ainda maiores, meu caro! — fez Baldia.

— O senhor? — disse sorrindo a senhora Venzi. — Mas se o senhor nunca faz nada!

— Como não faço nada! Estou montando uma casa, senhora Venzi.

— Vai se casar?

— Vou me casar... infelizmente!

Foi uma surpresa geral. Choveram perguntas, e Giorgio Dàula ajudou Baldia como pôde a responder a todos.

— Vai apresentá-la, não é? — perguntou-lhe a certo ponto a senhorita Pia.

— Sem dúvida! — apressou-se em responder. — Será uma sorte para mim.

— É loura?

— Morena.

— Tem algum retrato dela?

— Ainda não, senhorita... Lamento.

Falou-se da casa escolhida, das compras feitas e a fazer, e Baldia se mostrou abatido e confuso, angustiado pelo tempo e pelas dificuldades da decoração. Então a senhorita Pia, por conta própria, ofereceu-se para ajudá-lo em companhia da mãe, especialmente para a escolha dos tecidos de tapeçaria.

— Não são coisas para o senhor. Deixe por nossa conta. Faremos com prazer.

E ele aceitou, agradecendo.

Assim que saíram da casa, Dàula lhe disse:

— Agora você está em boas mãos. Vai ver como logo as coisas se resolvem. Compre tudo o que a senhorita Pia escolher: serão boas compras! Foi o mesmo com Filippo Venzi, e até hoje ele está agradecido. Ela tem o gosto e o tato necessários, e também a experiência, pobrezinha! Já é a terceira vez que se oferece para isso... Pensa pelos outros, já que ninguém pensa nela! Que belo lar ela saberia construir! Os homens são injustos, meu caro. Se eu tivesse condições de casar com uma mulher, com certeza não a buscaria muito longe...

Baldia não respondeu. Acompanhou Dàula até a casa, depois passeou até tarde da noite pelas ruas desertas de Roma, fantasiando.

Justamente ela, justamente ela o ajudaria a decorar a casa que serviria para uma outra! E ela mesma se oferecera, assim, com o ar mais simples e natural do mundo... Quer dizer que não se importara nem um pouco que ele... E ele que acreditara... que enrubescera...

III

— Depressa, vamos logo, mamãe! Já são dez horas — disse Pia, que já dava o último retoque no penteado, examinando o resultado no espelho de três folhas sobre a cômoda.

— Calma, calma, minha filha — respondeu placidamente a senhora Giovanna. — As lojas não vão sumir do Corso! A que hora Baldia virá nos buscar?

— Daqui a pouco. Disse por volta das dez. Isto é, nós dissemos a ele.

— Ah, mas se você sofre tanto...

— Não, já passou. O problema são os olhos; veja: estão muito vermelhos?

— Um pouco, sim. Até meio inchados.

— Esta dor de cabeça sempre me deixa assim! Pronto, tocaram a campainha. Deve ser ele!

Mas era a senhora Anna Venzi, sempre com os dois filhinhos e a criada. Aquelas criaturinhas pálidas e desleixadas eram constante motivo de aflição para Pia. Ela ainda não conseguira convencer a mãe a arrumar os meninos com mais alegria e desenvoltura, e quase se desesperava por isso. Os bracinhos longos, os cabelos escorridos, repuxados, as perninhas demasiado cobertas lhe davam grande pena. Anna, que seguia escrupulosamente todos os conselhos de Pia, tornara-se cega e obstinada no exercício da maternidade. Inutilmente Pia falara com o marido dela: Filippo fechava os olhos ou sacudia melancolicamente os ombros:

— Sim, percebo; mas se a mãe... Tenho outras coisas a pensar, senhorita!

Anna chegava para acompanhar as compras de Baldia, movida por uma curiosidade não isenta talvez de inveja. À curiosidade e à inveja talvez se unisse também uma ponta de ciúme não bem definida, como se ela pressentisse que, no futuro, Pia pudesse se entender melhor com a nova esposa do que com ela.

Depois de tantos anos em Roma, ela não soubera fazer nenhuma amizade, exceto esta com os Tolosani, aos quais fora apresentada pelo marido poucos dias após sua chegada à capital. Na época Anna era muito tola, sem nenhuma experiência de vida, sem bons modos nem garbo. Era realmente incompreensível que

Filippo Venzi, jovem culto e inteligente, advogado dos mais atuantes do fórum romano, a tivesse escolhido e tomado por esposa. Não era nem mesmo bonita, santo Deus! Os amigos confidenciaram entre si sua decepção; mas ninguém jamais intuiu, salvo talvez o próprio Filippo, o que Pia Tolosani sentiu ao vê-la. "Como! Por aquela ali?" Entretanto lhe fizera a mais festiva acolhida, assumindo com o passar do tempo um ar quase de proteção por ela em relação ao marido. Porque, logo depois do matrimônio, Venzi caíra numa profunda melancolia, e na verdade nenhum dos amigos achava que lhe faltassem motivos para isso. Pia Tolosani começou a se fazer de mestra de Anna, e em pouco tempo sua companhia tornou-se indispensável à outra. Ela escolhia o tecido de suas roupas, indicava-lhe a costureira e a modista, ensinara-lhe a se pentear de modo menos deselegante, a cuidar da casa e a acumulá-la aos poucos de todas essas miudezas que as mulheres costumam encontrar para enfeitar seus ninhos. Em tudo isso punha o mais vivo empenho. E fizera até mais.

A cada vez, Anna tolamente lhe narrava tudo o que se passava com o marido, os leves dissabores, os mal-entendidos. E assim Pia também se prestara a conciliar com muito tato as primeiras desavenças, sem jamais intervir diretamente, aparando à distância as arestas de ambos, dando a Anna sábios conselhos, incitando-a à prudência, à paciência...

— Você não sabe lidar com seu marido! Deveria fazer isso e aquilo — lhe dizia. — Ainda não o conhece bem. Ah, sim, querida! Está vendo? Na minha opinião, ele precisaria disso e daquilo...

Já a ele, falava-lhe duramente em tom jocoso, impedindo-o de se lamentar ou se desculpar:

— Fique calado! Venzi, você errou, confesse que errou! Pobre Anna! É tão boazinha... Claro, ainda um tanto inexperiente... E você, esperto, se aproveita! Sim, sim; vocês homens são todos iguais!

Agora, depois de tantos anos de aprendizado e de residência em Roma, Anna melhorara muito, é verdade, inclusive aos olhos dos amigos decepcionados; mas ainda deixava um pouco a desejar, especialmente ao marido...

— Ainda não está vestida? — disse ela ao ver Pia.

— Ah, é você? Muito bem! Sente-se. Trouxe os meninos? Ah, meu Deus. Mas como vamos levá-los conosco?

— Não, eles ficarão aqui — respondeu Anna. — Titti estava gritando; tive que trazê-la de qualquer jeito. Ainda não se vestiu?

414   40 NOVELAS DE LUIGI PIRANDELLO

— Hoje mamãe está indecisa. Cheia de caprichos. Já eu estou com uma dor de cabeça...

— Vamos adiar a saída para amanhã... — propôs a senhora Giovanna.

— Oh, Anna! — retomou Pia para mudar de assunto. — Ponha um pouco para cima esses cabelos! Vamos, vamos! Mas que penteado é esse?

— Titti estava gritando... — repetiu Anna. — Por favor, ajeite-os para mim. Quando Titti faz essas cenas, não consigo suportar.

A senhora Giovanna saiu do quarto, enquanto Anna e Pia continuaram conversando entre si.

— Então Baldia vai se casar assim, de repente... — recomeçou Anna, seguindo com os olhos Pia, que se vestia.

— Pois é! É curioso: de vez em quando, alguém desaparece e depois volta casado.

— Posso lhe dizer uma coisa? — retomou Anna. — Eu jurava que Baldia estava apaixonado por você; pelo menos foi a minha impressão...

— Nem em sonho! — exclamou Pia com força, enrubescendo até o branco dos olhos.

— Juro — continuou Anna com o mesmo tom de voz. — Era o que eu achava. Aliás, eu me perguntava: Quando ele vai se decidir? Sei que você não se importa com isso... Mas eu...

A criada entrou para anunciar que o senhor Baldia esperava na sala.

— Vá você — disse Pia a Anna. — Estamos quase prontas.

IV

Paolo Baldia esperava Pia na sala, muito ansioso. Já se lamentava por talvez ter chegado muito cedo. Queria examinar mais atentamente nas palavras, na atitude dela, se era artifício ou não a indiferença que ela ostentara na noite anterior. Mas talvez dali a pouco, diante de Pia, lhe faltasse a lucidez de espírito necessária à análise.

Experimentava entre aquelas paredes, onde até pouco tempo atrás cultivara por um momento certa paixão, onde talvez tivesse deixado escapar alguma palavra remotamente alusiva, um olhar um pouco mais expressivo, um sentimento angustiante de desconforto. Entretanto olhava em pé e de perto os bem conhecidos objetos pendurados e dispostos com bom gosto aqui e ali. A imagem da noiva, tão diferente de Pia em tudo, estava naquele instante a léguas da sua mente. No entanto ele estava firmemente empenhado em amá-la com sinceridade, em cuidar dela do melhor modo possível, sendo ao mesmo tempo seu mestre e marido; em suma, no grande vazio que até então sentira, ela seria a meta, a única ocupação de sua vida. Mas, no momento, estava muito distante.

Anna Venzi o fez se lembrar dela, ao entrar.

— Também vou, Baldia. Também quero fazer algo pela sua... mas veja! Ainda não nos disse como se chama...

— Elena — respondeu Baldia.

— Deve ser bonita... com certeza...

— Assim... — fez Paolo, dando de ombros.

— Vai apresentá-la a mim, não é?

— Claro, senhora; com prazer...

Finalmente apareceu Pia, vestida (pareceu a Paolo) com mais capricho do que de costume.

— Desculpe, Baldia! Nós nos atrasamos um pouco... Podemos ir! Mamãe já está pronta... Isto é, não; espere! Está com a lista aí?

— Aqui está, senhorita.

— Ótimo! Podemos ir. Ainda não comprou nada, não é mesmo?

— Nada, absolutamente nada.

— Então não vai ser possível comprar tudo num dia só. Mas vamos ver. Não tenha pressa, deixe isso com a gente.

Na rua começou o interrogatório sobre a noivinha. Paolo, para se defender, respondia superficialmente, demonstrando indiferença pelo ato que estava prestes a realizar.

— Sabe que o senhor é um tipo estranho? — exclamou Pia a certa altura, como se estivesse despeitada.

— Por quê, senhorita? — respondeu Paolo, sorrindo. — É a pura verdade: ainda não-a-co-nhe-ço. Está rindo? Encontrei-me com ela apenas umas doze vezes. Mas teremos tempo de nos conhecer!... Sei que é uma boa garota, e isso por ora me basta. A senhora quer saber os gostos dela; eu mesmo não sei...

— E se ela não gostar do que fizermos?

— Não duvide! Pode ir em frente; ela vai ficar satisfeita.

— Diga a verdade — recomeçou Pia, virando-se para Anna —, você ficou satisfeita?

416   40 NOVELAS DE LUIGI PIRANDELLO

— Você sabe que fiquei satisfeitíssima — respondeu Anna.

— Mas pelo menos seu marido não era tão antipático quanto Baldia — me desculpe! O que significa esse ar de descaso? Tenha vergonha! Sabe que daqui a pouco estará casado?

— Não estou suficientemente fúnebre? — fez Paolo com bom humor.

— Se tivesse visto Venzi no seu lugar! Coitadinho, dava pena! Sempre com o pesadelo de ter esquecido alguma coisa... Além disso, era um corre-corre; e nós, eu e mamãe, sempre atrás: da casa a esta e aquela loja... Ah, posso garantir que ninguém aguentava mais! Mas era divertido... Trabalhamos muito.

Entraram num grande magazine de tecidos do Corso Vittorio Emanuele. Dois vendedores puseram-se imediatamente e com muita elegância à disposição dos clientes. Anna Venzi observava com enorme espanto as horríveis imitações de adornos antigos pendurados no teto ao redor de um estrado, que corriam ao longo da ampla sala atulhada de tecidos. A senhora Giovanna observava de perto e apalpava amostras distribuídas aqui e ali com sabedoria. Ela não queria absolutamente interferir nas compras de Baldia.

— De que tipo? Você precisa me dizer... — perguntou Pia a ele.

— Mas não sei... o que posso saber disso? — respondeu Paolo, encolhendo os ombros.

— Pelo menos me diga, por alto, quanto pretende gastar...

— Quanto quiser... Confio plenamente nas suas sugestões. Faça como... — deteve-se a tempo e não chegou a acrescentar: "Como se fosse para você".

— Mamãe, Anna! — chamou Pia para não se trair, após compreender a interrupção. — É inútil falar com Baldia. Venham. Para o quarto de dormir um bizantino, não é? Tecido espesso... qualidade fina... Talvez um tanto caro, não?

— Não se preocupe com o preço! — disse Paolo.

— Pouparia na quantidade: o bizantino é muito alto.

A compra demorou muito tempo; discutiu-se sobre a cor ("Adoro o amarelo", protestava Anna Venzi), a qualidade, a quantidade, o preço... O jovem vendedor, muito perspicaz, já tinha entendido tudo. Ah, sim! Dirigia-se apenas a Pia.

— Não, veja, senhorita; por favor! Mostre ao senhor...

Paolo, afastado de seus livros havia mais de um mês e forçado a dar importância a tantas coisas, coisas com as quais nunca pensara em se importar, já estava cansado e olhava a rua, pensativo. A certa altura, ao se virar, viu no salão as três mulheres rindo discretamente entre si, atrás do jovem vendedor, que fora recolocar um tecido na prateleira. Anna especialmente tinha os olhos cheios de lágrimas, e de repente sua risada explodiu sob o lenço. Paolo se apressou, e Anna ia lhe dizer o motivo do riso quando Pia a deteve pelo braço.

— Não, Anna, não faça isso!

— Mas qual é o problema? — fez Anna.

— Nenhum, eu sei! — respondeu Pia; e, virando-se para Paolo: — Quer rir também? Fique aqui. Aquele tolo me pediu em casamento!

V

Paolo Baldia estava descansando em sua nova casa, já semimobiliada, deitado na espreguiçadeira de seu escritório, no qual ele se prometera reiniciar em pouco tempo uma vida de reflexões e estudos. Esperava os Tolosani, Filippo Venzi e a mulher, que chegariam dali a pouco para visitar a casa. Pensou em passá-la em revista atentamente, quarto por quarto, para adivinhar o efeito que causaria nos visitantes. Mais oito ou dez dias, e o ninho estaria pronto para receber a ele e à esposa.

Olhava as cortinas, os tapetes e os móveis, e gozava ao sentir despertar o ardente sentimento de propriedade. Porém, durante aquela volta pela casa, uma figura se sobrepunha constantemente à imagem da noiva: Pia Tolosani. Ele quase via em cada objeto o conselho, o gosto, o discernimento da outra. Ela aconselhara aquela disposição para os móveis da sala; sugerira a compra deste e daquele objeto, utilíssimos e elegantes. Ocupara o lugar da noiva distante e reclamara para si todas aquelas comodidades às quais um homem, por mais apaixonado que estivesse, jamais poderia pensar. "Se não fosse por ela!...", dizia-se Paolo. E ele mesmo havia comprado aqueles objetos mais para receber os elogios de Pia do que os da futura esposa; aliás, sabendo antecipadamente que tantos e tantos daqueles objetos não seriam compreendidos e talvez nunca usados por Elena, inexperiente e habituada a viver com muita simplicidade. Portanto os comprara para Pia, como se montasse a casa para ela...

Finalmente os visitantes chegaram. Filippo Venzi ainda não tinha visto nada, nem da casa nem das compras; Pia e a mulher logo o cercaram a fim de dar as devidas explicações. Paolo conduziu à sala de visitas a senhora Giovanna, que estava cansada, acomodou-a numa poltrona e abriu as portas do amplo balcão com a balaustrada de mármore projetada sobre a avenida Venti Settembre.

— Ah, é delicioso! — exclamou a senhora Tolosani. — Pode ir, Baldia. Vou repousar um pouco aqui e depois verei tudo com mais calma.

— Grandes progressos! — fez Pia, ao vê-lo. — Tudo já está quase em ordem! Olhe, Venzi, olhe aquelas duas mesinhas ali, como são lindas! Só faltam dois belos vasos de plantas! Sua esposa gosta de flores, Baldia?

— Acho que sim...

— Então é para já: dois vasos de flores!

— Vou comprá-los, não duvide. E então, Venzi, o que achou da casa?

— Gostei muitíssimo! — respondeu Filippo. — Muitíssimo! — repetiu, dirigindo-se a Pia.

Anna observou o marido, depois Baldia, e evitou repetir as mesmas palavras.

Da sala de jantar passaram ao quarto matrimonial.

— Eu devia ter pensado nisso! — exclamou Pia. — Nós nos esquecemos! Onde está a pia da água benta, o genuflexório?

— Até um genuflexório? — observou Venzi, sorrindo.

— Claro! A esposa de Baldia é muito devota, não é, Baldia? Acha que todos são uns excomungados como vocês?

— E a senhora reza à noite antes de ir para a cama? — perguntou-lhe Venzi maliciosamente.

— Se tivesse um genuflexório, rezaria.

Paolo e Venzi não contiveram o riso. Paolo nunca tinha visto Pia Tolosani tão espirituosa, quase sedutora.

Decididamente, ou ela não percebera aquela primeira tentativa de namoro, muito tênue, ou não se importara nem um pouco que ele tivesse mudado de ideia. Em ambos os casos, aquela alegria quase saltitante o espicaçava surdamente, numa espécie de tentação. E, enquanto a lembrança da noiva empalidecia e esmaecia ali mesmo, ela, ao contrário, parecia se importar apenas com a outra, só falava da outra, como se quisesse protegê-la e defendê-la do esquecimento; e dedicava à que estava distante seus pensamentos mais generosos, seus mais delicados sentimentos; de modo que sua superioridade diante da outra saltava continuamente aos olhos de Paolo.

Em aberto contraste com a alegria de Pia destacava-se o humor sombrio de Filippo, a quem ela lançava sarcasmos e queixas sem trégua. Sua vozinha parecia armada de espinhos, parecia distribuir entre risinhos pontadas sutis. Venzi sorria com amargura ou respondia com breves frases pungentes.

Havia tempo Paolo se habituara a não ver mais em Filippo o amigo despreocupado de antes; porém, naquele dia, na nova casa, contente pelo trabalho cumprido, a tristeza do amigo o oprimiu com mais força.

— O que você tem? — indagou.

— Nada, pensamentos! — respondeu Filippo, como sempre.

— Venzi quer refazer o mundo! — exclamou Pia, debochando.

— Sim, refazê-lo sem mulheres.

— Não vai conseguir! Diga a ele, Anna! O que vocês homens fariam sem nós, mulheres? Baldia que o diga!

— Nada! Quanto a mim, é verdade. E esta casa é a prova.

Filippo balançou a cabeça e se afastou para examinar a casa sozinho. Aí está, aí está, era assim que Pia Tolosani montaria a sua se ele, muitos anos atrás, tivesse podido franquear aos gostos dela uma bolsa como a de Baldia! Como ela devia estar contente de ter podido dar uma amostra de seu bom gosto, sua sabedoria, sua ponderação!...

Na sala de jantar encontrou a senhora Giovanna, que observava bem devagar, minuciosamente, cada coisa.

— Bem decorada... não há o que dizer... Tudo de bom gosto! — e, para si, pensando na filha, dizia-se com um lamento: "Como sabe fazer tudo!...".

Entre ela, Venzi e Baldia, naquela casa, Anna parecia servir de pedestal, sobre o qual Pia Tolosani despontava absoluta.

— Aqui, agora, só falta a esposa! — disse Pia. — Sentem-se! Vamos testar o piano.

E tocou com muito sentimento uma bela composição de Grieg.

VI

Cerca de três meses após o casamento, Paolo Baldia voltou de uma longa viagem a Roma, acompanhado da recente esposa. Durante a viagem, Elena adoentou-se um pouco e, assim que chegou a Roma, teve que passar vários dias de cama.

Pia Tolosani estava morrendo de curiosidade de conhecê-la, e, sob outro ponto de vista, Anna Venzi também, pois já antegozava o íntimo prazer de exibir à novata sua grande experiência e as maneiras citadinas (aprendidas com Pia).

Nenhum dos amigos tinha visto Elena ainda; somente Filippo Venzi encontrara Baldia de passagem.

— Ah, você a viu? — perguntou Pia com uma ânsia mal contida. — E então, e então, nos diga...

Venzi a olhou longa, fixamente, sem responder; e sentenciou:

— Eh, a curiosidade é um pecado...

— Seu insuportável! — exclamou Pia, virando-lhe as costas.

— Como eu dizia, vi Baldia — retomou Venzi. — Ele estava bem, senhorita Pia, muito bem!

— Minhas felicitações! — fez Pia, irritada.

— Estava um tanto aflito, é verdade.

— É compreensível, pobrezinho! — exclamou Pia, dirigindo-se a Dàula. — Mas me diga, Venzi, ela ainda está de cama?

— Não, já se recuperou.

— Ah, então a veremos em breve!

Mas a espera foi longa. Baldia pretendia apresentar a esposa bem preparada para corresponder à expectativa e saciar a curiosidade dos amigos, especialmente de Pia Tolosani. Mas Elena, de índole fechada e um tanto obstinada, seca nas respostas, não se deixou influenciar pelo seu modo de ver e pensar, nem quis conceder nada aos desejos do marido, ainda que manifestos com a máxima elegância e o máximo tato. Baldia não conseguiu nem que ela usasse seu vestido preferido ou que tirasse do pescoço certa fita que, segundo ele, não lhe caía bem.

— Se for assim, não vou — cortou logo Elena.

Paolo fechou os olhos e suspirou pelas narinas. Paciência! Infelizmente precisava lidar com um caraterzinho difícil, que queria ser tomado pelo que era, com firmeza e delicadeza ao mesmo tempo; de outra forma, guerra conjugal! Mas Paolo se mantinha sábio o bastante. A esposinha lhe dava trabalho? Tanto melhor! Finalmente ele tinha uma boa ocupação! E, aos poucos, ganhava a confiança dela, lhe daria aquela forma com a qual ele sonhava. Por ora, paciência!

Animado por esse sentimento, apresentou Elena a Pia Tolosani, quase lhe pedindo tacitamente, com bom humor, sem ofender em nada a suscetibilidade da mulher, uma cooperação de bom senso e tato.

Ao ver Elena, Pia intuiu imediatamente com quem teria de lidar. Na verdade, não lhe agradou nem um pouco seu aspecto exterior; mas gostou da atitude rígida e fechada, a súbita combustão do rosto quando Elena exprimia algum pensamento contraditório, as decididas negativas dadas ao marido, que a olhava com temor.

— Não, não! Impossível, impossível! Ele que faça o que quiser — assim retrucava Elena. Ele era o marido; algo, para Elena, muito diferente dela.

Pia olhava Baldia e sorria com benevolência. Paolo olhava a mulher e sorria meio embaraçado.

— Gostei, gostei do tipinho! — declarou Pia Tolosani na quinta-feira à noite aos amigos.

Anna Venzi observava Pia com olhos mareados, agitando-se na poltrona sem cessar.

— Ah, ela veio finalmente! Diga, como ela é? Como é? Gosta mesmo dela? Gosta?

Reservadamente, Pia confidenciou a Anna que, quanto ao aspecto, não; Elena não lhe agradara...

— Veste-se mal... Não sabe se pentear... E é deselegante, sobretudo com o marido... Mas quase, quase, veja só, estou gostando que seja assim! Baldia é um tanto pretensioso, não acha?

— Pretensioso, sim, eu sempre disse! — declarou Anna.

Naquela reunião, Filippo Venzi mostrou-se muito mais sombrio do que de costume.

VII

A simpatia de Pia Tolosani por Elena Baldia cresceu em pouco tempo, para despeito e sofrimento de Anna Venzi. Já Elena, sempre fechada em si mesma, não se importava muito com Pia; aceitava alguns conselhos dela e de vez em quando até cedia de leve sua vontade obstinada, mas só quando achava que o conselho de Pia não se coadunava abertamente com algum desejo manifestado antes pelo marido. No entanto, se ele se mostrasse muito satisfeito com a concessão obtida, ela logo a retirava, e Pia se lamentava profundamente.

— Está vendo? — dizia ela a Baldia. Ela estraga tudo...

— Paciência! — exclamava Paolo mais uma vez, fechando os olhos e suspirando pelas narinas. E saía de casa com medo de perdê-la, no fim das contas. Entretanto, como era boa aquela Pia Tolosani! Se Elena pudesse pelo menos lhe dedicar alguma amizade! Ela lhe teria aberto o coração e a mente! Com certeza entre elas, duas mulheres, se entenderiam muito melhor! Além disso, a senhorita Tolosani era tão prudente, tão consciencisosa! Tinha tão belas maneiras!... "Aos poucos, quem sabe!", dizia-se Paolo.

Para onde ia? Habituado a nunca sair de casa em determinadas horas do dia, sentia-se quase perdido pelas ruas de Roma. Andava um tempo a esmo; depois, para escapar ao tédio, dirigia-se ao escritório de Filippo Venzi. Ali pelo menos encontrava o que ler, enquanto Filippo trabalhava.

— Ah, é você? Muito bem! Pegue um livro e me deixe trabalhar — dizia-lhe o amigo. E Paolo obedecia. De vez em quando erguia os olhos do livro e observava demoradamente o outro, concentrado a escrever, com a fronte contraída e a cabeça inclinada. Como em pouco tempo os cabelos ficaram ralos e grisalhos! Que ar de cansaço no carão bronzeado e nos olhos profundamente marcados! Filippo, ao escrever, pendia ora de um lado, ora de outro, a grande cabeça sobre os ombros hercúleos. "Irreconhecível!", dizia-se mentalmente Paolo. De resto, naqueles últimos dias Venzi se tornara mordaz, até agressivo, e no fundo de seus sarcasmos e palavras duras havia uma inexplicável amargura, quase biliosa. Seria possível que o desgosto com as tolices e a vulgaridade da mulher o tivesse reduzido àquele estado? Não, não; devia haver outra razão, subterrânea. Qual? Às vezes Paolo tinha até a impressão de que Filippo estava irritado com ele... "Por que comigo? O que fiz a ele?" No entanto, no entanto...

Certo dia, Venzi começou a lhe falar dos Tolosani, do pai, da mãe e especialmente de Pia, de início com uma ironia tão sutil, em seguida com um ar tão aberto e estranhamente debochado que Paolo se viu desconcertado diante dele. Como! Ele, o amigo mais íntimo, falava assim deles? Paolo sentiu-se quase na obrigação de responder, de defender a família amiga, e elogiou Pia, revoltando-se contra os deboches.

— Sim, sim... espere, meu caro! Espere! — disse-lhe Filippo, tornando-se sombrio, mas ainda rindo. — Espere, e você vai se dar conta!

Paolo vislumbrou uma suspeita; mas logo a rechaçou, acusando-se de suscetibilidade. No entanto a suspeita lançou uma luz inesperada sobre a estranha mudança de Filippo naqueles últimos tempos, e sob essa luz odiosa, duradoura, o pensamento de Baldia vasculhou e viu pouco a pouco a suspeita se concretizar numa monstruosa realidade. O próprio Filippo lhe dava dia a dia as provas mais irrefutáveis. A última foi a mais dolorosa para Paolo: Venzi se afastou dele; chegou até a fingir que não o vira, para não o cumprimentar. Para Paolo agora só faltava uma aberta confissão, e quis obtê-la, quis a todo custo que ele lhe desse uma franca explicação. Teve essa ideia quando, voltando para casa numa tarde, viu Venzi passar depressa pela Venti Settembre. Foi-lhe ao encontro resolutamente e o deteve pelo braço:

— Finalmente posso saber qual é seu problema comigo? O que lhe fiz?

— Quer mesmo saber? — respondeu Filippo, empalidecendo.

— Quero sim, é claro! — continuou Paolo. — Quero que me explique esse seu modo de agir. Quero, por nossa antiga amizade!

— Suavíssima palavra!... — escarneceu Filippo. — Então você não percebeu? Quer dizer que a serpente ainda não se aqueceu direito...

— De que serpente você está falando?

— Você sabe, daquela famosa da fábula, recolhida num dia de neve pelo piedoso camponês...

Paolo arrastou Filippo de qualquer jeito para casa. Ali, no escritório fechado a chave, quase no escuro, deu-se a confissão. De início Venzi se recusou, entrincheirando-se atrás da costumeira mordacidade, quase brutal.

— Tenho ciúme de você! — disse-lhe finalmente. — Quer entender de uma vez por todas?

— De mim?

— Sim, sim. Você ainda não se apaixonou?

— Por quem? Está louco?

— Por Pia Tolosani!

— Está louco? — repetiu Paolo, atônito.

— Louco, sim, louco! Mas me entenda, tenha piedade de mim, Paolo! — recomeçou Venzi com outro tom de voz, quase choroso. E falou longamente do seu primeiro amor por Pia Tolosani, que permanecera ignorado, e depois do casamento e das sucessivas desilusões, do vazio, do terrível tédio agitado por mil ânsias contínuas, as quais pouco a pouco se definiram e materializaram no novo, desesperado amor por Pia Tolosani.

— Cada dia que passa, minha mulher vai para baixo, cada vez mais para baixo... E ela, no alto, sempre mais no alto! Ela é intacta e intangível! Permanece aos nossos olhos, você sabe, como um ideal, que você, tolo, e eu deixamos escapar! E é isso que ela quer demonstrar, com tantos cuidados com as nossas mulheres! E essa é a sua vingança! Liberte-se dela, dê ouvidos a mim! Liberte-se dela! Ou daqui a um ano você também estará apaixonado, com certeza... já estou vendo... assim como eu, veja! Como eu...

Paolo compadeceu-se do amigo em silêncio, sem achar palavras. Naquele momento, ouviram-se no corredor as vozes de Elena e Pia Tolosani, que voltavam juntas de um passeio.

Filippo saltou de pé.

— Deixe-me ir! Não quero encontrá-la... não quero...

Paolo o acompanhou até a porta e, quando se fechou, muito perturbado, no escritório, ouviu nitidamente através da parede a voz de Pia, que no aposento ao lado dizia à esposa:

— Não, não, minha querida! Muitas vezes o erro é todo seu, e você já admite... Você é muito dura com ele! E não precisa ser assim...

"L'amica delle moglie", 1894

A sombra do remorso

— Cheguei — lamentou-se Bellavita da soleira, com aquela hesitação de quem começa a falar e depois se detém, inseguro —, cheguei porque entendi, sabe, o coração de vossa senhoria... o coração não aguenta mais... já não pode me visitar... Entendi!

Mal recomposto do ataque de ira ao anúncio daquela visita, o senhor notário, da mesa em frente à qual estava sentado em seu quarto de dormir, fez que sim com a grande cabeça calva, mas sem saber bem por quê. (O coração? O que ele disse?) E convidou com um aceno de mão o visitante a entrar e sentar.

Àquele gesto, Bellavita quase sentiu o quarto vibrar, tamanha foi a alegria inesperada que aquilo lhe causou. E, vestido de rigoroso luto, depois de falar se recompôs petrificado na soleira, e as pernas quase lhe falharam naquela alegria. Sustentou-se apoiando as mãos elegantes nos ombros do filho Michelino, que ia à frente, também vestido com uma roupa preta recém-tingida.

Ao sentir aquela pressão, como se fosse uma lembrança, Michelino logo se pôs mais radiante pela satisfação de vestir aquela roupa preta. Era como se envergasse uma divisa. Um dia antes ele anunciara aos pequenos amigos da vizinhança, reunidos em frente à porta onde o pai pendurara, na diagonal, uma faixa de pano preta:

— Estou de luto.

E, contorcendo-se no prazer em que parecia enredado, passou as mãos sobre o paletó.

Papai também estava de luto, e como! Até a faixa de lã vermelha, sempre enrolada no pescoço, fora tingida de preto. Mas papai envergava o luto com bem outra postura.

Ao ser convidado para entrar, Bellavita, recompondo-se do entusiasmo, empurrou adiante Michelino e sussurrou-lhe no ouvido:

— Vá beijar a mão do senhor notário!

Em seguida, com a severa gravidade que aquela visita após apenas seis dias lhe impunha, deu alguns passos no quarto em desordem, ainda cheirando aos roncos noturnos e gordurosos do gordo notário, e sentou-se numa cadeira — mas bem na ponta — todo empertigado, quase como se o sofrimento o mantivesse forçosamente teso e enrijecido.

Talvez em sua casa se atirasse ao chão, por causa do desespero daquele sofrimento. Mas como ali a comiseração que o senhor cavalheiro poderia sentir por ele provavelmente não ocuparia muito espaço, e certamente não menos desesperado, sofrimento que também talvez o corroesse naquele momento, pareceu-lhe excessivo até mesmo tocar com o traseiro aquela ponta de cadeira.

Michelino, após receber do senhor notário apenas o gesto de um beijo nos cabelos, voltou para o pai e se pôs entre suas pernas.

Por um instante, vindo do mármore do criado-mudo ao lado da cama desfeita, tornou-se perceptível no tédio sombrio e sonolento daquele velho quarto, o tique-taque sutil do cebolão de ouro deixado ali, sobre um lenço de seda vermelho. O notário inclinou-se com os braços cruzados sobre o tampo da mesa e ali afundou a cabeça.

Bellavita demorou-se algum tempo contemplando com olhos graves e densos de angústia a calvície avermelhada do senhor notário, que emergia dos braços cruzados. Se o respeito não o tivesse impedido, teria se aproximado na ponta dos pés e dado um beijo de extrema gratidão naquela calva, pois o doloroso recolhimento do senhor notário era um bálsamo para o seu coração. Sentia-se beatificado, quase como se desse em repasto ao notário toda aquela dor em que o via atolado, feito uma mãe que do seu seio desse o leite à criança.

Por fim, resolveu falar:

— Para o funeral — disse (e logo a voz vacilou) —, para o funeral encomendei uma coroa de flores frescas, um pouco... um pouco mais rica do que a minha.

O notário ergueu da mesa o rosto ainda mais soturno.

— Uma coroa?

— Resolvi me permitir isso, certo de adivinhar seu sentimento, senhor cavalheiro.

— Está bem. E depois?

— Depois ordenei que as colocassem sobre o carro fúnebre, senhor cavalheiro. A sua e a minha. Lado a lado. Muito, muito bonitas; se vossa senhoria as tivesse visto! Quase falavam.

— Quem falava?

— As duas coroas, senhor cavalheiro.

O rosto rubicundo do notário, erguido e apoiado no tampo da mesa, tornou-se pálido de tanta irritação.

— Espero — disse — que não tenha escrito o meu nome na fita!

Levando aos olhos o lenço tarjado de preto, Bellavita fez que não com a cabeça.

— E depois? — perguntou de novo o notário.

— Depois — respondeu, chorando, Bellavita — mandei rezar três missas para a santa alma: uma para ela, uma para mim e uma para Michelino.

Michelino se sacudiu todo, envaidecido pela bela notícia de que uma missa... oh! Até para ele? E quis passar mais uma vez a mão pelo paletó; mas interrompeu o gesto ao ver o notário ficar de pé.

— Me diga quanto gastou!

— Senhor cavalheiro...

— Me diga quanto gastou! — retrucou forte o notário, exasperado.

Bellavita apertou os lábios entre os dentes para prender os soluços, mas as lágrimas lhe choviam dos olhos.

— Te... tenha piedade — balbuciou —, quer me dar mais este sofrimento?

O notário observou aquelas lágrimas, o lamentável aspecto do homem arruinado em poucos dias pela desgraça repentina; viu a prostração se prolongar sobre o rosto esbranquiçado do garoto e começou a passear pelo quarto, com as mãos nos bolsos da calça, sem dizer mais nada.

A calça daquela velha roupa de casa, muito larga, fazia na parte de trás duas pregas deselegantes que, com o movimento das nádegas, subiam e desciam de modo extremamente ridículo. Michelino notou e não desgrudou os olhos enquanto o notário continuou a caminhar.

Finalmente Bellavita conseguiu enxugar as últimas lágrimas do nariz e recomeçou:

— Vim também por causa de Michelino.

— Por causa de Michelino?

— Para perguntar à vossa senhoria se posso mandá-lo de novo para a escola.

— Ah, meu Deus! — exclamou então o notário, erguendo os punhos para o teto. — E por que você pergunta isso a mim?

— Para saber se lhe parece justo; afinal só se passaram seis dias.

Com ambas as mãos ainda levantadas, o notário fez um gesto violento de desprezo:

— Mas faça o que quiser!

— Ah, não — reagiu então Bellavita, grave e resoluto. — Trata-se de Michelino! E não quero fazer nada sem o consentimento de vossa senhoria. O garoto sofre por estar sozinho em casa comigo. Veja só ao que se reduziu em seis dias, pobre coitado! Mas eu agora só sei chorar, chorar, chorar...

E de novo uma cachoeira de lágrimas.

De repente, sufocado e em sobressalto, deu um pulo e se lançou sobre o notário, desesperado.

— Ah, senhor cavalheiro — gritou —, tenha piedade, senhor cavalheiro, tenha consideração por mim! Não me abandone, não me abandone neste momento, senhor cavalheiro! Todos me desprezam por sua causa, todos riem de mim e até deste meu luto! Só o senhor pode e deve se compadecer de mim! O senhor conhece meus sentimentos! Sabe que nunca quis nada do senhor! Peço apenas um pouco de consideração, pelo respeito que sempre lhe demonstrei; um pouco de consideração pela minha desgraça, pela nossa desgraça, senhor cavalheiro!

E, ao dizer isso, olhou-o bem de perto, tão aflito e com olhos tão perdidos e atrozes, olhos de louco, que o notário teve a tentação de empurrá-lo para se livrar dele e mandá-lo para longe.

Quase não lhe pareceu verdadeiro. Sentiu nojo ao experimentar a magreza daqueles braços sob o tecido felpudo da roupa tingida, quando se agarraram com violência a seu pescoço na convulsão do choro. E, com esse nojo nos dedos, virou-se para a janela fechada do quarto, como se buscasse uma saída. Sabe-se lá por quê, imediatamente notou naquela janela a cruz que a esquadria enferrujada formava na vidraça. E ao mesmo tempo percebeu uma estranha relação entre o peso daquele homem que chorava no seu peito e toda a solitária tristeza de sua vida de velho gordo e solteiro, que agora lhe parecia evidente nos vidros sujos daquela janela contra o céu embaçado da manhã de outono.

Para escapar do pesadelo, começou a exortar o desesperado a se animar: prometeu-lhe que não o abandonaria, que iria visitá-lo em sua casa; tal como antes, sim!

— Mas Teresina... Teresina, senhor cavalheiro... O senhor não verá mais Teresina! Seu coração não vai suportar, vossa senhoria...

— Mas se estou lhe dizendo que vou! Vou, vou...

E assim finalmente conseguiu despachá-lo.

Ficou sozinho e, durante mais de cinco minutos, pôs-se a fechar e abrir as mãos todo trêmulo, congestionado, mugindo, assoviando e gritando em todos os tons:

— Meu Deus... Meu Deus... Meu Deus...

Sentado num banco de ferro em seu pequeno café, curvo, com os olhos fixos no mármore empoeirado de uma das mesinhas, Bellavita esperou muitos dias pela visita do notário Denora.

Mas nem o notário apareceu, nem nenhum de seus amigos, que antes costumavam passar metade do dia conversando no café, lendo jornais e jogando cartas.

Quando Michelino voltava da escola, Bellavita o apertava nos braços e se desfazia em lágrimas, esperando. A certa altura, para que o coração inchado não lhe estourasse no peito, ficava de pé; confiava o bar ao velho garçom que estava sempre dormindo e ia de novo, com Michelino, à casa do senhor notário.

Somente após quatro ou cinco daquelas visitas, começou a compreender que elas não eram bem recebidas pelo notário. Não disse nada. Ao pranto sempre vivo pela morte da esposa acrescentou este outro pranto causado pela nova dor e escasseou as visitas. Quando ia, mandava Michelino para o escritório do notário e se sentava em silêncio na antessala, com os olhos fechados, perto do anteparo de pano verde amarelado com o olho opaco no centro. Pouco a pouco as pálpebras se congestionavam de choro, e as lágrimas rolavam grossas e espessas pelas faces encavadas. Tinha vontade de assoar com força o nariz, igualmente cheio de lágrimas; e o assoava baixinho, para não incomodar; bem suave... E se enternecia, angustiado, com toda aquela delicadeza não correspondida; e a angustiada ternura logo se desatava em um novo e mais urgente ataque de choro.

— Ele beijou você, hein, beijou? — perguntava depressa a Michelino, correndo como um cachorro assim que o via sair do escritório.

Michelino erguia os ombros, irritado, sem entender o porquê daquela ansiosa e insistente aflição do pai por saber o que o notário lhe dissera ou o que fizera.

— Não beijou você?

— Fez assim — respondia por fim Michelino, passando rapidamente uma mão sobre os cabelos espetados.

— Mais nada?

— Mais nada.

Acompanhava-o até sua casa, deixava-o aos cuidados da criada e retornava ao café, onde reencontrava o velho garçom ainda dormindo, no mesmo canto, com a boca aberta e coberto de moscas.

Todo o bar, cujas vitrines, antes pintadas de branco, agora amareleciam e descascavam, ressoava o zumbido cerrado, contínuo e oprimente daquelas moscas.

Bellavita voltava a se sentar, curvo, sobre o banco de ferro e ficava ali, imóvel por horas e horas, com olhos fixos, agudos e tensos, que pareciam devorar o resto do rosto magro e pálido, a barba sem fazer havia vários dias. E então as moscas começavam a atacá-lo: pousavam nas orelhas, no nariz, no queixo; mas ele nem sequer notava; ou no máximo erguia uma mão para enxotá-las, quando já haviam voado para longe.

Aquelas moscas se tornaram as donas do café; haviam incrustado com as suas imundícies os dois véus, um cor-de-rosa e outro azul-celeste, ambos desbotados, que cobriam no balcão os doces já secos, as tortas endurecidas, a geleia pululando de mofo.

Nas prateleiras ao fundo, as garrafas de bebida estavam recobertas de poeira. E num dos pratos da balança, sobre o balcão, ficara um peso de latão, lembrança da última venda de doces feita pela mulher que, até pouco tempo atrás, sentava-se ali, risonha e cintilante, com o narizinho branco de pó de arroz, o xale de seda vermelha com luas amarelas sobre o seio farto, as argolas de ouro nas orelhas; e cada sorriso de resposta a um olhar que lhe fosse dirigido revelava as covinhas nas faces levemente maquiadas.

Trazia ainda no nariz o perfume daquela mulher e tinha ganas de cerrar os punhos, assaltado por uma tremenda vontade de arrebentar as vitrines e derrubar as garrafas, que lhe aumentavam insuportavelmente a angústia com sua simétri-

A SOMBRA DO REMORSO   431

ca imobilidade de coisas que podiam continuar existindo por si, ali, como antes, enquanto para ele tudo estava acabado, acabado!

E a infame calúnia de que ele mantinha aquele café com o dinheiro do notário Denora, quando, ao contrário, proibira a mulher de aceitar até uma flor do senhor notário! Se aceitava o dinheiro do café quando o notário aparecia ali, com os amigos, era justamente porque, se não aceitasse o pagamento, daria muito na vista; mas Deus sabe quanto ele sofria! Muito mais do que aquele pouco de café, feito no entanto com esmero, ele teria dado o sangue das veias pela imensa gratidão que devotava ao notário: pela defesa que, nos primeiros tempos de casado, o notário fizera dele perante a mulher, que o acusava de pouco tino, de pouco tato com os fornecedores, de inexperiência e até de inépcia; gratidão também pela paz com que o senhor notário, com seus modos tranquilos e circunspetos, o reintegrara à família; gratidão pela volta por cima que, com a ajuda dele, conseguira dar sobre todos os que sempre o escarneceram devido ao seu ar de "pessoa civilizada", que sabia tratar e lidar com os senhores da alta roda.

Como é que agora, que estava destruído pela desgraça, nenhum deles aparecia no café? Que mal fizera ao senhor notário para ser tratado assim por seus amigos? Se um dos dois podia estar com remorso por ter feito um mal ao outro, esse alguém certamente não podia ser ele.

Bellavita não sossegava. Enlouquecia com aquilo, palavra de honra, enlouquecia!

Mas certo dia, finalmente, eis que surge na soleira do pequeno café um dos mais íntimos amigos do notário Denora.

Assim que o avistou, Bellavita deu um pulo:

— Excelentíssimo senhor advogado!

No entanto, tomado de súbita vertigem, viu-se forçado a levar uma mão aos olhos e a se apoiar com a outra na mesinha.

— Oh, meu Deus! O que foi, Bellavita?

— Nada, senhor advogado. A alegria. Assim que vi entrar vossa senhoria... Levantei-me muito depressa. Estou tão fraco, senhor advogado! Mas não foi nada, já passou.

— Que pena, Bellavita — fez o outro, pousando uma mão em seu ombro.

— Sim, estou vendo, você está muito abatido. Não, não, pode ficar sentado.

— Por favor, sente-se o senhor!

— Obrigado, prefiro ficar de pé.

— Quer um café? Uma bebida?

— Não, nada. Fique sentado. Vim lhe fazer uma proposta em nome do notário Denora, meu caro Bellavita.

— Em nome...?

— Do notário Denora.

Ao ouvir o nome do notário Denora assim, como à traição, Bellavita murchou e olhou aquele senhor como se ele tivesse vindo lhe tirar o ar que respira.

— Entendi — disse. — Mas me desculpe...

E não pôde continuar, só de pensar que o notário precisara se dirigir a um outro para lhe fazer uma proposta.

Interpretando mal o doloroso espanto que se desenhou no rosto de Bellavita, o outro se apressou a animá-lo:

— Não se assuste, não se assuste, meu caro Bellavita. É para o bem do seu garoto.

— De Michelino?

— Sim, de Michelino. Você sabe que o notário sempre gostou dele e continua gostando.

— É? É mesmo? — fez logo Bellavita, curvando-se com os olhos cheios de lágrimas risonhas. E a angústia torturante de todos aqueles dias o incitou a desabafar numa torrente de perguntas ansiosas, provocada pela alegria imprevista daquela notícia.

— Mas por que então... — começou a dizer.

Mas o outro segurou suas mãos, interrompendo-o de pronto.

— Deixe-me falar, por favor. O notário lhe propõe, meu caro Bellavita, mandar o rapaz para um colégio em Nápoles.

Bellavita arregalou os olhos, recaindo no espanto doloroso, mas agora com a suspeita de que a conversa daquele senhor encobrisse, sob cada palavra, uma traição preparada pelo notário.

— Em Nápoles? — disse. — O rapaz? Mas por quê?

— Para dar uma melhor educação a ele — respondeu logo o outro, como se fosse uma coisa óbvia e evidente. — E é claro que o notário assumirá todas as despesas, contanto que você esteja de acordo em se separar dele.

De início quase atordoado, depois cada vez mais confirmando a suspeita

A SOMBRA DO REMORSO 433

que o enchia ao mesmo tempo de tristeza e indignação, Bellavita começou a perguntar e a dizer:

— Mas por quê? Meu menino estuda, senhor advogado! Vai bem na escola, e eu olho por ele. Por que o senhor notário me propõe que o mande para um colégio em Nápoles, tão longe? E eu? Ah, o senhor notário não quer mais saber de mim? Eu morreria sem o menino... Aliás, já estou morrendo, senhor advogado, estou morrendo aqui, de coração, abandonado por todos, sem saber por quê! Mas o que fiz a ele, em nome de Deus, o que lhe fiz? Quer me levar até o menino?... Não, não, me deixe falar! Não é nada verdade, senhor advogado, que ele esteja preocupado com a educação de Michelino. Não. É outra coisa! Outra coisa! E eu sei o que é, senhor advogado! Mas como? Ele ainda vem me falar de despesas? Ousa me falar de despesas? Desde quando recorri a ele para sustentar o menino como se fosse filho de senhores? Fui eu, sozinho, com meus próprios meios! Eu! E, enquanto estiver vivo, quem pensa nele sou eu; diga isso a ele! Não posso mandá-lo para Nápoles. E mesmo que pudesse não mandaria. Por que o senhor notário me mandou dizer isso? Será que ele pensou que eu levava o menino para conseguir alguma coisa?

Nesse ponto, o amigo tentou deter a enxurrada de perguntas impulsivas, aproveitando a suspeita — realmente infundada — contida na última fala de Bellavita. Mas ele não desistiu.

— Não é por isso? — rebateu. — E então por quê? Talvez porque não queira mais nem ver o menino? Quanto a mim, já faz tempo que ele não me vê!

— Oh, finalmente! — disse então o amigo, bastante aborrecido. — Este é o ponto! Aí está, meu caro Bellavita. Vamos falar claro.

Mas, quando chegou a hora da verdade, o tal amigo mal conseguiu falar, porque não era nada fácil explicar a Bellavita o despeito do notário por seu apego canino. Como lhe jogar na cara que, com a morte de sua mulher, o notário acreditara que se livraria do pesadelo dele, que, com o ridículo de sua inacreditável mansidão, com o respeito obsequioso que manifestava diante de todos os seus amigos, com os elogios despropositados que proferia sobre ele à vista de qualquer um, lhe envenenara o prazer daquela única aventura tardia em sua existência sóbria e reservadíssima? O notário poderia tolerar a ameaça de não poder se livrar dele, de que ele continuasse a respeitá-lo, a incensá-lo, a servi-lo diante de todos, demonstrando de todas as maneiras, como sempre fizera, que, se muitos tratavam o notário Denora com intimidade, não tivessem ilusões, porque o notário Denora guardava em segredo uma razão para a especial intimidade que mantinha com ele, a qual não poderia ser compartilhada com outros? Ligado a ele forçosamente pelo amor à mesma mulher, podia agora o senhor notário continuar ligado e atado a ele pela dor comum, pelo luto comum diante da morte dela? Sejamos justos! Era ridículo! Ridículo! E Bellavita devia entender de uma vez por todas que, embora fosse necessário aquele primeiro vínculo, agora, que a morte finalmente o libertara, o senhor notário não tinha mais nada a dividir com ele, porque o sofrimento, se ele o sentia, o luto, se quisesse envergá-lo pela morte daquela mulher, não havia nenhuma necessidade de que ele o tivesse e o envergasse ao lado dele. Já havia sido motivo de muitos risos. Agora chega. Não queria mais.

Depois de se contorcer sobre o banco para chegar ao fundo daquela tortuosa explicação, Bellavita por fim caiu numa espécie de estupor:

— Ah, é? — começou a dizer. — Ah, é por isso? — E não parou mais. A cada ah seus olhos, entorpecidos na dura fixidez de todos aqueles dias passados em desespero, se acendiam com lampejos de loucura.

— Ah, o senhor notário teme o ridículo? Logo ele? Só porque o respeito, ele teme o ridículo? Ele, que por dez anos me transformou no alvo das chacotas de toda a cidade, teme o ridículo? Oh, que infelicidade! E por isso ele quer se livrar de mim e de Michelino? Só porque fui visitá-lo em sua casa com o menino e porque ainda o respeito? Que infelicidade, palavra de honra! Mas, se é por isso, ah, senhor advogado, diga a ele, eu lhe peço, que, na casa dele, eu e o menino não vamos mais aparecer; porém, quanto a respeitá-lo, ah, quanto a isso não posso sentir de outro modo! Sempre o respeitei, mesmo quando o respeito talvez me custasse o deboche e a mortificação; e não vai ser justo agora, quando mais preciso dele, que deixarei de respeitá-lo! Diga-me o senhor como eu poderia deixar de respeitá-lo, senhor advogado. Nunca fiz outra coisa na minha vida, e agora ele quer que eu, de repente, deixe de respeitá-lo? Sempre o respeitarei, não há como ser diferente, diga isso a ele! E me desculpe. O senhor me ensina o modo de me vingar e espera que eu não me aproveite disso? Começarei a respeitá-lo ainda mais, na frente de todos, de maneira que todos vejam e saibam como é grande esse meu respeito por ele! Ele pode me impedir? Assim que o encontrar, vou me agarrar a ele. Serei a sua sombra por profissão! Sim, senhor. A sombra do seu remorso, por todo o mal que ele me fez, apesar de todo o bem que lhe quis. Vá dizer isso a ele. Ele, o corpo; eu, a sombra. Ele me dá um chute, e eu aceito; me dá um tapa, e eu aceito. Aliás, vou reverenciá-lo muitas vezes, a cada chute que me der, a cada tapa que estalar. Pode ir dizer isso a ele. Ele, o corpo; eu, a sombra.

O amigo tentou dissuadi-lo de todos os modos, com rezas, argumentos, ameaças. Bellavita não abandonou mais aquela frase:

— Ele, o corpo; eu, a sombra.

Estava a ponto de desabar no abismo do mais negro desespero, e eis que havia encontrado, naquelas duas palavras, um apoio em que podia parar e se refazer. Oh, Deus! Podia até rir! Sim. E já sorria. Tinha chorado muito; agora podia rir. Sim, sim. E levaria o riso a todos. Essa seria a sua vingança. Cada marido enganado pela mulher deveria adotar esse novo gênero de vingança: começar a respeitar, a venerar, a incensar diante de todos, e de todas as maneiras, o amante da mulher, até levá-lo ao desespero; reverberar sobre ele, sem trégua, o ridículo da própria mansidão, até fazê-lo fugir sob o apupo de todos; e, quando ele fugisse — aí está —, correr-lhe atrás com mais mesuras, reverências e saudações, até não lhe dar mais um instante de descanso. Um pelo outro, ingrato miserável! Nunca pensara que o seu sincero respeito já fosse uma forma de vingança pela traição, porque envenenava o próprio prazer do senhor notário. E isso era mais um motivo para continuar respeitando o senhor notário, que lhe abrira os olhos e, por meio do amigo advogado, o fizera ver e tocar com as mãos tudo o que ele sofrera, pobre coitado! De agora em diante, era preciso recompensar o senhor notário com ainda mais respeito.

E Bellavita correu para o alfaiate a fim de encomendar uma nova roupa, um traje de luto que chamasse a atenção de todos por um detalhe ridículo que o alfaiate saberia fazer. Coisa de pompas fúnebres. E camisa preta, colete preto, gravata preta, bengala preta, luvas pretas, lenço preto: tudo preto. Depois disso, todo empertigado, era só seguir o senhor notário, escoltá-lo a dois passos de distância, na hora em que saía do escritório para a habitual caminhada.

Na primeira vez em que o escoltou assim, o notário observou que as pessoas que vinham na sua direção paravam e desatavam a rir. Virou-se e, quando descobriu Bellavita paramentado daquele jeito, primeiro empalideceu, depois se enfureceu e correu para cima dele, rosnando e ameaçando descer-lhe a bengala:

— Me deixe em paz, Bellavita, ou bato em você! Entendeu?

Mas Bellavita continuou diante dele, calado e de olhos baixos — impassível como uma sombra. E toda a gente ao redor, parada na rua, olhando e gargalhando. Para escapar àqueles risos, o notário recomeçou a andar a passos rápidos, e lá ia Bellavita atrás, também às pressas. O notário recorreu ao delegado de polícia; mas, quando foi chamado pelo delegado, Bellavita disse que não incomodava ninguém; que a rua não era do senhor notário e que ele caminhava ali por conta própria, vestido assim porque sua mulher morrera. O notário cogitou permanecer vários dias em casa, e em todos aqueles dias, no horário de sempre, Bellavita passeou debaixo de suas janelas como uma sentinela. Finalmente o notário saiu; e ele, de novo, foi atrás. Então um dia, já não aguentando mais, o notário lhe deu um solene golpe de bengala; e ele, como havia dito, aceitou o golpe; depois, noutro dia, atirou-lhe na boca uma pesada cigarreira de prata; e ele, por mais de uma semana, continuou andando atrás dele com o lábio caído como uma língua de cão. O que mais podia fazer o senhor notário? Matá-lo? Para se livrar da tentação, e ainda por cima se sentindo cansado e nauseado da profissão e da vida inútil que levava na cidade, decidiu fechar o escritório e se retirou para o campo.

No café remodelado e novamente cheio de clientes, Bellavita, triunfante, gabou-se pelo resto da vida de seu novo e extraordinário método para se vingar dos chifres. Mas sempre se lamentava de que, por falta de ânimo, os inúmeros chifrudos da cidade não quisessem adotá-lo.

"L'ombra del rimorso", 1914

Ou de um ou de nenhum

I

Quem foi? Um dos dois, com certeza. Ou talvez um terceiro, desconhecido. Mas não: em sã consciência, nenhum dos dois amigos tinha motivo para suspeitas. Melina era bondosa, modesta; além disso, andava muito desgostosa da antiga vida; não conhecia ninguém em Roma; vivia apartada e, se não propriamente satisfeita, mostrava-se agradecidíssima pela condição que lhe haviam dado quando a chamaram dois anos antes, de Pádua, onde a conheceram tempos atrás, ainda estudantes universitários.

Depois de passarem juntos num concurso para o Ministério da Guerra, depois de terem convergido em tudo na vida, Tito Morena e Carlino Sanni consideraram prudente e judicioso, sempre em comum acordo, providenciar dois anos atrás — isto é, quando tiveram seu primeiro aumento de salário — a companhia indispensável de uma mulher que cuidasse deles e os livrasse dos riscos a que estavam expostos, cada qual buscando por conta própria alguma estabilidade no amor, de contrair uma ligação infame, não menos oprimente que o casamento, por agora e talvez para sempre impedido pelas restrições financeiras e pelas dificuldades da vida.

E pensaram em Melina, a terna e carinhosa amiga dos estudantes de Pádua,

438 40 NOVELAS DE LUIGI PIRANDELLO

que costumavam ver na rua del Santo, nas noites de inverno e de primavera passadas lá no norte. Perfeito: Melina seria a mais aconselhável para eles, pois levaria consigo de Pádua todas as recordações alegres da primeira e despreocupada juventude. Escreveram-lhe uma carta; ela aceitou; e então (judiciosamente, como sempre) resolveram que a moça não coabitaria com eles. Alugaram para ela dois cômodos modestos num bairro distante, fora das muralhas, e ali a encontravam, ora um, ora outro, conforme haviam combinado, sem inveja e sem ciúme.

Tudo correra bem durante dois anos, para proveito de ambos.

De índole bastante dócil, econômica nas palavras e reservada, Melina se mostrara amiga de ambos, sem sombra de preferência por um ou por outro. Eram dois bons garotos, bem-educados e cordiais. Claro, um deles — Tito Morena — era mais bonito; mas Carlino Sanni (que não era nada feio, embora a forma de sua cabeça fosse curiosa) era bem mais esperto e divertido do que o outro.

O anúncio inesperado daquele caso imprevisto lançou os dois amigos num profundo desalento.

Um filho!

Um dos dois tinha sido, com toda certeza; qual dos dois, nem um nem outro nem a própria Melina podiam saber. Era uma desgraça para os três; e nenhum dos dois amigos se arriscou a perguntar à mulher "O que você acha?", temendo que o outro pudesse achar que ele, com isso, quisesse evitar a responsabilidade, deixando-a inteiramente para o outro; nem Melina tentou minimamente induzir um ou outro a acreditar que o pai fosse ele.

Ela estava nas mãos dos dois e dos dois — nem só de um nem só de outro — queria proteção. Um deles tinha sido; mas qual dos dois ela não podia dizer, nem queria fazer suposições.

Ligados ainda à própria família distante, com todas as lembranças da intimidade doméstica, Carlino Sanni e Tito Morena sabiam que essa intimidade tinha acabado para eles, que haviam se afastado de lá para sempre. Mas no fundo continuaram como dois passarinhos que, sob as penas já crescidas e habituadas ao voo por necessidade, tivessem conservado e quisessem manter escondido o calor do ninho que os acolhera implumes. No entanto sentiam quase vergonha disso, como se fosse uma fraqueza, que, caso revelada, poderia cobri-los de ridículo.

Talvez a percepção dessa vergonha causasse neles um remorso secreto. E o remorso se manifestava, à sua revelia, em certa aspereza de palavras, de sorrisos, de modos que eles todavia atribuíam àquela vida árida, sem benefícios íntimos, na qual nenhum afeto verdadeiro poderia lançar raízes, uma vida à qual eram obrigados a se submeter e a se habituar, assim como tantos outros. Nos olhos claros e quase infantis de Tito Morena, o olhar gostaria de ter uma dureza de gelo. E muitas vezes tinha; mas frequentemente, também, aquele olhar se velava pela comoção repentina de alguma recordação distante; então aquela película de gelo era como o embaçado dos vidros de uma janela, causado pelo calor de dentro e o frio de fora. Por sua vez, Carlino Sanni raspava com as unhas a face escanhoada e rompia, com o rumor dos pelos nascentes, certos silêncios angustiosos e interiores, agarrando-se à ríspida realidade de seu vigor viril que lhe impunha agir como homem, vale dizer, com um pouco de crueldade.

Ao anúncio inesperado da mulher, perceberam que, sem saber e sem querer, cada um deles, esquecendo-se do outro e também da desejada dureza e crueldade, tinha depositado naquela relação com Melina todo o coração, devido àquela secreta e ardente carência de intimidade familiar. E pressentiram um surdo ressentimento, uma pungente amargura de rancor, não propriamente contra a mulher, mas contra o corpo dela que, na inconsciência do abandono, deveria evidentemente ter pendido mais para um do que para outro. Não ciúme, porque a traição não era voluntária. A traição era da natureza; e era uma traição quase sarcástica. Cegamente, à socapa, a natureza se divertira destruindo aquele ninho, que eles gostariam de ver construído mais com a sabedoria e menos com o coração.

Entretanto, o que fazer?

A maternidade naquela garota assumia para a consciência deles um sentido e um valor que os perturbava, tão mais profundamente porque eles sabiam que ela não se rebelaria de modo nenhum, caso eles não quisessem respeitá-la; mas em seu coração os julgaria injustos e maus.

Havia nela tanta doçura dolente e resignada! Com os olhos, cuja mirada às vezes exprimia o sorriso triste dos lábios imóveis, dizia claramente que ela, não obstante sua situação ambígua nos últimos dois anos, graças a eles, se sentia renascida. E justamente desse seu renascimento para a simplicidade dos antigos sentimentos, graças a eles, ao modo como, quase sem saber, a haviam tratado, provinha sua maternidade, o reflorescimento dela que, na miserável aridez do vício indesejado, se esterilizara durante tantos anos.

Ora, eles não poriam por terra sua própria obra, súbita e cruelmente, se lançassem Melina mais uma vez na iniquidade de antes, impedindo-a de colher o fruto de todo o bem que lhe fizeram?

Isso os dois amigos percebiam confusamente na agitação da consciência. E, se um dos dois pudesse estar certo de que o filho era seu, talvez não hesitasse em assumir o peso e a responsabilidade do fato, persuadindo o outro a se retirar. Mas quem podia dar a um dos dois tal certeza?

Na dúvida incontornável, os dois amigos decidiram que, sem ainda dizer nada a Melina, quando chegasse o momento, mandariam-na liberar-se em alguma maternidade, de onde voltaria para eles, sozinha.

II

Melina não pediu nada: intuiu a decisão deles; mas também intuiu com que espírito ambos a tomaram. Deixou passar algum tempo; quando lhe pareceu o momento oportuno, com os olhos baixos e um tímido sorriso nos lábios, mostrou a Carlino Sanni, que naquela noite estava com ela, um pedaço de tecido comprado um dia antes com as suas economias.

— Gosta?

De início o jovem fingiu não entender. Examinou o tecido com o tato, com os olhos, aproximando-o da luz:

— Parece bom — disse. — E... quanto custou?

Melina ergueu os olhos, onde a astúcia sorria, suplicante:

— Ah, pouco — respondeu. — Adivinhe!

— Quanto?

— Não... quero dizer, porque o comprei...

Carlino deu de ombros, ainda fingindo não compreender.

— Oh, querida, porque você precisava! Mas comprou com seu dinheiro, e não deveria. Podia nos dizer que estava precisando.

Melina então ergueu o pano e escondeu o rosto nele. Ficou um tempo assim; depois, com olhos cheios de lágrimas, balançando amargamente a cabeça, disse:

— Então não? Quer dizer que não devo... não devo preparar nada?

E, diante daquela pergunta enternecedora, ao ver o jovem titubear entre irritado e comovido, logo lhe tomou a mão, puxou-o para si e acrescentou rapidamente, com ardor:

— Ouça, Carlino, ouça, por misericórdia! Não quero nada, não peço mais nada. Assim como comprei este tecido, também posso, com minhas pequenas economias, providenciar tudo eu mesma. Não, escute, me ouça primeiro, sem encolher os ombros, sem esses olhares horríveis. Olhe, eu juro, juro que vocês nunca terão nenhum incômodo, nenhum peso, nunca! Deixe-me falar. Ainda me sobra muito tempo aqui. Aprendi a trabalhar para vocês; continuarei sempre trabalhando; oh, podem estar certos de que meus cuidados nunca faltarão a vocês! Mas, veja, ao cuidar de vocês assim, como eu faço, deixando suas roupas limpas e tudo o mais, ainda me sobra muito tempo, tanto que, você sabe, aprendi a ler e a escrever, sozinha! Pois bem, agora deixarei este e tentarei outro trabalho, que eu possa fazer aqui em casa; e serei feliz, acredite! Acredite! Nunca lhes pedirei mais nada, Carlino, nada! Concedam-me esta graça, por caridade! Sim, sim?

Carlino evitava olhá-la, virando o rosto para cá e para lá, e erguia um ombro e abria e fechava as mãos e bufava.

Primeiro de tudo, convenhamos, não era difícil entender que ele, assim de repente e sem consultar o outro, não podia dar nenhuma resposta a ela. Além disso, era fácil dizer nenhum peso, nenhum incômodo. O peso e o incômodo eram o de menos! A responsabilidade, a responsabilidade de uma vida que, pelo amor de Deus, certamente pertencia a um dos dois, mas a qual dos dois era impossível saber. Aí está, era isso! Era isso!

— Mas e quanto a mim, Carlino? — respondeu Melina de pronto, com ímpeto. — Isso só diz respeito a mim, sem sombra de dúvida. E a responsabilidade... por que vocês deveriam assumi-la? Eu mesma a assumo por inteiro, como lhe disse.

— E como? — gritou o jovem.

— Como? Simplesmente eu a assumo! Por favor, me ouça! Olhe, daqui a dez anos, Carlino, quem sabe quantas coisas podem acontecer a vocês! Daqui a dez anos... E ainda que queiram continuar vivendo assim, os dois juntos, daqui a dez anos o que será de mim? Com certeza já não serei boa para vocês, que se cansarão de mim. Pois bem: até os dez anos meu filho será um garoto, mas não lhes dará despesas nem incômodos, porque eu o proverei de tudo com o meu trabalho. Entende que, agora que aprendi a trabalhar, não posso me desfazer dele? Ele ficará comigo; aqui me dará conforto e me fará companhia; e depois, quando vocês não me quiserem mais, terei pelo menos ele, eu o terei, compreende? Sei, por agora você não deve nem pode me dizer que sim, sozinho. Por que falei primeiro a você, e não a Tito? Não sei! O coração me sugeriu assim. Tito também é tão bom! Fale sobre isso com ele, como achar melhor, quando achar melhor. Estou aqui, nas mãos de vocês. Não direi mais nada. Farei o que acharem melhor.

Carlino Sanni falou com Tito Morena no dia seguinte. Mostrou-se bastante irritado com Melina e realmente estava convencido de que o problema era dela; porém, assim que viu Tito concordar com ele, desaprovando a proposta de Melina, se deu conta de que trazia a raiva no corpo não por ela, mas porque previa a oposição de Tito. Previa a oposição; no entanto, talvez lá no fundo esperasse que Tito assumisse contra ele a defesa de Melina, isto é, aquela mesma atitude que ele mesmo assumiria de bom grado, caso não temesse fazer o pior. Irritou-se com a imediata concordância, e Tito ficou espantado com aquela irritação insólita; observou-o por um momento e perguntou:

— Mas, me desculpe, você não está dizendo o mesmo que eu?

E Carlino:

— Mas claro! Claro! Claro!

Pensando bem, de fato não poderiam não estar de acordo. Mesmo porque ambos nutriam os mesmos sentimentos. Embora esse sentimento comum, em vez de uni-los, não só os dividia mas também os tornava inimigos um do outro.

Tito, que estava mais calmo naquele momento, compreendeu imediatamente que, ao dar vazão aos sentimentos, aconteceria certamente uma ruptura irremediável entre eles; por isso gostaria de interromper ali a conversa, para que sua razão e a do amigo, friamente e à distância, pudessem chegar a um acordo.

Mas Carlino, perturbado pela raiva, não soube se conter. Tanto disse que por fim fez o próprio Tito perder a calma. E de repente os dois, até então um ao lado do outro e amigos cordialíssimos, descobriram-se nos olhos, um diante do outro, cordialíssimos inimigos.

— No entanto gostaria de saber por que ela falou antes com você, e não comigo!

— Porque ontem à noite quem estava lá era eu; e ela disse a mim.

— Mas poderia ter esperado até o dia seguinte e dito a mim! Se disse ontem à noite, quando você estava, é sinal de que o achou de coração mais mole e mais disposto a recuar em relação a tudo o que nós dois, de pleno acordo, tínhamos estabelecido.

— Mas não é nada disso! Porque eu disse que não, não, não, exatamente como você está dizendo agora! Mas você deve entender que ela insistiu, chorou, implorou, fez um monte de promessas e juramentos; e, diante daquelas lágrimas e das promessas, não sei, não poderia saber como você reagiria, nem se você, por sua conta, teria respondido que não!

— Mas não tínhamos estabelecido que não? Então é não!

Carlino Sanni sacudiu-se raivosamente.

— Tudo bem! Então vá dizer a ela.

— Muito bem! A tarefa me agrada! — grunhiu Tito. — Assim a parte do coração duro, do tirano, recai toda sobre mim, e você continua aos olhos dela como aquele que se dobrou, comovido, enternecido.

— E se fosse assim? — Carlino deu um pulo, fixando-o de perto nos olhos. — Está tão seguro de que você não teria "se dobrado, comovido e enternecido" no meu lugar? E teria tido a coragem, tão comovido e enternecido, de lhe dizer não, inclusive por conta de um outro que, talvez no seu lugar, assim como você, se comovesse e se enternecesse? Vamos, responda! Responda!

Assim desafiado, olhos nos olhos, Tito não quis se dar por vencido e mentiu, impassível.

— Eu, comovido? Quem lhe garante?

— Então é verdade — exclamou Carlino triunfante — que o coração duro é você, portanto, pode muito bem dizer isso a ela!

— Oh, mas sabe o que lhe respondo? — tremeu Tito no ápice do despeito. — Que já estou cheio desta história e quero dar um basta!

Carlino se aproximou de novo dele, ameaçador:

— Ou seja... ou seja... ou seja... devagar, devagar, meu caro, espere: dar um basta, agora, de que maneira?

— Oh — fez Tito com um sorriso repuxado, olhando-o de cima a baixo —, por acaso acha que eu quero fugir ao que devo? Continuarei fazendo a minha parte enquanto ela estiver nesse estado; depois, faça o que bem entender: se ela quiser ficar com o filho, que fique; se quiser dispensá-lo, que o dispense. Quanto a mim, não quero mais saber disso.

— E eu? — perguntou Carlino.

— Faça também o que achar melhor!

— Não é verdade!

— Por que não?

— Você bem sabe por que não! Se você não for mais lá, tampouco eu poderei ir!

— Mas por quê?

— Porque você sabe muito bem que, sozinho, não posso carregar todo o peso da responsabilidade; aliás, não posso e não devo, porque não sei ao certo se o filho é meu, e você não pode me deixar nos ombros o peso de um filho que pode ser seu.

— Mas se eu lhe disse que continuarei fazendo a minha parte!

— Muito obrigado! Mas não posso aceitar! Claro, de qualquer modo, quem ficará no meio disso serei eu.

— Porque você quer ficar!

— Calma lá, calma lá, calma lá: e por que você não aceita o acordo? O que ela está pedindo, afinal, que você não possa aceitar? Se ela garantiu que cuidará sozinha do filho! Se vai mantê-lo com ela! Ouça... me escute...

E Carlino começou a seguir Tito, que se afastava agitado pela sala, tentando fazê-lo raciocinar. Mas não entendia que, ao assumir aquele tom persuasivo e a pacata defesa da mulher, só piorava as coisas.

O próprio Tito gritou, por fim:

— Pode até ser uma suspeita injusta, mas o que você quer fazer? Agora é tarde, não posso mais evitar essa ideia! Não posso continuar assim, juntos, uma relação que só era possível desde que não houvesse nenhuma disputa entre nós.

— Então vamos os dois juntos — propôs Carlino —, os dois juntos, dizermos a ela que não. Eu já disse isso; agora vamos juntos repetir nossa decisão; e, se você quiser, posso falar mais duro; mostrarei a ela que não é possível atender a seu pedido!

— E depois? — fez Tito. — Acredita que ela continuaria sendo a que foi até agora? Mas se deseja tanto ter esse filho! Acredite, nós a faremos infeliz, Carlino, inutilmente. Porque... eu sinto, sinto mesmo, para mim acabou! Pode ser um despeito bobo: não consigo aceitar, sinto que não consigo aceitar. E agora? Não posso, não quero mais voltar lá!

— E vamos abandoná-la assim? — perguntou Carlino preocupado.

— Abandoná-la, não, absolutamente! — exclamou Tito. — Já lhe disse e repito que continuarei fazendo a minha parte enquanto ela estiver nesse estado, sem poder se sustentar por conta própria! Quanto a você, faça o que achar melhor. Falo isso sem rancor, veja bem! E com a maior franqueza.

Carlino permaneceu mudo, enfezado, raspando com as unhas a face escanhoada. E, naquele dia, a conversa terminou ali.

III

Não foi mais retomada. Mas continuou no espírito de ambos, e paulatinamente mais violenta quanto mais crescia a violência que um e outro faziam para se calar.

Nenhum dos dois foi encontrar Melina. E, não indo, Carlino queria demonstrar a Tito a violência que ele cometia, ao impedi-lo de ir; já Tito, por sua vez, achava que Carlino queria usar de violência contra ele ao se abster de ir. Claro! Para forçá-lo, assim, a desistir de seu propósito e vencer a disputa, mesmo tendo rompido, de surpresa, com o que eles já haviam estabelecido.

Deveria passar por cima de tudo? Fazer o que queriam, os dois mancomunados contra ele? Não bastava que ele continuasse pagando, deixando ao outro a liberdade de visitar a mulher?

Não, senhor. Dessa liberdade Carlino não queria aproveitar, aliás, nem sequer lhe agradecer. Ele a negava! Sem compreender que, se tivesse cedido, se tivesse voltado a Melina para que ele também se sentisse à vontade de ir, toda a vitória seria deles dois, já que afinal ele teria feito o que os outros dois queriam. E isso não seria uma violência? Não, pelo amor de Deus! Ele continuaria a pagar, e chega!

Entretanto, embora com esses argumentos tentasse reafirmar sua resolução de não ceder e quisesse concluir que ele estava com a razão, Tito sentia crescer a cada dia a ansiedade em relação à passiva obstinação de Carlino; sentia que o sombrio silêncio do amigo implicava um peso em sua consciência, que ele sozinho não queria carregar.

Se aquela garota, convidada por eles para vir de Pádua a Roma e engravidada por um dos dois, agora, naquele estado, se debatia numa incerteza angustiosa, de quem era a culpa? O que afinal ela pretendia ao dizer sem incômodo, sem peso nem responsabilidades para eles? Que não se cometesse a violência de se livrar da criança, já que um dos dois era o pai com certeza?

Pois bem, queriam deixá-lo só com o remorso dessa violência.

Se Carlino tivesse continuado a visitar Melina, ele poderia ao menos em parte se livrar desse remorso com a ideia de que, mesmo continuando a pagar, não tinha mais nenhum prazer com a mulher.

Mas não, senhor! Carlino também já não ia lá, Carlino já não tinha nenhum prazer com a mulher, e assim não só não o impedia de se livrar do remorso com aquela ideia, mas também o agravava.

Privando-se apenas ele do prazer e mesmo assim continuando a dar sua parte, poderia até pensar que fazia um sacrifício tolo e talvez supérfluo, já que não estava provado que ele devesse ter remorso por querer dispensar o próprio filho, podendo este ser perfeitamente do outro. Ah, sim; mas, pensando dessa maneira, isto é, admitindo que o filho fosse do outro, ele poderia então pretender que esse outro assumisse o remorso inteiro de livrar-se do próprio filho para lhe agradar? Se ele, Tito, tivesse tido a certeza de ser o pai, e Carlino pretendesse que o filho fosse dispensado, ele não se rebelaria?

Mas essa certeza não existia!

No entanto, mesmo na dúvida, Carlino não queria que se cometesse essa violência.

Deviam estar todos juntos, em comum acordo, os três, querendo e cometendo a violência. O remorso compartilhado teria sido menor. Pois bem, fizeram-lhe essa traição. E a sua raiva tanto mais crescia quanto mais ele se dava conta de que a vingança, à qual instintivamente se sentia impelido, o tornava cruel contra seus próprios sentimentos; quanto mais via que, mesmo não praticando nenhuma vingança, ela, a traição, permanecia, assim como permanecia o acordo daqueles dois de sabotar o que fora combinado antes; de modo que a parte odiosa sempre ficaria colada apenas a ele. Sendo assim, não, pelo amor de Deus, não! Por que ceder agora? Teria sido igualmente inútil!

Entretanto, chegou o momento em que ambos se viram forçados a falar mais uma vez de Melina: o mês estava no fim, e era preciso dar o dinheiro a ela para que pagasse suas despesas e o aluguel dos dois cômodos.

Tito gostaria de ter evitado a conversa. Tirando da carteira sua parte, colocou-a sobre a mesinha, sem dizer nada.

Depois de olhar um tempo aquele dinheiro, Carlino finalmente disse:

— Não vou levar para ela.

Tito se virou para olhá-lo e disse secamente.

— Nem eu.

O silêncio que um e outro, após essa troca de palavras, mantiveram por um longo intervalo, com extremo esforço, vibrou todo na ebulição interna de ambos, a cada um tornando angustiante a expectativa de que o outro falasse.

A voz que primeiramente se ouviu, surda, opaca, veio dos lábios de Carlino:

— Então vamos escrever a ela. E enviar pelo correio.

— Escreva — disse Tito.

— Escreveremos juntos.

— Juntos, tudo bem; já que lhe agrada fazer o papel de vítima, e que eu faça o de tirano.

— Eu faço — respondeu Carlino, erguendo-se — precisamente o mesmo que você, nem mais nem menos.

— Então tudo bem — repetiu Tito. — Então pode escrever a ela, que da minha parte estou disposto a respeitar seu sentimento e a fazer tudo o que for preciso; estou disposto a pagar até que ela mesma diga chega.

— Mas e então?! — Carlino deixou escapar.

Ao ouvir essa exclamação, Tito não conseguiu se conter e saiu do quarto, sacudindo furiosamente os braços no alto e gritando:

— Que então! Que então! Que então!

Sozinho, Carlino pensou um pouco no possível sentido da primeira anuência de Tito, à qual imediatamente se seguiu a explosão que, da maneira mais patente, reafirmava sua inabalável decisão. Parecia que agora ele não tinha nada contra Melina, já que estava disposto a respeitar os sentimentos dela e a fazer o que ela queria. Então era com ele o problema? Mas claro! E por quê, se agora estavam de acordo? Por não ter reconhecido antes que não havia motivo para se opor? Ah, era isso! Agora ele achava que era tarde; e não queria se dar por vencido. Ah, que erro Melina havia cometido ao não falar antes com Tito! E outro erro, ainda maior, cometera ele ao mencionar a proposta a Tito. Não, não, ele não deveria ter feito isso; deveria ter dito a Melina que falasse diretamente com Tito, aliás, que ela nem o deixasse suspeitar de que falara antes com ele. Era isso que devia ter sido feito! Mas poderia imaginar que Tito reagiria assim tão mal?

Agora Carlino estava convencido de que, se Melina tivesse falado primeiro com o outro, ele não teria nada a objetar.

Basta. Agora era preciso escrever a carta. O que dizer à pobre garota, naquele estado? Melhor não mencionar nada do que acontecera entre eles dois; achar uma desculpa plausível para a ausência de ambos. Mas que desculpa? A única possível era esta: na condição em que ela estava, queriam deixá-la tranquila. Tranquila? Ah, muita gentileza para uma pobre mulher como ela, acostumada a tão pouca consideração por parte dos homens. Além disso, tranquila, tudo bem: mas por que não iam nem sequer visitá-la, perguntar como estava, se precisava de alguma coisa? Tanta consideração e tanto desinteresse ao mesmo tempo — bela tranquilidade eles lhe dariam!

Porém, no fim das contas, a carta podia dar a ela a firme garantia de que não lhe faltaria nem dinheiro nem a ajuda que eles pudessem oferecer. Por ora, era preciso se contentar com isso.

E Carlino escreveu a carta nesse sentido, com muita circunspecção, a fim de que Tito, ao lê-la (e queria que ele lesse), não se anuviasse de novo.

Poucos dias depois, como era de esperar, chegou endereçada a ambos a resposta de Melina. Poucas linhas, quase indecifráveis, as quais, impedindo a comoção devido ao modo ridículo pelo qual a angústia e o desespero tinham sido ali expressos, produziram um estranho efeito de raiva nos dois jovens.

— Está vendo? Por sua causa!

Os dois traziam nos lábios, simultaneamente, as mesmas palavras; Carlino, pela obstinação de Tito em não ceder; Tito, pela de Carlino em não ir; mas nenhum dos dois conseguiu expressá-las. Perscrutaram-se. Cada qual leu nos olhos do outro o desafio a falar. Mas também leram claramente o ódio que agora os unia, em lugar da antiga amizade; e logo entenderam que não podiam nem deviam falar mais daquele assunto.

Aquele ódio recomendava não só que contivessem a raiva em que se devoravam, mas também que cada um recrudescesse o próprio propósito numa lívida frieza.

Deviam continuar juntos, forçosamente.

— Vamos escrever de novo a ela, dizendo que fique tranquila — sibilou Carlino entre dentes.

Tito mal se virou para olhá-lo, com os cílios alçados:

— Mas claro, pode dizer: tranquilíssima!

IV

Agora, toda tarde, ao sair do ministério, não seguiam mais juntos como antes, passeando pelas ruas ou dirigindo-se a algum café. Cumprimentavam-se friamente e um ia por aqui, o outro por ali. Reencontravam-se no jantar; mas, frequentemente, como não chegavam à trattoria na mesma hora e não achavam lugar na mesma mesa, cada um jantava no seu canto. Melhor assim. Tito se deu conta de que sempre sentira vergonha, sem que o confessasse, do excessivo apetite que Carlino demonstrava ao comer. Depois do jantar, cada um saía por sua própria conta e passava duas ou três horas na rua, antes de ir para a cama.

Tornavam-se cada vez mais sombrios, alimentando aquele rancor em solidão.

Mas um não queria que o outro percebesse a ferida que cada um trazia devido àquela corrente não mais arrastada em companhia pela mesma estrada, e sim puxada com despeito, naquele fingimento de liberdade que queriam aparentar.

Sabiam que a corrente, mesmo arrastada e puxada assim, não podia nem devia se romper; mas o faziam de propósito, para sofrer mais, quanto mais pudessem. Talvez, com essa maceração, tentassem anestesiar a dor pungente e o remorso pela mulher, que em vão continuava a implorar conforto e piedade.

Já havia algum tempo ela se rendera ao que achava que fosse a vontade deles. Mas não: agora eram eles que queriam absolutamente que ela tivesse o filho. E por que então todo aquele sofrimento? Por que a faziam sofrer tanto? Voltar atrás, como antes, não era mais possível. De modo que... não, não: ela devia ter o filho. O assunto estava fora de questão.

Unidos como estavam pelo mesmo sentimento, que não podia absolutamente se desenvolver num ato comum de amor, não podiam agora admitir que ele falhasse; queriam que durasse, ao contrário, para se desenvolver necessariamente num ato de ódio recíproco.

E esse ódio os cegava tanto que nenhum dos dois pensava por enquanto no que fariam amanhã com aquele filho, o qual não poderiam amar simultaneamente.

Mas ele devia viver: não podendo ser exclusivamente nem de um nem de outro, viveria para a mãe, à custa deles, assim, sem que nenhum dos dois pudesse nem mesmo vê-lo.

E, com efeito, nenhum dos dois — ainda que ambos se sentissem corroídos pela vontade —, nenhum dos dois cedeu ao convite de Melina para ir visitar o menino assim que ele nasceu.

Inexperientes quanto à vida, não imaginavam sequer remotamente em que terríveis necessidades aquela pobrezinha se debatia, tão só e abandonada, ao pôr no mundo aquela criança. Tiveram a revelação atroz alguns dias depois, quando uma velha, vizinha da pobre coitada, veio chamá-los para que fossem imediatamente vê-la, porque ela estava morrendo.

Correram e ficaram assombrados diante da cama, onde um esqueleto vestido de pele com a boca enorme, seca, que já descobria horrivelmente os dentes, e de olhos enormes, cujos globos pareciam exaustos e endurecidos pela morte, queria recebê-los em festa.

Aquela era Melina?

— Não, não, lá — dizia a pobrezinha, indicando o berço; eles a encontrariam lá, a Melina que conheciam, procurando lá, naquele berço e em tudo ao redor, nas coisas preparadas para o menino e nas quais ela se consumira, ou melhor, se transfundira.

Ali, sobre o leito, ela não estava mais; havia apenas seus restos, miseráveis, irreconhecíveis; apenas um fio de alma retido à força, para revê-los uma última vez. Toda a sua alma, toda a sua vida, todo o seu amor estavam naquele berço, e lá, lá, nas gavetas da cômoda, onde estava o enxoval do bebê, cheio de pompons, fitas e bordados, todo preparado por ela, com suas próprias mãos.

— Inclusive... com monogramas, sim, vermelhos... Tudo... peça por peça...

E quis que a velha vizinha mostrasse a eles peça por peça: as touquinhas, sim... aí estão as touquinhas... aquela com pompons vermelhos... não, aquela outra, aquela outra... e os babadores e as camisas e a camisola longa, bordada, para o batizado, com seda vermelha transparente... vermelha, sim, porque era menino, o Nillì era o seu menino... e...

Desabou de repente; tombou na cama, de lado. Na excitação daquela festa, talvez inesperada, consumiu-se de um golpe o último fio de alma retido à força para eles.

Aterrorizados com a cena imprevista, os dois se apressaram em erguê-la.

Morta.

Olharam-se. Com aquele olhar, cada um enterrou na alma do outro, até o fundo, a lâmina de um ódio inextinguível.

Foi um instante.

Por ora, o remorso os aturdia. Teriam tempo para destruir-se, a vida inteira. Por ora, ali, ainda era preciso agir de comum acordo: cuidar da vítima, cuidar do menino.

Não podiam chorar um na frente do outro. Sentiam que, se em plena agonia cedessem minimamente aos sentimentos, ambos se tornariam ferozes diante do choro do outro, e cada um pularia no pescoço alheio para sufocar aquele choro. Não podiam chorar! Mas os dois tremiam; e não podiam nem sequer se olhar. Também sentiam que não podiam continuar assim, olhando a morta de olhos baixos; mas como se mover? Como falar um com o outro? Como dividir as tarefas? Qual dos dois deveria se ocupar da morta e do funeral? Qual dos dois providenciaria uma babá para o menino?

O menino!

Estava lá, no berço. Era de quem? Morta a mãe, ele ficava com os dois. Mas como? Sentiam que nenhum dos dois conseguiria sequer se aproximar do berço. Se um desse um passo em direção a ele, o outro correria para detê-lo.

Como fazer? O que fazer?

Puderam entrevê-lo, ali, entre os véus, rosado, plácido no sono.

A velha vizinha disse:

— Como penou! E nunca ouvi um lamento de sua boca! Ah, pobre criatura! Deus não podia negar a ela o consolo deste filho, depois de tudo o que sofreu por ele. Pobre, pobre criatura! E agora? Por mim, se quiserem... estou aqui...

Encarregou-se ela de cuidar do cadáver, auxiliada por outras vizinhas. Quanto ao bebê... — nada de orfanato, não é? —, bem, ela conhecia uma ama de leite, uma camponesa de Alatri, que viera parir no hospital de San Giovanni; tivera alta alguns dias antes; a criança morrera, e naquela noite ela estava voltando para Alatri: boa, ótima jovem; casada, sim; o marido partira havia alguns meses para a América; saudável, forte; o filhinho morrera por uma infelicidade, durante o parto, e não por doença. De resto, podiam levá-la a algum médico, para que a examinasse; mas não tinha necessidade. Quanto ao bebê, nos últimos dois dias se apegara a ela, já que a pobre mãe, reduzida àquele estado, não podia amamentá-lo mais.

Os dois deixaram a velha falar sem a interromper, aprovando com a cabeça cada proposta após terem trocado um rápido olhar de esguelha, carrancudos. Melhor ocasião que aquela, impossível. E melhor, sim, melhor que o menino fosse para longe, sob os cuidados da ama de leite. Iriam visitá-lo em Alatri, um mês um, um mês outro, já que juntos não podiam.

— Não, não! — gritaram ao mesmo tempo à velha, impedindo-a que o mostrasse a eles.

Acertaram com ela as providências para o transporte e o enterro do corpo. A velha fez uma conta aproximada; eles deixaram o dinheiro e saíram juntos, sem se falar.

Três dias depois, quando o bebê partiu com a ama para Alatri levando todo o enxoval preparado pela pobre Melina, separaram-se para sempre.

V

Nos primeiros meses, era uma distração aquele passeio de um dia a Alatri — mês sim, mês não. Viajavam na noite de sábado; voltavam na manhã de segunda.

Iam visitar o menino como por obrigação. Este, quase não existindo ainda por si, tampouco existia propriamente para eles, senão assim, como uma obrigação; mas não uma obrigação pesada, afinal de contas, eles aproveitavam para respirar ar fresco e davam um belo passeio, ainda que solitário: do alto da acrópole, sobre as majestosas muralhas ciclópicas, descortinava-se uma vista maravilhosa. E, no fundo, aquela visita mensal não tinha outro escopo senão verificar se a babá estava cuidando bem do menino.

Experimentavam instintivamente certa desconfiança sombria, se não mesmo uma decidida repugnância por ele. Cada um dos dois pensava que aquele pacote de carne ali bem podia ser seu, mas também podia ser do outro; e, a tal pensamento, pelo ódio acérrimo que um sentia pelo outro, percebiam imediatamente uma aversão invencível não só ao toque, mas até à visão do bebê.

No entanto, pouco a pouco, isto é, assim que Nillì começou a esboçar os primeiros sorrisos, a se mexer e a balbuciar, ambos, instintivamente, se viram propensos a atribuir aqueles primeiros traços a si mesmos, excluindo toda suspeita de que o filho não fosse seu.

Então, de imediato, o primeiro sentimento de repulsa em ambos se transformou num sentimento de ciúme feroz pelo outro. À ideia de que o outro ia ali, com os mesmos direitos, e carregava o menino nos braços e o enchia de beijos, acariciando-o por um dia inteiro e acreditando que era seu, cada um dos dois sentia os dedos tensos e se debatia sob a mordida de uma indizível tortura. Se por acaso se encontrassem lá, na casa da babá, um certamente teria matado o outro; ou teria matado a criança, pela satisfação atroz de subtraí-la às carícias intoleráveis do outro.

Como prosseguir naquela situação por muito tempo? Até então Nillì era muito pequenino e podia continuar lá, com a babá, que assegurava ter vontade de cuidar dele como um filho, pelo menos até que o marido voltasse da América. Mas ele não podia continuar ali para sempre! Quando crescesse, seria necessário providenciar-lhe alguma educação.

Sim, era inútil amargar ainda mais o sangue pensando no futuro. Bastava a tortura presente.

Um e outro ganharam a confiança da babá, a qual, impressionada com o fato de os dois tios nunca irem juntos visitar o sobrinho, perguntou-lhes ingenuamente o motivo. Cada um dos dois assegurou à babá que o filho era dele, deduzindo a certeza deste ou daquele traço do menino, que, em verdade, não se parecia pontualmente com nenhum dos dois, já que puxara muito à mãe; mas, aí está, por exemplo, a testa... não era um pouco semelhante à de Carlino? Um pouco, sim... quase, quase... uma lembrança... não deixava de ser um sinal! Já os olhos azuis da criança eram um sinal revelador para Tito Morena, que também os tinha azuis; sim, mas, para sermos francos, a mãe também tinha olhos azuis, mas não tão claros e tendentes ao verde, isso não.

— Sim, parece... — respondia a um e outro a babá, de início consternada e aflita com a renhida disputa envolvendo o menino, mas depois, aconselhada por parentes e vizinhos, plenamente convencida de que seria melhor, tanto para ela quanto para o menino, mantê-los ambos assim, sem jamais afirmar ou negar nada categoricamente. Havia de fato uma disputa entre os dois, feita de gestos amorosos, pensamentos delicados, presentes, tudo para conquistar o mais que podiam o coração da criança, a quem ela dava instruções não de malícia, mas de prudência: quando chegasse o tio Carlo, que não falasse do tio Tito, e vice-versa; se um lhe perguntasse alguma coisa do outro, que respondesse com poucas palavras, um sim, um não, e bastaria; se finalmente quisessem saber de quem ele mais gostava, que respondesse a cada um: — De você! — só para deixá-los contentes, porque ele devia querer bem aos dois, do mesmo modo.

E de fato Nillì não fazia nenhum esforço quando respondia a ambos os tios, seguindo os conselhos da babá: — De você! —; porque, estando alternadamente com um e outro, cada encontro lhe parecia melhor do que o anterior, tanto era o amor e os cuidados que os dois lhe prodigalizavam, sempre prontos a satisfazer qualquer capricho seu, ambos à espera de um mínimo aceno.

Quando Carlino Sanni e Tito Morena já estavam mergulhados na tristeza devido às providências que teriam de enfrentar para a educação de Nillì, àquela altura com mais de cinco anos, chegou então à babá uma carta do marido que a chamava para a América.

Ao receberem a notícia, sem que um soubesse do outro, Carlino Sanni e

Tito Morena correram para um jovem advogado, amigo comum que haviam conhecido tempos atrás na trattoria onde, antes, costumavam comer juntos.

O advogado ouviu um e depois o outro, sem dizer ao primeiro que o segundo viera pouco antes para lhe dizer as mesmíssimas palavras e fazer a mesmíssima proposta, ou seja, que o garoto, filho seu ou não, fosse deixado inteiramente sob a sua guarda (nenhum dos dois dizia sob seus cuidados), a fim de que a insuportável situação fosse contornada.

Mas não havia nem poderia haver meios de contornar a situação até que um dos dois aceitasse deixar o menino aos cuidados do outro. Nem o julgamento de Salomão era aplicável. Salomão enfrentara condições muito mais fáceis, porque então se tratava de duas mães, e uma das duas tinha a certeza de que o filho era dela. No presente caso, como nem um nem outro podia ter essa certeza e estando ambos animados por um ódio recíproco e feroz, teriam deixado que o menino fosse partido ao meio, a fim de que cada um pegasse a sua metade. Mas não se podia fazer isso, não é mesmo? Então, no momento, o único remédio seria enviar o garoto para o colégio e acertar que cada um o visitasse em domingos alternados; e que, nos feriados, ele passasse um tempo com um e um tempo com outro. Isso por enquanto. Se mais tarde quisessem realmente resolver a situação, o jovem advogado não via outro meio senão este: que o filho, não podendo ser de um apenas, não fosse mais de nenhum dos dois. Como? Buscando alguém que quisesse adotá-lo. Se os dois concordassem, ele poderia assumir essa incumbência.

Nenhum dos dois aceitou. Recalcitraram, exasperaram-se profundamente diante da proposta; um voltou a gritar contra o outro as injúrias mais brutais, valendo-se de prepotência: o filho era seu, era seu! Só podia ser seu! Bastava ver os traços do garoto! E Carlino Sanni acreditava ter mais direitos, porque ele, ele, Tito, levara aquela pobre mulher à morte, ao passo que ele sempre fora piedoso com ela! Mas, do mesmo modo, Tito Morena também acreditava ter mais direitos, porque ele não sofrera menos os efeitos da dureza que fora forçado a usar em relação a Melina, e por culpa de Carlino!

Inútil, pois, tentar chegar a um acordo entre eles. Nillì foi trancado no colégio. Com a proximidade, recomeçou mais áspera e cruel a tortura de antes. E durou cerca de um ano. Finalmente surgiu um acaso que tornou possível e aceitável, para ambos, a proposta do jovem advogado.

No colégio, durante aquele ano, Nillì fez amizade com um coleguinha, filho único de um coronel, de quem tanto Carlino Sanni quanto Tito Morena tiveram que se aproximar, já que os dois pequenos (os mais novos do colégio) entravam no salão de visitas dominicais de mãos dadas, temendo separar-se um do outro. O coronel e a mulher eram muito gratos a Nillì pelo afeto e a proteção que ele dava ao pequeno amigo, o qual, mesmo sendo da mesma idade, parecia menor, pela timidez e por uma loura fragilidade feminina. Nillì, crescido no campo, era moreno, robusto, sanguíneo e muito vivaz. O amor do pequenino por Nillì tinha alguma coisa de doentio, o que muito enternecia a mulher do coronel. No fim do ano escolar, a criança morreu de repente, à noite, lá no colégio, como um passarinho, após ter pedido e bebido um gole d'água.

Para contentar a mulher inconsolável, o coronel, sabendo pelo diretor da escola que Nillì era órfão e que os dois senhores que o visitavam aos domingos eram seus tios, fez por intermédio do próprio diretor a proposta de adotar o menino, a quem o pequeno morto era tão ligado.

Carlino Sanni e Tito Morena pediram tempo para refletir; consideraram que a condição deles e de Nillì se tornaria cada vez mais triste e difícil com o passar dos anos; consideraram que o coronel e a mulher eram duas ótimas pessoas; que a mulher era muito rica e que, por isso, aquela adoção seria uma sorte para Nillì; perguntaram a Nillì se ele gostaria de ocupar o lugar deixado por seu amiguinho no coração e na casa dos dois pobres pais; e Nillì, que, devido aos conselhos e às conversas com a babá, deve ter entendido algo por alto, disse que sim, contanto que os dois tios fossem visitá-lo com frequência, mas juntos, sempre juntos, na casa dos pais adotivos.

E assim Carlino Sanni e Tito Morena, agora que o filho já não podia ser nem de um nem de outro, voltaram pouco a pouco a ser amigos como antes.

"O di uno o di nessuno", 1915

"Leonora, adeus!"

Aos vinte e cinco anos, oficial cumprindo serviço militar, Rico Verri gostava da companhia dos outros oficiais do regimento, todos do continente, os quais, sem saber como passar o tempo naquela cidade poeirenta do interior da Sicília, cercaram como se fossem moscas a única família hospitaleira do lugar, a família La Croce, composta pelo pai, d. Palmiro, engenheiro de minas (vulgo "Gaiteiro", como todos o chamavam, porque sempre assoviava distraído), pela mãe, d. Ignazia, oriunda de Nápoles, conhecida no vilarejo como "A Generala" e apelidada por eles, quem sabe por quê, de d. Nicodema; e pelas quatro belas filhas, robustas e sentimentais, enérgicas e apaixonadas: Mommina e Totina, Dorina e Memè.

Com a desculpa de que no continente "se fazia assim", aqueles oficiais haviam conseguido, atraindo o escândalo e a maledicência das demais famílias do vilarejo, que as quatro meninas se submetessem às mais picantes e ridículas situações; com elas tomaram certas liberdades que fariam qualquer mulher enrubescer; e elas mesmas corariam se não estivessem mais do que seguras de que, no continente, se fazia exatamente assim e ninguém teria o que dizer. Eles as levavam ao teatro em seus barquinhos, e cada irmã, sentada entre dois oficiais, era simultaneamente abanada pelo da direita enquanto o da esquerda lhe dava na boca uma bala ou um chocolatinho. No continente se fazia assim. Se o teatro estivesse fechado, toda noite havia escola de galanteria, danças e representações na casa dos La Croce: a mãe tocava furiosamente no piano todos os "trechos de ópera" que haviam escutado na última estação, e as quatro irmãs, dotadas de vozezinhas discretas, cantavam em figurinos improvisados até mesmo os papéis masculinos, com bigodinhos acima dos lábios desenhados por rolhas queimadas, chapelões emplumados e mais as casacas e os sabres dos oficiais. Era preciso ver Mommina, a mais gorducha de todas, no papel de Siebel em Fausto:

Le parlate d'amor — o cari fior...

Os coros eram cantados por todos, que se esgoelavam, inclusive d. Nicodema, ao piano. No continente se fazia assim. E, sempre para fazer como se fazia no continente, quando no domingo à noite a banda do regimento tocava no jardim público, cada uma das quatro irmãs se afastava de braço dado com um oficial pelas alamedas mais recônditas, atrás dos vaga-lumes (nenhum mal!), enquanto a Generala ficava como num trono, montando guarda para as cadeiras de aluguel dispostas em círculo, vazias, e fulminava os conterrâneos que lhe lançavam olhares de escárnio e de desprezo, uma cambada de selvagens, idiotas que não sabiam que no continente se fazia assim.

Tudo andou bem até que Rico Verri, que era o primeiro a se juntar a d. Ignazia no ódio aos selvagens da ilha, pouco a pouco se apaixonou por Mommina seriamente e foi se tornando também um selvagem. E que selvagem!

Ele nunca participara de fato das festas nem das maluquices dos colegas oficiais; apenas assistira, divertindo-se com elas. Assim que quis tentar fazer como os outros, ou seja, brincar com aquelas garotas, imediatamente, como bom siciliano, levou a brincadeira a sério. E aí, adeus diversões! Mommina não pôde mais cantar nem dançar nem ir ao teatro nem sequer rir como antes.

Mommina era boa, a mais ponderada das quatro irmãs, a sacrificada, aquela que preparava os folguedos para os outros e só os usufruía a custo de cansaços, noites insones e pensamentos tormentosos. O peso da família recaía inteiro sobre ela, porque a mãe fazia as vezes do homem, mesmo quando d. Palmiro não estava na mina de enxofre.

Mommina entendia muitas coisas: antes de tudo, que os anos passavam; que o pai, com aquela bagunça em casa, não conseguia economizar um centavo; que ninguém do vilarejo jamais se uniria a ela, assim como nenhum daqueles oficiais nunca se deixaria fisgar por uma delas. Já Verri não estava brincando — ao contrário! — e com certeza a esposaria, contanto que ela obedecesse às proibições e resistisse até o fim às provocações, pressões e revoltas das irmãs e da mãe. Lá estava ele, pálido, trêmulo; ao vê-la assediada, fixava os olhos nela, pronto para explodir à menor observação de um dos oficiais. E de fato explodiu certa noite, desencadeando um pandemônio: cadeiras pelo ar, vidros quebrados, gritos, choros, convulsões; três desafios, três duelos. Feriu dois adversários e foi ferido pelo terceiro. Quando, uma semana depois, ainda com o pulso enfaixado, se reapresentou na casa dos La Croce, foi atacado violentamente pela Generala. Mommina chorava; as três irmãs tentavam deter a mãe, achando mais conveniente que o pai interviesse, colocando no lugar aquele que, sem nenhuma autoridade, se permitira ditar regras em casa alheia. Mas d. Palmiro, surdo, continuava como sempre assoviando num canto. Passada a tempestade, Verri, insistente, prometeu que tão logo terminasse o serviço militar casaria com Mommina.

A Generala já buscara informações na cidade vizinha, localizada na costa meridional da ilha, e soubera que, sim, ele era de família próspera; mas o pai tinha fama de usurário na cidade, e era tão ciumento que em poucos anos fizera a mulher morrer de um ataque de coração. Diante do pedido de casamento, quis então que a filha tivesse alguns dias para refletir. E tanto ela quanto as irmãs desaconselharam Mommina a aceitar. Mas Mommina, além das tantas coisas que sabia, tinha também paixão por melodramas; e Rico Verri... Rico Verri enfrentara três duelos por ela; Raul, Ernani, d. Alvaro...

né toglier mi potrò
l'immagin sua dal cor...

Mostrou-se irredutível e se casou.

Não sabia a que acordos ele, movido pela loucura de levar a melhor contra todos aqueles oficiais, chegara com o pai usurário, nem que outros estabelecera intimamente, não só para compensar-se do sacrifício que o capricho lhe custava, mas também para sobressair diante de seus conterrâneos, os quais não desconheciam a reputação que a família da mulher gozava na cidade vizinha.

Foi aprisionada na casa mais alta da cidade, sobre a colina isolada e ventosa, de cara para o mar africano. Todas as janelas hermeticamente fechadas, vidraças e persianas; apenas uma, pequena, aberta sobre a distante campina, sobre o mar distante. Da cidadezinha só se viam os telhados das casas, os campanários das igrejas: somente telhas amareladas, mais altas, mais baixas, caindo para todos os lados. Rico Ferri fez vir da Alemanha duas fechaduras especiais; e não lhe bastava trancar toda manhã com aquelas duas chaves a porta de casa: ficava um bom tempo forçando-a com os dois braços, furiosamente, para se assegurar de que estava bem cerrada. Não encontrou uma criada que quisesse estar naquela prisão, condenando-se a descer todos os dias ao mercado para fazer as compras; e condenou a mulher a se ocupar da cozinha e das mais humildes tarefas domésticas. Ao voltar para casa, não permitia nem mesmo que o garoto do mercado subisse até lá; carregava todos os pacotes e embrulhos da cesta, fechava a porta com um empurrão e, tão logo se liberava da carga, corria para inspecionar todas as entradas, mesmo que estivessem protegidas internamente por cadeados cujas chaves só ele tinha.

Logo depois do casamento, fora possuído pelo mesmo ciúme do pai, e até mais feroz, exasperado por um arrependimento sem trégua e pela certeza de não poder defender-se de nenhum modo, por mais trancas que pusesse nas portas e janelas. Para o seu ciúme não havia salvação: pertencia ao passado; a traição estava ali, encerrada naquele cárcere; estava em sua mulher, viva, perene, indestrutível; em suas lembranças, naqueles olhos que haviam visto, naqueles lábios que haviam beijado. Nem ela podia negar; podia apenas chorar e se assustar quando o via avançar, terrível, desfigurado pela ira de uma daquelas lembranças que lhe acendera a visão sinistra das suspeitas mais infames.

— Era assim, não era? — rugia em seu rosto —, era assim que ele a apertava... com os braços assim, na cintura... como ela a apertava? assim? assim? e a boca? como era o beijo? assim?

E a beijava e a mordia e lhe puxava os cabelos, aqueles pobres cabelos não mais penteados, porque ele não queria que os penteasse mais, nem que usasse corpete, nem que cuidasse minimamente de si.

De nada valeu o nascimento da primeira filha e, depois, da segunda; ao contrário, com elas o martírio foi redobrado, tanto mais que, à medida que cresciam, as duas pobres criaturinhas começavam a compreender. Assistiam aterrorizadas àqueles súbitos ataques de loucura furiosa, àquelas cenas selvagens, que faziam seu rostinho empalidecer e os olhos crescer desmesuradamente.

Ah, aqueles olhos naqueles rostinhos murchos! Parecia que apenas eles cresciam, dilatados pelo medo que os mantinha sempre assim.

Frágeis, pálidas, mudas, andavam atrás da mãe na penumbra daquele cárcere, esperando que ele saísse de casa para irem com ela até a única janela aberta, beber um pouco de ar, olhar o mar distante e contar, nos dias serenos, as velas dos pesqueiros; ver os campos distantes e contar as casinhas brancas, dispersas entre o vário verde dos vinhedos, amendoeiras e olivais.

Nunca haviam saído de casa e adorariam muito estar lá, em meio àquele verde, e perguntavam à mãe se pelo menos ela já tinha ido para o campo e queriam saber como era.

Ao ouvi-las falando essas coisas, não podia deixar de chorar, e chorava silenciosamente, mordendo os lábios e acariciando suas cabecinhas, até que o sofrimento lhe provocava angústia, uma angústia insuportável, que a obrigaria a dar pulos, em agonia; mas não era possível. O coração, o coração lhe batia precipitado como o galope de um cavalo em fuga. Ah, o coração, o coração não aguentava mais, talvez até por aquela gordura em excesso, aquela gravidade de carne morta, já sem sangue.

De resto, o ciúme daquele homem agora mais parecia um escárnio atroz; ciúme por uma mulher cujos ombros, detrás, não mais suspensos pelo corpete, tinham quase despencado e cuja barriga, na frente, inchara a tal ponto que quase sustentava o grande peito flácido; por uma mulher que andava em círculos pela casa, arfando, a passos lentos e cansados, despenteada, entorpecida pela dor, quase reduzida a matéria inerte. Mas ele sempre a via como ela fora anos atrás, quando a chamava de Mommina ou até de Mummì, e logo, proferindo aquele nome, vinham-lhe ganas de apertar-lhe os braços brancos e frescos, transparentes sob o bordado da camisa preta, apertá-los às ocultas, bem forte, com toda a veemência do desejo, até fazê-la soltar um pequeno grito. No jardim público ouvia-se então a banda do regimento, e o perfume intenso e suave dos jasmins e dos citros inebriava ao sopro quente da noite.

Agora a chamava de Momma ou ainda, quando também queria golpeá-la com a voz: — Mò!

Por sorte, nos últimos tempos não ficava muito em casa; saía também à noite e nunca voltava antes da uma.

Ela não se importava minimamente em saber por onde ele andava. Sua ausência era o maior alívio que poderia esperar. Depois de pôr as filhas na cama, toda noite esperava por ele à beira da janela. Olhava as estrelas; tinha sob os olhos toda a cidade, uma vista estranha: entre o clarão que reverberava dos lampiões das ruas estreitas, curtas ou longas, tortuosas, inclinadas, a multidão de tetos das casas, como se fossem dados negros vagando naquele clarão; ouvia no silêncio profundo das vielas mais próximas uns sons de passos; a voz de alguma mulher que talvez esperasse como ela; o latido de um cão e, com mais angústia, o toque de uma hora vindo da igreja mais próxima. Por que aquele relógio marcava o tempo? Para quem assinalava as horas? Tudo era morto e vazio.

Numa daquelas noites, retirando-se ao entardecer da janela e vendo no quarto, jogada de qualquer jeito numa cadeira, a roupa que o marido costumava vestir (saíra naquela noite mais cedo que o habitual, vestindo outra roupa, que reservava para as grandes ocasiões), pensou em vasculhar o paletó por curiosidade, antes de colocá-lo no armário. Encontrou um desses folhetos de teatro, que são distribuídos nos cafés e nas ruas. Ali se anunciava justamente para aquela noite, no teatro da cidade, a primeira apresentação da *Forza del destino*.

Ver aquele anúncio, ler o título da ópera e romper num pranto desesperado foi uma coisa só. O sangue dera um mergulho por dentro, tombara de repente no coração e logo saltara para a cabeça, incendiando-lhe diante dos olhos o teatro de sua cidade, a lembrança dos antigos serões, a alegria despreocupada de sua juventude entre as irmãs.

As duas filhas acordaram sobressaltadas e correram para ela, trêmulas, de camisola. Achavam que o pai tivesse voltado. Ao verem a mãe chorando sozinha, com aquele folheto amarelo no colo, ficaram espantadas. Então ela, sem poder articular uma palavra, pôs-se a agitar o folheto e depois, engolindo as lágrimas e retorcendo horrivelmente o rosto banhado para forçá-lo a um sorriso, começou a falar entre soluços que se transformavam em estranhos assomos de riso:

— O teatro... o teatro... aqui está, o teatro... *La forza del destino*. Ah, minhas pequenas, minhas pobres alminhas, vocês não sabem. Confiem em mim, confiem em mim, venham, voltem para suas caminhas para não pegar frio. Agora vou fazer pra vocês, sim, sim, agora faço o teatro pra vocês. Venham.

E, após levar as meninas para a cama, com o rosto todo aceso e ainda sacudida por soluços, começou a descrever atropeladamente o teatro, os espetáculos que ocorriam ali, a ribalta, a orquestra, os cenários e depois contou o enredo da ópera e falou dos vários personagens, como se vestiam e, finalmente, entre o assombro das pequenas que a olhavam, sentadas na cama, com olhos arregalados, e temiam que ela houvesse enlouquecido, pôs-se a cantar com gestos estranhos uma e outra ária, duetos e coros, representando o papel de cada personagem de *La forza del destino*; até que, exausta, com as faces inflamadas pelo esforço, chegou à última ária de Leonora: "Paz, paz, meu Deus". Cantou-a com tanta paixão que, depois dos versos

> *Come il dì primo da tant'anni dura*
> *profondo il mio soffrir,*

não pôde continuar e cedeu a um novo pranto. Mas logo se recuperou; ergueu-se; recolocou na cama as filhinhas assustadas e, beijando-as e ajeitando as cobertas, prometeu que no dia seguinte, assim que o pai saísse de casa, ela representaria uma outra ópera, mais bonita ainda, Os huguenotes, sim, e depois outra, uma a cada dia! Desse modo as queridas pequenas poderiam pelo menos viver parte de sua antiga vida.

Ao voltar do teatro, Rico Verri notou imediatamente no rosto da mulher uma vibração insólita. Ela temeu que o marido a tocasse: ele perceberia num instante o frêmito convulso que ainda a agitava. Quando, na manhã seguinte, ele também notou algo de insólito nos olhos das meninas, tomou-se de suspeitas; não disse nada; mas decidiu descobrir se havia algum acordo secreto, voltando para casa de repente.

A suspeita foi reforçada na noite seguinte, ao encontrar a mulher desfeita, com um resfôlego de cavalo, os olhos saltados, o rosto congestionado, incapaz de ficar de pé — e as filhas atônitas. Ela cantara para as meninas toda a ópera *Gli ugonotti*, toda, da primeira à última cena; e não apenas cantara, mas também representara, desempenhando em cada parte, umas até com dois ou três, todos os papéis. As crianças ainda tinham nos ouvidos a ária de Marcello

> *Pif, paf, pif,*
> *Dispersa sen vada*
> *La nera masnada*

e o tema do coro que aprenderam a cantar com ela:

Al rezzo placido
Dei verdi faggi
Correte, o giovani
Vaghe beltà...

Rico Verri sabia que há algum tempo a mulher sofria do coração; e fingiu acreditar numa repentina manifestação da doença.

No dia seguinte, retornando duas horas antes do costume, ao introduzir as duas chaves alemãs no buraco da fechadura, teve a impressão de escutar estranhos gritos no interior da casa; prestou atenção; olhou, turvando-se, as janelas trancadas... Quem estava cantando em sua casa? "Miserere d'un uom che s'avvia...". Sua mulher? Il trovatore?

Sconto col sangue mio
L'amor che posi in te!
Non ti scordar, non ti scordar di me,
Leonora, addio!

Precipitou-se pela casa; subiu a escada aos saltos; encontrou no quarto, atrás do cortinado da cama, o corpo enorme da mulher jogado ao chão, com um grande chapéu emplumado na cabeça, bigodinhos sobre o lábio feitos com cortiça queimada; e as duas filhas sentadas em duas cadeirinhas ao lado, imóveis, as mãos sobre os joelhos, os olhos arregalados e as boquinhas abertas, aguardando que a representação da mãe continuasse.

Com um urro de raiva, Rico Verri atirou-se sobre o corpo caído da mulher e o afastou com um pé.

Estava morta.

"'Lenora, addio!'", 1910

O filho trocado

Ouvi gritos durante toda a noite e, a certa altura, numa hora tardia e perdida entre o sono e a vigília, já não saberia dizer se eram gritos de bicho ou de gente.

Na manhã seguinte, vim a saber pelas mulheres da vizinhança que eram desesperos de uma mãe (uma certa Sara Longo) — enquanto dormia, roubaram-lhe o filho de três meses, deixando-lhe em troca um outro.

— Roubado? E quem roubou?

— As "Mulheres"!

— As mulheres? Que mulheres?

Explicaram-me que as "Mulheres" eram espíritos da noite, bruxas do ar.

Espantado e indignado, perguntei:

— Como assim? E a mãe acredita nisso?

As boas comadres ainda estavam tão tocadas e aterrorizadas que chegaram a se ofender com meu espanto e minha indignação. Gritaram-me na cara como se quisessem me agredir, dizendo que elas haviam corrido para a casa da senhora Longo aos gritos, ainda de camisola, e que viram, viram com os próprios olhos o menino trocado, ali, nas lajotas do quarto, aos pés da cama. O da senhora Longo era branco feito o leite, louro como o ouro, um Menino Jesus; já este era preto, preto feito um fígado, e feio, mais feio do que um macaco. E elas souberam do caso e de como havia ocorrido pela própria mãe, que ainda estava arrancando os cabelos. Ela ouvira uma espécie de choro enquanto dormia e então acordou; estendeu o braço sobre a cama à procura do menino e não o encontrou; depois pulou da cama e, ao acender a luz, viu em vez de seu filho, lá no chão, aquele monstrinho, o qual lhe inspirou tanto horror e tanta repulsa que ela nem conseguiu tocá-lo.

Note-se que o filho da senhora Longo ainda era um bebê. Ora, será que um bebê tão pequeno poderia, depois de cair da cama por um descuido da mãe, ir parar tão longe e com os pezinhos virados para a cabeceira do leito, ou seja, ao contrário da posição em que deveria estar?

Portanto era claro que as "Mulheres" haviam entrado na casa durante a noite e trocado o filho da senhora Longo, tomando para si o menino bonito e deixando-lhe um feio, só por desfeita.

Oh, faziam tantas desfeitas a essas pobres mães! Erguiam as crianças do berço e as colocavam numa cadeira, em outro quarto; ou então, de uma hora para a outra, entortavam-lhes os pés ou as deixavam zarolhas!

— Veja aqui! Veja aqui! — gritou-me uma, agarrando com força e virando a cabecinha de uma menina que ela segurava pelo braço, para me mostrar um rabicho de cabelos embaraçados, impossível de ser cortado ou penteado: a criaturinha morreria. O que o senhor acha que é? Trancinha, trancinha das "Mulheres" que se divertem assim, no meio da noite, com as cabeças das pobres filhinhas!

Diante de prova tão sólida, convencido da inutilidade de tentar demover aquelas mulheres de sua superstição, pensei na sorte daquele menino que podia virar uma vítima do episódio.

Não tinha dúvida de que ele devia ter sofrido algum ataque durante a noite; quem sabe um surto de paralisia infantil.

Indaguei quais seriam as intenções da mãe.

Disseram-me que a seguraram à força, porque ela já queria deixar tudo, abandonar a casa e seguir em busca do filho, como uma louca.

— E a criaturinha?

— Não quis nem ver nem ouvir falar do bebê!

Uma delas, para mantê-la viva, lhe dera um pouco de pão molhado em água com açúcar, enrolado em forma de bico de peito. E asseguraram que, com a graça de Deus, venceriam o susto e a repulsa e cuidariam da criança, cada uma um pouco. Coisa que, em sã consciência, não se podia esperar da mãe, pelo menos nos primeiros dias.

— Mas ela não vai deixar o bebê morrer de fome?

Refletia comigo mesmo se não seria oportuno alertar a delegacia sobre o estranho caso, sobretudo depois de saber, naquela mesma noite, que a senhora Longo fora aconselhada a procurar uma certa Vanna Scoma, que tinha fama de manter misteriosas relações com as "Mulheres". Dizia-se que estas, nas noites de vento, vinham chamá-la dos telhados das casas vizinhas a fim de levá-la com elas. Ficava ali, sentada numa cadeira, vestida e calçada como um fantoche parado; mas o seu espírito alçava voo com aquelas bruxas, quem sabe para onde. Muitos podiam testemunhar que vozes compridas e lamentosas frequentemente a chamavam — Tia Vanna! Tia Vanna! — de seus próprios telhados.

Então ela foi procurar a tal Vanna Scoma, que num primeiro momento (é claro) não quis dizer nada; mais tarde, depois de muito implorar de mãos juntas, ela deu a entender de passagem que tinha "visto" o menino.

— Viu? Onde?

Viu. Não podia dizer onde. Mas que ela ficasse tranquila, porque o menino estava bem onde estava, contanto que ela também tratasse bem a criaturinha que recebera em troca; aliás, quanto mais ela cuidasse dessa criança, mais o seu filho seria bem tratado lá onde estava.

Eu me senti imediatamente tomado de um espanto cheio de admiração pela sabedoria dessa bruxa que, para ser justa por inteiro, usara tanto de crueldade quanto de caridade, punindo com a sua superstição aquela mãe e obrigando-a a superar, por amor do filho distante, a repugnância que sentia por este outro, bem como o asco de lhe dar o peito para alimentá-lo; mas sem tirar de todo a esperança de um dia poder reaver o seu menino, que nesse meio-tempo outros olhos que não os seus continuavam a ver, saudável e bonito como era.

O fato de que essa sabedoria, simultaneamente tão cruel e caridosa, não fosse usada pela bruxa por questões de justiça, e sim porque ela tirava vantagens das visitas da senhora Longo, uma por dia, e em cada uma um tanto, sem importar se ela dizia que viu ou que não viu o menino (e ganhava mais quando dizia que não), não diminui em nada a sua sapiência; por outro lado, eu não disse que aquela bruxa, por mais sabida que fosse, não era uma bruxa.

As coisas continuaram assim até que o marido da senhora chegou com o galeão da Tunísia.

Marinheiro, hoje aqui, amanhã acolá, ele pouco se importava com a mulher e o filho. Ao encontrá-la magra e quase enlouquecida, e o menino pele e osso, irreconhecível, ouviu da mulher que ambos haviam adoecido e não quis saber de mais nada.

O problema maior apareceu depois que ele partiu: a senhora Longo, para melhorar as coisas, adoeceu de fato. Outro castigo: uma nova gravidez.

E agora, naquele estado (sua gravidez era sempre terrível, principalmente nos primeiros meses), não podia mais ir todos os dias à casa de Vanna Scoma, devendo se contentar com cuidar o melhor possível daquele pobre desgraçado, para que não faltasse nada ao filho perdido. Torturava-se pensando que não seria justo, uma vez que na troca ela saíra prejudicada, e também o leite, que primeiro aguou devido à grande dor, e agora, grávida, já não podia dar o peito; não seria justo que seu filhinho crescesse mal, tão mal quanto este parecia fadado a crescer. Sobre o pescocinho flácido, a cabecinha amarela, pendendo ora para um lado, ora para o outro; e troncho talvez das duas perninhas.

Entretanto, o marido escreveu-lhe da Tunísia dizendo que, durante a viagem, os colegas lhe contaram aquela fábula das "Mulheres", que todos conheciam menos ele; suspeitava que a história fosse outra, isto é, que o filho tivesse morrido e que ela tivesse pegado algum órfão no asilo; e exigia que ela fosse devolvê-lo imediatamente, porque não queria bastardos em casa. Porém, ao retornar, a senhora Longo lhe implorou com tanto fervor que obteve do marido, senão piedade, pelo menos condescendência por aquele infeliz. Ela também devia suportar aquele fardo — e como! — para que o outro não sofresse.

As coisas pioraram quando finalmente o segundo veio ao mundo; porque aí, como é natural, a senhora Longo começou a pensar menos no primeiro e também, consequentemente, a ter menos cuidado com aquele pobre trapo de menino que, como se sabe, não era dela.

Não o maltratava, não. Todas as manhãs ela o vestia e o deixava sentado diante da porta, para a rua, na cadeirinha de balanço de pano encerado, com algum toco de pão ou uma pequena maçã no compartimento do aparador em frente.

E o pobre inocente ficava ali, com as perninhas tronchas, a cabecinha balançando sob os cabelos terrosos, porque os moleques da rua sempre lhe atiravam areia na cara, e ele se protegia com o bracinho sem nem se queixar. Já era muito que conseguisse manter as pálpebras fixas sobre os olhinhos doídos. Sujo, as moscas o devoravam.

As vizinhas o chamavam "o filho das Mulheres". Se às vezes algum menino se aproximava e lhe fazia uma pergunta, ele o olhava e não sabia responder. Talvez não entendesse. Respondia com o sorriso triste e meio distante das crianças doentes, e o riso era marcado por rugas nos cantos dos olhos e da boca.

A senhora Longo chegava à porta com o recém-nascido no colo, rosado e rechonchudo (como o outro), e lançava um olhar piedoso ao desgraçado, que não sabia mais o que estava fazendo ali; depois suspirava:

— Que cruz!

Sim, ainda chorava de vez em quando uma lágrima, pensando no outro, sobre o qual Vanna Scoma, não mais solicitada, vinha dar notícias a fim de lhe extorquir algo. Notícias boas: que seu filho crescia saudável e bonito, e que era feliz.

"Il figlio cambiato", 1902

No abismo

No Clube da Raquete não se falou de outra coisa durante toda a noite. O primeiro a anunciar foi Respi, Nicolino Respi, que estava profundamente abalado. No entanto, como sempre, não conseguiu impedir que a comoção se enrolasse em seus lábios com aquele sorrisinho nervoso que, tanto nas discussões mais graves, quanto nos momentos mais difíceis do jogo, tornava tão característico o rostinho pálido, ictérico, de traços cortantes.

Os amigos o circundaram ansiosos e consternados:

— Enlouqueceu de verdade?

— Não, de brincadeira.

Enterrado no sofá com todo o corpanzil de paquiderme, Traldi tentou várias vezes se espichar com a mão até a borda, escancarando com o esforço os olhos bovinos, velados de sangue e saltados das órbitas:

— Mas, com licença, você diz... (oi, oi...) você diz isso porque ele também o olhou?

— Também me olhou? O que você quer dizer? — perguntou por sua vez Nicolino Respi, espantado, dirigindo-se aos amigos. — Chego esta manhã de Milão e me deparo com essa bela notícia. Não sei de nada, ainda não consigo entender como Romeo Daddi, o mais plácido, o mais sereno, o mais sensato de todos nós...

470   40 NOVELAS DE LUIGI PIRANDELLO

— Foi internado?

— Sim, pois não estou dizendo! Hoje, às três. Na casa de saúde em Monte Mario.

— Oh, pobre Daddi!

— E dona Bicetta? Mas como... Será que foi ela, dona Bicetta?

— Não! Não foi ela! Ao contrário, ela não queria absolutamente! Foi o pai, que veio anteontem de Florença.

— Ah, por isso...

— Exatamente, e a forçou a tomar essa decisão, por ele também... Mas me contem os fatos como são! Você, Traldi, por que me perguntou se Daddi também tinha me olhado?

Carlo Traldi voltara a se afundar pachorrentamente no sofá, com a cabeça jogada para trás, a papada exposta, rubicunda, suada. Balançando as pernas finas de rã, que a pança exorbitante o obrigava a manter obscenamente abertas, e umedecendo continuamente os lábios de modo não menos obsceno, respondeu em termos abstratos:

— Ah, sim... Porque achei que você tivesse dito que ele enlouqueceu por isso.

— Por isso o quê?

— Mas claro! A loucura se manifestou assim. Olhava a todos de uma maneira, meu caro... Rapazes, não me façam falar: digam vocês como o pobre Daddi olhava.

Então os amigos contaram a Nicolino Respi que Daddi, depois de voltar das férias, pareceu a todos muito esquisito, como se ausente de si, com um sorriso abobalhado na boca e os olhos opacos, sem visão, assim que alguém o interpelava. Depois aquele alheamento desapareceu, transformou-se numa fixidez aguda, estranha. Primeiro fixava de longe, oblíquo; depois, pouco a pouco, como se estivesse atraído por certos sinais que pensava ter descoberto neste ou naquele amigo mais íntimo, sobretudo naqueles que frequentavam mais assiduamente sua casa (sinais naturalíssimos, porque todos de fato estavam consternados com aquela mudança repentina e extraordinária, tão contrastante com a tranquilidade serena de seu caráter), pouco a pouco começara a espreitar mais de perto, e nos últimos dias se tornara até insuportável. Parava na frente ora de um, ora de outro, pousava as mãos no nosso ombro e mirava nos olhos, aflito, aflito.

— Nossa, que assustador! — exclamou àquela altura Traldi, ajeitando-se novamente no sofá e se sentando mais na ponta.

— Mas por quê? — perguntou nervoso Respi.

— Ah, você me pergunta o porquê do susto? Meu caro, queria ver você às voltas com aquele olhar! Suponho que você troque de camisa todos os dias, que tenha certeza de ter os pés limpos e as meias sem furos. Mas será que tem certeza de não ter nada de sujo lá dentro, na consciência?

— Oh, meu Deus, eu diria...

— Vamos lá, não está sendo sincero!

— E você está?

— Sim, tenho plena certeza! E acredite que todos, mais ou menos, descobrimo-nos porcos em algum instante de intervalo lúcido! De uns tempos para cá, quase toda noite, quando apago a vela antes de pegar no sono...

— Você está ficando velho, meu caro, velho! — gritaram-lhe os amigos em coro.

— Pode ser que esteja envelhecendo — admitiu Traldi. — Tanto pior! Não é fácil prever que, no final, estarei assim, com essa estima por mim mesmo, um porco velho. De resto, espere um momento. Agora que lhe disse isso, vamos fazer um teste? Silêncio, todos vocês!

E Carlo Traldi se pôs de pé com grande esforço, pousou as mãos nos ombros de Nicolino Respi e gritou:

— Olhe-me bem nos olhos. Não, não ria, meu caro! Olhe-me bem nos olhos... Espere! Espere... Silêncio...

Todos ao redor se calaram, suspensos e atentos àquela estranha experiência.

Traldi, com os grandes olhos ovalados, rajados de sangue e saltados das órbitas, fixava agudissimamente os de Nicolino Respi e parecia que, com o brilho maligno do olhar, cada vez mais agudo e mais intenso, ele vasculhava sua consciência e nela descobria, nos mais íntimos recessos, as coisas mais torpes e atrozes. Pouco a pouco os olhos de Nicolino Respi — embora, embaixo, os lábios com o costumeiro sorrisinho dissessem: "Vamos, estou no jogo" — começaram a esmorecer, a se turvar, a se esquivar, enquanto, durante o silêncio dos amigos, Traldi com voz estranha, sem parar de mirar, sem diminuir em nada a intensidade do olhar, dizia vitoriosamente:

— Pronto... está vendo?... está vendo?...

— Que nada! — prorrompeu Respi, não resistindo mais e sacudindo-se por inteiro.

— Que nada você, porque nós nos entendemos! — gritou Traldi. — Você é mais porco do que eu!

E explodiu numa gargalhada. Os outros também riram, com uma inesperada sensação de alívio. E Traldi recomeçou:

— Ora, isso foi brincadeira. Só por brincadeira um de nós poderia olhar o outro desse jeito. Porque tanto eu quanto você até agora mantemos em ordem, dentro de nós, a maquininha da civilização, e deixamos que a borra de todas as nossas ações, de nossos pensamentos e sentimentos se deposite em silêncio, escondida no fundo da consciência. Mas imagine que alguém cuja maquininha quebrou se ponha a fixá-lo como eu o fixei, não mais por brincadeira, mas a sério, e que revolva, sem que você espere, no fundo da consciência, todo o depósito daquela borra que está lá dentro, e me diga se não seria assustador!

Dizendo isso, Carlo Traldi fez um gesto impetuoso de quem vai embora. Voltou atrás e acrescentou:

— E sabe o que o pobre Daddi murmurava bem baixinho, olhando bem nos olhos? Digam vocês o que ele murmurava! Preciso sair.

— "Que abismo... que abismo..."

— Assim?

— Assim mesmo... "que abismo... que abismo...".

Depois que Traldi partiu, o grupo se dissolveu, e Nicolino Respi permaneceu perturbado, na companhia de apenas dois amigos que continuaram ainda algum tempo falando da desgraça do pobre Daddi.

Dois meses antes, ele o visitara em sua casa perto de Perúgia. Encontrara-o tranquilo e sereno como sempre, junto à mulher e a uma amiga, Gabriella Vanzi, velha colega de escola da esposa, casada havia tempos com um oficial da marinha, que naquele momento estava no mar. Passou três dias na casa e, naqueles três dias, Romeo Daddi não o olhou nenhuma vez sequer daquele jeito que Traldi descrevera.

Se o tivesse olhado...

Nicolino Respi sucumbiu a um forte abatimento, como uma vertigem, e, para se apoiar — sorrindo, palidíssimo —, fingiu pôr confidencialmente o braço no braço do amigo mais próximo.

O que houve? O que eles estavam dizendo? Tortura? Que tortura? Ah, aquela que Daddi impusera à mulher...

— Depois, não é? — deixou escapar.

Os dois se viraram para ele.

— Depois o quê?

— Ah... não, quero dizer... depois, quando a maquininha já estava quebrada.

— Com certeza! Antes é que não foi!

— Meu Deus, mas eles eram um milagre de harmonia conjugal, de paz doméstica! Algo deve ter acontecido a ele durante as férias.

— Claro, pelo menos alguma suspeita deve ter surgido.

— Façam-me o favor! Suspeita da mulher? — disparou Nicolino Respi. — Se tanto, isso pode ter sido efeito, e não causa, da loucura! Somente um louco...

— Concordo, concordo! — gritaram os amigos. — Uma mulher como dona Bicetta!

— Acima de qualquer suspeita! Mas, por outro lado...

Nicolino Respi já não conseguia prestar atenção aos dois amigos. Sufocava. Precisava de ar, de caminhar ao ar livre, sozinho. Inventou um pretexto e foi embora.

Uma dúvida angustiosa se lhe insinuara na alma, deixando-o transtornado.

Ninguém melhor do que ele podia saber que dona Bicetta Daddi estava acima de qualquer suspeita. Há mais de um ano ele lhe declarara o seu amor, a assediara com galanteios, sem obter mais do que um suavíssimo sorriso de compaixão por seus sofrimentos sem remédio. Com uma serenidade que vem da mais firme segurança de si, sem se ofender nem se rebelar, ela lhe demonstrara que qualquer insistência teria sido inútil, já que ela, como ele, também estava apaixonada, talvez mais do que ele, mas por seu marido. Sendo assim, se ele realmente a amava, deveria entender que ela jamais poderia se desfazer do seu amor; se não entendia, era sinal de que não a amava. E então?

Às vezes, em certas orlas solitárias, a água do mar tem uma limpidez tão nítida e transparente que, por mais que desejemos mergulhar nela em busca de uma gozosa purificação, sentimos quase um sagrado pudor de maculá-la.

Era essa mesma impressão de limpidez e esse mesmo pudor que Nicolino Respi sempre sentira ao aproximar-se da alma de dona Bicetta Daddi. Aquela mulher amava a vida com um amor tão quieto, atento e doce! Apenas naqueles três dias transcorridos na casa próxima a Perugia, vencido pelo desejo mais ardente, ele havia superado o antigo pudor e maculado aquela limpidez, sendo duramente rechaçado.

Ora, a dúvida angustiosa era a seguinte: talvez o distúrbio que ele lhe causara naqueles três dias não serenara depois da sua partida, crescendo a tal ponto que o marido percebera. Certamente, quando ele chegou à residência do casal,

Romeo Daddi estava tranquilo; mas, depois da sua partida, ele enlouquecera em poucos dias.

Então fora por ele? Então ela ficara perturbada a ponto de sucumbir à sua investida amorosa?

Mas claro, claro, como duvidar?

Durante toda a noite Nicolino Respi revirou-se, contorceu-se em terríveis agonias, ora arrancado ao remorso por uma maligna e impetuosa alegria, ora expulso dessa alegria pelo remorso.

Na manhã seguinte, assim que lhe pareceu oportuno, correu à casa de dona Bicetta Daddi. Precisava vê-la, precisava esclarecer imediatamente aquela dúvida. Talvez ela não o recebesse; mas, de qualquer modo, ele queria se apresentar, pronto a enfrentar e a sofrer todas as consequências daquela situação.

Dona Bicetta Daddi não estava em casa.

Fazia uma hora que ela, sem querer e sem saber, infligia o mais cruel dos martírios à sua amiga Gabriella Vanzi, que fora por três meses hóspede na sua casa de veraneio.

Fora procurá-la em busca não da razão, pobre coitada, mas de um pretexto ou ao menos de um motivo para sua desgraça, ocorrida ali, no momento em que se manifestara pela primeira vez, durante os últimos dias daquelas férias. Por mais que a tivesse buscado, não conseguia chegar a nenhuma conclusão.

Há uma hora se obstinava em evocar, em reconstituir, minuto por minuto, aqueles últimos dias.

— Lembra-se disso? Lembra que, certa manhã, ele desceu ao jardim sem botar o chapelão de pano e depois pediu que o jogassem da janela, subindo logo em seguida, sorrindo, com aquele maço de rosas? Lembra que quis que eu levasse duas comigo; e que depois me acompanhou até a cancela e me ajudou a subir no carro e me disse que lhe trouxesse aqueles livros de Perúgia... espere... um deles era... não sei... tratava de sementes... lembra? Lembra?

Perdida na agitação da lembrança de tantos detalhes minúsculos e sem valor, ela não percebia a angústia e a agonia que pouco a pouco se apoderavam da amiga.

Mencionara, sem o menor sinal de perturbação, os três dias que Nicolino Respi passara na casa; e não considerou, nem por um minuto, que o marido pudesse ter tido um impulso à loucura devido aos galanteios inócuos de Respi. Não era admissível. O assédio fora até motivo de riso entre os três, depois que Respi partira para Milão. Quem imaginaria? Além disso, após a partida, ele, o marido, não estivera tranquilo e sereno como sempre, por mais de quinze dias?

Não, nunca, nem a mais leve sombra da mais remota suspeita! Em sete anos de casamento, nunca! Como, aonde teria ido buscar o pretexto? E eis que, num lampejo, ali, na paz daqueles campos, sem que nada tivesse acontecido...

— Ah, Gabriella, minha Gabriella, acredite, eu também estou enlouquecendo, enlouquecendo.

Subitamente, recuperando-se da crise de desespero, ao erguer os olhos chorosos para o rosto da amiga, dona Bicetta Daddi notou que ela estava lívida e rígida como um cadáver, como se tentasse resistir a um espasmo incontrolável, e arfava com as narinas dilatadas, espreitando-a com maus olhos. Oh, Deus! Quase com os mesmos olhos com que o marido a observava nos últimos dias.

Sentiu-se enregelar, quase com terror.

— Por que... você também... por que... — balbuciou, trêmula — por que você também está me olhando assim?

Gabriella Vanzi fez um esforço imenso para desfazer aquela expressão — assumida involuntariamente — em um sorriso benigno, de compaixão:

— Eu... estou olhando? Não... só pensava... Queria lhe perguntar... sim, eu sei, você está segura, mas tem certeza de que não tem nada... nenhum motivo... de arrependimento?

Dona Bicetta Daddi ficou atônita e, com os olhos arregalados e as mãos no rosto, gritou:

— Como?... Você agora me diz... as mesmas palavras dele?... Como? Como é possível?...

A face de Gabriella Vanzi endureceu, os olhos vitrificaram:

— Eu?

— Sim, você. Oh, Deus... está perdida como ele... O que é isto? O que é isto?

Mal acabara de se lamentar e gemer, numa lenta sensação de naufrágio, quando deparou com a amiga em seus braços.

— Bice... Bice... você está desconfiando de mim?... Veio aqui porque desconfiou de mim, não é?

— Não... não... juro, Gabriella... não... Só agora...

— Agora, não é? Sei... Mas você está enganada, Bice... porque você não pode entender...

— O que foi?... Vamos, Gabriella, me diga o que houve.

— Você não vai entender... não pode entender... Eu sei o motivo por que seu marido enlouqueceu... eu sei!

— O motivo? Qual é o motivo?

— Sei porque isso também está em mim esse motivo de enlouquecer... pelo que ocorreu a nós dois!

— A vocês dois?

— Sim... sim... a mim e a seu marido.

— Ah, e então?

— Não, não! Não é o que você está pensando! Você não pode entender... Sem armadilhas, sem pensar nem querer... num segundo... Uma coisa horrível, de que ninguém pode ser culpado. Vê como estou lhe falando? Como posso dizer? Porque não tenho culpa! Nem ele! Mas justamente por isso... Escute, escute: talvez, quando você souber de tudo, talvez você também enlouqueça, assim como estou para enlouquecer, assim como ele enlouqueceu... Escute! Você relembrou o dia em que foi até Perúgia, de carro, não é? E que ele lhe deu duas rosas e lhe falou dos livros...

— Sim.

— Pois bem, foi naquela manhã!

— O quê?

— Tudo aconteceu naquela manhã. Tudo e nada... Me deixe falar, por favor! Fazia muito calor, lembra? Depois que nos despedimos de você, eu e ele atravessamos o jardim... O sol queimava e o canto das cigarras era muito forte... Voltamos a entrar na casa; sentamos na saleta ao lado da sala de jantar. As persianas estavam fechadas; as gelosias, entreabertas; lá dentro estava quase escuro; e um frescor imóvel... (agora estou descrevendo a minha impressão, a única que pude ter e da qual me lembro, me lembrarei sempre; mas talvez ele também tenha sentido o mesmo, idêntico... você deve ter passado por isso, porque senão eu não saberia explicar!); foi aquele frescor imóvel, depois de todo aquele sol e do canto ensurdecedor das cigarras... Num segundo, sem pensar, juro! Nunca, nunca, nem eu nem ele, claro... como por uma atração irresistível provocada por aquele vazio atônito, o frescor delicioso daquela penumbra... Bice, Bice... ássim, lhe juro, num segundo...

Dona Bicetta Daddi deu um pulo, movida por um impulso de ódio e de desprezo:

— Ah, foi por isso? — sibilou entre os dentes, recuando felinamente.

NO ABISMO 477

— Não! Não foi por isso! — gritou Gabriella Vanzi, avançando os braços em ato suplicante e desesperado. — Não foi por isso, não, Bice! Seu marido enlouqueceu por você, por você, não por mim!

— Enlouqueceu por mim? Como assim? Por remorso?

— Não! Que remorso? Não há motivo para remorso quando não se tem culpa... Você não pode entender! Do mesmo modo que eu não entenderia se, ao considerar o que ocorreu com seu marido, não tivesse pensado no meu! Sim, sim, agora compreendo a loucura do seu marido, porque penso no meu, que enlouqueceria da mesma maneira se acontecesse a ele o que aconteceu ao seu, comigo! Sem remorso! Sem remorso! E justamente porque sem remorso... Entende? Essa é a coisa horrível. Não sei como lhe explicar. Eu só a entendo, repito, quando penso no meu marido e me vejo assim, sem remorso por uma falta que eu não quis cometer. Está vendo como consigo falar sem ficar vermelha? Porque eu não sei, Bice, não sei mesmo como seu marido é; assim como ele não sabe nem pode saber como sou... Foi como um abismo, entende? Como um abismo que se abriu entre nós de repente, sem nenhuma suspeita, e nos agarrou e arrastou num instante, fechando-se logo em seguida, sem deixar nenhum rastro! Logo em seguida nossa consciência retornou límpida e igual. Não pensamos mais, nem por um momento, naquilo que acontecera entre nós; nossa perturbação foi passageira; escapamos cada um para um lado, mas sozinhos, como se nada houvesse acontecido: não só na sua frente, quando pouco depois você voltou para casa, mas também em relação a nós mesmos. Fomos capazes de nos olharmos nos olhos e conversar exatamente como antes, porque aquilo já não estava em nós, lhe juro, nenhum vestígio do que havia ocorrido; nada, nada, nem mesmo uma sombra de recordação, nenhuma sombra de desejo, nada! Tudo acabado. Desaparecido. O segredo de um segundo sepultado para sempre. Pois bem, isso fez seu marido enlouquecer. Não a falta, que nenhum de nós pensou em cometer! Apenas isto: poder pensar que isso pode acontecer, que uma mulher honesta, apaixonada pelo marido, num instante, sem querer, por um inesperado assalto dos sentidos, pela cumplicidade misteriosa da hora, do lugar, caia nos braços de outro homem; e, no minuto seguinte, que tudo isso esteja acabado para sempre; encerrado o abismo, sepultado o segredo, nenhum remorso, nenhuma perturbação, nenhum esforço para mentir diante dos outros ou para nós mesmos. Ele esperou um dia, dois, três; não sentiu nada lhe remexer por dentro, nem na sua presença nem na minha; viu como eu voltara ao que era antes, tal e qual, com você, com ele; viu mais tarde, lembra-se?, meu marido chegar a casa, viu como o acolhi, com que ânsia, com que amor... e então o abismo, em que nosso segredo se precipitara para sempre, sem deixar o mínimo vestígio, o atraiu pouco a pouco, tragando-lhe a razão. Pensou em você, pensou que talvez você também...

— Eu também?

— Ah, Bice, certamente isso nunca lhe aconteceu; acredito, minha Bice! Mas nós, eu e ele, sabemos por experiência própria que essas coisas podem acontecer, e que, assim como ocorreu conosco, sem que quiséssemos, também poderia acontecer a qualquer um! Ele deve ter pensado que, alguma vez, voltando para casa, encontrou-a sozinha na sala, com algum amigo seu, e que num instante poderia ocorrer a você e ao seu amigo aquilo que acontecera a mim e a ele, do mesmo modo; e que você pudesse ocultar em si, sem nenhum vestígio, e ocultar sem mentir aquele mesmo segredo que eu encerrava em mim e ocultava sem mentir a meu marido. E, tão logo esse pensamento se insinuou nele, uma queimação sutil, aguda, começou a lhe corroer o cérebro, ao vê-la despreocupada, alegre e amorosa com ele, tal como eu estava com o meu marido; com o marido que amo, juro!, mais do que a mim mesma, mais do que tudo no mundo! E começou a pensar: "No entanto, essa mulher tão ligada ao marido esteve por um momento em meus braços! E talvez também minha mulher, num instante... quem sabe?... quem jamais poderá saber?...". E enlouqueceu. Ah, não diga nada, Bice; por favor, não diga nada!

Gabriella Vanzi ergueu-se, palidíssima e trêmula.

Ouvira a porta se abrir, lá adiante, na saleta da entrada. O marido voltava para casa.

Ao ver a amiga se recompor subitamente, recuperando o rosado das faces e sorrindo com olhos límpidos ao marido que se aproximava, dona Bicetta Daddi ficou quase aniquilada.

Nada, então, era verdade: nenhum transtorno, nenhum remorso, nenhum vestígio...

E dona Bicetta entendeu perfeitamente por que seu marido, Romeo Daddi, havia enlouquecido.

"Nel gorgo", 1913

A realidade do sonho

Tudo o que ele falava parecia ter o mesmo valor incontestável de sua beleza; como se, por não poder pôr em dúvida o fato de ser um homem belíssimo, belíssimo em tudo, não pudesse igualmente ser contestado em nada.

E não entendia nada, absolutamente nada do que estava se passando com ela!

Ao ouvir as interpretações que, com tanta segurança, ele dava para seus movimentos instintivos e até, às vezes, para algumas injustificadas antipatias ou certos sentimentos, vinha-lhe a tentação de unhá-lo, esbofeteá-lo, mordê-lo.

Mesmo porque, com toda aquela frieza e segurança, aquele orgulho de jovem bonito, ele se via desamparado em certos momentos, e então se achegava a ela, porque precisava dela. Tímido, humilde, suplicante, o que também a enfastiava nesses momentos; de modo que, nessas mesmas ocasiões, ela se sentia irritada; por isso, mesmo se inclinando a ceder, se endurecia, empacava; e a lembrança de qualquer enlevo, envenenada no nascedouro pela irritação, logo se transformava em rancor.

Ele argumentava que o incômodo e o fastio que ela dizia sentir diante de todos os homens eram uma fixação.

— Você sente isso, querida, porque pensa nisso — obstinava-se a repetir.

— Eu penso, querido, porque sinto! — rebatia ela. — Fixação nada! Simplesmente sinto. É assim. E devo agradecer a meu pai, pela bela educação que me deu! Quer duvidar disso também?

Ah, quanto a esse ponto não havia o que objetar. Ele mesmo experimentara a situação durante o noivado. Nos quatro meses que antecederam o casamento, lá, na cidadezinha natal, ele foi proibido não só de lhe tocar a mão, mas também de trocar duas palavrinhas em voz baixa.

O pai, mais ciumento do que um tigre, inculcara-lhe desde criança um verdadeiro horror aos homens; nunca aceitara que nenhum entrasse em casa; todas as janelas estavam sempre fechadas; e as raríssimas vezes em que a levara para fora, obrigara-a a andar de cabeça baixa como uma freira, quase contando as pedras do calçamento.

Não era de admirar que agora, na presença de um homem, ela sentisse embaraço e não pudesse olhar nos olhos de ninguém, nem soubesse falar ou se mover.

É verdade que havia seis anos ela se libertara do pesadelo daquele feroz ciúme paterno; via gente em casa, na rua; no entanto... Certamente não era mais o terror pueril de antes; mas o embaraço estava lá. Por mais que se esforçassem, seus olhos não eram capazes de sustentar o olhar de ninguém; a língua, ao falar, se embolava na boca; e, de repente, sem saber por quê, ficava com o rosto em brasa, de modo que todos podiam jurar que ela pensava quem sabe o quê, quando de fato não pensava nada; em suma, via-se condenada ao ridículo, a passar por tola, estúpida, e não se conformava. Inútil insistir. Graças ao pai, precisava ficar trancada, sem ver ninguém, pelo menos para não sentir o desgosto do embaraço estúpido e ridículo que a dominava.

Os amigos, os melhores, os que ele mais tinha em conta e gostaria de conservar como ornamentos da sua casa, do pequeno mundo que, seis anos antes, ao se casar, ele esperara constituir à sua volta, haviam se afastado um a um. Pudera! Apareciam em casa, perguntavam:

— E sua mulher?

Sua mulher escapara correndo ao primeiro toque da campainha. Fingia sair para chamá-la, e ia realmente; apresentava-se a ela com a face aflita, as mãos abertas, mesmo sabendo que seria inútil, que a mulher o fulminaria com olhos acesos de raiva e gritaria entre dentes: "Estúpido!"; ele dava as costas, retornava à sala — Deus sabe como se sentia por dentro — e anunciava, sorrindo por fora:

— Tenha paciência, meu caro, ela não está bem: está de cama.

Uma, duas, três vezes; no final, claro, se cansaram. Podia censurá-los?

Restavam ainda dois ou três, os mais fiéis ou corajosos. E esses, pelo menos esses, ele queria defender; especialmente um, o mais inteligente, culto de verdade e avesso ao pedantismo, talvez até por certa ostentação; jornalista finíssimo, enfim, um amigo precioso.

Algumas vezes, porém, a mulher apareceu para alguns desses poucos amigos que restaram: ou porque foi tomada de surpresa, ou porque, num momento bom, se rendera às súplicas do marido. E, pasmem, não é verdade que tenha feito um papelão; ao contrário!

— Quando você não pensa nisso, está vendo... quando se entrega à sua natureza... você é cheia de graça...

— Obrigada!

— É inteligente...

— Obrigada!

— E não tem nada de tímida, juro! Desculpe, mas por que eu gostaria de deixá-la numa situação desconfortável? Você fala com desenvoltura, sim, às vezes até demais... e é muito, muito divertida, garanto! Fica toda acesa, e os olhos... quem disse que não sabem olhar?! Eles soltam faíscas, querida... E também diz coisas ousadas, é verdade... Está espantada? Não que sejam incorretas... mas ousadas para uma mulher; com desembaraço, desenvoltura, enfim, com espírito, juro!

Acalorava-se nos elogios ao notar que ela, mesmo protestando não acreditar em nada, no fundo sentia prazer, enrubescia, não sabia se sorria ou cerrava o cenho.

— É exatamente assim, assim mesmo, acredite: não passa de uma fixação sua...

Ele deveria pelo menos se preocupar com o fato de ela não ter protestado diante das cem vezes repetida "fixação", acolhendo os elogios sobre sua fala franca, desenvolta e até ousada com evidente regozijo.

Quando e com quem ela falara assim?

Poucos dias antes, com o amigo "precioso"; com aquele que ela achava, naturalmente, o mais antipático de todos. É verdade que ela reconhecia a injustiça de algumas de suas antipatias, acusando de maior antipatia justamente aqueles homens que a deixavam mais embaraçada.

Mas agora a alegria por ter conseguido falar diante desse amigo, e até com impertinência, derivava do fato de que este (certamente para espicaçá-la), durante uma longa discussão sobre o eterno tema da honestidade das mulheres, tinha ousado sustentar que o pudor excessivo denuncia infalivelmente um temperamento sensual, de modo que é preciso desconfiar de uma mulher que enrubesce por qualquer coisa, que não ousa erguer os olhos porque teme ver em toda parte um atentado ao próprio pudor, e em cada palavra, cada olhar, uma ameaça à sua honestidade. Isso quer dizer que essa mulher é obcecada por imagens tentadoras, tem medo de se deparar com elas a todo instante, perturba-se com a simples ideia. Claro que sim! Ao passo que outra, tranquila nas sensações, não tem esses pudores e pode falar sem se perturbar, inclusive de intimidades amorosas, sem pensar que possa haver algo ruim em uma... sei lá, numa camisa mais decotada, numa meia furada, numa saia que deixe entrever formas um pouco acima do joelho.

Com isso ele obviamente não queria dizer que uma mulher, para não passar por sensual, tivesse que ser despudorada, debochada, ostentando aquilo que não se deve deixar transparecer. Isso seria um paradoxo. Ele falava do pudor. E o pudor, para ele, era a vingança da insinceridade. Não que não fosse sincero pessoalmente. Ao contrário, era sinceríssimo, mas como expressão de sensualidade. Insincera é a mulher que pretende negar sua sensualidade apresentando como prova o vermelho do pudor nas faces. Essa mulher pode ser insincera mesmo sem querer, mesmo sem saber. Porque nada é mais complicado do que a sinceridade. Todos fingimos espontaneamente, não tanto para os outros, mas para nós mesmos; sempre pensamos de nós aquilo que nos agrada pensar, vendo-nos não como somos na realidade, mas como presumimos que somos segundo a construção ideal que fizemos de nós mesmos. Assim pode ocorrer que uma mulher, mesmo sendo sensualíssima sem o saber, acredite sinceramente ser casta e sinta repulsa e desprezo por sua sensualidade, pelo mero fato de enrubescer por nada. Esse enrubescer por nada, que é por si só expressão sinceríssima da sua real sensualidade, é no entanto assumido como prova da suposta castidade; e, sendo assim assumido, torna-se naturalmente insincero.

— Vamos, minha senhora — concluíra noites atrás aquele amigo precioso —, a mulher, por natureza (salvo as exceções, claro), é toda sentidos. Basta saber tomá-la, excitá-la e dominá-la. As muito pudicas nem precisam ser excitadas: se excitam e incendeiam sozinhas, a um simples toque.

Ela em nenhum momento duvidara de que toda aquela fala se referia a ela;

e, tão logo o amigo partiu, voltou-se ferozmente contra o marido, que durante a longa discussão não fizera mais que sorrir como um cretino e aprovar.

— Insultou-me de todos os modos por duas horas, e você, em vez de me defender, apenas sorriu, aprovou, dando a entender que concordava com ele, porque você, meu marido, você, ah, você podia saber...

— O quê? — exclamou ele, estupefato. — Você está delirando... Eu? Que você seja sensual? Mas que história é essa? Ele falava da mulher em geral; o que você tem a ver com isso? Se ele tivesse suspeitado de que você pudesse tomar para si o que ele dizia, não teria dado um pio! De resto, me desculpe, mas como eu poderia imaginar isso se, com ele, você não demonstrou ser aquela mulher pudica que estava em questão? Nem sequer enrubesceu; defendeu com ímpeto e fervor a sua opinião. E eu sorri porque estava gostando, porque via ali a prova de tudo que sempre disse e afirmei, ou seja, quando você não pensa, logo esquece a timidez e o embaraço; afinal, esse embaraço não passa de fixação. O que isso tem a ver com o pudor de que ele falava?

Não encontrara respostas às justificativas do marido. Fechara-se em copas, sombria, remoendo o motivo por que se sentira tão intimamente ferida pela fala do sujeito. Não era pudor, não, não, absolutamente, não era pudor o que ela sentia, aquele pudor abjeto de que o outro falava; era embaraço, embaraço, embaraço; mas é claro que um sujeito maldoso como aquele podia tomar aquele embaraço por pudor e, assim, pensar que ela fosse uma... uma delas!

No entanto, se ela de fato não se mostrara embaraçada, como dizia o marido, por dentro o embaraço existia; podia até superá-lo, esforçar-se para não demonstrá-lo, mas o sentia. Ora, se o marido negava esse seu embaraço, isso queria dizer que ele não percebia nada. Portanto nem sequer notaria se esse embaraço fosse outra coisa, isto é, o tal pudor de que o outro falara.

Seria possível? Ah, Deus, não! Só de pensar lhe dava nojo e horror.

Todavia...

A revelação ocorreu num sonho.

Começou como um desafio — o sonho —, como uma prova a que ela era submetida por aquele homem odioso, logo em seguida à discussão ocorrida três noites antes.

Ela deveria demonstrar a ele que não enrubesceria por nada; que ele podia fazer com ela o que quisesse, sem a deixar minimamente perturbada nem confusa.

Então ele iniciava a prova com fria audácia. Primeiro passava a mão suavemente no seu rosto. Ao toque daquela mão, ela fazia um esforço violento para esconder o arrepio que a percorria inteira, sem velar a mirada e mantendo os olhos fixos e impassíveis, com um tênue sorriso nos lábios. Depois ele aproximava os dedos da sua boca, dobrava-lhe delicadamente o lábio inferior e mergulhava ali, na cavidade úmida, um beijo quente, longo, de infinita doçura. Ela cerrava os dentes; enrijecia-se toda para dominar o tremor, o frêmito do corpo; e então ele começava lentamente a lhe desnudar o seio e... O que havia de mal? Não, não, nada de mal. Mas... oh, Deus, não... ele se demorava perfidamente nas carícias... não, não... é demais... e... Vencida, perdida, primeiramente sem querer, ela começava a ceder, não por força dele, não, mas pelo langor espasmódico do seu próprio corpo; até que...

Ah! Pulou do sonho em convulsão, desfeita, trêmula, cheia de repulsa e de horror.

Fixou o marido que dormia a seu lado, alheio; e a vergonha que sentia de si transformou-se subitamente em ojeriza a ele, como se ele fosse a razão da ignomínia que ainda lhe provocava prazer e asco; ele, ele, pela estúpida obstinação em receber em casa esses amigos.

Pronto: ela o traíra em sonho, traíra, e não sentia remorso, não, mas raiva de si, por ter sido vencida; e rancor, rancor por ele, que em seis anos de casamento nunca soubera fazê-la sentir o que experimentara ali, em sonho, com um outro.

Ah, toda sentidos... Então era verdade?

Não, não. A culpa era dele, do marido que, não querendo acreditar no seu embaraço, forçava-a a se dobrar, a cometer uma violência contra a sua natureza, expondo-a às provas e aos desafios de que brotara o sonho. Como resistir a tal prova? Ele quis assim, o marido. Este era o castigo. E ela teria gozado se, com a alegria maligna que sentia ao pensar no castigo dele, pudesse se desfazer da vergonha que sentia por si.

E agora?

O confronto aconteceu na tarde do dia seguinte, depois de um duro silêncio contra qualquer pergunta do marido, que insistia em saber por que ela estava assim e o que havia ocorrido.

Foi durante o anúncio da habitual visita do tal amigo precioso.

Ao ouvir na saleta de entrada a voz dele, ela estremeceu de repente, contrafeita. Uma raiva furiosa escapou-lhe dos olhos. Saltou sobre o marido e, tremendo dos pés à cabeça, intimou-o a não receber aquele homem.

— Não quero! Não quero! Faça-o ir embora!

De início, mais do que espanto, ele sentiu quase assombro diante da reação furiosa. Não podendo entender a razão de tanta repulsa, quando aliás já acreditava que o amigo, por tudo que conversaram depois da discussão, tivesse caído nas graças da mulher, irritou-se ferozmente com aquela intimação absurda e peremptória.

— Mas você está maluca ou quer me deixar doido?! Então preciso perder realmente todos os amigos por causa de sua estúpida loucura?

E, desvencilhando-se dela, que se agarrara a ele, ordenou à criada que fizesse o senhor entrar.

Ela correu e foi se esconder no quarto ao lado, lançando-lhe, antes de sumir atrás da porta, um olhar de ódio e desprezo.

Desabou na poltrona como se as pernas de repente tivessem sido quebradas; mas todo o sangue lhe ardia pelas veias, todo o ser se revirava por dentro, num abandono desesperado, ouvindo através da porta fechada as expressões de alegre acolhida que o marido dedicava ao outro, com quem ela, na noite anterior, em sonho, o havia traído. E a voz daquele homem... oh, Deus... as mãos, as mãos daquele homem...

De repente, enquanto se enrodilhava toda na poltrona, apertando braços e seios com os dedos tensos, deu um grito e desabou no chão, tomada por uma terrível crise de nervos, um verdadeiro ataque de loucura.

Os dois homens correram para o quarto; pararam por um instante aterrorizados diante dela, que se contorcia no chão como uma serpente, gemendo e ululando; o marido tentou erguê-la; o amigo se apressou em ajudá-lo. Melhor se nunca o tivesse feito! Sentindo-se tocada por aquelas mãos, o corpo dela, mergulhado na inconsciência e no absoluto domínio dos sentidos ainda ativos, começou a tremer por inteiro, um tremor voluptuoso; e, sob os olhos do marido, agarrou-se àquele homem, exigindo-lhe ansiosamente, com uma urgência medonha, as carícias frenéticas do sonho.

Horrorizado, o marido a arrancou dos braços do amigo; ela gritou, debateu-se, depois se atirou sobre ele quase exânime e foi posta na cama.

Os dois homens se olharam estarrecidos, sem saber o que pensar ou o que dizer.

A inocência era tão evidente no espanto doloroso do amigo que o marido não foi capaz de nenhuma suspeita. Pediu-lhe que saísse do quarto; disse que desde a manhã a mulher estava perturbada, num estado de estranha alteração nervosa; acompanhou-o até a porta, desculpando-se por dispensá-lo após um incidente tão doloroso e imprevisto; e voltou correndo para o quarto dela.

Encontrou-a sobre a cama, já consciente, encolhida como uma fera, com os olhos vidrados; todos os membros tremiam com espasmos violentos, como se tivesse frio.

Quando ele se aproximou, turvado, e lhe perguntou o que havia acontecido, ela o rechaçou com ambas as mãos e, de dentes cerrados, com uma volúpia devastadora, jogou-lhe na cara a confissão da traição. Dizia com um sorriso cruel, convulsivo, contraindo-se toda e espalmando as mãos:

— No sonho!... No sonho!...

E não o poupou de nenhum detalhe. O beijo dentro dos lábios... a carícia nos seios... Com a pérfida certeza de que ele, mesmo sentindo como ela que a traição era uma realidade e, como tal, irrevogável e irreparável, porque consumida e degustada até o fundo, não podia acusá-la de culpa. Seu corpo — ele o podia espancar, ferir, arrebentar —, mas seu corpo tinha sido de um outro, na inconsciência do sonho. Para o outro, não havia de fato a traição; mas a traição ocorrera e permanecia ali, ali, para ela, no seu corpo que gozara, uma realidade.

De quem seria a culpa? E o que ele poderia fazer?

"La realtà del sogno", 1914

Cinci

Diante de uma porta fechada, um cachorro senta e espera, paciente, que lhe abram; no máximo, ergue de vez em quando uma pata e a arranha, emitindo uns gemidos baixinhos.

Sendo cão, sabe que não pode fazer mais do que isso.

Voltando à tarde da escola com a pilha de cadernos e livros atada sob o braço, Cinci encontra o cachorro diante da porta e, irritado por aquela espera paciente, dá-lhe um pontapé; chuta também a porta, mesmo sabendo que está trancada e que não há ninguém em casa; por fim, desembaraçando-se furiosamente daquele maço pesado de livros, arremessa-o contra a porta como se ele pudesse atravessar a madeira e entrar na casa. A porta, porém, o devolve com a mesma força contra o peito. Cinci fica surpreso, como se a porta lhe houvesse pregado uma bela peça, e volta a arremessar o pacote. Então, já que três estão brincando — Cinci, o pacote e a porta —, o cão também se mete e pula a cada lance, a cada ricocheteio, latindo muito. Alguns passantes param para olhar: uns sorriem, quase constrangidos com a tolice daquele jogo e com a alegria do cachorro; outros se indignam pelos pobres livros — custam dinheiro, não deveria ser permitido tratá-los com tanto desprezo. Cinci suspende o espetáculo, joga o pacote no chão e, arrastando as costas na parede, senta sobre eles; mas o pacote

488   40 NOVELAS DE LUIGI PIRANDELLO

lhe escapa, e ele cai sentado no chão; dá um sorriso besta e olha ao redor, enquanto o cachorro pula para trás e o fixa.

Todas as diabruras que lhe passam pela cabeça quase transparecem pelos tufos desgrenhados do cabelo de estopa, pelos olhos verdes e agudos de Cinci, que parecem fervilhar. Está na idade deselegante do crescimento, amarelo e áspero. Ao voltar à escola naquela tarde, esquecera em casa o lenço e, agora, de quando em quando, sentado no chão, assoa o nariz. Chegam-lhe quase ao rosto os grossos joelhos das pernas grandes e descobertas, pois ele ainda veste — quando já não deveria — calças curtas. Os pés despontam tortos quando caminha; e não há sapatos que durem — os que traz nos pés já estão rotos. Agora, entediado, abraça as pernas, resmunga e se ergue raspando as costas contra o muro. O cachorro também se levanta e parece lhe perguntar aonde vão. Aonde? Para o campo, merendar, roubar figos ou maçãs. É uma ideia; mas ainda não está convencido.

O pavimento da rua termina ali, depois da casa; e aí começa a estrada de terra da periferia, que leva ao campo lá adiante. Qual será a sensação de andar de carroça e sentir as ferraduras do cavalo e as rodas passarem do pavimento duro e estrepitoso para a terra mole e silenciosa? Deve ser como quando o professor, depois de ter gritado bastante com ele, de repente começa a falar com aquela bondade mole e cheia de melancolia resignada, que tanto mais lhe agrada quanto mais o afasta do temido castigo. Sim, ir para o campo; sair do aperto das últimas casas daquele subúrbio fedorento até onde a rua se alarga na pracinha, bem na saída da cidade. Agora há o novo hospital lá embaixo, cujos muros caiados estão ainda tão brancos que é preciso fechar os olhos quando o sol bate de chapa, para não cegar. Recentemente transportaram para lá todos os doentes que estavam alojados no antigo, com ambulâncias e padiolas; parecia quase uma festa, vê-los tantos e em fila; as ambulâncias na frente, com os panos esvoaçantes nas janelinhas; e, para os doentes mais graves, as belas padiolas vacilantes sobre molas, como aranhas. Mas agora é tarde; o sol está para se pôr, e os convalescentes já não estarão aqui e ali despontando dos janelões, em camisas cinzentas e toucas amarelas, olhando com tristeza a velha igrejinha defronte, que surge entre poucas outras casas, também velhas, e árvores esparsas. Depois da pracinha, a estrada se faz de terra e sobe a encosta do morro.

Cinci se detém; torna a resmungar. Precisa mesmo ir para lá? Retoma o caminho sem vontade, começa a sentir se retorcer nas vísceras todo o mal que lhe vem de tantas coisas que não sabe explicar: sua mãe, como vive, de que vive, sempre fora de casa, obstinada em mandá-lo à escola; maldita, tão distante; todo dia, voando de cá para lá, gastando mais de quarenta e cinco minutos no percurso; e depois para voltar ao meio-dia; e depois para retornar à escola, logo após engolir a comida. Como fazer em tempo? E sua mãe ainda lhe diz que ele passa o tempo todo brincando com o cachorro, que é um vagabundo, e lhe joga na cara sempre as mesmas coisas: que não estuda, que é sujo, que, quando o manda comprar alguma coisa, empurram a pior mercadoria para ele...

Onde foi parar Fox?

Aqui está: trota atrás dele, pobre animal. Ah, ele pelo menos sabe o que deve fazer: seguir o seu dono. Fazer alguma coisa, a agonia é justamente esta: não saber o quê. Sua mãe poderia pelo menos deixar a chave quando sai para costurar, segundo diz, nas casas dos senhores. Mas não, diz que não confia, que, se ela não estiver em casa quando ele voltar, não tardará a chegar, e que a espere. Onde? Ali, parado, diante da porta? Certas vezes esperou até duas horas, no frio, inclusive debaixo de chuva; e de propósito, em vez de se abrigar, foi para a quina receber a água da calha, só para que ela o encontrasse todo ensopado. Por fim a vê chegar a passos rápidos, com uma sombrinha emprestada, o rosto em chamas, os olhos luzidios e esquivos, tão nervosa que nem consegue achar a chave na bolsa.

— Tomou chuva? Tenha paciência, não pude vir antes.

Cinci fecha a cara. Não quer pensar em certas coisas. Mas o fato é que ele não conheceu o pai; disseram-lhe que havia morrido antes mesmo de ele nascer; mas quem era, nunca lhe disseram; e agora ele não quer mais perguntar nem saber. Pode até ser aquele acidentado que se arrasta sem uma parte do corpo — sim, muito bem — rumo à taverna. Fox para diante dele e late. Deve ter se assustado com a muleta. E aqui está o amontoado de mulheres, com barrigas enormes sem estarem grávidas; mas talvez uma esteja, aquela com a saia erguida na frente, a um palmo do chão, e que atrás varre a rua; e esta outra com o menino no braço, que agora cava do busto... ah, uh, que pelanca! Seu peito é bonito, ainda bem jovem, e quando ele era bebê ela também lhe deu leite assim, do peito, talvez em uma casa de campo, num pátio, ao sol. Cinci tem a vaga lembrança de uma casa de campo, onde talvez, se não sonhou, ele morou na infância, ou que então viu em algum lugar, sabe-se lá onde. Hoje, quando olha de longe as casas de campo, sente a melancolia que deve invadi-las quando começa a anoitecer, com a lua acesa a querosene, e os que a levam na mão de um cômodo a outro, que se veem sumir de uma janela e aparecer em outra.

Chegou à pracinha. Agora se vê todo o baixo do céu onde o ocaso já se apagou, e sobre o morro, que parece negro, o celeste brando, brando. Sobre a terra já caiu a sombra da noite, e o grande muro branco do hospital está pálido. Algumas velhas se apressam em direção à igrejinha para as vésperas. Subitamente Cinci sente vontade de entrar também, e Fox para e olha para ele, pois sabe muito bem que não lhe é permitido. Diante da entrada, a velhinha que se atrasara se agita e murmura tentando mover a pesada cortina de couro. Cinci a ajuda a erguê-la, mas ela, em vez de agradecer-lhe, faz cara feia, porque percebe que ele não entra na igreja por devoção. A igrejinha é austera como uma gruta; sobre o altar-mor, brilhos bruxuleantes de duas velas, e algumas lamparinas espalhadas aqui e ali. A pobre igrejinha, de tão velha, está toda empoeirada; e a poeira cheira a podre naquela umidade crua; o silêncio tenebroso parece manter todos os ecos à espreita de um mínimo barulho. Cinci está tentado a dar um assovio para que todos pulem. As carolas estão em fila nos bancos, cada uma no seu lugar. Assovio, não; mas por que não jogar o pesado pacote de livros no chão, como se tivesse caído por acaso das mãos? Ele joga, e imediatamente os ecos saltam sobre o choque que reboa e o esmagam, quase com despeito. Essa coisa do eco que salta sobre o barulho e o esmaga como um cão perturbado no sono é uma experiência que Cinci já fez, com prazer, várias vezes. Mas não se deve abusar da paciência das pobres carolas escandalizadas. Sai da igrejinha, reencontra Fox pronto para segui-lo e retoma a estrada que sobe o morro. É preciso achar pelo menos uma fruta para comer; por isso pula uma mureta mais adiante e se joga entre as árvores. Sente aflição; mas não sabe se por necessidade de comida ou por aquela agonia de fazer alguma coisa, que lhe rói o estômago.

Estrada rural, em subida, solitária; seixos que as mulas às vezes pisoteiam com os cascos e que rolam por um trecho e depois, onde param, permanecem; olha um ali; um chute com o bico do sapato: voa, vai! Planta que desponta nas margens ou ao pé de velhos muros, longos fios empenachados de aveia, que dá gosto de arrancar: todos os penachos fazem um maço entre os dedos; joga-se o punhado sobre alguém, e quantos ficarem presos na pessoa, tantos maridos ela terá (se for uma mulher), e tantas mulheres, se for homem. Cinci quer testar em Fox. Sete mulheres, nada menos. Mas não é um teste, porque todos ficaram presos no pelo negro de Fox. E Fox, velho estúpido, fechou os olhos e ficou ali, sem entender o jogo, com aquelas sete mulheres em cima.

Cinci perdeu a vontade de seguir adiante. Está cansado e aborrecido. Senta-

-se na mureta à esquerda da estrada e dali se põe a olhar o céu onde a sombra da lua mal começa a se acender de um pálido ouro em meio ao verde que se extingue no crepúsculo agonizante. Vê e não vê, como as coisas que vagueiam em sua mente, uma se transmudando na outra, e todas o distanciam cada vez mais de seu corpo ali sentado, inerte, tanto que nem mais o sente; sua própria mão, se ele a notasse pousada no joelho, lhe pareceria a de um estranho, ou mesmo o pé pendurado nos sapatos rotos, sujos: não está mais em seu corpo, está nas coisas que vê e não vê, o céu agonizante, a lua que se acende, e lá longe aquelas massas escuras de árvores que se destacam no ar inútil, e aqui a terra fofa, negra, remexida, de onde ainda exala um cheiro úmido e corrompido no mormaço dos últimos dias de outubro, ainda de sol quente.

De chofre, tão absorto como está — quem sabe o que lhe passa pelas carnes —, ele estremece e instintivamente ergue a mão ao ouvido. Uma risadinha vem detrás da mureta. Um menino da sua idade, camponês, escondeu-se ali, do lado do campo. Também ele arrancou e depenou uma longa haste de aveia, fez um laço em cima e, no maior silêncio, levantando o braço, tentou acertar o ouvido de Cinci com ele. Assim que Cinci, irritado, se vira, imediatamente o outro lhe faz um sinal para se calar e aponta a haste de aveia em direção à mureta, onde, entre uma pedra e outra, desponta a carinha de uma lagartixa que ele caça há mais de uma hora. Cinci se espicha para olhar, ansioso. Sem perceber, o bichinho enfiou a cabeça no laço; mas ainda não basta, é preciso esperar que ele avance mais um tantinho; no entanto, se a mão que segura a haste tremer e denunciar a armadilha, pode ser que ele fuja. Talvez esteja prestes a se lançar para escapar daquele refúgio que se tornou uma prisão. Sim, sim; mas agora é preciso muita atenção para puxar na hora certa. É um instante. Pronto! E a lagartixa pula como um peixinho na ponta daquela haste de aveia. Sem se controlar, Cinci pula do muro; mas o outro, talvez temendo que ele quisesse lhe tomar o bichinho, roda várias vezes o braço no ar e então o atira com força numa laje que estava ali, entre os arbustos. "Não!", grita Cinci. Mas é tarde: a lagartixa jaz imóvel sobre a laje, com o branco do ventre exposto à luz da lua. Cinci se enfurece. Ele também quis, é verdade, que o pobre bicho fosse capturado, pois ele também estava dominado por aquele instinto de caça que há em todos, à espreita. Mas matá-lo assim, sem antes ver de perto os olhinhos agudos em espasmo, a palpitação dos flancos, o frêmito do corpinho verde. Não, foi estúpido e vil. E Cinci soca com toda a força o punho contra o peito do menino, fazendo-o rolar no chão enquanto tenta se segurar para não cair. Mas logo se levanta furioso, apanha um torrão de terra e o atira na cara de Cinci, que perde a visão e sente um gosto úmido na boca, um gosto de corte que o deixa louco. Também pega a mesma terra e a atira. A briga logo recrudesce. Mas o outro é mais ágil e melhor, não erra um golpe e se aproxima cada vez mais, avançando, com aqueles torrões de terra que, se não ferem, batem surdos e duros e, ao se desfazerem, são como uma chuva de granizo em todo o corpo: no peito e na cara, entre os cabelos, nas orelhas e até dentro dos sapatos. Sufocado, sem saber como se proteger e defender, Cinci se vira furioso, dá um salto e arranca uma pedra da mureta. Alguém ali perto recua; deve ser Fox. Assim que arremessa a pedra, de repente — como? —, tudo o que antes o agitava, saltando-lhe diante dos olhos, aquele amontoado de árvores, a lua no céu como um risco de luz, eis que agora nada se move mais, quase como se o próprio tempo e todas as coisas se fixassem num espanto atônito ao redor daquele menino caído no chão. Ainda sem fôlego e com o coração na garganta, Cinci, apoiado na mureta, olha estarrecido aquele menino que jaz com o rosto meio escondido na terra, sente crescer dentro de si, formidavelmente, uma solidão eterna, da qual deve logo escapar. Não foi ele; ele não quis, não sabe de nada. E então, como se de fato não tivesse sido ele, como se se aproximasse por curiosidade, dá um passo, depois outro e se inclina para olhar. O menino tem a cabeça esfacelada, a boca no sangue escuro escorrido para a terra, uma perna meio descoberta, entre a calça repuxada e a meia de algodão. Morto, como se desde sempre. Tudo fica ali, como um sonho. É preciso que ele acorde para ir embora a tempo. Lá, como num sonho, a lagartixa revirada sobre a laje, com o ventre para a lua e a haste de aveia que ainda pende do pescoço. Ele vai embora, com o pacote de livros de novo sob o braço, e Fox atrás, também sem saber de nada.

À medida que se distancia descendo o morro, torna-se estranhamente cada vez mais seguro, nem sequer se apressa. Chega à pracinha deserta; aqui também há lua; mas é outra, já que ilumina sem saber de nada a fachada branca do hospital. Agora surge a rua do subúrbio, como antes. Chega em casa — a mãe ainda não voltou. Não precisará nem dizer onde esteve. Esteve ali, esperando por ela. E isso, que agora se torna verdade para sua mãe, torna-se também verdade para ele, num segundo. De fato, ali está ele com as costas apoiadas no muro, ao lado da porta.

Basta que o encontrem assim.

"Cinci", 1932

O estorninho e o Anjo Cento e Um

Tínhamos levantado no escuro e caminhávamos havia três horas com uma fome de lobo, enveredando por terríveis atalhos que, segundo Stefano Traina, nos fariam poupar um terço do percurso; mas duas ou três vezes fomos obrigados a voltar, sem achar a saída, e não sei quanto tempo perdemos escalando muros, rastreando a trilha entre densos arbustos de agave e de espinheiros, atravessando córregos pedregosos num cansaço de bicho, que nos privou da única compensação ao sono perdido, isto é, o prazer de gozar o frescor do ar matutino no campo, andando por estradas planas. Além disso, as botas e os apetrechos de caça nos pesavam, e a alça da espingarda esfolava nossos ombros.

Quem de nós três, em tais condições, teria ânimo de contradizer Stefano Traina e defender os estorninhos, que ele nos pintava como uma verdadeira calamidade para as plantações, pior até que os gafanhotos, um autêntico flagelo de Deus?

Mas Stefano Traina era assim: ao falar, esperava que alguém o contestasse e, inflamando-se cada vez mais, queria demonstrar a nós, três pobres inocentes, que os estorninhos andam em bandos tão cerrados que, quando passam diante do sol, o céu escurece; e, se descem sobre um bosque de oliveiras, o exterminam num piscar de olhos. Porque cada estorninho carrega consigo nada menos do que três azeitonas, uma em cada pata e outra no bico; e essa do bico eles engolem e digerem num instante.

— Com caroço e tudo? — perguntou Bartolino Gaglio, espantado.

— Com caroço e tudo.

E Sebastiano Terilli exclamou:

— Que estômago!

— Os estorninhos? Mas se estou dizendo... — continuou Stefano Traina.

Tudo para concluir que, se, por um lado, devíamos agradecer a Celestino Calandra — o mais jovem e melhor dos cônegos de Montelusa — por nos ter convidado para passar uma semana em suas terras de Cumbo, por outro, Celestino Calandra devia nos agradecer pelo grande serviço que lhe prestaríamos, salvando a sua colheita de azeitonas com a nossa caça aos estorninhos.

É verdade que nunca havíamos caçado, nem eu nem Sebastiano Terilli nem Bartolino Gaglio, como se podia ver pelas nossas espingardas novas e lustrosas, compradas um dia antes. Mas isso não queria dizer nada. Contra estorninhos — dizia Stefano Traina — se dispara até de olhos fechados.

Talvez tenha sido porque disparamos com um olho fechado e outro aberto, mas o fato é que, depois de quatro dias de caçada aguerrida nos olivais de Cumbo, não conseguimos, como se diz, derrubar nem um estorninho, nem sequer por acaso; azeitonas, sim; ah, a cada descarga, caíam como granizo; tanto que o bom Celestino Calandra (jovem e santo) começou a dizer entre belas risadas que um consolo assim só poderia ser obra do Senhor.

Houve um extermínio, sim, mas no galinheiro de Cumbo. Uma fome pantagruélica se abateu sobre nós quatro, jovens caçadores. Talvez fosse a raiva que nos devorava por todos os estorninhos perdidos, que voavam bem devagar, sem pressa, como se nos dissessem: "Uh, como vocês são maçantes com esses estalos!".

A velha d. Gesa, caseira de Celestino Calandra (velha e santa), com dois maços de franguinhos, um em cada mão, pescoços destroçados e pendentes, nos fulminava com os olhos toda manhã, quando voltávamos da caça; fulminava sobretudo Sebastiano Terilli, que, não contente com o extermínio das oliveiras e dos frangos, depois, à mesa, enfurecia o monsenhor com certas discussões que não cabiam nem no céu nem na terra.

Aquele cheiro bom de casa de campo perdida em meio a olivais e amendoeiras, aqueles quartos patriarcais, despojados, amplos, sonoros, de pisos irregulares e gastos, que sabiam a cereal antigo e a mosto, ao suor de quem trabalha ao sol e à fumaça que exala da palha e da lenha das rústicas lareiras, não conseguiram desarmar o espírito amargo de Sabastiano, filósofo diletante e materialista convicto. É verdade que ele metia Deus em todas as exclamações, muito frequentes — "Santo Deus isso! Santo Deus aquilo!" —, mas aquele Deus não era Deus: era só uma interjeição.

As discussões mais acaloradas aconteciam à noite, após o jantar, e perturbavam d. Gesa, a caseira, que, antes de deitar, se entocava toda agasalhada num canto e começava a rezar o terço. Sentia-se incomodada porque muitas vezes tinha ganas de entrar na conversa e contestar; e isso se percebia claramente pelos gestos que ela fazia, a cara fechada, aquele dedo que de vez em quando passava rapidamente duas ou três vezes sob o nariz arrebitado.

Era uma mulher pequenina, magra e vivaz, sempre um pouco irritada. A saliva espumava entre os lábios longos e finos. Batia continuamente as pálpebras sobre os olhos pretos e espertos, de furão. Das têmporas, atravessando-lhe as bochechas até o nariz, já se alongava à flor da pele um intrincado retículo de finíssimas veias violáceas.

Numa manhã, finalmente, depois do café, não aguentou mais. Falava-se de mulheres e de casamento, de sogra e de noras. Stefano Traina, que tinha em casa uma sogra endiabrada, lançara-se numa invectiva furibunda contra todas as sogras do mundo.

— Mas quantas vezes — saiu em protesto d. Gesa, com mãos erguidas e narinas dilatadas — as noras é que são víboras! Víboras, sim, víboras, víboras. No entanto, as más sempre são as sogras.

Stefano Traina a olhou por um segundo, como mortificado; pôs-se de pé, correu ao quarto para pegar a espingarda e foi embora.

Todos nós desatamos numa gargalhada fragorosa. D. Gesa cerrou o cenho e esperou que terminássemos de rir; depois se dirigiu ao monsenhor e, meneando a cabeça em sinal de comiseração, indagou:

— A Poponè era boa? Vossa senhoria sabe: aquela do milagre do Anjo Cento e Um.

— Conte! Conte! — gritamos eu e Bartolino Gaglio.

Mas Sebastiano Terilli, querendo entender melhor:

— Um momento! Esperem! O que vocês disseram? Cento e Um? Então há um anjo cem e um anjo cento e um?

— Parece que sim! — gritou imediatamente Bartolino Gaglio, temendo que a interrupção indignasse a velha e a fizesse perder a vontade de contar a história.

— Cento e um, cento e dois, cento e três... Por que o espanto? Os anjos existem, e Deus dá um número a cada um.

Celestino Calandra (jovem e santo) sorriu com benevolência e nos explicou que aquele cento e um não era propriamente um número ordinal, tratava-se de um anjo particular, pelo qual as pessoas do vilarejo tinham especial devoção, por ser aquele que custodiava cem almas do purgatório, guiando-as todas as noites para ações pias.

— Um anjo centurião? — fez Terilli.

— E então... e a Poponè? — perguntei irritado, dirigindo-me a d. Gesa.

Ela se sentou e começou a narrar:

O nome verdadeiro era Maragrazia Ajello, o apelido, Poponè . Todos os Ajello, de pai para filho, são conhecidos assim, sabe-se lá por quê.

Boa como o pão, sempre com os olhos baixos, pobrezinha, e de boca fechada. O que era dela ela dava. Desfizera-se de tudo pelo filho e ficava onde a deixassem, sem incomodar nem o ar.

A nora, no entanto, que se chamava Maricchia, era um despeito só, sem trégua. Uma cara de pau que não se abalava por nada, além de linguaruda e briguenta! Não há nada pior do que mulheres briguentas.

Não queria usar xale como todas as do vilarejo, porque dizia que o pai era mestre de obras; usava um mantéu de lã, em ponta e com franja, e queria ser chamada de senhora, e não de comadre.

Já Poponè, sempre calada por amor ao filho, que também era um ressentido. Meio abrutalhado. Se fosse meu filho! Mas chega.

Como sofreu Poponè, pobre criatura de Deus!

Aos sessenta anos — só vendo — não tinha nem um cabelo branco. Parecia uma madonina de cera, linda, linda, com cabelos abundantes e carnes tenras como as de uma adolescente. Como todas as mulheres pobres, vestia-se com trapos; mas qualquer casaquinho nela parecia de seda, tal era o porte que tinha, com um quê de civilizado. Todos lhe davam passagem quando a avistavam. Recordo-me das mãos: que elegância! Pareciam uma casquinha de cebola. E como aquelas mãos tinham trabalhado!

Não era que a nora tivesse despesas com ela, já que havia doado em vida, ao filho, tudo o que possuía: a casinha e um pequeno cercado, nos arredores de Fornaci. Sobrevivia ainda do que era seu, fazendo rezas e recitando o rosário aos devotos que vinham encontrá-la em casa, vindos de quilômetros e quilômetros de distância, recompensando-a das graças que conseguia obter pelas almas santas do purgatório, com as quais se comunicava durante a noite.

Havia provas disso todos os dias.

Certa vez — segundo me consta — uma pobre mãe veio visitá-la por causa de um filho que estava na América e não lhe escrevia havia três meses.

— Volte amanhã — disse-lhe Poponè.

E, no dia seguinte, anunciou que o filho não lhe escrevia mais porque estava viajando de volta para casa, que já estava em Gênova e dali a poucos dias ela tornaria a abraçá-lo.

E assim foi. Vejam: ainda me arrepio toda ao falar disso. Santa! Santa! Poponè era mesmo uma santa!

— Mas e o milagre do Anjo Cento e Um? — perguntou Sebastiano Terilli.

— Já estou chegando lá — respondeu d. Gesa. — Para se livrar um pouco dos contínuos ataques da nora, um dia Poponè pensou em ir por algumas semanas ao vilarejo próximo de Favara, onde tinha uma irmã, viúva como ela.

Pediu permissão ao filho e, depois que a obteve, foi até um compadre das vizinhanças, que se chamava Zi' Lisi, e lhe pediu que emprestasse a mula que ele tinha, um pouco tinhosa, mas tranquila como uma tartaruga.

Poponè sabia muito bem que ele não lhe negaria o pedido, apesar de ter tanto amor por sua mula que não se apaziguava enquanto não a via beber toda a tina d'água logo de manhã. Era um velho interessante, o Zi' Lisi. Todos na vizinhança falavam dele por causa daquela mula. Assim que amanhecia, levantava a tina com as mãos diante do focinho dela, convidando-a a beber com um assovio, por uma ou duas horas, várias vezes; e ai das vizinhas que, incomodadas com o assovio lamentoso e persistente, se queixassem e o mandassem parar.

Viúvo como a Poponè, fazia anos que ele a rondava, desejoso de juntar-se com ela.

— Santo Cristo, fique quieto! — retrucava sempre Poponè; e se persignava, porque lhe parecia uma tentação do diabo.

Naquele dia ela esperou diante do pátio lajeado, onde Zi' Lisi tinha sua casa e o estábulo; esperou um bom tempo até o velho terminar de assoviar, entre as lamentações das vizinhas que a incitavam a entrar, dizendo-lhe: Vamos, vamos, se você entrar, ele para!

Por fim o velho parou com os assovios, e ela entrou no pátio.

A mula? Mas claro! Para ela, emprestaria a mula até por um mês, até por um ano, podia até mesmo doá-la, era capaz de doar tudo para ela, tudo o que ele tinha se...

— De novo? Mas que velho tolo, fique quieto! Preciso dela por uma semana. Tenho que visitar a minha irmã em Favara.

Quando ele ouviu falar em Favara, ficou furioso e começou a dizer que nunca permitiria que ela fosse sozinha àquela cidade de assassinos, onde matar um homem era como matar uma mosca. E contou que, certa feita, um sujeito de lá, querendo ver se a mira da carabina estava bem ajustada, foi para a porta de casa e disparou contra o primeiro que viu passar; e que, noutra vez, um carroceiro de Favara encontrou um garoto de doze anos na beira da estrada, de noite, e o fez subir na carroça; depois o matou enquanto dormia, porque percebera que o menino levava três tostões no bolso; degolou-o como um cordeiro, pobrezinho; meteu os três tostões no bolso para comprar tabaco, jogou o corpinho atrás da cerca de arbustos e, eia!, prosseguiu no mesmo passo, cantando sob as estrelas do céu, bem debaixo dos olhos de Deus que o olhavam. Mas a alminha do pobre coitado gritou por vingança, e Deus então decidiu que ele mesmo, o carroceiro, chegando a Favara ao amanhecer, em vez de se dirigir à estrebaria do patrão, pararia diante da delegacia de polícia e, com os três tostões na mão ensanguentada, se denunciaria como se um outro falasse pela sua boca.

— Viu do que Deus é capaz? — disse então Poponè. — E é por isso que não tenho medo!

Zi' Lisi insistiu em acompanhá-la, mas ela se manteve firme: respondeu que pediria a mula de outra pessoa. Então ele cedeu e prometeu que na manhã seguinte, bem cedo, a mulinha estaria diante da porta dela, com arreios e tudo.

Mas aconteceu que, no meio da noite, preocupado com os preparativos da mula, Zi' Lisi acordou. Havia um grande clarão de lua, e ele pensou que já fosse dia. Pulou da cama, selou a mula num piscar de olhos e a conduziu até a casa da Poponè. Bateu na porta e disse:

— A mula está aqui, d. Poponè. Amarrei-a na argola. O Senhor e Nossa Senhora a acompanhem.

Com o maior cuidado para não despertar a nora, o filho e os netinhos, Poponè começou a se preparar. Mas, habituada a acordar sempre ao alvorecer, achava estranho, em meio ao silêncio que reinava, que já fosse hora de partir.

— Deve ser! — disse. — Vai ver que o sono me enganou.

E saiu com a trouxinha debaixo da capa. Ao ver o céu, percebeu imediatamente que ainda não havia amanhecido, que aquilo era a luz da lua. Toda a cidadezinha dormia tranquila; até a mula dormia em pé, amarrada à argola, ao lado da casa.

— Meu Jesus — exclamou Poponè —, como Zi' Lisi é bronco! Será que é o caso de seguir viagem à noite? Ora! Sou uma velha, a lua está iluminando e não tenho nada a perder. As almas santas do purgatório me acompanharão.

Montou na mula, fez o sinal da cruz e se encaminhou.

Quando já ia um bom tanto afastada do vilarejo, na estrada, entre as campinas debaixo da lua, seguindo lentamente sobre a mula, pôs-se a pensar naquele menino trucidado e jogado ali, atrás da sebe poeirenta, pobre criaturinha de Deus; pensou em muitos outros assassinatos e vinganças que se contavam de Favara, enquanto avançava com o mantéu sobre a cabeça, caído até os olhos, para impedir-se de ver as sombras assustadoras que se projetavam de um lado e do outro da estrada, onde o pó estava tão alto que nem se podia escutar o barulho dos cascos da mula.

Todo aquele silêncio e a cavalgada, e a lua e aquela estrada longa e branca lhe pareciam um sonho.

— Oh, alminhas santas do purgatório — dizia para si —, estou nas suas mãos!

E não parava um instante de rezar.

Mas, fosse pela lonjura do caminho ou pela fraqueza dela, por isso ou por aquilo, a certo ponto foi vencida pelo sono. Poponè nunca soube dizer, mas o fato é que, a certo ponto, dos dois lados da estrada, ao acordar, deparou com duas longas filas de soldados. À frente, bem no meio da estrada, ia o capitão a cavalo.

Assim que os viu, Poponè se sentiu reconfortada e agradeceu a Deus, que justamente na noite de sua viagem quisera que aqueles militares também se dirigissem a Favara. Causou-lhe no entanto certa surpresa que tantos jovens de vinte anos não dissessem nada ao ver no meio deles uma velha como ela, montada numa mula ainda mais velha, o que certamente não era bonito de se ver, seguindo pela estrada àquela hora.

Por que aqueles soldados iam tão silenciosos?

Não se ouviam nem sequer os seus passos, não levantavam nem uma nesga de poeira. Poponè agora os observava, espantada, sem saber o que pensar. Pareciam-lhe sombras sob a lua; no entanto eram reais, soldados verdadeiros, com o seu capitão adiante, a cavalo. Mas por que tão silenciosos?

O porquê ela soube quando já se avistava a cidade, ao alvorecer. A certa altura o capitão deteve o cavalo e esperou que ela o alcançasse:

— Maragrazia Ajello — disse então —, sou o Anjo Cento e Um, de quem a senhora é tão devota, e estes que a escoltaram até aqui são almas do purgatório. Assim que chegar, acerte as contas com Deus, que antes do meio-dia a senhora vai morrer.

Disse e desapareceu com a escolta sagrada.

Quando, em Favara, a irmã de Poponè a viu chegar em casa branca como cera e delirante, gritou:

— Maragrá, o que foi?

E ela, com um fio de voz:

— Chame um padre para mim.

— Está passando mal?

— Preciso fazer minha confissão a Deus. Vou morrer antes do meio-dia.

E assim foi de fato. Antes do meio-dia, morreu. E todo povo de Favara saiu de casa para ver a santa que o Anjo Cento e Um e as almas do purgatório haviam escoltado naquela noite, até as portas da cidade.

D. Gesa se calou. Admirados, eu, Gaglio e o monsenhor, patrão dela, também nos calamos. Mas Sebastiano Terilli exclamou, indignado:

— Mas que milagre! E isso lá é milagre? Que milagre é esse? Me desculpem... Milagre? Por que milagre? Vamos admitir tudo: admitamos que a pobrezinha não tenha morrido de medo, e que a história não tenha sido uma alucinação probabilíssima de uma mulher que acreditava falar toda noite com as almas do purgatório e com esse tal de Anjo Cento e Um; admitamos que o anjo tenha aparecido realmente diante dela e falado com ela. E então? Tudo, menos milagre! Isso é uma crueldade feroz. Anunciar a morte iminente a uma pobre coitada! Mas todos nós, me desculpem, todos nós só conseguimos viver se...

Celestino Calandra ergueu as mãos para responder, e a eterna discussão reacendeu mais calorosa do que nunca.

Mas e a fé, e a fé! Não se deveria levar em conta a fé que alimenta e conforta a gente pobre? Os chamados intelectuais não veem, não sabem ver nada senão a vida, e nunca pensam na morte. A ciência, as descobertas, a glória, o domínio! E se perguntam como a gente do povo faz para viver sem essas coisas belas e grandiosas, essa gente que capina a terra e que lhes parece condenada às mais duras e humildes tarefas; como podem viver e por que vivem; e a consideram insensata, porque não pensam que um ideal muito mais alto, diante do qual todas as descobertas da ciência e os poderes do mundo e a glória das artes se tornam vãos e ridículos, vive como certeza inquebrantável naquelas pobres almas e torna aos seus olhos desejável, como um justo prêmio, a própria morte.

Quem sabe quanto duraria essa discussão sobre o milagre do Anjo Cento e Um se um outro milagre, este verdadeiro, autêntico e indiscutível, não a tivesse interrompido de repente.

Com a espingarda de caça nas mãos, Stefano Traina invadiu a sala de jantar todo ofegante, exultante, com o rosto afogueado, congestionado, arranhado, queimado.

Finalmente conseguira matar um estorninho!

"Lo storno e l'Angelo Centuno", 1910

Sobre o autor

Dramaturgo, narrador, ensaísta e poeta italiano, Luigi Pirandello nasceu em Agrigento (Sicília) em 28 de junho de 1867. Formado no ambiente siciliano, depois frequentou a Universidade de Roma e conclui sua graduação em filologia românica na Universidade de Bonn. Iniciou-se como poeta e contista ainda na década de 1880 e, encorajado por Luigi Capuana, escreveu seu primeiro romance, *Marta Ajala*, em 1893, publicado em 1901 com o título *A excluída*. Em 1896, traduziu as *Elegias romanas* de Goethe e, em 1904, ganhou projeção nacional com o romance *O falecido Mattia Pascal*. Em 1908, lança o polêmico ensaio sobre *O humorismo*, que lhe rende uma dura polêmica com Benedetto Croce. Só em 1910 Pirandello se inicia no teatro, que o consagrará como um dos mais importantes dramaturgos do século xx, com peças como *Seis personagens em busca de autor*, *Henrique IV* e *Assim é (se lhe parece)*. Sua extensíssima obra inclui ainda o romance *Um, nenhum e cem mil*, as peças *Esta noite se improvisa* e *Os gigantes da montanha* (inacabada) e as cerca de 250 narrativas curtas compiladas nas *Novelas para um ano*, além de muitos ensaios e livros de poesia. Dois anos antes de sua morte, em 10 de dezembro de 1936, Pirandello recebe o prêmio Nobel de literatura de 1934.

Sobre o tradutor

Natural de Salvador, Bahia, Maurício Santana Dias nasceu em 23 de abril de 1968. Iniciou sua formação acadêmica graduando-se em Letras pela UFRJ, onde também concluiu seu mestrado na área de Teoria Literária. Lecionou literatura portuguesa na UERJ entre 1995 e 1997. Foi pesquisador visitante da Georgetown University (Washington, DC) em 2000. Em 2002, doutorou-se em Teoria Literária e Literatura Comparada pela Universidade de São Paulo, com tese sobre a poesia de Cesare Pavese. Paralelamente à sua formação acadêmica, foi jornalista da *Folha de S.Paulo* entre 1998 e 2003. Atualmente é professor de literatura italiana da USP. Como tradutor e crítico, vem trabalhando desde 1995 com as obras de Giacomo Leopardi, Guido Morselli, Primo Levi, Giulio Carlo Argan, Giuseppe Berto, Cesare Pavese e Pirandello, de quem já traduziu outros dois livros.

1ª EDIÇÃO [2008] 1 reimpressão

ESTA OBRA FOI COMPOSTA POR 2 ESTÚDIO GRÁFICO EM
DANTE E IMPRESSA PELA GEOGRÁFICA SOBRE PAPEL
PÓLEN SOFT DA SUZANO S.A.PARA A EDITORA
SCHWARCZ EM JULHO DE 2021

A marca FSC® é a garantia de que a madeira utilizada na fabricação do papel deste livro provém de florestas que foram gerenciadas de maneira ambientalmente correta, socialmente justa e economicamente viável, além de outras fontes de origem controlada.